Laureata in Sociologia alla Monash University, Cecilia Dart-Thornton è l'autrice della Trilogia di Bitterbynde e delle Cronache di Fior di Cardo, entrambe di fama internazionale. Fra i suoi interessi vi sono i diritti degli animali, la conservazione del patrimonio naturale e i nuovi media digitali. Vive in Australia con la sua famiglia.

Per ogni informazione visitate il suo sito: www.dartthornton.com

Sul traduttore

Emanuele Caccia, nato nella provincia di Milano, ha fatto della lingua inglese passione e professione. Dopo una laurea in Mediazione Linguistica e Culturale all'Università degli Studi di Milano ora lavora come traduttore e revisore, passando il suo tempo fra libri, scherma storica e giochi di ruolo.

LAMAFULVA

Cecilia
Dart-Thornton

TRADUZIONE DI
EMANUELE CACCIA

LAMAFULVA

Titolo originale: *Fallowblade*
ISBN: 9780987500144

Biblioteca Nazionale di Australia voce di catalogazione-in-pubblicazione
Autore: Dart-Thornton, Cecilia.
Titolo: Fallowblade / Cecilia Dart-Thornton ;
Illustrato da Elizabeth Alger.

ISBN: 9781925110593 (paperback)

Serie: Dart-Thornton, Cecilia. Cronache di fior di cardo ; 4.
Altri autori / collaboratori:
Alger, Elizabeth.
Emanuele Caccia.
Dewey numero: A823.3

Mappa disegnata da Elizabeth Alger

ABN 67 099 575 078
PO Box 9113, Brighton, 3186, Victoria, Australia

Dedicato a tutti i miei lettori italiani
specialmente
Kingsley Ngadiuba e Irene Rosignoli

Nota dell'Autrice

Ai moltissimi fan della Trilogia di Bitterbynde che mi hanno scritto
chiedendomi di inserire un altro personaggio come Morragan:
Cercate fra queste pagine, potreste trovarlo.

INDICE

GLOSSARIO

Ádh: fortuna, buona sorte (*pron.* OV); uno dei quattro Fati del Sanctorum

Álainna Machnamh (OH-leina mac-NAV)

Aonarán: solitario, eremita (AI-ahn-ar-OHN)

a mhuirnín: adorata, cara (a uìrr-NIN)

a stór: caro (a STOR)

athair: padre (AH-hir)

brí: il potere impiegato dai signori del clima per predire e controllare le dinamiche dei sistemi di pressione

e temperatura, vento ed altri fenomeni meteorologici.

Cailleach Bheur: la Strega Invernale (*pron.* Cal-iac vear *oppure* cail-iac viur)

Cinniúint: destino, fato, casualità (*pron.* Chin-IU-int); uno dei quattro Fati del Sanctorum.

Cuiva: (*pron.* CUI-va); in gaelico irlandese il nome è scritto "Caoimhe"

Earnàn: *pron.* AIR-non

Eldritch: sovrannaturale

Eoin: *pron.* OU-in

Fedlamid macDall: *pron.* FEH-limi mac-dool

Fionnbar: *pron.* FIN-bar *oppure* FIAN-bar

Fionnuala: *pron.* Fin-NU-la

gariníon: nipote (femminile) (*pron.* gar-in-II-on)

garmhac: nipote (maschile) (*pron.* gar-VAC)

Gearóid: *pron.* Gar-OUD

Genan di Áth Midbine: (*pron.* OV mid-BINNA)

gramarye: magia

Lannóir: Lamadoro o Lamafulva, la spada dorata, unica nel suo genere, sterminatrice di goblin e reliquia

di famiglia del Casato Stormbringer (*pron.* Lann-OR)

Liadán: *pron.* LI-dohn

Luchóg: *pron.* la-HOG

Maolmórdha: *pron.* Mual-MORGA

máthair: pron. MOV-hir

Mí-ádh: sfortuna, malasorte (*pron.* Mi-OV); uno dei quattro Fati del Sanctorum.

Míchinniúint: sventura, tetro avvenire (*pron.* Mi-chin-IU-int); uno dei quattro Fati del Sanctorum

Ó Maoldúin: *pron.* Oh-mual-DUN

Páid: *pron.* POHD

Risteárd Mac Brádaigh (*pron.* Rish-TARD Mac BROH-dig)

Saibh: *pron.* SAE-IV

sain: il *sain* è l'atto di benedire o invocare la protezione dalle forze unseelie

seanáthair: nonno (*pron.* scian-A-hir

seanmháthair: nonna (*pron.* scian-UO-hir)

seelie: detto di forze eldritch benevole verso l'umanità

Uabhar: *pron.* U-a-var

Uile: il Tutto, l'universo (ILLE, la "e" finale è aperta come in "sé")

unseelie: detto di forze eldritch ostili all'umanità

LUOGHI E PERSONAGGI IMPORTANTI

Il Regno di Ashqalêth (Capitale: Jhallavad)
Chohrab Shechem II: Re di Ashqalêth.
Duca Rahim: cognato di Re Chohrab e fratello di Parvaneh.
Parvaneh Shechem: Regina di Ashqalêth.
Shahzadeh: figlia primogenita di Re Chohrab e Principessa Reale di
  Ashqalêth.

Il Regno di Grïmnørsland (Capitale: Trøndelheim)
Gunnlaug Torkilsalven: ultimogenito di Thorgild.
Halfrida Torkilsalven: Regina di Grïmnørsland.
Halvdan Torkilsalven: secondogenito di Thorgild.
Hrosskel Torkilsalven: primogenito di Thorgild e Principe Ereditario
  di Grïmnørsland.
Solveig Torkilsalven: terzogenita ed unica figlia femmina di Thorgild.
Thorgild Torkilsalven: Re di Grïmnørsland.

Il Distretto di Alta Darioneth (Seggio Principale: Piana dei Frassini)
Aglaval Maelstronnar (Stormbringer): uno dei Signori delle Tempeste
  dei tempi antichi.
Albiona: moglie di Dristan Maelstronnar.
Alfardêne Maelstronnar (Stormbringer): primogenito di Avalloc.
Asrãthiel Heronswood Maelstronnar: unica figlia di Jewel ed Arran.
Avalloc Maelstronnar (Stormbringer): attuale Signore delle Tempeste
  e membro del Concilio di Ellenhall.

Avolundar Maelstronnar (Stormbringer): il mago guerriero che impugnò Lamafulva durante le Guerre dei
Goblin
Cavalon: figlio di Dristan ed Albiona Maelstronnar.
Corisande: figlia di Dristan ed Albiona Maelstronnar.
Desmond Brooks: Mastro di Spada di Alta Darioneth.
Dristan Maelstronnar (Stormbringer): ultimogenito di Avalloc.
Jewel Heronswood Jaravhor: moglie di Arran e madre di Asrăthiel.
Lidoine Galenrithar (Galerider): guaritrice di Piana dei Frassini.

Il Regno di Narngalis (Capitale: Winterbourne)
Giles: servitore di Asrăthiel a Gli Allori a Bosco Tiglio.
Lecelina: figlia primogenita di Re Warwick, Principessa Reale di Narngalis.
Linnet: servitrice di Asrăthiel alla tenuta Gli Allori.
Lord Hallingbury: Ciambellano Reale.
Madame Draycott Parslow: padrona di casa di Asrăthiel e proprietaria de Gli Allori, a Bosco Tiglio.
Saranna: figlia ultimogenita di Re Warwick.
Sir Gilead Torrington: luogotenente-generale di Re Warwick.
Sir Huellin Lathallan: Cavalier-Comandante della Compagnia della Coppa
Sir Torold Tetbury: Lord del Sigillo
Walter Wyverstone: secondogenito di Re Warwick.
Warwick Wyverstone: Re di Narngalis.
William Wyverstone: primogenito di Re Warwick e Principe Ereditario di Narngalis.
Winona: figlia secondogenita di Re Warwick.

Il Regno di Slievmordhu (Capitale: Cathair Rua)
Adiuvo Constanto Clementer: druido che ha rinnegato il Sanctorum.
Almus Agnellus, 'Declan di Bosco Selvaggio': druido che ha rinnegato Sanctorum.
Conall 'Due-Spade' Gearnach: Comandante in capo dei Cavalieri della Torcia.

Cormac Ó Maoldúin: terzogenito di Uabhar.

Fedlamid macDall: il servitore più fidato della Regina Saibh.

Fergus Ó Maoldúin: quartogenito di Uabhar.

Fionnbar Aonarán: un nemico di Arran Maelstronnar.

Fionnuala Aonarán: sorella di Fionnbar.

Grak: un Predatore.

Kieran Ó Maoldúin: primogenito di Uabhar e Principe Ereditario di Slievmordhu.

Krorb: un capitano dei Predatori.

Lord Genan of Áth Midbine: cortigiano.

Luchóg: menestrello alla corte di Uabhar.

Primoris Asper Virosus: il Druido Imperius.

Risteárd Mac Brádaigh: Gran Comandante delle forze armate di Slievmordhu.

Ronin Ó Maoldúin: secondogenito di Uabhar.

Ruurt: un capitano dei Predatori.

Saibh: Regina di Slievmordhu, moglie di Uabhar.

Scroop: un Predatore.

La Madre Primeva: progenitrice dei Predatori.

Uabhar Ó Maoldúin: Re di Slievmordhu.

PREMESSA

L AMAFULVA è il quarto libro nella serie de Le Cronache di
Fior di Cardo.

Il primo libro, L'Albero di Ferro, racconta la storia di
Jarred, un giovane che viveva in un villaggio nel regno desertico di
Ashqalêth e possedeva un amuleto che sembrava renderlo invulnerabile. Insieme ad alcuni compagni egli decise di viaggiare per cercare
fortuna in regni lontani. Durante il viaggio essi si imbatterono in una
città costruita sull'intricato sistema di canali e ruscelli che componeva
il Grande Acquitrino di Slievmordhu, e lì Jarred si innamorò di una
giovane donna del luogo, chiamata Lilith.

Slievmordhu è un regno collocato nella parte sud-occidentale di
Tir, un continente in cui ovunque cresce una pianta chiamata "fior-di-cardo", molto graziosa ma detestata per la sua natura infestante.
L'Acquitrino è la dimora di molti eldritch wight, che tuttavia assai di
rado si rivelano pericolosi per gli esseri umani con cui lo condividono,
poiché questi hanno imparato a conoscere la loro natura e le loro
usanze, e non li infastidiscono. Un urisk, un wight di natura seelie
dall'aspetto di un nano con zampe di capra, passava molto tempo ad
aggirarsi nei pressi della casa di Lilith, che al tempo viveva insieme
a sua madre Liadán, il suo patrigno Earnán, il fratellastro Eoin e la
madre di Earnán, Eolacha, un'anziana e saggia guaritrice. Poco lontano abitava Connick il Vegliardo, un uomo anziano affetto da una

sottile demenza, e padre di Lilith. La madre di Lilith era convinta di essere costantemente seguita dal suono di piedi invisibili, e in cuor suo sentiva di star lentamente venendo ghermita dagli artigli di una misteriosa follia.

Quando Jarred e Lilith si innamorarono, il fratellastro della giovane, Eoin, divenne geloso del ragazzo. Jarred e i suoi compagni lasciarono l'Acquitrino e continuarono per la loro strada, ma egli non riusciva a smettere di pensare a Lilith. Nel frattempo, all'Acquitrino la madre della giovane tentò di scappare e salvarsi dalla follia che sentiva prenderla, ma finì per scivolare in acqua ed annegare. Con una scusa, Jarred si separò dai suoi compagni e ritornò all'Acquitrino, dove si stabilì permanentemente, e la sua presenza aiutò Lilith a superare il trauma causatole dall'inspiegabile morte della madre.

Jarred imparò le usanze degli abitanti dell'Acquitrino ed iniziò a corteggiare la fanciulla. Attorno al collo, Jarred portava sempre il suo amuleto protettivo. Le sue attenzioni verso Lilith scatenarono ancor più l'ostilità di Eoin, il quale aveva intuito i poteri che si celavano nel monile al collo del suo rivale.

Durante i festeggiamenti della tradizionale Festa dei Giunchi, Lilith si perse nell'Acquitrino, rimanendo ferita, e l'urisk, normalmente burbero e scostante, si dimostrò benevolo in quella circostanza ed aiutò Jarred a ritrovarla. Una volta riunitisi, i due giovani si scambiarono le promesse di matrimonio, e Jarred donò alla sua futura sposa un anello ed il proprio amuleto.

La loro felicità, tuttavia, non era destinata a durare, poiché dopo la morte di Connick il Vegliardo, consumato dalla sua pazzia, la saggia guaritrice Eolacha e la giovane Lilth compresero che la fanciulla recava su di sé una maledizione, tramandata attraverso la sua discendenza. Per questo motivo Lilith giurò che non si sarebbe mai sposata, così da non dare alla luce una nuova generazione destinata a venir consumata dalla maledizione. Jarred allora promise che avrebbe scoperto l'origine della maledizione e avrebbe fatto di tutto per spezzarla.

Jarred, Lilith ed altri abitanti dell'Acquitrino si recarono alla Fiera d'Autunno che si teneva nella capitale di Slievmordhu, Cathair Rua. Lì videro i druidi del Sanctorum, che per il popolo di Tir erano gli intermediari fra il mondo terreno e i "Quattro Fati". In quella città, Jarred intendeva scoprire tutto il possibile sul passato di Connick il Vegliardo, e a questo proposito visitò svariate farmacie e fece ricerche costanti, ma senza successo. Per puro caso, un ladruncolo di strada di nome Fionnbar Aonarán condusse Jarred fino alla baracca di un vecchio straccione, tale Ruairc mcGabhann. Questi gli raccontò la storia di come, decenni addietro, il coraggioso Tierney A'Connacht salvò la bella Álainna Machnamh dalla remota ed ormai abbandonata Cupola di Strang, dove era tenuta prigioniera dallo stregone Janus Jaravhor.

Lo stregone, d'animo malvagio e dotato di grandi poteri, maledì i discendenti di Tierney A'Connacht ed Álainna Machnamh, condannandoli ad un fato di morte e follia. Connick il Vegliardo, sua figlia Liadán e la nipote Lilith erano tutti discendenti di quella coppia maledetta. Quel racconto spiegava perfettamente l'origine e la natura dell'anatema che su di loro gravava, ma non offriva indicazioni su come spezzarlo, sì che quando Jarred ritornò dai suoi amici e dalla sua amata per raccontare ciò che aveva appreso, le sue parole gettarono un velo di cupa disperazione su tutti loro.

Durante una visita successiva alla città, Fionnbar apparve una seconda volta e guidò nuovamente Jarred alla baracca di Ruairc. Durante il tragitto passarono vicino ad uno strano albero che cresceva all'interno della città. All'interno dell'intrico inaccessibile delle sue spine di ferro e dei rami contorti era appeso un meraviglioso gioiello luccicante. Jarred fu spinto con l'inganno a tentare di recuperare quel monile, un'impresa che nessun uomo era mai riuscito a compiere, e vi riuscì con straordinaria facilità, confermando senza volerlo i sospetti di Ruairc riguardo al suo essere un discendente dello stregone. Venne inoltre rivelato che l'amuleto di Jarred era completamente privo di qualsiasi potere, e che la sua invulnerabilità veniva da un incantesimo protettivo lanciato dallo stregone su tutti i suoi discendenti. Disgustato dalla malvagità dimostrata da suo nonno, Jarred scagliò il monile all'interno dell'intrico di rami e giurò che mai più avrebbe avuto nulla a che fare con lo stregone di Strang.

Jarred e Lilith tornarono con gioia all'Acquitrino, convinti di potersi finalmente sposare, poiché di certo la benedizione che scorreva nel sangue di Jarred avrebbe cancellato la maledizione che affliggeva quello di Lilith. Eoin, in compenso, non fu affatto contento nello scoprire queste cose, nonostante di recente gli fosse capitato di aiutare alcune creature eldritch, le quali l'avevano ricompensato donandogli una benedizione di prosperità e fortuna. Grazie a questa benedizione egli crebbe in ricchezza e prosperità, mentre Jarred rimaneva povero, ma la sua invidia non si placò ed anzi, crebbe a dismisura, avvelenandogli l'animo.

Un anno dopo il matrimonio, Lilith dette alla luce una figlia, che chiamarono "Jewel". Nonostante i trascorsi con i genitori, Eoin si scoprì a nutrire per la bimba un profondo affetto.

Lilith e Jarred passarono dodici anni di grande felicità, insieme, e si convinsero che la maledizione fosse stata finalmente spezzata. Un giorno, tuttavia, la vecchia saggia Eolacha morì e, come se il dolore per il lutto avesse agito come una miccia, Lilith iniziò a venir consumata dal fuoco della follia ancestrale, e sentì i primi passi dell'invisibile paranoia che l'avrebbe inseguita per il resto dei suoi giorni.

In un disperato tentativo di salvare sua moglie, Jarred ritornò a Cathair Rua in cerca di Adiuvo Constanto Clementer, un druido che si diceva avesse una grande reputazione come guaritore di folli e vittime di allucinazioni. Non avendo di che pagare il druido, Jarred ritornò all'Albero di Ferro e prelevò il monile in esso nascosto, ma nel farlo venne visto da un passante. Ben presto la notizia che uno straniero aveva recuperato il Gioiello di Strang giunse all'orecchio di Re Maolmórdha e del suo cinico figlio, il Principe Ereditario Uabhar. Entrambi sospettavano che Jarred discendesse dallo stregone, e sapevano che solo coloro nelle cui vene scorresse il sangue di Jaravhor avevano il potere di sciogliere i sigilli che tenevano chiusa la Cupola e rivelare così i tesori contenuti al suo interno. Uabhar manipolò il padre, convincendolo che fosse nell'interesse della Corona catturare questo "ladro di gioielli" e costringerlo ad aprire la Cupola di Strang.

La nipote di Ruairc McGabhann, un'avida popolana di nome Fionnuala Aonarán, sorellastra di Fionnbar, si precipitò da Jarred, di cui era innamorata, per avvisarlo che gli uomini del re stavano dando la caccia a lui e a tutti i suoi discendenti. Jarred non voleva avere più nulla a che fare con la misteriosa Cupola, e in aggiunta a ciò sapeva quanto infido fosse il re, e sospettava che avrebbe tentato di ucciderlo. Jarred sperò con tutto il suo cuore che Uabhar non sapesse di sua figlia, e chiese l'aiuto di Fionnuala e Fionnbar per scappare, aiuto che essi gli dettero a condizione che egli, più avanti, lasciasse la sua famiglia per accompagnarli ad esplorare i segreti della Cupola.

Eoin, anch'egli in città, si trovò ad assistere ad un bizzarro funerale tenuto da alcuni eldritch wight. Guardando all'interno della bara egli si trovò a fissare il suo stesso volto e capì con suo sommo orrore di aver appena ricevuto un presagio di morte. La sua morte.

Jarred si affrettò a ritornare all'Acquitrino, spinto dagli uomini del re che lo inseguivano senza dargli tregua. Sulla strada incontrò Eoin, il quale gli confessò di aver tradito la sua presenza alle spie del re, senza rendersi conto di aver con quello stesso gesto messo in gravissimo pericolo anche Jewel.

Una volta che furono giunti all'Acquitrino, Jarred impose ad Eoin di aiutarli e disse a Lilith e Jewel, che al tempo aveva undici anni, di prepararsi per partire in gran segreto alla volta di Narngalis, l'unico luogo sicuro per loro. Tragicamente, prima che riuscissero a lasciare l'Acquitrino gli artigli dell'antica pazzia strinsero nuovamente attorno alla mente di Lilith, richiamati dalla paura di essere inseguiti. Lilith scappò a perdifiato in preda al terrore e inciampò, cadendo da un dirupo e ferendosi mortalmente. Jarred tentò di recuperare il suo corpo, spezzato dalla caduta, e nel farlo scivolò nello stesso dirupo. Il destino volle che nella caduta Jarred finisse per impattare con un ramo spezzato di vischio che spuntava dalla parete del dirupo, che gli trapassò il cuore da parte a parte. L'incantesimo d'invulnerabilità lanciato dallo Stregone Jaravhor lo proteggeva da tutto, tranne che da due cose: il passare del tempo e il legno di vischio.

Così morirono, Jarred e Lilith, l'uno accanto all'altra, ma la loro figlia ancora viveva. Negli anni che seguirono si sparse la voce che i fantasmi degli amanti, separati in vita da quel tragico fato, potessero essere visti camminare mano nella mano, finalmente felici, illuminati dal sole morente dell'Acquitrino.

Ora che entrambi i genitori di Jewel erano morti, Eoin, consumato dal rimorso, decise che avrebbe salvato almeno la loro figlia, in un modo o nell'altro. La portò via con sé sulla propria barca, appena in tempo per sfuggire all'arrivo della cavalleria reale all'Acquitrino.

Il secondo libro, *Il Pozzo delle Lacrime*, narra di come Jewel ed Eoin scapparono attraverso le campagne, abbandonando la terra natia di Slievmordhu per dirigersi verso il regno settentrionale di Narngalis. Durante la loro fuga attraversarono molte peripezie, una delle quali costò la vita ad Eoin, trucidato da degli wight unseelie. Jewel fu così lasciata da sola nelle terre selvagge, e scoprì così che l'eredità di suo padre, il sangue incantato dello stregone Jaravhor, la proteggeva da ogni tipo di ferita o male, incluse fame e sete.

Persa in una regione montuosa, Jewel incappò in un gruppo di persone che avevano dimora ad Alta Darioneth, luogo in cui risiedevano i Signori del Clima di Piana dei Frassini e gli abitanti dell'altopiano. Queste persone di buon cuore ebbero pietà di quella povera creatura, sola e persa nella foresta, e la portarono con loro, accogliendola sotto il loro tetto. Senza alcun altro luogo in cui andare e nessun altro ad aiutarla, Jewel andò a vivere con i Miller, la famiglia che abitava nel mulino macina-noci sull'altopiano. Fu lì che l'orfana crebbe.

Alla base della rupe di Wychwood Storth era collocato un edificio assai famoso, chiamato Ellenhall, in cui i signori del clima si riunivano a concilio. A guidare i signori del clima era il Signore delle Tempeste, Avalloc Maelstronnar-Stormbringer, di cui Arran era il figlio primogenito e Ryence Darglistel-Geloscuro il nipote. Sopra il focolare della casa di Avalloc era appesa la spada Lamafulva, forgiata in un'epoca lontana per sconfiggere le orde dei goblin unseelie e usata per tagliare la mano dello stregone Jaravhor. Alta Darioneth era infestata da brownie ed altri eldritch wight di vari tipi, che erano la causa di molti eventi straordinari, alcuni spiacevoli, altri divertenti.

Jewel incontrò lì un urisk, che scoprì essere lo stesso che un tempo vagabondava vicino alla casa di sua madre nell'Acquitrino. L'urisk l'aveva seguita fin lì, ma non appariva spesso, e quando la giovane tentava di iniziare con lui una conversazione esso si dimostrava immancabilmente lunatico e scostante.

Desiderosa di scoprire di più sulla sua famiglia, Jewel decise di recarsi ad Orielthir e cercare di rivelare i segreti nascosti nella misteriosa
dimora dello stregone. Insieme ad Arran, il figlio del Signore delle
Tempeste, Jewel scoprì un libro appartenuto allo stregone in cui erano
annotati i dettagli riguardo ad alcuni Pozzi, ciascuno dei quali conteneva alcune gocce dell'Acqua della Vita Eterna. Nelle loro ricerche,
essi furono seguiti e intralciati da Fionnbar Aonarán, che da ladruncolo di strada s'era fatto un giovane criminale senza scrupoli. Con
astuzia e spietatezza, Aonarán riuscì a rubare la prima delle tre dosi
di acqua miracolosa, che bevve immediatamente. Arran fu costretto a
bere la seconda, mentre la terza andò perduta.

Insieme alla terza dose era andata perduta anche ogni speranza che
Jewel potesse riuscire ad eguagliare l'immortalità di Arran. Vedendo
davanti a sé un futuro in cui avrebbe vissuto fino alla fine dei tempi
senza Jewel al suo fianco, il cuore di Arran s'infiammò d'ira, ed egli
giurò vendetta contro Fionnbar e la sua sorellastra Fionnuala. Dopo
una lunga caccia, riuscì ad intrappolare Fionnbar in una caverna nelle
remote montane nord-orientali di Slievmordhu, condannando il suo
prigioniero a vagare in quelle grotte per l'eternità, passando la sua
esistenza immortale esiliato fra i tormenti della solitudine. Quella
sarebbe stata la sua punizione per aver costretto Arran a bere l'Elisir
dell'Immortalità, privando allo stesso tempo sua moglie Jewel della
vita eterna che desiderava.

Fionnuala Aonarán odiava Arran, che riteneva responsabile della morte del suo amante, Cathal l'Armaiolo. Sapendo di non poter
nuocere in alcun modo al signore del clima ella decise, nel suo livore, di distruggere ciò che lui amava maggiormente. Si inoltrò così
nell'Acquitrino e apprese le circostanze della morte di Jarred. Una
volta compresa la natura dell'invulnerabilità di Jewel e come annien-
tarla, la seguì furtivamente e la ferì a morte con una freccia di vischio.

La tragedia distrusse lo spirito di Arran, mentre Fionnuala fu presa
da un'improvviso moto di pentimento e vergogna, che la sopraffece
spingendola ad impiccarsi ai rami dell'Albero di Ferro, solo per essere
inaspettatamente salvata all'ultimo minuto. Da quel momento Fionnuala cambiò completamente, e dedicò il resto dei suoi giorni a curare

quel luogo e farne un meraviglioso giardino.

La storia di Jewel ed Arran sembrava destinata a concludersi in modo tragico, ma il druido apostata Almus Agnellus incappò per puro caso in una rivelazione:

'Agnellus spiegò: «Dopo aver lasciato questo luogo mi sono trovato a dover consultare i libri e gli appunti che porto con me, e nel frugare fra le mie carte mi sono imbattuto in una pergamena che non avevo mai visto prima. Su di essa erano scirtte parole in una lingua arcaica, che fortunatamente io ho imparato e che ho potuto perciò decifrare. Ciò che da esse ho appreso è presto detto: una donna che dia alla luce un figlio immortale rimarrà inevitabilmente toccata dalla sua immortalità. Dovesse essa venir ferita a morte il suo destino non sarà ad essa soccombere, ma piuttosto il precipitare in un sonno profondo e lunghissimo, in tutto simile alla morte.» L'uomo riprese fiato e concluse: «Jewel è viva.»

Era vero.'

Disseppellirono Jewel e fu chiaro che essa era ancora viva, ma immersa in un sonno profondo dal quale non fu possibile risvegliarla. La damigella dormiente fu adagiata su di un letto di seta all'interno della cupola di vetro in cima alla magione dei Maelstronnar. Rose selvatiche intrecciavano i loro steli contorti attorno alla cupola, incorniciando le otto lastre di vetro con foglie e meravigliosi fiori a cinque petali.

Arran annunciò che avrebbe cercato, anche per l'eternità se fosse stato necessario, finché non avesse trovato un modo per salvare la sua amata moglie, e così detto egli partì, lasciando sua figlia, la sua casa e la sua eredità, compresa la spada Lamafulva, nelle mani di suo padre Avalloc. Il signore del clima sparì dagli annali dell'umanità, portando con sé solo il suo lutto ed il minuscolo e fedele wight Fridayweed. Alcuni dicono che si sia inoltrato lontano, nelle Terre Sconosciute, più a nord delle catene di montagne più settentrionali.

A quel tempo, la giovane figlia di Jewel, Astâriel, aveva già avuto modo di incontrare quello stesso urisk che già sua madre aveva trovato nei pressi della sua abitazione nell'Acquitrino. Verso la fine de Il Pozzo delle Lacrime, la giovane ha imparato ad apprezzare la compagnia dello wight, ignorando lo straordinario segreto custodito dalla creatura.

Il terzo libro, *La Maga delle Tempeste*, narra la storia di un misterioso scavatore, intento a farsi strada nelle viscere delle montagne del nord. Il libro racconta inoltre del legame di amicizia formatosi fra Conall Gearnach, comandante in capo dei Cavalieri della Torcia di Slievmordhu, e il Principe Halvdan di Grïmnørsland. Solveig, sorella di Halvdan, era la promessa sposa del Principe Kieran di Slievmordhu, amico di vecchia data di Halvdan.

Re Uabhar di Slievmordhu aveva stretto un patto segreto con i Predatori, briganti deformi di stazza imponente che dimoravano nelle caverne ai confini esterni di Tir, razziando e depredando i sudditi di tutti e quattro i regni. Uabhar lasciò i gruppi di predatori, le cosiddette "masnade", liberi di razziare alcuni villaggi del suo regno, in modo da giustificare la sua decisione di alzare le tasse, presa al fine di prepararsi, nascostamente, per l'invasione del regno di Narngalis, il primo passo nel suo piano per arrivare a conquistare tutta Tir ed incoronarsi suo Alto Re. In questo piano, Uabhar era in combutta con Re Chohrab di Ashqalêth, che teneva in pugno con la sua eloquenza e sapiente retorica, e con l'ausilio di speciali vini corretti con droghe.

Asrăthiel (il nuovo nome scelto da Astăriel), figlia di Jewel ed Arran e nipote del Signore delle Tempeste Avalloc Maelstronnar, a quel tempo viveva nella roccaforte dei signori del clima suoi compagni.

Il suo confidente più intimo era una creatura assai bizzarra, un piccolo e cinico wight chiamato urisk, che appariva a lei soltanto e aveva l'abitudine di gettare casa Maelstronnar nello scompiglio.

Accanita sostenitrice dei diritti degli animali, maga del clima di notevole abilità e rispettata spadaccina, Asrăthiel abbandonò presto la sede dei signori del clima a Piana dei Frassini per assumere il ruolo di maga ufficiale nella città di Winterbourne, alla corte di Re Warwick di Narngalis. Il figlio maggiore di Warwick, William, si innamorò di Asrăthiel, la quale, per quanto certo gli volesse bene, non riusciva a provare per lui vero amore. Fu tuttavia assai piacevolmente sorpresa di scoprire che l'urisk, che scoprì chiamarsi "Fior di Cardo", l'aveva seguita nella sua nuova abitazione, e che i loro saltuari incontri sarebbero potuti continuare.

Nel frattempo, all'insaputa degli abitanti di superficie, il misterioso scavatore abbatté un muro di pietra che dava su di una caverna, all'interno della quale scoprì qualcosa di sconvolgente e terribile.

Re Uabhar desiderava liberarsi dei signori del clima, così da essere certo che non avrebbero potuto fare nulla per intralciare i suoi piani. Pagò degli agitatori per seminare false voci e li calunniassero, poi invitò la maggior parte di essi alla città dove aveva la sua corte, Cathair Rua, dove con l'inganno li massacrò in segreto. A sua insaputa, tuttavia, il mendicante nomade Zuppa di Gatto aveva assistito al suo orripilante delitto, dandosi poi ad una fuga forsennata con ancora le immagini vive negli occhi.

Nel frattempo, a Winterbourne, Asrăthiel iniziava a ricevere rapporti che parlavano di disordini nel villaggio settentrionale di Silverton, di una qualche forza sconosciuta che ne stava trucidando gli abitanti con spietatezza e perizia inaudite. Venne così inviata insieme alla cavalleria di Re Warwick ad investigare sull'accaduto.

Avendo ucciso la maggior parte dei signori del clima con i propri astuti inganni, Re Uabhar mobilitò il suo esercito e quello del suo alleato, Re Chohrab, preparandoli entrambi a marciare verso nord per invadere Narngalis. I Quattro Regni di Tir erano sull'orlo della guerra.

LAMAFULVA

TUNDRE DESOLATE DEL NORD

N
O · E
S

OCEANO

CATENA SETTENTRIONALE

Monti Nordsturca

La Raggelante

Correnti Fredde

Ensomfjord

Silverton
NARNGALIS
Colline di Harrowgate
Mulino Carta

Le Rupi Nere

BRUGHIERA DEL
NORD-EST

Picco Whitaker

Brughiere Tempestose
WINTERBOURNE

BRUGHIERA
DEL
SUD-EST

Catena Orientale

ALTA
DARIONETH
ELLENHALT

Piana di
Eldroth

Monti Enigma
Carrickmore

TRØNDELHEIM

Fiume Cameron
Deeping
Castello
di Strata
Laghi di
Slievmordhu

OBELISCO

CATHAIR RUA

Tealghearta

GRIMNØRSLAND

Grande
Acquitrino
di Slievmord

SLIEVMORDHU

Colli Wight

Moss
Colline di
Bellaghmoon

Fiumi
Sotterranei

ASHQALÊTH

R'shael

Rupi Spezzate
Terra Ignea

IL GROVIGLIO

SAADIAH

DESERTO

JHALLAVAD

Catena Meridionale

PIANA DELLE NEBBIE

Il Syrtlame

Vento Caldo
del Deserto

DESERTO DELLE PIETRE ARDENTI

· I · QUATTRO · REGNI · DI · TIR ·

1
GUERRA

Spada mirabile era Lamafulva, impareggiabile nel suo splendore;
Forgiata nel lontano Inglefire da Alfardēne, suo creatore,
Mastro artigiano e mago del clima. Da platino ed oro fu plasmata;
Lucida lama rinforzata d'iridio, con l'oro più puro fu lavorata,
Metalli estratti dai flutti di Windlestone; l'oro di fiamma per gli wight assassini,
Gli odiati goblin, nemesi e nemici, che dell'alte montagne calcavano i confini
In quell'epoca remota e oscura.

VERSO DEL CANTO DELLA SPADA DORATA

OCEANI di nuvole si innalzavano in onde imponenti attorno alle cime gelate del remoto Nord. Vapori candidi ribollivano, velando i precipizi scintillanti di ghiacci affilati. Eterne ed imperturbabili al di là della comprensione umana, le montagne stesse si ergevano salde contro questa marea, le loro balze affilate eternamente stese a tagliare il cielo. Sotto le loro basi, un terrore era stato da poco scatenato in un'esplosione di luce argentata; qualcosa di antico e letale, sepolto molto tempo addietro. Ora era libero, e si stava muovendo. Dalla parte opposta dei Quattro Regni di Tir, a centinaia di leghe di distanza, una forza ben più terrena era in movimento.

Affacciata ad una finestra nella parte alta della torre, la Regina Saibh, nascosta alla vista, osservava i suoi quattro aitanti figli, l'assemblarsi dei nobili sui camminamenti merlati del palazzo e l'affollamento di uomini e cavalli sotto la sua finestra. Nel guardare ai battaglioni in partenza era straziata dall'angoscia. Erano, quelli, giorni in cui piangeva spesso.

Le sue dame accompagnatrici mormoravano fra di loro quanto la regina, nella sua grazia triste e malinconica, ricordasse loro un fiore appassito che si inchini sotto una lieve pioggia.

Uabhar si era compiaciuto nel vedere gli occhi di sua moglie gonfi e cerchiati di rosso, aveva gioito dei suoi lamenti e disprezzato la sua incapacità di contenere le sue emozioni. Pensava che piangesse per lui.

«Piangi per tuo marito», le aveva ingiunto, incoraggiandola con fervore. «Piangi per me, che vado in battaglia, mentre parto con gioia alla carica. Vedi, mia cara, se un re ride dei suoi nemici e mostra di non aver paura di affrontarli, i suoi sudditi si convinceranno che i Quattro Fati siano dalla sua parte. Questo darà alle truppe il coraggio di rischiare le proprie vite in nome della loro patria. Io devo ridere, ma tu dovrai piangere, perché presto partirò per affrontare grandi pericoli, e forse non farò ritorno. Allora tu sarai vedova, e tutto ciò che io ti ho dato ti sarà portato via: il tuo titolo di Regina, i tuoi gioielli, le tue lussuose stanze a palazzo. Tu non sarai più nulla. Piangi per me, mia cara, com'è giusto che faccia una buona moglie.» Infine, come ultima stoccata, aggiunse: «I miei figli cavalcheranno al mio fianco, verso la gloria o verso la morte.»

E quel fiore appassito, la regina, pianse più amaramente che mai, ma non una lacrima versata fu per lui; pianse per i suoi quattro figli coraggiosi, e pianse anche per Fedlamid macDall, il suo servitore, che non fece mai ritorno.

Sotto la finestra di Saibh, il Re di Slievmordhu Uabhar Ó Maoldúin dal suo camminamento merlato spingeva lo sguardo oltre il Campo della Fiera di Cathair Rua, la cui terra ben battuta brulicava di uomini armati, cocchi e armamenti. Chohrab Shechem, Re di Ashqalêth, osservava da quello stesso punto sopraelevato, sdraiato su di una lettiga coperta da un drappo intessuto d'oro. I ministri favoriti da Uabhar stavano pochi passi più indietro, spalla a spalla con un nutrito gruppo di funzionari del casato e cortigiani, tuttavia in questo assembramento tanto di gioielli e ricchi ricami non comparivano le vesti bianche dei druidi, che sempre spiccavano come pallide candele. Le vesti dei cortigiani avvampavano di colori intensi; ai rossi sanguigni di Slievmordhu, intrisi di vino, sangue e fiamme, si mescolavano le sfumature solari di sabbia e argilla cotta di Ashqalêth. Tutti gli occhi erano puntati sul campo, dove l'ultima di una serie di vaste e chiassose formazioni pronte per la battaglia si stava disponendo in assetto di marcia, per poi partire. Tutto attorno risuonavano rumori; il terreno tremava sotto il battere degli zoccoli, il marciare degli stivali e il sordo mormorio della ghiaia schiacciata sotto pesanti ruote di ferro. Nell'aria polverosa si alternavano ordini urlati, fischi assordanti, schiocchi di fruste, rulli di tamburi, squilli di trombe e grida di incoraggiamento provenienti dai civili radunatisi al limitare del Campo per assistere.

La notizia dell'imminente invasione proveniente dal sud non aveva ancora passato i confini di Cathair Rua, capitale di Slievmordhu, e perciò il regno settentrionale di Narngalis ne era ancora all'oscuro. Uabhar aveva messo l'informazione sotto segreto, evitando inoltre di dichiarare apertamente guerra, come invece voleva l'antica ed onorevole tradizione. Avrebbe lasciato che i suoi nemici lo scoprissero troppo tardi, così da poterli cogliere di sorpresa. Avendo egli controllo totale sul sistema di comunicazione della sua nazione, egli non aveva risparmiato sforzi per tenere l'informazione sotto silenzio il più a lungo possibile. Aveva bloccato le torri segnaletiche di Slievmordhu e proibito l'utilizzo di piccioni viaggiatori. Per la prima volta nella storia, il tortino di piccione veniva presentato come una pietanza patriottica, e chiunque vedesse questi uccelli volare, selvatici o addomesticati che fossero, li bersagliava con frecce o sassi da fionda. In tutto il regno di Slievmordhu i viaggiatori diretti a nord venivano fermati sulla strada ed interrogati, e le loro borse erano perquisite in cera di lettere; quanti fossero sospettati di essere spie, o anche semplici vittime del capriccio dei loro aguzzini, venivano immediatamente incarcerati. A dispetto degli sforzi di Uabhar, voci di disordini avevano iniziato a trapelare dalle maglie della sua rete, sebbene le terre di cui intendeva impadronirsi non fossero ancora state raggiunte da nessuna prova concreta dei suoi piani.

Questa censura durò abbastanza a lungo da permettere ai comandanti militari dei due regni meridionali di mobilitare in segreto i propri eserciti.

I battaglioni di fanteria delle avanguardie Slievmordhuane e Ashqalêthane, composte da arcieri con archi lunghi, arcieri con archi corti e balestrieri, erano partiti già da molto tempo da Cathair Rua, affidati al comando dell'Alto Comandante Risteárd Mac Brádaigh affiancato dalla sua controparte Ashqalêthana. Sessanta compagnie di arcieri massicci e barbuti erano marciate avanti, con gli scudi rotondi portati sulla schiena e gli archi di tasso issati in spalla. Ciascun soldato portava alla cintura una spada o un'ascia, a seconda della sua preferenza, mentre al fianco destro spuntava la faretra, con i suoi ciuffi di piume di oca, piccione e pavone. Alle spalle di ciascuna compagnia di arcieri marciavano due suonatori di tamburi intenti a battere sui loro nakir e due trombettieri in uniformi multicolori. Il ritmo era spedito, non sarebbero stati tollerati ritardatari.

Dopo la loro partenza una gran folla si era radunata in formazione sul campo. Il corpo principale di ciascuna armata consisteva di due battaglioni di soldati a piedi - lancieri ed arcieri - e quattro di cavalleria pesante corazzata armata di spade e lance, impiegata per caricare le formazioni nemiche. Della cavalleria, la maggioranza era composta dai migliori cavalieri di Ashqalêth, i Paladini del Deserto, sotto gli ordini del loro comandante, e da svariate compagnie dell'ordine cavalleresco d'elite di Slievmordhu, i Cavalieri della Torcia.

Una delle compagnie di quest'ultimo ordine, quella capeggiata da Conall "Due-Spade" Gearnach, spiccava per la sua assenza. Re Uabhar aveva inviato il comandante supremo della Loggia Rossa in una spedizione nelle lande a Sud-Est, dalla quale non era ancora ritornato.

Per quanto fosse un ufficiale molto popolare, la sua assenza in quel momento non era del tutto sgradita per coloro che gli erano vicini. Da quando era stato inviato al banchetto tenutosi ad Orielthir in onore di Re Thorgild, perfino i cavalieri di Gearnach esitavano quando dovevano avere a che fare col loro comandante, che fino a quel momento era sempre stato considerato un individuo molto amichevole. In privato sostenevano che fosse diventato un vulcano perennemente attivo, pronto ad esplodere di furia incontrollata alla minima provocazione, senza preavviso. Vi era una causa ben precisa dietro al suo umore imprevedibile; Uabhar Ó Maoldúin aveva usato il loro capo in maniera imperdonabile, intrappolandolo fra due giuramenti così che fosse costretto a scegliere se infrangere l'uno o l'altro. Successivamente, mentre i Cavalieri della Torcia si trovavano al banchetto ad Orielthir, lontano dalla città, Uabhar fece ridurre in cenere la Loggia Rossa per al fine di catturare con l'inganno i Signori del Clima, col pretesto di un inesistente tradimento. Quegli uomini di Gearnach che lasciarono Cathair Rua cavalcando fianco a fianco coi Paladini del Deserto si chiesero come avrebbe reagito il loro comandante, una volta ricevuta notizia della decisione di Uabhar di attaccare Narngalis, aiutato dal suo alleato Chorab, Re di Ashqalêth. Un simile fatto non poteva che rendere la situazione più spinosa, per il Comandante della Loggia Rossa. Se Grïmnørsland, il regno occidentale, fosse intervenuto a sostegno di Narngalis – un fatto piuttosto certo – Gearnach sarebbe stato costretto a incontrare in battaglia le forze armate di Re Thorgild Torkilslaven, padre del Principe Halvdan. Il principe e Gearnach avevano sempre avuto una grande stima l'uno per l'altro, e dopo che quest'ultimo aveva salvato la vita di Halvdan durante una battuta di caccia, fra i due si era creato un fortissimo legame d'amicizia.

I guerrieri di Gearnach, ciò nonostante, non avevano alcun dubbio sul fatto che il loro Comandante sarebbe rimasto incrollabile nella sua lealtà alla corona di Slievmordhu, indipendentemente dalle azioni commesse dal suo signore. Gearnach vedeva le avversità a cui Uabhar lo aveva sottoposto come un modo per mettere alla prova il suo valore di cavaliere, patriota e uomo d'onore; ciò che desiderava sopra ogni

cosa era recuperare la stima di sé dando prova della costanza della
sua fedeltà. Per questo i suoi cavalieri lo stimavano, e nonostante il
suo temperamento esplosivo, o forse proprio per via di esso, erano in
molti a Cathair Rua a desiderare che egli potesse essere lì a cavalcare
al loro fianco.

Ora dopo ora i corpi principali delle armate di Slievmordhu ed
Ashqalêth si erano riversati in una processione teatrale per le strade
di Cathair Rua, così che i sudditi di Uabhar potessero ammirare e
acclamare le formidabili forze armate che avrebbero difeso la causa
della loro terra. Le colonne procedevano uscendo dalle porte della
città, irte di stendardi, orifiammi, vessilli e bandiere, accompagnati da
melodie irresistibili su cornamuse e tamburi. Sei battaglioni di cavalleria leggera da entrambi i reami facevano da retroguardia. Dopo di
questi arrancavano colonne di cavalli da soma carichi di stoffe, armi di
riserva, speroni, cunei, pentolacce, ferri di cavallo, sacchi di chiodi e
rivetti ed una miriade di altri oggetti. Carri di rifornimenti seguivano
poco dietro, con il loro carico di cibarie, foraggio, munizioni, arnesi
da lavoro e pezzi di ricambio per le riparazioni, preparati galenici e
ingredienti per i farmacisti, teli ed aste per tende, materiali da costruzione, oltre ad oggetti assortiti di vario tipo come paletti acuminati
e scale d'assedio. Per ultima avanzava l'artiglieria pesante, vari tipi di
catapulte e trabucchi trascinati da gruppi di buoi. Questa era la parte
della carovana che si sarebbe mossa più lentamente, perciò veniva fatta marciare dietro le colonne, di modo da non rallentarne l'avanzata.
Folle di cittadini si accalcavano, esultando animatamente, mentre le
truppe uscivano dalla città e partivano in guerra a passo di marcia.

Otto reggimenti della Divisione del Casato, l'esercito regolare di
Slievmordhu, avevano ordini di rimanere a Cathair Rua. Il re in persona fungeva da loro colonnello, ed essi erano investiti del compito
speciale di rimanere a guardia della città mentre il loro sovrano guidava
l'armata. Al Campo della fiera le Guardie Reali a Cavallo e i Dragoni
Reali erano disposti in fila per la rivista, vestiti splendidamente, per
l'occasione, con le loro uniformi complete; tuniche scarlatte, elmi con
piume bianche, pantaloni di pelle bianca ed una corazza di piastre

per petto e schiena. Le loro cappe, tinte di rosso vermiglio foderate in blu zaffiro, ondeggiavano sulle loro spalle fino a coprire i fianchi dei cavalli. I Battaglioni Reali e le Truppe Blu si mescolavano in un unico gruppo, avanzando fieri nelle loro tuniche azzurre ed elmi rosso acceso. Infine le Guardie di Fanteria: le Guardie di Bellaghmoon, il Reggimento della Regia Guardia, le Guardie di Eastmarch, le Guardie della Valle e le Guardie di Orielthir ostentavano la loro magnificenza, forti di un addestramento eccellente quanto quello degli altri battaglioni.

Quello fu un giorno esaltante per Re Uabhar Ó Maoldúin.

Il sovrano del regno confinante ed alleato di Uabhar, tuttavia, non pareva altrettanto entusiasta. L'aspetto di Re Chohrab ne rivelava la cattiva salute: la sua pelle era cascante e tinta di un colorito itterico, mentre gli occhi erano impastati di secrezioni scure. Il re del deserto era steso su una lettiga coperta da un parasole, aiutato da otto robusti attendenti, come se mantenersi in equilibrio sui piedi calzati da pantofole lo sfibrasse troppo. Egli si era, tuttavia, ripreso dal suo precedente stato di palpitazione, per tentare di affrontare al meglio la sfida rappresentata da quella guerra. I suoi medici erano sempre impegnati a distillare preparati rinvigorenti, mentre al suo fianco il fratello di sua moglie, il Duca Rahim, gli infondeva sicurezza.

Lo spettacolo era visto con simile mancanza di entusiasmo anche da Kieran, figlio primogenito di Uabhar, che fino a quel momento aveva alloggiato ad Orielthir con suo fratello Ronin. Fergus e Cormac si erano uniti a loro sulla via di casa, e i quattro principi erano arrivati tutti insieme nel mezzo della processione. A stento riuscivano a credere a ciò che vedevano, dal momento che avevano lasciato Cathair Rua del tutto ignari del fatto che la guerra fosse imminente. Senza fermarsi nemmeno per rinfrescarsi o cambiarsi dagli indumenti da viaggio, i due giovani si diressero direttamente dal padre, sul camminamento merlato, per chiedere spiegazioni.

In ginocchio entrambi i principi baciarono la mano del padre. Uabhar, convincente come sempre, aveva già pronta una rete di menzogne accuratamente costruita, ripetuta tanto spesso che stava iniziando a crederci egli stesso. Da sempre un padre tirannico, sin da quando i suoi figli erano stati in grado di capirlo egli ne aveva manipolato ideali e desideri, con effetti su di loro tanto profondi ed inquietanti che la madre, impotente di fronte all'insidiosa eloquenza di Uabthar, in cuor suo era angosciata dal dubbio che i principi non sarebbero mai stati in grado né di vedere oltre il contorto intrico della sua influenza, né tantomeno di ribellarsi ad essa. Ben presto egli convinse i figli che Re Warwick di Narngalis fosse intenzionato ad invadere Ashqalêth, sostenendo che l'ostilità di Warwick si fosse manifestata quando egli inviò un nutrito gruppo di Signori del Clima a Cathair Rua, dove ferirono il servitore di Chohrab, per poi procedere ad incenerire la Loggia Rossa coi loro fulmini, causando immani devastazioni anche all'esterno della Loggia stessa. Uabhar tenne nascosto il suo ordine di sterminare i Signori del Clima. Pur con la sua lingua sciolta egli non era ancora riuscito a trovare una giustificazione per tale atrocità, nemmeno per i suoi figli, accecati dalla devozione filiale che egli stesso aveva coltivato, a partire dalla loro infanzia, con ogni occhiata severa, ogni commento critico, ogni predica, complimento inaspettato e aspro rimprovero. Il re raccontò loro di aver prontamente ordinato che i Signori del Clima fossero catturati e imprigionati in una delle torri del palazzo, dove, stando alle sue parole, dimoravano fra le comodità dovute al loro prestigio. «Essi rimangono comunque pericolosi», aggiunse. «Nessuno può visitarli, neppure voi, figli miei.»

Il principe Fergus si lasciò sfuggire un'imprecazione. «Meriterebbero di essere frustati a sangue per le scelleratezze che hanno compiuto!» Esclamò. «E ancora non sarebbe una punizione sufficiente, visti i danni che ci hanno arrecato!»

«Essi posseggono il potere delle tempeste», disse Uabhar, scrollando le spalle con rassegnazione. «Tenerli in ceppi e bavagli non è forse una punizione sufficiente? Senza possibilità di parlare o muoversi sono incapaci di scatenare i loro artifici magici. Abbiamo però già sprecato troppo fiato su quei vili rimesta-clima, il nostro obbiettivo principale ora è attaccare Narngalis e dare una lezione a Wyverstone, prima che lui e Torkilsalven mettano in pratica il loro piano per invadere Ashqalêth.»

«Torkilsalven?» Chiese con un sussulto il principe Kieran. «Anche

Thorgild fa parte di questo piano?»

«Ne entrerà a far parte presto, probabilmente, se già non è così», replicò impaziente il padre. «Lui e Wyverstone sono sempre stati in combutta."

Il Principe Ereditario si sentì nauseato al pensiero che la propria terra sarebbe probabilmente entrata in guerra con la terra di Grïmnørsland, alleata di Narngalis e patria di Solveig, sua futura moglie, e del Principe Halvdan, suo migliore amico. Tenne tuttavia per sé questa sensazione di disgusto, poiché prima di tutto egli era un figlio devoto e mai avrebbe osato contestare suo padre, nemmeno in una situazione tanto estrema.

Il Principe Ronin aggiunse sommessamente: «Sarebbe tremendo se la pace di Tir venisse a mancare.»

«Dobbiamo combattere per la giustizia!» Fu il grido del Principe Cormac. «Per la giustizia e per la libertà!»

«Venite», latrò il padre, «All'armeria! Questo non è tempo di chiacchiere, andiamo a prepararci a compiere il nostro dovere.»

si allontanarono così tutti insieme, a passo spedito.

Le armate del sud erano in marcia per portare il caos a Narngalis, ma il regno del nord era turbato da altri sconvolgimenti.

Fin dall'inizio dell'anno i villaggi nella regione di Silverton, all'ombra delle montagne, erano stati teatro di una serie impressionante di avvenimenti mostruosi. Chi si arrischiava ad uscire dalla propria casa dopo il tramonto andava incontro ad un destino agghiacciante; i corpi degli sfortunati venivano trovati la mattina seguente, sventrati e fatti a pezzi con precisione chirurgica. Nessuno veniva lasciato in vita, nulla veniva rubato e nessuno risparmiato; tanto i giovani quanto i vecchi, gli uomini quanto le donne, gli storpi quanto i sani, le vittime venivano trucidate senza riguardi. Nessuno era ancora riuscito anche solo ad intravedere i colpevoli, ma in tutta la regione strane nebbie avevano preso ad alzarsi dal terreno fra il tramonto e l'alba e, considerati tutti i fatti, l'opinione generale era che fosse opera di una qualche insolita e raccapricciante specie di wight unseelie.

La sera di un Giorno del Sale nei primi di Mai, Asrăthiel stava tornando a casa a Winterbourne, città reale di Narngalis, da Silverton, dov'era stata con William di Narngalis per aiutare i sovrintendenti e gli ufficiali della corona nell'impresa di scoprire maggiori indizi riguardo ai misteriosi attacchi notturni. Il suo pallone aerostatico *Lieverapido* planava senza sforzo poco sotto le nuvole illuminate dalla tiepida luce rosa del tramonto. Asrăthiel si sporse oltre il bordo del cesto di vimini. Molto più in basso, toni rossi e dorati accentuavano le sfumature sempre più intense del paesaggio. Le condizioni atmosferiche erano perfette, con leggeri venti di superficie, buona visibilità e tempo stabile. Per un po' l'eccitazione del volo e la sensazione esaltante di essere tutt'uno con l'incredibile potere degli elementi scacciarono le preoccupazioni della sua vita quotidiana. Quell'emozione, lo sapeva, non si sarebbe mai spenta.

L'aerostato si abbassò dolcemente di diversi metri, ed una corrente d'altitudine più bassa prese a sballottarlo, spingendolo ad est, fuori rotta. I Signori del Clima si sforzavano di ricorrere energie naturali già esistenti ogni volta che era loro possibile, evitando di invocare elementi che avrebbero disturbato il complicato equilibrio dell'atmosfera. Asrăthiel liberò parte del calore contenuto nel grande cristallo solare fissato saldamente nel proprio alloggiamento, riscaldando così l'aria all'interno dell'involucro ed abbassandone la densità. Lentamente l'aerostato rispose all'azione delle forze fondamentali, alzandosi di quota grazie alla spinta data dalla combinazione di gravità e pressione atmosferica. La pilota lasciò che aerostato continuasse l'ascesa fino ad arrivare all'altitudine di una corrente proveniente dal sud che aveva individuato più sopra, per poi continuare a seguire il vento maestro. Un vento che soffiava perfino più forte. Il pallone, simile ad una goccia di mercurio, scivolava agevolmente nel fiume del cielo.

Piegando la testa all'indietro per lasciar ricadere sulle spalle il suo cappuccio, la maga guardò verso l'alto, oltre l'alloggiamento sospeso del cristallo solare e il bordo dell'involucro, dentro l'interno a forma di cupola. Ricordava un enorme fiore simmetrico, acceso di un bianco scintillante. I lunghi ritagli triangolari di stoffa che si estendevano dalla base dell'involucro fino alla corona, ricordavano petali allungati, su cui le cuciture dei pannelli e l'ombra di un filo pendente, la corda della valvola di sfiato, disegnavano complesse striature. Oltre il fiore riusciva a scorgere strati di altocumuli rosei sospesi ad altezza intermedia; masse globulari dalla forma appiattita disposte in file ondulate, la cui base era sospesa ad oltre dodicimila piedi d'altezza. Questo era quello che la gente chiamava "cielo a pecorelle", sebbene ora avesse una tinta più simile al delicato colore delle orchidee. Ritirando la sua percezione climatica per un breve istante, Asrǎthiel si abbandonò alla sensazione esilarante. Le sembrò che il tempo si fosse fermato, mentre il mondo scorreva placidamente sotto di lei. La gioia del volo, del sentirsi più leggera dell'aria non si offuscava mai. «Una volta che avrai provato il volo», ripetè ad alta voce, «camminerai per sempre con gli occhi rivolti al cielo, poiché lì sei stata e lì sempre desidererai ritornare.»

Per un momento fuggevole la attraversò il pensiero di quanto più dolce sarebbe stato potersi alzare in volo come uccelli, essere davvero liberi di planare sulle loro ali. . .

I vasti prati verdi della sua casa, Gli Allori, stava arrivando in vista, al di sotto della navicella oblunga di salice intrecciato. Laggiù si riuscivano appena a distinguere le figure minuscole dell'equipaggio di terra in attesa; stavano all'erta fin da quando i segnalatori avevano annunciato loro l'imminente ritorno della loro signora. Anche un ristretto gruppo di astanti si era radunato insieme a loro; Madame Draycott Parslow, la padrona di casa di Asrǎthiel, e i suoi inquilini non parevano stancarsi mai dello spettacolo dei palloni aerostatici che atterravano o ripartivano.

Asrǎthiel mosse la corda in modo da lasciar uscire l'aria dalla valvola di sfiato sulla cima dell'involucro, abbassandone così la temperatura interna. Mentre il pallone iniziava la discesa, sfruttò il brí per richiamare lievi sbuffi di vento che allineassero l'aerostato con la piattaforma d'atterraggio. L'atterraggio fu un poco più turbolento del solito, dato che nell'avvicinarsi a terra la sua mente continuava a vagare verso altri pensieri, ma da pilota esperta quale era, lasciò che la gondola di vimini rimbalzasse sull'erba per una breve distanza, attutendo così l'impatto per poi fermarsi gradualmente. I serventi a terra afferrarono il cesto non appena smise di muoversi, assicurandosi di averlo saldamente ancorato. Con la rapidità che veniva loro dall'esperienza, stesero un telone cerato sull'aerostato, per ripararlo dai danni e dalle intemperie. Asrăthiel aprì al massimo la valvola di sfiato e saltò agilmente fuori dal cesto. I gas caldi uscirono dalla sommità dell'involucro disperdendosi nell'atmosfera, dopodiché i serventi afferrarono una corda assicurata alla cima del pallone e trascinarono l'intero involucro sul telone, dove procedettero a schiacciarlo con mosse esperte per farne uscire tutta l'aria. Dopo aver appiattito il fiore di tessuto setoso, lo stiparono a forza nella sacca che faceva da custodia.

Allontanatasi dall'aerostato, la giovane salutò calorosamente la sua padrona di casa e i suoi domestici, che la seguirono mentre si faceva strada verso l'abitazione, levandosi di dosso il cappuccio e scuotendo i lunghi riccioli neri mentre camminava. I suoi compagni erano abituati alla sua notevole bellezza, ma uno sconosciuto certo l'avrebbe guardata con meraviglia; tanto intenso era il blu dei suoi occhi e traslucida la sua pelle, da far sembrare che qualcuno avesse fatto polvere del cielo e ne avesse coperto le sue palpebre, come le ali di un uccello azzurro.

Occhi eccezionali, quelli, e velati di incertezza e confusione. Nessuna spiegazione era stata trovata per la spaventosa serie di sanguinosi crimini avvenuti a Silverton; quest'esplosione di violenza si era estesa alle campagne circostanti, arrivando a sud fino a Harrowgate e al limitare di Mulino Carta, per poi cessare inesplicabilmente. Di tanto in tanto alcuni banchi nebulosi di nebbie soprannaturali avevano ripreso ad emergere qua e là, incomprensibili come sempre. Gli agenti di Re Warwick rimanevano all'erta, ma per il momento non sembrava ci fosse null'altro che Asrăthiel, maga del clima di corte a Winterbourne, potesse fare, così ritornò ai suoi doveri abituali.

Dopo aver cenato, la maga del clima, piuttosto accigliata, si ritirò nel suo rifugio preferito, il salotto al piano superiore, in cui il tepore delle braci scacciava i freddi spifferi della tarda primavera. Sebbene ella non soffrisse il freddo - stava perfino indossando una leggera tunica di lino increspato - la domestica che si occupava dei caminetti era evidentemente ignara della sua invulnerabilità, incapace di comprenderla o schiava dell'abitudine. Invece di aprire un libro, Asrăthiel si sdraiò sopra un divano decorato a bottoni, appoggiando la testa su di un cuscino ricamato e fissando pensierosa il soffitto, sulle cui modanature in rame battuto giocava il riflesso delle fiamme.

Per un certo tempo la stanza rimase immersa nella quiete totale, rotta solo dal sommesso mormorio delle fiamme. Improvvisamente, un'interruzione.

«Quel principe, così signorile», la schernì la voce dell'urisk, che occasionalmente visitava Asrăthiel. «Saresti perfetta come sua regina. Di certo sogni di lui in questo stesso istante, convinta di amarlo.»

Il wight era in grado di muoversi in maniera sorprendentemente silenziosa, nonostante i suoi zoccoli cornei. Asrăthiel si era ormai abituata alle sue apparizioni inattese e alle sue frecciate provocatorie. Invece di indignarsi davanti al suo stuzzicarla, rispose con studiata durezza: «Ovviamente.»

Lo wight minuto e vestito di stracci, simile ad un uomo dalla vita in sù, ma dotato di gambe simili a zampe caprine, era seduto in equilibrio precario sopra un mobile di mogano addossato al muro. Osservandola con aria cinica, soggiunse: «Oserei dire che sei divorata da quello che credi essere vero amore. Gli esseri umani amano illudersi più d'ogni altra cosa, e le sostanze che scorrono attraverso i loro cervelli sono loro complici in questo gioco.»

«Certo che i nostri cervelli ci aiutano, in questo», Ribatté Asrăthiel, scuotendosi del tutto dal suo sogno ad occhi aperti e facendo leva per mettersi a sedere dritta, pronta ad ingaggiare l'urisk nel loro abituale duello verbale. «Il loro scopo primario è di assicurarsi che i corpi che li ospitano continuino a sopravvivere e procreare. Tutti gli altri artifici che il cervello crea, come la capacità di apprezzare arte e musica, innamorarsi o fare della filosofia, nascono da quell'unico scopo ultimo. Il legarsi di una donna ed un uomo è una tattica che aiuta ad assicurare la perpetuazione della nostra specie, e l'amore romantico deriva dal fatto che è una strategia vincente. Non pensare che io sia ignorante.»

«Mi rallegro di sentire che non nutri di queste illusioni», fu la risposta del wight.

La giovane concesse agli angoli della bocca di storcersi in un principio di sorriso, soddisfatta di aver disarmato il suo avversario, per quanto la ritenesse una vittoria solo temporanea. «La verità è evidente, eppure il conoscere ciò che è all'origine dell'amore non lo rende per questo meno piacevole.»

«Sarebbe forse meno piacevole per te se fossi a conoscenza degli esatti processi compiuti dal gheriglio gelatinoso contenuto all'interno del cranio umano?»

La giovane ribatté: «Se ti rispondessi 'sì' o 'no', questo ti dissuaderebbe dal continuare la tua spiegazione?»

La creatura ignorò la domanda. «Ci sono molte cose che le creature eldritch sanno della tua razza di cui voi stessi siete ignari. La sensazione di esultanza che accompagna il cosiddetto amore nella sua fase iniziale è causato dall'accumularsi nel cranio di una combinazione di dopamina e feniletilamina.»

«Usi parole per me sconosciute», rispose Asrăthiel. «Non ho idea di che cosa tu stia parlando.»

Il visitatore a stento rallentò. «In coloro che si sono da poco innamorati, questo stato di passione irresistibile dura approssimativamente due anni; il tempo impiegato dal sistema umano per esaurire queste neurotrofine. Con lo svanire del desiderio, vengono a crearsi relazioni più intime per via dell'effetto dell'ossitocina sul cervello, il quale si abbandona ad uno stato di mite e placido affetto. L'effetto dell'ossitocina sul cervello ricorda quello di sostanze oppiacee, motivo per cui il meccanismo del cosiddetto amore assomiglia tanto ad una forma di dipendenza. L'umanità ha sempre avuto problemi ad afferrare la realtà, ma quanti si trovano alla mercé di questa tempesta chimica sono distaccati dalla realtà in maniera direi singolare.»

«Sembra quasi», rispose Asrăthiel, «che tu stia suggerendo che l'amore non sia altro che una particolare forma di follia sollecitata da strane alchimie all'interno del cervello.»

«Per quanto concerne l'umanità, non è nulla di più. Fondamenta assai strane sulla cui base organizzare una società.»

«Fondamenta che ci hanno serviti adeguatamente.»

«Tu dici? Riflettici meglio.»

«Sei un eterno cinico.»

«Nulla più di un realista.»

«Ti prego, lasciaci qualcuna delle illusioni che ci sono così care!» Disse la ragazza, con un sorriso beffardo.

«Ricorda, la prossima volta che poserai gli occhi sul tuo principe», disse l'urisk, «che quelle che chiami 'passioni' non sono affatto un nobili sentimenti, ma meccanismi di sopravvivenza a base chimica, parte integrante della tua stessa carne, che si attivano per fare in modo che la tua razza rifugga il pericolo e desideri ciò che le porta vantaggio.»

Asrăthiel si rese così conto che il wight si era convinto che fra lei e William si fosse formato un legame. Non solo, egli sembrava considerare questa possibilità con disprezzo, addirittura quasi con risentimento. Che la creatura si crogioli pure nel suo brodo, è solo un suo problema se la cosa lo infastidisce - una giusta punizione per il suo essere tanto impudente da mettere il naso nei suoi affari. Non è certo affar suo a chi lei decida di dare il suo affetto. Era vero che col passare del tempo era giunta ad essere sempre meno distaccata nei confronti di William. La profondità e costanza della passione del principe per lei non le erano sfuggite. Ammorbidirebbe anche il cuore più duro, essere così intensamente ammirati ed amati con tanta fedeltà, soprattutto da una persona così degna di stima. Per quanto avesse da sempre amato il principe come un fratello, di recente si era trovata a considerarlo più come il più prezioso fra i suoi amici. La rattristava non poter dichiarare sentimenti più intensi nei suoi confronti, poiché era convinta che egli meritasse di essere amato con la stessa passione con cui amava. Se le fosse possibile dare il suo cuore ad un uomo, si ripeteva, quell'uomo sarebbe di certo William.

Tutto a un tratto, l'insistere dello wight a proposito del buon principe le parve petulante ed intollerabilmente fastidioso. «Sai essere crudele», lo apostrofò Asrăthiel, abbandonando la maschera di giocosa indifferenza.

Stranamente, questi parve rammaricarsi e distolse lo sguardo. «Sì», disse. «È senz'altro vero.»

Al termine di uno sgradevole silenzio, la maga del clima continuò: «Se proprio ti interessa sapere a cosa stessi davvero pensando prima che tu comparissi, stavo riflettendo su una cosa capitata alcuni giorni fa.»

«Di cosa si tratta?»

«Un sommovimento piuttosto bizzarro nell'atmosfera, del genere che non si verifica spesso. Era tanto forte, tanto contrario alle leggi naturali. . . era palese che qualcuno aveva esercitato il brí, da qualche parte nelle regioni meridionali. I Signori del Clima stavano agendo, e modo decisamente forte, sebbene non mi siano giunte notizie di alcun evento preoccupante. Dovrà passare molto tempo prima che i flussi tornino alla normalità, e ciò nonostante non ho alcun indizio su cosa abbia causato questo sconvolgimento. Mio nonno mi avrebbe di certo contattato, se l'avvenimento fosse stato di una qualsivoglia importanza, e tuttavia non mi è giunta alcuna notizia. È cosa assai strana, e mi rende inquieta.»

«Tu, e le tue facoltà che ti permettono di cogliere la natura degli elementi!» Esclamò l'urisk. «Molte cose tu puoi comprendere, che sono al di fuori dalla portata degli individui comuni.» Con gli occhi rivolti alla pira di rubini al centro del focolare, che fissava come se attraverso loro potesse scorgere un qualche luogo o stato dell'esistenza remoto ed incomprensibile, aggiunse sommessamente: «Ed altrettante di cui tu nemmeno sospetti l'esistenza.»

«Su questo non ho dubbi», disse Asrăthiel, presa da un moto d'affetto per quel suo confidente, così incostante e suscettibile, ma allo stesso tempo squisitamente imprevedibile. «Ma tu mi hai insegnato cose che non avrei mai potuto imparare da libri o studiosi umani.»

Durante le loro conversazioni, nella stagione passata, l'urisk le aveva rivelato molte verità a lei sconosciute riguardo al mondo, e dato risposta a domande che non aveva mai nemmeno sognato di poter fare, nonostante fosse stata istruita nel sapere accumulato nei secoli dall'umanità, alla Piana dei Frassini.

«Come ad esempio?»

«Come ad esempio i racconti sul confine esterno dei cieli.» Il wight le aveva spesso parlato delle stelle, e sembrava che egli fosse in armonia con la volta celeste allo stesso modo in cui coloro che possedevano il brì erano in sintonia con il clima; un legame con le stelle che si estendeva al di là dell'osservazione e dello studio, come se avesse, in in certo senso, un legame di sangue con i fenomeni celesti. «Tu percepisci il rallentare della rotazione del mondo», disse Asrăthiel, «causato dall'azione delle maree. Mi hai narrato del ciclo luno-solare di cinquecento e trentadue anni, dell'esatta orbita della luna, dell'esistenza di buchi neri nel cielo oltre il cielo, del nascere e morire delle stelle, delle equazioni che controllano il tempo; è incredibile, ma sai perfino misurare a che velocità si muove la luce.»

«Ah», disse il sapiente wight, «è importante che io ti parli delle stelle, poiché tutti noi veniamo da polvere di stelle."

Ogni cosa è polvere di stelle. Era una frase straordinaria, quella, un'affermazione che aveva già fatto in precedenza, ma che Asrăthiel continuava a conservare come un tesoro nello scrigno della sua mente. Quel concetto, stranamente, la confortava; era come se anche lei fosse legata all'intero universo. Fu a quel punto che le sovvenne di non aver ancora sfruttato l'immensa conoscenza del wight per avere risposta ad un mistero più recente. «Dimmi, wight, sai forse qualcosa delle uccisioni ad opera degli unseelie, nel lontano nord?» Prima che avesse finito la frase, la parete opposta fu di colpo inondata da una luce abbacinante. Il vetro piombato delle finestre si infiammò di un fulgore insanguinato. «Cos'è accaduto?» Asrăthiel balzò in piedi e corse alla finestra, guardando fuori e scorgendo, attraverso i battenti, un piccolo sole che si levava sui rilievi in lontananza. «Le Sentinelle hanno acceso i fuochi di segnalazione! Che può significare?»

Aveva appena finito di formulare la domanda, che qualcuno prese a bussare con insistenza alla porta della camera.

«Avanti!» Esclamò.

Il suo servitore, Giles, entrò e fece un inchino.« Mia signora, vi prego di perdonare l'interruzione. Un messaggero a cavallo è appena giunto da palazzo.»

«Accompagnalo immediatamente qui da me!» Il cuore di Asrăthiel mancò un battito. Che i fuochi fossero accesi o meno, la sua speranza, quasi disperata, era che il messaggio provenisse dai signori del clima suoi compagni, i quali si erano diretti a Cathair Rua per quella che lei considerava una missione molto pericolosa.

Com'era prevedibile, l'urisk Fior di Cardo era già scomparso quando Giles entrò nella stanza, e tale restò per tutto il tempo in cui lui e il messaggero di Re Warwick rimasero nella camera. L'emissario si levò il cappello, inginocchiandosi in saluto alla maga del clima, che stava in piedi a fianco del divano, alta ed elegante, ad attendere con ansia le notizie.

«Venerabile Signora delle Tempeste», disse il messaggero, «Re Warwick mi ha incaricato di porgervi i suoi più calorosi saluti. Mi ha pregato di informarvi, mia signora, che gravi nuove sono di recente giunte a Winterbourne.»

«Va' avanti.»

«Mia signora, le terre di Slievmordhu e Ashqalêth si sono mobilitate per muovere guerra a Narngalis.»

Asrăthiel non disse nulla, ma con la mano sinistra afferrò lo schienale del divano, sorreggendosi ad esso come se le ginocchia stessero per cederle.

«Le armate di Re Uabhar e Re Chohrab sono in marcia», continuò il messaggero.« Al ritmo a cui si spostano in questo momento raggiungeranno il confine con la nostra nazione entro dieci giorni, forse addirittura entro otto. I difensori di Narngalis stanno venendo richiamati alle armi. A breve si darà battaglia.»

«Grïmnørsland è già stata informata?»

«Certo, mia signora. I segnalatori hanno confermato che Re Thorgild è stato avvisato e si sta preparando a venire in nostro aiuto.»

La donna interrogò a lungo il messaggero riguardo a ciò che sapeva, finché non fu soddisfatta ed egli non ebbe più nulla da riferirle, così che lo congedò, istruendo Giles perché provvedesse alle sue necessità. Per un certo tempo restò chiusa in un silenzio inquieto. Gli unici suoni nella camera erano il crepitio delle fiamme, il fruscio smorzato dello smuoversi dei ciocchi consumati dalle fiamme e il lamento del un vento crescente contro i vetri piombati delle finestre.

I Consiglieri di Ellenhall e il loro seguito erano da lungo tempo assenti dalla Piana dei Frassini, apparentemente graditi ospiti di Re Uabhar a Cathair Rua. Non avevano spedito a casa che un singolo messaggio, nel quale riferivano che tutto andava bene. Colta da un improvviso ripensamento, Asrāthiel si chiese se quella missiva non potesse essere stata preparata da Uabhar stesso, al fine di ingannare sia lei che Avalloc. I signori del clima non avevano fatto ritorno, ed ora Slievmordhu stava scendendo in guerra. Di colpo, tutto le fu tremendamente chiaro. Avendo progettato quest'offensiva militare, il re aveva senza dubbio preso i signori del clima come ostaggi, al fine di impedire loro di ostacolarlo. Aveva tradito i suoi stessi ospiti, da infame cospiratore qual'era. Con tutta probabilità in quello stesso momento si trovavano in catene nelle sue segrete. Dovevano essere stati i loro tentativi di sfuggire alla cattura a causare i sommovimenti atmosferici che l'avevano tanto disturbata.

Asrāthiel riusciva a stento a trattenere la rabbia, quando il messaggio di guerra le rese chiaro il tradimento di Uabhar. Il suo impulso iniziale sarebbe stato di volare su *Lieverapido* fino a Cathair Rua per soccorrere i suoi compagni. Già mentre iniziava a pianificare la spedizione, si ricordò con notevole disappunto che i palloni aerostatici potevano essere abbattuti. La tela dell'involucro non avrebbe certo resistito alla punta metallica di una freccia; senza contare che gli arcieri di Uabhar avrebbero potuto scagliare frecce infuocate contro il cesto di vimini ed il pallone stesso, così da far precipitare la *Lieverapido* a terra come una meteora. Sebbene Asrāthiel non potesse essere certo ferita da un simile impatto, se fosse stata anche lei, come gli altri, catturata ed imprigionata, non avrebbe potuto aiutare in alcun modo Narngalis a fronteggiare gli invasori. Davanti al frantumarsi del suo avventato piano d'azione, poté solo ribollire di rabbia impotente.

Nell'immaginare i suoi amati compagni ed amici incatenati alle pareti di una qualche umida cella, l'ira della donna avvampò ulteriormente, ma venne rapidamente messa a freno. Non era tempo di comportarsi da bambini, c'era del lavoro da fare. Per poterli liberare Uabhar deve essere fermato.

Non nutriva alcun dubbio sul fatto che l'urisk fosse ancora nascosto nei paraggi. «Urisk», disse quindi rivolta alle ombre – poiché per qualche strana ragione non era mai riuscita a rivolgersi a lui con quel nome bizzarro che le aveva rivelato - «hai sentito il messaggero, quali tristi notizie ci ha portato! Non riesco quasi a crederci! Devo affrettarmi ad andare in aiuto di Re Warwick senza indugi. Potrei non fare ritorno agli Allori per molto tempo.» Esitò accennando un movimento, come se intendesse dire qualcos'altro, poi si trattenne, la sua mente un fiume di pensieri.

«Ebbene», giunse la voce dello wight, «così sia.» L'urisk si spostò dalle ombre alla luce delle fiamme, rimanendo in piedi sul tappeto di fronte al focolare, gli ispidi riccioli sulla sua testa incoronati da un'aureola dorata. «Tu devi lasciare questo posto, e altrettanto devo fare io.»

«Tu?» Quella frase sorprese Asrăthiel, scuotendola dalle sue febbrili elucubrazioni. «Cosa intendi dire?»

«Che vuoi dire con "cosa intendi dire"? Credevi forse che avessi preso dimora in questo tuo cumulo di mattoni come un qualche cane randagio che avessi adottato?»

«No, certamente no», si affrettò a rispondere la giovane con espressione impassibile, sebbene in realtà avesse dato per scontato esattamente quello. «Dove andrai?»

«Dovunque avrò piacere di andare.»

Resa insofferente da quel nuovo colpo, giunto immediatamente dopo il primo ed altrettanto inaspettato, tentò di dissuaderlo: «Questi sono tempi molto pericolosi.»

La figura minuta e logora dello wight era bagnata dalla luce del fuoco. Non pronunciò alcuna parola, ma il suo atteggiamento noncurante e la piega sprezzante di mento e labbra dicevano chiaramente, *Pensi che non lo sappia? Credi forse che mi importi?*

Asrăthiel fu schiacciata da un senso di perdita. Aveva sempre dato per scontato che l'urisk sarebbe rimasto agli Allori anche mentre lei fosse stata impegnata a viaggiare per conto del re, e che sarebbe stato lì per conversare, deliziarla e importunarla ogniqualvolta lei fosse tornata a casa. Dovendo fare i conti una volta di più con la consapevolezza che nulla che fosse eldritch sarebbe mai potuto essere davvero addomesticato, si sentì svuotata, come se qualcosa di prezioso le fosse stato strappato.

Tutto a un tratto le sembrò che ci fossero infinite cose nella sua mente di cui aveva sempre voluto parlare con l'urisk, ma che non aveva mai menzionato. Tentò di ricordarle tutte, ma nel momento in cui ne aveva più necessità la maggior parte di esse le sfuggivano. Sedendosi sul bordo del divano e torcendosi le mani in grembo, disse, sforzandosi di non parlare in tono querulo, «Perché desideri partire? Ti ho forse offeso in qualche modo?»

«Le mie ragioni sono solo mie. No, non mi hai offeso.» Il wight attraversò la stanza arrivando alla finestra.

Con l'avambraccio appoggiato al vetro della finestra e la fronte a riposare contro il dorso della mano, prese ad osservare accigliato il fuoco di segnalazione in lontananza. Fra le fiamme del focolare, lo scheletro annerito di un ceppo di legno collassò su sé stesso, creando una fontana di scintille simile ad un piccolo fuoco artificiale per poi collassare in un viluppo di fantasmi di fumo.

Dopo un lungo tempo, la donna disse con rassegnazione, «Vedo che, com'è tua abitudine, preferisci non confidarti. Non indagherò oltre. Permettimi almeno di dirti che la tua partenza mi rattrista. Da molto tempo ormai, penso che tu sia –» lì si interruppe, per poi ricominciare, dopo una pausa, con una goffaggine che la sorprese non poco, «straordinario. Intendo dire», si affrettò a continuare, «che penso tu sia diverso in molti aspetti dagli altri wight della tua razza. Ho imparato che hai una vasta conoscenza delle grandi scienze, che racchiude sapere che va dai moti delle stelle, fino ai segreti delle menti degli uomini e alle radici delle montagne. Mi dirai che non ho conosciuto gli altri wight come ho conosciuto te, e che perciò non ho basi su cui fare questi confronti, eppure si raccontano molte storie sulle creature eldritch, e in nessuna di esse si parla mai di creature come te.»

«Ogni essere vivente è unico.»

«Sei forse il sovrano degli urisk?»

L'urisk rise, ma senza divertimento. «Basta con le congetture», disse. «Limitati ad esercitare l'arte del clima, che è ciò che ti riesce meglio. Gli urisk sono creature solitarie e non riconoscono alcun re, come tutti sanno.»

«Sei quindi determinato a lasciare questa casa?»

«Lo sono.»

«Ritornerai, in futuro? Verrai a farmi visita?» lo incalzò.

«Maga delle Tempeste», rispose lo wight, «sai che di rado faccio promesse.»

Asrăthiel annuì, sforzandosi di impedire al suo viso di incresparsi in un'espressione di delusione.

«Tuttavia, ti posso dire questo», continuò. «Nella tua ora più buia, cercami, ed io ti raggiungerò.»

Toccata da quell'atto di gentilezza così insolito per una creatura il cui carattere spinoso ricordava molto la varietà di cardo di montagna da cui prendeva il nome, Asrăthiel fu sul punto di ringraziarlo apertamente, ma si ricordò in tempo dell'interdizione delle creature eldritch verso quel tipo di espressioni di gratitudine.

«La tua gentilezza è molto apprezzata», fu tutto ciò che riuscì a rispondere, fattasi all'improvviso imbarazzata ed esitante senza alcuna ragione comprensibile. Per quanto assurdo, si ritrovò quasi a ridere al pensiero di una creatura tanto piccola ed innocua, per quanto diversa dagli altri urisk, che si offriva di aiutare un mago del clima. Le promesse fatte da entità immortali, tuttavia, rimanevano saldi nel tempo, e una protezione eldritch poteva rivelarsi un dono formidabile, anche se ad offrirlo era una mite creatura nanica con zampe caprine.

Giles batté una seconda volta sulla porta, e nel viavai che ne seguì l'urisk scomparve. Più tardi, quando i pensieri di Asrăthiel tornarono al suo bizzarro compagno, le sovvenne che non l'avrebbe dovuta affatto sorprendere il suo desiderio di andarsene nel momento in cui la guerra incombeva, vicina e minacciosa. I conflitti degli uomini sarebbero difficilmente stati uno spettacolo apprezzabile per una creatura come lui, che si considerava infinitamente superiore alla razza umana, ed era perciò improbabile che volesse correre il rischio di finirvi inavvertitamente invischiato.

Nel corso degli anni, la sua compagnia le era stata più gradita di quanto essa stessa non avesse mai voluto ammettere. Avevano molto scherzato, insieme, e la fiducia che aveva in lui era tale che gli aveva confidato molti dei suoi pensieri e sentimenti più segreti. Allo stesso modo le sarebbe mancato il suo patrimonio di conoscenze. L'erudizione di quella creatura immortale sembrava assoluta; tanto vasta da spingerla a supporre che l'urisk avesse vissuto sufficientemente a lungo da conoscere pressoché ogni cosa. Era in grado di descrivere eventi di tempi immemorabili come se fossero ancora freschi nella sua memoria. Aveva dato prova di essere un grande conoscitore delle cose nascoste. Ricordava perfino che in un'occasione egli le aveva perfino descritto fin nei minimi dettagli le fasce sepolte chilometri sotto il terreno in superficie, gli infiniti strati di argilla, scisto ed arenaria, e i fossili che quegli strati trattenevano fra di sé, sospesi nel tempo. . .

La giovane maga ne era all'oscuro, ma uno di questi strati ricchi di fossili correva proprio sotto a Gli Allori, con la sua enorme varietà di invertebrati pietrificati conservati all'interno delle fasce ricche di carbonato di calcio. Qua e là altri simili strati di scisto si dipanavano sottoterra per molte leghe, passando oltre catene montuose, fiumi e laghi, al di là dei Monti Enigma, arrivando fino alle caverne che bucherellavano la Grande Catena Orientale di Slievmordhu.

Era proprio da quelle fetide caverne che gli ultimi Predatori stavano uscendo in marcia, pronti per la guerra. Avanzavano disordinatamente, senza alcuna disposizione per ranghi o file, marciando scompostamente e divisi non per battaglioni o reggimenti, ma in gruppi dall'aspetto sciatto, oppure da soli o in coppia, ciascuno facendo come più preferiva. Queste masse caotiche avevano ricevuto istruzioni dai loro capi riguardo al loro unico scopo, che era attaccare soldati che portassero le uniformi di Narngalis o Grïmnørsland ed ignorare quanti recavano altri colori - almeno per il momento. Quando, più avanti, le altre razze - compresi i loro alleati ed il resto della razza umana - fossero state indebolite, le loro popolazioni decimate dalle guerre e i loro villaggi e appezzamenti lasciati sguarniti; solo nel loro momento di maggiore debolezza i Predatori si sarebbero rivolti contro di loro, e li avrebbero fatti a pezzi. Per il momento, tuttavia, le masnade di Predatori dovevano mostrarsi obbedienti.

Fra di loro vi erano anche delle reclute recalcitranti, due dei quali, Scroop e Grak, stavano rimanendo particolarmente indietro. Avevano passato la serata a cercare di mantenere un basso profilo – compito non da poco, quando si ha un profilo che ricorda un relitto coperto da denti di cane – e nei loro tentativi di spiare gli altri soldati erano inavvertitamente incappati in una compagnia di trow, più vicina ad un'orda, intenta a planare verso nord spostandosi senza il minimo suono attraverso il cielo al tramonto come matasse di ragnatele sfrangiate avvolte su rami segaligni. Lo strano spettacolo li aveva resi, se possibile, ancora più nervosi.

"Muovete quelle zampe, stupidi balordi!" sbraitò il loro capitano, inchiodandoli sul posto con uno sguardo omicida. "Che pensate, che non vi vedo? Sempre indietro a cercare di fregarmi, voi! C'è da spaccar teste, e voi piagnine ci venite insieme a fare la vostra parte, di riffa o di raffa!"

I due Predatori recalcitranti seguirono ciondolando il resto dei loro commilitoni.

"Qua a far quello che dice ci facciamo inforchettare come porci," sibilò Grak a Scroop, parlando da un angolo della bocca.

Scroop, in risposta, batté le palpebre di due dei suoi occhi e annuì. "Già," rispose con la sua caratteristica voce acuta. "I Re hanno un sacco di mocciosi a combattere, e quelli c'hanno un sacco di armi mica brutte. Ci sforchettano sicuro."

"Io mica mi voglio far sforchettare."

"Manco io."

"Il Capitano ci sta portando su a nord, dentro Narngalis, a casa dei Narngalesi."

"Quelli c'hanno spade affilate mica da ridere."
"Io dico di travestirci, per me staremmo più al sicuro."
"C'hai ragione."
Proseguirono così, grattandosi le orecchie pulciose.

Le medesime stelle che rilucevano pacifiche molto sopra le caverne dei Predatori illumimavano anche il cielo sopra la città di Winterbourne.

La loro luce copriva di una patina argentea le merlature di basalto del Castello di Wyverstone. All'interno della fortezza stava avendo luogo una discussione su questioni assai pressanti. Personalità reali erano a consulta con consiglieri, segretari di stato, ufficiali ed altri membri della casata a conoscenza dei fatti. Attorno al conclave si alzavano pareti coperte da pannelli di quercia, decorate con fini dorature e tappezzate di damasco rosso. Attraverso le nervature decorative delle finestre si potevano scorgere le stelle, ma era la luce del lampadario a illuminare la stanza, riflettendosi sui panni intessuti d'oro e sui gioielli indossati dai suoi occupanti.

Asrăthiel era presente, le spalle coperte da un mantello da viaggio di un blu di intensità quasi pari a quella dei suoi occhi ed indosso un abito di broccato a scollatura quadrata. Sulla testa aveva una cuffia inamidata il cui bordo anteriore era decorato da una fascia d'argento finemente lavorata e incastonata con pietre lunari, mentre il gioiello bianco che aveva ereditato dalla madre faceva bella mostra di sé, sospeso attorno al suo collo su di una sottile catenella. Era per onorare i suoi genitori che aveva preso ad indossarlo; un tributo a suo padre, che era partito per una spedizione in terre inesplorate, e a sua madre, al sicuro nella sua dimora ma destinata a dormire in eterno, adagiata in una cupola di vetro istoriata di rose che si stagliava alta contro il cielo alpino spazzato dai venti.

La giovane aveva da poco ricevuto un messaggio segnaletico da suo nonno ad Alta Darioneth, il cui contenuto ebbe cura di rivelare all'intero consiglio. Le chiare manovre militari di Uabhar avevano confermato i sospetti di Avalloc. Come Asrăthiel, anche lui e i pochi signori del clima rimasti erano ora convinti che il re di Slievmordhu avesse catturato i loro compagni e li stesse tenendo prigionieri, in ceppi e bavagli, così che non potessero usare i loro poteri per interferire nel conflitto. I primi inviati partiti dalla Piana dei Frassini per investigare su ordini di Avalloc erano misteriosamente scomparsi senza fare ritorno. A quel punto il Signore della Tempesta aveva inviato una seconda compagnia di uomini capaci e coraggiosi, incaricati di infiltrarsi nel palazzo di Cathair Rua con l'inganno, travestendosi o utilizzando qualunque mezzo a loro disposizione. Sarebbero arrivati, se necessario, a fare irruzione anche nelle segrete stesse di Uabhar con lo scopo di individuare i prigionieri e liberarli.

«Se anche questa spedizione di salvataggio non dovesse avere successo, i miei compagni troveranno sicuramente un modo per fuggire», disse Asrăthiel, rivolta a Re Warwick e ai suoi due figli. «Uabhar non può certo tenere le loro mani e lingue immobili per sempre. Poche parole e un movimento delle dita è tutto ciò che serve per comandare il brì, e a quel punto saranno il vento, il fuoco e l'acqua a frantumare serrature e chiavi insieme! Quando avremo sconfitto Ó Maoldúin raderò personalmente al suolo le sue segrete. Come ha osato trattare i miei compagni in maniera così vile! Dobbiamo recarci immediatamente sul campo di battaglia!»

«Cavalcheremo verso sud questa notte stessa, diretti alla Piana di Eldroth», disse il re, «ma voi, Asrăthiel, non ci accompagnerete. È mio desiderio che rimaniate al sicuro, lontana dalla battaglia. Dovete restare qui al castello. Se le mie truppe non sono in grado di prevalere sul campo di battaglia senza il vostro intervento, allora non meritiamo la vittoria.»

«Come? Con il vostro permesso, Maestà, io desidero vendicare il torto fatto alla Piana dei Frassini!»

«State pur sicura che sarete convocata, se dovessimo avere bisogno di voi.»

«Nulla può ferirmi.» Costò molto, alla giovane, rimarcare le qualità che la separavano dalla razza umana, specialmente di fronte al Principe William, il cui volto tradì solo con un minimo sussulto il suo ripensare alla sua immortalità. «Vi prego, mio signore. . .»

Warwick mise rapidamente fine alle richieste di Asrăthiel. «So perfettamente che siete invulnerabile, Lady Maelstronnar, ma il mio ordine rimane quello di restare qui, per ora. Non posso permettermi il rischio che veniate catturata.»

A dispetto dei suoi desideri, la giovane sapeva che avrebbe dovuto obbedire ai comandi del suo sovrano, e per mostrare la propria accettazione gli si inchinò, pur con una certa rigidezza. Sentiva dentro di sé l'animo in subbuglio. Dissimulando la propria frustrazione con l'ingegno di un vero diplomatico, chiese: «Quanto tempo ancora prima che i rinforzi di Thorgild ci raggiungano?»

Il re fece un cenno d'assenso verso il suo primogenito e William rispose: «Le nostre stime sono che, se riuscirà a radunare le truppe entro una settimana e, in seguito, ad attraversare la nazione marciando a tappe forzate, egli sarà qui a metà Juyn.»

«Così tardi!» Esclamò Asrăthiel con sconforto.

«Per allora avremo già vinto» intervenne Walter, il fratello di William, a voce un po' troppo alta, come a voler opporre la sola forza della propria sicurezza a tutte le difficoltà che davanti a loro si ergevano.

«Se pure non dovessimo riuscire a vincere, potremo, se non altro, resistere fino al loro arrivo» aggiunse con risolutezza William. «Siamo nella nostra terra natale, le nostre truppe hanno familiarità con il terreno, a differenza degli invasori del sud. Non a caso abbiamo scelto la Piana di Eldroth come campo di battaglia. Possediamo le mappe dell'intrico di antichi insediamenti sotterranei dei Fridean. I più larghi fra quei tunnel e canali possono essere sfruttati per portare comunicazioni, o come trincee fortificate per la difesa. Le più agili fra le nostre truppe leggere potranno sfruttarli per apparire nel mezzo delle truppe nemiche, portando scompiglio prima di scomparire, facendo crollare i passaggi dietro di sé. Ó Maoldúin non sa nulla di tutto ciò, la Piana di Eldroth si rivelerà nostra alleata.»

«Abbiamo di certo bisogno di tutti gli alleati che possiamo trovare», disse Asrăthiel con amarezza, con ancora vivida nella sua mente l'immagine dei nobili consiglieri di Ellenhall tenuti prigionieri, incatenati in una qualche segreta. Si rivolse al re. «Mio signore, permettetemi di andare incontro a Thorgild così che possa proteggere lui e le sue truppe in caso Ó Maoldúin invii delle compagnie a tendere loro un agguato, o in caso si trovino insidiati dagli wight unseelie. Non sarei al fronte a combattere, ma potrei comunque essere d'aiuto.»

Il re soppesò la proposta. «Un piano eccellente!» rispose con enfasi. «Fà come hai detto, Asrăthiel, e scegli chi della mia gente ritieni più adatto ad accompagnarti.»

Quando Asrăthiel alzò lo sguardo ed incrociò quello di William, lesse nella sua espressione, "Potessi io essere fra coloro che ti accompagneranno" ma entrambi sapevano che egli non poteva lasciare il suo posto a fianco del padre.

«Vi ringrazio, mio signore» disse Asrăthiel, «ma necessito di ben poco aiuto, e il mio aerostato non è affatto spazioso. Porterò con me solo la mia accompagnatrice, se lei lo vorrà, dal momento che l'ho istruita su come aiutarmi nel decollo e nell'atterraggio.»

«Qual'è la situazione nel remoto nord, a Silverton e Harrowgate?» domandò il Principe Walter a suo padre. «Forse il destino di Narngalis è di essere stritolata nella morsa di sinistre tenaglie, con da una parte armi d'acciaio e dall'altra armi di gramarye?»

«Stando all'ultimo rapporto giunto, tutto rimane tranquillo nella regione», replicò il re. «Gli sceriffi della zona sono all'erta e numerose sentinelle sono state collocate in punti strategici affinché vigilino, in caso le forze unseelie riprendano ad uccidere. Per ora, quel pericolo è sopito. Ora basta con questo parlare! È venuto il tempo di armarci e cavalcare per difendere il regno. Addio, Asrăthiel!»

Il ventiduesimo giorno di Mai, nella data in cui Asrăthiel era solita festeggiare l'Alto Giorno di Mai quando ancora dimorava nell'Anello di Montagne, Uabhar e Chohrab oltrepassarono il confine ed entrarono nella terra di Narngalis. Le loro armate, vestite coi colori del fuoco di sangue e del cuore del sole, marciavano rapide, inoltrandosi nel regno del nord. Con passo pesante attraversavano i campi fioriti, schiacciando i ranuncoli sotto gli stivali, e calcavano le fangose strade

maestre. Le ruote metalliche dei carri, carichi di rifornimenti ed armamenti, spezzavano le siepi ai bordi delle strade, e il passo degli
stivali della fanteria risuonava forte sui ponti di legno e pietra. Lance
affusolate, picche e stendardi si innalzavano come una foresta spazzata
da venti impetuosi, mentre la cavalleria dava un magnifico spettacolo,
procedendo ordinatamente, splendida sotto gli stendardi dei reggimenti che garrivano al vento.

Re Uabhar stesso cavalcava con le sue truppe, circondato dalle
sue guardie personali, le loro rapide cavalcature ormai al passo delle
colonne più lente. Anche Re Chohrab viaggiava alla testa della sua
armata, sebbene inizialmente si fosse tenuto più indietro rispetto al
Re di Slievmordhu. Egli, in verità, non aveva affatto previsto di allontanarsi dalla sicurezza offerta dalle mura cittadine, fino al momento
in cui Uabhar non ebbe preso congedo, dichiarando di essere diretto
al fronte.

«Ma perché?» Gemette Chohrab, risvegliandosi dai suoi incubi
diurni. «Di certo i tuoi comandanti sono abbastanza capaci da poter
prendere le decisioni giuste quando richiesto, perché mettere te stesso
in pericolo?»

«Mia moglie mi ha tediato finché non ho potuto più sopportarla»,
rispose Uabhar, sconsolato. «Prega per me, poiché a porte chiuse si
comporta da vero tiranno. "Va' a dare prova del tuo coraggio" cianci-
ava. "Il popolo riderà di me, se saprà che ho un marito pavido!" Ah,
Chohrab, risparmia i tuoi rimproveri a questo povero sciocco, che si
fa mettere i piedi in testa da una donna.»

Chohrab non mise in dubbio che fosse andata davvero così, poiché non aveva mai fatto molto caso alla riservata Regina Saibh, e poco
o nulla conosceva della sua vera natura. Per quanto si sforzasse, non
riusciva affatto ad immaginare un Uabhar entusiasta in testa ad una
carica di cavalleria, gettandosi nella mischia a rischio della vita, perciò
suppose che le motivazioni date dal suo alleato per i suoi atti di eroismo fossero ragionevoli.

«Anche io, allora, devo recarmi al fronte» dichiarò Chohrab, «altrimenti il mio popolo penserà che io sia un codardo.»

«Niente affatto!» Protestò Uabhar. «È risaputo che la tua salute è cagionevole e sei troppo malfermo per compiere viaggi lunghi. Nessuno ti biasimerà, fratello mio. Che Ádh sia con te!» Detto ciò si congedò in gran fretta.

Chohrab, tuttavia, covava malanimo e una punta di sospetto. «Uabhar arringherà le sue truppe, ispirandole con le sue parole» disse a Rahim, suo suocero. «Apparirà come un miglior comandante di quanto io non sia. A lui andranno la gloria e il potere, quando trionferemo. Mi chiedo se abbia davvero a cuore i miei interessi, visto quanto poco tiene da conto le mie opinioni. Farò bene a farmi sentire, in futuro!» Ordinò ai suoi farmacisti di preparare un potente tonico, che bevve senza indugio, per poi armarsi di tutto punto e seguire Uabhar in guerra.

Giorno dopo giorno si moltiplicavano le voci che volevano Uabhar pubblicamente in combutta coi Predatori; si diceva che avesse concluso un trattato di pace con un nutrito numero di grandi masnade, promettendo loro di cessare le ostilità nei loro confronti in cambio del loro aiuto contro i suoi nemici. Uabhar pagava persone che spargessero voci contrarie, al fine di confondere le acque riguardo alle tempistiche con cui tale trattato era stato ratificato, controbattendo che anche qualora un'alleanza simile esistesse realmente, senza dubbio doveva trattarsi di uno sviluppo recente, una misura a cui il re era stato costretto a ricorrere per necessità imposte della guerra.

Nonostante le false voci serpeggiassero, alcuni dei Cavalieri della Torcia e una piccola parte della popolazione civile avevano intuito la verità; l'alleanza era stata forgiata tempo addietro, in segreto. Uabhar aveva lasciato i Predatori liberi di assaltare e taglieggiare i suoi sudditi, così che il terrore li spingesse a pagare tasse più alte, per finanziare misure di protezione. Nonostante il loro sdegno fosse grande, non nessuno aveva il coraggio di parlare, e quanti, ragionando, arrivarono alla verità, iniziarono - in privato - a dubitare dei metodi del loro re.

Molti sudditi di Slievmordhu erano convinti che se le voci riguardanti quell'alleanza si fossero rivelate veritiere il loro re sarebbe dovuto essere elogiato per aver preso misure tanto astute, dal momento che il loro effetto ultimo era garantire la loro sicurezza. Altri, sospettosi verso le masnade di Predatori, guardavano con timore alle possibili conclusioni di una simile alleanza. I cittadini di Slievmordhu che non solo non approvavano le azioni del proprio sovrano, ma anzi maledicevano lui e tutte le sue macchinazioni, erano soprattutto coloro che risiedevano nei villaggi collocati sulla strada percorsa dall'esercito in marcia verso nord, poiché Uabhar e Chohrab diedero ordine di attingere liberamente a tutto il cibo ed il foraggio che fossero riusciti a trovare nei territori che stavano attraversando. Le truppe, inoltre, furono tutto fuorché gentili con coloro che depredavano, nonostante fossero loro connazionali.

Quando infine i battaglioni appena mobilitati da Re Warwick, sfrecciando a sud, oltrepassarono le Rupi Nere e giunsero alla Piana di Eldroth per affrontare l'invasione, le avanguardie di Slievmordhu e Ashqalêth avevano già raggiunto il crocevia conosciuto come Bivio del Maniscalco, a cui la strada secondaria per l'Anello di Montagne si biforcava verso ovest. Se avessero preso quella direzione sarebbero arrivati fino alle porte di Alta Darioneth. Non avevano, tuttavia, alcuna intenzione di dirigersi alla roccaforte dei signori del clima. Il loro obbiettivo era in tutt'altra direzione.

In testa alle colonne di invasori, piccoli gruppi di fanti di Slievmordhu ed Ashqalêth compivano continui giri di ricognizione, perlustrando il terreno in cui si sarebbe potuta celare la fanteria nemica in attesa di prenderli in un agguato e tenendosi all'erta in caso venissero avvistati esploratori nemici. Fu solo in prossimità del bivio che incapparono nei primi soldati nemici; una pattuglia d'avanguardia di arcieri di Narngalis, che bersagliarono immediatamente i soldati del sud con una pioggia di frecce.

I messaggeri si affrettarono a tornare indietro ed informare il Comandante Mac Brádaigh che arcieri nemici erano nascosti dietro i cespugli e fra i sentieri laterali, quasi invisibili dalla strada, e che più avanti erano in attesa fila di fanti armate di archi, picche, martelli da guerra ed asce. Senza indugio, Mac Brádaigh ordinò alle sue truppe più avanzate di fermarsi e assumere lo schieramento da battaglia, attendendo che le prime compagnie del corpo d'armata principale li raggiungessero. Prima che l'esercito dal sud avesse tempo di disporsi in formazione, l'avanguardia di Re Warwick proruppe in un attacco improvviso. Gli arcieri di Narngalis continuarono a far piovere frecce sugli scudi della loro fanteria, nel bel mezzo delle truppe di invasori, che subirono numerose perdite nei loro tentativi febbrili di ripagare le salve di frecce con la stessa moneta. Mac Brádaigh, tuttavia, riuscì a portare rapidamente le sue truppe in una posizione da cui erano in grado di fronteggiare l'assalto, e a quel punto la sua fanteria rispose, tirando sul nemico.

Così ebbe inizio il primo scontro di quella guerra – la battaglia del Bivio del Maniscalco.

2
UNA FORZA MALVAGIA

Perché mai ti diparti, signor mio,
Sul candido tuo destriero?
Per terre lontane, alla tua casa dici addio,
E cavalchi senza me sul tuo sentiero.

Vai tu forse alle giostre ed ai tornei
Per coprirti di medaglie il petto fiero?
Dirai forse, a scudo issato, "è per lei",
Fra i padiglioni camminando altero?

Vidi in sogno mille e più trombe d'ottone,
E campane dal suono assai severo,
Tende erette come piume di pavone,
Tinte d'oro, di vermiglio, verde e nero.

Ma ahimé, tu non cavalchi verso i giochi,
Con a fianco i tuoi compagni e il tuo scudiero.
Vai a sfidar di questa guerra i fuochi,
Che per milioni ha fatto di campi un cimitero.

Addio. Posso solo unirmi a chi ti piange, ormai,
Ché il loro lutto, come il mio, è sincero.
E mi domando - farai ritorno o morirai
Fra i padiglioni fulgidi, o guerriero?

TUTTA la valle e le colline circostanti riecheggiavano del pianto degli Wight Gementi. Chiunque fosse riuscito a scorgere una di queste creature si sarebbe ritrovato ad osservare una lavandaia cenciosa inginocchiata sulla riva di un torrentello, intenta a strofinare energicamente un vestito sporco di sangue, le spalle scosse dai singhiozzi. Era raro, tuttavia, che esseri umani arrivassero a posare lo sguardo su queste apparizioni sfuggenti, dal momento che le loro voci erano abbastanza forti da essere udite a grandi distanze. I lamenti dei Gementi vaticinavano le morti degli uomini, e molta era la morte nel futuro del Bivio del Maniscalco. I gemiti continuarono senza sosta, appena coperti dalla canzone della guerra: urla e strepiti, il cozzare delle armi, i tamburi e le trombe.

Per tre giorni la battaglia imperversò come ad ondate, facendosi a tratti più feroce per poi placarsi nuovamente. I Cavalieri della Torcia combatterono con ardore per Slievmordhu, ma erano privi della loro compagnia più esperta, e l mancanza del loro condottiero, Conall Gearnach, pesava sulla loro fierezza in battaglia. Ciò nonostante, loro fila erano tanto disciplinate quanto quelle della cavalleria d'elite di Narngalis, la Compagnia della Coppa - a differenza di quelle dei loro omologhi della cavalleria pesante di Ashqalêth. I Paladini del Deserto erano fermamente convinti di meritare la posizione più onorevole, quella in prima linea, e per questo motivo si spostavano di loro iniziativa per arrivare a quella posizione, finendo così per ostacolare i Cavalieri della Torcia ed intralciarsi gli uni con gli altri, spesso ignorando gli ordini ricevuti per soddisfare i propri desideri di gloria individuale. Questa mancanza di disciplina portava scompiglio fra i ranghi degli alleati di Slievmordhu e Ashqalêth.

Notando il disordine crescente che minacciava di sconvolgere le sue strategie, Mac Brádaigh decise di provare tattiche nuove. Aveva aspettato con impazienza il momento in cui i Predatori avrebbero invaso il campo di battaglia come mosche che sciamino su una carcassa, in risposta al messaggio portato loro dai suoi stessi ufficiali. Sapeva bene che il nemico sarebbe stato preso da sgomento se si fosse trovato inaspettatamente a fronteggiare i feroci soldati Predatori. Quando gli giunsero i primi rapporti che rivelavano il tanto atteso arrivo sul campo di battaglia dei primi gruppi di cavernicoli, decise che era venuto il momento di un'ulteriore sorpresa.

Re Uabhar aveva affidato a Mac Brádaigh lo strano artefatto ritrovato nelle rovine della Cupola di Strang, il Pettine Silvano, insieme al segreto che lo governava. Spronando il cavallo fino attraverso le prime linee fino al cuore della mischia, l'Alto Comandante scagliò a terra l'artefatto goblin, scandendo la Parola.

I diciannove denti del pettine affondarono nella polvere.

I suoi uomini e i loro alleati erano preparati per ciò che sarebbe successo di lì a poco. L'alzata di determinate bandiere e il suono di tamburi e trombe avevano dato l'allarme: *Preparatevi, attenti alla stregoneria!* Le truppe del sud erano state precedentemente istruite riguardo a ciò che sarebbe accaduto e si ritirarono di conseguenza, ma rimasero comunque sorprese. Le truppe loro avversarie, dal canto loro, furono prese alla sprovvista e gettate nella confusione.

All'improvviso una foresta di alberi argentati di una bellezza innaturale spuntò tutto intorno e nel mezzo del gruppo di soldati. La corteccia di quegli alberi pareva incisa di spirali e disegni armoniosi, mentre le foglie luccicavano e frusciavano, sebbene nessuna brezza le stesse accarezzando. Cupi vapori si attorcigliavano fra i tronchi, dando l'impressione di possedere volontà propria. Inquietanti movimenti e sfarfallii facevano pensare che strane ed inimmaginabili creature si aggirassero furtive nelle scure profondità di quei boschi. La mente di ogni soldato che si venne a trovare all'interno di questa foresta di follie fu inondata dal ruggito ovattato dell'oceano e dal secco frusciare di foglie morte scosse da un vento d'autunno. Si sentirono storditi e disorientati, come se fossero stati trasportati in un qualche reame alieno, in cui nulla di ciò che avevano mai visto o saputo aveva alcun senso, e la loro meraviglia sfumava in una sensazione di tragedia e devastazione imminente.

Se le illusioni del Pettine avevano turbato i difensori, l'arrivo dei Predatori frantumò completamente ogni loro sicurezza. La loro prima apparizione sconvolse sia gli invasori che i difensori. Mac

Brádaigh, difatti, non aveva avvisato in anticipo le sue truppe o quelle di Ashqalêth, poiché l'insolita alleanza di Uabhar non era mai stata apertamente riconosciuta; la decisione di mantenere quel segreto fino all'ultimo era motivata dalla propensione della gente ad abbandonarsi alle chiacchiere. Se le truppe del sud avessero saputo di quella manovra, infatti, in un modo o nell'altro quella conoscenza sarebbe arrivata anche ai loro avversari a nord. I soldati in tutti i campi reagirono con impeto all'intrusione di quelli che tutti consideravano dei nemici, finché un ordine non si fece strada fra le fila dell'esercito del sud: *"Non abbiate timore, ché i Predatori sono dalla nostra parte!"*

Imponenti e forti come tori, i massicci assalitori seminarono il caos fra gli uomini di Narngalis. Fra i combattenti si diffuse lo stupore, mano a mano che si rendevano conto che le dicerie non mentivano affatto, che Uabhar aveva davvero stretto un qualche patto con i mostri. Le truppe avvamparono di oltraggio e disgusto, perfino nel pieno della battaglia, ma quando gli uomini vestiti dei tabarri di Slievmordhu e Ashqalêth si videro ignorati dagli assalti dei mostri e osservarono la devastazione che quegli immensi soldati deformi infliggevano ai nemici, essi si sentirono rincuorati e molti di loro presero a vedere di buon occhio quella manovra inusitata.

In svantaggio numerico, demoralizzate e incapaci di proteggersi dagli effetti debilitanti delle visioni sovrannaturali generate dal Pettine, le forze venute dal Nord furono infine costrette alla ritirata. Gli ufficiali di Re Warwick si adoperarono per far in modo che la ritirata avvenisse con ordine, così da poter radunare le truppe, trasportare via i feriti e riadattare le proprie tattiche. Gli invasori fecero schermaglia, inseguendo e finendo le truppe più lente, finché Mac Brádaigh non le richiamò, radunandole e facendole arretrare. Entrambe le fazioni avevano subito ingenti perdite, ma le truppe del sud erano riuscite a prendere il controllo del Bivio del Maniscalco. Re Uabhar concluse che l'invasione era iniziata ottimamente.

Quella notte, i suoi soldati resi euforici dalla vittoria cantarono canzoni di antiche battaglie e bevvero le loro razioni di birra, tutti radunati attorno ai fuochi:

Dai monti a nord gl'infami goblin, in tempi antichi scesero,
Dominaron le notti fatali, e molte terre d'assedio presero.
Wight e uomini combatterono, in battaglie grandi e tremende,
Ma fra tutte codeste fu solo Colle Argento ad entrar nelle leggende.

Da antri di montagna eruppero le orde goblin con urla abbiette,
Ma di Slievmordhu le fiere armate le respinsero, ed invero nessun
  cedette.
Sempre volti verso sud, in attesa di veder le teste piumate
Dei rinforzi, ben tre compagnie, di tutto punto armate.

"Questo campo noi terremo" urlò il capitano "finché non giunger-
  anno!"
Non abbandoneremo Colle Argento. Le orde mai ci schiacceranno!
Era Sir Seán di Bellaghmoon a guidar la compagnia alla guerra,
Nessun uomo più ardito o valoroso mai calcò questa nostra terra.

Pure i goblin, numerosi come mai, giungevano in massa, ad ondate.
Ed ahimé poche erano le spade d'oro dai foderi degli uomini
  snudate.
Si trovarono in numero superati, e tuttavia il loro ardor non venne
  meno.
"Truppe dirette a nord sono già in viaggio! La vittoria sarà nostra
  in un baleno!"

Prima però d'uscire dai loro scuri e vasti antri, i goblin eran conv-
  enuti,
Avanti avean mandato i loro schiavi, coboldi addestrati e assai astuti,
Che per sentieri nascosti, d'oscurità ammantati, con passo rapido
  strisciarono.
Arrivarono alle compagnie ancora in viaggio, e tutte nel sonno le
  massacrarono.

Per tutta la notte, Sir Seán di Bellaghmoon, su Colle Argento si
    batté,
Fino all'agognato sorgere del sole, i soldati sì fedeli accanto a sé.
Mentre la notte cedeva al sole il trono, i goblin andarono a indi-
    etreggiare,
E tutto attorno non v'era che orrore, che l'alba procedeva a rivelare.

"Ahimé!" Gemette Bellaghmoon, la nobile fronte increspata dal
    dolore.
"Un triste fato ha colto i nostri compagni, o qui sarebbero ormai
    da ore!"
"Dobbiamo ritirarci," lo incitarono i capitani, "prima che il sole
    sia calato,
Ché i goblin si muovono col buio. Son di noi il doppio, ognun di
    noi sarà trucidato!"

Ma risoluto gridò Sir Seán di Bellaghmoon "Fuggir non sarà la mia
    sorte,
Ho giurato di restare a protegger Colle Argento, e ciò farò sino alla
    morte."
Pur vedendo che non v'era più speranza, la sua truppa sulla collina
    si raduna,
Ogn'uomo spada e lancia affila, illuminato dal sorger della luna.

Giunse strisciando, l'oscurità, e i goblin annientarono i guerrieri,
Spiccaron dal busto la testa prima a Bellaghmoon, poi ai capitani
    fieri,
E sulle picche le vollero issare. Alle arcane grotte fecero poi ritorno,
Portando i macabri trofei, da inchiodare poi alle pareti tutto in-
    torno.

Sopra i cancelli del regno dei goblin fu appeso quel bottino rivolt-
    ante.
La valle echeggiava del lamento dei venti, sulle montagne ruggiva

il tuono roboante.

Ma il nobile Sir Seán di Bellaghmoon ben si batté, e non fu inutile la sua morte.

O voi bardi e menestrelli, a cantarne gesta e nome andate, di corte in corte.

Ché rimase fedele al suo sovrano, pur di fronte ad immense avversità

Rimanendo fedele alla corona, saldo e impervio ad ogni calamità.

Mentre i soldati cantavano, molto più in alto, lontana dal clamore della guerra, Asrăthiel viaggiava sul suo pallone aerostatico affiancata da Linnet, la sua damigella, diretta ad ovest. La servitrice era appoggiata al bordo del cesto e si sporgeva per osservare affascinata il paesaggio che stavano sorvolando. Amava volare, e la sua signora le aveva insegnato i rudimenti del mestiere dell'aeronauta.

Preoccupata per la situazione drammatica dei suoi compagni e per i suoi amici che erano impegnati a difendere Narngalis, la maga del clima stava manovrando l'aerostato senza molta concentrazione. Era comunque sufficiente, dal momento che dopo le innumerevoli ore passate in volo, non aveva bisogno di pensare coscientemente a ciò che doveva fare. La combinazione delle sue osservazioni con la sua istintiva percezione di altitudine, velocità del vento e direzione, le permetteva di individuare i punti giusti in cui avrebbe trovato le correnti che desiderava. Rilasciava calore dal cristallo solare quando desiderava salire e interrompeva il flusso poco prima del punto in cui desiderava fermarsi, senza doverci neppure riflettere coscientemente. Ai piloti in erba capitava spesso di eccedere e salire troppo in alto prima di stabilizzarsi, ma Asrăthiel, per cui gli elementi erano un'estensione dei suoi stessi sensi, non commetteva mai questo errore.

Ad un'altezza di cinquecento piedi si trovava un sottile strato di nuvole dalla consistenza quasi spumosa che si dipanavano orizzontalmente come una tavola. Subito al di sopra si vedeva una profonda spaccatura di cielo terso, coperto da spessi cumuli in rapido movimento, che ricordavano batuffoli di lana d'agnello trasportati da una limpida corrente. Più in basso si scorgeva il fiume serpeggiante, grigio come peltro lucido, le rive coperte da grovigli di piante di un verde intenso. Masse di fogliame intricato punteggiavano il paesaggio a perdita d'occhio, e attraverso la densa cupola di rami si poteva, a tratti, scorgere la strada. Ogni tanto Asrăthiel e la sua passeggera vedevano una curva nella strada, come incisa all'interno del fogliame, con fazzolettini di campi coltivati e pascoli che si allargavano a ventaglio sul limitare, appuntati con i tetti dei solitari edifici, simili a bottoni quadrati.

La marcia delle colonne di cavalleria e fanteria di Re Thorgild era facile da individuare; un serpente dalle lucide scaglie di metallo che, sinuoso, si faceva strada lungo il Sentiero del Fiume coi gagliardetti che garrivano al vento. Le truppe che marciarono al di sotto dell'aerostato, alzando lo sguardo, si trovarono ad osservare due giovani donne stupendamente vestite che scivolavano nell'aria, trasportate da una candida sfera argentata, e la vista li riempì di meraviglia. La presenza di un mago del clima che li aiutasse durante il viaggio era sempre ben accetta. Asrăthiel guidò il pallone con una precisione che i piloti privi del brí potevano solo sognare, fino a portare l'aerostato a librarsi poco sopra le punte degli alberi davanti alla testa della colonna in marcia, muovendosi alla stessa velocità delle truppe sottostanti. Stormi di corvi si alzarono in volo dagli alberi al passare del pallone aerostatico.

Re Thorgild cavalcava in testa insieme ai suoi tre figli Hrosskel, Halvdan e Gunnlaug. Cavalcavano senza elmi in testa e i loro capelli del colore dell'oro misto al rame rilucevano ai raggi del sole che riuscivano a sfuggire alle nuvole. L'emblema della barca a vele quadrate era ricamato sullo sfondo turchese dei loro tabarri di velluto, mentre i finimenti dei loro cavalli erano adornati da piume di pavone. Al di sotto dei tabarri si potevano vedere le armi, ma erano ancora sprovvisti dell'armatura pesante da guerra. Sovrastando il gracchiare e lo svolazzare dei corvi, Asrăthiel scambiò i saluti di rito con la famiglia reale e li consigliò come poté: Non avendo avvistato segni di pericolo durante il viaggio poteva supporre che il cammino avanti a loro fosse libero, e li informò che le truppe di Re Warwick in quello stesso momento erano dirette a sud, intenzionate ad intercettare il primo affondo portato dagli invasori. Sottolineò quanto fosse assolutamente necessario fare il più presto possibile, dal momento che Narngalis si sarebbe trovata in inferiorità numerica e in svantaggio contro le forze combinate di Slievmordhu ed Ashqalêth.

Le colonne marciarono ben oltre il tramonto, ma infine, dopo che furono sbucati in una valle fertile e rigogliosa scavata dal fiume, Thorgild diede l'ordine di fermarsi e preparare il campo per la notte. Per quanto fosse essenziale la velocità, le truppe dovevano arrivare a destinazione pronte per combattere, non esauste e affamate. Tempo un'ora e l'intera vallata era stata coperta da una città in miniatura fatta di ripari mobili.

La terra di Grïmnørsland veniva da un lungo periodo di pace e, di conseguenza, era sprovvista di tendaggi adatti ad una campagna militare. Molte delle strutture impiegate in quella campagna erano antiquate, la maggior parte era fatta per essere usata per tornei, cerimonie di stato, pranzi all'aperto o spedizioni di caccia. Le tende erano realizzate con il pesante tessuto di solito riservato alle vele per navi e tinte col giallo dell'erba luteola, a cui andava a sovrapporsi una seconda tintura a base di guato che creava una profonda sfumatura verde-blu, ed avevano forma triangolare o di cuneo, con motivi ittici come finiture. Il complesso di tende della famiglia reale dominava l'intero accampamento, con i suoi lati verticali adornati di figure araldiche e gli stendardi issati sulle aste in cima ai tetti appuntiti. Era qui che Thorgild teneva i suoi cavalli e i ranghi più alti del suo casato. La struttura principale del complesso consisteva in dodici padiglioni, a singola o doppia punta, adornati da cortine drappeggiate e guarnite da nappe, tutti collegati da aperture. Quattro dei padiglioni erano ad uso privato di Thorgild, uno era dedicato alle riunioni del consiglio di stato, uno per il bagno, uno per armi ed armature, mentre gli altri padiglioni erano per i suoi figli. Considerato che si trattava di padiglioni reali, il loro carattere spartano appariva ancor più evidente.

Solo una volta che ebbe fatto atterrare il pallone insieme a Linnet ed ebbe raggiunto la famiglia reale all'interno dei suoi alloggi,

Asrăthiel iniziò a riferire loro delle voci che volevano Uabhar alleato coi Predatori, dei misteri ancora irrisolti di Silverton e, soprattutto, del tradimento e della cattura dei signori del clima, non più un sospetto ma ormai una certezza. Non aveva certo intenzione di danneggiare il morale delle truppe gridando notizie tanto sconvolgenti dall'alto del pallone aerostatico.

I suoi ascoltatori rimasero in silenzio ad ascoltare mentre Asrăthiel riferiva le notizie, seduti su mucchi di cuscini di broccato distribuiti sul tappeto che faceva da pavimento alla tenda. Lampade pendenti da lunghe catene fissate al palo di colmo rilucevano come gemme sfaccettate, la cui luce stendeva una patina soffusa sui tendaggi e i festoni di raso appesi al tetto. Il più giovane dei principi, Gunnlaug, sedeva a gambe incrociate con un piatto di salsiccia all'aglio appoggiato sul ginocchio, masticando mentre ascoltava.

«Mi duole molto che Sir Isleif e i Campioni dello Scudo non siano stati in grado di proteggere i signori del clima dal tradimento di Uabhar.» commentò con voce cupa Thorgild, quando Asrăthiel ebbe finito di parlare. «I miei cavalieri non sono mai tornati da quella missione. Uabhar mandò un messaggio in cui riferiva della loro uccisione per mano di una banda di Predatori, avvenuta a meno di due leghe da Cathair Rua mentre ancora erano in viaggio, ma non ho creduto ad una sola parola. Nessun barbaro cavernicolo avrebbe potuto sopraffare guerrieri tanto esperti. Sono ora del tutto certo che a causare la loro morte siano state le scelleratezze di Ó Maoldúin, ma non c'è modo di provarlo.»

«Anch'io piango la loro morte», aggiunse Asrăthiel. «Grande era la fama dei Campioni dello Scudo fra il popolo, ed altrettanto grande era la stima di cui era oggetto Sir Isleif.»

«Era un uomo d'onore», convenne il principe Halvdan, «un difensore della sua gente, vincolato dai suoi giuramenti a difendere verità e giustizia.»

«In ogni situazione si è sempre dimostrato un uomo capace, saggio e determinato.» Concluse suo fratello maggiore Hrosskel.

«E ciò nonostante», intervenne Gunnlaug fra un boccone e l'altro, «sembra essere stato sopraffatto. Non c'è dubbio, Ó Maoldúin è un nemico formidabile.»

A quelle parole, Re Thorgild aggrottò le sopracciglia in un moto d'irritazione, mentre Hrosskel lanciò un'occhiata di disapprovazione a suo fratello minore.

«Formidabile e spietato», convenne Asrăthiel, spezzando così un silenzio carico di disagio.

«Sento dalle tue parole che ancora vai accompagnandoti a quei druidi, Gunnlaug," intervenne il monarca con voce tagliente. «Stà alla larga da loro! Troppo spesso s'immischiano in questioni di stato che non li riguardano e avvelenano le menti degli uomini con le loro subdole parole, appoggiando cause che favoriscono i loro interessi occulti - interessi che sono certo mal si conciliano coi nostri. Slievmordhu non è formidabile come ti avrebbero a credere.»

Messo da parte il piatto, Gunnlaug contò sulle dita: «Ó Maoldúin possiede un artefatto eldritch che può usare come arma e ha stretto un patto con i nostri simpatici amici delle caverne. Ha messo a tacere i suoi avversari più potenti, convinto il re del deserto ad aiutarlo ed è balzato all'attacco per primo, mentre tutti noi ancora dormivamo.»

«Come tutti, anche lui ha le sue debolezze», disse Halvdan.

«Seduto qui dove sono faccio una gran fatica a vederle», rispose Gunnlaug, «ma sono ansioso di scoprirle una ad una a colpi d'ascia.»

«Servirà qualcosa di più della tua ascia per finire Ó Maoldúin», osservò Hrosskel, in quella che era chiaro voleva essere una battuta di spirito, ma che Gunnlaug ricambiò con un'occhiata furibonda.

«Oh, tu credi?» Il giovane principe spinse il mento in fuori. «Che forse pensi di poter fare tutto da solo? O magari tu e Hrosskel insieme, spalla a spalla, i campioni di Grïmnørsland!»

«Ora basta! Tenete le vostre spacconate da aspiranti eroi fuori dalla tenda reale!" disse Thorgild, rivolgendo lo sguardo a tutti e tre i suoi figli, ma riservando le parole ad uno solo. Gunnlaug si placò, ed Asrăthiel colse l'occasione al volo per indirizzare la discussione su un argomento per lei molto importante. Per un po' il principe più giovane ascoltò senza dire nulla, palesemente annoiato, prima di alzarsi all'improvviso ed abbandonare la tenda.

Durante la precedente conversazione, Asrăthiel si era preparata a menzionare al re un argomento in particolare. Di tutte le cause politiche, quella dei diritti delle creature non umane era per lei la più importante, per quanto fosse anche, sfortunatamente, l'unica su cui aveva incontrato l'opposizione di buona parte dei suoi amici. Erano tutti ottimi individui, lo sapeva bene, ma le convenzioni culturali li avevano resi ciechi riguardo alla sofferenza causata dalle loro azioni, o, più spesso, dalla loro inazione. Far sentire la propria opinione rischiando di attirare l'altrui antipatia era difficile, ma restare in silenzio lo sarebbe stato ancora di più.

«Sarebbe stato molto meglio che questa guerra non fosse mai cominciata», disse la giovane a Thorgild, «per molte ragioni, non ultima fra le quali v'è il tremendo tributo che le battaglie degli esseri umani richiedono ai cavalli. È un'ingiustizia incomprensibile che degli animali innocenti, per di più erbivori, siano usati come macchine da guerra, finendo spesso e volentieri per schiantarsi e morendo sulla punta di una lancia. Le nostre guerre non sono le loro. Usarli in questo modo è l'apice della disumanità. L'uso della cavalleria è ingiusto e crudele.»

Era indelicato da parte sua, specie in un momento come questo, e ne era consapevole, ma come sempre era motivata da ideali di compassione, in controtendenza con i suoi migliori interessi e anche a costo di sacrificare la buona opinione di chi l'avrebbe giudicata.

La crescente disapprovazione di Thorgild era evidente. «Avete parlato di queste preoccupazioni a Warwick?» Chiese.

«L'ho fatto, molto spesso gli parlo di questo argomento. Egli comprende la mia causa, ma dice di non conoscere alternative.»

«Perché non vi sono alternative di sorta, se vogliamo difendere le nostre terre da nemici che non si fanno simili scrupoli a scendere in battaglia in groppa a cavalli.» Disse Thorgild con fermezza.

«Ciò non toglie che rimanga una cosa sbagliata», insistette la maga.

«Con tutto il rispetto, Lady Maelstronnar», disse il re in tono particolarmente formale, «io vi sono grato per l'aiuto che ci date e ho molto a cuore la vostra amicizia, ma non intendo ascoltare oltre le vostre prediche. Poco vi si addice questo atteggiamento saccente.»

Gli sforzi della maga del clima erano stati vani, come ella stessa sospettava sarebbe accaduto. Poteva solo sperare che con spiegazioni costanti, persistenza e numerose ripetizioni sarebbe, infine riuscita a spingere l'umanità a interrogarsi riguardo alla reale equità dello stato attuale delle cose. Dispensare ammonimenti in quella maniera non le piaceva affatto, e ogni volta doveva sforzarsi per riuscirvi. La questione dello sfruttamento e dei maltrattamenti le era già abbastanza odiosa, senza contare il fatto che la faceva sentire in obbligo di dire e fare cose che urtavano la sensibilità altrui; la faceva sentire come se stesse tentando di nuotare controcorrente in un torrente impetuoso che per sua natura avrebbe semplicemente guadato, per poi tornare a badare ai propri affari.

Inchinandosi con freddezza, la giovane disse, a concludere la discussione: «Chi è animato dalla compassione ha il dovere di opporsi alla crudeltà, mio signore, e a volte deve correre il rischio di vedersi affibbiare titoli poco lusinghieri, poiché vi sono cose per cui non ci può essere alcuna tolleranza.»

Lei ed il re non si parlarono più, quella sera, e Thorgild iniziò un dibattito coi suoi generali riguardo le strategie da adottare. Il principe Halvdan ed Asräthiel furono gli ultimi a tornare ai propri giacigli, e quella notte conversarono fino a tarda ora. «Questa guerra mi rattrista tanto quanto rattrista voi», le disse il principe. «Non voglio combattere contro Slievmordhu. Questa guerra mi è già costata gli amici che avevo alla corte di Ó Maoldúin.»

«Sono certo che non abbiate perso l'affetto né del Principe», disse Asräthiel, "né di Gearnach Due-Spade."

«Voi credete?»

«Kieran e Conall comprendono meglio di chiunque altro il concetto di dovere. Non vi biasimeranno in alcun modo, statene certo.»

«Posso solo sperare che presto il conflitto si risolva», aggiunse Halvdan, «e che fra i nostri regni tornino la pace e l'amicizia.»

Fu eretto un padiglione per Asräthiel ed una guardia fu messa a sorvegliare *Lieverapido* durante la notte. Il mattino successivo l'intera città di tende venne smantellata e prima del sorgere del sole l'armata era di nuovo in marcia. La maga del clima e la sua accompagnatrice li affiancavano, fluttuando con l'aerostato accanto al fronte della colonna in movimento ad un'altezza di circa duecento piedi, così da poter avvistare in anticipo eventuali segni di pericolo. Alcuni dei soldati, fissandola, presero a chiamare la maga "La Dama sulla Luna".

Aveva, almeno temporaneamente, messo da parte i suoi sforzi in favore dei cavalli usati in battaglia, dal momento che nessuno sembrava intenzionato ad ascoltarla. La sua irritazione era ormai andata ad aggiungersi al calderone di emozioni che le ribolliva in petto. La rabbia per l'incarcerazione dei suoi compagni da parte di Uabhar la divorava come una cancrena e le mani le si contorcevano dal desiderio di scatenare il fulmine. Sin da quando Re Thorgild aveva rivelato di credere che Uabhar avesse mentito su come i suoi cavalieri avevano incontrato la loro fine, Asrăthiel aveva iniziato a covare, in un angolo recondito del suo cuore, il sospetto che i suoi compagni fossero stati vittime di un fato ben peggiore della prigionia. Cercava, tuttavia, di non darsi modo di indugiare su quel pensiero, mascherando deliberatamente il tumulto che le agitava il cuore.

Re Thorgild invece appariva perennemente pensieroso e parlava solo quand'era strettamente necessario, perfino durante i pasti serali consumati insieme ai suoi figli e ad Asrăthiel. Si rimproverava amaramente di aver dato fiducia ad Uabhar Ó Maoldúin e non riusciva a perdonarsi il ruolo che aveva avuto, per quanto involontariamente, nel tradimento di quest'ultimo ai danni dei signori del clima. Nessuno riusciva a scuoterlo dalle sue cupe riflessioni, nemmeno i suoi figli, che cavalcavano al suo fianco.

Le truppe dei regni del sud, uscite vittoriose dalla Battaglia del Bivio del Maniscalco, impiegarono poco tempo a riorganizzarsi. In breve ripresero la marcia verso la regione di Narngalis conosciuta come Piana di Eldroth, di poco preceduti dai difensori in ritirata. I Predatori si aggiravano a poca distanza dai battaglioni in marcia, come bestie rapaci intente a cercare i membri più deboli di un gregge di pecore.

Esploratori e gruppi di ricognizione, sospettosi, tenevano sotto costante controllo quelle creature, che a dispetto di tutte le promesse e le alleanze continuavano a dare l'impressione di essere pronte a scagliarsi su qualunque essere umano incontrassero.

Una compagnia di cavalleria di Ashqalêth stava attraversando un pascolo affiancato da una collina quando l'avanguardia si accorse di un piccolo scontro che si stava consumando vicino ai salici che delimitavano il torrentello che scorreva ai piedi del declivio. Da quella distanza sembrava che i Predatori in cerca di vittime avessero sorpreso due soldati di Narngalis rimasti indietro, su cui si lanciarono immediatamente con violenza. Davanti allo sguardo attonito dei cavalieri, i soldati di Narngalis sfuggirono ai loro assalitori e scapparono, gettando via i vestiti uno per uno ad ogni falcata e scagliandoli tutto attorno. Cappelli e giacche vennero gettate per aria, seguite da maglie, cinture e perfino - dopo non poco incespicare, saltellare e rotolare - brache. I Predatori si diedero all'inseguimento e presto il gruppo di caccia scomparve in una macchia di ontani.

«Ha! I mostri danno prova della loro utilità», disse uno dei cavalieri, sogghignando con disprezzo.

Un altro scrollò le spalle. «Mentre gli uomini di Narngalis, messi di fronte alla sconfitta, iniziano a perdere il senno.»

Se gli spettatori di quella scena fossero rimasti ad osservare la macchia di ontani, avrebbero potuto scorgere le due figure cenciose che ne uscirono di lì a poco.

«Rogna schifosa!» stridette una voce acuta. «Uniformi! *"Dai, che le uniformi dei mena-spade ci proteggeranno"* diceva! Sfortunaccia schifosa, e schifosa pure l'idea.» Scroop si fregò le spalle contuse e si guardò attorno, scrutando il bosco attraverso le palpebre socchiuse del suo unico occhio.

Il passo ciondolante di Grak era ancora più pronunciato del solito. «Visto che fai tanto il signorino, fattene venire una migliore», lo sfidò l'altro.

Alla marca settentrionale della Piana di Eldroth le truppe di Re Warwick si ricompattarono, scavarono e fortificarono le trincee ed assemblarono i loro padiglioni oro ed indaco, pronti ad un secondo scontro col nemico con la Compagnia della Coppa in prima linea.

Dai signori del clima, gli alleati più potenti del regno settentrionale, non ci si poteva aspettare grande aiuto. Ad eccezione del Signore delle Tempeste stesso, nell'Anello di Montagne non rimaneva più nessuno che fosse un mago a tutti gli effetti, e tutti gli apprendisti a disposizione erano volati all'accampamento di Warwick per unirsi a lui. Ciò nondimeno, ogni genere di sostegno che le truppe del re ricevevano dalla Piana dei Frassini era ben accetto, indipendentemente da quanto limitato fosse. La bilancia pendeva molto chiaramente a sfavore dell'armata di Narngalis, in quanto una volta riunite, le forze armate dei due regni del sud superavano in numero quelle dei difensori. Già i soldati potevano udire i lamenti degli Wight Gementi che piangevano gli uomini le cui vite sarebbero presto state spezzate, e scherzavano gli uni con gli altri: «Ascoltate, gli wight piangono per i nostri nemici e con le lacrime lavano via dalle loro pezze e stracci il sangue degli Slievmordhuani!». L'ansia celata nei loro occhi, tuttavia, tradiva la loro apparente allegria. Gli uomini del nord pregavano con fervore perché i rinforzi di Re Thorgild arrivassero rapidamente, pur rimanendo ben consapevoli delle molte e pericolose leghe che separavano Narngalis dal regno occidentale.

Con l'inoltrarsi degli invasori nel regno di Narngalis, la notizia della loro avanzata fece divampare il panico fra la popolazione. Le truppe di Narngalis, nella loro ritirata, avevano avvertito i civili che presto sarebbero giunti gli invasori a saccheggiare e distruggere ogni cosa, così che avessero tempo per fare fagotto dei propri averi e portarseli appresso nella fuga, o per seppellirli o lasciarli al sicuro in cantine sotterranee ben nascoste. Scappavano spingendo le proprie greggi avanti a sé o, quando la fretta era troppa, le lasciavano libere di scappare, così che avessero più possibilità di salvarsi dalle frecce dell'esercito invasore in cerca di cibo. Ogni villaggio che le armate del sud attraversarono nella loro marcia si rivelò essere completamente deserto. Riuscirono a trovare ben poco che valesse la pena prendere – alcune galline, qualche sporta di segale abbandonata nella fretta – e la frutta non sarebbe maturata che molto più in là nella stagione, altrimenti i soldati avrebbero di certo spogliato i frutteti. Ciò nonostante, l'esercito aveva portato con sé provviste sufficienti, così che non si trovarono mai a rischiare la fame. Infuriati dalla resistenza dei contadini, alcuni soldati chiesero a gran voce di poter appiccare il fuoco ai tetti di paglia dei caseggiati abbandonati, ma i loro superiori li redarguirono aspramente, proibendo loro ogni atto di violenza gratuita. «Questi villaggi sono ora proprietà della corona, e chiunque sarà sorpreso a danneggiare le proprietà del re sarà fatto frustare.» Di quale corona si parlasse, se quella di Slievmordhu o quella di Ashqalêth, fu un dettaglio volutamente omesso.

Gli alleati avanzarono inarrestabili e impetuosi, attraversando la campagna fino a raggiungere il limitare delle Piana di Eldroth, oltre cui li attendeva il nemico. Fu lì che Uabhar diede l'alt. Una cintura di erba verde larga mezzo miglio separava le armate del nord da quelle del sud. In groppa al suo destriero, Mac Brádaigh si schermò gli occhi dal sole, spingendo lo sguardo oltre gli acri di terreno aperto, fino alla luccicante barricata di truppe disposte su tutta la lunghezza del confine dalla parte opposta del campo. Da astuto stratega qual'era, il comandante reagiva con eccezionale fastidio anche ad ogni minimo ritardo o indecisione, conscio dell'assoluta necessità di partire all'assalto senza perdere tempo. Quella decisione, tuttavia, era al di là della sua autorità, e per il momento il suo signore gli negò il permesso di agire.

All'accampamento di Narngalis si facevano molte congetture riguardo al perché gli invasori del sud non avessero attaccato immediatamente, in modo da far pesare il più possibile il vantaggio accumulato. Ogni ora passata senza dar battaglia dava modo alle truppe del nord di rafforzare la propria posizione erigendo terrapieni e ridotte, distribuendo approvvigionamenti, affilando e preparando armi ed armature. Essi ne erano ignari, ma fra Uabhar e Chohrab avevano avuto dei diverbi riguardo a quale strategia sarebbe stata la più adatta, e questi battibecchi avevano portato ad uno stallo negli ordini. Ancora non si era giunti allo scontro aperto, ma la tensione era palpabile in entrambi gli accampamenti. Ciascuno dei due schieramenti aspettava che fosse l'altro a fare la prima mossa, restando teso e pronto a cogliere anche il minimo segnale che indicasse che il nemico stava per andare all'attacco.

Nel tardo pomeriggio una delle sentinelle di Uabhar vide un paio di popolani aggirarsi al limitare dell'accampamento Slievmordhuano. Il suo capitano stava per dare ordine di dare l'altolà alle due figure, quando si accorse di una pattuglia di Predatori, che come loro aveva avvistato gli intrusi e che stava muovendosi per attaccarli.

«Ecco come i nostri commilitoni Predatori rispettano gli ordini di astenersi dall'attaccare i civili», grugnì uno dei capitani. «Non hanno solo l'aspetto di bestie selvagge, ma si comportano anche come tali.»

«Dobbiamo forse andare in soccorso di quei contadini, signore?» Chiese il suo luogotenente.

«No, non c'è ragione di sprecare così degli uomini. Quegli zotici sono spie, oppure semplicemente degli idioti di proporzioni epiche, per essersi avvicinati tanto a dei battaglioni armati e pronti a combattere. In entrambi i casi si meritano ampiamente le sventure che si sono attirati addosso.»

I villici scomparvero dalla vista con il gruppo di Predatori ancora alle calcagna, e nessuno degli ufficiali si diede più pensiero per loro.

Mentre l'oscurità calava, trasformando lentamente il giorno in sera, cinque occhi comparvero poco sopra la superficie di una pozza fangosa dietro un muricciolo di pietra sul confine orientale della Piana di Eldroth.

«Hah, "Travestiamoci da contadini" dice lui! "Facciamo così, che tutt'e due ci lasciano in pace" dice lui! Peccato che nessuno l'ha detto a Krorb e Ruurt, eh?» la voce stridente saliva borbottante da sotto un gruppo di tre occhi.

«Però devi ammetterlo, questo è un buon posto per nascondersi.» Gli altri due occhi appartenevano a Grak, che procedette a sfilarsi un girino dall'orecchio e guardarsi attorno in cerca di qualcosa con cui distrarre Scroop dalle sue recriminazioni. «Guarda!» disse, sollevando un artiglio grondante acqua limacciosa e puntandolo verso una coppia di gobbette che avevano tutta l'aria di essere i dorsi di due roditori acquatici che nuotavano sul pelo dell'acqua. «Ratti d'acqua! Cena pronta.»

Scroop batté i suoi tre occhi, che socchiuse immediatamente in un trio di fessure, aggiustando la propria posizione in base alla distanza, pronto a balzare sulla preda. Sotto il pelo dell'acqua, i due si prepararono a scattare, ma nel momento stesso in cui stavano iniziando il balzo Grak proruppe in un urlo sgraziato. Riuscirono entrambi a torcersi a mezz'aria e slanciarsi verso la riva della pozza per poi catapultarsi poi fuori dall'acqua, saltare oltre il muricciolo e correre via a perdifiato. Due orbite sinistre, simili a crateri scavati nel cranio liscio che era appena spuntato dalla pozza, osservarono imperturbabili la loro fuga. In quelle remote profondità sfarfallava una fiamma gelida, e dal muso crudele pendevano fasci d'alghe. Quasi immediatamente il fuath straziacarni tornò ad immergersi, lento e silenzioso, senza che nulla più di un'increspatura turbasse la superficie dello stagno. Per ultime scomparvero le due escrescenze ossee che spuntavano dalla cima del cranio. I due Predatori insudiciati dal fango erano riusciti a cavarsela per miracolo.

Durante il giorno, il dolce sole dell'estate appena iniziata riscaldava il paesaggio, riflettendosi sulle punte di elmi e lance, tra il cinguettio degli uccelli. Di notte, migliaia di falò comparivano da entrambe le parti della Piana di Eldroth, brillando come crisantemi rossi sospesi in un abisso buio. Lo stallo fra Uabhar e Chohrab si risolse il secondo giorno di Juyn, quando il re del deserto fu colto da un'improvvisa febbre che lo costrinse a trovare ricovero nel letto di piume collocato nel suo enorme padiglione decorato. Asseriva di essere stato avvelenato, lamentando palpitío al cuore, mal di denti, respiro corto e convulsioni. Chohrab lasciò il comando delle truppe ai suoi generali, i quali si trovarono ben presto a rispondere direttamente ad Uabhar. Poco prima dell'alba del terzo giorno di Juyn, col favore delle tenebre, la fanteria di Ashqalêth tentò di circondare le truppe del nord, con l'intenzione di prenderle di sorpresa. Le pattuglie di

Warwick scoprirono la manovra e si ebbe battaglia su tutti i fronti. Uabhar sfruttò questa distrazione a proprio vantaggio, aspettando che l'attenzione fosse rivolta alle schermaglie in corso prima di ordinare alle truppe di Slievmordhu l'assalto frontale.

Narngalis si fece trovare pronta.

Le prime linee di fanti si corsero incontro come onde di metallo e carne, l'una che andava a infrangersi sull'altra, e mentre i reparti di fanteria si davano battaglia, i ranghi serrati della cavalleria leggera di entrambe le armate erano in attesa poco più indietro. Coperti fino alle ginocchia dai loro usberghi e con le teste cinte da elmi piumati con lunghe nappe di crine, i cavalieri stringevano in pugno dei lunghi archi. Ad un segnale del loro capitano i cavalieri partirono alla carica, facendo partire frecce a destra e a manca nell'attraversare a cavallo la massa tumultuosa delle truppe nemiche. Alle loro spalle seguiva la cavalleria pesante; cavalieri su palafreni corazzati scagliavano lance, sfondavano i ranghi nemici e vibravano fendenti di spada. Sulla Piana di Eldroth il fango di palude si mescolava al sangue e ai fiori di campo calpestati, il tutto macerato in poltiglia dagli zoccoli dei cavalli e dagli stivali dei soldati.

La battaglia continuò ad infuriare, ora dopo ora. I principi William e Walter di Narngalis indossarono le loro corazze da battaglia e scesero nella mischia, ma vennero richiamati a fianco di loro padre, dietro le linee, durante un attimo di relativa calma verso mezzodì.

Collocato a distanza di sicurezza dal campo di battaglia su di una cresta da cui le sentinelle potevano tenere facilmente sotto controllo l'area circostante, l'accampamento delle forze di Narngalis colorava i verdi declivi come un giardino di bocciuoli d'avorio e indaco. Le tende di tela di lino avevano forme ovali o rotonde, con pareti verticali e coperture a scudo o alti tetti di forma conica che andavano gradualmente ad allargarsi verso la base, alcune sostenute da un singolo palo ed altre da due. Dal bordo inferiore del tetto di ciascuna tenda pendevano cortine drappeggiate ad ampio smerlo, simili ai cornicioni di una casa. Dai pali centrali, ornati sull'estremità da una sfera terminante con una punta, garrivano al vento gli stendardi. Il centro di questo giardino fiorito era occupato dal padiglione reale, una tenda di foggia semplice ed elegante, con numerose stanze e intrecci decorativi di filo d'oro.

Re Warwick stava tenendo un consiglio di guerra con i suoi figli e numerosi ufficiali in una delle stanze del padiglione reale, quando rumori e trambusto provenienti dall'entrata li interruppero. Seccato dall'interruzione, William, il Principe Ereditario, raggiunse l'entrata e scostò di lato la copertura di seta viola, domandando aspramente: «Chi disturba il Consiglio del Re?»

Sullo spiazzo davanti al padiglione, mezza dozzina di lancieri si mise sull'attenti davanti al figlio del re. Di fronte a loro, un cavaliere recante la livrea di Narngalis, sconvolto e sporco di fango ed erba, si levò l'elmo gettandosi in ginocchio ai piedi del principe. «Vostra Altezza», disse, «vi prego di perdonarmi. Porto notizie della massima importanza.»

Il volto del principe si scurì. «Entra e parla.»

Il cavaliere fece alcuni passi avanti, sul tappeto decorato, mentre la tenda di seta si chiudeva alle spalle. Dopo aver reso omaggio al suo sovrano e ai membri del consiglio, il nuovo venuto riferì, «Due messaggeri sono giunti in gran fretta dal remoto nord. Sono arrivati a Winterbourne questa mattina stessa, recando urgenti notizie.»

Re Warwick era seduto ad un tavolo retto da cavalletti coperto da mappe, calamai e penne, sopra la sua testa il palo di colma sosteneva un candeliere spento, di forma circolare. «Dal remoto nord, dici?" chiese, sollevando le sopracciglia e concentrando interamente l'attenzione sul messaggero.

«Dalle sentinelle di stanza a Silverton, mio signore, e ad altri piccoli villaggi nei dintorni di Harrowgate. Le sentinelle, i paesani – tutti sono in fuga dalla regione e chiedono l'intervento dei signori del clima. Stanno venendo inseguiti, inseguiti da...» Il messaggero balbettò, esitando, poi prese un profondo respiro e disse, tutto d'un fiato, «Un numero imprecisato di esseri eldritch sta giungendo in massa da oltre la Catena Settentrionale, e i rapporti dicono che vengono in sella a cavalli d'incubo. Nessuno sa a quale specie di wight appartengano, ma è certo che sono dello stesso tipo unseelie che ha seminato il terrore in quella regione nelle ultime settimane. Viaggiano di notte, alla luce delle stelle e della luna, e si dice che nei giorni nuvolosi in cui la luce del sole è più debole usino invocare foschie occulte per oscurarla ulteriormente. Si muovono con grande rapidità nell'ombra e quando sono circondati da queste brume. Sono inarrestabili, e falciano senza pietà chiunque capiti sulla loro strada.»

Gli ufficiali di Warwick, che erano rimasti in silenzio intorno al tavolo, si scossero, mormorando esclamzioni attonite. «Che possono essere, queste creature che uccidono con tanta raccapricciante perizia?» Si chiese nuovamente uno di loro. «La situazione era già assai grave quando non v'erano che pochi di questi esseri ad assaltare coloro che viaggiavano di notte, ma ora sembra si siano moltiplicati e si siano armati di cavalcature! Questo nuovo pericolo non sarebbe potuto arrivare in un momento più inopportuno.»

«Descrivili!» Ordinò il re al messaggero. «E dicci quanti sono!»

«Nessuno è in grado di dire che aspetto abbiano, mio signore, o quanti siano in numero. È impossibile distinguere le loro forme fra ombre e nebbia, e coloro che riescono ad avvicinarsi a sufficienza da poterlo fare non vivono abbastanza a lungo da raccontarlo. Quanti tentano di scappare vengono inseguiti ed abbattuti. Si è pensato che si tratti degli wight delle montagne, i temuti gwyllion, piombati giù dalle montagne come mai s'era visto, come se si fossero radunati in segreto fra i loro picchi.»

Gli ufficiali interrogarono ancora il messaggero. Quando furono convinti che avesse detto loro tutto ciò che sapeva, fu congedato e il padiglione calò nel silenzio insieme ai suoi occupanti, attendendo che il re si pronunciasse.

Cupo in viso, Warwick esordì: «Queste notizie sono tanto inaspettate quanto allarmanti.» Spinse all'indietro la sua sedia e si alzò in piedi. «Se ciò che dice questo messaggero corrisponde al vero, e non ad un'esagerazione dettata dal panico, ci troviamo di fatto stretti fra due feroci aggressori. Una situazione disastrosa.»

«I gwyllion sono spietati», intervenne Lord Hallingbury, «ma possono essere sconfitti.»

«Se possono avanzare solo con al buio o nei giorni di luce fioca, ecco, questa una debolezza su cui possiamo far leva.» Disse il Principe William.

Suo padre annuì, mostrandosi favorevole al suggerimento, prima di continuare: «Stiamo rischiando molto più di quanto avessimo pensato finora. Le creature di natura unseelie disprezzano gli esseri umani, e la nostra sofferenza è per loro diletto. Se davvero una forza eldritch si sta facendo strada verso sud, si tratta di una minaccia per tutte le popolazioni di Tir, non solo per un singolo regno.» Un mormorio d'assenso accolse le sue parole. «Queste notizie devono per prima cosa essere confermate, così che si possa agire con cognizione. Che siano inviati subito degli esploratori freschi!»

La Battaglia della Piana di Eldroth infuriò per tutto il giorno successivo e per il giorno ad esso seguente. Solo durante la notte gli scontri tendevano a placarsi, non tanto per ragioni di cortesia, quanto perché durante le ore di buio era assai difficile distinguere gli amici dai nemici, indipendentemente da quanti falò venissero accesi sulla Piana. Warwick sfruttò i tunnel dei Fridean, riuscendo in parte a compensare lo svantaggio numerico delle forze di Narngalis. Per un certo tempo parve che nessuno dei due schieramenti stesse avendo la meglio, tanto che i soldati del nord sentirono ravvivarsi le proprie speranze di riuscire a resistere fino all'arrivo di Thorgild. La mattina del sesto giorno di Juyn, tuttavia, arrivarono al padiglione reale, trasportate da piccioni viaggiatori, segnalatori e corrieri, notizie inquietanti, che confermavano le agghiaccianti notizie riportate dai messaggeri venuti dal nord. Era ormai certo che orde di creature unseelie stavano riversandosi fuori dalla Catena Settentrionale, spostandosi come un fiume in piena oltre Silverton e verso le colline di Harrowgate. Chiunque si opponeva a loro veniva schiacciato, e nella loro avanzata essi stavano trucidando tutti gli esseri umani che incontravano, senza pietà.

Per l'occasione, Warwick convocò una riunione d'urgenza. Nel padiglione del concilio di stato, schermato da una copertura a falde di seta, egli venne raggiunto dai suoi figli, dai consiglieri anziani e da tutti gli ufficiali che non erano in quel momento di stanza sul campo di battaglia. Buona parte degli uomini indossava un'armatura di piastre o una cotta di maglia sotto tabarri d'un porpora intenso ricamati con l'emblema di uno spadone sguainato. Tutti portavano appese alla cintura o al budriere armi di ottimo acciaio di Narngalis, pronti a rientrare nella mischia in qualunque momento, fosse stato necessario.

«Ci troviamo presi in trappola fra due avversari», annunciò Warwick ai presenti, «uno dei quali ha chiaramente come unico scopo il puro e semplice sterminio. Nel nord, famiglie intere stanno abbandonando le loro case, esattamente come altri a sud scappano dai propri villaggi. I profughi convergono al centro, attaccati da tutti i fronti.»

Il principe Walter si sporse verso il suo fratello più grande, mormorandogli all'orecchio: «Di questo passo l'intera popolazione di Narngalis si radunerà a Winterbourne.» Osservazione con cui William si dichiarò d'accordo con un muto cenno d'assenso.

Suo padre fece una breve pausa, osservando i visi dei presenti, scavati dalle preoccupazioni. «Finora», continuò, «chiunque abbia sfidato i terribili wight delle montagne ha perso la vita. Brume diaboliche li accompagnano e nessun essere umano è mai uscito vivo da quelle foschie. Una cupa caligine striscia su Silverton e sulle colline di Harrowgate, le terre occupate dai gwyllion - se davvero quella è la specie di wight a cui le creature appartengono.»

«Se le nostre pattuglie hanno detto il vero riguardo la forza schiacciante di queste orde, tanto nella potenza quanto nei numeri, c'è la possibilità che nemmeno i rinforzi di Thorgild siano sufficienti a salvarci. Lo ripeterò ancora una volta – non è affatto impossibile che questa nuova minaccia sia diretta a tutti gli esseri umani sparsi per i Quattro Regni di Tir. Possiamo solo sperare di trovare un modo per fermarli, e che dando loro battaglia le nostre truppe riescano ad imparare abbastanza da arrivare a scoprirne i punti deboli. Impegnare l'orda unseelie in combattimento, inoltre, ne rallenterà l'offensiva e ci permetterà di guadagnare tempo utile per preparare una strategia. Il minimo che posso fare è inviare due reggimenti a Harrowgate. La nostra posizione attuale ne risulterà indebolita, ma non posso lasciare le terre a nord senza protezione.»

Nessuno parlò ad alta voce, ma il pensiero che attraversò le menti di tutti i presenti fu lo stesso: "Quei reggimenti marciano verso morte certa." Ciò nonostante, nessuno aveva piani alternativi da proporre.

Uno degli ufficiali intervenne: «Mio signore, se dovessimo dividere le nostre forze ci apriremmo ad un contrattacco immediato da parete dello schieramento di Slievmordhu, non appena essi si accorgerano della nostra posizione di svantaggio.»

«Quest'informazione deve ovviamente essere tenuta segreta il più a lungo possibile.» Rispose Warwick.

Aggiunse poi il Principe William: «Se pure il loro numero non fosse che la metà di quanto riferito e la loro ferocia dimezzata, allora come avete detto, Padre, quegli wight minacciano di sterminare l'umanità intera. Di certo Ó Maoldúin può essere portato a riconoscere che è necessario abbandonare questo conflitto insensato e unire le nostre forze. Se vogliamo sopravvivere, tutti gli esseri umani devono fare fronte comune contro quest'orda! Soprattutto è dei signori del clima che abbiamo bisogno ora, essi sarebbero i migliori protettori contro questi nemici sovrannaturali.»

«Ó Maoldúin è come un cavallo a cui siano stati messi dei paraocchi», disse Walter. «Tutto ciò che riesce a vedere è il trofeo che pensa ci sia ad attenderlo avanti a sé, e nell'inseguirlo non si cura di ciò che ha a destra o a manca. Sarebbe un'impresa quasi impossibile convincerlo dell'esistenza di un pericolo abbastanza grave da fargli abbandonare le sue velleità di conquistatore.»

«Invero», convenne il Segretario di Stato di Warwick. «Quell'uomo è cieco ad ogni cosa fuorché ai suoi sogni.»

«Ciò nondimeno», disse il re, «dobbiamo almeno tentare di farlo ragionare.» Disse poi, rivolto ad un servitore: «Portami il materiale da scrittura.»

«E riguardo ad Ashqalêth?» Chiese un altro ufficiale, rivolto a tutta l'assemblea.

«Shechem non è che una pedina in una partita giocata da altri», rispose il Lord Cancelliere. «È da lungo tempo, ormai, che non è più padrone delle proprie azioni, se mai lo è stato, s'intende.»

«In ogni caso», insisté il Principe William, «dobbiamo esigere che Ó Maoldúin liberi immediatamente i signori del clima. Per quanto», aggiunse, «anche con l'aiuto dei maghi un'alleanza che unisca tutte le terre rimane la nostra unica possibilità di sopravvivere. Dobbiamo cercare di convincere i nostri nemici a schierarsi insieme a noi.»

«Offriremo comunque la possibilità di parlamentare», rispose suo padre. «Ma gli emissari che si avvicineranno a Ó Maoldúin dovranno essere volontari. Le loro vite saranno in pericolo, poiché ho poca fiducia nel fatto che Ó Maoldúin, subdolo traditore qual'è, onori la bandiera bianca.»

Più tardi in quello stesso giorno, mentre il sole iniziava a calare oltre i lontani picchi dell'Anello di Montagne ad ovest e il vento soffiava impetuoso da sud, i due eserciti si separarono, come di comune accordo, portando ad una nuova pausa nello scontro. Re Warwick colse al volo quell'opportunità. Fu allora che due uomini a cavallo iniziarono, da soli, a farsi strada attraverso l'ampia striscia di fango e cadaveri che li separava dagli avversari. I giovani non indossavano corazze né cotte di maglia, ma solamente vesti di lino candido e brache intessute in lana, cavalcando a testa scoperta coi capelli mossi dal vento. Non portavano su di sé armi di alcun tipo, e reggevano in mano solo delle alte pertiche, dalle quali sventolavano, stagliati sulla tela fiammeggiante del cielo al tramonto, due stendardi bianchi. Le bandiere erano prive di ornamenti, poiché dovevano indicare una richiesta di trattative. Secondo la legge di guerra, le bandiere che annunciavano i negoziati proteggevano coloro che le portavano, sicché nessun soldato tentò di bloccare il loro passaggio, nessuna lancia fu scagliata, né spada, ascia o arco alcuno furono usati contro di loro.

«Domandiamo di vedere i re di Slievmordhu ed Ashqalêth», dissero gli uomini, una volta arrivati davanti alle prime linee dei loro nemici. Vennero così raggiunti dai capitani dell'armata del sud, che cavalcarono insieme a loro.

«Questi sono cavalieri coraggiosi.» Si dicevano l'un l'altro gli ufficiali.

I due emissari di Warwick si diressero al padiglione di Uabhar par parlamentare col re, mentre le ultime lingue di luce solare si spegnevano dietro le montagne, dissolvendosi nella bruma della sera. L'oscurità era vicina.

Nascosti dietro un terrapieno prossimo al fronte settentrionale, Warwick, i suoi figli ed i suoi comandanti attendevano con apprensione, tenendo lo sguardo fisso in direzione delle linee nemiche. V'era grande serietà sui loro volti, e una tensione insopportabile nei loro animi.

"Ah, come vorrei poter essere lì insieme a loro," mormorò William con impeto.

La pausa nello scontro si protrasse, mentre le dita di quella lunga notte tiravano a loro un'ora dopo l'altra, come mani che avvolgano a sé un filo dal rocchetto.

Verso mezzanotte le sentinelle di Narngalis mandarono un grido. Due cavalli facevano ritorno da oltre la terra di nessuno, ma senza cavalieri in groppa. Alcuni soldati portarono celermente i cavalli al cospetto del re. Ad entrambe le selle erano appesi cesti di vimini coperti, i quali, una volta aperti, rivelarono la risposta di Uabhar alla richiesta di trattative.

Quando Warwick vide il contenuto dei cesti, sul suo volto si dipinse un'espressione funerea, mentre Walter proruppe in un grido d'orrore e William sibilò una maledizione con voce arrochita.

Slievmordhu aveva rispedito indietro le teste dei due giovani cavalieri.

La notizia dell'oltraggio di Uabhar si sparse rapidamente fra i ranghi dell'esercito del nord e grida di rabbia si alzarono dagli uomini di Narngalis. I due principi, dal canto loro, sfoderarono le spade e sulle lame snudate giurarono che avrebbero vendicato i due impavidi cavalieri.

Lord Hallingbury, cupo in viso, commentò: «La situazione è chiara. Al di fuori degli uomini del regno di nord-ovest, ancora troppo lontani, non abbiamo alleati. Solo i signori delle tempeste possono salvare Tir, ora. Non possiamo far altro che sperare che l'audace missione di soccorso organizzata dal Signore delle Tempeste riesca a liberarli in fretta dalle prigioni di Uabhar!»

Re Warwick non dette risposta, ma un'ombra di livido gelo si stese su di lui come un precoce inverno.

Nel silenzio giunse la voce di William: «Sia immediatamente inviata una missiva a Winterbourne!»

Giorno e notte cavalcarono i messaggeri, calcando la Via delle Montagne facendo la spola fra il campo di battaglia ed il castello Wyverstone a Winterbourne, dove risiedevano le figlie di Warwick, con il compito di trasportare missive che implementassero l'azione dei segnalatori. Le pale di legno delle torri di segnalazione distribuite su tutto il territorio dei Quattro Regni di Tir schioccavano senza posa, muovendosi incessantemente. Mentre gli uomini combattevano e morivano sulla Piana di Eldroth, le file di torri di segnalazione che attraversavano le campagne trasportavano importanti messaggi coi loro movimenti, esattamente come in tempo di pace. Un'importante differenza era che ora il codice con cui venivano inviati era stato cambiato, al fine di impedire che il nemico potesse intercettare le informazioni comunicate. Asrăthiel in persona aveva consegnato i nuovi codici lungo la catena Winterbourne-Trøndelheim, nel volo in aerostato che l'aveva portata a raggiungere l'esercito di Grïmnørsland durante la sua marcia. Quando i reparti di Thorgild si trovavano a passare in vista di una delle torri di segnalazione, gli uomini di stanza inviavano un messaggio con la posizione dell'armata a Winterbourne, da cui poi la notizia veniva fatta arrivare all'accampamento di Re Warwick tramite corriere a cavallo. Nel suo viaggio a fianco dell'esercito, Asrăthiel si assunse il compito di messaggera fra Thorgild e le torri segnaletiche vicine, dal momento che il suo aerostato era più rapido e più affidabile di qualunque corriere a cavallo.

La sera in cui i due cavalieri di Narngalis, bandiera bianca alla mano, attraversarono la Piana di Eldroth per annunciare la richiesta di trattative, la nipote del Signore delle Tempeste, assistita dalla sua accompagnatrice, fluttuava nel cesto di vimini di *Lieverapido*, accompagnando le truppe di Thorgild nella loro marcia attraverso le terre selvagge a nord di Alta Darioneth. Asrăthiel guardò fuori, verso le colline e le vallate attraversate da lunghe ombre. Il rigoglio dell'estate si era esteso a tutta la terra e le foreste erano ormai come in festa, coperte di boccioli fioriti, e branchi di cervi pascolavano sui fianchi delle colline venati da ruscelletti. A sud si innalzava il bordo frastagliato dell'Anello delle Montagne, i cui picchi si innalzavano massicci nel loro splendore, avvolti nei loro logori mantelli d'argento. L'ombra del pallone aerostatico danzava sui pascoli erbosi imperlati di rugiada. L'aeronauta avvistò, infine, la stazione di segnalazione che stava cercando, un piccolo gruppetto di edifici di pietra abbarbicati in cima ad una delle colline a circondare un edificio più alto, questo coronato dalla caratteristica torretta provvista di due bracci mobili. Iniziò ad abbassarsi di quota, lasciando la gemma fluttuante libera di planare dolcemente lungo le correnti discendenti.

«Quali nuove porta Re Thorgild dal fronte?» Chiese ai manovratori della torre.

«La battaglia infuria, alla Piana di Eldroth», risposero con tono ansioso. «Ma non sono queste le notizie peggiori. La stazione di Winterbourne riferisce di tribù di creature unseelie a cavallo che muovono dalle Catene a nord, dirette a Narngalis.»

«Santo cielo!» Asrăthiel fu spiazzata dalla notizia. Rovistò freneticamente fra le note scritte portatele dai due manovratori, la fronte corrugata da concentrazione, preoccupazione e frustrazione. Dopo un certo tempo, quasi rivolta a sé stessa, mormorò: «Se questi misteri celano qualche indizio, ebbene i miei occhi non li vedono.»

«Tir è in grave pericolo, mia signora», disse il Capo Segnalatore. «Siamo davvero fortunati ad avere i signori del clima a proteggersi da questo flagello unseelie.» E detto ciò si inchinò profondamente.

«La nostra fortuna è anche avere dei Segnalatori scrupolosi che rimangono a presidiare le loro postazioni, accada quel che accada», rispose Asrăthiel, restituendo il complimento. «Ora devo affrettarmi a riportare queste notizie all'accampamento del Re. Addio!»

Asrăthiel guidò l'aerostato fino al campo erboso in cui le truppe di Grïmnørsland si erano fermate per concedere un po' di riposo a sé ed ai cavalli. Re Thorgild e i suoi figli stavano consumando una rapida cena, seduti su sedie pieghevoli di legno e tela all'ombra dei rami frondosi di una macchia di faggi che costeggiava il campo. Gunnlaug sedeva per conto proprio poco più in là, all'ombra di un tronco nodoso, rosicchiando un osso e bevendo birra.

I comandanti di Thorgild si sedettero attorno per ascoltare cosa avesse da riferire la maga. Quando il sovrano ebbe finito di ascoltare il resoconto, la carne ed il pane gli caddero di mano ed il suo viso florido si velò d'inquietudine. Scosse la testa, come se la speranza l'avesse abbandonato, e gli occhi gli si fecero duri come pietre. «Un'infelice coincidenza d'eventi» disse, facendo eco ai sentimenti di Warwick, «che gli eldritch wight decidano di attaccare Narngalis proprio in questo momento, con la guerra in corso. Devo dire, tuttavia», aggiunse subito dopo, «che questi resoconti mi lasciano perplesso. Non ho mai sentito di gwyllion che si spostino a cavallo.»

«Nemmeno io», disse il Principe Halvdan, seduto a fianco di suo padre. «Non posso fare a meno di chiedermi che sorta di manifestazione delle forte unseelie sia questa che ci troviamo ad affrontare.»

«Me lo chiedo anche io» si aggiunse Asrăthiel. «Le note dei segnalatori affermano che quei pochi che sono riusciti a scorgere da lontano le figure di questi razziatori delle brume sostengono che non giungono in groppa a veri cavalli. Giurano che anch'essi siano creature eldritch.»

Porse le note manoscritte ad Halvdan, che le studiò attentamente, concludendo: «Mi viene da pensare che si tratti di cavalli d'acqua, in questo caso; brag addomesticati, o forse feroci kelpie.»

«Tuttavia», rispose Asrăthiel, «se è davvero così allora sono diversi da qualunque cavallo di cui io abbia mai sentito parlare. Un testimone ha riferito d'aver visto da lontano che le loro criniere e code mandavano luce come fuochi verdi. . .»

Thorgild masticò un'imprecazione. «Cavalcature eldritch con criniere di fuoco? Molto strano senz'altro. Mi riporta alla mente una leggenda raccontatami dalla mia vecchia nutrice, quando ero ancora un bambino, la leggenda dei cavalli diabolici, i trollhästen. Creature snelle, agili e crudeli, erano, magnifiche di aspetto e rapide nel passo, più rapide delle stelle che cadono. Quella storia mi piaceva molto, e sognavo spesso di avere un giorno un cavallo come quelli, ma era un desiderio vano, poiché non avrebbero mai permesso a nessun essere mortale di cavalcarli. Da ciò che ricordo sono ormai molte vite che queste creature non calpestano l'erba dei Regni di Tir. Se la memoria non m'inganna solo una delle razze degli wight si è mai alleata con i trollhästen, ma per quanti sforzi faccia non mi riesce ora di ricordare di quale si tratti.»

I suoi comandanti scossero le teste e si scambiarono qualche frase, commentando che nessuno di loro aveva alcuna memoria di simili leggende.

Thorgild si rivolse così ai suoi figli maggiori: «Voi avete entrambi studiato le cronache delle antiche battaglie e gli archivi della sapienza eldritch custoditi nelle biblioteche di Trøndelheim. Avete mai letto nulla riguardo a questi trollhästen?»

I principi diedero le loro opinioni, che furono seguite da una discussione generale. Gunnlaug osservò suo padre e i suoi fratelli da sopra lo zampetto di maiale che stava addentando. Alla prima pausa nella conversazione, intervenne: «Che dire di me, sire? Io non sono stato chiamato a consiglio.»

Thorgild fece un respiro profondo, nel più completo silenzio. «Qual'è dunque il tuo consiglio, Gunnlaug?»

«Sto preparando una strategia con cui vincere questa guerra. Quando sarà pronta ve la sottoporrò, ma nel frattempo mi duole vedere che i miei fratelli vengono chiamati a consiglio ed io ignorato. Anche io come loro ho partecipato ai giochi di guerra e mi sono addestrato con le milizie del regno da quando ero bambino.»

«Senza dubbio sei un uomo d'azione, Gunnlaug, ma Hrosskel e Halvdan hanno passato molte ore a perfezionare le tattiche impiegate per trionfare nelle battaglie del passato.» Il re si trattenne dall'aggiungere che per quanto Gunnlaug fosse un guerriero di considerevole forza e grande valore, la sua squadra aveva sempre perso tutte le battaglie simulate. Il loro comandante, infatti, tendeva ad ignorare le manovre studiate in precedenza, preferendo invece caricare a testa bassa con un singolo scopo: infliggere al nemico quanti più danni possibili. «Non ho mai pensato che tu potessi essere interessato a sedere attorno ad un tavolo a discutere di logistica. In fondo sei sempre stato più un cacciatore, un lottatore, un guerriero.»

«Mi hai mal giudicato», rispose Gunnlaug, «poiché l'arte della guerra in tutte le sue sfaccettature è la mia unica ossessione, e dovresti per questo farmi generale. Come guerriero valgo più di chiunque altro sieda sotto questo tetto di fronde –» rivolse uno sguardo carico di significato a Hrosskel e Halvdan «– e se fossi io a guidare le truppe avremmo già sfondato le teste dei nostri nemici e ci staremmo dilettando a calciarle tutto attorno al campo di battaglia»

«Non metterò i miei figli ad occupare posizioni nell'esercito.»

«Allora sei uno stolto.»

«Ora basta!» Ruggì Thorgdil, alzandosi in piedi e avvicinandosi a suo figlio.

Anche Gunnlaug si era levato in piedi, fermo sulle gambe e imperterrito nello sfidare suo padre. «Abbiamo bisogno di un capo saggio se vogliamo trionfare contro questo assalto unseelie. Uabhar è saggio, perfino i druidi lo riconoscono, e la sua potenza sta crescendo. Ho ascoltato le loro parole, ed essi dicono che un giorno egli potrebbe arrivare ad essere incoronato Supremo Re di Tir.»

Gli astanti trattennero il respiro.

Padre e figlio erano uno di fronte all'altro, a poco più di un palmo di distanza. A voce sufficientemente bassa perché nessun altro lo udisse, Thorgild apostrofò il figlio: «Se sentirò uscire dalla tua bocca queste infide farneticazioni ti farò esiliare.» Entrambi mantennero lo sguardo fisso sull'altro con aria di sfida, per un momento, finché Gunnlaug non abbassò gli occhi, allontanandosi dopo aver gettato a terra ciò che restava del suo pasto.

Prese una scorciatoia che portava alla sua tenda passando attraverso una folta macchia spuntava dal boschetto di faggi, restando nell'ombra ma avendo cura di tenersi in vista del rilucere dei fuochi da campo che scorgeva attraverso i tronchi. Nessuno era lì ad ascoltarlo, mentre mormorava a sé stesso, quasi ringhiando: «Pazzi! Slievmordhu è più potente di quanto nessuno di voi immagini, e fra poco ve ne accorgerete nel modo peggiore. Dovreste essere grati di avere un guerriero come me a difendervi da Ó Maoldúin – invece mi trattate come un cane rognoso. Presto capirete quanto valgo!»

Ignaro delle invettive sibilate dal figlio, Thorgild si rivolse all'assemblea: «Ora è bene ritornare ai nostri giacigli senza indugiare oltre, giacché domani mattina dobbiamo rimetterci in marcia. Se Warwick dovesse trovarsi costretto a compromettere le proprie difese per inviare truppe al nord sarà ancora più necessario affrettarci a raggiungerlo!»

Asrăthiel, perfettamente sveglia, giaceva sul giaciglio di lino odoroso di lavanda all'interno della sua tenda, mentre la sua servitrice Linnet dormiva tranquilla lì a fianco. La mente della giovane maga era un turbine di congetture, domande e flussi di pensiero che si sovrapponevano gli uni agli altri. Più di ogni altra cosa, erano le domande a tormentarla. La spedizione organizzata da suo nonno sarebbe riuscita a liberare i signori del clima suoi compagni dalle segrete di Uabhar? Uabhar aveva forse inflitto sofferenze ai suoi cari, o sarebbero forse stati ritrovati sani e salvi? Se il re aveva massacrato senza pietà i loro guardiani, i Campioni dello Scudo di Re Thorgild, non avrebbe potuto fare la stessa cosa anche con loro? Cos'avrebbero pensato i quattro principi di Slievmordhu dei crimini imperdonabili commessi da loro padre contro la Piana dei Frassini? Chi erano i cavalieri eldritch e quanto grande era la minaccia che rappresentavano? Erano gwyllion, o forse qualcos'altro? E se suo padre fosse tornato proprio in questo periodo tanto pericoloso e avesse incontrato le orde unseelie sulla sua strada? Forse non sarebbe affatto riuscito a ritornare a casa. Cosa stava accadendo alla Piana di Eldroth? Sarebbero riuscite, le truppe di Narngalis, a resistere fino all'arrivo delle truppe di Grïmnørsland?

Per un attimo desiderò di poter avere l'urisk lì con lei nella tenda. La sua conoscenza enciclopedica sarebbe stata utilissima; senza dubbio lui sapeva tutto riguardo a quei terribili wight. Non solo, ma si rese conto solo in quel momento che la sua compagnia le era di conforto, come se vi fosse qualcosa ad unirli, forse un legame d'amicizia derivante dal loro essere così diversi dalle loro rispettive razze. Sentiva la mancanza di quella creatura in un modo che la sorprese; era come avere un livido dolente, o una profonda ferita al fianco. Tentò di ridimensionare quel dolore sforzandosi di ricordare come egli l'avesse fatta soffrire di suo pugno – come ad esempio con la sua ingiustificata derisione del Principe William.

«Ah, William!» sospirò, rigirandosi sul suo divano a cuscini mentre i suoi pensieri volavano all'accampamento di Re Warwick. . .

Nel cuore della notte, un vagabondo cencioso che arrancava fra le tende dell'accampamento di Narngalis inciampò su alcuni tiranti e fu catturato da due alabardieri.

«Chi sei? Che fai qui? Sei forse una spia?» Domandarono seccamente le guardie.

«Per le ossa di Ádh, non sono certo una spia!» Rispose il mendicante, ritraendosi tremante di paura. «Vengo recando importanti notizie e vengo accolto in questa maniera!» Il suo accento era indefinibile, in parte perché l'uomo, a cui mancavano quasi tutti i denti, biascicava vistosamente.

«Donde vieni?»

«Sono arrivato qui da Cathair Rua, un viaggio decisamente sfiancante.»

«Se vieni da Slievmordhu allora sei nostro nemico!»

«Non vengo da Slievmordhu. Il mio sangue è di Narngalis, e ne vado fiero!»

«Devi anche essere un abile bugiardo, senza dubbio! Solo un individuo molto scaltro riuscirebbe ad insinuarsi fra le linee dell'esercito di Slievmordhu.»

«Se mi ci metto d'impegno nessuno si accorge di me», disse il mendicante, il cui sconfinato terrore era ora colorato da una punta di spavalderia. «Porto notizie importanti, vi dico!»

Udito il trambusto, uno degli ufficiali di Warwick si avvicinò al mendicante e agli alabardieri. «Sarai trattato con la dovuta cortesia», disse, «se davvero rechi notizie interessanti e non intendi piantare grane. Qual'è il tuo nome?»

«Mi chiamano Zuppa di Gatto. Ho tanta fame che a stento riesco a parlare», si lamentò il vagabondo, fregandosi le mani ossute, su cui risaltavano nocche gonfie ed arrossate.

«Dicci ciò di cui vai parlando e ti sfameremo.»

Il vecchio tremò, alzando lo sguardo verso i soldati che torreggiavano su di lui e annusando l'aria, carica dell'aroma di qualcosa che cuoceva in un paiolo da zuppa che borbottava su uno dei fuochi da campo.

«Mi date la vostra parola?»

«Non sei nella posizione di esigere promesse!» Scattò il capitano. «Ora parla!»

«D'accordo», disse Zuppa di Gatto in tono accomodante, battendo le palpebre per scostare alcune ciocche di capelli unti dagli occhi cerchiati di rosso. «Vi racconterò dei crimini a cui ho assistito a Cathair Rua.»

E detto ciò prese a raccontare la sua storia.

Uabhar dormiva di rado, dal momento che le sue macchinazioni lo assorbivano in maniera ossessiva. Passò la prima ora dopo l'alba a camminare incessantemente avanti e indietro per il suo complesso di tende, collocato a distanza di sicurezza dal campo di battaglia.

Gli appartamenti reali consistevano in un gruppo di quattro enormi padiglioni rettangolari collegati da corridoi. Motivi in tela d'oro simili a serie di nodi intrecciati correvano sulla parte superiore della tenda, parallelamente ai pali di colmo. Da entrambi i lati di questa formazione spuntavano cinque padiglioni rotondi a tetto conico. Ogni parte era ricavata dallo stesso materiale; una stoffa di lana a tessitura fitta, tinta con rosso di rubbia e ricamata con meravigliosi motivi a colori contrastanti. Numerosi tiranti tenevano in piedi l'intera struttura, mentre i puntali decorativi sul tetto avevano le forme di bestie mitologiche.

I valletti personali di Uabhar, ansiosi di non sfigurare davanti alla perizia dei tendaioli reali, si assicuravano che egli fosse sempre vestito magnificamente, anche nel mezzo del convulso caos della guerra. La fodera cremisi e i ricami dorati del suo farsetto spiccavano nettamente sui pantaloni di velluto nero, mentre ai piedi calzava stivali completi di speroni, senza curarsi dei danni che essi causavano agli splendidi tappeti srotolati sul pavimento.

«Se ci fosse un minimo di giustizia al mondo li avremmo già dovuti aver sconfitti!» Il re pareva acer perso ogni traccia di autocontrollo e stava ruggendo, furioso, contro i valletti tremanti. «Narngalis dovrebbe già essere nostra! Sono circondato da imbecilli!»

Le sue guardie del corpo annunciarono l'arrivo dell'Alto Comandante Risteárd Mac Brádaigh. Il soldato fece il suo ingresso nella tenda sontuosa portando l'elmo sotto il braccio, si inchinò accompagnato dal suono tintinnante degli anelli della cotta di maglia, baciò la mano tesa del re e attese con malcelata impazienza.

Uabhar congedò i suoi attendenti. «Parla!» disse a Mac Brádaigh.

«Mio signore», rispose il soldato, «c'è gran tumulto sin da stamattina. Ci sono voci che serpeggiano fra le truppe, voci che parlano di orde di feroci wight che stanno sciamando fuori dalle regioni montuose del nord, spostandosi in lungo e in largo per tutta Tir e falciando chiunque si trovi sulla strada.»

«Ho udito queste voci», disse Uabhar, accompagnando le parole con un rapido guizzo laterale degli occhi. «Sono dicerie, del tutto false. Narngalis tenta di spaventarci e minare la nostra determinazione con assurde favole, ma non vi riuscirà.»

«Gli uomini dicono che gli abitanti dei villaggi più settentrionali di Narngalis stanno abbandonando le proprie case. Confluiscono sulle strade e si dirigono non a sud, ma a sud-est e sud-ovest, per evitare di arrivare in prossimità delle truppe di Vostra Maestà.»

«È solo un cumulo di menzogne, niente più!» Urlò furente Uabhar. «Sei davvero tanto sciocco da crederci, Mac Brádaigh? Chi sta diffondendo queste fandonie? Da chi sono partite?»

L'ira tinse il viso del soldato di un colorito rosso mattone, ma egli mantenne la voce perfettamente sotto controllo. «Le voci sono partite con l'arrivo dei due cavalieri di Narngalis giunti qui recando la bandiera delle trattative. Essi hanno parlato del motivo della loro venuta con i capitani che li hanno scortati fino al padiglione reale e le loro parole sono state udite da molti. Voci simili si diffondono in fretta in un accampamento.»

«Chiunque tenti di seminare il panico con queste farneticazioni allarmiste sarà scovato e sottoposto ad una punizione esemplare.»

«Mio signore», continuò col medesimo tono calmo l'Alto Comandante, «non è quella l'unica fonte delle voci. I soldati delle prime linee dello schieramento di Narngalis hanno a lungo parlato a gran voce di questi avvenimenti, e quando il vento soffia verso sud è possibile, talvolta, riuscire a cogliere alcuni stralci di conversazione.»

«Non è che una tattica per indebolire il nostro spirito. Un trucco ormai vechio, solo un allocco presterebbe attenzione alle chiacchiere del proprio nemico.»

Mac Brádaigh era sul punto di aggiungere qualcosa, quando le sentinelle di Uabhar annunciarono l'arrivo di un messaggero recante un dispaccio. Il corriere irruppe dall'ingresso intagliato come una raffica di vento tempestoso, ansimando vistosamente.

«Vostra maestà» esclamò il messaggero, gettandosi ai piedi del re, «vengo per conto di Lord Genan di Áth Midbine. Durante la notte il mio signore ha catturato un esploratore dell'armata Narngalisiana. Il mio signore è riuscito a strappargli tutto ciò che sapeva, prima che questi spirasse, ed esso ha parlato di spietati cavalieri e di destrieri diabolici di fuoco verde. Orde unseelie vengono a mettere il nostro mondo a ferro e fuoco.»

«L'interrogatore di Áth Midbine sa cavare la verità dalle labbra degli uomini.» intervenne Mac Brádaigh, cogliendo al volo l'opportunità.

«Quella che essi credono essere la verità», scattò Uabhar. «Il re di Narngalis semina menzogne fra le sue stesse truppe per raggiungere il suo scopo, contando sul fatto che ci infetteranno con le loro falsità.»

Mac Brádaigh si rivolse al Re, esclamando: «Mio signore, gli uomini sono irrequieti. Sono pronti a combattere contro un nemico che possono vedere coi propri occhi, un nemico che sia soggetto alle leggi della vita e della morte, ma doversi scontrare con un nemico che non comprendono è un'altra questione. I capitani sono preoccupati che la paura possa spingere gli uomini ad ammutinarsi. . . »

«Chiunque osi ribellarsi sarà impiccato!» Sbraitò Uabhar. «Non esistono orde unseelie! Sono menzogne!» Reclinò la testa da un lato, per poi aggiungere: «E se anche esistono, che si affrettino pure a spostarsi a sud, così che trovino Wyverstone a sbarrare loro il cammino prima che possano arrivare in vista di Slievmordhu. Che siano loro a distruggere i miei nemici per me!» Si rivolse poi al messaggero inginocchiato per terra, con tono sbrigativo: «Torna da Áth Midbine e riferiscigli ciò che ho detto!»

«Non è tutto, ci sono altre nuove, mio signore», disse questi.

«Allora parla!»

«Meno di un'ora fa abbiamo abbattuto un piccione viaggiatore partito dall'accampamento di Narngalis, recante un messaggio per il Signore delle Tempeste Avalloc. Warwick è giunto alla conclusione che i signori del clima sono stati ingannati ed assassinati con qualche sotterfugio.»

«E su chi punta il dito, questo folle seminatore di false accuse?"

«Su Slievmordhu, mio signore.»

«Dicerie e chiacchiere! Niente più che invenzioni e calunnie! Sono tutte qui le informazioni che i miei nobili ufficiali mi mandano a riferire? Va' e riferisci loro questo», continuò Uabhar; «chiunque diffonda parole sediziose sarà bollito vivo. Non tollererò che si sparga malcontento ed allarmismo fra le mie truppe. Ora vattene, insieme alle tue cattive notizie, vattene! Anche tu, Mac Brádaigh!» Concluse con un gesto secco della mano.

L'Alto Comandante fece un inchino deciso e uscì celermente, seguito dal messaggero. Dopo che se ne furono andati, il secondogenito di Uabhar comparve, scostando un arazzo ricamato dietro il quale era rimasto fino a quel momento, a leggere dispacci seduto su una sedia di legno di noce intagliato. «Sire», chiese, «è forse vero?» Il volto del giovane Principe Ronin aveva il colorito cereo di una statua di gesso. Dalle spalle gli pendeva un mantello di ricco broccato foderato di raso rosso e le guance erano striate da ciocche di capelli castano scuro.

«Di cosa stai parlando?»

«Hai davvero ucciso i signori del clima?»

«Sciocco ragazzino, ho semplicemente fatto in modo che quegli impiccioni fossero rimossi dalla nostra strada. Sono sudditi di Narngalis, in perenne alleanza con Wyverstone. Credi forse che la nostra campagna sarebbe riuscita ad arrivare anche solo dove siamo ora, se essi fossero stati liberi di agire a loro piacimento? Ebbene?»

«Suppongo di no», rispose Ronin, la voce tanto bassa da essere quasi inaudibile e le labbra tanto tese da sembrare poco più che linee sbavate sul candore della sua pelle. «Ma ero convinto che li avessi semplicemente fatti imprigionare. Dimmi, ti prego, se –»

Si interruppe nel vedere il Principe Ereditario Kieran comparire nel padiglione reale e slacciarsi la cappa sporca di fango. Avendo sentito che l'Alto Comandante ed un messaggero erano stati a colloquio col re, Kieran stesso era giunto per chiedere quali fossero le ultime notizie giunte, ma si bloccò quando si rese conto della tensione fra suo padre e suo fratello. L'ansia che lo coglieva ogni volta che doveva parlare con Uabhar si cristallizzò in una sensazione di panico.

Uabhar ignorò la presenza del suo primogenito, per concentrare la sua attenzione su Ronin. «Intendi forse mettere in discussione le mie decisioni?" domandò, con la voce che pareva un latrato.

Il giovane principe attese un istante prima di rispondere: «Voi siete il mio sovrano e signore.»

«Esattamente, e ogni azione che compio ha come obbiettivo la prosperità della dinastia degli Ó Maoldúin. Ricorda che sei il secondo erede al trono, in linea di successione. Sei uno degli eredi di questa dinastia.»

«È proprio da tuo erede, quale sono», disse Ronin, inginocchiandosi di fronte al padre, «che rinnovo la richiesta che già ti ho fatto, di avere il tuo permesso di unirmi all'esercito per combattere per Slievmordhu.»

«E come ho già fatto in precedenza io ti nego tale permesso. È proprio perché tu sei uno dei miei successori che non ti permetto di andare in guerra, lo capisci? I miei figli non rischieranno le loro vite, è compito dei soldati comuni immolarsi sulle lance del nemico.»

Ronin balzò in piedi, rovesciando la sedia. «Ci leghi le mani qualunque cosa cerchiamo di fare!" Urlò disperato. «Ti rifiuti di lasciarci combattere, ti rifiuti di renderci partecipi quando ci sono decisioni da prendere, rifiuti perfino di prestare orecchio ai nostri consigli!»

Questo fu troppo per Kieran. Fin dall'infanzia egli era stato abituato ad avere orrore della collera del padre e a fare di tutto per placarla. Le sue azioni erano frutto di un riflesso condizionato, non una decisione conscia. «Come puoi tu, in coscienza, rivolgerti a nostro padre con tanta maleducazione?» disse al fratello, rimproverandolo duramente. «Obbedienza e lealtà vengono prima di ogni altra cosa! Datti un contegno!»

«Fà silenzio, figlio!» Fece il re, rivolgendo la sua ira verso il suo primogenito. «Non avere la presunzione di parlare per mio conto!» Imbarazzato e scioccato dal fatto che il padre avesse visto come un errore il suo comportamento, il Principe Ereditario si inchinò profondamente e si scusò. Tornando a volgersi verso Ronin, Uabhar riprese il discorso con una gentilezza velata di minaccia: «Ora, figlio mio, mettimi a parte dei tuoi consigli, di grazia. Gradirei assai che mi dicessi cosa ti turba.»

«Già sai cosa mi turba, padre!» Il giovane parlava concitatamente. "Una forza malvagia si fa strada verso di noi e i signori del clima, coloro che meglio potrebbero difenderci, sono stati traditi. Siamo stati noi stessi a tradirli, quando erano disarmati ed ospiti sotto il nostro tetto! Se sono ancora vivi devi liberarli.»

«Essi non vivono più.»

Ronin si accasciò, come se il padre gli avesse sferrato un pugno al costato. Un pallore nauseato gli coprì il volto, quasi fosse improvvisamente stato colto da malattia, mentre inanellava frasi su frasi a mezza voce. Suo fratello maggiore si lasciò cadere sul coperchio di una cassapanca, come se le ginocchia gli avessero ceduto, e si passò una mano sul volto, da cui caddero alcune perle di sudore freddo.

«La verità verrà a galla», continuò Uabhar. «Prima o poi, in un modo o nell'altro, si verrà a sapere che i signori del clima sono stati assassinati. Perché non dovrei essere io a rivelarvelo? Non ho nulla da nascondere! Sono franco come lo sono sempre stato. Piantala con quelle tue preghiere ai Fati, Ronin; essi non ti ascoltano. Non rimproverarti, poiché non hai alcuna responsabilità di ciò che è accaduto. La colpa di questo affare increscioso è in gran parte dei druidi.»

Alzando la testa, Ronin disse con un filo di voce: «Sia pure come dici, la responsabilità rimane di Slievmordhu. Senza i signori del clima l'umanità intera è completamente inerme di fronte alla malvagità delle orde unseelie.»

«Non c'è alcuna orda. Si tratta semplicemente di un rapporto falsificato, scritto ad arte per gonfiare la notizia. Sono stato io stesso a mettere in giro i germi delle prime dicerie con racconti del radunarsi degli wight unseelie nelle Brughiere di Sud-Est, un'astuta manovra che ho impiegato per guadagnare un vantaggio tattico.»

«Dicono che questi mostri provengono da nord, in molti affermano di averli visti.»

«Ci stanno ingannando.»

«E se così non fosse?»

«In questo caso il primo ostacolo sul loro percorso sarà l'esercito di Narngalis. La cosa non mi disturba minimamente.»

«E una volta che li avranno massacrati? La fazione per cui un uomo combatte non è cosa che interessi agli wight maligni. Il solo fatto di essere umani, ai loro occhi, è una ragione sufficiente per spingerli a ucciderci tutti. Odiano l'umanità intera, e se possono distruggerci lo faranno.»

«In questo caso, cosa ritieni che dovremmo fare?» Chiese Uabhar con esagerata cortesia.

«Mettere da parte ogni inimicizia e allearci con Warwick per contrastare il pericolo degli unseelie.»

«Queste sono le parole di un traditore! Come osi insultarmi con una simile proposta?» Il re era fuori di sé. «Figlio degenere! Non ti ho insegnato nulla? Davvero getteresti questo disonore sul tuo stesso padre?»

Kieran intervenne, assecondando il padre in tono pacato: «Questo è invero un comportamento vile, Ronin», sebbene il suo tono rivelasse che la frase intendeva suggerire al fratello di difendersi dalle parole del padre, più che un'accusa con cui ferirlo. Egli voleva molto bene a Ronin e, nel profondo del suo cuore, si trovava d'accordo con molto di ciò che il fratello minore aveva detto, per quanto quelle parole fossero per lui causa di immensa angoscia e confusione, dal momento che minacciavano di far crollare le fondamenta su la sua intera esistenza era stata costruita. Non era debole, la volontà di questi due giovani, niente affatto. L'influenza con cui si trovavano a lottare era invisibile e subdola; un'influenza che aveva finito per ghermire e distruggere molti uomini valorosi.

Il re si rivolse quindi a Ronin: «Impara da tuo fratello, che per grazia dei Fati è più vicino al trono di quanto tu non sia. Di tutti i miei figli, Kieran è il più lodevole, il più giudizioso e il più leale. Tu, di tutti i miei figli, sei il peggiore. Segui con attenzione tuo fratello maggiore e prendilo a modello. Egli obbedisce a suo padre senza esitare e dà così prova di essere meritevole del titolo di mio erede.»

«Se sono un traditore e un figlio indegno, se sono davvero il peggiore di tutti i criminali, allora che sia annunciato in lungo e in largo», ribatté Ronin. «Che allora io sia insultato per tutta l'eternità, ma non posso, in coscienza, permettere che l'intera umanità venga tradita in questo modo.»

Uabhar si avvicinò repentinamente al secondogenito, portando il suo volto a un palmo da quello del figlio. «Se non fossi sangue del mio sangue e carne della mia carne ti farei impiccare», sibilò, ogni parola grondante veleno. Il giovane principe sussultò, ma non indietreggiò, evitando lo sguardo del padre.

«Chiedo perdono per essermi espresso contro di te, padre», disse a denti stretti. «Se sapessi quanto mi è costato. . .»

«Avresti dovuto tenere a freno la lingua, figlio! Io ricuso tutto ciò che hai detto, e sarebbe stato meglio per te se non avessi mai aperto bocca. Dopotutto penso di essere pronto a riconsiderare il mio divieto, ora, e vedrai quanto sono generoso nello scendere a compromessi.

Indossa la tua armatura. Va' al fronte e combatti per il re e la patria. Vediamo se nel tuo cuore malfidato saprai trovare il coraggio di combattere contro quegli stessi regni a cui tanto ardentemente desideri allearti, e se la tua coscienza non te lo perdonerà, combatterai trafitto dai sensi di colpa. Dovessi morire sul campo di battaglia, almeno avrai speso le tue ultime energie per dimostrare di non essere un figlio sleale. Forse, così facendo, riuscirai a restituire un po' di onore al nome Ó Maoldúin.»

Il re tese la mano.

Ronin si alzò in piedi, pallido ed immobile come una figura dipinta su di un drappo di seta. Era perso, completamente spaesato. Un istante dopo una vita intera di addestramento ebbe la meglio ed egli vide davanti a sé, ancora una volta, l'unico sentiero che gli era familiare, una strada già battuta, lungo la quale era stato condotto ormai così tante volte da essere diventata l'unica su cui potesse continuare a camminare. Si inchinò e appoggiò le labbra sulla mano del padre in un gesto di fedeltà e sottomissione.

Suo padre si voltò con un'espressione di sdegno dipinta in volto e si rivolse a Kieran, la sua attenzione concentrata sulle necessità della guerra.

«Le orde malvagie stanno arrivando», ripeté Ronin sottovoce, volutamente ignorato e inascoltato. Guardando le proprie mani aperte, rivolte verso l'alto come conchiglie vuote, sussurrò: «e i signori del clima sono stati traditi.»

Detto ciò si apprestò ad indossare l'armatura da battaglia.

3
ROCCA PIETRACCIAIO

Quand'è vera, l'amicizia ha un valore sconfinato,
Un tesoro di cui esser sempre grato.
Ogni volta che hai bisogno un vero amico è lì accanto,
A proteggerti, da fratello, e tu altrettanto,
Restando imperturbabile fra guerre e ferite,
In fame o povertà, per entrambe le vostre vite.
L'amicizia vera resta salda anche quando passan gli anni,
Che fan di un bimbo un uomo, e di un soldato un vecchio barbagianni.

"VERI AMICI"
(BALLATA PREDILETTA DEGLI UBRIACONI PIÙ SENTIMENTALI DI TUTTA TIR)

UNA coppia di aquile stava sorvolando il padiglione rosso di Uabhar nel momento stesso in cui il corriere ne usciva. Per quanto rapida fosse la corsa del cavaliere diretto agli alloggi di Lord Genan, egli non era certo in grado di superare quei maestosi volatili. Le aquile si libravano e planavano verso nord-ovest, in direzione contraria alle brezze del mattino, superando valli e colline, volando sopra ruscelli punteggiati da giunchi e fiumi impetuosi e giungendo infine ad una regione in cui l'umanità era intenta a muoversi guerra.

Nel cielo fluttuava un globo luccicante.

Muovendosi alla stessa velocità del vento, il pallone aerostatico di

Asrăthiel galleggiava nell'aria fra fiocchi di lanugine di cardo e urla rauche di corvi che straziavano la gola al vento. Il cesto aveva raggiunto la capacità massima, per quanto la maga del clima avesse deciso di rinunciare ai servigi della sua servitrice, Linnet, invitandola a fare ritorno a Winterbourne, dove sarebbe stata lontana da ogni pericolo. Al suo fianco aveva due uomini alti e vestiti di cotte di maglia splendenti e tabarri di una sfumatura assai scura di acquamarina. Re Thorgild Torkilsalven scrutava l'orizzonte, stropicciando gli occhi colpiti dal vento salato proveniente dal mare occidentale, mentre il Principe Halvdan si sporgeva da un lato della navicella di vimini. Il principe stava ammirando il magnifico spettacolo sotto di sé; il metallo brunito dei battaglioni che si spostavano nella campagna in file ordinate li rendeva simili a draghi sinuosi. Il pesante suono del passo di marcia era a tratti accompagnato dalle grida di corvi, gli scricchiolii del cesto di vimini e lo sbatacchiare confuso dell'involucro del pallone, agitato dalle rare raffiche di vento. Di tanto in tanto Asrăthiel sussurrava un comando infuso di brí alle correnti locali o al cristallo solare fissato nel proprio alloggiamento; "αяdï, ø Þïétta ∂ï ßгαʒïα", per poi eseguire con perizia un rapido movimento della mano, che i suoi compagni non coglievano. Essendo in grado di percepire la pressione dell'aria senza sforzi era anche conscia della sua esatta altitudine da terra.

In quel momento la maga del clima azionò uno degli sfiati con una cima di controllo, facendo uscire sbuffi d'aria calda dalla cima del pallone e diminuendone la galleggiabilità. Il pallone iniziò una ripida discesa, e lei lo manovrò con precisione finché non sentì il fondo della navicella di vimini strisciare sul terreno della cima di una collina, a fianco della vicina stazione di segnalazione. L'addetto alla segnalazione era in attesa insieme al tuttofare, entrambi pronti ad aiutare ad ancorare il pallone aerostatico ai chiodi d'attracco saldamente incuneati nel terreno roccioso. Asrăthiel fece un gesto per invitarli a spostarsi e provvide da sé a quella necessità, con l'aiuto dei suoi nobili accompagnatori, spiegando a Halvdan come gettare le cime e successivamente scavalcando il bordo del cesto con la grazia di un cerbiatto, nonostante la gonna ingombrante. Il vento era forte; sufficientemente forte da agitarle le vesti e scuotere il pallone come un sacco da pugilato. Asrăthiel lasciò uscire dal pallone un po' d'aria, diminuendo così la tensione su tele e cuciture, prima finire di legare saldamente il tutto a terra.

Avendo visto avvicinarsi la Dama sulla Luna, il capo-postazione si era affrettato a finire di decifrare gli ultimi messaggi, scrivendone il contenuto su spessi fogli di carta in una calligrafia chiara e precisa. Quando l'equipaggio dell'aerostato scese a terra, egli rimase scioccato dal vedere non solo una maga del clima, ma anche il principe e il Re di Grïmnørsland, in piedi a fianco alla giovane, entrambi coi capelli che scendevano a coprire le loro spalle come lucidi fasci di fili d'oro striato di ferro.

Gli occorse del tempo per ritrovare la sua consueta calma e rivolgersi a loro, e quando lo fece fu parlando tutto d'un fiato. «Vostra Maestà, Vostra Altezza Reale e mia signora, due comunicazioni sono giunte nemmeno un'ora fa» disse, inchinandosi in saluto e porgendo loro le pagine scritte non appena misero piede nella torre di segnalazione. Il primo messaggio proveniva da Alta Darioneth, ed era stato inviato da Avalloc, che Asräthiel aveva tenuto aggiornato riguardo ai propri spostamenti. La giovane lesse in fretta la comunicazione, ansiosa di conoscere i pensieri di suo nonno, ed iniziò a leggerlo ad alta voce. «Avalloc, Signore delle Tempeste, e Declan di Bosco Selvaggio porgono i loro omaggi a Lady Asräthiel.»

«Chi è questo Declan di Bosco Selvaggio?» Intervenne Thorgild.

«Si tratta di uno studioso, un amico di mio nonno», rispose Asräthiel senza alzare gli occhi dallo scritto. «A volte egli rimane ad alloggiare ad Alta Darioneth.»

Il re annuì. «Prosegui pure.»

Per prima cosa il Signore delle Tempeste informò la nipote che il gruppo di salvataggio che era stato mandato in missione a Cathair Rua non aveva ancora fatto avere notizie sui signori del clima di cui erano in cerca. Successivamente il Signore delle Tempeste rivelò di aver scoperto un fatto sconvolgente riguardo agli invasori unseelie venuti dalle montagne del nord.

Asräthiel lesse ad alta voce: «Il brownie domestico dei Maelstronnar sostiene che gli invasori unseelie sono – cosa?» Si interruppe, guardando sbigottita il foglio di carta. «Ma questo è impossibile!»

«Che cosa dice di quelle creature? E che mai può aver a che fare un brownie con questa vicenda?» Chiese il re.

Asrăthiel continuò a leggere, scuotendo la testa, confusa: «Il brownie domestico dei Maelstronnar sostiene che gli invasori unseelie sono goblin scappati dalle loro caverne.» Alzò lo sguardo, volgendolo verso i presenti. «Goblin? Ero certa che fossero stati tutti sterminati molto tempo fa. Di certo il brownie non sa di cosa parla. Soprattutto, come potrebbe quel wight, sempre isolato nel suo angolo di mondo, essere a conoscenza di informazioni come queste, quando individui con conoscenze ben maggiori ne sono del tutto all'oscuro?»

«Prosegui, forza!» La incitò Thorgild.

Con gli occhi sbarrti per l'incredulità, Asrăthiel continuò: «"Brownie terrorizzato. Forza letale. Fate attenzione."» Così terminava il messaggio di Avalloc, tanto conciso quanto spaventoso.

I tre si guardarono l'un l'altro, esterrefatti, mentre il vento che soffiava fra le colline si insinuava sibilando in una fessura nel legno della porta e scorrendo su per le scale, fino a far tremare nei loro infissi le finestre della minuscola camera d'osservazione al piano superiore.

«Goblin!» Esclamò improvvisamente Thorgild. «Era quello il nome, goblin! Gli unici wight ad essere mai stati visti cavalcare i manti infuocati dei trollhästen.» La sua risata era carica di scetticismo. «Ben strano invero! Come hai già fatto notare, Asrăthiel, tutte le fonti concordano nel riportare che quei ridicoli folletti sono stati annientati molti decenni fa.»

«Si direbbe che non sia così» rispose la maga del clima. «O almeno, questa è l'opinione di mio nonno, che a mia memoria non si è mai sbagliato.»

«Avevano delle creature eldritch come loro schiavi personali, se ben ricordo» soggiunse Thorgild, camminando rapidamente avanti e indietro mentre frugava fra i suoi ricordi. «Ora tutto mi ritorna alla mente.»

«Se davvero i cavalieri che ci attaccano sono goblin, allora tutto ciò non ha senso» intervenne Halvdan. "Quegli sciocchi e deboli mostriciattoli dovrebbero poter essere sconfitti con facilità, eppure hanno dimostrato di essere molto più che pericolosi, addirittura invincibili.»

«Il Signore delle Tempeste crede alle parole di quel brownie, e questi asserisce che sono una forza inarrestabile, nonostante siano goblin, ed anche io gli credo», disse Thorgild. «È sconcertante pensare che in tutti questi anni debbano essere rimasti in attesa in qualche luogo nascosto, una caverna, stando a ciò che riporta Avalloc. E tuttavia ciò mi riporta alla mente dei vaghi ricordi. . . »

Halvdan prese la parola: «Se tutto ciò è vero, allora perché le antiche leggende narrano che furono tutti sterminati?»

«Non tutte le leggende concordano su quel punto», rispose il padre. «Anzi, più ripenso a questo enigma, più mi sembra di ricordare frammenti di altre storie; storie che narrano di come il destino dei goblin non sia stato la morte.»

«E quale fu il loro fato?» Chiese Asrăthiel.

«Furono imprigionati. Ciò ben si adatterebbe alla versione del Signore delle Tempeste. Eppure mi riesce difficile ricordare. . .»

«Una forza letale, dice!» Ripeté il principe. «Se questi strani gnomi sono ora liberi dal loro isolamento, allora è più che possibile che siano diventati più forti, nei decenni in cui sono rimasti nascosti. Se dovesse essere quello il caso, i signori del clima sarebbero l'unica speranza di Tir.»

«Concordo», rispose in fretta la giovane. «Tuttavia non c'è ancora nessuna novità da coloro che stanno tentando di salvarli. I miei compagni rimangono in mano al nemico. Possano fare ritorno presto e senza disavventure!» I suoi occhi azzurri erano più scuri del solito.

«Come sono stati imprigionati in quelle caverne, i goblin?» Domandò Halvdan a suo padre. «Riuscite a ricordare?»

«Se la memoria non m'inganna fu il più potente fra i grandi signori del clima dei tempi antichi a scacciare gli wight e confinarli sotto le montagne.»

«Ah! Perciò possono essere sconfitti da fulmini ed uragani!»

«Non furono le tempeste a permettergli di batterli. Fu Lamafulva», disse il re.

Asrăthiel alzò repentinamente lo sguardo.

«Adesso si spiega il motivo per cui in tutta Tir i trow hanno preso a muoversi verso nord», proseguì Thorgild. «Desiderano servire i goblin, che vedono come i loro naturali padroni. Dal momento che Avalloc ha avuto poche difficoltà a scoprire la verità, anche altri ne verranno a conoscenza, interrogando i brownie, gli urisk o altri wight seelie. Altri studiosi arriveranno alle nostre stesse conclusioni, basandosi sugli indizi riguardo quei destrieri fiammeggianti. Si spargerà la voce, e assieme ad essa si potrebbe spargere anche il panico.»

Halvdan intervenne: «Potrebbe anche darsi che spargendosi la voce che questa orda è composta da goblin le paure di molti vengano ridimensionate. Dopotutto sono molte le storie popolari che si fanno beffe dei goblin, dipingendoli stupidi, gracili e facilmente sconfitti.»

«Confidiamo nel fatto che quelle storie siano vere», disse il padre in tono cupo. «Speriamo anche che il brownie del Signore delle Tempeste si sia sbagliato.» Era evidente che il re nutriva assai poche speranze in quel senso. «I goblin sono creature unseelie», continuò, «da sempre odiano l'umanità – e senza dubbio gli anni di prigionia a cui sono stati costretti dalla mano dei signori del clima non ha fatto che accrescere il loro odio. È ormai evidente che a dispetto della loro reputazione essi sono un'armata temibile. Non sappiamo come, ma questi goblin, insieme ai loro cavalli demoniaci e probabilmente ai loro spaventosi servitori, sono riusciti a liberarsi dalla loro prigionia secolare, e ci hanno colti di sorpresa. Per quanto ne sappiamo il loro piano potrebbe essere di attraversare tutti i regni di Tir e uccidere ogni essere umano che trovino! In ogni caso, Asrăthiel, il tuo brownie suggerisce che siano intenzionati a commettere ulteriori atrocità. Non appena saremo tornati all'accampamento ordinerò di procedere a marce forzate. Occupiamoci in fretta di quest'altro messaggio e partiamo senza indugio."

La maga delle tempeste rimescolò le carte inviate da Avalloc mentre Halvdan esaminava la seconda missiva, un breve messaggio inviato dal Principe William, direttamente dal campo di battaglia. Mentre il principe iniziava a leggerne il contenuto ad alta voce, uno dei segnalatori, perennemente appostato a sentinella dietro le finestre d'osservazione al piano superiore, estrasse un cannocchiale. Attraverso lo strumento spinse lo sguardo verso una delle stazioni di segnalazione vicine, abbarbicata su una lontana altura nel mezzo della vallata.

Le braccia segnaletiche erano in movimento. Mentre la vedetta descriveva la sequenza in codice l'assistente la trascriveva su carta, in attesa che fosse decifrata.

Ignorando le attività degli uomini al piano superiore, Halvdan lesse il messaggio: «Orde unseelie inarrestabili. Nemmeno le armate del sud potranno essere trattenute ancora a lungo. Aspettiamo con ansia il vostro rapido arrivo.» Il principe piegò il foglio e lo infilò nella saccoccia.

Asrăthiel si rivolse al capo-postazione, che rimaneva in attesa lì vicino in stato di agitazione: «Mandate al Principe William un messaggio per informarlo che dei signori del clima non v'è ancora traccia e che il Signore delle Tempeste asserisce che le orde sono composte da goblin, evasi da una lunga prigionia.»

Aveva appena finito di dare le istruzioni al capo-postazione e ringraziarlo che i suoi due compagni erano già fuori dalla porta, incamminati verso il punto in cui era attraccata la Lieverapido, la quale galleggiava e ondeggiava trattenuta dalle corde. Il vento scompigliava loro i capelli e agitava le loro cappe, mentre essi slegavano le cime dai ganci d'ormeggio, inginocchiati sull'erba. Asrăthiel balzò sulla navicella e comandò il cristallo solare perché rilasciasse un'ondata d'aria calda. Mentre tutti erano intenti a guardare il gonfiarsi dell'involucro del pallone, floscio e violentemente scosso dal vento, disse: «Sta arrivando un altro messaggio dalla postazione vicina, dovremmo rimanere ad aspettarlo.»

«Non c'è tempo» ribatté Thorgild, alzando la voce per sovrastare il gemere delle raffiche di vento e il cupo rimbombare del tessuto che adava gonfiandosi. «Ogni istante in cui ci tratteniamo qui è un istante perso per Narngalis, istanti che potrebbero fare la differenza fra la vita e la morte di Tir. Siamo pronti a decollare?»

«Non ancora»

Halvdan si assestò sul terreno prima di afferrare saldamente una delle cime e tirare con forza, stabilizzando l'aerostato. «Asrăthiel, com'è possibile che il brownie domestico di tuo nonno sappia ciò che dice delle orde unseelie?» giunse il suo grido sopra il vento. «Gli wight che dimorano nelle case degli uomini raramente lasciano il proprio domicilio, come potrebbe un umile brownie della Piana dei Frassini conoscere alcunché di eventi che avvengono a centinaia di leghe di distanza?» Con la cima ancora in mano scavalcò il bordo del cesto per portarsi vicino ad Asrăthiel.

«Non saprei dirlo, Principe», rispose distrattamente, concentrata sulle proprie mani e sui gesti esatti da compiere per manipolare il clima. «Vi sono molte cose che ancora ignoriamo, riguardo agli wight. Può essere che i trow, nel loro eterno peregrinare, abbiano diffuso queste notizie nei luoghi da cui sono passati."

Sovvenne in quel momento alla maga che Fior di Cardo avrebbe potuto avere qualcosa a che fare con le strane informazioni di cui il brownie era al corrente. L'urisk era legato alla casa dei Maelstronnar da ormai un certo tempo, durante il quale aveva molestato il brownie a tal punto che questi era stato vicino all'abbandonare quel luogo per sempre. Il brownie, essendo egli stesso un wight, sapeva indubbiamente più di qualunque umano riguardo agli spostamenti di Fior di Cardo, e non era affatto impossibile che proprio da quest'ultimo egli avesse avuto le informazioni di cui si parlava.

Vicino alla cesta, il re stava arrotolando una gomena con le mosse esperte di un marinaio veterano. Corda ancora alla mano, salì anche lui sulla navicella di fianco al figlio. «Siamo pronti?» Chiese alla maga.

«Quasi!» Rispose lei, a voce similmente alta, lo sguardo fisso sul cristallo solare. «Trasportare tre persone significa viaggiare a pieno carico, perciò devo attendere di avere piena galleggiabilità. Alzarsi in volo prima sarebbe rischioso.»

Il vento cambiò direzione, sollevando una pioggia di foglie addosso ai presenti. La gondola di vimini sobbalzava, tenuta ferma solo da due corde strette saldamente fra le mani del re e di suo figlio, ciascuna passante all'interno di uno dei ganci da attracco.

Asrăthiel alzò lo sguardo verso il pallone parzialmente gonfio, infastidita ed impaziente. La sua mente continuava a tormentarsi riguardo alla missiva di Avalloc con la pervicacia con cui un cane affamato rosicchia un osso. «Stando a ciò che dice mio nonno, perfino il brownie era terrorizzato» iniziò, «cosa che mi dà da molto pensare. Tuttavia le sue parole devono corrispondere a verità, poiché è incapace

di mentire e riguardo alla possibilità che soffra di una qualche allucinazione, bisogna ricordare che il Signore delle Tempeste conosce quel
wight da tutta la vita, e senza dubbio si sarebbe accorto se vi fosse stata
qualche alterazione nel suo comportamento.»

La superficie dell'involucro era ormai tesa ed il pallone gonfio a
sufficienza da riuscire a sollevare il proprio carico. Asrăthiel era sul
punto di ordinare ai suoi compagni di mollare le cime, quando il capo-postazione, avendo appena finito di decifrare l'ultimo messaggio,
uscì correndo dalla torre e si precipitò verso di loro. In mano recava
un pezzetto di carta e stava implorando i visitatori di aspettare.

«Questo rapporto è appena arrivato», disse l'uomo con voce rauca,
per poi infilare il foglietto in mano ad Asrăthiel. Si trattava di una comunicazione proveniente da Re Warwick in persona, giunta passando
per Winterbourne, dove era arrivata direttamente dall'accampamento.
Il messaggio era breve, come fosse stato redatto in gran fretta.

Letto in silenzio il messaggio, la maga del clima trasalì, trattenendo il respiro. Non una parola le uscì dalle labbra, ma si limitò ad ac-
cartocciare il foglio nel pugno, lasciandolo poi cadere fra le braccia del
vento, che lo trasportò via con sé.

Halvdan si liberò gli occhi da alcune ciocche di capelli ambrati
scompigliati dal vento. «Qualcosa non va, Asrăthiel?» Chiese, preoccupato.

La maga rimase immobile dov'era, con lo sguardo perso nel vuoto,
senza accennare alcun movimento, quasi senza respirare. Come fosse
un'estensione del suo corpo, il vento si affievolì fino a divenire poco
più di una brezza.

«Che sta accadendo?» Thorgild rivolse lo sguardo verso colui che
aveva portato il messaggio. «Che cosa diceva quella nota?»

Uno stormo di taccole che erano state fino a quel momento ap-
pollaiate sulla torre di segnalazione prese il volo in una piccola tempesta di ali frullanti e un gran clamore di stridii, simile ad una nuvola
di frammenti di tessuto bruciato. Si dispersero, spaventati dal suono
improvviso. Forse, nonostante le loro menti di uccelli fossero aliene
e poco in sintonia con le passioni umane, anch'esse furono trafitte
dall'acuta nota di pena e disperazione contenuta nell'urlo di Asrăthiel.

Il capo-postazione spiegò con un sussurro, come se le parole fossero troppo aberranti per essere pronunciate ad alta voce: «Diceva, 'Duole informarvi che Uabhar Ó Maoldúin ha ucciso vostri compagni."»

Le taccole spaventate si ricompattarono in formazione e proseguirono il proprio volo verso cieli lontani.

Un lungo banco di nuvole tinte di lilla stava avvicinandosi da occidente, promettendo piogge. Il cielo, che stava rapidamente facendosi sempre più coperto, era qua e là trapassato da fasci di luce solare, come lance di oro fulvo. Ben presto le nuvole d'indaco rilasciarono il loro carico, e per tutta Narngalis si susseguirono piogge torrenziali, per tutto il giorno e per tutta la notte.

Le coltri di pioggia che irruppero dalla costa e rimasero a spazzare il terreno per svariati giorni non furono sufficienti a interrompere gli scontri alla Piana di Eldroth – limitandosi ad aggiungere altre difficoltà a quelle che i soldati di entrambi gli schieramenti già dovevano affrontare. I fuochi da campo si spegnevano senza possibilità di riaccenderli, mentre il terreno si faceva viscido e sdrucciolevole come un pantano, coprendosi di un fango denso che si attaccava agli stivali dei combattenti e alle armature di chi cadeva a terra. Gli acquazzoni stavano ormai attenuandosi, quando il Lord del Sigillo Sir Torold Tetbury – un elegante gentiluomo dai baffi neri e ben tenuti – arrivò dalla Narngalis settentrionale e fece il suo ingresso nel padiglione a pannelli d'avorio e indaco, quello appartenente a Re Warwick.

«Come procedono i preparativi a Rocca Pietracciaio?» fu la prima domanda del re. Egli aveva inviato i suoi attendenti alla fortezza abbandonata collocata a proteggere quel passo di montagna, affinché provvedessero a renderla utilizzabile e adeguatamente rifornita in caso le truppe di Narngalis si fossero trovate a venir respinte fino alle Rupi Nere prima dell'arrivo dei rinforzi di Thorgild.

«Tutto è pronto. Dovessero realizzarsi i nostri timori saremo quanto meno in grado di ritirarci in una roccaforte ben rifornita» rispose Tetbury.

«Che notizie invece da più a nord, riguardo a quelle creature che il wight domestico del Signore delle Tempeste asserisce essere goblin?»

«La notte stessa ci è nemica, sire. Queste creature si muovono lentamente. La segretezza delle loro abitudini è immutata, in quanto continuano a preferire la luce di luna e stelle a quella del sole ed ancora evocano i loro densi vapori per oscurare la luce diurna. All'interno di questa foschia i loro movimenti sono astuti e il loro avanzare simile ad un muro di fitta nebbia che inglobi progressivamente ogni terra che incontri. I popolani più coraggiosi arrivano a intravedere dei movimenti attraverso la foschia, il baluginio di fiamme verdi, un luccichio, il contorno di un cranio orrendo. Dall'interno del banco di nebbia si sentono provenire mormorii inquietanti e, a volte, risate rauche. Nel cuore di quell'oscurità gli zoccoli demoniaci scalpitano tonanti e le lame eldritch fendono l'aria, uccidendo. A quel punto le nubi di nebbia soffocano ogni cosa, e dove esse passano nessuno dei nostri rimane vivo. Le nebbie giungono attraverso il Crocevia delle Montagne e oltre Ponte Trow, senza che nulla riesca a fermarle.»

«Queste creature sono ben lontane dall'essere innocue come i racconti popolari ci avrebbero a credere» disse il re, scuotendo il capo, costernato. «Chi sostiene che i goblin siano i più deboli fra gli wight commette un errore madornale.»

«Come può essere allora, sire, che da quando i nostri antenati li imprigionarono siano circolati tali e tanti racconti così convincenti riguardo la loro debolezza e facilità ad esser sconfitti?»

«Ho riflettuto su questo dilemma» rispose il re. «È un tratto che accompagna l'uomo da ere, ormai; gli esseri umani non hanno paura del buio, se possono riderne. Quando una minaccia viene ridotta ad una barzelletta, perde tutto ciò che la rende spaventosa. Quando i goblin furono sopraffatti e rinchiusi – per sempre, o almeno così si credeva – l'umanità intera provò il desiderio di trasformare i propri acerrimi nemici in figure da burla, così da poter scacciare il terrore che provavano verso di loro e ritrovare la fiducia in sé stessi. Tutte ragioni in più per scoprire quali sono davvero i fatti. Dobbiamo sapere a che genere di nemico ci troviamo davanti.»

Tetbury era perplesso. «Insolito. Ho sempre pensato che si tendesse ad abbellire i racconti dei nemici affrontati in passato per farli apparire più pericolosi, piuttosto che più deboli, così da dare maggior impatto alle imprese degli eroi che li sconfissero!» Egli era uno dei consiglieri del re e, in quanto tale, era abituato ad essere diretto nel dare la propria opinione.

«Allora credo tu debba rinfrescare le tue conoscenze di storia, Torold» replicò il re. «Gli esseri umani hanno sempre amato gettare il ridicolo su mostri sanguinari trasformandoli in macchiette ridicole. Ciò li sminuisce; ne ridimensiona l'importanza, la potenza e la pericolosità. Tutte le leggende si accumulano con gli anni, e non c'è dubbio che il modo in cui i goblin venivano un tempo dipinti avesse le sue radici nell'odio e nella paura. Una volta che il pericolo rappresentato da quelle creature unseelie fu stato eliminato e la gente tornò a sentirsi al sicuro, lo scherno e il disprezzo divennero i colori con cui dipingere l'immagine popolare dei goblin. La gente prese a dipingerli come creature sciocche e deboli - caricature che sarebbero state molto utili ai burattinai, ad esempio, che sono sempre in cerca di bersagli da deridere.»

Tetbury si inchinò, accettando la spiegazione del suo signore. «I miei archivisti stanno passando al setaccio le librerie di Winterbourne» riferì l'uomo, «alla ricerca di ogni brandello di informazione riguardo a questi terribili wight. Il loro metallo preferito era l'argento, cosa che potrebbe spiegare come mai i trow li amino tanto. Erano perfino chiamati Goblin d'Argento. Nei tempi antichi le città costruite attorno alle miniere d'argento prendevano il proprio nome dai goblin che le infestavano e dai fedeli trow che li accompagnavano, come avvertimento per gli esseri umani. Oggi quelle creature fanno ritorno dai luoghi che un tempo infestavano; Colle Argento, Muschiargento, le Rupi d'Argento, passando per Goblin Yardley ed Elphinstone. Trucidano qualunque essere umano trovino sul proprio cammino, sebbene stranamente non inseguano i fuggitivi. Contadini e popolani fuggono verso sud in numeri sempre maggiori.»

«Gran parte di ciò che mi dici mi è già noto, Torold», disse il re, «ma ti ringrazio comunque.»

Più tardi, durante il consiglio di Warwick con i propri figli e consiglieri, Tetbury ripeté il suo resoconto, al termine del quale il re riferì le ultime novità dalla Piana dei Frassini. «Quando è stato messo a parte del fato dei suoi compagni, il Signore delle Tempeste è stato colto da un malore. Ora giace a letto, la moglie di suo figlio si prende cura di lui, ed egli non è in condizione di viaggiare. La sua mente, ciò nonostante, è ancora attiva e acuta. Ogni giorno, come sapete, io ed il Signore delle Tempeste comunichiamo a mezzo di messaggi.» Gli occhi grigi del re osservavano calmi i presenti. «La conoscenza di Avalloc dei misteri dei goblin è maggiore di quella di qualunque altro uomo vivente, ed egli ci conferma ciò che ci è stato appena raccontato da Torold riguardo l'amore dei goblin per l'argento, da cui prendono il soprannome di Goblin d'Argento. Per quanto riguarda le nostre difese contro questi wight, il suo parere è che la nostra arma migliore è l'oro. Come l'argento dà loro gioia, l'oro è per loro veleno. A questo scopo sarà fatto radunare tutto l'oro del regno, affinché sia fuso e usato per ricoprire le nostre lame d'acciaio.»

Intervenne a quel punto il Principe Walter: «Riguardo invece la famosa arma dei signori del clima, Lamafulva? La spada dorata fu usata già in passato per sconfiggere i goblin, perché non usarla ancora una volta?»

«Una giusta osservazione», convenne il padre, «questa è una cosa che mi sono spesso domandato. Quando Asrăthiel farà ritorno le domanderò di recuperare la spada dal luogo in cui è custodita.»

William sussultò al sentir pronunciare il nome di Asrăthiel. «Ma Lamafulva è inutile!» esclamò. «Nessun uomo comune può impugnarla.»

«Un uomo comune dal nome di Tierney A'Connacht ha impugnato Lamafulva, nei tempi antichi» spiegò Re Warwick, «e con ottimi risultati, stando alla sapienza contenuta nei tomi custoditi alla Piana dei Frassini.»

William fu pronto a ribattere: «Forse Aglaval Stormbringer aveva infuso nell'arma qualche incantesimo dimenticato, o forse qualche antico rituale di Alfardēne vi aveva lasciato delle tracce di magia. Solamente i maghi del clima sono in grado di utilizzare quell'arma senza mettere sé stessi in grave pericolo, e solamente dopo anni di addestramento.»

«Esattamente. Asrăthiel sola, fra tutti, ha accesso ai segreti di quella spada.»

«Non puoi chiederle di fare questo. Intendi forse mandare una ragazza a combattere da sola le orde dei goblin?»

«Will», lo apostrofò il padre, «non posso essere io a parlare per Asrăthiel. Questa è una scelta che spetta a lei soltanto»

«Foss'anche questo il caso», rispose il principe, contrariato, «dev'essere una scelta che possa fare con la piena conoscenza dei pericoli a cui andrebbe incontro se decidesse di affrontarli, e di quanto disperata sarebbe una simile resistenza. Nelle sue lettere il Signore delle Tempeste sottolinea spesso quanto la genìa dei goblin non sia affatto una forza da prendere sottogamba, per la loro esperienza nelle arti soprannaturali e perché uccidono senza alcun rimorso. Le uccisioni di Silverton ne sono la prova inconfutabile. Nei tempi antichi uccisero centinaia di migliaia di persone - un dettaglio opportunamente omesso dai cantastorie che li dipinsero come imbranati e facilmente raggirati - e avrebbero continuato nella loro malvagità fino ad eliminare l'intera razza umana dalla faccia del mondo conosciuto.»

«Non fosse stato per Lamafulva», aggiunse Warwick.

William rimase in silenzio, ma il suo sguardo parlava con il fragore di un tuono.

Il mattino seguente, mentre il sole all'alba trasformava i cieli rannuvolati in una landa infiammata dai fuochi delle battaglie, le armate di Slievmordhu ed Ashqalêth raccolsero ogni risorsa a loro disposizione e lanciarono un'offensiva determinata e magistralmente organizzata. L'undicesimo giorno di Juyn riuscirono, grazie alla propria superiorità numerica, a costringere i difensori ad abbandonare le trincee fortificate ed i terrapieni, e l'esercito di Narngalis fu nuovamente costretto alla ritirata. Warwick diede l'ordine di ripiegare ed abbandonare la Piana di Eldroth, lasciando indietro le tende ancora erette e spostandosi rapidamente verso nord, contando sulla retroguardia perché li proteggesse da eventuali attacchi alle spalle.

Scapparono precipitosamente, mantenendo tuttavia l'ordine e procedendo di gran carriera, senza mai fermarsi, fino al loro loro arrivo a Passo Pietracciaio, in alto fra le Rupi Nere, in un punto in cui la via maestra attraversava un valico fra due alti picchi.

Le Rupi Nere, la lunga catena di alture che attraversava Narngalis dalle Brughiere di Nord-Est fino all'Anello di Montagne, prendevano il loro nome dalla roccia di cui erano composte le loro cime, un tipo di basalto nero su cui qualunque vegetazione al di fuori di muschi e licheni rifiutava ostinatamente di crescere. I fianchi erano punteggiati di alberi, ma i cocuzzoli restavano brulli e attraversati da profondi crepacci. Solo scalatori esperti erano in grado di oltrepassare quelle alture, eccetto che in quei punti in cui un valico fra due monti consentiva il passaggio di una strada. Per raggiungere Winterbourne, le armate del sud sarebbero state obbligate ad attraversare le Rupi Nere, e Passo Pietracciaio era il punto più semplice a loro disposizione per molte miglia in entrambe le direzioni.

Le truppe di Narngalis erano troppo numerose perché, una volta dispostesi in fila, potessero attraversare lo stretto passaggio abbastanza rapidamente da evitare che i loro inseguitori le raggiungessero e ne decimassero la retroguardia. Warwick ordinò ad un buon numero di battaglioni di radunarsi e prepararsi ad una estrema resistenza a Rocca Pietracciaio, rimanendo a difesa del passo mentre gli uomini rimanenti l'avrebbero attraversato per poi andare a Winterbourne, dove si sarebbero riuniti con le guardie del casato e avrebbero preparato la città all'eventualità di un assedio. Se le truppe dei regni del sud avessero vinto, ai difensori rimasti alla Rocca non sarebbe rimasta alcuna via di fuga.

Appollaiata come un gigante arcigno su un punto strategico in cima al cocuzzolo della rupe, l'imponente figura di Rocca Pietracciaio torreggiava su tutto il passo. Costruita in tempi lontani, era stata la roccaforte principale dei re di Narngalis, lasciata sotto il comando di una successione di sovrintendenti per due secoli, per poi essere abbandonata ottantasette anni prima della data odierna - senza tuttavia essere lasciata al completo degrado, dal momento che i re che seguirono ebbero cura di mantenerla in buono stato. L'antica fortezza, ricavata in parte dalla nuda roccia delle rupi, era ben difesa dal terreno accidentato che la circondava; in aggiunta, le mura erano attraversate da feritoie per le frecce e coronate da numerose piombatoie. Tutte le finestre ed i portali più piccoli erano stati sigillati con pietra e calce alla partenza dell'ultimo sovrintendente, mentre l'entrata principale era stata bloccata da una impressionante valanga di pietre cinquant'anni prima, cosicché l'unico ingresso disponibile al momento era un tunnel segreto largo appena a sufficienza da permettere il passaggio di due uomini a cavallo fianco a fianco.

Piccoli gruppi dei migliori tiratori scelti di Warwick si distribuirono sull'altopiano che circondava la roccaforte, riparati all'interno di ridotte, caverne e coperure improvvisate, pronti a disturbare il nemico con attacchi fulminei e tiri di precisione. Warwick e i suoi figli fecero il loro ingresso nelle sale di pietra del Forte, accompagnati dalle truppe scelte. Malgrado lo svantaggio numerico i difensori erano decisi a resistere alle truppe nemiche quanto più a lungo possibile, almeno finché non fossero giunti i rinforzi di Thorgild oppure le nebbie diaboliche li avessero inghiottiti e i cavalieri goblin non li avessero sterminati.

Gli uccelli in volo proiettavano frammenti di ombre frastagliate sulle carovane di popolani che, a piedi o su carri, percorrevano una strada nel mezzo della rigogliosa campagna di Narngalis, poco lontano dalla Piana di Eldroth. Due figure in particolare parevano essersi perse ed essersi ritrovate separate dalle proprie famiglie, dal modo in cui arrancavano da sole, seguendo una tortuosa pista per pecore attraverso un pascolo. Si stavano dirigendo verso la strada maestra, evidentemente intenzionate a ricongiungersi ai propri cari.

Donne dall'aspetto indubbiamente insolito, dal seno sproporzionato, cuffie voluminose calcate sulla testa e scialle avvolti attorno ai visi. Faticavano ad avanzare nei loro vestiti lunghi, inciampando di tanto in tanto. Nel superare una folta macchia di sambuchi vennero fermate da una coppia di massicce figure balzate direttamente di fronte a loro, alle quali reagirono strillando in un rauco falsetto.

«Oi, che c'habbiamo qui?» disse uno dei Predatori, squadrando le donne da capo a piedi. «Delle sgualdrinelle belle in carne! Beh, molto meglio della Madre Primeva, in ogni caso.»

«Poco ma sicuro», intervenne l'altro. «Dai, tesoro, vieni qui a darci un bacetto!»

I briganti fecero per afferrare i loro trofei, ma si ritrovarono scaraventati a terra, mezzi storditi da una gragnuola di colpi e pugni ricevuti dalle donne. Un istante dopo le due avevano sollevato le gonne e si erano date ad una fuga precipitosa alla massima velocità possibile. Nella loro corsa lanciavano a destra e a manca i propri stracci ed altri oggetti che avevano addosso, alleggerendo il proprio carico per rendersi più rapide. Lo strato più esterno dei loro vestiti fu ritrovato più tardi, gettato in un fosso insieme a quattro rape bulbose di varie dimensioni.

I Gementi dettero inizio al loro coro funereo non appena le truppe di Narngalis furono arrivate a Pietracciaio. Oramai gli uomini si erano abituati al suono e per quanto riuscisse ancora a mandare loro un brivido lungo la schiena, essi non si lasciavano demoralizzare. «È per i nostri nemici che piangono!» Ripetevano. «Con i loro singhiozzi ci promettono la vittoria!» Nel corso dei quattro giorni seguenti le armate di Slievmordhu ed Ashqalêth non dettero tregua alle truppe del regno del nord, dando loro la caccia fra le rocce a strapiombo ad est e ad ovest del passo, compito che gli invasori scoprirono essere tutto fuorché facile. Tutti coloro che non avevano il passo saldo di una capra di montagna, infatti, finivano per scivolare giù dalle pareti ripide, sfracellandosi sulle rocce sottostanti. Per ogni soldato che cadeva un altro prendeva il suo posto, così che le truppe dal sud continuavano, grazie alla pura e semplice preponderanza numerica, ad essere in vantaggio. I soldati di Warwick che avevano scelto di restare all'esterno della fortezza subirono gravi perdite, ma all'interno di Rocca Pietracciaio, il Re di Narngalis era ben protetto e non fu possibile scalzarlo dal suo rifugio. Controllavano il passo, almeno per il momento. Uabhar era tuttavia conscio del fatto che i battaglioni dell'esercito di Grïmnørsland, capeggiati da Thorgild, erano probabilmente ormai molto vicini. Egli passava ogni giorno e ogni notte ad esortare i propri ufficiali con minacce e promesse di ricompense, ordinando di stanare le truppe di Narngalis, liberare il passo e sopraffare Warwick prima dell'arrivo dei rinforzi.

Un fattore imprevisto si era aggiunto, scombinando i suoi piani. Da quando le voci di un'orda di creature unseelie avevano iniziato a stringere i cuori dei suoi uomini con barbigli di paura, tanto le truppe di Slievmordhu quanto quelle di Ashqalêth avevano perso buona parte della propria brama di bottini di guerra. Si erano fatti inquieti e timorosi, e tali riflessioni pessimistiche affossavano il morale. Nonostante il divieto di menzionare argomenti sediziosi, le voci non erano affatto sopite. Le Rupi Nere, come la maggior parte delle aree montuose, avevano fama di essere infestate, nonostante in realtà fossero praticamente deserte – eccezion fatta per i Gementi, le Sentinelle e i Battitori, tutte specie innocue – e i viandanti le avessero attraversate per anni senza alcun incidente. Il pungolo dell'ansia, tuttavia, spingeva i soldati a fare congetture al di là della ragione, e ben presto iniziarono le visioni. Qualcuno affermava di aver intravisto un muso grottesco guardare malignamente dall'interno di una fessura nella roccia, altri raccontavano di arti scheletrici che spuntavano senza preavviso dalle fenditure per far inciampare i soldati che vi passavano di fianco, o ancora di mani artigliate che spingevano gli incauti giù dalle rocce a precipizio. I sussurri che giravano fra gli uomini dipingevano le Rupi Nere come infestate da bande di pericolosi wight come coboldi, gwyllion o perfino avanguardie goblin.

Il morale delle armate degli invasori era precipitato ad un livello mai raggiunto prima. Non solo erano perseguitati da allucinazioni agghiaccianti, ma nell'ultimo periodo fra i Paladini del Deserto e le truppe ordinarie di Ashqalêth era cresciuta l'insofferenza per l'incapacità del proprio re e il suo costante delegare le proprie decisioni ad Uabhar. Le truppe si erano fatte insofferenti, e sempre più spesso avevano la sensazione di trovarsi sotto il giogo di un re straniero, la cui ambizione avidità erano tali da minacciare di travolgere la loro terra. Anche nello schieramento di Slievmordhu v'era malcontento, che i Cavalieri della Torcia manifestavano apertamente nel discutere l'uno con l'altro. I loro sospetti andavano crescendo, sia riguardo l'ordine di Uabhar di eliminare i signori del clima che riguardo al suo aver permesso ai Predatori di razziare villaggi privi di difese e uccidere famiglie intere nelle proprie abitazioni, il tutto per avere la possibilità di estorcere maggiori tasse per la protezione ai suoi sudditi. I dubbi dei Cavalieri finivano per influenzare anche il resto dei soldati di Uabhar, i quali, già scossi dalle apparizioni sulle montagne, iniziarono a perdersi d'animo al pensiero delle future battaglie. Mormoravano fra di loro – a mezza voce, timorosi com'erano di 'essere impiccati per sedizione – commenti feroci sul loro re, e molti di loro desideravano ritornare alle proprie case per proteggere le proprie famiglie dal pericolo delle orde unseelie. La marea stava cambiando e l'opinione popolare si stava rivoltando contro il Re di Slievmordhu, sebbene egli fosse troppo immerso nelle sue macchinazioni e troppo isolato dalla sua stessa spietatezza nel punire coloro che attiravano l'attenzione su verità scomode per accorgersene.

Anche Re Chohrab stava tornando a rivelarsi una spina nel fianco per Uabhar. Pur costretto a letto dalla malattia, il re del deserto riusciva occasionalmente a riprendersi a sufficienza da importunare il suo alleato riguardo alla strategia da adottare, sostenendo ostinatamente che la cosa migliore da farsi sarebbe stata dividere l'esercito, inviando alcuni battaglioni molte miglia ad est, ad un passo lontano a cui avrebbero attraversato la catena delle Rupi Nere. «In questo modo potremo raggiungere Winterbourne senza dover aspettare di essere riusciti a conquistare Passo Pietracciaio», spiegò Chohrab. «Una volta conquistata e presidiata Winterbourne avremo Narngalis sotto controllo. Dobbiamo catturare la città senza indugio.»

Fu con grande fatica che Uabhar riuscì a trattenersi dal lasciar cadere la sua maschera di amichevole affabilità. «Fratello mio, il tuo ragionamento è impeccabile, come sempre», gli rispose. «Dobbiamo certamente occupare il trono di Wyverstone quanto più in fretta possibile, ed è proprio per questo motivo che è particolarmente importante non indebolire le nostre truppe dividendole. Come tu stesso mi hai sempre ricordato, "La coesione è la nostra forza"! I tuoi saggi consigli occupano costantemente i miei pensieri. È indispensabile concentrare le nostre forze in un unico punto, poiché una volta attraversate le Rupi, certamente ci troveremo ad affrontare l'esercito di Torkilsalven. Ora lascia che ti versi del vino.» Chohrab aprì la bocca per replicare, ma Uabhar, apparentemente ignaro di questa sua intenzione, continuò: «Pensa all'esultanza del tuo popolo quando avrai annesso Grïmnørsland. Pensa alla gioia di quegli stessi abitanti di Grïmnørsland che tanto a lungo hanno penato sotto il giogo dei Torkilsalven.

Il tuo nome sarà acclamato e celebrato in ballate e canzoni, e sarai accolto da piogge di petali di rosa quando farai il tuo ingresso trionfale nelle strade di Trøndelheim.»

«Ah, sì», commentò il re del deserto con un sorriso, alzando la propria coppa. «Attendo con ansia quel momento.»

«Permettimi di mettere a disposizione i miei medici e farmacisti personali», proseguì Uabhar con sollecitudine. «Sarebbe per me una grande gioia saperti in buona salute e pronto ad accogliere la vittoria!»

«Allora brindiamo a noi! Possano i nostri eserciti schiacciare chi ci vorrebbe schiacciati!» Gracchiò trionfante Re Chohrab, ingollando il vino di Uabhar.

Rabbonito il suo alleato, il Re di Slievmordhu tornò a studiare i propri piani. Ciò che desiderava era finire Warwick in fretta, per poi potersi fare strada oltre Passo Pietracciaio ed arrivare così ad intercettare Thorgild prima che l'esercito di Grïmnørsland potesse avere modo di riunirsi a quello di Narngalis. Le sue compagnie, tuttavia, non erano ancora riuscite ad aver ragione degli stretti passaggi del Forte. Ogni tentativo era stato finora fermato e le truppe respinte da salve di frecce infuocate, scariche di pietre o piogge d'olio bollente precipitate su di loro attraverso feritoie o buche assassine ricavate nei parapetti e nelle mura della fortezza arroccata al di sopra della strada. Uabhar aveva dato ordine alle pattuglie di ricognitori di trovare l'entrata al tunnel segreto, ma tiratori scelti di grande abilità abbattevano gli esploratori dalle loro postazioni fra i picchi neri come carbone.

Il re aveva affidato le proprie speranze ad una spia particolare, lo stesso individuo agile e silenzioso a cui aveva affidato il compito di sorvegliare con discrezione i signori del clima alla Loggia Rossa. «Dev'esserci un tunnel segreto, da qualche parte», disse Uabhar al suo lacché. «In ogni fortezza ce n'è uno, e l'esistenza di questo in particolare è cosa risaputa. Ti farò signore di tanta terra quanta ne puoi percorrere a cavallo in un lungo giorno d'estate, se sarai in grado di trovarlo e riferirmi la sua posizione.»

«Maestà, non vi deluderò» rispose il servo, scomparendo nell'ombra.

Il principe Ronin, armato di tutto punto di un corredo degno di un cavaliere in assetto di guerra, partecipava ad ogni assalto volto a prendere il controllo del passo, sempre in prima linea. Si mostrava tanto impavido da dare l'impressione di non avere alcun riguardo per la propria vita; le sue azioni erano animate da un ardore che sconfinava nell'incoscienza, e il fatto che non fosse fino a quel momento mai stato ferito gravemente sembrava dovuto più alla cieca fortuna che ad un intento del principe. Anche per questo, forse, il principe sorprese tutti, e gli uomini sotto il suo comando giunsero ad ammirarlo e stimarlo, ed egli li ispirava a gesta eroiche. «Il Principe Ronin è il più coraggioso fra tutti noi» ripetevano con trasporto.

Le loro parole giunsero all'orecchio di Uabhar. «Indossa la tua armatura» disse, rivolto a Kieran, il principe ereditario. «Cavalca al mio fianco, così che le truppe possano vederti con le armi in pugno e acclamino il tuo nome, esaltando il tuo coraggio.»

«Posso fare molto più che dare spettacolo, posso combattere se è questo il tuo desiderio» rispose Kieran. «Preferisco che siano le mie imprese a farmi guadagnare le lodi delle truppe, non le armi che impugno o le armature che indosso. Posso dar prova del mio valore tanto quanto Ronin.»

«Risparmia i tuoi sforzi. Ricorda che sei il mio erede al trono» lo apostrofò aspramente il padre.

Quando Ronin faceva ritorno dalle battaglie era solito fare visita al fratello. Nella riservatezza offerta dal modesto padiglione di Kieran, i due principi, che da sempre godevano l'uno della fiducia dell'altro, discutevano con tutta la schiettezza possibile dei propri dubbi; riguardo a questa lotta con i loro antichi alleati di Narngalis, il modo imperdonabile con cui loro padre aveva eliminato i signori del clima e la prospettiva della guerra con Grïmnørsland. Nonostante la vicinanza l'uno all'altro, la loro conversazione procedeva in un certo qual modo a fatica; riusciva loro difficile criticare il padre, perfino in privato.

Seduto su di uno sgabello ricoperto in pelle, Kieran aveva i gomiti poggiati sulle ginocchia e teneva il mento fra le mani, con lo sguardo rivolto verso un cofanetto collocato su un banchetto. «Questa è una guerra in cui sento di non riuscire a combattere con tutto il mio cuore» confessò il giovane principe con una certa esitazione.

«Capisco cosa intendi dire.» Concordò Ronin, scosso da un brivido. «A maggior ragione ora che abbiamo scoperto cosa è accaduto ai signori del clima e la colpa di tale azione ricade su Slievmordhu.»

«La mia coscienza è inquieta, non posso negarlo» concluse Kieran con un sospiro. «Trovo assai difficile trovare una spiegazione che renda accettabile o anche solo necessario uccidere i nobili maghi della Piana dei Frassini.»

«Non esiste alcuna spiegazione per un atto come questo» fu la semplice risposta di Ronin. Quella critica al padre, tanto esplicita, fece istintivamente torcere il volto di Kieran in un'espressione di dolore e rabbia contro suo fratello, che sparì con la stessa rapidità con cui si era manifestata, seguita da un profondo sospiro. «Forse hai ragione» disse mestamente. «Non lo so, non sono più sicuro di nulla. Ha buone intenzioni, ma a volte. . .»

Le parole mancarono ad entrambi.

«Già» disse Ronin, spezzando la pausa.

L'argomento era troppo personale, troppo doloroso perché potesse essere affrontato, così cambiarono discorso.

«Perché siamo in guerra con i nostri vicini?» Mormorò Ronin, quasi pensando ad alta voce. «Davvero è possibile che intendessero attaccare Ashqalêth e Slievmordhu?»

«Dev'essere vero» commentò Kieran senza troppa convinzione. «Le nostre spie sono assolutamente affidabili. Sono scelte da nostro padre in persona. Eppure, anche sapendo ciò non riesco a provare altro che tristezza», continuò, «sapendo che dovrò prendere le armi contro la patria del mio migliore amico e della mia promessa sposa. Cosa penseranno di me, Solveig e Halvdan? Avevo immaginato che saremmo invecchiati insieme e in amicizia. Ora quel legame è spezzato, probabilmente per sempre, ed io sono divenuto loro nemico.»

Passandosi le mani sul volto, Ronin gli rispose con tono stanco: «Capiranno che non sei certo tu la causa scatenante di questo conflitto. Si renderanno conto che è il risultato di forze al di là del tuo controllo.»

«Ma potranno mai perdonarmi per ciò che devo fare?»

«"Su quello non ho alcun dubbio. Anche loro hanno i loro obblighi. Halvdan combatterà per il suo re e la sua terra.»

«Ma Solveig. Ah, Solveig», mormorò Kieran, dondolandosi senza pace sullo sgabello. Allungò una mano verso lo scrigno e ne estrasse un medaglione dorato, aprendone la copertura a scatto, le cui due metà si separarono come le gialle ali di una falena. Avvicinatolo alla bocca, baciò il minuscolo ritratto che esso recava all'interno, per poi perdersi ad osservarne l'immagine; il viso dolce, le ciocche d'oro ambrato avvolte attorno al capo come una corona, il sorriso gentile che ne increspava le labbra. Il principe alzò lo sguardo e incontrò quello di Ronin, che lo osservava con espressione indecifrabile. «Ecco!» Kieran allungò verso di lui il medaglione, la cui catenella gli pendeva dalle dita come un filo di fuoco liquido. Ronin lo prese con una sorta di timore reverenziale, lo osservò ed infine lo restituì al fratello, che lo richiuse e lo rimise al suo posto nel cofanetto.

«Solveig di certo non dubita dei tuoi sentimenti», lo rassicurò Ronin.

Dall'esterno della tenda giunse il tintinnio di una campanella, a cui Kieran rispose «Entrate!»

Fece il suo ingresso un valletto, che, inchinatosi, si rivolse a Kieran: «Altezza Reale, Sua Maestà il Re richiede la vostra presenza.»

«Devo andare» disse il Principe Ereditario, uscendo immediatamente.

Ronin si trattenne più a lungo. Si muoveva appena, facendo come per alzarsi di tanto in tanto, solo per risiedersi di nuovo una volta cambiato idea. Si trovò a lanciare un paio di occhiate dall'altra parte della tenda di seta, verso il cofanetto contenente il medaglione, prima di spostare bruscamente lo sguardo. Era evidente che il suo unico desiderio era di lanciarsi su di esso per afferrarlo e saziare gli occhi del suo contenuto, ma si trattenne dal toccarlo; lì stette, osando appena respirare, finché con un lungo sospiro voltò le spalle al viso di quella principessa, legata a Kieran da una promessa inviolabile, per poi lasciare le stanze del fratello.

Poco prima che il sole tramontasse sul quindicesimo giorno di Juyn, senza alcuna fanfara ad annunciarle, le prime avanguardie dei rinforzi provenienti da Grïmnørsland giunsero in vista delle Rupi Nere. Privo di palloni aerostatici in grado di vedere oltre le linee nemiche e senza possibilità di avere accesso ad alcuna postazione di segnalazione, Uabhar rimase all'oscuro dell'arrivo di Thorgild.

Asräthiel, accompagnata sul pallone aerostatico dal Principe Halvdan e da uno dei segnalatori Grïmnørslandesi, precedeva le truppe in arrivo viaggiando su Lieverapido. Tenendo il pallone aerostatico basso per evitare di essere avvistata dalle sentinelle nemiche, la maga osservava la lunga muraglia di alture nere allungarsi da una parte verso nord-est e dall'altra verso sud-ovest, entrambe le estremità che andavano a sfumarsi nella nebbia, in lontananza, mentre la luce della sera indorava il versante occidentale. Il brí le permetteva di percepire le diverse masse di pressione che si spostavano come maree invisibili e la precisa percentuale di umidità delle nuvole che si riversavano fra un'altura e l'altra come schiuma ribollente, ma la giovane si limitava a registrare questi dati senza alcuna emozione. I suoi occhi vedevano, ma la sua mente trasformava ogni immagine nei volti di Ryence, di Galiene, di Baldulf e di Engres, i volti di tutti i suoi compagni e amici che erano morti per mano del Re di Slievmordhu. Perfino l'eccitazione del volo era scomparsa. La gioia stessa era scomparsa; nel momento in cui aveva appreso la verità, essa aveva lasciato il posto alla rabbia e ad un immenso dolore.

Un gruppo di cavalleria capeggiato da Re Thorgild procedeva sulla strada al di sotto del pallone. Spinti dalla fretta, i Campioni dello Scudo di Thorgild e i battaglioni della cavalleria erano corsi avanti alle truppe di fanteria, le quali, più lente, stavano ancora marciando decise a coprire la distanza rimanente il più in fretta possibile.

Guardando avanti, Asräthiel individuò le sentinelle di Warwick, le cui uniformi, tinte del porpora intenso di Narngalis, spiccavano sulle alte guglie della roccaforte su cui erano abbarbicate. Allo stesso modo le sentinelle avvistarono lei e come saluto inviarono una serie di segnali in codice tramite le bandiere di segnalazione. «Warwick al sicuro nel Forte. Nemici sotto controllo» tradusse il segnalatore. Halvdan gli spiegò come rispondere, e poco dopo giunse la replica dai segnalatori a terra: «Guide a cavallo in arrivo per scortare Thorgild fino a Warwick.»

Avuta questa informazione, il pallone aerostatico invertì la rotta per fare ritorno dal Re di Grïmnørsland. Asräthiel non atterrò, poiché Thorgild rifiutava di fermarsi, foss'anche solo per un momento. Tale era il suo desiderio di raggiungere Warwick in fretta che egli risolse perfino di discutere del da farsi senza interrompere la cavalcata. Asräthiel tenne il pallone fermo a mezz'aria poco sopra la strada sterrata, ed il principe Halvdan saltò oltre il bordo della navicella per poi correre verso il gruppo di cavalieri in arrivo. L'ottimo addestramento del suo cavallo gli permise di saltargli in groppa senza nemmeno rallentare. Mentre Lieverapido si sollevava, Asräthiel vide Halvdan cavalcare a fianco di suo padre e dei suoi fratelli, riferendo loro con trasporto le notizie ricevute, ma tutto le appariva distante, più simile ad una rappresentazione teatrale che ad un evento reale del mondo attorno a lei. Riusciva a sentire il suo cuore spezzarsi ad ogni battito.

Thorgild lasciò la cavalleria pesante accampata fra i bassi speroni di roccia sul lato settentrionale del passo, mentre lui e i suoi tre figli, accompagnati dai Campioni dello Scudo, seguivano le guide di Re Warwick lungo un infido sentiero nascosto che si inerpicava in alto fra le Rupi. I cavalli salirono, fra balze, cumuli rocciosi e spuntoni, a tratti bagnati dal gelo dell'ombra delle montagne e a tratti accarezzati dai raggi obliqui del sole all'alba, finché i cavalieri non si trovarono davanti alle porte circolari di pietra che proteggevano l'ingresso del tunnel segreto. Il fatto che Thorgild fosse riuscito a raggiungere la propria destinazione incolume portò al gruppo un tale sollievo, che per un attimo tutti abbassarono la guardia. Fu solo un istante, ma fu sufficiente perché le sentinelle si lasciassero sfuggire la spia preferita di Uabhar, quell'individuo astuto e sfuggente che già aveva seguito in segreto i signori del clima alla Loggia Rossa. Restando furtivamente alle calcagna dei nuovi venuti era riuscito perfino a eludere lo sguardo attento di Asräthiel, di vedetta sul pallone aerostatico. Una volta scoperta la posizione dell'entrata nascosta, egli rimase acquattato ad osservare i re e i principi fare il loro ingresso a cavallo, chinandosi per passare sotto l'arco. Forte dell'informazione acquisita, l'uomo si allontanò di soppiatto mentre il portone di Rocca Pietracciaio si chiudeva alle spalle dei cavalieri.

Quando Uabhar ebbe udito il resoconto della spia, la sua ira raggiunse nuove vette. «Abbiamo perso l'unica opportunità di intercettare quei luridi barbari mangiapesce prima che potessero arrivare a Wyverstone!» sbraitò verso i suoi ufficiali. Rivoltosi poi al Principe Ronin, disse: «Porta le tue truppe all'ingresso di questo tunnel. Metti delle sentinelle a sorvegliarlo, che nessuno entri o esca. Fà in modo che la sorveglianza sia costante, così che nessuno possa farvi entrare provviste di nascosto e che nessuno dei nostri nemici possa usarlo per scappare. Li prenderò per fame, fosse l'ultima cosa che faccio.» Il principe si chinò a baciare la mano del padre per riconoscerne gli ordini, al che Uabhar aggiunse: «Va' lì e aspettami.»

Mentre Ronin e i suoi uomini si incamminavano seguendo la spia, dalla parte opposta del passo la maga del clima evocò una rapida brezza e prese il volo insieme al suo segnalatore per riferire gli ultimi aggiornamenti alla fanteria in arrivo. Quello sarebbe stato l'ultimo incarico che avrebbe svolto per Thorgild in qualità di messaggera dell'esercito Grïmnørslandese, dopodiché sarebbe stata libera di tornare a Gli Allori a Winterbourne, se così avesse desiderato fare, ma l'idea non la sfiorò neppure per un istante. I suoi alloggi, senza l'urisk a occuparli, le sembravano vuoti e inospitali; soprattutto, ciò che ella desiderava sopra ogni altra cosa, in quel momento, era vedere Uabhar sconfitto, così che potesse essere giudicato per i suoi crimini. Nemmeno Chohrab era del tutto privo di colpe, poiché che per avidità aveva acconsentito a rendersi complice di quel piano malvagio.

Dove prima batteva il suo cuore, ora Asrăthiel sentiva solo un vuoto carico d'ira che non riusciva a sopportare. Quel vuoto doveva essere riempito, e quale modo migliore per farlo che rinnovare la sua determinazione ad abbattere gli invasori, la cui sete di potere stava mettendo Tir a ferro e fuoco, indebolendo l'umanità e la sua capacità di opporsi alle orde di wight sterminatori? Una potente maga del clima sarebbe stata un'arma molto utile per l'alleanza del nord. Spinta dal fervore del momento decise di unirsi a loro a Rocca Pietracciaio.

Arrivata vicino al bivacco collocato su di una collina alla base delle Rupi, discese brevemente per permettere al segnalatore di scendere, quindi risalì a gran velocità, scivolando agilmente fra le forme angolate degli speroni rocciosi coronati dal tramonto. I cavalieri e i combattenti a cavallo di Grïmnørsland, fino a quel momento impegnati a oliare le armature e affilare le spade, interruppero i loro preparativi ed alzarono lo sguardo verso quella bolla eterea che risplendeva riflettendo le ultime luci del sole, risaltando sullo sfondo delle scarpate ombrose. I loro occhi la seguirono finché non scomparve, e più d'uno mormorò: «Che la Buona Sorte ti accompagni, Dama sulla Luna.»

La buona sorte, tuttavia, non favorì Asräthiel. Guidò Lieverapido nel pomeriggio che andava a spegnersi in sera, sorvolando le bocche spalancate di immensi crepacci e oltrepassando fenditure colme d'oscurità, diretta al luogo a cui aveva visto Thorgild venire condotto dalle guide. Passato un certo tempo, si riscosse dal suo rimuginare sulle atrocità di Uabhar e si rese improvvisamente conto che il nemico avrebbe potuto vedere il suo pallone aerostatico e seguirla all'entrata nascosta del tunnel. Stava per invertire la rotta, quando le venne in mente che forse avrebbe potuto volgere questo errore a suo vantaggio. Fingere di atterrare in un punto ben lontano dal tunnel le avrebbe permesso di ingannare chiunque avesse deciso di tenerla d'occhio. Una volta calata la notte sarebbe potuta decollare nuovamente, col favore del buio, atterrando più vicino alla sua destinazione per poi abbandonare il pallone in un crepaccio in cui sarebbe stato difficile da scovare e continuare per il resto del percorso a piedi.

Per evitare di atterrare vicino all'entrata del tunnel, tuttavia, doveva prima scoprirne la posizione esatta. Mentre si muoveva cercando l'ingresso di Rocca Pietracciaio, l'aria attorno a lei venne attraversata da una serie di frecce provenienti da uno dei baluardi rocciosi più in basso, rivelandole che gli arceri nemici l'avevano già individuata. Le salve di frecce non la preoccupavano inizialmente, dal momento che si stava tenendo accuratamente fuori dalla loro portata, ma mentre il sole terminava il suo arco scomparendo alla vista e lei riusciva finalmente a scorgere il punto che le interessava, altre frecce, scagliate alla luce del tramonto, le passarono accanto sfrigolando. La maga tentò di schivarle, ma uno dei dardi infuocati si incastrò nell'imbracatura del pallone e le fiamme attecchirono sul tessuto. Nel sorvolare una cresta rocciosa il pallone ondeggiò e collassò su sé stesso, sbuffando una nuvola di scintille.

Capì così che non c'era modo di salvare l'aerostato, che era senz'altro destinato a schiantarsi sulle rocce sottostanti. Il nemico sarebbe stato in grado di trovare facilmente il relitto in fiamme, e la sua pilota non aveva alcun desiderio di farsi trovare insieme ad esso. Lieverapido attraversò roteando il cielo notturno, precipitando avvolto dalle fiamme, ed Asrăthiel lo seguì cadendo. O, più appropriatamente, saltando.

Appena prima di lasciare la presa sulla corda e lanciarsi nel vuoto, una voce primordiale ruggì il proprio terrore all'interno del suo cranio, mentre ogni fibra ereditata dalla sua stirpe mortale si rivoltava al pensiero di quel balzo suicida. Istinti ancestrali le riempirono la mente di immagini gioiose di cari ricordi; il tempo passato coi suoi amati genitori, Avalloc, William Dristan, Albiona, Corisande, Cavalon ed altri ancora. Ricordava distintamente quando aveva riso fino a farsi dolere i fianchi, ricordava di aver volteggiato in una sala da ballo gremita di persone e le notti passate sonnecchiando accanto al fuoco mentre ascoltava le gocce di pioggia tamburellare sul tetto. . . E così esitò. Una vampata di fiamme eruppe dall'involucro raggrinzito del pallone, oscurandole la visuale, e in quelle fiamme vide invece i volti dei suoi compagni traditi, sentì l'angoscia di animali senza voce il cui fato vedeva solo schiavitù, sofferenze e morte per mano degli esseri umani, ed infine vide l'eternità svolgersi di fronte a sé come un sentiero tortuoso senza alcuna destinazione. In quel momento, nulla sembrò avere più alcuna importanza, e lasciò la presa. Nei pochi momenti che le occorsero per percorrere quei cento metri in caduta libera, la sua mente si schiarì e divenne sorprendentemente calma. Prese diligentemente nota del luogo in cui stava atterrando così da capire dove si trovava rispetto alla porta di Rocca Pietracciaio. Si era resa conto che in realtà ogni cosa aveva un'enorme importanza. Stranamente fu all'urisk che pensò, l'immortale creatura chiamata Fior di Cardo. Egli viveva, e anche lei avrebbe vissuto.

Egli viveva per sempre.

Altrettanto avrebbe fatto lei.

Appostati sulle sporgenze rocciose, gli arcieri di Ashqalêth osservarono la caduta del pallone aerostatico e credettero di aver eliminato uno dei signori del clima alleati a Narngalis. «Il mago è saltato fuori dal suo aerostato per sfuggire alle fiamme ed è precipitato in un crepaccio incontro alla propria morte» dissero, riportando il proprio successo a Chohrab. Il Re di Ashqalêth, ancora ammalato, riferì esultando, ma in errore, ad Uabhar che l'ultimo signore del clima rimasto era stato ucciso, e il Re di Slievmordhu ne fu soddisfatto.

«Molto probabilmente quella figura caduta dal velivolo era la nipote del Signore delle Tempeste» commentò con un sorriso compiaciuto. «Si diceva che quella ragazzina avesse una barriera magica a proteggerla, ma se ha preferito gettarsi giù dalla navicella piuttosto che rimanere a bruciare viva, allora doveva essere mortale come tutti noi. Ora l'unico pericolo rimasto è il vecchio e decrepito Signore delle Tempeste.»

A dispetto delle deduzioni di Uabhar, Asrăthiel era saltata giù dalla navicella e aveva percorso cento metri in caduta libera, atterrando senza pericolo. Non un livido le deturpava la pelle liscia, nemmeno un'unghia spezzata. Dopo l'impatto ad alta velocità con una roccia sporgente, si limitò a rialzarsi e guardarsi attorno, cercando di ritrovare la bussola.

Aveva supposto che sarebbe andata a finire in quel modo.

Non si era mai spinta così in là nel mettere alla prova la propria invulnerabilità, ma non v'era ragione di pensare che lanciarsi da una grande altezza le avrebbe causato più danno del fuoco, dell'acqua, delle malattie o di alcuno dei flagelli dell'umanità mortale che le erano sempre scivolati addosso senza effetto.

Sopravvissuta alla caduta, la giovane si trovò in piedi su di una cengia rocciosa sopra un vasto burrone, in cui il vento entrava sibilando fra numerose eco. Sopra di lei stavano comparendo le stelle, la cui luce, combinata alla sua accurata percezione dell'atmosfera, le permetteva di orientarsi nell'ambiente circostante. Si spostò su una serie di piccoli appoggi sporgenti solo alcune decine di centimetri dalla nuda parete, lasciandosi cadere senza paura su appigli più in basso sul fianco della parete rocciosa quando quelli su cui si trovava si sgretolavano, affrontando scioltamente balzi davanti ai quali anche gli scalatori più esperti avrebbero esitato. Quando perdeva la presa cadeva senza controllo, per atterrare poi sullo spuntone successivo, senza ossa rotte o ferite di sorta. Oscillava da archi rocciosi, si inerpicava su per pendii scoscesi e balzava oltre crepacci che avrebbero riempito di terrore un cuore mortale, senza che la sua forza l'abbandonasse mai, per quanto sentisse il cuore batterle nel petto per lo sforzo.

Le richiese un certo tempo, ma la maga riuscì infine a giungere al portone di Rocca Pietracciaio, ben prima del battaglione del Principe Ronin. Le sentinelle di Re Warwick, che già avevano visto il pallone venire abbattuto, la videro avvicinarsi e la riconobbero immediatamente, rimanendo inizialmente a bocca aperta – ignari com'erano della sua immortalità, infatti, avevano creduto che fosse morta, rimasta uccisa nello schianto del suo aerostato. Superata la propria sorpresa, gli uomini si rallegrarono e fecero avvisare i Re arroccati nella fortezza, i quali furono altrettanto rincuorati dalla notizia ed inviarono guerrieri a cavallo che accompagnassero la giovane donna nel loro rifugio interno. Quando le truppe di Ronin giunsero in prossimità della porta, Asrăthiel era già al sicuro all'interno, ed esse si trovarono a circondare il portale di basalto, saldamente chiuso davanti a loro. La porta aveva l'aspetto di una ruota mastodontica, che poteva essere spostata lateralmente grazie ad una serie di massicci ingranaggi meccanici situati all'interno del tunnel, ma non v'era modo di aprirla dall'esterno, né tantomeno di bruciarla come era stato fatto con le porte di legno della Loggia Rossa. Rocca Pietracciaio era del tutto impervia al fuoco.

Sul versante meridionale del Passo di Pietracciaio la salute di Re Chohrab Shechem andava deteriorandosi. Giaceva in preda ai tremiti della febbre su un letto di velluto all'interno del suo sfarzoso padiglione nell'accampamento di Ashqalêth, e i suoi medici non erano in grado di curarlo.

Quella notte, sulla scia del Principe Ronin e della sua compagnia, Uabhar percorse a cavallo insieme ai principi Kieran, Cormac e

Fergus i ripidi e tortuosi sentieri che l'avrebbero portato ad unirsi a Ronin nella sua veglia davanti alla porta di pietra. Sicuro della vittoria e desideroso di mostrarsi pronto a dare battaglia, il re portava con sé le sue armi personali: "Oceano", il suo scudo, "Trionfante", il suo pugnale, "Massacro", la sua lancia, e "Gorm Glas", la sua spada.

Avvolto in strati di pellicce per combattere il gelo della notte, Uabhar piantò i piedi sull'ampia lastra di pietra che faceva da soglia. «Narngalis! Grïmnørsland! Non avete speranza di uscire vincitrici» urlò.

La sua spacconeria si era quietata, ora che aveva la certezza di essere il vincitore. La sua maschera era tornata quella di sempre; imperturbabile, eloquente e convincente. Tutto intorno divampavano le fiamme delle torce accese, agitate da raffiche erratiche di vento proveniente dalle montagne, saldamente strette dalle mani dell'impressionante compagnia di guerrieri radunata fuori dalla porta. Le fiamme producevano di tanto in tanto schizzi di gocce di resina e pece infuocata, gettando ombre bizzarre su burroni e crepacci. Le rupi arcigne erano illuminate dalla luce delle torce, densa e calda come miele.

«Vi siete infilati da soli nella vostra tomba! Morirete di fame lì dentro. Re morti sotto la montagna, ecco cosa sarete!» Li schernì Uabhar. Non ebbe che silenzio come risposta. «Tuttavia io non sono privo di compassione. Venite fuori disarmati, ed io tratterò con voi. Venite avanti e avrete salva la vita!»

Il vento turbinò fra cavità e spaccature nelle rocce, gemendo con un suono dissonante simile ad un lamento funebre, che si insinuava nei nervi dei presenti. Il nervosismo generale si fece più marcato quando tutti si resero conto che ciò che stavano udendo era il chiaro suono di singhiozzi. Lì, sulle Rupi Nere, fra lastre di pietra inattaccabile, crepacci insidiosi e pareti di nuda roccia, il lamento sembrava risuonare con maggior forza. La sua eco si rifrangeva, inquietante. I Gementi, gli wight che preannunciavano morte all'umanità, stavano gridando un'altra volta le loro profezie di tragedia.

«Sembra che le orecchie di Wyverstone e Torkilsalven siano sorde alle vostre buone intenzioni, sire» disse il Principe Ronin a suo padre. Era in piedi a poca distanza da Uabhar, con indosso un'armatura di piastre e cotta di maglia, armato di tutto punto e col capo cinto dall'elmo. Kieran, in una tenuta quasi identica, attendeva lì vicino.

Il sovrano di Slievmordhu fece un passo indietro, allontanandosi dalla porta con un tintinnio di speroni sulla pietra. «Chiamate gli scavatori» esclamò.

Un gruppo di uomini si fece avanti, tutti vestiti con i robusti farsetti di cuoio e gli stivali pesanti tipici dei minatori. Alcuni appoggiarono delle scale alla porta e vi salirono, mentre altri lavoravano alla base del portale. Ciascuno di essi aveva in mano una trivella da roccia, usata in quell'occasione per scavare nel portone una serie di buchi obliqui inclinati verso il basso. Questi sottili fori erano allineati secondo uno schema preciso, e sarebbero successivamente stati riempiti d'acqua e accuratamente sigillati. Si trattava di una tecnica mineraria antica e collaudata, che sfruttava le temperatura notturne, che a quelle altitudini scendevano abbondantemente al di sotto del punto di congelamento dell'acqua, per fare in modo che il ghiaccio formatosi nei buchi si espandesse, formando delle crepe nella roccia.

«State indietro!» Ordinò Uabhar alle truppe. «Lasciate spazio agli scavatori perché possano lavorare!» I soldati obbedirono, arretrando in formazione a ferro di cavallo attorno alla soglia della porta.

Perfino mentre le operazioni proseguivano il vento si attenuò e nebbie umide si fecero strada oltre le cavità nelle montagne. Volgendo gli occhi a quelle brume, i soldati rabbrividirono e si strinsero l'uno vicino all'altro.

All'interno delle spesse mura di Rocca Pietracciaio, i re e principi di Narngalis e Grïmnørsland erano riuniti a consiglio con i loro consiglieri più importanti, Asrăthiel compresa. Le sentinelle osservavano dall'alto delle feritoie praticate nei muri esterni la piattaforma di pietra collocata davanti al portone d'ingresso, tenendo i presenti aggiornati riguardo i movimenti e le richieste degli assedianti. La discussione procedeva da molto tempo ed era assai intensa, per quanto caratterizzata da un'assoluta compostezza. Le due famiglie reali, riunite sotto le alte aule del Forte, davano un'immagine impressionante: gli uomini di Narngalis, coi loro capelli scuri e gli occhi grigi, i tabarri indaco e porpora ricamati con l'emblema della spada da una parte e gli uomini dell'ovest, dai capelli biondi e gli occhi azzurri, vestiti di turchese e acquamarina dall'altra.

Il volto incantevole della maga era pallido come una perla bianca, e la sua espressione tetra. Il tumulto interiore che la consumava da quando aveva ricevuto la notizia del fato dei suoi compagni era come una malattia. Spesso si trovava a guardare nel vuoto, parlava poco, tenendosi in disparte, e non sorrideva mai.

«Ahimé», stava spiegando Re Warwick, «i miei piani non sono valsi a nulla. La mia intenzione era di tenere il forte fino al tuo arrivo, Thorgild, per poi abbandonarlo e lasciare che il nemico avanzasse lungo la strettoia, così che le mie truppe potessero decimarli senza grandi sforzi. Ora il nostro nemico ha scoperto il portone d'entrata e così mi accorgo del mio errore, poiché ora siamo intrappolati all'interno del Forte. Non posso che attribuire alla spossatezza dovuta alle battaglie questa mia mancanza di lungimiranza.»

«Dobbiamo approfittare delle ore di buio e della confusione con cui si muovono le truppe davanti alla porta.» Disse Asrãthiel.

«Sono d'accordo, dobbiamo assaltare e sopraffare il nemico!» Convenne Warwick.

«Così sia, allora!» Esclamò Thorgild, stringendo la mano del re di Narngalis in una salda stretta d'amicizia. «Una volta che saremo fuori, i trombettieri suoneranno dalle cime delle montagne, e la mia cavalleria giungerà in nostro aiuto attraverso il passo!»

Il figlio minore di Thorgild, Gunnlaug, era particolarmente ansioso di combattere. «Troppo a lungo siamo rimasti per strada», disse. «Che inizi il massacro! Ci sono teste da rompere e bottini da conquistare. Padre, donami la tua spada, così che io possa renderti fiero.»

«Non l'avrai. Questo non è certo il momento di giocare a fare gli eroi» fu la replica tagliente del padre.

«In questo caso», fu la risposta di Gunnlaug, «conquisterò per me stesso soltanto la spada di Uabhar: Gorm Glas!» Sfoderò così la sua spada e la brandì con fare sprezzante.

«Tutti noi dobbiamo collaborare, Gunnlaug» disse Thorgild. «Conquistare gloria per sé stessi non è lo scopo di questa battaglia.

Queste tue bravate stanno diventando assai moleste.»

Il volto del principe avvampò, imporporato dal sangue, ed egli serrò la mandibola, con aria ostinata. «Darò prova di essere davvero il più coraggioso fra voi tutti.»

Prima che potesse continuare, una sentinella fece il suo ingresso di corsa. «Stanno trapanando la porta!» Esclamò. «Di questo passo l'avranno già forzata prima dell'alba!»

Warwick rivolse all'uomo uno sguardo serio. «In questo caso non c'è tempo da perdere!» Disse.

«Alle armi!» Fu il grido di Thorgild.

Il Principe Gunnlaug se n'era già andato prima ancora che l'ordine fosse stato dato. Corse per i corridoi labirintici del Forte, giungendo ad una ripida scalinata. Percorsane metà, si fermò e iniziò a scalzare le pietre erose dal tempo che erano state usate per murare una feritoia molti anni addietro. Appena messo piede nel Forte egli si era dedicato alla sua esplorazione, scoprendo così questa potenziale breccia e decidendo di tenere l'informazione per sé. Una volta liberata l'apertura la attraversò, con una certa fatica, lasciandosi cadere a terra e scomparendo nella bruma notturna. Dopo essersi spostato di soppiatto attorno alle mura del tunnel segreto egli estrasse la spada e si lanciò nel mezzo del gruppo di minatori che stava trapanando la porta di pietra, cogliendoli di sorpresa e spazzando via con un calcio le torce a gabbia metallica e le lanterne, uccidendo quattro di loro nel suo primo assalto e terrorizzando gli altri con le sue selvagge grida di guerra.

Uabhar scrutò le tenebre, senza riuscire a distinguere nulla all'infuori di un indistinto riflesso di luce sulla sagoma di un guerriero. Anche nella confusione totale, l'ingegno del re non lo tradì. Diede ordine ai suoi uomini di restare in silenzio ed essi obbedirono senza esitare, quindi egli si rivolse all'oscurità vicino la porta: «Chi è questo campione che getta il terrore e la confusione fra i miei uomini?»

Il petto del combattente solitario si gonfiò d'orgoglio.

«Io sono Gunnlaug, figlio di Thorgild Torkilsalven» rispose con voce compiaciuta, senza tuttavia mai mostrarsi, rimanendo nei punti in cui le ombre erano più profonde e la nebbia più spessa.

«Ah, Gunnlaug», disse Uabhar, rivolgendosi in tono ora più

mellifluo alla foschia che lo oscurava. «Tu ed io non abbiamo mai avuto contrasti, ed io ti annovero fra i guerrieri più valorosi che siano mai vissuti. Accetta di porre fine ai tuoi attacchi contro i miei uomini e venire a me, ed io ti omaggerò con doni magnifici – avrai diecimila acri di terra, un posto a fianco a me alla mia tavola e l'appoggio della mia autorità. Cosa rispondi a questa mia offerta?»

Il figlio di Thorgild esitò, riparato dalle ombre.

L'istinto di Uabhar era ben allenato, tuttavia, e nel silenzio egli percepì non un rifiuto, ma bensì il successo imminente. «Gunnlaug», continuò, «tu sei il più giovane fra i tuoi fratelli, e le terre che erediterai saranno ben poche. Sai bene, inoltre, che tuo padre è in trappola in una situazione spiacevole, messo con le spalle al muro e senza alcuna speranza di vincere.»

Per mesi Gunnlaug aveva ascoltato i sussurri di alcuni subdoli druidi di Grïmnørsland, i quali – seguendo le istruzioni del Primoris Virosus – avevano parlato a lungo della crescente potenza di Uabhar, facendo congetture che lo vedevano, un giorno, diventare Supremo Re di Tir. In cuor suo, Gunnlaug si trovò a pensare: «Meglio la generosità dei vincitori che la benvolenza dei perdenti», ricordando con livore i rimproveri del padre. In quell'istante egli prese la sua decisione. «Sono con voi», disse ad Uabhar, abbandonando le tenebre per la luce. Uabhar accolse così il principe davanti ai suoi soldati, sogghignando con soddisfazione, ben sapendo di aver non solo guadagnato un guerriero di grande forza ed abilità, ma di aver anche privato Thorgild della medesima cosa, strappandogli il suo stesso figlio.

Tale fu il tradimento di Gunnlaug, ultimogenito di Thorgild Torkilsalven.

Halvdan, tuttavia, insospettitosi al vedere il fratello allontanarsi da solo, l'aveva osservato mentre si dirigeva verso le scale. In seguito si era appostato insieme alle sentinelle vicino alle feritoie e alle piombatoie al di sopra della porta del tunnel, spingendo lo sguardo fra le nebbie nel tentativo di scorgere qualsiasi segno che i minatori fossero riusciti a fare breccia nella pietra. Da quel punto sopraelevato assistette all'intera scena, e quando vide Gunnlaug cambiare schieramento con tanta facilità, la sua ira lo travolse, ed egli non fu più in grado di controllarsi.

Un elmo d'acciaio della foggia di Narngalis era appoggiato lì vicino, una barbuta conica con nasello rinforzato. Halvdan se lo calcò sulla testa, afferrò lo scudo e la spada di suo padre e ripercorse a grandi falcate i passi di suo fratello, saltando i gradini a due a due, arrivando alla feritoia demolita che intuì essere stato il punto da cui era passato suo fratello, e dalla quale anche lui uscì. In breve anch'egli aveva aggirate le mura ed era giunto alla soglia di pietra avvolta dalla nebbia situata davanti alla porta d'ingresso del tunnel, punto in cui erano radunate le truppe di Uabhar.

«Fintanto che avrò respiro non tradirò mai la mia terra!» Con questo grido egli si lanciò all'attacco. Vorticava come un turbine, con velocità e precisione tali che nessuno degli uomini che incontrò fu in grado di opporglisi. Si fece strada fra i nemici, abbattendoli uno dopo l'altro in ogni direzione, tracciando un percorso insanguinato coi propri movimenti, illuminato a tratti dalle cascate di scintille che si sprigionavano dal filo della sua spada quando il metallo cozzava col metallo.

Le sentinelle appostate sopra il portale della rocca videro questa scena ed una di loro si affrettò a scendere le scale per informare i due re, gridando al vento la notizia mentre correva. Gli uomini correvano a destra e a manca, cercando l'uscita da cui erano passati i due principi così che altri soldati potessero essere mandati in aiuto ad Halvdan, ma nessuno aveva visto uscire i figli di Thorgild ed era ignota la direzione che avevano preso in quel labirinto di pietra.

Osservando il massacro che Halvdan si stava lasciando alle spalle dalla sicurezza di una falange di guardie del corpo, Uabhar non poté che sorridere. Mormorò, rivolto ad uno dei suoi capitani: «Un altro eroe dalle idee confuse, e un combattente eccezionale, come il suo predecessore. Sfidatelo. Si dimostrerà tanto venale quanto l'altro.» Detto ciò urlò ai suoi soldati: «Ripiegate!» e così essi fecero.

Uabhar aveva mal giudicato il carattere del secondo guerriero. Il capitano gli fece offerte assai generose, se solo avesse cambiato schieramento, ma Halvdan non si degnò nemmeno di ascoltarle. Era estremo nel suo patriottismo, ma più di ogni altra cosa era leale verso coloro che amava. Ritagliatosi un angolo di spazio nell'oscurità che circondava la porta di pietra e circondato dai corpi dei caduti, gli sovvenne che gli rimaneva un modo per salvare la sua famiglia e il suo regno da una sconfitta certa. Con la voce roca e il fiato corto per lo sforzo, gridò verso i nemici: «Invoco il mio diritto ad un duello in nome di Thorgild di Grïmnørsland. Secondo le consuetudini, questo conflitto fra regni può essere risolto con un singolo combattimento. Io chiedo che Uabhar Ó Maoldúin risponda a me personalmente per questo attacco ai regni dell'ovest e del nord. Che si faccia avanti e mi affronti!»

Uabhar aguzzò la vista, spingendo lo sguardo nelle tenebre. «Chi è costui che lancia la sfida?» Chiese a Gunnlaug.

«La voce è quella di mio fratello Halvdan, e penso anche che giunga impugnando la spada e lo scudo di mio padre, che egli negò a me.»

«Halvdan? Lo stesso che è amico di mio figlio Kieran?»

«Esattamente lui.»

Uabhar rispose: «La tua sfida al casato Ó Maoldúin è accettata.» Fece così chiamare a sé il Principe Ereditario, troncandone sul nascere la reazione di sorpresa e angoscia quando questi scoprì che il padre intendeva mettere a rischio la sua stessa vita. «Prima lasciami parlare, Kieran» disse Uabhar. «Colui che lancia la sfida in singolar tenzone alla nostra casata è Halvdan Torkilsalven. Tu e lui nasceste la stessa notte, se ben ricordo, o almeno questo è ciò che tua madre va ripetendo in continuazione.»

«È così, padre.»

«Per le regole del combattimento in singolar tenzone io ho facoltà di scegliere qualcun altro che combatta in mia vece. Un uomo del casato di Ó Maoldúin deve affrontarlo in combattimento, ed io ritengo che tu sia fra tutti il più adatto.»

Il principe rimase impietrito, le parole bloccate in gola da una paura nuova e sconosciuta.

«Questa notte», disse Uabhar, «Halvdan impugna la spada di suo padre. Come vi accomuna la notte in cui siete nati, così sarete uguali nell'impugnare le armi dei vostri padri. Ecco, prendi il mio scudo, il mio pugnale e la mia spada, Gorm Glas. Dimostra il tuo valore in questo duello con il figlio di Torkilsalven e sappi che se non lo sconfiggerai, la casata Ó Maoldúin perderà il trono di Slievmordhu.»

Il capitano delle guardie di Uabhar porse al Principe scudo ed armi, ma egli le ignorò. Guardava incredulo suo padre. Tutto intorno le montagne svettavano come pinnacoli dalla bruma, le loro cime a risaltare su un cielo splendente di stelle. Da un punto imprecisato nella nebbia giungevano i singhiozzi soffocati degli wight Gementi.

«Padre», chiese Kieran, «mi stai forse dicendo che devo andare a combattere contro Halvdan?»

«La mano dei Quattro Fati ha benedetto queste armi, ed essa ti proteggerà.»

«Mio signore, fin da quando eravamo bambini io e Halvdan siamo sempre stati grandi amici!»

«Sì, si può dire che il figlio di Torkilsalven tenga molto a te», disse Uabhar, soppesando con cura le sue parole. «Proprio in questo consiste l'astuzia del mio piano.»

Il principe comprese ciò che si celava nelle parole di suo pare, e il suo volto venne sconvolto dall'orrore, come se fosse appena stato svegliato da un piacevole sonno per scoprire che tutto ciò che credeva essere vero e giusto non era stato che un sogno.

«Non indugiare oltre», disse Uabhar, rivolgendo le sue attenzioni ad un filo sporgente dal polsino della sua veste. «Stai dando un'impressione di codardìa.»

«Ma non posso –»

Uabhar lo interruppe. «Va' e mostra a tuo fratello cos'è davvero l'obbedienza filiale.»

Kieran scoccò un'occhiata di lato, incrociando gli occhi sofferenti di Ronin, il quale, rimasto poco distante, aveva sentito ogni cosa. I fratelli non si scambiarono nemmeno una parola, ma ciascuno vide negli occhi dell'altro riflessi di disperazione che sapeva non avrebbe mai potuto comprendere.

All'improvviso Kieran afferrò la spada e lo scudo, quasi strappandoli dalle mani del capitano. Non parlò più e si limitò a prepararsi alla battaglia, poi raddrizzò le spalle e camminò verso il suo avversario, preparandosi ad incontrarlo sulla soglia di pietra.

Nel fare questo, l'imponente portone si spalancò con un boato. I guerrieri di Uabhar si voltarono per affrontare il pericolo, brandendo le proprie armi e preparandosi a combattere, ma fu Re Thorgild, da solo, ad uscire dall'apertura, i suoi capelli ramati risplendenti alla luce della torcia che recava in mano. Si rivolse ad Halvdan con la voce incrinata dalla disperazione: «Molti fra noi avrebbero preferito che tu non avessi mai lanciato quella sfida.»

Il figlio rispose pronto: «Posso porre fine questa guerra versando il sangue di un solo uomo, e così facendo anche l'infame tradimento di Gunnlaug, che stanotte ha gettato il disonore sul nome dei Torkil-salven.»

Fu così che Thorgild comprese che nulla di ciò che avrebbe potuto dire o fare sarebbe riuscito a dissuadere il figlio, e il suo animo fu lacerato da un'agonia straziante.

E così accadde che due amici d'infanzia si incontrarono in battaglia.

Kieran cercò il figlio di Thorgild fra nebbie ed ombra, e quando finalmente si videro non si scambiarono nemmeno una parola, poiché si conoscevano tanto bene che fu come se l'uno avesse compreso i pensieri dell'altro senza bisogno di aprire bocca. Quanti stavano osservando, inorriditi al pensiero che due giovani tanto valorosi fossero costretti a battersi all'ultimo sangue, credettero di poter capire perfettamente ciò che i due si erano detti in silenzio, quasi l'avessero urlato sotto quei cieli stellati.

«Così sei tu colui che leva le armi contro di me.», si leggeva negli occhi di Halvdan, offuscati dal dolore.

Kieran annuì, come a dire: «Sì, sono io.» A questo, la sua espressione torturata aggiungeva: «Io ti voglio bene come a un fratello. Ciò che sono costretto a fare mi strazia l'animo come un pugnale strazia le carni, e lo faccio solo perché così vuole il comando di mio padre. Avrei dato qualunque cosa, sacrificato tutto pur di non dover rispondere a questa sfida.»

Halvdan, da parte sua, chinò brevemente il capo. «Capisco la tua situazione. Io, il tuo migliore amico, la capisco meglio di chiunque altro. Tu sei il figlio devoto, la tua lealtà è una delle virtù per cui ti stimo maggiormente. Avrei dato la mia vita per salvare la tua, ma ora devo diventare lo strumento della tua morte.» Halvdan alzò così la spada del padre.

Allo stesso modo, come il riflesso in uno specchio, Kieran sollevò Gorm Glas.

I due giovani sostennero brevemente l'uno lo sguardo dell'altro, finché una scintilla invisibile parve scoccare fra di loro; «Se davvero questa patetica commedia dev'essere portata fino in fondo, allora iniziamo.»

Kieran e Halvdan si scontrarono, scattando avanti e indietro, in equilibrio sulle gambe nonostante il terreno fosse reso scivoloso dal sangue dei caduti; cambiarono posizione, ciascuno tentando di oltrepassare la guardia dell'altro, mentre da buona parte degli osservatori che li circondavano si levarono mugolii di dolore e rammarico al pensiero che questi guerrieri impavidi fossero costretti ad un'impresa tanto tremenda. Il fragore dei loro colpi e lo stridere delle spade vibrate contro gli scudi si rifrangevano fra le rocce del crinale e i monoliti, rimbalzando sulle sporgenze rocciose e le scarpate per poi perdersi fra crepacci e burroni.

All'insaputa di tutti, in quello stesso momento un cavaliere solitario si stava avvicinando, inerpicandosi sui ripidi sentieri delle Rupi. Conall Gearnach, capitano dei Cavalieri della Torcia Ardente, aveva faticato e percorso molte miglia a cavallo, di ritorno dalle Brughiere di Sud-Est, dove Uabhar l'aveva mandato in una ricerca inutile. Una volta fatto ritorno a Cathair Rua, egli aveva chiesto notizie alla Regina Saibh.

Ella l'aveva quindi informato che Uabhar aveva ucciso i signori del clima con l'inganno ed era partito in guerra, che i suoi figli l'avevano seguito insieme alle truppe di Slievmordhu per conquistare Winterbourne, e che orde di creature unseelie, che alcuni dicevano essere goblin, stavano irrompendo dal nord, portando distruzione sul loro cammino.

Il cavaliere non si fermò a chiedere spiegazioni, preferendo invece chiedere un nuovo cavallo, a cui balzò in groppa per poi lanciarsi al galoppo verso Narngalis. La sua tempra era straordinaria, tanto che lungo la strada non si riposò né si fermò, se non per cambiare cavallo. Arrivato in vista di Passo Pietracciaio, fu raggiunto da sentinelle a cavallo dell'esercito di Slievmordhu, le quali lo conoscevano bene. Le sentinelle lo ragguagliarono sull'assedio del Forte e provvidero immediatamente ad indicargli la via per il portone d'entrata, precedendolo con lanterne accese per scacciare il buio della notte.

Mano a mano che i cavalieri si facevano strada su per i sentieri tortuosi e bui che si inoltravano fra le rupi, soffici drappi di nuvole si chiusero sulle costellazioni sopra di loro. La notte si fece più buia, ma più Gearnach si avvicinava al portale, più riusciva a sentire con chiarezza i mormorii di dolore della folla assiepata attorno all'ingresso del Forte ed il clangore delle armi, e disse a sé stesso: «Io conosco questo suono. È il suono dello scudo del re, Oceano, su cui ogni colpo produce un rintocco come di un'enorme campana. Il re stesso è in pericolo. Le sue scelte mi disgustano al punto che la mia lealtà deve lottare con la mia morale, ma devo obbedire ai giuramenti prestati. È mio dovere proteggere il re.»

Seguendo i rumori del combattimento, Conall Gearnach giunse sulla scena, smontò da cavallo e corse avanti.

Di fronte alla porta Halvdan era in posizione di vantaggio. Kieran non sembrava avere alcun ardore battagliero, forse debilitato dal peso che gli gravava sul cuore. Con un singolo, poderoso colpo vibrato con il piatto della spada del padre, Halvdan abbatté il suo avversario e Kieran si trovò a giacere sull'ampia lastra di pietra, atterrando con lo scudo Oceano sopra di sé finendo per scivolare sulle pietre, spinto dalla pura forza dell'impatto.

Nello stesso istante in cui Kieran cadeva a terra, Conall Gearnach faceva il suo ingresso nella prima fila degli spettatori, lancia alla mano. In circostanze normali il campione avrebbe percepito le anomalie della situazione immediatamente, ma quella notte egli era stanco per la lunga cavalcata, e i suoi sensi erano ottenebrati.

Nella notte di stelle nascoste, l'entrata di basalto era illuminata solo dalla fiamma ondeggiante delle torce, sfumata da veli di nebbia impalpabile. Nel posare gli occhi sulla scena del duello, a Gearnach parve chiaro che a giacere in pericolo sotto il proprio scudo fosse

Uabhar stesso. L'avversario calzato d'elmo aveva iniziato una carica feroce contro l'uomo a terra, e gli istinti militari di Gearnach lo spinsero ad agire immediatamente.

Senza esitare egli scagliò con tutta la sua perizia e forza la lancia contro il combattente sconosciuto, che l'arma colpì con precisione fra le scapole, penetrandogli in profondità nella schiena. Gli astanti, vedendo il colpo mortale, proruppero in un grido di sdegno e sconcerto, mentre il giovane si accasciava a terra su un fianco, in mezzo ad una pozza di sangue che andava progressivamente ingrandendosi. Gearnach lo raggiunse e gli levò l'elmo, così che la luce delle torce illuminò chiaramente il viso di Halvdan, che l'uomo riconobbe immediatamente, pur continuando a guardarlo in uno stato di sconcertata incredulità.

Halvdan alzò lo sguardo, esclamando col fiato che già gli veniva meno: «Sei stato tu, Conall?» Uno spasmo d'agonia lo percorse, torcendogli le membra. Quando le convulsioni si furono acquietate, mormorò: «Quale immane sventura ci hai causato, amico mio, poiché con questo duello intendevo mettere fine alla crudeltà di Ó Maoldúin."

Il volto di Gearnach si tinse di un colorito livido, e fu proprio in quel momento che si accorse anche del fatto che non era Uabhar l'avversario atterrato sotto lo scudo, che ora tentava di rialzarsi, ma Kieran, cinto delle armi del padre. Il cavaliere abbassò lo sguardo verso Halvdan Torkilsalven, il principe che gli aveva salvato la vita e a cui egli aveva promesso eterna amicizia, quel giovane coraggioso che ora giaceva ai suoi piedi, morente per un colpo vibrato dalla sua stessa mano. Un'ira dirompente lo travolse. Fu come se ogni goccia di sangue nelle sue vene fosse stata rimpiazzata da un distillato di cieco furore, che era poi risalito lungo la schiena per esplodere nel suo cervello. Ogni traccia di senno o ragione lo abbandonò.

«Questo è un qualche tranello di Uabhar, ne sono certo!» Sbraitò Gearnach, afferrando la spada e scagliando via il fodero. Accecato da nebbia, sudore, ira e dolore, non si accorse del Re di Slievmordhu che, dalle ombre, osservava la scena. L'antica furia dirompente si fece strada nel cuore di Gearnach, quello stesso impulso irrazionale che un tempo l'aveva spinto ad uccidere il suo stesso destriero, che aveva disturbato la corsa di un altro cavallo. Il suo unico desiderio ora era vendicarsi di Uabhar, e la vendetta che cercava gli parve oltremodo vicina. «Lo ripagherò con la stessa moneta. Per questo inganno egli perderà il suo stesso primogenito!»

Con un singolo, poderoso colpo di spada spiccò la testa di Kieran dal busto.

Il padre e il fratello maggiore di Halvdan accorsero dal portale per stringersi attorno al principe morente di Grïmnørsland, ma Gearnach fu lì prima di loro, caduto in ginocchio di fianco al giovane amico il cui sangue gli inzuppava le vesti. Con un ultimo sforzo Halvdan ripeté il nome del suo amico morto, poi lanciò la spada di suo padre in direzione di Rocca Pietracciaio ed infine spirò di fronte alla porta di pietra.

Reso folle da una disperazione ed una furia invincibili, Gearnach balzò in piedi e, lasciate cadere le armi, corse via a gran velocità, senza che nessuno avesse il coraggio di fermarlo. Mentre si allontanava dalla porta, giunse il suo urlo terribile: «Spargete la voce! Uabhar Ó Maoldúin ha tradito i signori del clima e i Cavalieri della Torcia! Si è rivoltato perfino contro i suoi stessi figli. L'umanità intera è legna per i fuochi dei suoi complotti!»

Nessuno gli si oppose, e molti udirono le sue parole.

Durante tutto il giorno e la notte seguenti, animato dal dolore e dal suo spirito indomito, il cavaliere agì come se avesse perso il senno, declamando in lungo e in largo l'infamia compiuta da Uabhar e portando notizia dell'avanzata delle orde unseelie ovunque andasse.

Di contro, sulla soglia di Rocca Pietracciaio, il Principe Ronin era inginocchiato di fianco al corpo di suo fratello Kieran, mentre Re Thorgild sollevava fra le braccia suo figlio Halvdan, ormai defunto. In molti assistettero alla scena, venendone profondamente commossi. Alla commozione seguirono i dubbi. Lì, fra le ripide creste e i profondi crepacci degli altipiani infestati dagli wight, a tutti sembrò difficile distinguere se stessero combattendo per la giustizia o per il male.

Una brezza gelida agitò la nebbia e spazzò via le nuvole, facendo a tratti risplendere le stelle alle spalle delle cime delle Rupi Nere. La loro luce annunciò l'apparizione di una donna all'imboccatura della galleria d'ingresso.

Coperta da vesti di puro lino bianco, la maga del clima Asrăthiel Maelstronnar era in piedi dinanzi al portale, come una pallida fiamma. Il vento crescente le scompigliava i capelli, mentre i suoi occhi rilucevano intensi come tizzoni di cobalto ardente. Somigliava ad un diamante, ogni sfaccettatura tagliata con precisione matematica perché risplendesse in perfetta simmetria. Tanto radioso era il suo aspetto, tanto etereo e delicato, che alcuni dei presenti si sentirono stringere il cuore e non furono in grado di volgere lo sguardo su di lei.

Mentre i corpi insanguinati dei due giovani principi venivano portati via, Asrăthiel si rivolse ai capitani dei guerrieri radunati sullo spiazzo, cercando di far capire loro la verità sull'imminente arrivo delle orde dei goblin e sull'impellente necessità di azioni immediate. Fece ricorso a tutte le sue capacità di persuasione, esortando tutti i presenti a comprendere come tutta la popolazione umana di Tir si trovasse in pericolo, e come le armate di tutti i regni avessero il dovere di congiungersi in un'unica grande alleanza per opporsi al nemico unseelie. Ella invocò la pace per l'umanità intera, ma essi non ascoltarono.

A Re Uabhar non importava come Asrăthiel avesse fatto a sopravvivere alla caduta, né come fosse riuscita ad entrare nella rocca o cosa stesse effettivamente dicendo; ora che era ricomparsa, rinfocolando le sue paure, il suo unico desiderio era di coprire le sue parole. Lei era il nemico, cercava di intralciare i suoi piani e distruggerlo; era indispensabile impedire ai suoi sudditi di ascoltarla. Si slanciò in avanti, urlando: «La sgualdrina mente! Non datele retta, non è che una leccapiedi di Wyverstone e dei suoi figli. È chiaro che non si fermerebbe davanti a nulla pur di guadagnarsi un marito di sangue reale. Vuole attirarci in un tranello, per permettere a Narngalis e a Grïmnørsland di ucciderci tutti!»

Appena un istante dopo, il Principe Fergus era balzato davanti a suo padre col volto acceso d'ira. «Tutti gli Déi mi siano testimoni» ruggì, sputando ogni parola con disgusto, «sei stato tu ad attirare questa tragedia su di noi. Tu soltanto!»

Uabhar rimase impietrito di fronte al figlio più giovane, come incapace di comprendere ciò che stava accadendo, e le braccia gli caddero mollemente lungo i fianchi.

«Mi hai sentito?» Urlò Fergus. «È stata la tua lingua infame e menzognera a scatenare questa guerra. Slievmordhu ha versato il suo sangue per te. Hai ucciso il tuo stesso figlio! La responsabilità per le calamità che infuriano nei Quattro Regni è tua. Mi disgusti, tu, ipocrita dal cuore di pietra! Mi hai sentito?»

Per un istante Uabhar sembrò pietrificato, come incapace di venire a patti con un avvenimento tanto lontano da ciò a cui era abituato da dargli l'impressione che appartenesse ad un'altra dimensione. Poi, istintivamente, fece un gesto verso i suoi nemici, urlando: «Uccideteli!»

Asräthiel però si era già fatta avanti avvolta da un turbine, mandando impetuose raffiche di vento a flagellare i propri nemici mentre dall'alta galleria alle sue spalle, Re Warwick e i suoi figli arrivavano a cavallo in testa alle loro truppe, di cui guidavano la carica, mentre Thorgild cavalcava dietro di loro insieme a Hrosskel e ai cavalieri di Grïmnørsland. I soldati di Slievmordhu ed Ashqalêth, già scossi da tutto ciò a cui avevano già assistito, si sparpagliarono disordinatamente, scappando per i sentieri di montagna. Alcuni, nella foga della battaglia, caddero e precipitarono giù dal fianco della montagna, mentre i soldati di Narngalis e Grïmnørsland che erano finora rimasti intrappolati nel Forte inseguivano i superstiti, spingendoli giù dai declivi settentrionali verso l'armata di Re Thorgild che lì bivaccava.

Poco dopo, mentre fra le alture ancora infuriava il combattimento, le truppe di Slievmordhu ed Ashqalêth riuscirono ad attraversare Passo Pietracciaio e si riversarono oltre di esso, arrivando sul versante settentrionale, dove i battaglioni di Grïmnørsland erano pronti ad attenderli. Così, prima che fosse calato il sole una seconda battaglia, ancora più feroce, si era scatenata.

La battaglia del Passo di Pietracciaio proseguì per tre giorni, durante i quali le forze del sud spinsero le armate del nord ad arretrare sempre più, finché la linea del fronte non si trovò a meno di dieci miglia da Winterbourne. Fu allora che le sorti della battaglia vennero ribaltate, ma in un modo che nessuno avrebbe potuto prevedere.

Le campagne brulicavano di profughi arrivati dalle regioni settentrionali di Narngalis; da Monte Cenere, Fondo Argento, Silverdale, Silverburn, Bosco Trow, Collefata e Freddosorbo – tutti vecchi distretti che prendevano il nome dalle proprie miniere, dalle creature fatate che le infestavano o dalle guerre dei goblin – e da numerosi luoghi a questi vicini. I soldati dei regni meridionali non poterono ignorare i popolani terrorizzati o i loro racconti dei massacri raccapriccianti che avevano luogo all'interno delle nebbie sovrannaturali da cui fuggivano. La verità era cementata dai rapporti degli esploratori stessi, che tornarono a confermare i racconti dei popolani.

Solo allora essi compresero.

Non v'era alcuna menzogna nel discorso fatto dalla maga davanti al portone di pietra; le voci che si erano sparse non erano invenzioni, ma pura verità. Orde di creature unseelie si stavano avvicinando, decise a travolgere e schiacciare l'umanità intera, e i sovrani dei regni del sud avevano assassinato i più potenti difensori di Tir, i signori del clima. Ogni uomo, donna e bambino nei Quattro Regni era in gravissimo pericolo.

Con il mondo intero minacciato, ogni forma patriottismo sembrò improvvisamente meschina e insensata, e il corso degli eventi mutò con la rapidità e la prepotenza di una valanga che si stacchi dalla montagna. I proclami furiosi fatti da Conall Gearnach durante la sua defezione portavano con sé la stessa innegabile autorità del loro latore, un cavaliere da tutti enormemente stimato, e il loro messaggio si diffuse con grande rapidità. Le sue rivelazioni su Uabhar, combinate al crescente malcontento che già demoralizzava le truppe, spazzarono via le ultime illusioni della popolazione e fecero pendere l'ago della bilancia a sfavore del Re di Slievmordhu e di tutti coloro che a lui si erano alleati, primi fra tutti i Predatori.

Furono i guerrieri d'elite di Slievmordhu, i Cavalieri della Torcia - privati del loro amato comandante – furono i primi a ribellarsi ad Uabhar e Chohrab, imitati quasi simultaneamente dai Paladini del Deserto, che a lungo avevano scalpitato sotto il giogo di Uabhar, dopo che il loro re li aveva abbandonati. Risteárd Mac Brádaigh, Alto Comandante delle forze armate di Slievmordhu, era stato ucciso in battaglia. Fu quello il momento in cui gli altri capitani dell'esercito di Slievmordhu compresero la natura autodistruttiva della campagna di Uabhar e attuarono un colpo di stato militare, al fine di togliere il potere al proprio sovrano. Uabhar fu catturato e messo in catene, e quando i capitani dell'esercito di Ashqalêth videro il successo dell'azione, decisero anch'essi di deporre il proprio re. Furono inviati due squadroni allo sfarzoso padiglione situato alla base del passo, e anche Chohrab Shechem, il re infermo, venne fatto prigioniero.

I dettami delle gerarchie e dei diritti dovuti all'autorità ereditaria dei sovrani erano profondamente radicati in tutti gli ufficiali rivoluzionari, e nessuno di loro era preparato a dare espliciti ordini di regicidio. Dopo aver costretto entrambi i re ad abdicare pubblicamente, li portarono in catene in un complesso di antiche segrete vicine all'Obelisco di granito che svettava solitario nelle terre selvagge al confine dei Quattro Regni. Lì essi furono rinchiusi, con solo un piccolo gruppo di secondini ad aver cura di loro, tenendoli in vita a pane ed acqua.

I nobili di Slievmordhu offrirono la propria fedeltà al Principe Ronin, erede al trono, il quale tuttavia rifiutò ostinatamente, rispondendo: «Finché mio padre vive io non posso accettare questa corona.» Il suo dolore e il suo rimpianto erano grandi, ed egli gettò via l'armatura, giurando di non levare mai più le armi per nessuna ragione. Quando non era impegnato nei suoi compiti più importanti, passava il tempo a confortare la madre o accendere ceri alla Signora del Destino, e fu solo dopo forti pressioni da parte dei suoi consiglieri che egli accettò il titolo temporaneo di Principe Reggente.

Il conflitto fra i Regni di Tir era finito, ma una nuova guerra stava per cominciare. Terrorizzati dall'imminente invasione da parte di orde di assalitori unseelie, centinaia di persone provenienti da cittadine e villaggi si ammassavano alle porte dei santuari dei Quattro Regni, implorando i druidi perché chiedessero ai Fati di aiutarli. I druidi risposero che avrebbero certo continuato a pregare i Fati per conto di tutta la popolazione, ma sottolinearono che qualora i Fati avessero deciso di non giungere in loro aiuto contro i goblin, la colpa sarebbe stata del popolo stesso, che negli ultimi tempi aveva trascurato di donare i giusti beni e servizi a favore dei devoti servitori dei Fati. Chi si inimicava i Fati stessi non avrebbe dovuto poi stupirsi se i Divini e le Divine – Ádh, Signore della Fortuna; Míchinniúint, Signore della Sventura; Mí-Ádh, Signora della Malasorte e Cinniúint, Signora del Destino – si fossero dimostrati poco inclini alla benevolenza. In tutti i regni, denaro e monili di ogni genere furono riversati nelle casse dei santuari, donati da gente di tutte le professioni e i ceti, tutti con la speranza di essere salvati dal flagello dei goblin.

Deposto il proprio sovrano e messo l'intero regno sotto legge marziale, tutti i capitani di Slievmordhu si rivolsero di comune accordo a Conall Gearnach, guerriero esperto e capo carismatico, perché li guidasse. Il fuoco febbrile della pazzia l'aveva abbandonato, ed egli era tornato freddo e tenace come l'acciaio temprato, dimostrando di essere un brillante stratega e, dopo essere stato promosso a Comandante Supremo, un abile condottiero.

I capitani di Ashqalêth, di contro, non avevano alcun desiderio di instaurare una dittatura militare. Dal momento che Chohrab Shechem non aveva eredi maschi e che nessuna donna aveva mai governato il regno, il cognato di Shechem, il Duca Rahim, fu subito eletto Reggente, carica che avrebbe ricoperto finché non si fosse potuto discutere più nel dettaglio i problemi di successione e governo.

Gli eserciti dei quattro regni erano ora un tutt'uno, e i loro comandanti si erano affrettati a riunirsi in consiglio per studiare una strategia con cui affrontare gli inevitabili scontri con le orde unseelie. Il primo incontro di Gearnach con Thorgild fu carico di tensione, ma i due uomini, da veri capi quali erano, non lasciarono che le ostilità personali interferissero con la loro collaborazione, almeno per il momento. In cuor suo, Thorgild desiderava ardentemente vedere Gearnach morto, e giurò a sé stesso che un giorno l'avrebbe affrontato e ucciso, sia che avessero perso quella guerra sia che l'avessero vinta.

I principi Cormac e Fergus accompagnavano Gearnach, rimanendogli però sempre ad una certa distanza, poiché i fatti accaduti sulla soglia di Rocca Pietracciaio avevano acceso in loro un odio feroce per il condottiero. Come Ronin, anch'essi erano devastati ed umiliati dal disonore caduto su loro padre. Faticavano ad accettare la verità, tentando al contempo di trovare una giustificazione per le azioni di Uabhar, dal momento che il personaggio che egli si era costruito era la roccia su cui essi avevano costruito la propria identità. Se quella roccia si fosse sfaldata come una casa martoriata dalle ingiurie del tempo, allora tutto ciò che su poggiava di essa sarebbe dovuto trovare altre fondamenta a cui sostenersi, oppure sarebbe crollato insieme ad essa.

Era la prima volta che Asrăthiel vedeva Avalloc, dal collasso che lo aveva colto quando era stato informato di ciò che era accaduto ai signori del clima – collasso che l'aveva lasciato per un certo tempo invalido e costretto a letto. Egli era arrivato via aerostato e, una volta scesa rigidamente la scaletta collocata dai serventi vicino alla navicella del pallone, si era diretto a salutare la nipote che lo attendeva. Ad Asrăthiel sembrò quasi che fosse avvizzito; si aiutava appoggiandosi ad un bastone, la pelle ed i capelli parevano più pallidi, come se le impietose raffiche di una tempesta di sabbia li avessero prosciugati del loro colore. La tragedia l'aveva segnato profondamente. La giovane lo abbracciò con dolcezza, dandogli un bacio sulla pelle pergamenata della guancia, poco sopra la barba morbida.

«Nonno» sussurrò, e lui rispose con un sorriso che le scaldò il cuore come un'alba radiosa.

«Mia cara figliola» disse, «sono così contento di vederti!»

La ragazza gli sostenne il braccio, accompagnandolo fuori dal piazzale d'atterraggio.

Più tardi, quando egli fu in presenza del consiglio, Re Warwick lo interrogò: «Lord Avalloc, quali sono le nostre possibilità di vittoria, a vostro parere?»

«Assai poche» rispose cupo Avalloc. «L'oro rappresenta la nostra arma migliore, ma dubito che vi sia nessuno fra noi che ne possegga a sufficienza. Sta scritto che l'oro può sì distruggere i goblin, ma solo attraverso un contatto prolungato e in quantità ingenti. Essi hanno una reazione paragonabile a quella che gli esseri umani hanno all'avvelenamento da arsenico, ad esempio, o ad una varietà di altre sostanze potenzialmente fatali che in dosi ridotte sono in grado di nuocerci, ma non di ucciderci.»

«Possono essere distrutti?" esclamò il Duca Rahim. "Ma gli wight sono immortali!»

«Sono immortali, è vero» intervenne Asrăthiel. «Essi non si lasciano piegare dal passare del tempo o dalle malattie, ma le armi possono infliggere loro una sorte assai grama, che si potrebbe definire come una specie di morte. Non possono morire nel senso proprio del termine, ma possono mutare, la loro forma può essere spezzata e il loro potere annullato. Continueranno a vivere in una forma insignificante, privi di poteri e forse anche di intelletto, per sempre.»

A quelle parole, suo nonno aggiunse: «Servirebbe più oro di quanto ne contengano i Quattro Regni, per sconfiggere orde tanto numerose.»

«Ciò significa che senza l'aiuto degli altri signori del clima sarà impossibile che i nostri eserciti riescano a sgominarli.» Osservò Thorgild in tono brusco.

La voce del Duca Rahim era sconsolata: «Pare che non ci rimangano che due scelte: combattere e venire annientati o fuggire e venire annientati.»

«Dobbiamo combattere!» Disse Conall Gearnach, con voce di gelido acciaio. «Se combattiamo potremo almeno intaccare i loro numeri, per quanto in misura minima, poiché c'è sempre la possibilità che si riesca ad abbatterne una frazione scagliando su di loro una quantità sufficiente d'oro. Se scappiamo, invece, i numeri del nemico rimarranno gli stessi. Combattendo, inoltre, arresteremmo temporaneamente la loro avanzata, guadagnando tempo per permettere ai nostri popoli di scappare verso sud e trovare dei luoghi in cui nascondersi. Dovessimo comandare agli eserciti la ritirata, di certo avremmo ben presto il nemico alle calcagna; a quel punto essi potrebbero falciare la nostra retroguardia e portare distruzione nei territori da noi abbandonati.»

«Concordo», disse Thorgild. «Combatteremo. Terremo la posizione, e se dovremo morire – come accadrà, se i Fati non ci concederanno un miracolo – allora moriremo con onore e non da codardi!»

«Una volpe messa in un angolo combatterà contro qualunque cane la minacci, pur sapendo che la morte incombe.» Soggiunse Gearnach a bassa voce.

Rahim si riscosse dalle profonde riflessioni in cui era stato immerso fino a quel momento e chiese: «Lord Avalloc, i signori del clima
hanno già catturato i goblin con l'inganno in passato, perché non
provare di nuovo?» Si guardò attorno con agitazione, il volto illuminato da una nuova speranza. «Forse i goblin potrebbero essere attirati
nuovamente nelle caverne dorate, come già fatto un tempo, e lì intrappolati con valanghe di massi scatenate da scariche di fulmini?»

«Ci sono poche probabilità che si riesca a imprigionarli nuovamente con quello stratagemma, poiché ora sanno dell'esistenza delle
caverne.» fu la risposta di Avalloc. «Tuttavia ritengo che siate sulla
strada giusta, Duca. La nostra unica speranza sta nel congegnare un
piano per sconfiggerli con l'astuzia, dal momento che la forza per con-
trastarli ci manca.»

«Metteremo immediatamente al lavoro i nostri migliori strateghi»
concluse Warwick.

«Anche i pensatori più brillanti hanno bisogno di tempo per mettere a punto un simile piano», intervenne Asrăthiel, «ed è esattamente
il tempo ciò che ci manca.»

«In questo caso», rispose Warwick, «le nostre forze dovranno tenere a bada i goblin il più a lungo possibile. Si darà battaglia, siamo
tutti d'accordo?» Un coro di assensi accolse la sua proposta, e così avvenne che il consiglio di guerra decise che i Quattro Regni si sarebbero
opposti insieme all'assalto delle orde, indipendentemente da quanto
poche fossero le possibilità di vincere o da quanto tetro potesse apparire loro il futuro.

Mentre le armate unificate di Tir marciavano verso nord per affrontare la minaccia unseelie, una mucca dall'andatura e dall'aspetto
insoliti caracollava per la campagna sud-orientale di Narngalis. Aveva
tutta l'aria di aver ingoiato due uomini interi, rimasti in vita all'interno
dell'animale, dato che dallo stomaco si sentivano provenire due voci
impegnate in un'accesa discussione.

«Oh, io, te lo ripeto, questa roba non serve a niente. I goblin mica
ci ammazzano!»

«E te che ne sai, da esser così sicuro?»

«Perché mica vanno a pensare che siamo umani. Quelli ammazzano solo gli umani, tanto.»

«Sì, poi magari gli sembriamo umani abbastanza da piantarci una spada nella pancia.»

«Ma ti sei guardato allo specchio ultimamente? Sei brutto forte, parecchio più di un goblin.»

«Meglio prevenire che curare, no?»

«Comunque come fai a sapere che non ammazzano le vacche?»

«Come, come faccio a saperlo? È ovvio che non le ammazzano, le vacche, quando mai s'è sentito di goblin che ammazzano vacche?»

«Oh, solo perché non s'è mai sentito non vuol dire che non lo fanno. Quanti ne conosci che non abbiano mai ammazzato una vacca? E che facciamo poi se ai goblin gli viene fame e decidono di farsi delle belle di bistecche di manzo?»

«Non verranno certo a dar fastidio a noi, imbecille. Sei troppo stoppaccioso per essere buono da mangiare.»

«Oh, cos'è questa storia?»

«Ma piantala, è vero e lo sai!»

Continuando a litigare con sé stessa, la mucca deforme si incamminò, attraversando un campo a grandi falcate.

Le forze dei goblin avanzavano inesorabili durante la notte, spostandosi senza fretta fra le colline verdeggianti e i pascoli di Narngalis e trascinando con sé come veli le loro nebbie maligne. Sulla loro strada non trovarono alcuna resistenza da parte dell'alleanza degli eserciti umani, che si trovavano schierati lungo il confine meridionale delle Brughiere Tempestose.

All'interno del castello di Winterbourne, Asrăthiel raggiunse a colloquio Warwick e i suoi figli.

«I goblin stanno arrivando» disse il re con voce colma di dolore. «Sotto consiglio del Signore delle Tempeste tutti i regni stanno raccogliendo il proprio oro da ogni anfratto, portagioie, miniera, zecca o tesoreria; oro con cui bombardare le creature.»

«Il Signore delle Tempeste ci ha spiegato», disse William, «che nei tempi antichi i coboldi delle montagne scagliarono nel leggendario

Inglefire svariati quintali d'oro, così che i loro padroni non ne potessero essere feriti. Avremmo ora gran bisogno di quel metallo, ma purtroppo la posizione del fuoco arcano è andata perduta, e quelle risorse sono perdute.»

«È tempo che io mandi a prendere l'artefatto in cui risiedono le nostre ultime speranze.»

«Di cosa si tratta, dunque?» chiese il Principe William, pur conoscendo già e temendo la risposta.

«Essa che un tempo era chiamata "Sioctíne"», rispose la giovane. «Essa che viene a volte chiamata "Fuocogelido", poiché brucia come ghiaccio e come fiamma insieme, ed ha il colore del sole. La spada d'oro» disse, aggiungendo poi, come se avesse improvvisamente perso il respiro: «Lamafulva.»

4
LAMAFULVA

Desti, o cavalieri, l'onore a sé vi chiama fieri. Prestate orecchio ai corni di
  guerra!
Ci son nemici da falciare e sangue da spillare in lungo e in largo su questa
  terra.
Da sale d'oro dall'alte mura cavalcheremo per andar le loro teste a spiccare,
E se pur siam pochi davanti alle loro migliaia, certo noi non ci faremo scorag-
  giare!

SAPENDO di essere alle soglie di una battaglia disperata, i
soldati di Narngalis stavano cantando canti di guerra per
darsi coraggio. Il Giorno di Mezza Estate era già passato senza alcuna festa. Era l'inizio di Jule, mese centrale dell'Estate, dodici
giorni dopo la Battaglia del Passo di Pietracciaio, e la tensione in tutti
i Quattro Regni di Tir aveva raggiunto livelli intollerabili. Le letali
armate dei goblin avanzavano con lentezza inspiegabile.

Era evidente che le malvagie creature avevano rinvenuto fra le
montagne qualche antico potere nascosto, in caso contrario i racconti
della loro inettitudine dovevano indubbiamente essere false. Sembrava che nulla potesse fermarli, ed era palese che avrebbero potuto marciare attraverso l'intera Narngalis a velocità agghiacciante, uccidendo
tutti gli esseri umani sul loro cammino, se così avessero desiderato.

Eppure temporeggiavano. Pareva quasi che gli wight, nella loro malvagità, stessero giocando con le loro vittime allo stesso modo in cui i
gatti selvatici si trastullavano con gli uccelli da preda, lasciando loro
credere di avere una qualche possibilità di salvezza solo per prolun-
garne i tormenti, distruggendone ripetutamente le speranze.

I profughi provenienti dai villaggi settentrionali stavano riversandosi per le strade di Winterbourne. Mossa a compassione dalle loro
tribolazioni, Asrăthiel si offrì di accogliere consistenti gruppi di rifugiati a Gli Allori, dove diede loro rifugio, cibo e conforto dalle difficoltà che avevano dovuto sopportare da quando avevano abbandonato le proprie case. Su ogni volto aleggiava un'espressione resa vacua
dal terrore; gli uomini e le donne erano logorati, i bambini stretti ai
propri genitori, alcuni in lacrime altri – ed era una scena assai più straziante – silenziosi ed assenti. I bambini, i volti minuti corrugati dalla
confusione, faticavano a comprendere, nel loro piccolo, l'enormità di
ciò che stava accadendo, innocenti e indifesi nei loro corpicini ancora
troppo giovani per difendersi da sé. La loro fragilità ferì Asrăthiel nel
profondo, toccandola nell'animo, così che ella spinse a viva forza il
proprio dolore da parte, per poter aiutare e consolare gli altri. Vedere
come la felicità era stata negata a tante persone, le cui vite erano state
gettate in pasto alle fiamme della guerra, la faceva ribollire d'ira.

Il racconto fatto dal mendicante dell'uccisione dei compagni di
Asrăthiel divenne in breve tempo ben noto a tutti, e poco a poco
– anche con l'aiuto della Regina Saibh – la verità riguardo alle macchinazioni di Uabhar venne a galla. Gli abitanti di Cathair Rua si
pentirono amaramente delle accuse levate contro i signori del clima,
e inviarono all'Anello di Montagne molte scuse e doni di riparazi-
one, mentre i consiglieri delle contee componevano contriti discorsi
di ritrattazione che sarebbero stati letti ad alta voce in tuttte le piazze
cittadine.

Avalloc Maelstronnar, ancora debole e fiaccato dalla recente
malattia da cui andava riprendendosi, arrivò al Castello di Wyverstone
sull'aerostato *Armavento*. Due apprendisti della Piana dei Frassini lo
accompagnavano come serventi ed equipaggio, mentre altri cinque
erano arrivati su *Lunagelida* e *Grigiapiuma*, le due aggiunte più recenti

alla flotta della Piana stessa. Asrăthiel fu immensamente felice di poter incontrare di nuovo suo nonno, che con sé recava Lamafulva, che era stata affidata alle cure del Mastro di Spada di Alta Darioneth, Desmond Brooks.

«Non devi far uso della spada dorata immediatamente», disse il Signore delle Tempeste a sua nipote con fermezza, osservandola con grande serietà con gli occhi color della giada seminascosti dalle palpebre socchiuse. I suoi folti capelli argentati si erano fatti radi, e il suo aspetto era smagrito, sebbene le sue guance avessero ripreso un sano colorito rosso.

«Per quale motivo?», chiese. «Ora più che mai è fondamentale impiegare tutti i mezzi a nostra disposizione per difenderci dai goblin!»

«Non hai mai impugnato Lamafulva nemmeno per esercitarti, tantomeno in un vero combattimento.»

«Solo perché non ne ho mai avuto l'occasione. In ogni caso ti diedi la mia promessa di non tentare nulla del genere finché il Mastro di Spada Brooks non mi avesse ritenuta pronta. Egli si trova qui con noi, ora, e posso azzardare che sia soddisfatto dei miei progressi.» Lanciò uno sguardo con Brooks, che egli ricambiò con un'espressione di diplomatica impassibilità.

«Mia cara ragazza», continuò Avalloc, «è passato molto tempo dall'ultima volta che hai messo mano alla spada anche solo per gli esercizi mattutini. Prima di impugnare la lama dorata in battaglia dovrai esercitarti molto con essa. Lamafulva è assai pericolosa per chi la usa.»

«Ma nelle storie sta scritto che Aglaval Stormbringer diede Lamafulva ai fratelli A'Connacht. Non mi sembra di ricordare che fossero stati addestrati nel suo uso, o anche solo che vi fosse traccia del brí nel loro sangue!»

«Ah, ma essi erano stati addestrati. In gioventù Aglaval era stato grande amico di loro padre, ed aveva insegnato loro l'arte della spada dorata. Inoltre, loro nonna era stata una figlia del brì, nella sua giovinezza, per quanto non sia mai diventata una maga.»

«Ma in che modo potrebbe nuocermi, Lamafulva? Non ho mai capito la tua posizione su questo punto, io sono invulnerabile!»

«Si tratta di una lama straordinaria», replicò il Signore delle

Tempeste. «Non ha eguali in tutta Tir, non pensare nemmeno per un istante che si tratti di un oggetto comune. Non si tratta di una semplice lama di metallo temperato ed affilato; nella sua forgiatura sono state infuse le forze del brì e della gramarye, che la pervadono nell'essenza stessa della sua creazione. Lamafulva possiede proprietà di cui perfino io so ben poco. Sospetto che – » si interruppe.

«Sospetti cosa?» Lo incoraggiò la giovane.

«Ebbene, sarò pure stato costretto a letto, negli ultimi tempi, ma non sono affatto rimasto con le mani in mano. Seduto fra i miei cuscini ho a lungo studiato i tomi delle biblioteche della Piana dei Frassini, la cui sapienza rivela che una delle caratteristiche dei goblin che li rende tanto letali è la loro capacità di muoversi con la rapidità del fulmine. A lungo mi sono domandato se la spada dorata possa avere il potere di permettere a chi la impugni di muoversi nel flusso stesso del tempo, così da poter eguagliare la velocità sovrannaturale a cui combattono gli wight.»

«Una capacità affascinante, ma non vedo in che modo essa potrebbe recarmi danno.» chiese Asrăthiel.

«Non te lo so dire, mia cara, poiché il modo con cui essa si manifesta è un mistero, ma ritengo saggio non correre rischi. Se davvero la spada è in grado di influenzare lo scorrere del tempo, non vi è modo di sapere che chi la usa non corra il rischio di rimanere, ad esempio, bloccato in un ciclo temporale infinito, o forse perfino intrappolato nel futuro o nel passato.»

«Ma nonno, queste non sono altro che congetture. Alfardēne Stormbringer impugnò certamente la spada, avendola forgiata lui stesso, e Avolundar Stormbringer la usò per sconfiggere i goblin, molto tempo fa. Entrambi i maghi sono vissuti fino a tarda età, se le cronache dicono il vero.»

«Avolundar la usò, è vero, ma egli aveva imparato tutto su quella spada dagli insegnamenti di Alfardēne in persona. Gli unici a conoscere nel dettaglio le proprietà di quest'arma furono proprio Alfardēne ed Avolundar, i quali scrissero ciò che sapevano. Col passare degli anni, tuttavia, buona parte di quegli scritti è scomparsa, ed oggi molta di quella conoscenza è perduta. Sarebbe assai sconsiderato tentare di far uso della spada troppo presto, con l'unica conseguenza di venirne distrutta. Non impugnerai Lamafulva finché Mastro Brooks non riterrà che tu abbia raggiunto un controllo perfetto su quell'arma.»

Delusa, la giovane fece un inchino. «Mi rimetto alla tua saggezza, nonno», disse, aggiungendo poi, con gli occhi blu attraversati da un lampo fugace, «sebbene vada contro i miei desideri.»

Gli angoli degli occhi di Avalloc, invece, si coprirono di piccole rughe di divertimento. «Non sai la gioia che mi dà, essere di nuovo in tua compagnia, figlia mia.»

«Se non posso impugnare Lamfulva, allora posso essere più utile controllando il clima piuttosto che impugnando una spada.» Aggiunse Asrăthiel con un sorriso. «In ogni caso William mi aveva già implorata di non prendere in mano alcuna arma che non fosse vento, fuoco o acqua. Trova che sia insolito e pericoloso che una donna vada in battaglia.»

«E qual è la tua opinione?»

"Da parte mia, uccidere creature viventi è un atto a cui devo costringermi. Non riesco ad immaginare in che modo potrei trarre soddisfazione da una simile azione, la mia inclinazione naturale è quella di proteggere e guarire; causare ferite o morte rappresenta l'antitesi completa di tutto ciò. Per combattere devo essere certa che le mie azioni proteggeranno coloro a cui voglio bene. Solo così posso mettervi tutta la mia forza – ma una volta che vi riesco. . . »

«Sono consapevole del tuo orrore per l'idea di spegnere delle vite, figlia mia, ma ricorda che ora combattiamo contro wight unseelie. Le creature eldritch non sono mortali, e le loro vite non possono essere disfatte.»

«Dici il vero. Ciò nonostante possono essere costretti ad assumere una forma inferiore, che è uno stato equivalente alla morte; questa è la natura dell'immortalità delle creature eldritch.»

Pensieroso, Avalloc rispose: «Quell'apparenza di morte è la ragione per cui una volta ogni manciata di secoli assistiamo alla nascita di una nuova entità immortale. Dove non vi è alcuna fine non vi può essere nemmeno alcun inizio.»

«Non so se trovarlo confortante o spaventoso.»

«A cosa ti riferisci?»

«Al fatto che in un certo qual modo anche la vita immortale può essere spenta», rispose Asrăthiel.

Una notte Asrăthiel sognò di trovarsi fra le armate di Tir, nel mezzo della battaglia contro i goblin. Nel sogno udiva il Principe William urlare «Attenta!» ma non gli prestava attenzione, preferendo estrarre la propria spada d'acciaio Narngalisiano per gettarsi poi a capofitto nella mischia. Circondata da una massa brulicante di mostriciattoli deformi, si trovava a menare fendenti con tutta la sua forza. Essi stridevano e mugghiavano, tentando di graffiarla coi loro artigli e pugnalarla con i loro spadini o vibrando colpi d'ascia per amputarle braccia e gambe, ma nulla poteva toccarla e la sua spada cantava, facendo sgorgare icore nero come pece dalla carne delle creature eldritch.

Il combattimento durò un istante, o forse un'eternità, ma alla fine le creature la sopraffecero e le balzarono addosso, incuranti dei suoi colpi possenti. Le strinsero gli speroni e i denti attorno a braccia e gambe, schiacciandosi su di lei finché non fu più in grado di sollevare la sua spada e cadde sotto il peso dei suoi assalitori, atterrando sopra la sua stessa spada, che si spezzò e di rivelò essere fatta di corteccia di betulla.

Gli wight tentavano di schiacciarla coi propri corpi, soffocarla e azzannarla, ma invano, poiché lei non poteva essere ferita. Era stata, tuttavia, resa impotente, e non poteva più attaccarli in alcun modo. Si trovava soverchiata e bloccata a terra.

A quel punto il Principe William e una divisione di cavalieri di Narngalis, la Compagnia della Coppa, si aprivano una strada nella mischia a colpi di spada, assalendo i suoi nemici, infilzandoli con lance e scagliandoli via, finché essi non lasciarono andare la maga.

«Vieni!» le urlò William, prendendola per il gomito. «Fa presto! Sono in troppi, i goblin sono troppi! Dobbiamo scappare da questa battaglia!»

Fu allora che si svegliò, frastornata ed allarmata. La luce delle stelle entrava dalla finestra e le tende erano agitate da una brezza inquieta.

I goblin stavano arrivando.

Il Signore delle Tempeste aveva offerto a sua nipote uno qualunque a sua scelta fra i palloni aerostatici della Piana dei Frassini come sostituto di Lieverapido. La maggior parte dei grandi aerostati non stavano venendo utilizzati, dal momento che la maggior parte dei signori del clima era scomparsa – alcuni erano i palloni più vecchi, usati ancora dal padre di Asrăthiel: *Armavento*, *Piananebbia*, *Salpanevi* e *Granfalena* – a cui si affiancavano quelli più nuovi; *Fogliautunno*, *Viaggiapiuma*, *Soldargento*, *Bollaschiuma*, *Libellula*, *Lunagelida*, *Piumagrigia*, *Libravento* e *Fruttolampo*. Asrăthiel scelse *Lunagelida*, di cui sostituì il pallone in seta di ragno con uno di tela più pesante, ricavata da fibre vegetali, che lei preferiva per ragioni ideologiche.

Due giorni dopo si unì alle armate unificate dei Quattro Regni, mentre i comandanti si preparavano all'inevitabile assalto disponendo le truppe lungo il confine meridionale delle Brughiere Tempestose. Un denso e resistente tappeto di erica copriva vaste zone dell'aperta campagna. In quella stagione la pianta era in piena fioritura, e le sue spine di fiori color malva profumavano l'aria e attiravano un intenso viavai d'api. Dai folti arbusti di brugo spuntavano i fiori rosa campanulati dell'erica, mentre primule viola e rosse rimanevano nascoste all'ombra dei cespugli, e campanule punteggiavano i tratti erbosi più vuoti. Ginestre dal gambo spinoso si insinuavano negli angoli e nelle crepe della muratura decrepita di ciò che rimaneva di antichi edifici, i loro profumati germogli dorati ancora arrotolati all'interno dei boccioli. La fioritura dei bassi cespugli di mirtillo era terminata, e piccoli frutti verdi iniziavano a crescere sui rametti. L'intero campo era irto di ciuffi fruscianti di coriacco cardo di montagna, le cui foglie frastagliate risaltavano, col loro verde scuro, sulle inflorescenze viola. Di lì a poco molti di questi fiori di campo sarebbero stati schiacciati nel terreno.

La scelta del terreno era stata imposta per necessità di forza maggiore alle armate di Tir; le orde delle nebbie stavano procedendo su un per corso che da Harrowgate le avrebbe portate a spostarsi direttamente verso sud, raggiungendo le brughiere entro quel pomeriggio stesso, stando alle ultime stime. Essi, difatti, non viaggiavano più solamente durante le ore senza luce, ma anche di giorno, avvolgendosi dentro bozzoli di nebbie oscuranti. Un vantaggio di quella posizione era che molto tempo prima una città sorgeva sulle Brughiere Tempestose, i cui vasti territori erano attraversati dai resti di numerose antiche fortificazioni, quali bassi muri di pietre e gusci di torri in rovina. I difensori non persero tempo nel provvedere a mettere a frutto queste barricate. In aggiunta, la sezione meridionale della brughiera si trovava ad un'elevazione leggermente maggiore rispetto a quella settentrionale, il che dava agli eserciti mortali un vantaggio piccolo ma significativo rispetto ai loro nemici.

I soldati di Narngalis erano particolarmente determinati a fare il possibile per salvare Winterbourne dall'essere conquistata. In seguito alle rivelazioni del Signore delle Tempeste riguardo i poteri dei goblin, il Principe William aveva confessato ad Asrăthiel: «Nel sonno sono tormentato da visioni della città reale che viene conquistata, vedo fiumi di sangue scorrere per le sue strade. Vedo i goblin che ne svuotano i viali e gli edifici, lasciando solo un luogo vuoto, in cui non dimorano solo gli scarafaggi, i topi e gli spettri portati dal vento.»

«Non indugiare su queste visioni», gli rispose lei, cacciando via gli echi del suo stesso sogno. «Non è detto che si arrivi a questo.»

Anche lei, tuttavia, aveva paura.

Le guerre dei goblin dei tempi antichi erano ormai entrate nelle leggende. Avalloc le aveva raccontato che molto tempo addietro quei wight devastatori erano quasi riusciti a conquistare tutte le terre degli uomini, ma che alla fine il loro re, Zaravaz, era stato sopraffatto. Erano a quel punto stati ricacciati indietro dai signori del clima, guidati da Avolundar Stormbringer, che brandiva la spada Lamafulva e li costrinse a tornare sottoterra, imprigionandoli in caverne dalle pareti d'oro, prigioni le cui mura erano migliaia di tonnellate di solida roccia. Le creature immortali erano rimaste lì prigioniere, fino a quel giorno. Una prigionia tanto prolungata aveva senza dubbio dato agli wight tutto il tempo necessario a progettare la propria vendetta. Se erano già ostili prima della loro lunga reclusione, di certo la loro ferocia doveva essersi più che centuplicata, e dopo essere stati liberati da qualche circostanza inspiegata, la loro chiara intenzione era di vendicarsi della sconfitta e della cattività subite sterminando l'umanità intera, un pezzetto di terra alla volta.

Il loro piano di vendetta aveva il sostegno dei coboldi loro schiavi nei tempi antichi, creature tanto minute quanto mostruose che, non essendo in grado di perforare la solida barriera che li separava dai loro padroni, avevano preso ad aggirarsi nel sottosuolo, avvelenando i minatori umani con la loro presenza ammorbante.

Stava scritto nelle cronache arrivate fino a loro che il ferro non era sufficiente a ferire i goblin, così come non bastavano fuoco, pietra o alcuna delle armi convenzionali. I loro sforzi per tenersi lontani dalla luce del sole portavano ad ipotizzare che i raggi solari fossero anatema per loro, ma l'unica cosa certa era che l'oro era per loro veleno. I consigli di guerra dei Quattro Regni usarono queste conoscenze per formulare strategie per le battaglie imminenti. Ingenti quantità di oro erano state raccolte dalle tesorerie di re e dignitari, per poi essere fuse e stese in fogli sottilissimi o colati per formare proiettili. Carrozzoni carichi del nobile metallo venivano guidati fino alle Brughiere Tempestose; da questi trasporti gli addetti alla tesoreria scaricavano enormi casse e forzieri ricolmi di preziose munizioni. Sotto ordine di Avalloc, i contenitori vennero disposti in file a partire da circa dodici metri dalla collinetta su cui lui ed Asrăthiel avrebbero preso posizione durante la battaglia. I coperchi erano stati aperti e i mucchi di metallo rilucevano sotto il cielo chiaro, pronti per essere usati.

In quel tiepido periodo dell'anno, l'occhio del cielo si tratteneva a lungo a scrutare dall'alto la terra, ma anche i giorni d'Estate devono prima o poi finire, e lasciare alla notte il trono dei cieli. Gli eserciti in attesa furono presi da un senso di sventura incombente, e non un sol uomo dubitava che non appena fossero calate le tenebre sulle Brughiere, i goblin sarebbero giunti.

Gli stridii lamentosi dei chiurli risuonavano fra i campi, accompagnati dai richiami di beccaccini, alzavole e pavoncelle, e dal sottofondo dei pianti luttuosi degli Wight Gementi che pochi mortali avevano mai visto. Re Warwick cavalcava in lungo e in largo fra le truppe, parlando ai suoi uomini e dispensando parole di incoraggiamento per risollevare gli animi, tanto alle truppe quanto agli ufficiali, che chiamava tutti per nome. Migliaia di soldati aspettavano, file e file di armature luccicanti disposte lungo le marche meridionali della Brughiera, tutti intenti a scrutare l'oceano di fiori selvatici. I cuori battevano loro nel petto come magli da fabbro su un incudine e i palmi delle mani sudavano, stringendo con forza le armi, poiché l'ora fatale era vicina, e non c'era modo di sfuggirle.

I goblin stavano arrivando.

Tutti i soldati di Tir erano pronti. Il sole calante stese sul cielo d'occidente fregi di cinabro e smalti di rubino liquido, prima che il tramonto arrivasse a mutare il firmamento, tingendolo di un blu fiordaliso sfumato nel grigioblù. In alto, sulla volta del mondo, si iniziarono ad intravedere una manciata di punte argentate, che divennero gradualmente un oceano di remote scintille. Non una singola nuvola oscurava il luminoso splendore delle stelle. Sarebbe stata una serata deliziosa per morire.

Lembi di nebbia scura presero a srotolarsi da est verso ovest, correndo lungo il lato opposto della brughiera, e fra quei vapori si intravedevano lampi di volti grotteschi, verdi riflessi di criniere agitate e riflessi metallici.

Appostati in cima ad una collina erano in attesa Avalloc ed Asrăthiel, cinti di cotte di maglia e vestiti delle cappe grigie dei signori del clima. Il Signore delle Tempeste si ergeva fiero come una statua, a dispetto delle recenti sofferenze e del peso degli anni, mentre sua nipote sembrava lo stelo di un fiore, snella e flessuosa, con occhi magnetici come le ali blu del tramonto. Entrambi stavano sussurrando sillabe di potere e tracciando forme nell'aria con movimenti rapidi ed armoniosi. I due maghi si erano tenuti impegnati. Non appena saputo dove e quando gli eserciti umani avrebbero affrontato l'orda, infatti, essi avevano iniziato a manipolare le strutture climatiche locali e lontane. In quel momento erano impegnati a sollevare una brezza silenziosa che arrivasse da sud a spazzare via la nebbia. Nonostante il sangue arcano e la discendenza unica di Asrăthiel contribuissero ad amplificare i suoi poteri di controllo del clima, sia lei che Avalloc sapevano di non essere in grado di sconfiggere quel flagello da soli; i loro compagni, che avrebbero potuto aiutarli. erano stati uccisi, e quanti erano sopravvissuti dovevano fare del loro meglio, da soli. Il loro dolore per la perdita dei propri cari era ancora straziante, e i pensieri di ciò che sarebbe potuto essere li tormentavano: *Balduf avrebbe dovuto essere qui a guidare l'invocazione del vento; Galiene sarebbe dovuta essere al mio fianco; se solo Ryence fosse qui richiameremmo una tempesta come non se ne sono mai viste, un'arma di potenza e precisione immani, controllata con tutta la fermezza di chi sa imporre il proprio volere agli elementi.* Le loro congetture venate di tristezza interferivano con le loro capacità, così che il potere di entrambi ne era diminuito.

Intorno ai maghi erano disposti in sei anelli perfettamente concentrici i loro difensori, la Compagnia della Coppa. Erano alti e dritti come lance, e la luce delle stelle riluceva sulle loro armi e corazze di piastre, mentre a circa dieci metri di distanza da loro erano posizionati i forzieri e le casse colme di preziosi proiettili. Ad un segnale del Signore delle Tempeste tutti gli uomini si fecero indietro dai mucchi d'oro, poiché presto sarebbero divenuti assai pericolosi.

L'oscurità si fece più densa.

I goblin arrivarono durante la notte, nel silenzio più assoluto.

Il vento richiamato dal brí dei maghi spazzò la brughiera, e sotto di esso le nebbie si contorsero e furono disperse, mentre il riverbero del tramonto sfumava ad occidente ed infinite costellazioni si stendevano sulla volta celeste in una maestosa arcata, brillando aspre e forti come scintille di bianco metallo.

Un istante le brughiere erano vuote, l'istante successivo essi erano lì ad affollarle, immobili in sella alle loro cavalcature demoniache. Erano venticinquemila, disposti fila dopo fila, ciascuno affiancato dai propri schiavi coboldi. Nessuna nebbia li celava alla vista.

Ed erano bellissimi.

Alti, pallidi e bellissimi, i cavalieri goblin – perché di questo doveva trattarsi, o forse era tutta un'illusione? – avevano l'aspetto di uomini vestiti di meravigliose uniformi da battaglia chiaramente ricavate dal giaietto lucido, ognuna di esse vibrante di intagli luccicanti. Le loro armature di maglie parevano fatte di scaglie di serpente intrecciate, e gli accessori che completavano il loro corredo erano ricavati da pelle nera intarsiata d'argento. Alcuni di essi portavano elmi decorati con corna ricurve, dritte o ramificate. I loro lunghi capelli erano più neri della notte che li circondava e cascavano loro sulla schiena, le lunghe ciocche che ondeggiavano sotto il soffio del vento sembravano aver dentro di sé intrappolato le stelle del firmamento stesso. I loro occhi e le loro ciglia erano scuri come fossero stati sottolineati con della polvere kajal; anche da centinaia di metri di distanza tutto ciò si poteva distinguere, attraverso il vetro chiaro dell'aria notturna. Essi portavano con sé spade ma non scudi, ed uno dei cavalieri, posizionato poco più avanti rispetto agli altri, appariva come il più avvenente di tutti, eppure qualcosa nel suo atteggiamento suggeriva un animo dissoluto e depravato.

I trollhästen, loro destrieri demoniaci, erano snelli ed aggraziati come levrieri e recavano bardature d'argento. Anch'essi erano creature mistiche, il cui aspetto suggeriva possedessero un'astuzia spettrale e terrificante, a differenza delloro inoffensive controparti mortali. Le loro code e criniere si agitavano come fontane di fuoco verde. Molto al di sopra della grande massa di cavalieri, uccelli d'ombra volteggiavano in stormi irregolari, mentre fra i nodelli dei cavalli sciamava la fanteria; coboldi dalla pelle blu, alti quanto un bambino di otto anni e ciò nonostante estremamente feroci, vestiti di armature rosso mattone marchiate con una croce quadrata e decorate con la stessa pittura dorata che recavano in volto. Erano creature orribili e rachitiche dotate di lunghe code, orecchie appuntite, ghigni malevoli, nasi larghi e piatti e occhi simili a lunghe fessure – la descrizione perfetta dei goblin secondo le favole tradizionali. Ciò nonostante non vi era alcun dubbio nelle menti degli osservatori umani riguardo a chi fossero i goblin e chi i loro minuscoli schiavi. Era evidente che le leggende da focolare si erano nuovamente rivelate sbagliate; la storia era stata alterata fino ad essere irriconoscibile, tramite invenzioni e chiacchiere, o pure e semplici bugie.

Sconvolte, le armate di Tir non si mossero. Lo stupore era stato tanto grande che alcuni a stento osavano respirare. Si trattava forse di un mascheramento magico? I loro sensi erano forse stati ingannati da una trama di ammaliamenti? Molti soldati portavano con sé oggetti che permettevano di vedere oltre le illusioni delle arti eldritch.

Spostarono i propri sguardi attraverso i buchi al centro di rari ciottoli levigati ed erosi dalle acque dei fiumi, oppure toccavano i quadrifogli essiccati che portavano cuciti nei propri vestiti. I cavalieri, nella loro terribile bellezza, superarono ogni controllo. Ciò che era visto da coloro che portavano gli amuleti non differiva di un capello da ciò che vedevano i loro compagni. Fu così confermato che i cavalieri goblin non avevano usato alcuna illusione per dare a sé stessi un sembiante di bellezza, ma che davvero erano tanto belli quanto apparivano.

Un uomo, infine, si riscosse dallo stupore e gli uomini della Compagnia della Coppa gli fecero largo fra le proprie fila mentre questi li oltrepassava e si portava oltre la prima linea delle armate umane, direttamente di fronte all'intera massa di mortali armati. Quell'uomo era Avalloc Maelstronnar. Con voce amplificata dal potere del vento egli chiese: «Siete disposti a parlamentare?»

Alle orecchie degli umani giunsero suoni di acque impetuose e ali sbattute, ed unite a quel potente sospiro si udivano voci aspre che pronunciavano parole in una lingua sconosciuta; Glashtinsluight ny beealeraght lesh sheelnaue.

Cosa significasse, nessuno era in grado di dirlo, ma tutti percepirono una negazione, un rifiuto. Non ci sarebbe stata alcuna discussione.

Sopra di loro si ammassavano cupe nubi, e uccelli d'ombra volteggiavano minacciosi. Come un sol uomo i goblin gettarono via i propri mantelli, che volarono via e sembrarono fondersi con la notte stessa, un gesto che indicava senza alcuna possibilità di errore che erano pronti alla battaglia.

Avalloc ritornò a fianco di Asräthiel, e i due maghi ricominciarono in fretta a mormorare comandi e tracciare segni arcani. Tirarono a sé fili invisibili, spostarono delicati equilibri e fecero crescere determinate forze, mentre altre si acquietavano. Vortici d'aria li avvolsero nei propri mulinelli, soffiando loro i capelli in faccia e agitandone le mantelle. Stavano richiamando un'immane tempesta che schiacciasse i cavalieri goblin, e di certo non sarebbe stato un normale fenomeno atmosferico. Si scatenò un vento furibondo che sollevò i frammenti dorati dalle casse aperte in spirali ascendenti, risucchiandoli fra le nuvole gonfie, da cui poi si liberarono improvvisi scrosci di forte pioggia.

A cadere dal cielo erano frammenti sottili come fiocchi di neve e sfere irregolari dure come grandine, eppure non si trattava né di neve né di grandine, ma di scaglie di foglia d'oro e perle dorate; una tempesta di monili. Quando furono colpiti da questi frammenti, i cavalieri goblin si ritrassero come toccati da ferri roventi ed alcuni urlarono, mentre le loro armature e la loro carne fumavano nei punti toccati dall'oro. I destrieri demoniaci si alzarono sulle loro lunghe zampe e i coboldi lanciarono ai propri padroni i loro scudi, così che si potessero proteggere. Nonostante questa sorpresa i cavalieri caricarono comunque, incuranti della raffica di proiettili dorati; le criniere dei trollhästen al galoppo lasciavano dietro di loro scie come di vapori di smeraldo, mentre la fanteria cobolda balzava avanti all'attacco, brandendo forconi, artigli e speroni.

I trombettieri suonarono, riempiendo l'aria di suoni limpidi e chiari come il cristallo. Re Warwick e le sue divisioni guidarono la carica mentre le armate di soldati umani si riversavano sulla brughiera con suono tonante per affrontare le orde unseelie.

La battaglia infuriava, cacofonica come l'eruzione di un vulcano, fra i gemiti di venti artificiali, rombi di tuoni che scuotevano le colline fino alle fondamenta, grida di guerra urlate dai soldati e fragore di armi incrociate. Dal punto sopraelevato in cui si trovavano, i maghi riuscivano a vedere tutto il campo di battaglia, decidendo di volta in volta dove fosse meglio scagliare le loro folgori e venti burrascosi, o dove far piovere le salve d'oro autunnale.

I cavalieri goblin combattevano con gelida precisione, schivando i proiettili dorati dei maghi con una velocità inumana ed una potenza straordinaria, come predetto da Avalloc. Tanto rapidi erano i loro movimenti che agli occhi umani apparivano sfocati, quasi invisibili, come le velocissime ali di un colibrì, così che era quasi impossibile colpirli. Contro un tale avversario, gli esseri umani avevano ben poche speranze.

L'assoluta maestria in combattimento degli wight era già sufficientemente innaturale, ma ancora più inquietante era il fatto che molti di loro cantavano con voci dure e grezze nell'eseguire il loro sanguinoso compito, come se ricavassero gioia da ciò che facevano e desiderassero cantarne le lodi. Sebbene non cantassero all'unisono, le loro singole voci si univano in un'armonia elettrica; una musica selvaggia e spaventosa, che trionfava con giubilo del sangue versato, eppure, come molti altri loro tratti, stranamente piacevole. Sembrava che con la loro musica volessero vantarsi di quanto si sentissero sicuri di sé, al punto da potersi permettere di usare il fiato per divertirsi a cantare a loro piacimento. Se si trattava di una tattica per demoralizzare gli avversari, era decisamente ben studiata. I loro avversari, di contro, potevano solo ansimare, sbuffare e grugnire dalla fatica.

Nonostante tutti gli sforzi dei signori del clima e tutte le astute strategie messe in atto dai comandanti sul campo, nonostante la maestria e l'esperienza dei cavalieri di tutti e quattro i regni e la forza ed il coraggio delle truppe, nonostante superassero di quattro a uno i propri nemici, i soldati di Tir continuavano a venir abbattuti come mosche. Il loro contrattacco fu respinto e ad esso seguì l'avanzata delle orde, accompagnata dai loro canti; grande fu il massacro, quella notte, sulle Brughiere Tempestose, e i maghi vi assistettero dall'inizio alla fine. Fermo nell'occhio del ciclone, Avalloc Maelstronnar manipolava i venti, e le sue guance scavate erano rigate di lacrime.

Sembrava inevitabile che la notte dovesse concludersi in sanguinosa rovina, e che l'alba sarebbe sorta sulla spaventosa immobilità del massacro completo, ma un aiuto giunse inaspettato. Tutto a un tratto, quando avevano a portata di mano la vittoria definitiva, i cavalieri goblin si ritirarono dal campo di battaglia e si diressero a nord, scomparendo alla vista. Ancora una volta gli wight si comportavano come se, nella loro brama di vendetta, stessero giocando coi propri avversari, lasciando credere agli esseri umani di avere qualche speranza di salvezza, solo per poter poi tornare a tormentarli nuovamente. Era fuor di dubbio che questi campioni di malvagità potessero schiacciare le truppe umane in qualunque momento, eppure si trattenevano dal vibrare il colpo di grazia, come se volessero godersi il momento, deliziandosi nel prolungare le sofferenze delle loro vittime inermi.

Le nebbie dell'alba si levarono dal campo di battaglia come un oceano spettrale, sommergendo le basse costruzioni in pietra, i fiori schiacciati e gli uomini caduti. Esausti e col cuore pesante, i soldati di Tir si ritirarono, portando con sé i feriti, i morenti e i morti.

I petali del mattino si aprirono come un dente di leone fiorito.

«La genìa dei goblin non sopporta la luce del giorno», ripetevano tutti, aggrappandosi agli ultimi brandelli di speranza. «Saremo al sicuro fino al tramonto, se non altro.» Evitavano tuttavia di parlare delle nebbie sovrannaturali che velavano la luce del giorno.

Le conoscenze sui goblin erano diventate l'argomento più discusso, e nessuno era più esperto di Avalloc Maelstronnar riguardo a quegli wight, eccetto forse Asräthiel, cui egli aveva insegnato molto, durante quei momenti che erano riusciti a ritagliarsi per le proprie discussioni private. Molte cose egli aveva scoperto nei tomi di storia custoditi alla Piana dei Frassini; le precedenti generazioni di signori del clima avevano incontrato i goblin in svariate occasioni, nei tempi andati, e l'anziano mago si era prefisso il compito di diffondere la verità in merito.

«Signore delle Tempeste», lo apostrofavano spesso i soldati, mentre Avalloc girava fra le tende aiutando nelle cure dei feriti, «perché i goblin hanno l'aspetto di uomini? Ci era stato raccontato che erano creature basse e brutte d'aspetto, simili agli spriggan, ai bogles o ai coboldi blu.»

«In seguito alle invasioni dei goblin, gli uomini raccontarono molte storie per ridimensionare il nemico sconfitto», spiegò il mago per l'ennesima volta, con la consueta pazienza. «Le nostre leggende dipinsero i goblin come mostri rachitici e repellenti, poiché l'umanità trovava conforto nel farsi beffe di una minaccia ormai passata.»

Per contrastare la stanchezza che attanagliava le truppe, l'anziana Lidoine Galenrithar aveva fatto preparare barili di decotti erboristici rinvigorenti. Salutò il Signore delle Tempeste mentre si affaccendava a distribuire il preparato, accompagnata da tre assistenti e da un farmacista. Egli rispose, notando solo in seguito le profonde rughe d'angoscia che le solcavano il volto. La donna sembrava essersi ingobbita, come se le spalle le fossero state piegate dal peso della morte cui aveva assistito. La battaglia aveva avuto un prezzo terribile – migliaia erano i morti, e i feriti un numero incalcolabile.

Il Signore delle Tempeste era più abile della nipote nelle arti mediche, poiché Asrăthiel, essendo incapace di provare dolore, faticava ad entrare in sintonia con le sofferenze dei suoi pazienti. Per questo motivo egli si occupava di seguire l'opera delle guaritrici e dei farmacisti, mentre ella presenziava agli incontri con i comandanti militari delle terre unite. Le chiesero di riferire loro tutto ciò che sapeva riguardo ai goblin, e nel farlo le ritornò in mente un'occasione in cui si era trovata a sedere con William nei giardini del castello di Wyverstone. Avevano avvistato un uccello bianco e nero, che William aveva chiamato gazza, ma per cui lei aveva un nome diverso. Il principe aveva quindi commentato: «Ho sentito dire al mio vecchio tutore che in alcuni casi uno stesso nome viene dato a specie completamente differenti in diverse parti del territorio, così che si fa spesso confusione.»

Ripensandoci, Asrăthiel recriminava: *Quant'è vero! In passato abbiamo dato a questi guerrieri dall'aspetto umano lo stesso nome dei minuscoli demonietti bestiali che abitano le foreste e ingannano i viandanti, vendendo frutti incantati ai viaggiatori incauti. . .*

«Lady Asrăthiel, in che modo furono imprigionati i goblin? Come hanno fatto a liberarsi?» le chiesero.

«Molto tempo fa, in seguito al rovesciamento del Re dei Goblin, Lord Avolundar respinse gli wight sotto le montagne, dove li sigillò con valanghe di pietre attraversate da vene auree e ricoperte di foglia d'oro. Riguardo come abbiano fatto a liberarsi. . .» la giovane scosse la testa, «non ne abbiamo idea.»

«È vero che non sopportano la luce del giorno?»

«Si pensa che possano essere in grado di tollerare il tocco dei raggi solari», rispose Asrăthiel, «ma che preferiscano la luce di luna e stelle. Quando il sole è alto nel cielo essi cercano rifugio all'ombra delle nuvole o evocano nebbie con cui farsi scudo.»

«In tal caso, è possibile che attacchino durante il giorno?»

«È poco probabile, ma restate all'erta.»

Più tardi, quando si trovò in compagnia della nipote, il Signore delle Tempeste si confidò con lei: «Le orde non hanno alcun bisogno di tentare un assalto diurno, dal momento che sono in chiaro vantaggio e possono sconfiggerci quando vogliono.»

«I migliori strateghi di Tir non sono ancora riusciti a produrre alcuna tattica che possa portarci alla vittoria», disse Asrăthiel. «Nonno, Lamafulva è l'ultima speranza che ci resta. Dobbiamo guadagnare tempo, almeno per tenere a bada il nemico quanto più a lungo possibile. Sono decisa a impugnare la spada, che Desmond Brooks mi ritenga pronta o meno.»

Avalloc, dopo una certa esitazione, annuì: «Molto bene, figlia mia. Fa come hai detto. Tuttavia acconsento solo perché mai più di ora ne abbiamo avuto bisogno.»

Il museo privato del re al Castello di Wyverstone ospitava sette corredi di armature complete ricoperte d'oro, che stavano ora venendo rapidamente trasportate all'accampamento nella brughiera. Queste corazze erano state create molto tempo addietro, durante le guerre contro i goblin, quando si scoprì che le armi soprannaturali dei goblin non erano in grado di scalfire il metallo dorato. Gli armaioli reali offrirono questo corredo da battaglia ad Asrăthiel, la quale, accortasi che gli artigiani erano ignari della sua invulnerabilità, confessò loro: «Ritirate pure queste protezioni, non mi servono.»

Si vide poi che in ogni caso non avrebbe potuto indossare nessuna delle sezioni delle armature, dal momento che il suo corpo era troppo sottile. Anche Avalloc rifiutò le corazze, che furono a quel punto indossate da Re Warwick, dai suoi figli e dal Cavalier-Comandante della Compagnia della Coppa, i quali si rinchiusero nella gloriosa lucentezza dell'oro antico, come mitologiche creature protette da conchiglie emerse dalle proprie cripte negli abissi dell'oceano. Le altre armature vennero inviate in dono a Thorgild.

Giunsero notizie dalle isolate e tetre segrete dell'Obelisco, portate dal Comandante Conall Gearnach. Le condizioni di salute del sovrano di Ashqalêth si erano andate progressivamente aggravando, a seguito della sua recente deposizione, finché egli non era infine spirato, sopraffatto dalla malattia. Il corpo di Chohrab Shechem II era stato prelevato e stava venendo trasportato verso il suo regno desertico, dove sarebbe stato poi sepolto. Ronin, seguendo i desideri propri e dei suoi fratelli, aveva in seguito chiesto a Gearnach di rilasciare loro padre, incarcerato in circostanze tanto ignominiose.

In molti si chiesero perché il principe fosse tanto incline alla magnanimità, ma essi non sapevano quanto a lungo avesse parlato con sincerità con la Regina Saibh, prima di fare tale richiesta.

«Ho abbandonato la mia rabbia, Madre» le disse. «Non provo alcuna gioia nella vendetta. Mio padre ha commesso crimini imperdonabili, è vero, ma non posso cancellare dalla sera alla mattina la mia inclinazione a vederlo con reverenza.»

Gli occhi della regina dimostravano con le lacrime di cui erano colmi quanto fosse vicina alle emozioni del figlio.

«Parrà strano, ma in un certo senso» continuò Ronin, parlando con esitazione, come sforzandosi di decifrare i propri pensieri, «è come se avessi due padri – uno che esiste solo nell'immagine che ne ha la mia mente, verso cui non provo che deferenza e devozione, su cui ho costruito tutto ciò che sono. . .»

«L'uomo che tu desideravi tuo padre fosse, e in cui hai tentato tanto disperatamente di aver fede» disse Saibh.

«Ciò nonostante, Madre, esiste l'uomo reale, che è al di là di ogni redenzione e su cui non ho alcun desiderio di poggiare mai più lo sguardo. E pure quest'uomo rappresenta l'incarnazione del padre ideale che porto nella mente, e, per quanto assurdo, fatico a separare i due.»

«Poche cose gettano l'animo nell'incertezza come il vedere ciò in cui si crede venire così radicalmente sconvolto» convenne la madre, «Io lo so bene. Ci vorrà ancora del tempo perché la verità ti colpisca davvero, e anche allora continuerai a sentire la mancanza di quel padre che volevi. La sentirai con tanta forza che non smetterai mai di cercare di ricostruire quell'immagine nella tua mente e di tentare di adattare l'uomo reale a quello ideale, nonostante la realtà continui a offrirti prove del contrario.» Il bordo inferiore dei suoi occhi era imperlato di lacrime. «Tutti coloro che mi conoscono bene sanno anche quanto profonda sia la mia compassione, ma perfino io non riesco a trovare nel mio cuore alcuna pietà per Uabhar. Se, tuttavia, figlio mio, la tua ragione è in guerra col tuo cuore, fa' come ritieni giusto. Se il tuo desiderio è di chiedere clemenza per tuo padre a quell'infame di Gearnach – possano i Fati maledirlo – io non ti ostacolerò.»

Conall Gearnach ordinò, sotto richiesta di Ronin, la liberazione di Uabhar, mostrando tempra d'animo e carità sconfinate. Il re deposto fu portato a Winterbourne, dove venne messo agli arresti e confinato nelle sue stanze, situate negli appartamenti fortificati fra le mura di Torre Essington.

Asrăthiel non riusciva a trattenere la propria irritazione, sapendo che il tiranno che aveva ordinato lo sterminio dei suoi compagni avrebbe scontato la sua prigionia fra agi e lussi, per quanto si rendesse conto che non poteva essere altrimenti. Uabhar non era più re, ma aveva sangue reale e di conseguenza sarebbe stato trattato come un membro della famiglia reale. Tanto i re quanto i re deposti godevano di un privilegio di nascita, indipendentemente da quanto raccapricciante fosse il crimine da loro commesso. Più di chiunque altro erano i loro pari a riconoscere questo fatto, poiché essi ben sapevano che se colui che aveva seduto sul trono di un regno poteva essere messo in ceppi e lasciato a marcire in una cella umida, ne conseguiva che il più alto dei ranghi era soggetto allo stesso fato del più basso fra tutti, e così la sacralità dei re sarebbe stata cancellata. Un re deve essere imprigionato come si confà al suo rango, ed anche l'esecuzione di un re deve preservarne la dignità. Nessun re nella storia di alcun regno era mai stato lasciato a penzolare dalla forca – le teste coronate venivano separate dal rispettivo corpo durante cerimonie private da lame del miglior acciaio.

Privi dell'abilità e dell'istinto necessari ad organizzarsi in una forza coesa sotto un unico comandante, i Predatori avevano preso ad aggirarsi per le campagne. I rapporti che giungevano dal vicino campo di battaglia parlavano di masnade che strisciavano per le Brughiere Tempestose lanciandosi su ogni singolo frammento d'oro che trovavano fra il sangue, le mosche, la fanghiglia e i cadaveri. Un altro dei loro bersagli erano le spade dei goblin, che si era scoperto essere in grado di perforare l'acciaio come se fosse burro, ma pareva che non se ne trovassero da nessuna parte. Gli arcieri di tutti e quattro i regni, disgustati da quel comportamento opportunistico, tiravano sui razziatori senza esitare. Ora che Uabhar era stato deposto, i Predatori erano tornati ad essere bersagli, e qualsiasi accordo segreto potessero aver stipulato con Slievmordhu, era ormai considerato nullo.

Asräthiel prestava assai poca attenzione a quei rapporti. La spaventosa carneficina operata dai goblin la rivoltava nel profondo e rinforzava il suo desiderio di proteggere la gente di Tir da quella catastrofe. Ancora sconvolta dal massacro cui aveva assistito la sera precedente e in pena per la sorte infausta dei suoi compagni assassinati, passò quel calmo interludio non a riposare, ma bensì ad esercitarsi con la spada Lamafulva.

Lei ed Avalloc erano alloggiati, insieme ai nobili e ai principi di Narngalis, in un imponente maniero sul limitare della brughiera, dove le lande coperte d'erica si approssimavano ai declivi di una foresta di pini spazzata dai venti. La Casa dei Cento, affiancata da torrioni e coperta d'edera, era una delle residenze estive di Re Warwick. Poco dopo il sorgere dell'alba, la giovane si recò alla sala da ballo per allenarsi negli esercizi di spada. Non si sarebbe allenata con il maestro di spada – Lamafulva era troppo pericolosa per essere usata in combattimenti simulati – ma era conscia di doversi abituare al peso dell'arma, al suo bilanciamento e a tutte le sue caratteristiche, prima di scendere sul campo di battaglia con quella potente reliquia.

Ad una estremità del salone v'era un piccolo gruppo di persone che, non riuscendo a riposare dopo la precedente notte di rovina e terrore, si erano radunate a osservare da lontano. Il re e i suoi figli erano lì, così come Avalloc Maelstronnar, il maestro di spada di Alta Darioneth Desmond Brooks con il suo apprendista, il Cavalier-Comandante della Compagnia della Coppa Sir Huelin Lathallan e svariati ufficiali della guardia reale. Tutti erano ben svegli, non rinvigoriti dal sonno ma caricati da un'energia irrequieta. La tensione e la sorpresa li tenevano sull'attenti. Il mondo era diventato tutto a un tratto un luogo molto diverso; non ci si poteva più fidare di nulla, quando i goblin si scoprivano essere impensabilmente belli, le armi d'acciaio si rivelavano inutili e l'intera umanità, che fino a quel momento aveva resistito indomita, vedeva il massacro avvicinarsi.

Asräthiel avrebbe compiuto i suoi esercizi sotto lo sguardo attento del maestro di spada. Nell'attendere il segnale dello spadaccino con il fodero tenuto fra le mani tese, la giovane maga si trovò a riflettere: *Solo chi possegga il bri del controllo del clima può sfruttare appieno il potere di Lamafulva, e fra tutti i signori del clima rimasti in vita, solo io mi sono già esercitata con quest'arma. È assai strano pensare che un tempo impugnare questa spada d'oro ed elettro era per me un semplice passatempo, una cosa che desideravo fare perché ne ero affascinata – ed ora mi trovo con questo peso gettato sulle spalle e devo brandire questa spada contro la più pura malvagità. Difendere l'umanità e uccidere i cavalieri goblin; questo è lo scopo per cui Lamafulva è stata forgiata.*

Afferrò saldamente il fodero. Gli spettatori si mossero leggermente, scossi da un tremore. Fino a quel momento avevano osservato solo di sfuggita ciò che stava accadendo, essendo impegnati a discutere di importanti questioni militari, ma la loro attenzione si spostò sulla giovane.

Quando la spada venne sfoderata, agli osservatori sfuggì un sussulto.

Lamafulva splendeva. Particole di luce attraversarono corsero sulla lama per tutta la sua lunghezza. Asrăthiel impugnava saldamente l'arma, osservando con rinnovata meraviglia la lama scanalata e le rune di gramarye in essa incise. Le parole di un'antica canzone le richeggiavano nella mente: *"E di un potere terribile impregnò quell'affilata lama su cui scrisse, affinché ognuno leggere potesse: Mé maraigh bo diabhlaìocht, – Dei goblin io sono il flagello."*

"Mé maraigh bo diabhlaìocht," sussurrò fra sé e sé. La spada sembrava al contempo star rilasciando ed attirando calde scintille di polvere luccicante d'oro bianco, tanto che l'intera arma ne era circondata come da una nuvola. Altre spade famose potevano essere incredibilmente belle, ma nessuna di esse avrebbe mai potuto reggere il confronto con Lamafulva.

La giovane soppesò l'elsa nella propria mano e la mosse, fendendo l'aria con la spada. La lama attraversò l'aria con un suono simile al vento che soffia fra corde d'arpa tese o fra il sartiame di una nave, ma immediatamente dietro questa litania agghiacciante si udiva una seconda lievissima nota, simile al respiro corale di voci limpide e selvagge che intonino un canto senza parole. A questo suono si accompagnò l'inquietante sensazione che il mondo avesse improvvisamente rallentato, solo per un istante. *Com'è strana e selvaggia questa melodia, sussurrò Asrăthiel fra sé e sé, questa canzone di sangue mormorata dal vento contro il filo della lama.* Aveva già avuto esperienza di questi fenomeni, quanto aveva preso in mano la spada, ma non si erano mai manifestati con tanta forza e tanto rapidamente. Forse le rune di gramarye incise lungo la lama stavano risvegliandosi, ora che i goblin erano vicini. *Mé maraigh bo diabhlaìocht, – Dei goblin io sono il flagello.*

I classici consigli del maestro di spada attraversarono la mente di Asrăthiel.

"Ricorda – perché l'affondo sia davvero efficace devi imprimervi forza usando spalle, busto e gambe per mettere tutto il peso del tuo corpo dietro l'arma."

«Taglio a girare!» esclamò, vibrando un affondo ad altezza testa verso un nemico invisibile. Quando fu certa che il fulcro della lama aveva oltrepassato la spina dorsale dell'avversario dette un colpo di polso, portando la lama a trovarsi perpendicolare rispetto al corpo del suo bersaglio e direttamente dietro il suo collo. A quel punto arretrò repentinamente, piegandosi all'indietro come per schivare il colpo dell'avversario e contemporaneamente spostando la propria lama verso il proprio corpo. Una testa invisibile volò via, spiccata da un collo altrettanto invisibile, e cascò silenziosamente a terra.

Asrăthiel ritornò in equilibrio nella posizione neutra, con l'arma lucente puntata verso l'esterno come un fascio orizzontale di luce solare vivente. Non una singola parola si alzò dal gruppo di spettatori, spingendola a chiedersi se non avesse sbagliato qualche passaggio, almeno finché il maestro di spada non iniziò un applauso, rendendo evidente che gli astanti erano semplicemente sbalorditi e la stavano osservando con grande stupore.

«Una decapitazione eccellente» commentò Desmond Brooks con ammirazione. «Peccato che sia a stento riuscito a vederla. Devo farti i miei complimenti, mai ho visto una tale velocità! O meglio» aggiunse, in tono più sommesso, «non prima della scorsa notte.» Detto ciò, il viso gli si illuminò. «Forse ciò che si dice di Sioctíne corrisponde effettivamente a verità.»

«Io ne sono certa» disse Asrăthiel, osservando assorta la morbida luminosità della lama che stringeva in mano. «È in grado di alterare lo scorrere del tempo. Potrei azzardare che è in grado di fendere le particelle stesse di cui il tempo è composto. Questa è la sensazione che mi dà.»

Lo spadaccino le si avvicinò e le si rivolse in tono più serio. «Un combattente più massiccio e più forte ha un grande vantaggio. Allo stesso modo è avvantaggiato chi ha una portata più ampia o una maggior velocità. Per questo motivo tu devi essere più veloce. Non affidarti esclusivamente ai poteri della lama, devi sviluppare riflessi fulminei, un equilibrio perfetto e una resistenza ineguagliata. La tua capacità di sopportare il dolore è per natura maggiore di quella di qualunque creatura mortale, ma devi anche essere più astuta del tuo avversario, più abile e in forma migliore.»

«E più fortunata.» Aggiunse Asrăthiel.

«Se il tuo nemico è significativamente più grande di te non puoi permetterti di lasciarlo avvicinare, perché questi si limiterebbe ad allontanare la tua spada ed abbatterti, e sta' pur certa che i guerrieri unseelie con cui abbiamo combattuto la scorsa notte non erano certo dei nanerottoli.»

«Deviare un colpo di Lamafulva non sarebbe certo un'impresa facile», rispose la giovane. «Questa lama è tanto affilata che sono pronta a scommettere sarebbe in grado di tagliare via l'ombra dai piedi di una persona. Ho sentito dire che combattere con lo spadone equivale a cercare di uccidere l'avversario per gradi, dato che è più facile menomare un arto piuttosto che riuscire a dare un colpo letale. Ritengo che Lamafulva, invece, possa uccidere a colpo sicuro anche con l'affondo più leggero.»

«Forse è così», rispose pragmatico Brooks, «ma chi si affida alla propria arma prima che al proprio addestramento commette un errore. Tutto si riduce a riflessi ben allenati, poiché un combattimento si svolge troppo velocemente perché ci si a tempo per pensare. Dal momento in cui si inizia a scambiarsi i colpi il combattimento, in genere, dura assai poco. È il tuo corpo a reagire e a lasciarti sconfitta o trionfante. Ora ricomincia ad allenarti!»

La giovane non ebbe bisogno di ulteriori incoraggiamenti e passò l'intera mattinata a fare pratica. Il gruppo di astanti si disperse gradualmente; ciascuno aveva i propri impegni a cui pensare e nessuno aveva tempo da poter sprecare oziosamente. Tutti dovevano prepararsi per l'arrivo del tramonto – poiché quella notte sarebbe potuta essere l'ultima per tutti loro. Asrăthiel rappresentava la loro più grande speranza – forse la loro ultima speranza – ma era necessario fare tutto il possibile per essere d'aiuto.

Le truppe di pattuglia di ritorno dal confine a nord riferirono di non aver visto alcun segno della presenza dei cavalieri goblin, perciò, dopo essersi concessa un poco di ristoro quando il sole ebbe raggiunto lo zenit, Asrăthiel continuò ad allenarsi con la spada per tutto il pomeriggio.

Avalloc fece il suo ingresso nella sala da ballo mentre le ombre iniziavano ad allungarsi. «Misura i tuoi sforzi, figlia mia!» la esortò. «Riposati, poiché se i goblin ritorneranno stanotte avrai bisogno di tutte le tue forze.» Egli aveva detto "se", come a sottolineare la sua speranza, ma era evidente che intendeva dire "quando".

Asrăthiel esitava a interrompere gli esercizi, ma si lasciò infine convincere a rinfoderare la spada dorata e a tentare di seguire il consiglio del nonno. Non le riusciva facile, tuttavia, rilassarsi. Si sentiva l'animo rimescolato dall'agitazione, poiché se i cavalieri goblin fossero ricomparsi dopo il tramonto si sarebbe trovata davanti ad una sfida ardua come mai ne aveva affrontate. Con Lamafulva in mano, sarebbe scesa in campo per scontrarsi con l'orda unseelie, e si sarebbe perciò trovata a dover abbattere creature di aspetto umano.

Fino a quel momento le era capitato al massimo di trovarsi a colpire Desmond Brooks con una spada di legno o ad affondare uno stocco nel cuore di un manichino da allenamento. L'idea di spegnere una vita la riempiva di disgusto, per quanto si trattasse della vita di creature che avrebbero continuato ad esistere, in una forma diversa ed inerme. Sapeva, tuttavia, di non potersi sottrarre al compito.

Si costrinse ad entrare nello stato d'animo necessario ad uccidere richiamando alla mente i volti dei profughi nelle strade di Winterbourne e le immagini dei corpi sventrati trovati nelle cantine di Silverton. Parve sufficiente a rinfocolare la sua determinazione, ma come poteva essere certa che avrebbe superato quella prova finché non si fosse trovata davanti alle orde. Nel momento in cui si fosse trovata davanti ad un guerriero, magnifico nel suo vigore e nella sua forza, con gli occhi accesi dal fuoco della vita e dell'intelligenza, sarebbe allora riuscita a affondargli la lama nel cuore? Oppure avrebbe lasciato cadere l'arma e sarebbe scappata? Forse il pensiero di un atto tanto contrario alla sua morale si sarebbe rivelato troppo per lei.

Dopo cena, inquieta e nervosa, la giovane decise di fare una passeggiata nel parco alberato dietro la magione. Vi andò da sola, evitando la compagnia di altre persone, poiché desiderava riflettere in silenzio e senza distrazioni. Non c'era pericolo a passeggiare lì, dal momento che tutto il parco era circondato da sentinelle sempre vigili e l'intera area era stata passata al setaccio in cerca di qualunque presenza sospetta. Re Warwick e il suo casato erano ben protetti e il sole era ancora alto nel cielo.

Non indossava mantelli, ma solo un vestito composto da strati di gonne tinte delle tonalità tipiche dei signori del clima; grigio tortora, grigioblù, color cenere, toni acciaio e ardesia, tutti ricamati con filo d'argento. La spada dorata, al sicuro nel fodero che portava al fianco, le batteva contro la coscia ad ogni passo. Sin dal mattino aveva avuto cura di tenere Lamafulva sempre sott'occhio. Anche mentre camminava fra i pini piegati dal vento, immersa nei suoi pensieri, le sue dita si trovavano a cercarne l'elsa per accarezzarne i disegni intricati incisi su quei metalli elementali. Aveva in animo di esercitarsi un'ultima volta nel combattimento, da sola, prima della battaglia.

I suoi piedi calpestavano il morbido tappeto di aghi che copriva il terreno, impedendo alle erbacce di crescere e riempiendo l'aria della fragranza dei pini. Dalle fronde verde scuro pendevano gruppi di pigne. In mezzo alla foresta di tronchi coperti da corteccia ruvida, Asrăthiel intravide un luccichio d'acqua in un avvallamento e deviò dal suo percorso, dirigendosi verso la pozza. In alto nel cielo, filamenti di nuvole sfumavano dal bianco al blu acquerello mentre il bordo inferiore del sole si avvicinava alle colline lontane, dando all'orizzonte occidentale una brunitura come di rame. In quella zona del mondo, specialmente in quella stagione e a quell'ora, il tramonto si trascinava a lungo, tanto che Asrăthiel aveva l'impressione che le sere d'estate congelassero lunghi momenti nell'eternità, in cui il mondo intero si fermava per assistere al bacio fra sole ed orizzonte, da cui sgorgava un torrente di luce calda del colore dell'idromele. La giovane viandante alzò gli occhi socchiusi per guardare attraverso l'intrico di rami pendenti, verso le lunghe strisce di nuvole che andavano tingendosi dei colori del tramonto. Sapeva che si stavano formando lungo il confine superiore di un fronte nuvoloso posizionato tanto in alto da essere composto esclusivamente da cristalli di ghiaccio. I suoi sensi arcani la avvertirono dell'arrivo di un principio di depressione; dalla Casa dei Cento suo nonno e gli apprendisti stavano manipolando il brí, lavorando per operare un grande cambiamento sul clima.

Una brezza proveniente da sud-est attraversò la foresta, portando con sé una voce familiare.

«È vero, siamo i senza-morte, ma ogni altra cosa, in un modo o nell'altro, ha un principio e una fine.»

Di fianco alla pozza, l'urisk sedeva fra le radici contorte di uno degli alberi più antichi. Asrăthiel sentì parte del suo animo esultare, e quasi si mise a saltare di gioia.

Gli occhi penetranti del wight erano fissi su di lei in uno sguardo curioso; se dietro di esso vi fosse gioia, rabbia, dolcezza, rapacità o qualcosa d'altro, lei non era in grado di dirlo. «E, col susseguirsi dei millenni», continuò, senza accennare alcun saluto, «cinque milioni di millenni, per la precisione, quando il sole sarà esploso e questo mondo non sarà più nulla, nemmeno una palla di pietre riarse scagliata da qualche parte nel firmamento, cosa saremo allora? Esisteremo forse in forma di particelle di polvere, perse in quel caos, comprenderemo, esisteremo e rimarremo a guardare la lunga e lenta morte delle stelle straziate, finché non resterà nulla se non la gelida oscurità in cui rimarremo sospesi, polvere immortale in una notte eterna . . .»

Lo specchio d'acqua immobile tratteneva in sé l'immagine dell'urisk ammantato di tenebre, oltre a fare da specchio per l'albero venerabile su cui esso sedeva. La creatura voltò la testa per osservare il riflesso. «Tu sei l'unica, fra gli esseri umani, ad essere nata immortale», le disse, «il che fa di te una creatura unica. Tu non hai nessuno da poter chiamare tuo simile. Perfino tuo padre, da cui hai ereditato il dono della vita eterna, non lo possedeva dalla nascita, l'ha acquisito. Tu sei unica. E sola.»

La giovane annuì. Era abituata agli strani comportamenti dell'urisk, e il suo umore malinconico non era sufficiente a smorzare la gioia che provava nel rivedere il suo compagno. «È così», convenne. «Non è cosa facile da sopportare, ma è così.»

«Anche io sono solo, non esistono altri come me. Non siamo così diversi l'uno dall'altra, noi due.» Di nuovo il suo sguardo si posò su di lei.

«Sei venuto da me», disse, riconoscendogli di aver mantenuto la promessa fatta, «nella mia ora più buia. Passata questa notte potrei non vederti mai più. Io sono invulnerabile, ma i miei simili non lo sono, e qualora non fossi in grado di proteggerli non resterebbe nessuno a proteggere me da un destino di eterna prigionia. Mi rallegra molto che tu sia qui, poiché così ho la possibilità di salutarti un'ultima volta. Se non dovessimo rivederci mai più, sappi che» – si trovò improvvisamente a incespicare nelle parole – «sappi che mi mancherai.»

Nel dire ciò si trovò a non riuscire a guardare negli occhi il wight. Si stava facendo forza per esprimere i suoi sentimenti perché le sembrava la cosa giusta da fare, ma senza motivo apparente si sentiva imbarazzata e snervata, specialmente dopo aver pronunciato quelle ultime quattro parole. Sentì il volto avvamparle e improvvisamente desiderò di trovarsi molto, molto lontano. Il campo di battaglia le parve tutt'a un tratto una sfida di gran lunga preferibile rispetto all'avere a che fare con quella creatura bizzarra e imprevedibile.

Asrăthiel si arrovellò, frugando nella mente alla ricerca di un piccolo dono che potesse dare, per suggellare la propria amicizia e spostare l'attenzione da quell'argomento. Chiuse le dita attorno al monile che portava al collo e si disse *Perché no?* Aperto il gancio della collana, tese la mano ed offrì quella pietra luminosa al wight. Non era, quello, un gesto compiuto alla leggera. Non fosse stato l'urisk una sorta di cimelio di famiglia, al pari del monile, non si sarebbe mai sognata di compiere un gesto simile. In fondo era solo appropriato, si disse, che due cose tramandate di generazione in generazione fossero infine riunite.

L'urisk alzò gli occhi al cielo e sospirò. «Sei senza dubbio persistente nella tua abitudine di offrirmi doni. Molto bene, se insisti.»

Alzatosi sui suoi zoccoli, il piccolo wight le si avvicinò, e lei si chinò per porgere il gioiello scintillante alla mano della creatura.

«Non mi auguri buona fortuna prima della battaglia?» chiese Asrăthiel, rialzandosi.

«Non ti ho mai chiesto alcuno dei tuoi doni, né ero conscio del fatto che fossero accompagnati dall'obbligo di ripagarli con parole benauguranti.» L'urisk fece scivolare il gioiello in una delle tasche dei suoi vestiti sgualciti.

«Perché non c'è alcun obbligo.» Asrăthiel si accigliò, sentendosi improvvisamente sciocca, finché non si rese conto che il pungolo dell'irritazione sarebbe stata una delle cose di cui avrebbe sentito la mancanza, se non avesse mai più rivisto l'urisk. «È vero, non mi hai mai chiesto alcun dono» disse, contrita. «Non mi hai mai chiesto nulla, a dire il vero.»

«Avresti preferito che l'avessi fatto?»

«Sì.»

«Il caso vuole che sia venuto qui, questa sera, per farti una richiesta.» Disse l'urisk con noncuranza, incrociando le braccia ed appoggiandosi al tronco di un albero.

Asrăthiel non poté che essere incuriosita dalla rivelazione, considerato quanto poco si accordava con il carattere della creatura.

«Qualunque cosa», disse. «Puoi chiedermi ciò che vuoi, e se sarà in mio potere accontentarti, lo farò di certo.»

«Oh, è in tuo potere, su questo non c'è dubbio», disse l'urisk, in un tono che ad Asrăthiel suggerì che forse non avrebbe dovuto rispondere così impulsivamente. Un senso di destino incombente le strinse il cuore. *Perché gli ho promesso di fare tutto ciò che avesse chiesto? Fare un giuramento ad un wight senza specificare bene i termini! Che sciocca sono stata, questi giuramenti non si possono spezzare senza gravi conseguenze, o non si possono spezzare affatto!*

Trepidante, gli chiese: «Che cosa desideri che io faccia?»

«Vorrei che mi facessi un ultimo favore.»

Ella annuì.

«Sfodera la spada e decapitami.»

Ventun corvi si levarono in volo, stagliandosi contro uno sfondo di scie di vapori focati e lanciando le loro grida rauche a cozzare con il dolce respiro del vento fra i sempreverdi.

«Mai!» esclamò Asrăthiel, sconvolta e pietrificata dall'orrore.

«Mi hai dato la tua parola.»

«Ma perché?» sbottò la giovane, la voce carica di angoscia, allontanandosi dallo wight come farebbe un uomo davanti ad un infetto di peste.

«Ti ho chiesto di farmi un semplice favore, non di tempestarmi di domande!» rispose freddamente l'urisk. «È tanto difficile accontentarmi?»

«Lo è! Per quale motivo potresti voler essere trasformato per sempre in una mosca, una formica o –» esitò, cercando le parole – «o un qualche grumo di materia senza nome che si contorce nell'humus?»

«Pensi che l'esistenza come essere senziente mi dia gioia? Hai idea di quanto a lungo ho vissuto? Riesci a comprendere cosa significa dover sopportare l'interminabile avanzata dei millenni?»

«Non puoi chiedermi questo.»

«È ciò che ti ho chiesto.»

Discussero a lungo, sotto l'ombra dei pini sussurranti, mentre il rosso del crepuscolo si faceva più intenso e il sole scivolava sempre più in basso, pronto a scomparire dietro il dorso del mondo. Dopo un lungo dibattito, l'urisk riuscì infine a persuadere Asrăthiel che era suo dovere accettare il fardello che aveva essa stessa accolto sulle sue spalle. La sua parola la vincolava, e ad essa doveva sottomettersi.

«Se sei tanto determinato a prendere questa strada», disse la giovane con voce triste, «avrei almeno voluto che avessi chiesto a qualcun altro di vibrare il colpo mortale. Sei crudele, wight, poiché la tua morte lascerà in eterno un'ombra sulla mia anima.»

L'urisk non dette alcuna risposta.

«Lo farò domani» disse, tentando invano di aggrapparsi a quella scusa e muovendosi come per andarsene.

«No. Lo farai adesso.»

Asrăthiel si passò le mani fra i capelli, batté un pugno contro il tronco di un albero e prese a camminare nervosamente avanti e indietro, in modo quasi ossessivo. «Questa è la richiesta più terribile che mi sia mai stata fatta!» gridò con voce angosciata. «Davvero questa è la mia ora più buia, ma perché tu l'hai resa tale!»

«Fa ciò che devi e tutto finirà.»

«Se potessi piangere, urisk, piangerei fino ad annegare fra le lacrime.»

«Sguaina la spada.»

Asrăthiel afferrò l'impugnatura di Lamafulva, ma esitò.

Incontrando gli occhi della creatura, la giovane chiese a voce bassa: «Se devo davvero ucciderti, chiedo solo che tu non mi guardi negli occhi.»

L'urisk sostenne lo sguardo per un istante, poi si voltò.

Estrasse Lamafulva dal fodero e da essa sprizzò una cascata di scintille, che la percorse in tutta la lunghezza con un suono come di campane silenziose. Il wight socchiuse gli occhi, come se lo scintillio dell'oro gli causasse dolore, ma rimase stoicamente in piedi di fronte alla maga. La testa dell'urisk era coperta da capelli corti e ricci, che però non arrivavano a coprire il collo, né tantomeno i suoi vestiti erano provvisti di colletto. Il colpo non avrebbe trovato ostacoli. Sovvenne ad Asrăthiel che ai prigionieri destinati ad essere decapitati con un'ascia veniva fatta appoggiare la testa su un ceppo di legno per fornire resistenza al colpo. Sarebbe tuttavia stato davvero troppo angosciante dover essere costretta insieme all'urisk ad andare in cerca di un pezzo di legno adatto per facilitare l'orribile atto. Dal momento che era costretta a compiere quel gesto ripugnante, preferiva farla finita il più in fretta possibile. In ogni caso la lama dorata aveva il filo più tagliente che avesse mai visto in tutta la sua vita. Non le risultava difficile credere che fosse sufficientemente affilato da separare il tempo secondo per secondo. Avrebbe attraversato il sottile collo dell'urisk come se questi non fosse mai esistito. Asrăthiel sentì questi pensieri tanto pragmatici attraversarle la mente e a stento riusciva a credere le appartenessero, tanto profondamente essi la disgustavano.

Afferrata la spada in entrambe le mani, si preparò a colpire. Prese un respiro profondo e si concentrò per raccogliere le forze, quindi alzò l'arma e la vibrò in un ampio arco, accompagnato da un sibilo.

Aliena e selvaggia era la melodia della canzone di sangue intonata dai venti mentre il filo della lama li attraversava.

La testa cornuta dell'urisk rotolò via dal corpo.

In quello stesso istante il sole scomparve dietro l'orizzonte. Nauseata dall'orrore, Asrăthiel scappò da quella scena senza voltarsi.

Mentre terminava i preparativi per la notte che la attendeva, la mente di Asrăthiel era occupata da un ribollire di pensieri, tutti incentrati sull'urisk. Odiava sé stessa per aver fatto quella promessa e altrettanto odiava l'urisk stesso, che le aveva fatto quella richiesta, trasformandola in un'agente del suo suicidio; si sentiva consumata dal senso di colpa e schiacciata dalla sensazione di perdita che la colpivano, alternandosi come ondate a tratti calde e fredde. Per quanto si sforzasse, non riusciva a smettere di ripensare all'evento e chiedersi cosa sarebbe successo se si fosse rifiutata categoricamente. *E se...? E se invece...?* Non parlò del suo dolore a nessuno, alla Casa dei Cento, sebbene le pesasse enormemente. I suoi compagni avevano già di che preoccuparsi, e in ogni caso non c'era nessuno con cui potesse confidarsi su quell'argomento, dal momento che nessuno dei suoi amici aveva mai conosciuto il wight. Pochissime persone l'avevano mai visto anche solo di sfuggita, in effetti, e quanti avevano avuto modo di incrociarlo, come ad esempio Albiona, non l'avevano mai visto con gli occhi dell'amicizia. In aggiunta a tutto ciò, l'intera Casa era già occupata nei preparativi per la notte ed agitata dal timore per ciò che essa avrebbe portato. Per quanto tutti parlassero in toni ottimisti nessuno si faceva alcuna illusione. Era ormai certezza che la notte avrebbe portato il ritorno delle orde unseelie, e con esse il massacro che inevitabilmente le seguiva. Un minuscolo frammento della mente della giovane si domandò in quale forma senza mente fosse degenerato l'urisk, se uno scarabeo, un tafano o forse perfino una particella vivente di qualche malattia, magari la peste bovina o il vaiolo.

Le prime stelle fecero la loro comparsa mentre gli eserciti umani, già decimati, si preparavano ad affrontare l'assalto delle creature unseelie per la seconda volta. Per quanto abbattuti e terrorizzati, gli uomini si rifiutavano di cedere alla disperazione; alcuni arrivavano perfino a scherzare o cantare, fingendo una sicurezza che non possedevano per risollevare l'animo dei propri compagni. Le Brughiere Tempestose si stendevano verso nord, vuote e cariche di presagi. Gli alleati erano già in attesa e stavano facendo degli aggiustamenti all'ultimo minuto per rendere più solide le posizioni difensive.

Per buona parte della giornata, Avalloc Maelstronnar aveva profuso le proprie energie nel produrre e controllare centri di alta e bassa pressione. Una tempesta che andava formandosi a sud delle brughiere aveva cambiato direzione, iniziando a spostarsi verso nord, guadagnando impeto e massa con ogni miglio percorso.

I due maghi del clima e la manciata di apprendisti che avevano accompagnato Avalloc dalla Piana dei Frassini avevano intenzione di scagliare la tempesta oltre le piane, facendo in modo che incrociasse il cammino delle orde unseelie prima che esse potessero arrivare ad affrontare i difensori. Si sperava che i loro poteri combinati potessero essere sufficienti a intensificare la forza del vento, trasformando la tempesta in un uragano. Una manifestazione di simile potenza avrebbe potuto scagliare blocchi di grandine grandi quanto proiettili da catapulta e produrre venti abbastanza forti da sradicare alberi o demolire interi edifici. Con un po' di fortuna, la tempesta avrebbe polverizzato o quanto meno disperso i cavalieri goblin.

Il Signore delle Tempeste, tuttavia, stava cercando di fare qualcosa che normalmente avrebbe richiesto le abilità e le energie di svariati maghi del clima anziani, non di un solo mago aiutato da alcuni studenti. Se ciò non fosse bastato, egli era anche molto stanco. Asrăthiel, impegnata prima ad esercitarsi per padroneggiare alla perfezione le tecniche di spada e poi a cercare di superare il proprio orrore per ciò che aveva fatto all'urisk, aveva ben poco tempo da dedicare al rituale della tempesta.

Il cielo terso si rannuvolò e le stelle si spensero all'arrivo della nube temporalesca dal sud e le piane delle Brughiere Tempestose furono bagnate da pioggerelline sporadiche. Asrăthiel era in attesa in cima ad un piccolo terrapieno fortificato, affiancata da Re Warwick e dal Principe William. Il re aveva proibito al Principe Walter di avvicinarsi al teatro dello scontro, volendo evitare di mettere in pericolo le vite di entrambi i suoi due eredi, nonostante entrambi l'avessero supplicato di dare loro un posto sul campo di battaglia. In sella ai propri cavalli da guerra, i membri della Compagnia della Coppa aspettavano pazienti in un vigile silenzio, circondando le tre figure sul terrapieno. Il Cavalier-Comandante si era posizionato in modo da essere il più vicino possibile al suo sovrano per poterne udire gli ordini.

La maga non indossava alcuna corazza di piastre o cotta di maglia, ma solo una sopravveste di batista candida, completata da un paio di calzoni di lino sbiancato infilati in stivali alti al ginocchio. Portava i capelli composti in trecce ordinate e non portava con sé scudi. In un fodero al suo fianco destro portava un piccolo pugnale dall'impugnatura d'oro, che intendeva tenere a portata di mano nell'eventualità che la spada le venisse strappata di mano. Stringendo in pugno l'elsa, estrasse Lamafulva con cura quasi reverenziale, ben consapevole delle molte teste che si erano voltate a guardarla. La lama dorata mandava lampi di quella meravigliosa luce interiore che la animava, facendo risplendere come fili di diamanti le gocce d'acqua che le piovevano attorno.

Asrăthiel provò a far volteggiare la spada, saggiandone il peso e cercandone il punto d'equilibrio. Nel farlo sentì di nuovo il vento suonare la sua bizzarra canzone contro il filo della lama, e le sembrò che le gocce di pioggia avessero rallentato la loro caduta, come se l'aria attraverso cui si muovevano fosse diventata densa come miele. L'aspetto delle gocce di pioggia sospese, che andavano lentamente avvicinandosi al suolo la stupì enormemente. Contrariamente a quanto si aspettava non erano affatto tondeggianti alla base e appuntite in cima, la classica forma a lacrima con cui da sempre gli artisti le rappresentavano. Le gocce più piccole parevano avere una forma completamente sferica, quelle di media grandezza erano lievemente concave nella parte inferiore, mentre le gocce più grandi avevano una forma che ricordava i paraorecchie indossati dai viaggiatori durante i freddi mesi invernali – due informi masse circolari unite da un arco sottile. La spada, muovendosi, stava effettivamente alterando lo scorrere del tempo intorno a lei. Fermata la lama, la pioggia attorno sembrò accelerare improvvisamente, tornando a scendere normalmente.

Tenendo Lamafulva immobile, Asrăthiel spinse lo sguardo verso nord, oltre le brughiere coperte dall'oscurità, ma non vi era la minima traccia né dei cavalieri goblin né dei loro schiavi, eccetto forse una tenue nebbia a livello del terreno. Rinfoderò la spada.

La tempesta non raggiunse mai il suo pieno potenziale, dissipandosi prima di mezzanotte. Avalloc aveva raggiunto il limite delle sue forze e gli apprendisti non avevano abbastanza esperienza per tenere sotto controllo una massa tanto vasta ed instabile. Asrăthiel si rese conto che anche se avesse usato tutte le sue energie per contribuire al rituale di controllo del clima; una tempesta di quelle dimensioni non sarebbe mai potuta essere richiamata e controllata senza lo sforzo collettivo di tutti i Consiglieri di Ellenhall. Con il placarsi dei disturbi atmosferici, i cieli si schiarirono e la fredda luminosità delle stelle illuminò i campi, accompagnata dalla luce della luna, alta nel cielo come un pallido opale.

Fu solo nel vedere la luna sorgere che Asrăthiel si rese conto di aver lasciato il monile bianco datole da sua madre fra i pini, col corpo decapitato dell'urisk – o con il ragno rigonfio o la formica strisciante, qualunque cosa egli fosse diventato. Per qualche ragione, la perdita di quel prezioso le sembrava secondaria rispetto a quella del suo compagno eldritch, colui che si era dato il nome di Fiore di Cardo.

Giunsero a mezzanotte.

Per prima si alzò la nebbia, strisciando fra le rovine semi-abbattute della città dimenticata sulle brughiere, facendo fantasmi di quelle mura e torri ancestrali. Alla nebbia seguì un rombo basso e distante, che crebbe d'intensità fino a raggiungere il fragore di un immane ruggito. Era, quello, il fragore di centomila poderosi zoccoli che martellavano sul terreno. Gli uomini scrutarono nella foschia finché gli occhi non fecero loro male, non riuscendo a vedere che vaghe forme sfrecciare fra le tenebre. Le forme si solidificarono in sagome blu come il cielo di sera che si stagliavano sul grigio pallido dei vapori di nebbia; una moltitudine di forme terribili dalle corna di cervo o toro circondate da una foresta di lance, incubi incarnati in file su file di quei cavalieri dell'apocalisse.

Diretti contro il fronte unito delle armate degli esseri umani, i cavalieri goblin cavalcavano coi capelli sciolti e le vesti fantastiche agitate dal vento come criniere di alghe, seguiti a balzi frenetici dai loro schiavi coboldi. Dalle loro membra si levavano lembi di nebbia come veli stracciati, e tanto le demoniache cavalcature quanto i terrificanti cavalieri erano coperti di argento tintinnante e candidi monili. Erano splendidi i trollhästen, quei sinistri e instancabili destrieri dal passo elegante e dai lunghi colli. Le loro spettrali criniere, agitate dal vento, li seguivano nella loro cavalcata, ed ardevano verdi come fuochi di sali di rame. A quei mortali che osavano fissarli o che, come prede ipnotizzate dal cacciatore, non riuscivano a distogliere lo sguardo, sembrò che i cavalieri unseelie portassero bordature di pellicce di zibellino, ciuffi di piume ed artigli neri, e finimenti di avorio, corno o ossa sbiancate.

Le truppe umane si prepararono ad affrontare l'assalto frontale. Gli arcieri tesero le corde degli archi all'altezza dell'orecchio e rimasero in attesa, pronti a scoccare a comando, i fanti abbassarono le picche e i cavalieri sguainarono le spade. Asräthiel teneva una mano appoggiata all'elsa di Lamafulva, pronta a sguainare la rapidissima lama.

Poche centinaia di metri separavano l'orda dall'esercito di Tir, e proprio quando sembrava certo che stessero per piombare al galoppo sulle prime linee, il loro passo rallentò. Passarono prima ad un trotto sostenuto e poi al passo, gettando i loro avversari, sovraeccitati com'erano, in uno stato di confusione e stupore. Nessuno sapeva cosa aspettarsi. Riflessi argentati e cristallini lampeggiavano dalle nere armature e dalle vesti cupe dei cavalieri unseelie.

«Una manovra davvero bizzarra», borbottò Warwick, storcendo il viso di fronte alla placida avanzata dei cavalieri. «Che cosa avranno in mente?»

«Stanno cercando di innervosirci», disse il Cavalier-Comandante della Coppa in quell'interludio forzato. «Vogliono mostrarci che non hanno bisogno di sfruttare l'impeto della carica per spazzarci via, che anzi possono farlo quando desiderano.» Da stratega consumato qual'era. Aggiunse, «Tuttavia mi piacerebbe sapere come fa il loro comandante a segnalare i suoi ordini ad un esercito tanto numeroso. Non vedo bandiere né sento trombettieri.»

«Forse essi parlano lo stesso linguaggio di quei bizzarri uccelli che li accompagnano» disse il re. «Forse sono proprio gli uccelli a portare i messaggi.»

William, a fianco di Asrăthiel, stava osservando le forme alate avvolte dall'ombra che planavano al di sopra della cavalleria goblin. «Sono cornacchie, quelle, al servizio dei loro padroni.»

«Guarda meglio, si tratta di gufi» disse Asrăthiel. «Gufi reali dalle piume nere.»

«I goblin vestono di nero, che ben si accorda con la loro malvagità.», mormorò il principe.

E potenza, e bellezza, pensò la giovane, pur trattenendosi dal dar voce ad un pensiero che le risultava tanto sconveniente.

Lo spettacolo dei guerrieri unseelie l'aveva colpita in maniera preoccupante. Le erano insopportabili gli effetti che la loro straordinaria bellezza aveva sui suoi sensi, dal momento che essa le suscitava emozioni che non aveva mai provato. Quelle emozioni erano del tutto fuori luogo, e lei faceva di tutto per scacciarle dalla sua mente, ma il fatto stesso di avere quella reazione la infastidiva, poiché le era sempre sembrata ingiusta la tendenza della gente a favorire gli individui di bell'aspetto. Troppo spesso alla bellezza si perdonava ciò per cui l'ordinarietà veniva condannata. Alla bellezza venivano dati privilegi, attenzioni e vantaggi, e le erano attribuiti tratti come virtù, saggezza, autorità e perfino bontà. Asrăthiel era sempre stata fiera di saper stimare il prossimo in base alle sue virtù reali, senza farsi influenzare dall'aspetto, eppure ora si trovava a cadere in quella trappola così banale come una sempliciotta qualunque. I Goblin rappresentavano tutto ciò che lei odiava – crudeltà, immoralità e spietatezza. Brutti o belli che fossero, erano creature meritevoli solo di odio e disgusto.

Mentre gli invasori si avvicinavano in tutta calma, tuttavia, vide il cavaliere che si presumeva fosse il comandante delle orde dei goblin, colui che la notte precedente era stato più avanti degli altri, quello dall'aspetto tanto bello quanto dissoluto.

Poi spostò lo sguardo appena un poco a sinistra e vide qualcun altro . . .

. . . uno sconosciuto, un cavaliere d'aspetto ultraterreno i cui capelli, sciolti e lunghi fino alla cintola, ricordavano il vento della sera. Ciocche di capelli simili a brandelli d'oscurità si agitavano attorno ad un viso sottile ed attraente. Sussultò, quando vide il suo volto, sussultò davanti a tanta bellezza.

Era tanto bello che guardarlo faceva quasi male.

La giovane lo fissava, gli occhi immobili e la bocca aperta. In risposta, gli occhi dello sconosciuto ricambiarono lo sguardo. Si avvicinò in sella ad un cavallo demoniaco del colore della disperazione. Questo nuovo cavaliere sorpassava il comandante dissoluto comparso la sera precedente come la luna sovrasta il luccichio di una moneta d'argento, o la volta stellata una manciata di spille.

Nessun mortale avrebbe mai potuto eguagliare quell'aspetto; ogni tratto di quello straniero aveva un tocco elementale, perfetto e magnetico, tanto estremo quanto malevolo. Nel guardarlo, Asrăthiel sentì la forza venirle risucchiata via dalla carne, come se quella vista da sola avesse il potere di paralizzare l'osservatore. Poi un pensiero la trafisse – forse aveva già visto quel viso da qualche parte . . .?

«Quello è senz'altro il più potente fra tutti», disse uno della Compagnia della Coppa. «Qualcosa nel suo aspetto lo tradisce.» I suoi compagni mormorarono il loro assenso.

«Penso che sia quello il comandante dei goblin, non l'altro» disse Re Warwick.

«Sulla mia spada, non ci sono dubbi», aggiunse William a bassa voce.

«Per le fiamme e il sangue di tutte le guerre!» esclamò Avalloc, «Come è potuto accadere? Sono pronto a giurarlo, quello altri non è che Zaravaz, Re dei Goblin d'Argento!»

5
ALLEANZA

E per fabbricare la magnifica Lamafulva, la fra le nevi e gli aspri picchi,
Lavorò il Signore delle Tempeste lavorò, del cui martello echeggiavano i
rintocchi,
Mentre scintille s'alzavan come lapilli. Del fuoco Alfardēne era signore;
Quella spada affilata infuse d'un potere che in tutti guardassero con terrore.
Ed egli incise, perché tutti leggessero, su quella lama splendida come un gioiello,
Mé maraigh bo diabhlaíocht – 'Dei Goblin son io il Flagello'.

UN VERSO DALLA CANZONE "LAMAFULVA"

SENZA preavviso o avvertimento, i cavalieri unseelie attaccarono.

Fu subito evidente che il Re dei Goblin era il più feroce e letale fra tutti, poiché combatteva con abilità, come se quello spargimento di sangue lo galvanizzasse. A guardarlo si gelava il cuore; mozzava arti, colpiva le armi facendo sprizzare scintille dal filo delle lame e combatteva con uno stile pulito ed efficiente, essenziale e spietato. Sebbene molti suoi simili intonassero la loro agghiacciante canzone di guerra o gridassero in tono canzonatorio: «Paag dty uillin!», egli combatteva in silenzio. Per trovarlo bastava cercare quei punti in cui il combattimento era più violento, se di combattimento si poteva poi parlare; la disparità era tanto evidente da rendere lo scontro più vicino ad un massacro. Gli uomini mortali nulla potevano contro i goblin, e chi non veniva ucciso immediatamente, sulle brughiere, restava in vita per volere dei goblin stessi per il loro crudele divertimento. Le spade dei mortali rallentavano i cavalieri goblin, ma non erano per loro un pericolo. Solo la grandine d'oro aveva qualche effetto, essendo in grado di ferirli, e alle spalle delle prime linee, Avalloc e gli apprendisti maghi lavoravano senza sosta per tenere attivi i venti con cui scagliavano i proiettili d'oro.

Man mano che la battaglia si faceva più intensa, Asrăthiel si scrollò di dosso quella bizzarra apatia che l'aveva colta all'inizio. L'esercito di Tir si trovava in difficoltà, tanto che Re Warwick aveva ordinato a tutti i suoi cavalieri di andare a combattere, sottraendo così uomini al corpo di guardia messo a protezione sua, di Asrăthiel e del Principe William. Il peso del dovere gravava sulle spalle della maga, con tutta Tir che ora rivolgeva lo sguardo verso di lei. La fama di Lamafulva si era centuplicata, da quando la popolazione aveva iniziato a venire istruita riguardo la storia delle guerre coi goblin; Sioctine, la Lama Melodiosa, il Grande Baluardo Dorato di Tir, e solo una persona era stata addestrata ad impugnarla.

I soldati mortali invocavano il nome di Asrăthiel, battendo le spade contro gli scudi e levando in alto le lance. «Asrăthiel! Asrăthiel! Lode alla Dama della Spada! Per Asrăthiel e per la grande Narngalis!» gridavano. «Tir ti saluta!» e «Lamafulva! Lamafulva! Per Ádh, per Narngalis e per il re!» Tutti gli occhi erano fissi su di lei. Era divenuta il simbolo della loro speranza.

William, tuttavia, appoggiò una mano sul braccio della giovane, in un disperato tentativo di dissuaderla dallo scendere in campo. I suoi sforzi furono vani, poiché la ragazza ignorò le sue suppliche.

«Vorresti forse che lasciassi sacrificare così la nostra gente?» gli chiese. «E se dovessi perdervi tutti quanti, cosa ne sarebbe di me?» Il principe tacque, ma le apparve chiaro quanto profondo fosse il suo dolore. Sotto l'elmo dorato egli era chiaramente devastato, il suo volto cereo e l'espressione abbattuta.

Le guardie del re si spostarono per lasciar passare Asrăthiel, formando un corridoio d'onore improvvisato. Raccolti tutta la forza e il coraggio di cui disponeva, si lanciò giù dalla fortificazione e in mezzo alla mischia, con William al suo fianco. Lamafulva splendeva come il cuore di una giovane stella, quando un cavaliere goblin appena smontato dal suo trollhästen balzò avanti a sfidare colei che la impugnava.

Da lì in poi fu un continuo ripetersi di affondo, fendente, parata alta; arretrare e controllare eventuali pericoli imminenti; poi di nuovo colpo, parata, taglio a girare, arretrare e cercare un nuovo avversario; fendente, affondo, taglio, arretrare. L'attenzione di Asrăthiel si concentrò, condensandosi in una sfera composta interamente da movimento ed impatto, cozzare di armi, stridere di colpi parati, il melodioso suono della spada e la pressione quasi liquida dell'affondo andato a segno. Era sudata e a corto di fiato. Il combattimento era intenso, ma vi era in Lamafulva una certa qualità che la faceva quasi sollevare da sola e faceva sì che accompagnasse e aiutasse le sue braccia nel vibrare i colpi, anziché appesantirle.

I cavalieri goblin erano più alti di Asrăthiel e dotati di una forte muscolatura che contrastava con la snellezza della giovane. Dalla sua parte, tuttavia, lei aveva un'arma che poteva ferirli al minimo tocco e ucciderli istantaneamente con un colpo ben piazzato, una maggior velocità e flessibilità, oltre alla capacità unica di poter combattere allo stesso ritmo accelerato dei goblin e alla sua completa invulnerabilità. Pur essendo consapevole di questi vantaggi, le era anche ben chiaro che non doveva permettere ai suoi avversari di avvicinarsi a lei, Desmond Brooks l'aveva messa in guardia in proposito, poiché essi erano considerevolmente più grandi di lei, e sarebbe stato facile per loro spostare Lamafulva con un colpo di spada , per poi abbatterla.

Aveva senza dubbio imparato bene dal suo maestro, ma Asrăthiel non aveva mai tentato di imitarne lo stile. Non aveva né la stazza né il peso per far buon uso delle tecniche di combattimento usate dagli uomini. Aveva invece risolto di adattare le proprie tecniche alle proprie abilità e statura, facendo affidamento più su velocità, abilità e precisione che sulla pura forza fisica. Con questa strategia era spesso in grado di superare la guardia dell'avversario. Era molto più facile, rapido e meno stancante schivare e spostarsi, piuttosto che tentare di crearsi delle aperture allontanando le armi dell'avversario a colpi di spada. Le armature nere e argentate dei goblin erano incredibilmente leggere, cosa che le faceva sospettare che servissero non tanto come protezione per deviare i colpi, quanto più come sfoggio di sfrontata eleganza, più atto a manifestare il loro disprezzo che a proteggerli. Indossavano quei vestiti ostentatamente, senza alcun riguardo per la praticità; un guanto indossato sulla mano sinistra e nulla sulla destra, ad esempio; una corazza qui, un bracciale o uno schiniere là, tutti collocati artisticamente fra scaglie e pellicce, piume e artigli, argento e pietre di luna. Alcuni avevano le braccia scoperte, eccetto che per una fascia decorativa, mentre altri le avevano protette dalla spalla al polso da armature o bracciali di pelle. La lama d'iridio e oro impugnata da Asräthiel tagliava la maggior parte delle armature goblin senza problemi, tanto che non aveva nemmeno bisogno di cercare le giunture con lo sguardo.

Lamafulva sembrava essere l'unica arma in grado di ferire la carne dei nemici, che di contro venivano a malapena intralciati dall'impatto delle armi comuni. La carne dei goblin fumava dai moncherini degli arti tagliati dalla spada dorata. Quando i cavalieri unseelie cadevano a terra, le loro armature scure rotolavano come conchiglie vuote sulla piana erbosa, da cui poi si levavano in volo sciami di scarabei neri.

Il combattimento infuriava già da un po', quando un goblin a cavallo si lanciò contro la maga, che inizialmente si limitò a menare un fendente incerto alla coscia del cavaliere, esitando ad attaccarlo con maggior forza per timore di ferire quei cavalli soprannaturali. La lama lasciò un solco nel fianco del trollhäst, il quale attaccò Asräthiel, ruotando il collo lungo come il corpo d'un serpente, le zanne puntute che addentavano l'aria mentre gli occhi dell'animale ardevano di rabbia. Il destriero riuscì ad afferrarle una ciocca di capelli fra i denti e prese a scuotere la testa da una parte all'altra, tentando di farle perdere l'equilibrio. Cercò di restare in piedi nonostante la creatura la stesse tirando per i capelli, ostacolando i suoi tentativi di colpire il suo cavaliere. Con un'agile piroetta riuscì finalmente a liberarsi, si lanciò a terra e rotolò via, ma la creatura la inseguì, pestando il terreno con i suoi zoccoli affilati come rasoi nel tentativo di calpestarla e schiacciarla. In quel momento capì di non avere davanti a sé una creatura pacifica, domata da un addestratore e costretta contro la propria volontà ad andare in guerra, ma ad un destriero selvaggio, che godeva del massacro tanto quanto colui che lo cavalcava. Si convinse a quel punto che era necessario affrontare il trollhäst come il suo cavaliere goblin, o sarebbe stata sconfitta.

Asräthiel rinfocolò la propria rabbia, così da riuscire a sopprimere il suo istinto di protezione e costringersi a ferire una creatura vivente. Richiamò di nuovo alla mente le immagini dei bambini terrorizzati nelle strade di Winterbourne. Doveva essere forte e affrontare la minaccia, o sarebbero stati i deboli e gli innocenti a pagare. Il compito di uccidere era reso notevolmente più difficile dal costante confronto con la perfezione fisica dei suoi nemici. Era impossibile trattenere i brividi di eccitazione che sorgevano spontanei avvicinandosi ai cavalieri goblin, e non fosse stato per Lamafulva, che pareva dotata di determinazione e volontà proprie, la giovane si sarebbe forse lasciata sconfiggere, lasciando cadere la spada dalle mani intorpidite. Pensò che si trattasse di una qualche arte eldritch utilizzata dagli astuti wight per disarmare i propri avversari, una sorta di incantesimo ammaliante.

Quando infine tornò consapevole del fatto che che il combattimento era reale, e che quel nemico la stava attaccando col preciso intento di sopraffarla, un istinto primordiale prese il sopravvento – era, dopotutto, figlia di razza mortale – e la spinse a combattere senza risparmiarsi, come se in gioco ci fosse la sua stessa vita.

Con la lama dorata posta ad un angolo ben preciso parò un fendente portato dall'alto dal guerriero unseelie. Il colpo, deviato inaspettatamente, scagliò contro il suo avversario il peso della sua stessa spada, facendogli perdere l'equilibrio. L'arma di quest'ultimo passò vicinissima al corpo di Asräthiel, e per quanto il contatto non potesse ferirla, sarebbe comunque stato sufficiente a scagliarla scompostamente di lato. Il ricordo spaventoso dei suoi incubi le ritornò improvvisamente in mente, e per un istante si trovò a rabbrividire al pensiero di essere presa prigioniera dai goblin. La morte sarebbe stata per lei un fato indubbiamente preferibile – un fato che le era tuttavia precluso.

Si abbassò, vibrò un colpo e arretrò, osservando la battaglia con un senso di distacco, quasi si trovasse a vederla da un punto distante, e si chiese per quale motivo non vi fosse sangue a macchiare i suoi vestiti.

Era come se quei cavalieri non sanguinassero, o nelle loro vene scorresse un liquido incolore che si dissolveva istantaneamente a contatto con l'aria. Con il medesimo distacco, la spada incantata sempre in pugno, era consapevole dell'insolita ed aggraziata lentezza con cui le armate mortali si muovevano, come se stessero arrancando sott'acqua. I cavalieri goblin avevano ampie opportunità di giocare con i soldati di Tir, prima di porre fine alle loro vite.

Le urla degli uomini morenti sfregiavano l'aria della notte come ferri incandescenti sulla carne. La battaglia volgeva a sfavore dei difensori, delle quali molte centinaia erano state abbattute e i rimanenti respinti indietro. Asrăthiel udì uno squillo di tromba, il segnale che ordinava alle armate di Slievmordhu di raggrupparsi attorno ai propri comandanti.

Poco dopo anche i corni di Ashqalêth suonarono la ritirata, seguiti dal suono profondo delle conchiglie di Grïmnørsland e dalle trombe acute di Narngalis. Fu allora che comprese che tutto era perduto, e venne sopraffatta dal terrore.

L'ultima battaglia dell'umanità stava venendo combattuta su brughiere selvagge coronate da un cielo stellato. Senza l'aiuto dei Consiglieri di Ellenhall, che avrebbero potuto folgorare il nemico con fulmini o bombardarlo con continue salve di grandine dorata, la razza umana era condannata. L'orda unseelie era pienamente capace di mettere in atto un vero genocidio, cosa che sembrava decisamente essere nelle loro intenzioni. La frustrazione e l'ira si mescolarono con la disperazione tanto fra i soldati quanto fra i comandanti. A gran voce scagliavano i loro strali contro i Fati, maledicendo l'ascia del Signore della Sventura, gli inutili talismani del Signore della Fortuna, il perfetto udito del Destino e la malizia della Malasorte. Ben sapendo che sarebbero morti anche se si fossero arresi, se fossero scappati o si fossero nascosti, tutti risolsero di cercare la gloria e morire con le armi in pugno. Tutto ciò che potevano fare ora era rimandare l'inevitabile, nelle ultime ore che separavano la vita dalla morte.

Rifiutando di arrendersi al senso di futilità che la schiacciava, Asrăthiel tornò indietro, inerpicandosi fino al terrapieno su cui Re

Warwick e i cavalieri della sua guardia stavano opponendo un'ultima, strenua resistenza. Non avendo più visto William dall'inizio della battaglia, non sapeva se egli fosse ancora vivo e bruciava dal desiderio di averne notizie, anche lì, sul ciglio del baratro in cui l'umanità stava per precipitare. Quando infine riuscì a scorgerlo in mezzo ad una compagnia di cavalieri di Narngalis, coperto di sangue ma illeso, fu attraversata da una fugace speranza, ma i suoi occhi continuarono a scrutare la brughiera, poiché un desiderio che sfuggiva alla sua comprensione la spingeva a cercare qualcun altro, laggiù.

Quando il suo sguardo si posò sull'obbiettivo che il suo istinto andava cercando, finalmente capì.

Una scossa di eccitazione la attraversò, al volgere nuovamente gli occhi sul Re dei Goblin. Cavalcava con grazia naturale sul suo destriero dal colore della disperazione, ed egli era magnifico come nessun altro. I suoi capelli, più neri dell'odio, gli si muovevano sulle spalle come un manto di tenebre. Improvvisamente egli sembrò aver rivolto lo sguardo verso Re Warwick, ed a quel punto alzò un lungo dito pallido, comandando alle sue legioni di fermarsi. I cavalieri unseelie interruppero l'assalto ed arretrarono, mentre il caos della battaglia si quietava ed un'apertura veniva a formarsi, a dividere le armate mortali da quelle immortali.

Fu in quell'apertura che cavalcò il bellissimo re dei goblin, affiancato da un coboldo che lo seguiva da vicino e dal cavaliere degenerato che lo accompagnava come suo secondo in comando. Quest'ultimo era vestito da abiti aderenti fatti di scaglie interconnesse, simili alla pelle di una lucertola, una brachetta ornata di gemme e un elmo cornuto di foggia insolita, adornato con intricati disegni simili ad ali. La sua mezza cappa di pelliccia, portata su una sola spalla, era legata con una spessa corda, mentre i polsini dei suoi guanti si allargavano come le foglie di un giglio d'acqua.

Il Re dei Goblin, d'altro canto, vestiva con abiti più semplici ed austeri dei suoi simili, un farsetto senza maniche di morbida pelle nera, forse camoscio, lungo fino a metà coscia, lavorato a sbalzo con motivi intricati, nero su nero. Sopra di esso portava un usbergo asimmetrico a larghi anelli d'argento, che rassomigliava una filigrana di svariate ragnatele frettolosamente unite da ragni impazziti.

Il farsetto era stretto attorno alla vita da una cintura di pelle più spessa, anch'essa lavorata a sbalzo, chiusa da una fibbia avente la forma di due ali aperte verso l'alto ad un angolo acuto, piume di metallo bianco-argentato intarsiato con venature e ghirigori azzurro pallido. Indossava pantaloni di pelle nera come il cuore della notte e attorno al collo portava una sottile catena d'argento che pendeva poco sotto l'alto colletto della veste di lino nero sottostante. Le maniche erano ampie e comode, così da permettere di muoversi e combattere agevolmente. Cavalcava con grazia e destrezza, ed il suo destriero infernale trottava baldanzoso, alternando le varie andature come un cavallo comune sotto la mano esperta di un abile cavallerizzo.

Alcuni soldati mormorarono fra sé: «Forse il Principe della Morte sia giunto a sfidare uno dei nostri campioni in singolar tenzone per decidere le sorti della guerra!»

Altri, in risposta, scossero le teste. «Quello non ha alcuna ragione di venire a parlamentare o cercare patti con noi. Il vantaggio è suo, e il nostro destino è segnato. E se pure fosse, quale fra i campioni di Tir potrebbe affrontare il Signore dell'Iniquità? Neppure "Due-Spade" Gearnach sarebbe all'altezza della sfida.»

Nemmeno per un istante pensarono ad Asrăthiel. Mandare una giovane donna da sola ad affrontare un simile avversario andava contro tutti i loro istinti, nonostante avessero già avuto prova della sua perizia in battaglia.

Duecento metri più in là, la coppia di cavalieri unseelie si fermò. Il Re dei Goblin rimase in silenzio, mentre il suo attendente iniziava a parlare. La voce di quest'ultimo risuonava con chiarezza sorprendente, nonostante il suo accento suonasse alieno e le sue parole intrise di veleno.

Nel mezzo del silenzio della battaglia, disse: «Sappiate che siete sconfitti, umani brouteraght.» Il suo sorriso era un ghigno malevolo. «Voi, che vi credete tanto speciali, tanto liberi! Voi, che ignorate che ogni cosa nelle vostre vite è governata dai numeri, che i principi matematici che descrivono il frattale di una foglia di felce o la spirale di una conchiglia governano il codice stesso che determina la forma dei vostri corpi. Imparerete che siete schiavi tanto quanto la foglia che non può rifiutarsi di cadere dall'albero. Imparerete che non siete di alcuna importanza. Non siete nulla, e presto diverrete meno di nulla.»

La sua voce raggiungeva tutti gli angoli delle Brughiere Tempestose, forse proiettata da un incantesimo o da una qualche capacità della sua specie. Tutti i presenti udirono fino all'ultima parola.

«Sappiate che il mio nome è Zauberin», continuò l'ufficiale dei goblin, «aachionard; primo luogotenente degli Argenkindë. Siete stati sconfitti, ma non ancora sterminati. Il mio signore e comandante vi renderà note le condizioni della resa.»

Un mormorio di sorpresa si diffuse fra i ranghi degli umani. Una scintilla di speranza, forse, quando tutti vi avevano ormai rinunciato? Un modo per rimandare la fine? O forse, più probabilmente, un trucco delle creature eldritch . . .

Fu Re Warwick a rispondere, avanzando a cavallo fino alla prima linea delle proprie truppe. Come in precedenza non vi fu nessuno, fra le molte migliaia di soldati stanchi o feriti, illesi o morenti, giovani o vecchi, che non sentì distintamente ogni parola.

«Io, Warwick Wyverstone, Re di Narngalis, mi assumo la responsabilità di parlare per conto dei Quattro Regni di Tir, in questa occasione, per le mie terre e per tutte le altre. Attendiamo le vostre condizioni.»

La voce del re era chiara e forte, ma gli occhi acuti di Asrăthiel notarono che le sue mani stavano tremando. Lei stessa stava tremando, ma che fosse per la sorpresa, l'ansia, il dolore o qualcos'altro ancora, non era in grado di dirlo.

«Gli Argenkindë si ritireranno, lasciando in pace le vostre luride terre», disse l'affascinante e malevolo cavaliere Zauberin, «se soddisferete le nostre richieste.»

«Intendete dire che lascerete in pace i Quattro Regni di Tir?»

«Certamente.»

Tutta la folla proruppe in un sussulto, davanti alla portata di quell'affermazione, mentre un altro mormorio ne attraversava i ranghi, a tratti più forte e in continua crescita.

«Dev'essere una sorta di scherzo crudele», sussurravano l'uno all'altro gli astanti. «Si fanno beffe di noi. Hanno la vittoria in mano, perché dovrebbero offrirci ciò che più desideriamo?»

«Cosa volete da noi in cambio?» chiese Warwick in tono sospettoso. Asrăthiel suppose che stesse cercando di guadagnare tempo, dato che qualunque prezzo avessero chiesto i goblin sarebbe certo stato troppo alto; vedeva chiaramente che Warwick considerava inutile anche solo porre quella domanda, ma ogni istante guadagnato era una boccata d'aria in più per l'umanità intera e, come recitava il proverbio, finché c'è vita c'è speranza. Il re stava puntando tutto sulla minuscola possibilità che avvenisse un miracolo.

«Ciò che vogliamo», disse Zauberin, «sono alcuni ostaggi o compensazioni per conto di Zaravaz, Re e Cavalier-Comandante degli Argenkindë.»

«Allora è davvero lui!» borbottò Avalloc, scuotendo il capo dalla meraviglia ed appoggiandosi ad un bastone di quercia, affondandone il puntale in bronzo nel terreno. Durante il dialogo fra il mortale e l'immortale, due cavalieri della Coppa avevano accompagnato l'anziano mago al fianco di Asrăthiel.

La giovane desiderava chiedere a suo nonno che cosa sapesse del Re dei Goblin, ma rimase in silenzio così che tutti potessero udire le parole del luogotenente goblin.

«Se questi verranno consegnati senza discussioni e senza contrattazioni, allora noi ce ne andremo senza vibrare un altro colpo, a meno che non siano gli esseri umani a colpire per primi.»

Asrăthiel non impiegò molto ad indovinare i nomi di coloro che sarebbero stati reclamati come prigionieri dai cavalieri goblin, ed ebbe un tuffo al cuore quando si rese conto che tali richieste non sarebbero mai potute essere soddisfatte.

«Vorranno senza dubbio i nostri re e i nostri comandanti, forse perfino alcuni principi», mormorarono gli ufficiali dell'armata di Narngalis, dando voce ai propri pensieri. «I nostri dignitari, nella loro nobiltà d'animo, certo accetterebbero di essere sacrificati per la salvezza delle loro genti, ma non c'è dubbio che verrebbero portati via per essere umiliati e torturati. Stando così le cose, è dovere di tutta Tir rifiutare quest'offerta, non possiamo permettere che i migliori fra noi subiscano un tale fato, quale che siano le conseguenze.»

«Chi sono coloro che volete come prigionieri?» chiese con calma e chiarezza Warwick.

Avalloc si rivolse ad Asrăthiel a mezza voce: «Il nostro re sa bene che non abbiamo scelta se non esaudire le loro richieste, per ora. Dovessero fare il nome di Uabhar, certo egli meriterebbe qualsiasi fato lo attenda, ma sono pronto a scommettere che Warwick non intenda consegnare loro nessuno di buon nome.»

«Questo è certo», concordò la giovane. «Vuole guadagnare tempo.»

«Tempo!» mormorò suo nonno. «Ogni istante guadagnato è prezioso!» Alzarono entrambi lo sguardo, mentre il primo luogotenente del Re dei Goblin riprendeva a parlare.

«Per prima cosa, portateci i due re degli uomini che languiscono nella Prigione dell'Obelisco.»

Il sospiro di sollievo che tirarono le folle in unisono suonò come il sussurro di una forte brezza. L'ansia che li attanagliava fu sopita solo per poco, tuttavia, poiché non appena ricordarono che Chohrab Shechem II giaceva nel sepolcro, sovrastato dalla propria effige scolpita nella pietra, tutti presero a domandarsi chi gli wight avrebbero indicato come suo sostituto. A ciò andava ad aggiungersi altro terrore riguardo quali e quanti sarebbero stati gli altri ostaggi.

«Considerato quanto profonda è la conoscenza che i nostri nemici sembrano avere di noi, mi stupisce che non sappiano nulla del lutto che ha colpito Ashqalêth.» Bisbigliò Avalloc all'orecchio della nipote.

«Forse invece ne sono al corrente», Rispose Asrăthiel, «e tutto ciò fa parte di una qualche sorta di contorto gioco dei loro – hanno d'altronde l'abitudine di dilettarsi con noi come i gatti coi topi.»

«Re Chohrab è morto», fu la risposta di Warwick, «mentre Uabhar è imprigionato nelle stanze di Torre Essington.»

«Oh, davvero è ancora in piedi, quel cumulo di sassi?» disse Zauberin, sprezzante, voltandosi poi verso il suo signore per ricevere istruzioni che sfuggirono alle orecchie dei mortali e proclamare, «Fate portare qui l'uomo che ancora vive.»

«Ho la vostra parola che non gli sarà fatto alcun male?»

L'unica risposta che dette il primo luogotenente dei goblin fu una sonora risata.

A quel punto un coro fragoroso si alzò da tutti i lati, accompagnato dal suono di armi battute contro gli scudi. Gli eserciti di Tir chiedevano il sangue di Uabhar per ripagarli delle vite perdute, e le accalorate proteste del Principe Ronin furono sovrastate dal clamore.

«Serviranno almeno tre giorni per portarlo qui», disse freddamente Warwick. «Vi chiedo di concederci del tempo.»

Zauberin si voltò nuovamente e si consultò col suo sovrano, parlando nella lingua aspra e musicale dei goblin, per poi rivolgersi al re mortale con altrettanta scortesia di prima.

«Slane vie» disse, incurante del fatto che le sue parole fossero o meno state comprese. "Fate partire le vostre ridicole armate di soldatini e giurate che Calador, cui voi date il nome di Tir, non muoverà mai più guerra contro di noi. A meno che, ovviamente, non desideriate fornirci dell'intrattenimento per rendere il passare degli anni meno tedioso.» Aggiunse in tono beffardo: «No? In questo caso Zaravaz degli Argenkindë vi concederà tempo, e voi ne loderete la magnanimità. Ci incontrerete di nuovo qui, non fra tre giorni ma fra tre settimane. Con voi porterete il re ancora vivo che ora giace dentro Torre Essington, insieme ad ogni progenie umana di rilievo presente su Caldor; i druidi, i signori del clima, ogni membro di ogni famiglia reale ed ogni guaritrice. Niente oro!»

«Come? Intendete portarci via tutti?» esclamò Warwick in tono scioccato. «Tutti i dignitari dei Quattro Regni?»

«No. Ci limiteremo a scegliere alcuni di voi.»

«Esattamente quanti – »

Zauberin lo interruppe bruscamente. «Se avete care le vostre brevi e insignificanti vite, farete come vi è stato detto. Non deludeteci. Se vi rifiuterete di fare esattamente ciò che abbiamo ordinato, l'estinzione della vostra specie sarà completa ed inevitabile, perché la vostra razza non ci è affatto cara. State pur certi che se anche solo un solo individuo mancherà all'appello, noi lo sapremo. Non sfidateci.»

Il Re dei Goblin sussurrò qualcosa all'orecchio del cavaliere.

«Tuttavia un'eccezione verrà fatta» disse Zauberin. «La donna che ha sposato il figlio del Signore delle Tempeste giace preda di un sonno senza risveglio all'interno dell'Anello di Montagne, e non può esserci di alcuna utilità. All'infuori di Jewel Maelstronnar, nessuno sarà escluso. Non tramate contro di noi né cercate di ingannarci, *cloie yn ommidan.*»

«Sarà fatto» disse Warwick con fare diplomatico, per quanto dietro i suoi occhi covasse un fuoco furibondo, mentre gli astanti mormoravano, sbalorditi da quanto gli wight sapessero di ciò che accadeva a Tir.

«Nel frattempo», continuò il luogotenente goblin, «nessun essere umano dovrà oltrepassare il confine settentrionale delle Brughiere Tempestose. Le terre oltre esso sono ora proprietà di Zaravaz, Re e Signore di Calador, *Cooilleeneyder, ed Ard-veoir Armyn.* Dovrete inoltre restituirci il *Corlaig Keylley,* che voi chiamate Pettine Silvano, poiché è un artefatto di fattura goblin ed è giusto che torni in mano ai suoi proprietari. Andate, ora, e fate ciò che il vostro generoso Signore vi comanda.» Con un sorriso altezzoso dipinto in volto, Zauberin aggiunse un ultimo dettame: «Viaggiate di giorno, poiché la notte è nostra.»

In quel momento tutte le certezze e le convinzioni di Asrăthiel si frantumarono definitivamente, e per un istante infinito fu come se il pulsare del suo cuore si fosse arrestato.

Anche il Re dei Goblin aveva sorriso.

Era un sorriso d'intesa, il suo, un improvviso lampo di calore accecante, dopo il quale lui ed il suo luogotenente si scambiarono uno sguardo. I due straordinari cavalieri si allontanarono in sella, seguiti dai loro deformi servitori dalla pelle blu, e l'orda di cavalieri eldritch si divise per lasciarli passare, per poi richiudersi alle loro spalle, tornando a fondersi con l'oscurità.

Avalloc ed Asrăthiel si trovarono al centro di un frenetico vortice di attività. Tre settimane sembravano perfino troppo poche. Sarebbero serviti tre mesi almeno perché tutti i maggiori luminari giungessero a piedi da tutte le Capitali di Tir, così i maghi del clima e i loro apprendisti dovettero lavorare alacremente, usando i propri palloni aerostatici per trasportare a Winterbourne gli individui più importanti. Davanti a loro si pararono ostacoli, alcuni prevedibili ed altri inaspettati; la salute di alcuni dignitari anziani era assai precaria, gli apprendisti avevano poca esperienza nel manovrare gli aerostati e vi furono problemi nel trasmettere e ricevere comunicazioni, oltre a svariati altri contrattempi. Alcuni dignitari, fuori di sé dal terrore, rifiutavano di collaborare e, quando la persuasione e la diplomazia non erano sufficienti, dovevano essere condotti alla città con la forza. «Quelle creature malvagie sapranno con certezza se anche solo un individuo mancherà all'appello!» li ammonirono. «E la loro punizione sarebbe immediata e spaventosa!»

A lungo si dibatté, nelle sale, nelle case e nei castelli, riguardo ai vantaggi della cooperazione con i goblin. In molti vi si opponevano, e le proteste più animate venivano soprattutto dal Principe Ronin. Questi, col sostegno di suo fratello Cormac, aveva dichiarato che finché avesse avuto vita non avrebbe mai permesso che suo padre fosse consegnato alle orde unseelie.

«Non mi tirerò indietro e, come tutti gli altri, correrò il rischio di venire scelto come tributo dai Malvagi, ma lotterò fino all'ultimo respiro perché questo sopruso non abbia luogo!» dichiarò. «Perché hanno puntato il dito contro mio padre, fra tutti? Egli è stato l'unico ad essere chiamato per nome, a parte Shechem. Posso solo immaginare quali crudeltà abbiano in serbo per lui! Non posso consentire che il mio sire, il signore del mio casato, venga abbandonato ad un destino tanto orrendo senza nemmeno alzare un dito per salvarlo!»

Quanti gli erano vicini tentarono in ogni modo di convincerlo a desistere, cercando di ricordargli le falsità di Uabhar, il patto scellerato da lui stretto con i Predatori, l'inganno con cui aveva trucidato i signori del clima, i sotterfugi e le astuzie con cui aveva circuito l'arrendevole Re Chohrab, il carattere tirannico delle sue decisioni, l'insana avidità, da poco portata alla luce, che l'aveva spinto a tentare di sottomettere tutte le terre di Tir, e l'incalcolabile perdita di vite causata da tutte queste cose insieme. Ronin si rivolse a sua madre, cercandone l'approvazione riguardo alla sua causa tanto impopolare, ma questa si rifiutò di pronunciarsi in merito, evitando di prendere l'una o l'altra posizione, mentre il giovane Principe Fergus contestò la posizione del fratello, affermando che se loro padre fosse stato sacrificato per salvare l'umanità, allora giustizia sarebbe davvero stata fatta.

«Se fossi tu, Ronin, ad essere stato deposto», lo incalzò Fergus, «e nostro padre si trovasse dove tu ti trovi ora, pensi forse che esiterebbe anche solo un istante prima di lasciarti alla mercé di quegli wight infami? Ricorda con quanta indifferenza ha sacrificato Kieran! Quanto impietoso è stato nel costringerti a dare prova continua della tua fedeltà, mandandoti a combattere al fronte. Se fosse al tuo posto non si farebbe alcuno scrupolo, e sei uno sciocco se credi diversamente.»

«So perfettamente degli errori di nostro padre», disse Ronin con voce spezzata, «e volessero i Fati che egli potesse essere un uomo buono come i miei ideali vorrebbero che fosse. Sarebbe tuttavia un affronto imperdonabile da parte mia condannarlo ad una sorte tanto indegna quanto quella che lo attende in mano ai goblin. Se dev'essere giudicato, che a passare la sentenza siano le leggi degli esseri umani, non il sadico disprezzo di questa razza ultraterrena.»

«Egli merita di subire tutto ciò che essi sono in grado di infliggergli», disse Fergus con rancore, «e anche più. Non c'è onore nel salvare un re come questo dalle conseguenze delle sue stesse malefatte. Ha assassinato lui Kieran, come se fosse stata la sua stessa spada a spiccargli la testa dal collo, e allo stesso modo avrebbe ucciso te o me, se ciò gli avesse portato un qualche beneficio. Ci ha accecati con la sua eloquenza, ma guardandomi alle spalle ora che sono libero dalla sua influenza, riesco a vedere tutto con chiarezza. Ci ha ingannati, Ronin, dal primo all'ultimo.»

«E tuttavia egli resta nostro padre», rispose Ronin.

Rivolse appelli accorati ai Santuari dei druidi, ai signori del clima, a Conall Gearnach e ai Cavalieri della Torcia. Tutti rifiutarono. Alcuni aristocratici di Slievmordhu lo ascoltarono, chiedendo di scendere a compromessi e tentare di contrattare, ma infine fu Avalloc che sistemò la questione una volta per tutte.

Furioso, si rivolse ai dissidenti: «Riuscite a capire con chi avete a che fare? Per qualche scherzo del fato si tratta di Zaravaz, Re dei Goblin d'Argento, il cui primo luogotenente ha parlamentato con noi sul campo di battaglia. Ritenevo, in base alle mie conoscenze, che Zaravaz fosse stato messo permanentemente in condizioni di non nuocere al termine delle Guerre dei Goblin, ma ora è evidente che mi deve essere sfuggito un dettaglio, una scappatoia, un cavillo che gli ha permesso di ritornare. La sapienza tramandata dai libri ha molte parole da sprecare sulla sua malvagità. Si tratta di uno sterminatore, con il sangue di migliaia di individui sulle proprie mani; un devastatore ed assassino, che dà la caccia agli uomini e li uccide. Le atrocità da lui commesse sono al di là di ogni immaginazione. Cosa volete che dica ancora? Cos'altro serve per convincervi?»

«Mai prima d'ora Zaravaz si è offerto di negoziare con gli esseri umani, e già l'aver avuto questo attimo di tregua è un miracolo, dal momento che nonostante interminabili ore di consultazioni e studi, i nostri migliori strateghi non sono ancora riusciti a trovare un piano che possa effettivamente salvarci. Vi siete forse dimenticati che da quando i miei compagni, i Consiglieri di Ellenhall, sono stati sterminati, queste orde hanno tutte le capacità per annientare completamente l'umanità? E se credete di poter mettere in discussione i termini da loro imposti, l'annientamento è esattamente ciò che rischiate. Non riesco nemmeno a immaginare quale possa essere il motivo per cui ci stanno dando questa possibilità, tanto per cominciare, considerato quanto ci odiano. Il destino dell'intera umanità è appeso ad un filo, mettetelo alla prova e quel filo si spezzerà, posso garantirvelo.»

«Potremmo scappare volando.» Rispose il Principe Ronin.

«Non dai loro cavalli!»

«Potremmo nasconderci, nei deserti o nel Groviglio, la giungla a sud –»

«Se pure riuscissimo a sopravvivere ai pericoli e alle privazioni che troveremmo in quelle terre inospitali, presto o tardi ci troverebbero. Hanno poteri di cui sappiamo poco o nulla, Ronin, e sono immortali. Avrebbero tutto il tempo del mondo per scovarci.»

«Ma nel frattempo noi– »

«Nel frattempo, ammesso di averne, di tempo, i patetici rimasugli della nostra razza si rosicchierebbero un'esistenza come topi in fuga e terrificati, vivendo alla giornata, assistendo al declino della nostra intera civiltà e scivolando inesorabilmente in un baratro di ignoranza e barbarie.»

«Ma gli apprendisti rimasti sarebbero pronti!»

«Pensi davvero che i goblin ci lascerebbero così tanto tempo? Stai forse proponendo di condannare interi regni a morte sulla base solo di questa possibilità?"

"Non hanno nemmeno specificato il numero esatto di prigionieri che preleveranno, Lord Avalloc. Se ne prendessero decine? Forse centinaia, o perché non migliaia? Cosa accadrebbe se prendessero prigionieri tutti i migliori guerrieri, filosofi, maghi e statisti?»

«Queste non sono altro che speculazioni.»

«Ma non sono impossibili.»

«Cosa vorresti che facessimo, Ronin?» esclamò a gran voce Avalloc con gli occhi accesi, come se dietro quegli specchi di giada si fossero sbocciati fiori di fuoco. «Davanti a noi non abbiamo che due strade. Su di una c'è la salvezza di tutti i popoli, pagata a prezzo di vite umane, poche o molte che siano, mentre dall'altra c'è il massacro totale della nostra intera razza. Entrambe le scelte sono terribili, ma per come la vedo io sono le uniche scelte che abbiamo.»

Il Principe Ronin, infine, chinò il capo.

«Stando così le cose, non posso far altro che accettare questa situazione per com'è» disse, con la voce densa di un dolore strozzato. «Pregherò, tuttavia, perché i Fati siano misericordiosi verso mio padre.»

Le argomentazioni del Signore delle Tempeste misero a tacere i dissidenti, così che i preparativi febbrili poterono ricominciare con rinnovato zelo.

Nell'arco di quelle settimane di attività frenetica, Asrăthiel fu oggetto di attenzioni e deferenza provenienti da ogni parte. Era sempre stata stimata come maga del clima di grande abilità, nipote del Signore delle Tempeste, erede del Casato Maelstronnar e maga di corte del re di Narngalis. Da quando aveva dimostrato il proprio ardore in battaglia, tuttavia, la gente aveva preso ad adorarla come una salvatrice, dandole titoli quali Regina di Spade, Baluardo di Tir, Eroina dei Quattro Regni e Dama Conquistatrice. Alcuni la chiamavano semplicemente

Lamafulva, come se lei e la spada fossero un'unica entità, ed effettivamente lei portava l'arma sempre con sé, sistemando il fodero sulla
cinta ogni mattina e tenendola costantemente al suo fianco.

Quelle adulazioni, tuttavia, tendevano a disturbarla. «Non datemi
tanto merito», chiedeva loro, in tutta sincerità. «Non dipende da me,
è semplicemente una fortunata casualità che sia nata figlia del brí e
benedetta da qualità che mi danno motivo di non temere il campo di
battaglia. Chiunque, in possesso di queste mie facoltà, agirebbe allo
stesso modo.»

Nonostante le sue proteste, gli encomi si susseguivano senza sosta.

Vi era un'altra questione che la disturbava, seppur in misura minore: per tutti i regni, notizie dell'incontro coi goblin sulle Brughiere
Tempestose si spargevano come fiamme sull'erba secca. Tutti mormoravano dello stupore che aveva accompagnato il vedere l'orda unseelie e scoprirla tanto avvenente e di bell'aspetto quando le storie
avevano tramandato immagini di impressionante bruttezza! In determinati ambienti, tuttavia, l'argomento di conversazione preferito era
il Re dei Goblin, Zaravaz.

Migliaia di donne erano consumate dal dolore per la perdita di
mariti, fratelli, compagni o figli e nipoti, uccisi in battaglia dai goblin,
eppure altre, di ogni ceto e provenienza, avevano preso a parlare di
quella figura. Non era tanto il fatto che discutessero di questo para-
gone di crudeltà, a disturbare Asrăthiel, quanto più la frequenza con
cui lo facevano. Le principesse Lecelina e Winona, per esempio, erano
spesso impegnate insieme alle loro dame di compagnia a speculare, nel
loro salottino, riguardo agli abiti di Zaravaz, i suoi capelli o al colore
dei suoi occhi. Discutevano di ogni sua azione che veniva riferita loro
dal campo di battaglia – dalla sua abilità a cavallo, alla sua maestria in
combattimento – con un misto di orrore e fascino, come passanti che
incappino nel luogo di un grave incidente e rimangano ad osservare,
senza poter distogliere lo sguardo nonostante quella vista faccia accap-
ponare loro la pelle. Ogni minimo brandello di informazione riguardo Zaravaz era carpito e fatto oggetto di un'analisi minuziosa, ed ogni
argomento era aperto; le leggende che lo riguardavano, la sua storia, il
modo con cui lui e le sue orde unseelie erano stati nuovamente liberati

su tutta Tir, dove si fossero nascosti dopo il termine delle guerre dei goblin, e dove si recassero fra una battaglia e l'altra.

«Si dice che Zaravaz non sia stato sepolto insieme ai suoi cavalieri nelle caverne d'oro». bisbigliavano fra loro le pettegole. «C'è chi dice che sia sempre stato libero, ma che i suoi poteri fossero vincolati da un potente incantesimo.»

«Noi abbiamo sentito dire che risiede in uno stupendo palazzo fatto interamente di ghiaccio, da qualche parte fra le alture a nord». andavano cianciando. «Una roccaforte stregata sorvegliata da wight spietati, in cui nessun uomo osa mettere piede.»

I pettegolezzi erano sempre sussurrati con toni di marcata ostilità, testimoniati dalle teste scosse e dai borbottii di disapprovazione che li accompagnavano, eppure chi ne discuteva sembrava non riuscire a lasciar cadere l'argomento, e un osservatore superficiale avrebbe potuto avere l'impressione che queste persone non vedessero l'ora di poter posare gli occhi sul Re dei Goblin, nonostante giurassero e spergiurassero di disprezzarlo e volerlo vedere cancellato dall'esistenza.

Asräthiel non aveva né l'intenzione né tantomeno il tempo di prestare attenzione a quelle chiacchiere insopportabili, dal momento che buona parte delle sue ore di veglia erano passate a sovrintendere ai trasporti tramite palloni aerostatici, alla guida dei quali si trovavano equipaggi inesperti, incaricati di trasportare passeggeri che mai prima di allora avevano solcato i cieli. Ogni volta che aveva un attimo libero per sé stessa, i suoi pensieri le portavano confusione e pena; sentiva un lugubre destino avvicinarsi e desiderava che sua madre si svegliasse dal suo sonno, prima della fine, così da poterla abbracciare un'ultima volta. Sentiva il proprio cuore inquieto, preso fra il desiderio di rivedere suo padre e il cordoglio per il tradimento dei Consiglieri di Ellenhall.

Il suo animo sanguinava anche per il piccolo e sconsiderato Fior di Cardo, e per l'orrenda azione a cui l'aveva costretta. Come poteva essersi stancato di un mondo così pieno di infinite meraviglie? Come aveva potuto lei lasciarsi sfuggire i segni della sua angoscia, lei che lo conosceva meglio di quanto qualunque umano potesse dire di conoscere un wight? Se avesse saputo quanto profonda era la sua depressione di certo avrebbe fatto tutto ciò che era in suo potere per rincuorarlo. Era forse possibile che avesse in qualche modo sbagliato? Che avesse involontariamente contribuito ad aggravare la sua tristezza? A nessuna di queste domande avrebbe mai potuto avere risposta.

A tratti, tuttavia, nelle sue riflessioni si soffermava anche sull'oggetto delle chiacchiere delle donne, ma cercava di pensarci il meno possibile. *Meglio ignorare del tutto questi mentecatti perditempo, non meritano un istante della mia attenzione.* Nonostante si ripetesse spesso queste cose, un giorno chiese ad Avalloc, quasi distrattamente, che cosa sapesse delle voci riguardo all'incantesimo lanciato sul Re dei Goblin.

«È senza dubbio vero che non è mai stato sepolto nelle grotte dorate», rispose questi. «La sua sorte previde un tipo diverso di prigionia. I signori del clima lo cinsero di pesanti catene di pura gramarye, rendendolo inoffensivo e impedendogli di usare i suoi poteri. Questo sono riuscito ad apprendere, mentre ciò che rimane ancora da scoprire dovrà attendere. Non dubito che ci siano informazioni esaurienti in merito, da qualche parte negli archivi, ma non ho ancora avuto tempo a sufficienza per scavare fra quei tomi, e gli scribi sono stati impegnati in altre questioni più urgenti.»

Ben più felice di Asräthiel era uno dei druidi minori del Sanctorum di Cathair Rua, il cui bizzarro compito era produrre profezie sempre nuove e sempre più arzigogolate, che sarebbero poi state proclamate dai suoi superiori. Ricevute le ultime notizie dal campo di battaglia, questi prese a saltare dalla gioia, sostenendo di aver previsto con precisione questa esatta sequenza di eventi; era pur vero che una volta interrogato con maggior insistenza in merito, egli fu costretto ad ammettere che a voler essere precisi, nella profezia a cui egli si riferiva non v'era che una frase che rispondesse a verità: *"Per tre volte essi si raduneranno sulle brughiere."* Questa frase, presa fuori dal suo contesto, si sarebbe potuta riferire allo scontro fra la genia unseelie e la razza degli uomini, ma le frasi precedenti ed antecedenti rendevano quella conclusione irrilevante:

"Quando la languida arvicola cadrà dall'antica meridiana di quercia,
Per tre volte essi si raduneranno sulle brughiere,
E la pagnotta semicruda verrà calpestata ..."

Soddisfare gli ordini dei cavalieri goblin richiese uno sforzo immenso, che a tratti spinse Asrăthiel a temere che le condizioni da loro poste non sarebbero potute essere soddisfatte prima dello scadere del termine. Nonostante ciò, quando la luna sorse sulla notte indicata come termine ultimo, il compito era stato eseguito. Per la terza volta – che, come tutti ben sapevano, sarebbe stata l'ultima, indipendentemente da come sarebbero andate le cose – Asrăthiel attendeva insieme ai suoi compagni al confine meridionale delle Brughiere Tempestose, al calare del sole al tramonto.

Solenni nell'aria tiepida della sera, tutti i luminari di Tir si radunarono, consapevoli di trovarsi davanti ad un possibile sacrificio, sentivano i loro cuori battere loro nel petto. Non erano accompagnati da soldati semplici, ma bensì da lunghe file di cortigiani ed ufficiali militari, sia uomini che donne, gli attendenti delle famiglie reali. I morti erano da tempo stati portati via dal campo e i cespugli di erica, le felci e la ginestra, tutti schiacciati e devastati dalle armate stavano rifiorendo, così che le brughiere erano coperte di una lieve patina verde. Ciuffi viola di cardi di montagna completavano quel tappeto di foglie, mentre falene dalle ali bianche e rosa chiaro volteggiavano come petali di fiori di melo nel tramonto d'estate, sotto un firmamento di lucido zaffiro sempre più scurito da tinte ametista.

Sulla scalinata di un Oratorio in rovina e senza tetto, il Principe Ronin, circondato dai compagni e dai cortigiani a lui più vicini, era inginocchiato a pregare i Fati, che potessero essere misericordiosi verso suo padre. Su una sezione del pavimento rialzato dell'edificio in rovina, una manciata di druidi anziani era in piedi all'interno di una palizzata aperta formata da una serie di colonne frastagliate di diverse altezze. Stavano intonando una litania, sotto la guida del dal Primoris Virosus. Una seconda nobile compagnia si avvicinò, mentre gli ultimi raggi di sole colpivano i lati delle colonne, striandone i solchi smussati di sfumature d'albicocca e zafferano. Si trattava della Principessa Solveig Torkilsalven, colei che era stata promessa in sposa a Kieran, fratello di Ronin, accompagnata dal suo seguito. Fianco a fianco, principe e principessa si inginocchiarono sulle pietre rovinate, assumendo una postura sottomessa e deferente verso quei poteri più alti, invocando la clemenza dei Fati sui popoli di Tir. Nuvole di minuscole ali, simili a tremolanti brandelli di coriandoli, si espandevano e si contraevano dentro e fuori dalla palizzata di pietra.

Nel vedere quei gruppi di persone illuminati dalla luce ambrata fra le rovine coperte di muschio e le delicate nuvole di falene, il Principe William si rivolse ad Asräthiel: «Solveig e Ronin invocano l'aiuto di illusioni create ad arte dai druidi. In fondo, però, che cos'altro ci resta da fare?»

«È vero», rispose la giovane, guardando con dolcezza la scena. «Ronin è consapevole dei giochi di potere del Sanctorum, ma ormai è caduto in preda alla disperazione. Questi rituali danno ad entrambi una certa misura di conforto.» Incontrando lo sguardo del giovane principe, mormorò quindi: «Uno dei detti di mio nonno recita, 'Una falsa speranza è meglio di nessuna speranza'.»

Il sole affondò, scomparendo alla vista e trascinandosi appresso una cappa di oscurità. Gli insetti sospesi in aria scomparvero come fiammelle spente all'improvviso. Fra le tende venivano accesi piccoli fuochi di vedetta, mentre la notte faceva i primi passi sul sentiero d'ansia che la separava dal mattino. Da un'orizzonte all'altro i cieli facevano da volta al campo aperto delle brughiere, simili ad una ciotola di cristallo nero incrostata di meravigliosi luccichii e lampi di meteore.

Non vi fu segno dei cavalieri goblin prima di mezzanotte, poi, in un batter d'occhio, essi comparvero. Come già avvenuto, nessuno li aveva visti o sentiti avvicinarsi, e sempre come in precedenza essi giungevano accompagnati dai loro trollhästen e coboldi, mentre sopra di essi si libravano i loro gufi di pece, simili a ombre di enormi foglie; i cavalieri arcani erano, come tutti ricordavano, vestiti di pellicce, argento e grezze gemme di brina purissima. I loro capelli erano lisci come un fasci di fili di seta, eppure attraversati da una leggerissima ondulazione. Sembrava impossibile, ma parevano più belli che mai, tanto che quanti non li avevano mai visti prima ne furono come paralizzati, mentre coloro che li avevano già incontrati furono presi da una rinnovata ammirazione per la loro perfezione.

Come in precedenza, alla testa della sua armata a cavallo giungeva Zaravaz, il Re dei Goblin. Le donne sospirarono, al vederlo, poiché egli era tanto oltre la comune bellezza che esse, non sapendo come comportarsi, rimasero senza parole. Era alto poco meno di un metro e novanta, di bellissimo aspetto, e sedeva con eleganza impeccabile in sella al suo cavallo. Ogni suo movimento trasudava una vitalità e grazia naturali, e quando si voltò per guardare oltre i ranghi dei cavalieri che lo accompagnavano, un luccichio dietro la sua testa attirò l'attenzione generale – un semplice fermaglio dalla forma simile ad una coppia di ali spiegate, chiuso attorno ai suoi capelli grigi come una nube temporalesca.

I componenti dell'immensa folla che si era radunata per ordine di Zaravaz montarono a cavallo o salirono su carri, ognuno dei quali era stato ripulito da ogni traccia di decorazioni d'oro, ed avanzarono per incontrarlo, accompagnati da chiasso e tintinnii metallici, ma senza che si udisse una singola parola. Pochi altri esseri umani avevano osato rimanere ad assistere pur non essendo stati convocati. La reputazione di spietata ferocia che circondava i goblin aveva stretto i loro cuori in una morsa di terrore. Soldati, popolani e gente comune; la maggior parte aveva abbandonato la propria abitazione o il proprio campo e si era data alla fuga, molto oltre le brughiere, in cerca di un posto in cui nascondersi, un ultimo tentativo di sfuggire ad un destino crudele . . .

Legato da corde di seta, deperito e abbattuto, Uabhar sedeva in sella ad una cavalla dal manto color castano; alla sua sinistra cavalcava Conall Gearnach, mentre alla sua destra il Principe Ronin. Insieme a loro avanzavano gli ultimi due re rimasti su Tir, Warwick e Thorgild, accompagnati dai propri figli, figlie ed ufficiali di grado più alto. Giungevano anche la Regina Saibh, la Regina Halfrida di Grïmnørsland, e perfino la vedova di Chohrab, la Regina Parveneh; il Duca Rahim e Shahzadeh, Principessa Reale di Ashqalêth, seguiti da Lord Avalloc e, a piedi, da lady Asrăthiel Maelstronnar. Il Primoris Asper Virosus e tutti i più venerabili druidi di Tir accompagnavano quel gruppo, insieme a Cuiva Featherfern Stillwater, la Bianca Dama della Palude; l'anziana Lidoine Galenrithar, con una compagnia di sue sorelle, il Duca di Bucks Horn Oak; Lord Genan di Áth Midbine, gli aristocratici e i cavalieri più importanti di tutti i regni e molte altre persone influenti.

Quando furono tutti radunati di fronte al Re dei Goblin, in sella al suo destriero rutilante di fiamme, il Principe Ronin smontò da cavallo, inginocchiandosi sul fogliame asciutto che copriva il terreno e disse, chinando il capo: «Mio signore, a voi si rivolge un umile supplice.» Quelle parole fecero ribollire di rabbia il seguito di attendenti Slievmordhuani, la cui frustrazione nel vedere il proprio principe umiliarsi ai piedi del proprio mortale nemico era esacerbata dall'essere trattenuti, impossibilitati a muovere anche solo un dito per correggere quel torto. Molti di loro distolsero lo sguardo, non riuscendo a sopportare quella vista.

«Io sono il futuro re di Slievmordhu», disse Ronin, «e ciò mi dà un enorme valore politico. Vi supplico, lasciate che prenda il posto di mio padre in questo scambio.»

Il malvagio condottiero non rispose nulla, a questa richiesta, ma il suo primo luogotenente, Zauberin, replicò in tono insolente: «State mettendo alla prova la nostra pazienza. Era stato deciso che gli ostaggi ci sarebbero stati consegnati senza discussioni e senza tentativi di contrattazione. Una parola di più ed abbandoneremo ogni tentativo di essere magnanimi ed il nostro patto reso nullo.»

Ad un cenno distratto del Re dei Goblin, uno dei compagni d'armi unseelie di Zauberin si fece avanti: «Io sono Zerstör, il secondo dei luogotenenti del Re. I termini dell'accordo sono stati già decisi, Ronin Ó Maoldúin. Se oserete iniziare ulteriori discussioni le nostre future interazioni avverranno non a parole ma a colpi di spada, e vi assicuro che delle due eventualità, la seconda darebbe un piacere infinitamente maggiore sia a me che ai miei fratelli.»

Gli uomini al seguito di Ronin strinsero i pugni, torvi in volto ed impotenti, consumati dalla rabbia al vedere il trattamento riservato al loro principe, che si limitò a rialzarsi senza dire una parola e rimanere accanto al suo cavallo.

Uabhar, a quel punto, alzò lentamente il capo scarmigliato, come se al collo portasse legata una pietra da macina, e si rivolse con voce disgustata al figlio: «Cercare perfino di farti passare per eroe sfruttando me. Avrei di gran lunga preferito morire nelle prigioni piuttosto che fare da strumento per questa tua autocelebrazione.»

«Padre— » l'agonia del principe era straziante a vedersi. Faticava a comunicare i propri pensieri, cosa che era evidente gli stava costando uno sforzo enorme. «Padre, siete troppo duro con me», continuò, «poiché non sono mai stato che un figlio devoto. I miei intenti sono puri, per quanto anche io riconosco di avere le mie mancanze. Forse potreste anche voi riconoscere questo, in me, e fare altrettanto.»

Mai prima di allora, in vita sua, si era spinto così vicino a criticare suo padre.

Uabhar rivolse a Ronin uno sguardo sdegnoso e fece come per parlare, quando Fergus, che era rimasto poco lontano, un sole d'ira a covargli in petto, cedette: «Tu, vecchia piaga disgustosa che non sei altro! Sei tanto rigonfio della tua corruzione che non riesci nemmeno più a vedere la purezza altrui. Mio fratello darebbe la sua carne e il suo stesso sangue per il re e per la patria, e tutto ciò che tu riesci a fare è sputare insulti.»

«Sparisci», sibilò Uabhar, «tu non sei mio figlio.»

«Ora basta, con questi battibecchi familiari», scattò Zauberin, facendo un gesto minaccioso. Uabhar, tuttavia, riuscì comunque a lanciare un'ultima frecciata alla sua ingrata progenie.

«Possa la corona di Slievmordhu portarti tutto il bene possibile», disse con astio a Ronin. «Tanto varrebbe che ti gettassi ora sulla tua stessa spada. Virosus ha maledetto la stirpe reale, padre e figlio, fino alla fine dei tempi. Non riuscirai mai a prosperare, pur con tutte le tue belle parole e la tua spavalderia.»

Il Principe Ronin si chiuse nel silenzio, dopo quella frase, ma il suo viso era quello di un uomo che fosse appena stato passato a fil di spada.

Asrãthiel, d'altro canto, fu sgomenta nel rendersi conto che era a stento in grado di prestare attenzione al tormento di Ronin, poiché la sua attenzione andava inevitabilmente a focalizzarsi sul Re dei Goblin. Ora che gli era più vicina di quanto non fosse mai stata, osò indugiare su di lui con lo sguardo quanto più a lungo le riuscì, memorizzando ogni dettaglio.

La sua presenza era magnetica. Dall'aspetto sembrava che avesse visto passare dai venti ai trentacinque inverni, ma essendo immortale doveva avere migliaia di anni. I capelli, che portava sciolti, gli cadevano lungo la schiena ed erano di un nero intenso, coperti a tratti da una patina di iridescenza azzurra, simile al colore sulle ali di una farfalla o sulle piume di un pavone, non tanto un pigmento quanto più un effetto causato da come la luce si rifletteva su ogni capello.

E poi, gli occhi.

Il loro colore era un viola brillante, simile a quello di una tempesta che infuria. Le ciglia erano nere come i capelli, contornate alla base da una sottile linea nera, non un'aggiunta cosmetica ma una colorazione naturale, il cui contrasto contribuiva solo ad accentuare il suo aspetto distinto. Pareva essere stato forgiato dalla cupa mezzanotte e dal sorgere della luna, da lingue di fiamma e gelida brina. Era così dolorosamente bello che guardarlo troppo a lungo avrebbe significato pugnalare al cuore le proprie speranze.

Asrăthiel distolse lo sguardo a fatica.

«Prenderò tre di voi», disse il Re dei Goblin, «come tributi.» Fu, quella, la prima occasione in cui parlò, e le sue parole avevano un suono elettrizzante. La sua voce era chiara e penetrante, una canzone piena di vita cantata da fiumi impetuosi, che mancava del tono brusco dei suoi fratelli, sostituito da un timbro ricco e morbido. Le parole che pronunciava, di contro, si insinuavano nell'animo umano, portandolo al limite estremo prima di un'esplosione di puro terrore, come chiavi che carichino un meccanismo fin quasi a farlo scattare, nonostante avessero allo stesso tempo dissipato la paura che potessero essere centinaia, le persone prese prigioniere. I goblin avevano dato prova di essere assai imprevedibili. Fra tutti i mortali in ascolto si diffondevano le stesse domande: *Prenderanno me? Prenderanno forse qualcuno che amo?*

«Tre individui per quattro regni», disse Zaravaz. «Uno sarà risparmiato. So essere generoso.»

«Il re di Slievmordhu è uno dei tre di cui avete chiesto», disse Avalloc con formalità, indocando il prigioniero accigliato. «Potrete trovare il Pettine Silvano nella borsa alla sua cintura.»

Tutta l'attenzione si rivolse nuovamente verso Uabhar, che osservava tutti con sguardo d'odio dalla sua sella.

«Fossi io a scegliere gli ostaggi, mi sovverrebbe più d'un ripensamento», lo schernì Zauberin. «Quello ha la faccia lunga come un cavallo appena svegliato.»

Quasi spinto da un semplice pensiero da parte del suo cavaliere, il destriero demoniaco del Re dei Goblin avanzò con leggerezza verso la giumenta dal manto castano sulla cui groppa sedeva il re deposto.

«Uabhar Ó Maoldúin, rechi con te dell'oro?" Chiese Zaravaz.

Uabhar, ora posto sotto lo sguardo attento del regnante unseelie, perse completamente l'aria fredda che aveva mostrato nell'umiliare il figlio. Il Signore dei Malvagi lo stava ora interrogando, ed egli tremava nei propri stivali. Pareva perfino troppo terrorizzato per formulare una risposta, ma Avalloc intervenne: «Lo abbiamo spogliato di tutto l'oro che aveva, come richiesto; anelli, fibbie e indumenti intessuti d'oro.»

«Sebbene io non metta in dubbio la tua parola, Signore delle Tempeste», fu la risposta di Zaravaz, «mi chiedo se tu non sia in errore. Uabhar, hai mai avuto denti marci in bocca?»

«Non c'è oro nella mia bocca!» Esclamò prepotentemente Ó Maoldúin. «Lasciami in pace, tu cosa immonda, creatura di tenebre!»

«In verità, umano, desidero saggiare la bontà delle tue affermazioni.» Zaravaz fece un cenno ad un coboldo poco distante, che saltò agilmente sul cavallo di Uabhar come un gatto che si lanci su una preda, per poi trascinare a terra il cavaliere. La minuscola creatura aveva con sé un enorme paio di pinze di metallo. Uabhar ululò di rabbia e terrore, mentre la creatura gli apriva la bocca a viva forza per frugarvi all'interno, mentre di contro i cavalieri goblin scoppiarono a ridere di gusto.

«Visto quanto la tua lingua, Uabhar, si sia appena dimostrata scortese nei miei confronti», commentò il Re dei Goblin, «sarebbe senza dubbio appropriato chiedere al buon Nidhogg di strappartela, per impartirti una lezione.»

Interrompendo il suo compito attuale, il coboldo rivolse al suo padrone uno sguardo interrogativo, mentre la sua vittima si contorceva e gemeva nella sua presa.

«Tuttavia questo ci priverebbe della deliziosa musica delle tue suppliche, perciò eventualmente ci penseremo più avanti. Chiudigli la bocca», disse Zaravaz al coboldo, che obbedì e saltò giù dal petto dell'uomo. «Trovato sorprese sgradevoli lì dentro, Nidhogg? No? Tanto meglio per te, Uabhar, che quei tuoi spunzoni d'avorio siano in buono stato, perché in caso contrario il mio piccolo vassallo qui sarebbe stato costretto a scalzarteli di bocca.»

Quell'individuo, umiliato e miserabile, che un tempo aveva ordinato molti atti come questo, o perfino peggiori, si rannicchiò su sé stesso. Dalla sua posizione in groppa al suo trollhäst, da cui torreggiava sull'uomo a terra, Zaravaz lo squadrò da capo a piedi, come divertito da un pensiero scherzoso, poi disse con un accenno di sorriso: «Sia allora istituita una prova, per decidere a chi sarà permesso godere della compagnia dei goblin. Rispondi a questa domanda, Uabhar Ó Maoldúin. Se stessi partecipando ad una corsa campestre e ti trovassi a superare la persona che occupava il secondo posto, in che posizione ti troveresti?»

Uabhar esitò, davanti a quella domanda inaspettata. Per un certo tempo non disse nulla, ed era evidente che stava tentando di superare la paralisi del terrore per concentrarsi sul rispondere a quell'indovinello.

«C'è un limite di tempo.» Aggiunse Zaravaz, mellifluo.

«Ritengo che sia una domanda trabocchetto», fu tutto ciò che Uabhar riuscì a dire.

«E ciò nonostante devi rispondere, ora.»

«Primo!» Strillò l'uomo con voce stridula. «Sarei primo!»

«Sbagliato», disse il Re dei Goblin, puntando contro Uabhar un lungo dito sormontato da un anello ed aggiungendo: «E per questo sembra proprio che dopotutto verrai con noi!»

Un singhiozzo rauco sfuggì alla gola di Uabhar. In quel momento, due coboldi tarchiati si fecero avanti e alzarono in piedi il malcapitato dalla posizione fetale in cui si trovava, per trascinarlo poi via con loro. Altri cinque loro simili, vestiti di armature rosse, tolsero sella e briglie alla cavalla senza cavaliere, la voltarono e la lasciarono libera di galoppare via. Mentre i guerrieri coboldi trascinavano il prigioniero all'interno dei propri ranghi, questi iniziò ad urlare, implorando pietà, tentando di divincolarsi dalla loro presa, gemendo e lamentandosi come un gatto selvatico, promettendo di dare loro qualunque cosa volessero – sua moglie, i suoi figli, i suoi tesori – se solo l'avessero risparmiato, ma gli wight non lo ascoltarono. «I cieli ti maledicano, vigliacco! Fa silenzio!» fu il severo ammonimento di uno dei cavalieri goblin, «o presto nemmeno colei che ti ha partorito saprà riconoscerti!»

I nobili della Corte di Slievmordhu distolsero gli occhi da colui che una volta era loro re, spostandosi sul posto, messi in grande disagio ed imbarazzo da quel comportamento. Il Principe Ronin restava in piedi, immobile, a fianco del suo palafreno, lo sguardo rivolto in avanti, come se fosse fatto di vetro e rischiasse di frantumarsi al minimo movimento, ed invero qualcosa di simile ad una perla di vetro gli luccicava su una guancia.

Quando Uabhar non fu più a portata di occhi e orecchie, l'avvenente Zaravaz fece trottare il suo destriero avanti e indietro di fronte alle fila di dignitari umani che osservavano trepidanti. Nel cavalcare, li apostrofò così, «Ora, riguardo il nostro secondo ospite. Avrei potuto prelevare l'altro re, Chohrab Shechem, ma nella sua condizione attuale, ben poco potrebbe fare per divertirci.»

Il suo trollhäst rallentò il passo, per poi fermarsi.

«Essendo morto, s'intende.»

Alcuni dei cavalieri goblin risero. Gli esseri umani presenti rimasero in silenzio.

In lontananza, illuminata dalla luce delle stelle, una mucca deforme arrancava verso la foresta di pini che costeggiava la brughiera. Inclinando la testa di lato, il Sovrano dei Goblin, con la sua vista acuta, osservò pensosamente l'animale, da sopra le teste del suo pubblico recalcitrante. «Forse potrei prendere quella mucca, al posto dello sfortunato Shechem.» mormorò.

Tutti si guardarono alle spalle per vedere che cosa stesse guardando. Tutti, uomini e donne, trattennero il respiro e incrociarono le dita. I tributi richiesti erano tre, non uno di più, e gli eldritch wight erano obbligati ad onorare la parola data. Se i goblin avessero preso la mucca sarebbe rimasto poi solo un altro ostaggio da scegliere.

«Ma dopotutto non penso lo farò», disse poi Zaravaz, e gli umani presenti si sentirono come se ogni goccia di sangue fosse stata risucchiata loro dalle vene per essere gettata ad inzuppare le brughiere.

Continuarono ad osservare con apprensione crescente, mentre il Re dei Goblin spostava di nuovo la sua attenzione sulla folla. Alzando la voce, si rivolse ad un uomo anziano e ben vestito, che nessun altro aveva notato aggirarsi nelle retrovie. «Forse prenderò te!»

Lanciato un grido, l'uomo si accasciò su se stesso ed uno scudiero corse verso di lui per sostenerlo.

Il Principe William non fu in grado di trattenersi oltre. «Vi prego, mio signore, non prendete il vecchio barba grigi», disse a Zaravaz, dimenticando temporaneamente il divieto di protestare nella sua fretta di acquietare il panico del vecchio. «Non è che un innocuo viandante che ci ha molto aiutato ed è sotto la protezione di Narngalis.»

Il Re dei Goblin sospirò, tamburellando le dita sulla spada che portava assicurata alla cintura.

Calò un silenzio tombale.

Fu in quel momento che William si rese conto della gravità dell'errore da lui commesso, opponendosi al Re dei Goblin, così come compresero anche tutti i presenti, che si pietrificarono, sentendo i cuori congelarsi loro nel petto. Il Primo Luogotenente Zauberin li aveva avvisati: *"Una parola di più ed abbandoneremo ogni tentativo di essere magnanimi ed il nostro patto reso nullo."* Anche Zerstör, il secondo luogotenente del re, aveva ribadito questo editto, ammonendoli: *"Se oserete iniziare ulteriori discussioni le nostre future interazioni avverranno non a parole ma a colpi di spada."*

Il bellissimo Zaravaz scosse la testa con aria rammaricata, come un insegnante paziente i cui studenti abbiano dimenticato una lezione dopo svariati tentativi di apprenderla.

«Ebbene, *aachionard*,», disse in tono rilassato, rivolto al suo primo luogotenente, «che cosa suggerisci, pensi dovremmo finirli ora?»

«*T'eh lhien, y hiarn*» rispose Zauberin. «Cercano di mercanteggiare, trattandoci come se non fossimo che goblin dei boschi o ciarlatani da mercato. Ci insultano e fingono di non averlo fatto.»

«Imploro clemenza per il mio errore» protestò immediatamente William. «Fate ciò che preferite di me, ma vi prego, non punite tutti per l'errore di uno solo!»

«Ciò che non sembrate capire», disse Zauberin, arricciando un angolo del labbro superiore, «è che in molti aspetti tutti gli esseri umani sono per noi identici. Io stesso fatico a distinguervi l'uno dall'altro. Affermi che la colpa è tua, ma potrebbe benissimo essere stato l'uomo che vedo a fianco a te, ad insultarci. Dal momento che non possiamo essere sicuri è necessario castigarvi tutti quanti, così da essere certi di punire anche il colpevole.»

William avvampò di rabbia e vergogna, ed Asräthiel fece un passo più vicino a lui, così da potergli almeno appoggiare una mano sul braccio per dargli un minimo di conforto. Prima che potesse raggiungerlo fu fermata da tre coboldi ghignanti. Le loro code sferzavano l'aria, muovendosi avanti e indietro come serpenti infuriati. Arretrando per la sorpresa, non procedette oltre, ma l'istinto spinse la sua mano sull'elsa della spada.

Aveva portato Lamafulva con sé. L'errore era stato involontario, poiché anche se i goblin avevano imposto agli esseri umani di *"Non portare con sé oro"* ella non aveva mai associato l'oro a Lamafulva – almeno non l'oro comune. l'arma era evidentemente e inconfutabilmente la Spada Dorata, ma la giovane non la vedeva più come un oggetto di metallo di un qualsiasi tipo, ma come un cimelio, un simbolo; un oggetto prezioso e di foggia squisita. L'aveva, in effetti, messa alla cintura come al solito quella mattina, senza pensare; fu solo in quel momento che si rese conto che il divieto tassativo dei goblin doveva necessariamente includere anche la sua spada, e fu avvolta da una sensazione di gelo. Pur comprendendo il suo errore, Asräthiel si rese anche conto che in qualche modo era riuscita a nasconderlo a tutti. I goblin dovevano aver ignorato la spada nel suo fodero.

«*Brouteraght*», disse il secondo luogotenente Zerstör, splendido nella sua cotta di maglia nera e gioielli eziolati, le sue parole rivolte all'intera folla di umani lì radunata, «non abbiamo mai chiesto che i principi e i capi degli esseri umani ci incontrassero disarmati. Sapete perché? Perché non abbiamo nulla da temere dal vostro ferro e dal vostro acciaio. Le vostre armi non vi saranno d'aiuto.»

Rincuorata dal peso di Lamafulva, assicurata al suo fianco, sulla cui elsa poggiava la sua mano, Asrăthiel pensò, *tranne una.*

«Tranne una», disse il Re dei Goblin, come se le avesse letto nel pensiero. Improvvisamente le era di fianco e si stava chinando verso di lei dalla sella del suo cavallo. La punta della sua spada le aveva già tagliato l'anello della cintura, e Lamafulva stava roteando in aria insieme al suo fodero. La spada del re, forgiata dai goblin, la seguiva in un ampio arco, scorporandosi progressivamente in polvere fra sibili e stridii. L'arma dorata atterrò con un tonfo fra ciuffi di erica, ma la spada goblin si dissolse in un filo di fumo fuligginoso disperso dal vento. Zaravaz si era allontanato con la stessa rapidità con cui era arrivato; quando la giovane guardò nella sua direzione, questi era già ad una decina di metri di distanza.

I goblin non si erano affatto scordati di Lamafulva.

«Lasciatela in pace!» Gridò William, preso dall'ira, mentre lui, suo padre ed Avalloc si affrettavano a raggiungere la giovane maga. «Sei ferita?» le chiese il principe all'orecchio, in un sussurro.

«Non mi ha toccata.»

«Quante altre umiliazioni saremo costretti a soffrire?» ringhiò Re William, pur tenendo la voce bassa, per precauzione.

«Non posso più tollerare questi giochetti» Aggiunse Thorgild, irato. «Ah, quanto mi piacerebbe mettere fine ai loro soprusi!»

«Vi avevamo ordinato di non portare oro con voi!» Gridò il Luogotenente Zauberin, la cui indignazione pareva frammista alla gioia per il fatto che i suoi nemici gli avevano dato una scusa per punirli.

Il suo comandante, tuttavia, fece un gesto come per allontanare una mosca fastidiosa, dicendo, «Quel coltellino da burro non è che un giocattolo.»

Il Principe Walter smontò di sella e corse verso la spada a terra, intenzionato a raccoglierla, quando un gruppo di feroci coboldi gli si parò davanti, ed egli fu costretto ad arretrare.

«Lasciate Sioctíne dov'è», disse impaziente il bellissimo guerriero goblin. «Abbiamo faccende più importanti per le mani.»

Asrăthiel non poté fare a meno di notare che i capelli di colui che aveva appena parlato – tanto affascinanti da essere certamente intessuti di un qualche incantesimo – erano tanto neri da parere mai toccati da raggio di luce, eppure quando il vento della sera vi passava le sue dita, scintille liquide percorrevano ogni capello, come se ciascuno fosse attraversato da fuoco nero. Si sentiva separata dalla realtà. Le terribili circostanze che minacciavano la sua intera specie, i conflitti passati e, probabilmente, futuri, l'incertezza riguardo a cosa il volubile Zaravaz avrebbe fatto; tutto ciò sembrava distante, quasi parte di un sogno, in confronto all'attrazione forte – no, irresistibile, che emanava dal Re dei Goblin, la cui presenza aveva sopraffatto i suoi sensi come un preparato galenico, lasciandole ben poca presenza di spirito nei confronti di qualunque altra cosa.

Per un lungo istante, il Signore dei Malvagi si fermò, come indeciso, mentre gli esseri umani presenti si domandavano se questi avrebbe punito William per la sua reazione, e se quella sera sarebbe stata l'ultima per tutti loro. Asrăthiel fletté la mano con cui solitamente impugnava la spada, la sua unica difesa, che ora desiderava solo riavere in pugno, pur essendo contemporaneamente distratta. Zaravaz rifletté, poi sembrò che avesse preso una decisione, ed un sorriso illuminò lentamente il suo volto bellissimo mentre egli diceva: «Molto bene. Esaudirò i tuoi desideri, William Wyverstone. Non schiaccerò l'umanità solo per via del tuo errore. Sappi che so essere doppiamente misericordioso, oltre che generoso.»

Il commento pungente divertì molto la cavalleria goblin, tanto che molti di loro sogghignarono e si scambiarono commenti, mentre altri risero sguaiatamente, come divertiti da una barzelletta oscena al di là della comprensione dei loro nemici. Ciò nonostante questa concessione inaspettata riempì la folla umana di sollievo ed incredulità. A stento riuscivano a credere alla propria fortuna, e molti di loro ringraziarono silenziosamente i Fati per quei pochi minuti in più.

«Misericordioso senza alcun dubbio, y Hiarn» aggiunse il suo secondo luogotenente, premendosi il dorso delle dita contro le labbra per mascherare un sorriso. I suoi occhi guardavano in lontananza, come se stesse ricordando un atto di indicibile crudeltà. «La magnanimità del mio signore è immensa.»

«Per esempio», disse il Secondo Luogotenente Zerstör, come a voler condividere ed elaborare la burla, «se il mio signore non dovesse trovare tributi adeguati, potrebbe anche decidere di non lavare le terre di Calador-Tir con le lacrime degli umani.»

«Giustappunto», assentì il Re dei Goblin, la voce carica della più perfetta ragionevolezza.

La folla di umani reagì con incertezza a questa dichiarazione tanto vaga, mentre i cavalieri unseelie risero sommessamente.

Zaravaz riprese immediatamente il discorso: «Solamente perché preferirei lavarle col sangue degli esseri umani. in ogni caso in questo momento sto ancora scegliendo i tributi viventi, e ne mancano ancora due. Date le circostanze», continuò, «devo scegliere un altro tributo in luogo di Shechem. Permettimi di rivolgerti una domanda.» Mentre pronunciava quell'ultima frase, il destriero del signore unseelie caracollò, portando il cavaliere davanti al Primoris Virosus, che impallidì dal terrore ed emise un suono strozzato.

Il vecchio druido stava indugiando sulle frange, per così dire, rimanendo nelle retrovie, dov'era assistito da una piccola galassia di attendenti. Il suo cavallo era un palafreno dalla camminata lenta, e dal modo in cui l'uomo era accasciato pigramente sulla sella era evidente che non era abituato a stare in groppa all'animale. Poltrone, sofà e carrozze, quelli erano i suoi sedili preferiti. Ora che colui che era la Lingua dei Fati era diventato il bersaglio del Re dei Goblin, i suoi attendenti se ne allontanarono quasi fosse stato annunciato che il druido aveva contratto la peste bubbonica. Un cavaliere fra le fila dei goblin fu udito commentare: «Ha proprio l'aria di un vecchio rottame corrotto, senza dubbio; un altro miserabile vigliacco.»

Il Principe Ronin fece di nuovo un passo avanti e si inginocchiò. Il suo volto aveva l'espressione di un uomo che non dia più alcun valore alla propria vita, che continui ad esistere solo per compiere il proprio dovere. «Onorevole Goblin», disse a Zaravaz, «se intendete prelevare questo venerabile servitore dei Fati, vi prego di permettermi di fargli una richiesta, prima che se ne vada.»

«Ebbene, Ronin, non si può negare che tu sia un individuo audace», osservò Zaravaz con una certa freddezza. «Mettermi alla prova una seconda volta richiede del coraggio. Fa ciò che desideri, poiché hai dimostrato il tuo coraggio sul campo di battaglia, e hai fornito un apprezzabile esercizio ai miei *graihyn*. Non indugiare, però, poiché la compagnia degli umani inizia ad annoiarmi.»

Il principe si rivolse al druido: «Vi imploro, Lord Primoris, di cancellare la maledizione che grava sul Casato Ó Maoldúin.»

«No», fu la semplice ed acida risposta.

Il principe, visibilmente scosso, accettò il giudizio della Lingua dei Fati con un profondo inchino e fece per ritirarsi, quando si trovò la via inaspettatamente sbarrata dal trollhäst di Zaravaz. «Non dare peso alle loro superstizioni, Ronin», disse il Re dei Goblin. «La maledizione di cui parla non è che un cumulo di parole vuote.»

«Io credo alla maledizione del Sanctorum, Signore dei Goblin» disse il principe. «La Lingua dei Fati dice il vero, dev'essere così.»

«Allora sei doppiamente stolto» disse Zaravaz. «Colui che viene maledetto è chi dà valore alla maledizione stessa. Asper, dì a questo tuo sciocco supplice sfrontato che hai annullato questo tuo cosiddetto anatema.»

Il Primoris, cogliendo al volo un'opportunità di ingraziarsi quella figura potente, iniziò immediatamente a borbottare un incantesimo, roteando gli occhi e alzando le mani al cielo in un tentativo di renderlo più solenne. La cosa andò avanti finché il Primo Luogotenente Zauberin, non potendo trattenersi oltre, scattò: «La notte non è eterna!» Allo stesso tempo Zaravaz urlò improvvisamente nell'orecchio dell'anziano saggio: «Non la stiamo trattenendo da cose più importanti spero» ed a questa frase Virosus saltò sul posto ad un'altezza notevole per la sua età, interrompendo immediatamente le sue declamazioni, dichiarando: «Il rito è compiuto.»

«Le sono grato, Lord Primoris», rispose Ronin, inchinandosi con reverenza al druido con il volto illuminato da gioia e meraviglia. Si inchinò anche verso il Re dei Goblin, il quale annuì in risposta prima di rivolgere nuovamente la propria attenzione sul sapiente e dire con voce severa: «Ora, Asper, ripeti dopo di me, "Ádh benedica gli Argenkindë".»

«No! No, non posso!» gridò la Lingua dei Fati, «sarebbe una

blasfemia, invocare la benedizione dei Fati su wight unseelie!»

Intervenne a quel punto il luogotenente dei goblin: «Farai ciò che il mio signore comanda o ti sarà perforato il fegato con forconi arroventati.»

Gemendo e torcendosi le mani, il druido fece uscire a forza le parole.

«Più forte», disse Zauberin, così che il saggio esclamò a gran voce: «Ádh benedica gli Argenkindë!»

«Bene!» soggiunse Zaravaz con soddisfazione. «Osservate, popoli di Calador, abitanti di Tir, da ora in avanti sappiate che il Prescelto delle Stelle ha profetizzato salute e prosperità ai miei sanguinari *graihyn*. La Lingua dei Fati l'ha detto, perciò dev'essere vero. Asper, rechi oro con te?»

Asper Virosus rispose ad alta voce: «No, Vostra Signoria! Nemmeno una moneta!» Quell'ossequioso servilismo gettava ulteriore vergogna sulla figura del druido.

«Hai forse qualche mozzicone di dente marcio, in quel tuo cranio incartapecorito?»

Con un movimento più rapido del salto di una pulce, prima ancora che il Re dei Goblin avesse finito di parlare, l'anziano druido si era già levato di bocca la dentiera di porcellana e la stava reggendo in alto, così che tutti la potessero vedere, mentre i cavalieri unseelie venivano scossi da ulteriori accessi di riso.

«È buona cosa che tu sia così ansioso di compiacermi, vecchio gufo» commentò Zaravaz divertito. «Erano parecchi anni che i miei *graihyn* non godevano di un intrattenimento tanto apprezzabile. Per quanto», aggiunse, «questo non significhi molto, dato che sono stati sepolti sottoterra per secoli interi.» Levò un dito, e a quel gesto il coboldo Nidhogg agitò la sua frusta con un abile gesto, dando una sferzata che colpì la dentiera, facendola volare via dalla mano del druido ed atterrare da qualche parte in mezzo alla folla umana.

L'aspetto di Virosus si fece funereo, tanto che la sua faccia incavata ricordava una borsa di pelle mal ricucita. «Abbiate pietà di me, fiero cavaliere, poiché sono vecchio e debole. Sarebbe indegno di cavalieri nobili come voi. Non porta alcun onore schiacciare un insetto.»

«Invero sei vecchio, per un membro della tua razza», osservò Zaravaz. «Un'onta ancora peggiore per tutti coloro che ti hanno permesso di vivere tanto a lungo.»

«Ah, prode cavaliere, voi e la vostra razza fate del vostro meglio per umiliarci», mormorò il druido. Brusco e rancoroso per natura e per effetto della sua abitudine ad essere oggetto di una deferenza universale, egli era riuscito a raccogliere un briciolo di spavalderia. «Provate diletto nel perseguitarci.»

Zaravaz non si degnò di rispondere.

«E facciamo bene», intervenne il suo luogotenente, prendendo le redini del discorso, «poiché tutto il popolo dei Glashtinsluight considera detestabile la vostra intera razza, e la vostra presenza su questo mondo ci è intollerabile. Consideriamo nostro dovere intingere le nostre spade nel vostro sangue.»

«Che le stelle non abbiano a sprecare un altro raggio di luce su questa faccenda», disse il Re dei Goblin, riprendendo la conversazione. «Farò in modo che questa notte finisca presto.» Con un tono quasi rilassato, lanciò al druido una domanda inaspettata: «Asper, se stessi partecipando ad una corsa in che posizione ti troveresti dopo aver sorpassato l'ultimo corridore?»

Un'espressione subdola guizzò sul volto rinsecchito del Primoris, soppiantando quella di orrore che aveva avuto fino ad un istante prima. Esitò, come se stesse confermando mentalmente la propria risposta, poi si leccò le labbra cascanti e disse: «Nobile Signore, la domanda simile a questa che avete rivolto all'esecrabile Uabhar non aveva tranelli, e la risposta era "al secondo posto". Questa, tuttavia, è una domanda trabocchetto, dal momento che per chiunque partecipi ad una corsa è impossibile superare l'ultimo corridore!» Nel completare la sua risposta, la sua bocca simile ad una saccoccia sgonfia si allungò in un ghigno di trionfo.

«Esatto!» disse il Re dei Goblin, indicando poi Virosus con l'indice e continuando: «Per questo verrai con noi!»

«Ma ho risposto correttamente alla domanda!» strillò il druido terrorizzato.

Zaravaz rispose con tono severo: «Ciò hai senz'altro fatto, è innegabile ed evidente, Asper. Sei stato incredibilmente acuto. Tanto acuto che non puoi non venire con noi.»

Il druido strillava e gemeva, mentre i coboldi lo afferravano, smontandolo di peso dal cavallo per poi trascinarlo via mentre strillava "Che intendete fare di me?", ma nessuno dei suoi accompagnatori mosse un dito o disse nulla per confortarlo o consolarlo. Lo sgradevole pensiero che occupava la mente di tutti, al momento, era un altro. *Due ne hanno presi, uno ancora manca. Chi sceglieranno?*

Di nuovo, Zaravaz scrutò in silenzio i volti dei suoi avversari. «Ora ci siamo finalmente arrivati», disse. «L'ultimo tributo. Smontate da cavallo, tutti quanti.»

Spaventati e sconcertati da ciò che quest'ultimo ordine avrebbe potuto significare, i signori di Tir obbedirono, ma con dignità e senza foga. «Per quale ragione ci ordinano questo?» mormoravano l'uno all'altro. «Nel migliore di casi sarà un'ulteriore punzecchiatura, nel peggiore uno scherzo crudele.»

Alcuni ipotizzavano diversamente: «È senz'altro un inganno. Non ce la caveremo così facilmente, i goblin stanno giocando con noi.»

«Ora prendete tutto ciò che portate sulle groppe dei cavalli, gettatelo a terra e lasciate gli animali liberi», ordinò Zaravaz. «Se non siete in grado di reggervi in piedi da soli dovrete essere trasportati o trascinati.»

«Ci preleverete tutti, quindi?» chiese Avalloc Maelstronnar in tono di sfida, mentre i cavalli venivano liberati dalle selle. «Tutti noi invece di un solo tributo, come avevate promesso?»

La folla sussultò davanti a quello sfoggio di fierezza da parte del signore del clima, ma il Re dei Goblin si limitò a sollevare un sopracciglio e rispondere pacatamente: «Ho detto che tre avrei preso, Signore delle Tempeste, e tre prenderò. Tutti gli altri dovranno tornare alle proprie case a piedi, com'è evidente.»

Conall Gearnach non fu più in grado di contenere la sua rabbia ed esclamò impetuoso: «Ancora intendete umiliarci?» Si eresse, i piedi ben piantati sul terreno e le mani poggiate sui fianchi.

Messi in allarme da quello scoppio di rabbia, gli astanti tentarono di placare l'uomo. «Due-Spade, non lasciare che il tuo orgoglio ci porti tutti al disastro!» lo ammonì Warwick.

Zaravaz osservò con aria meditabonda quel rinomato guerriero che l'aveva sfidato. «Fa' attenzione a come ti rivolgi a me, guerriero di Slievmordhu», disse, prima di voltarsi e dare alcuni ordini ad un altro dei suoi ufficiali, che andò ad occuparsi di Gearnach e della sua sfida.

«Il mio nome è Zwist, e queste parole», disse gelido quel luogotenente, «Conall Gearnach, sono rivolte a te: Fa' molta attenzione a non suscitare l'ira del mio signore Zaravaz, o ti posso assicurare che lo rimpiangerai con ogni battito di quel tuo cuore borioso. Ora, riguardo la liberazione di quegli animali su cui avete ultimamente schiacciato i vostri posteriori: Rifletti sui tuoi princìpi. Credi davvero sia encomiabile caricare le schiene di questi animali fino allo schianto, o rendere schiave creature nate libere? Cosa si dovrebbe pensare di un uomo o di una donna adulti che si comportino come dei bambini che devono essere portati in spalla dalla madre, perché sono troppo deboli per camminare sulle proprie gambe?»

Asrăthiel non poté non notare quanto quelle opinioni fossero simili alle sue. Questa apparente bontà di questi wight unseelie cozzava aspramente con la loro comprovata crudeltà. Si rese inoltre conto, in quel momento, che nessun cavallo era stato ferito in battaglia.

«È una questione morale, quindi?» Rispose Gearnach. «Se andare a cavallo è tanto riprovevole, perché mai anche voi lo fate?»

I goblin Zwist e Zerstör raggiunsero il condottiero umano prima che fosse passato un istante, fiancheggiandolo mentre i loro cavalli demoniaci lo annusavano con le loro narici rosse e scoprivano i denti appuntiti, ma il primo cavaliere di Slievmordhu non si mosse né diede alcun segno di paura.

«I trollhästen», spiegò il cavaliere unseelie chiamato Zwist, il cui volto mostrava quanto intensamente si stesse trattenendo dal decapitare Gearnach sul posto, «a differenza dei cavalli di Calador hanno una relazione simbiotica con la stirpe dei goblin. Hai idea di che cosa significa, o impavido sopravvissuto?»

Gearnach scosse la testa con fare burbero.

«Credimi, ci penseremmo due volte prima di sprecare fiato a spiegare queste cose», disse Zwist accarezzando l'elsa del suo pugnale con le dita pallide, «ma una spiegazione è esattamente ciò che il nostro signore ha ordinato di darti. La simbiosi è un rapporto di reciproca utilità o dipendenza.»

«I trollhästen, in realtà, amano i goblin», disse il Secondo Luogotenente Zerstör, mentre il suo destriero scuoteva la criniera verde smeraldo. «Essi traggono nutrimento dal potere che emana dalla nostra energia vitale, quella che anima tutti noi dei Glashtinsluight. Quando non si trovano vicino a noi essi appassiscono e deperiscono. Portarci in groppa è la loro ossessione. Sono nostri compagni e alleati, mai nostri schiavi. Comprendi ora?»

Gearnach inspirò a denti stretti, come se fosse combattuto. «Davvero comodo.» Azzardò con sfrontatezza.

Afferrata l'elsa della spada, Zerstör rivolse al suo re una supplica ardente, che fu però ignorata.

«Lasciate Conall Due-Spade ai suoi dilemmi filosofici» sospirò Zaravaz in tono annoiato, agitando una mano sdegnosamente. Egli era sceso da cavallo, come i suoi avversari. Con riluttanza i suoi luogotenenti si allontanarono dalla presenza provocatrice di Gearnach, lanciando a quest'ultimo occhiate in tralice, come lupi a cui il capobranco abbia impedito di sbranare una preda appena uccisa. La terra trasportava il riverbero del suono martellante degli zoccoli che accompagnava la scomparsa in lontananza dell'ultimo cavallo senza sella.

«Fatemi pensare», disse il Re dei Goblin ad alta voce, assai teatralmente. «Un ultimo tributo. Chi potrei scegliere?» Pericoloso, sardonico, vigoroso, Zaravaz passeggiava senza fretta su e giù per le linee della folla umana, tamburellando distrattamente le dita sulla coscia cinta di nero, come perso nei suoi pensieri. Tutto a un tratto si fermò.

La folla in attesa grondava rancore, terrore ed ira, eppure tutti restavano in piedi, dritti e fieri come voleva il decoro. Per quanto tormentati dai dubbi, tutti stavano iniziando a convincersi che avrebbero potuto sfuggire a quella situazione complicata con relativa facilità. Fino a quel momento il Signore dei Malvagi, fedele alla natura imprevedibile comune a tutti gli wight, aveva scelto ostaggi – o vittime – che erano odiati o temuti da buona parte della popolazione, tanto che la maggior parte della gente comune era fermamente convinta che i Quattro Regni avessero ricevuto un gran servigio dall'eliminazione di quei due tiranni cospiratori.

Zaravaz parlò nuovamente, cogliendo tutti di sorpresa. «Penso che prenderò –» fece una piroetta, accompagnato dal suo mantello, e stese un braccio – «lei.»

Il nome che pronunciò era quello di Asrăthiel.

La giovane sussultò. Si guardò attorno ad occhi spalancati, ma non si era sbagliata, l'assassino unseelie aveva detto esattamente ciò che pensava. «Cosa?» gridò, incredula. «Sta scherzando!» protestò, guardandosi freneticamente attorno e cercando conferma negli occhi dei suoi compagni. Quando si rese conto, dall'espressione di stupore in cui erano bloccati, che nessuna conferma sarebbe mai arrivata, si sentì come stritolare lentamente dalla testa ai piedi da un gelo invincibile. Il suo cuore prese a battere all'impazzata, mentre infiniti possibili scenari le passavano davanti agli occhi in rapida successione, e d'improvviso si trovò ad annaspare, senza fiato, come se stesse affogando. In quell'istante di agonia si trovò quasi a desiderare una morte immediata. «Aiuto» sussurrò, in una voce tanto flebile da non essere udita da nessuno oltre lei.

Tutto attorno esplose il finimondo. William si lanciò in avanti, ponendosi fra Asrăthiel e il Re dei Goblin. «Mai!» gridò, mentre Avalloc, Warwick e le voci di tutti gli esseri umani presenti si univano in un unico fragore, dando voce alla propria disapprovazione.

«È stato fatto un patto!» esclamò Zaravaz. «Dovete onorare la parola data!»

«Non lasceremo che la prendiate!» giurarono, mentre le spade degli uomini scivolavano fuori dai foderi con un suono come di campane d'argento.

«Potete avere i primi due ostaggi, Zaravaz», ruggì Avalloc, «ma non il terzo.»

«Sul mio onore, è come tentare di tagliare pietre con un'ascia smussata!» esclamò indignato il Re dei Goblin. «Riusciremo mai a vedere la fine di questa farsa?»

Alle sue parole, centinaia di lame scintillanti comparvero nelle mani dei cavalieri eldritch, i coboldi estrassero i loro artigli e brandirono i forconi, mentre i trollhästen nitrirono, impennandosi e mulinando nell'aria i loro zoccoli crudeli, il loro manto liscio risplendente come metallo lucido e le loro criniere e code fluenti come lingue di fiamma verde. L'orda si raggruppò in un'unica nera massa di elmi cornuti e spade lucenti, in cui le finiture argentate e i gioielli candidi risaltavano come stelle su di un cielo d'inchiostro. La folla riunita, che inizialmente aveva ruggito il proprio rifiuto, esitò. Tutti guardarono in silenzio quelle formidabili truppe di veterani che avevano sfidato senza pensare e si ritrassero dalla loro prima linea.

I luogotenenti di Zaravaz si rivolsero al loro re nella lingua di Tir, così che i loro nemici potessero comprendere: «Una parola, mio signore, e li smembreremo arto per arto. Laceremo le loro carni e strapperemo loro gli occhi, faremo poltiglia dei loro corpi e ne spargeremo i rimasugli per tutte le Brughiere, che i corvi se ne cibino.» Infiammati dal desiderio di lanciarsi all'attacco, i cavalieri goblin scalpitavano di ferocia repressa e sete di sangue a malapena trattenuta.

Non è senza motivo che sono così temuti, pensò Asrăthiel. *Ma devo essere forte.* Dopo un primo istante di panico assoluto, infatti, la giovane aveva già ripreso la calma, e messa da parte la paura si decise a contemplare le possibilità che aveva davanti con tutta la calma e la razionalità di cui disponeva.

Si guardò attorno, conscia della sete di sangue che aleggiava nell'aria e dell'espressione trepidante dipinta sui volti dei guerrieri unseelie. L'esito di quel momento carico di tensione sarebbe stato determinato dalla decisione che Asrăthiel avrebbe preso. Rifiutare le condizioni dell'accordo avrebbe messo in pericolo l'intera umanità. Era una responsabilità intollerabile, ma non c'era dubbio su quale fosse la strada giusta. Gli wight parlano secondo verità, ed onorano sempre le promesse fatte.

Non solo, si stava anche iniziando a formare nella sua mente, contro l'evidenza dei fatti, la bizzarra convinzione che Zaravaz non avesse in serbo per lei un destino crudele. A farle sorgere questo sospetto era stato l'improvviso sfoggio di quella che, in un certo qual modo, poteva essere considerata gentilezza nei confronti di Ronin, per quanto incoerente e manifestata nelle angherie rivolte all'anziano druido. La filosofia insolitamente benevola dei goblin riguardo agli animali aveva contribuito a cementare quest'impressione.

Oltrepassato William, Asrăthiel si rivolse al Re dei Goblin e disse: «Avete dato la vostra parola, e per questo io verrò con voi.»

La folla riprese ad urlare.

Cuiva Stillwater e Shahzadeh di Ashqalêth afferrarono Asrăthiel e la riportarono indietro all'interno delle ali di folla. Tutti i presenti giurarono che non avrebbero mai permesso che fosse presa ad ostaggio dai wight.

«Non c'è nessuna scelta da fare», visse Avalloc, in preda all'ira. «Tu non andrai da nessuna parte. Come hai potuto dire una cosa così sciocca?»

Era la prima volta che Asrăthiel vedeva suo nonno tanto infuriato con lei.

«Non c'è nulla di cui parlare in merito, non ci piegheremo mai a questa richiesta», disse Re Warwick, osservando i ranghi dei goblin pronti al combattimento, in un ultimo disperato tentativo di quantificarne forze e debolezze. «Cadremo, e faremo in modo di portarne quanti più possibile con noi.»

Thorgild aggiunse, in tono cupo: «Il giorno in cui il Casato Torkilsalven cederà una giovane al Signore degli Unseelie sarà il giorno in cui il mondo intero verrà inghiottito dal sole.»

Roteando la spada nell'aria, Conall Gearnach gridò a gran voce: «Affrettiamoci ad abbattere questi molestatori, questi disgustosi rapitori di donne!» mentre il Principe Ronin disse, rivolgendosi alla giovane: «Asrăthiel, tu sei la Dama delle Tempeste, erede della Piana dei Frassini. Cosa ne sarebbe di noi senza di te?» Sebbene infine decise di non farlo, fu sul punto di dare la risposta per prima le era venuta in mente: Vivrete.

«Offro l'esercito del mio regno a vostra protezione», disse la Principessa Shahzadeh, «qualora i goblin dovessero tentare di prendervi con la forza. Venite, andiamocene da questo luogo, voi e me! Troveremo delle cavalcature e cavalcheremo fino ad Ashqalêth!»

Asrăthiel, tuttavia, scosse la testa. «Non è che una fantasia, questa» rispose.

Cuiva Stillwater, la Dama Bianca della Palude, le sussurrò con gli occhi pieni di lacrime: «Se mai hai amato tua madre e se ancora la ami, Asrăthiel, ti prego, abbandona questa follia. Pensa a lei, che giace nelle sue stanze di cristallo, sdraiata fra petali di rosa. Vuoi forse abbandonarla? Vuoi abbandonare tutti noi? Jewel non ti avrebbe mai lasciata andare.»

Fra tutti quegli appelli e quelle esortazioni, fu proprio quello di Cuiva a colpirla con maggior forza, ma non fu comunque sufficiente a distoglierla dalle circostanze.

«Con tutto il dovuto rispetto, Lady Cuiva», rispose la giovane, «penso che vi sbagliate. Mia madre avrebbe voluto che fossi io a decidere il mio destino, e lo stesso mio padre.»

William Wyverstone rivolse lo sguardo alla giovane donna, alla graziosa curva del suo corpo, simile al collo di un cigno e ai suoi occhi, più intensi del cielo all'orizzonte. Si sentiva divorare dalla passione, consumare dal bruciante desiderio di tenerla al sicuro. Presala da parte, la implorò: «Asrăthiel, ti supplico di non prendere nemmeno in considerazione un sacrificio come questo.»

Da lontano giunse la voce squillante di Zaravaz; «Entro il secolo corrente, se non vi dispiace.»

«Il nostro signore non è una persona che sia saggio far attendere a lungo!» fu l'avvertimento del Secondo Luogotenente Zerstör.

«William», disse con gentilezza la ragazza, «ricorda che sono invulnerabile.»

«Per le stelle, Asrăthiel, non ha importanza! Potrebbero avere migliaia di altre atrocità in serbo per te!»

Il Re dei Goblin era intento ad osservare la scena, poco lontano, appoggiato al fianco del suo cavallo demoniaco, come schiacciato dal peso della noia. Asrăthiel si rivolse verso di lui e lo chiamò a gran voce: «Se dovessi venire con voi come vostra prigioniera, è vostra intenzione causarmi onta o danno?»

«Solo se ce lo chiederai con garbo», rispose questi, inchinandosi con aria beffarda.

La maga si volse nuovamente verso William, che stava balbettando furioso: «Che razza di risposta è questa? Questa è una prevaricazione nel migliore dei casi, e una minaccia nel peggiore! Sai anche tu quanto gli wight siano astuti, non potendo mentire.»

«Sono convinta che non siano in grado di ferirmi gravemente, se pure fosse questa la loro intenzione.»

Non c'era modo di spiegare, tanto a loro quanto a sé stessa, la sensazione infondata e, probabilmente, errata che gli wight non intendessero farle alcun male. «Sono disposta a correre il rischio.»

Il principe le baciò le dita e la lasciò andare.

«Niente oro» la avvertì il Luogotenente Zauberin, così che Asrăthiel lasciò cadere a terra la cintura, consegnando il fodero di Lamafulva a suo nonno, che abbracciò per un attimo. Si spostò quindi di fronte alla massa di persone radunate, e da lì si rivolse a tutti i presenti.

«La mia decisione è presa», disse ad alta voce, in modo che quante più persone possibile potessero sentirla. «Se avete rispetto per me non mi ostacolerete. Rinfoderate le armi. Potrete piangermi per qualche tempo, ma poi dovrete mettere da parte la vostra tristezza, perché la stagione che viene è quella del rinnovamento, in cui si riporterà ordine in tutti i Quattro Regni. L'umanità è salva. Gioite. Addio, amici miei. Di mia volontà io vado insieme ad Ó Maoldúin e Virosus.»

Detto ciò ed accompagnata dalle suppliche, dai lamenti e dalle benedizioni trasportate dalle urla delle moltitudini che si affollavano al suo orecchio, la giovane si voltò e si incamminò verso le orde unseelie.

Assai amaro era il pianto di coloro che si lasciò alle spalle. Ogni occhio era imperlato di lacrime, ed erano in molti a chiamare il suo nome, allungando le braccia come per tentare di afferrarla e riportarla indietro. Il Principe William fumava di rabbia e dolore, e come molti egli non riuscì a trattenersi nel vedere Asrăthiel allontanarsi, tanto che si slanciò in avanti come per rincorrerla e dovette essere trattenuto a forza dai suoi uomini.

Asrăthiel ebbe un moto di sorpresa quando fu sollevata di peso, quasi fosse leggera come un fuscello, per poi trovarsi seduta di lato sulla groppa di uno dei flessuosi destrieri demoniaci, al centro di un oceano di cavalieri oscuri attraenti come raffinati cortigiani. Le spade dei cavalieri goblin erano state rimesse nei foderi, dal momento che le condizioni da loro poste per la cessazione delle ostilità erano state soddisfatte. I due miserandi prigionieri, Uabhar e Virosus, erano stati caricati in spalla a robusti soldati coboldi e stavano venendo trasportati a cavalcioni senza troppe cerimonie, sobbalzando su e giù ad ogni falcata delle possenti gambe delle creature eldritch cui si reggevano. Mentre la cavalleria iniziava a spostarsi verso nord, il luogotenente del re lanciò un'ultima frecciata senza voltarsi: «Ce ne andiamo, ma sappiate che lasceremo qui la Guardia per assicurarci che la legge sia rispettata.» Nessuno sapeva per certo che cosa significasse, ma era troppo tardi per fare domande in merito.

Ad Asrăthiel parve di vedere qualcosa muoversi fra la sterpaglia appena cresciuta; una sorta di piccola figura, forse un wight. A dispetto di ciò che le diceva la ragione, una parte di lei si aspettava di vedere l'urisk Fior di Cardo fare una qualche mossa azzardata per salvarla, mossa dalle cui conseguenze lei avrebbe, ovviamente, dovuto tentare di salvarlo. Egli, tuttavia, non comparve.

Ovviamente non poteva vederlo! L'agitazione e il poco sonno dovevano aver giocato brutti scherzi alla sua memoria – l'aveva decapitato lei stessa con la spada dorata.

Si allontanò con la cavalleria degli eldritch, ma non era destino che il suo gesto obbediente fosse l'ultima interazione fra gli esseri umani e la stirpe dei goblin, quella notte.

Mentre i cavalieri unseelie si ritiravano, una compagnia di guerrieri mortali li attaccò alle spalle.

Già mentre Asrăthiel era impegnata in quell'ultima sincera conversazione con William, Conall Gearnach era intento a discutere col principe Cormac Ó Maoldúin, il quale, dopo grandi tumulti interiori, era riuscito a trovare nel suo cuore la forza di accantonare il proprio odio per l'assassino di suo fratello in nome della necessità di collaborare.

«Dama Asrăthiel è immortale ed invulnerabile», disse il condottiero, gli occhi accesi d'ira, «ma quei degenerati unseelie non avrebbero alcuno scrupolo nel violare il suo onore con il più sfrenato abbandono.

Preferirei morire piuttosto che lasciare che avvenga una cosa simile.»

«Il vostro pensiero è anche il mio», disse il principe, con una certa freddezza, «ma Asräthiel ha fatto la sua scelta. Questa è la sua volontà, cosa possiamo fare noi?»

«Una speranza c'è ancora, mio signore. Sapendo dell'abilità degli wight nell'intessere ambiguità, mi sono premurato di studiare le loro parole con molta attenzione, e mi sono accorto che essi hanno sì indicato che avrebbero risparmiato la nostra razza se avessimo soddisfatto i termini posti dal loro re, ma non hanno mai esplicitamente indicato che il re stesso avrebbe permesso un genocidio qualora avessimo fatto diversamente. È una tenue speranza, ma vale la pena aggrapparvisi.»

«Perché mai dovrebbero rinunciare a mettere in atto le loro minacce?» chiese Cormac.

Gearnach scosse la testa. «I ragionamenti degli wight sono contorti come i rami di un vecchio nocciolo ed assai difficile da comprendere con chiarezza, ma sono pronto a scommettere che avrebbero piacere di avere qualche giocattolo umano con cui divertirsi durante le ore tediose della loro vita immortale, cosa che non potrebbero fare se la nostra razza scomparisse. Se lo sterminio dell'umanità può essere ritardato, forse potrebbe, in un futuro, essere del tutto scongiurato.»

«Che intenzioni avete?»

«Mi sono macchiato di un crimine per cui non ho ancora pagato», rispose cupo Gearnach. «Devo ancora espiare la mia follia alle porte di Rocca Pietracciaio»

«Un crimine impulsivo, è vero», rispose Cormac, «ma il prezzo di sangue è già stato pagato. Avete servito Slievmordhu come nessun altro soldato nella sua storia.» Magnanimo, egli aggiunse: «Non tormentatevi, Conall.»

«Un atto la cui causa sono state fretta e l'errore», disse il Cavaliere della Torcia, «ma le cui conseguenze rimangono imperdonabili. Kieran e Halvdan erano come figli per me. No», continuò Gearnach, «non è ancora stata fatta giustizia, e io non posso continuare a vivere con questo debito sulla coscienza. Non – non posso vivere.»

Il silenzio seguì le sue parole.

Cormac comprese appieno ciò che intendeva Gearnach dalle

parole che questi non aveva pronunciato, e commentò: «Credo possa valere la pena di tentare. Ronin cercherebbe di fermarvi se sapesse.»

«Di questo sono certo. Tuttavia Ronin guiderà con saggezza la nostra nazione. Meglio di colui che l'ha preceduto.K Rispose Conall Gearnach.

In un momento di dolorosa comprensione, i due uomini si guardarono negli occhi e il guerriero, per un istante, fece come per tendere la mano per stringere quella dell'altro, come fanno gli amici prima di partire, ma invece lasciò cadere il braccio lungo il fianco.

Ed avvenne così che Gearnach andò a guidare quella carica disperata contro i cavalieri goblin in partenza.

I delegati di Tir lo videro partire all'attacco, e quello fu tutto ciò di cui i più belligeranti fra loro ebbero bisogno. Troppo a lungo la loro ira aveva morso il freno. Senza indugio si affrettarono a lanciarsi avanti al suo seguito, brandendo le spade.

«Folli!» gridò la Regina Halfrida, torcendosi le mani. «Bisogna fermarli, prima che ci portino tutti alla rovina!»

Era, tuttavia, troppo tardi per fermarli.

«Per lo meno Gearnach ha avuto la presenza di spirito di non tentare di portare con sé Lamafulva», commentò Cuiva Featherfern con voce triste, osservando quel solitario frammento di sole che spiccava fra i cespugli d'erica, sotto la luce delle stelle.

La regina Saibh di Slievmordhu chiuse gli occhi, così da non dover vedere i suoi tre figli gettarsi a capofitto in questa insensata ed insostenibile battaglia.

«Ripiegate! Ripiegate!» giungevano le urla dei cortigiani in preda al panico, mentre le regine, accompagnate dal loro seguito, venivano scortate al sicuro lontano dal campo di battaglia. Gli uomini si volgevano l'uno contro l'altro, alcuni desiderosi di unirsi a Gearnach mentre altri tentavano di fermarli per impedire loro di compiere azioni tanto sconsiderate. Furia e caos imperversavano. Erano armati, i dignitari di Tir, e pronti alla battaglia, dal momento che si erano preparati all'incontro finale con i perfidi goblin indossando usberghi o brigantine sotto uno strato più esterno di vestiti. Pur essendo equipaggiati al meglio, i loro sforzi erano tutto fuorché coordinati, poiché mancavano della disciplina militare. Alcuni, inoltre, non erano più nel fiore degli anni, altri erano di salute malferma mentre altri ancora avevano vissuto nell'indolenza; mancavano della fibra robusta dei soldati di professione. Ognuno combatteva la propria battaglia.

I quattro capi reali avevano tutti lo stesso fine – evitare ulteriori spargimenti di sangue. Warwick, Thorgild, Ronin e Rahim si affrettarono ad allontanarsi dal campo di battaglia con i propri stendardieri, raccogliendo attorno a sé sudditi e seguito alle grida di «Per Narngalis!» e «Per la Torcia!»

Nel frattempo il Re dei Goblin era smontato nuovamente da cavallo e stava eliminando un avversario dopo l'altro con rapidità, perizia ed evidente piacere. Saltava, schivava e si slanciava con agilità nell'aria, come se la tirannia della gravità non lo toccasse. In confronto anche i migliori fra i combattenti umani si muovevano come fossero fatti di legno; ogni passo era sforzato, appesantito, rigido come l'incedere di un vecchio. Zaravaz si dimostrò più di una volta spietato come le leggende narravano, nel suo piroettare, schivare e colpire con precisione inumana, mentre capelli e cappa gli volteggiavano intorno. Riusciva perfino a trovare il tempo di soddisfare la sua vena sarcastica, facendosi beffe dei propri avversari mentre con gioia ne spillava il sangue.

La gente della folla correva da una parte e dall'altra. «Non ci perdoneranno, stavolta», urlò qualcuno. «Gli wight hanno giurato di ucciderci se li avessimo attaccati di nuovo! L'hanno giurato e lo faranno! Siamo perduti! Siamo perduti!»

Asrăthiel tentò di scivolare giù dalla groppa del destriero eldritch, ma il suo manto era divenuto vischioso come quello di un cavallo d'acqua, e non dava segno di volerla lasciare libera. Aveva tuttavia avuto cura di non appoggiare le mani sul trollhäst, e perciò era libera di agire, per quanto limitatamente. Non poté che osservare con angoscia mentre Conall Gearnach, nella sua avventatezza, ripiegava a piedi, evitando un gruppo di coboldi famelici. Alle sue spalle lo inseguiva un trio di cavalieri goblin, fra cui Asrăthiel riconobbe uno dei luogotenenti che da lui era stato sfidato. Le piccole creature si dispersero all'arrivo dei guerrieri eldritch, e mentre i cavalieri si scagliavano contro Gearnach questi schivò e rotolò via. Quando si rialzò

con un unico fluido movimento, egli stava effettivamente impugnando Lamafulva, sopra la quale egli era caduto – ma la sua presa era
incerta, come quella di un uomo che si trovi improvvisamente a scoprire di stringere in pugno un fulmine che non sa assolutamente come
controllare. trapassò un avversario e ne uccise un secondo prima che
il terzo riuscisse a coprire la distanza che li separava. Caddero insieme,
ma Gearnach era riuscito a frapporre l'arma incontrollabile fra sé e
il suo avversario e, crollando a terra, l'impatto spinse la doppia lama
della spada in profondità fino a tranciare la spina dorsale di entrambi.

L'uomo e il goblin morirono nello stesso istante.

Un attimo più tardi, tre enormi cervi volanti si alzarono pesante-
mente nell'aria, allontanandosi con un ronzio assordante e lasciando
il corpo senza vita del soldato mortale steso fra l'erica, mentre la spada
dorata giaceva di traverso, avvolta da un drappo di rosso sangue che
andava stendendosi.

Fu quella l'ultima delle imprese di Conall Gearnach, Comandante
in capo dei Cavalieri della Torcia, uomo valoroso e il più rispettato fra
i guerrieri di Slievmordhu.

Quando vide i coboldi ed i cavalieri respingere i figli di Tir con
forconi e spade eldritch, Asrăthiel gridò a gran voce, rivolta a chiunque potesse sentirla: «Fermatevi! Trattenete le armi!» pur essendo
convinta che nessuno l'avrebbe sentita nella cacofonia della battaglia.

Forse non udirono le sue parole, ma di certo sentirono la raffica di
vento gelido che irruppe potente dal nord, colpendoli in pieno come
il respiro invincibile dell'Inverno. La loro furia guerriera ne fu spenta,
ed il conflitto si interruppe immediatamente, poiché tanto i guerrieri
goblin quanto i loro coboldi smisero di combattere. Gli schieramenti
dei soldati mortali ed immortali si allontanarono l'uno dall'altro, il
primo portandosi appresso i feriti e lasciando il terreno costellato di
caduti.

Asrăthiel lasciò che il vento da lei evocato continuasse la sua corsa
impetuosa, e mentre il suo ruggito si perdeva in lontananza, il suo
sguardo incrociò quello del Re dei Goblin. Per un istante egli la fissò,
immobile, con crudeli occhi viola che la giovane incontrò senza vacil-
lare, prima di urlare: «Lasciali andare. Hai fatto abbastanza!»

Le sue parole avevano una certa sicurezza, poiché durante il breve conflitto che si era appena concluso, ella aveva riflettuto ed era giunta alla stessa conclusione di Conall Gearnach; che ci fosse, cioè, la possibilità che anche se gli esseri umani avessero contravvenuto ai termini dell'accordo, gli wight non si sarebbero vendicati ferocemente come avevano lasciato intendere inizialmente.

Ci fu a quel punto un altro momento di calma, senza che nulla si muovesse oltre all'erica agitata dal vento e ad una meteora che attraversò il cielo nero. Perfino i miserevoli lamenti dei feriti sembrarono acquietarsi. In quella terza e forse ultima occasione, la difesa dell'umanità e gli accusatori unseelie attendevano il verdetto di Zaravaz.

Egli non fece alcun commento riguardo la supplica di Asräthiel, rimontando in groppa al suo cavallo demoniaco ed avvicinandosi così alla giovane.

«Risparmiali» ripeté lei.

«Te ne andrai o rimarrai?» chiese il Re.

«Verrò con voi. L'ho promesso.»

Egli sorrise.

Ad un tratto, tutta la gravità della situazione scivolò via dalla mente di Asräthiel. «Piuttosto», disse, sentendosi frastornata e incapace di pensare con lucidità, «non avete alcun quesito da porre al vostro terzo ospite?» nel momento stesso in cui finì di pronunciare quelle parole desiderò poterle ricacciare in gola. Molti pensieri la attraversarono frenetici. *Sto farneticando e civettando senza cura, come un'idiota infatuata! Sul campo di battaglia di una maledettissima guerra, per di più, e con questo mostro odioso!*

Zaravaz si sporse dal suo trollhäst e le accarezzò i capelli. Un'intensa sensazione la attraversò con l'intensità di una lancia, e la stoltezza del suo comportamento smise di avere la benché minima importanza. A quella distanza il suo respiro era tanto inebriante che il vento stesso doveva esserne innamorato.

«Certamente» disse. «E te l'ho appena posto.»

Il suo cavallo e quello della giovane ruotarono e si lanciarono avanti seguiti dall'orda unseelie, e i Goblin d'Argento scomparvero dalla vista degli esseri umani insieme al loro bottino di carne viva, perdendosi nell'oscurità della notte.

Dopo la partenza dell'orda, William e i suoi compagni si affrettarono a tornare alle proprie fortezze ed armerie e si prepararono in segreto ad inseguire a cavallo il contingente goblin, con l'intenzione di salvare Asrăthiel. In molti piangevano i caduti, mentre altri festeggiavano con gioia sfrenata, poiché l'esercito unseelie sembrava essere scomparso senza lasciare traccia, i Predatori erano stati ricacciati nelle loro caverne lontane e sembrava che la pace, per fragile che fosse, fosse sul punto di tornare fra i quattro regni.

Il Re dei Goblin Zaravaz, i cui capelli erano più neri dell'odio, guidò le orde unseelie verso nord a velocità sovrannaturale, superando le cupe piane delle Brughiere Tempestose, oltrepassando il fiume Acqualimpida, attraversando il villaggio di Mulino Carta e le colline di Harrowgate, giungendo infine ai piedi della Catena Settentrionale.

Davanti a loro si ergevano le montagne; le enormi, solide ed impervie ossa della terra, svettanti verso il cielo. Torreggiavano ad una tale altezza che le nuvole stesse si trovavano ad abbracciarne le spalle, mentre i picchi coperti di neve erano nascosti alla vista. La colonna di cavalieri procedette, inoltrandosi nel gelido nord e cavalcando oltre l'ombra delle montagne prima e la catena stessa poi. Zaravaz li condusse infine in alto, all'interno delle roccaforti di ghiaccio nel remoto nord, le sale leggendarie su cui egli regnava come Re della Montagna.

6
LE SALE DELLA MONTAGNA

Brilla argenteo il torrente e fra i giunchi c'è ghiaccio lucente,
Minute scintille di luna d'Inverno, come schegge di ghiaccio eterno,
Fronde tremanti, salici e betulle; attorno alle nubi di nebbia un tulle;
Luce di stelle dall'alto cielo; soldo battuto e lustrato con zelo;
Purissimo argento a riempire un crogiolo, pescetti lucidi in un paiolo,
Brina a coprire di bianco il trifoglio, lamette impalpabili su ogni germoglio.
Tela di ragno di bruma imperlata, d'argenteria una gran tavolata;
Boccali, calici, piatti e posate. Su candele fiammelle come gemme spezzate.
Un ago ed un filo al sarto ambulante, un faro guida per il navigante.
Ombra riflessa da specchi bruniti, contorni chiari e ben definiti.
Metallo assai scaltro ed elementale, di mandorla un petalo bianco nivale.
Lucore riflesso su acque notturne, soggioga i cuori, risplende; l'argento.

L'AMORE PER L'ARGENTO
TRADOTTO DAL LINGUAGGIO TROW.

SUL vasto cielo misterioso, simile ad un soffitto colorato di giacinto, rilucevano innumerevoli costellazioni, come intrappolate in una rete intricata, e chi alzava lo sguardo sentiva il cuore trafitto dalla loro assoluta purezza. Quelle stelle che irradiavano silenziose la propria luce splendevano con la medesima intensità tanto al loro zenit quanto attorno alla lontana barriera dell'orizzonte. Improvvisamente in lontananza, oltre le montagne, sorse una luce, simile al remoto bagliore di una città illuminata da torce che ardano di fuoco bianco. Ben presto si fece più intenso, intollerabilmente intenso, come la vampa di una pira d'argento di dimensioni monumentali. Comparve un sottile arco d'argento, che in breve crebbe fino a rivelare una forma semicircolare. La luna era sorta. Delineate contro la sua immacolata luminosità, le punte di ghiaccio delle montagne, irregolari come cristalli frantumati, artigliavano il cielo.

Sebbene avessero attraversato molte leghe, il viaggio non parve durare più di qualche momento. Tutto ciò che Asrăthiel vide furono miliardi di bagliori siderali che le sfrecciarono sopra gli occhi mentre ogni altra cosa si spostava lentamente, come se il mondo intero stesse candendo dolcemente attraverso un oceano di sciroppo di vino rosso in cui frammenti di brillanti galleggiassero come spezie. Dormì, o almeno si assopì a tratti, saldamente legata dalla gramarye al dorso della cavalcatura demoniaca, accarezzata dal tremolio del suo manto color acquamarina e cullata dai suoi movimenti come un bimbo in una culla. Mai avrebbe potuto immaginare movimenti tanto aggraziati; dolci, fluidi ed eleganti, delicati come la brezza su un fiore appena sbocciato ma al contempo rapidi come la luce stessa. Tutti gli avvenimenti epocali cui aveva assistito, tanto quelli più recenti quanto quelli che ancora si stavano svolgendo, le sembravano ora distanti nel tempo e nello spazio. Come già le era accaduto, si sentì pervadere da una sorta di distacco e, almeno temporaneamente, la sua naturale curiosità parve dissolversi dalla sua mente. Gli effetti della tensione delle settimane precedenti, delle notti insonni, degli scontri, delle necessità e delle responsabilità – ora ne stava pagando lo scotto. Ora tutto era finito. Alle sue spalle luoghi a cui non apparteneva più e persone che aveva perduto, di fronte a lei luoghi ed esseri sconosciuti; eppure tutto ciò le era indifferente. Tanto esausto era il suo spirito che non le restava altra scelta che soccombere all'oppio del torpore. cullata dall'andatura regolare del suo destriero si lasciò trasportare dalla cavalleria eldritch, senza spingersi a chiedere dove stessero andando o cosa sarebbe accaduto una volta arrivati. Il futuro avrebbe dovuto aspettare – in ogni caso non poteva controllarlo.

Arrivarono infine alla Catena Settentrionale. Grazie al loro passo innaturalmente sicuro, i trollhästen percorsero migliaia di piedi al galoppo, su per i fianchi della montagna ripidi e privi di sentieri, quasi potessero affrontare le salite come fossero terreni piani. Trovavano appigli dove non ve ne poteva essere alcuno, scalavano rocce ad inclinazioni impossibili; certo i loro zoccoli dovevano avere le stesse proprietà adesive del loro manto. Per quanto sottili e minuti di costituzione, la loro energia sovrannaturale sembrava inesauribile.

Fra le altissime rupi, la processione di cavalieri goblin avanzava lungo una spianata che dava su un ponte stupendo, trasparente e filiforme, che pareva fatto di vetro soffiato. Asrăthiel si domandò come una struttura tanto fine e sottile, i cui piloni di sostegno parevano stalattiti di ghiaccio pendenti da un ramoscello, potesse essere in grado di sostenere il peso di quell'impressionante corteo. Un immenso crepaccio si perdeva nelle profondità insondabili al di sotto del ponte, in cui fantasmi di nuvole si intrecciavano con ombre sepolcrali all'interno di vallate mai sfiorate dalla luce del sole. Dalla voragine si alzò un vento impietoso, tanto forte che dei cavalli normali ne sarebbero stati spazzati via come lana di cardo.

La giovane guardò in alto.

Lassù, fra i frontoni glaciali di Storth Cynros, – la montagna centrale e fra tutte la più alta – una città fantastica, in parte costruita sottoterra, nascondeva le sue meraviglie allo sguardo del mondo. Costruita in ere passate, questa cittadella dei Goblin d'Argento era tutta guglie e luce di stelle, nidi d'aquila e ampie sale punteggiate dalle antiche gemme estratte dalle viscere delle montagne. Le torri erano avvolte dalla nebbia, il tetto macchiato dalla neve, e le sue magnifiche mura erano scavate nel basalto scintillante. Le sue gallerie emergevano dal fianco della montagna là dove la vista era più bella. Era in questa fortezza isolata che l'orda dei goblin e il loro altezzoso comandante stavano portando i loro tre tributi umani.

Davanti a loro incombeva un'arcata appuntita alta quanto un vecchio pioppo, aperta a fare da maestoso ingresso nel fianco del picco.

«Cos'è questo posto?» chiese Asrăthiel.

«Sølvetårn», giunse una voce, che tuttavia lei non fu in grado di riconoscere. «Ma le leggende degli esseri umani la chiamano Minith Ariannath, la Montangna d'Argento.»

Arrivati a metà del ponte, il cavaliere Zauberin, che stava procedendo a fianco del coboldo sulla cui schiena era trasportato Uabhar, strappò qualcosa dalla cintura del re spodestato e la lanciò nell'abisso sottostante. Asrăthiel vide un sacchetto di cuoio precipitare giù per essere quasi subito inghiottito da quel calderone ribollente di nubi.

«Quello era il Pettine Silvano!» mormorò stupefatta.

Zaravaz cavalcava poco più avanti. «Sospetto che giacerà in una qualche fessura dimenticata fino alla fine dei tempi», disse senza voltarsi, «o forse qualche folle umano lo troverà e causerà altri problemi. In entrambi i casi, la cosa non mi tange.»

Sembrava un destino davvero indegno per un oggetto tanto eccezionale.

La strada su cui stavano procedendo passò sotto l'arcata e all'interno della montagna. Nell'inoltrarsi della cittadella, Asrăthiel, risvegliata dalla vista stupefacente, si guardava attorno. L'ingegno nella costruzione, la delicatezza dell'architettura, le splendide decorazioni , la grazia, l'immensità ed il gelido splendore di Sølvetårn la stordirono. Mai avrebbe potuto immaginare una vista simile. Scalinate di grandine compressa si attorcigliavano attorno a pinnacoli slanciati, ragnatele luccicanti di brina erano drappeggiate attorno ad archi acuti, absidi e finestre a rosone. Le caverne erano adornate da fuoco ed acqua: colonne di gas ardenti si innalzavano fino a toccare soffitti tanto alti da perdersi alla vista, mentre le pareti rifrangevano il suono roboante di cascate di acque ctonie che scorrevano giù dai pavimenti terrazzati. Profonde si inabissavano le caverne di Sølvetårn, eppure rimanevano eteree ed eleganti, sostenute da colonne slanciate ed attraversate da ponti sospesi, scalinate e campate apparentemente impalpabili e fragili come tele di seta. Specchi collocati in posizioni strategiche riflettevano all'interno la luce della luna, a cui si aggiungevano le fiamme di torce simili a narcisi gialli. Quell'architettura fatta di vetri traslucidi e ghiacci, pallidi calcari e stalattiti, cristalli e diamanti lucidi era traforata in vari punti dal passaggio di fiumi sotterranei, che sbucavano a produrre laghi e cascate.

Ad un tratto, l'attenzione della maga fu attirata dagli altri due prigionieri umani, che in quel momento stavano venendo trascinati in un'altra direzione, giù per un corridoio dal soffitto punteggiato di brillanti, senza che nessuno badasse ai loro lamenti.

«Dove stanno andando?» chiese a Zaravaz.

«In un luogo di sospiri.»

Nella sua mente si formò l'immagine dei due ostaggi che venivano costretti a subire tormenti indicibili, ed ella disse: «Vi chiedo, mio signore, di essere con essi clemente.»

«Figlia della Piana dei Frassini», disse il suo anfitrione, concentrando su di lei gli occhi viola, «già due volte mi sono dimostrato straordinariamente clemente, in questi ultimi tempi; tre volte se contiamo la mia richiesta di ostaggi per i vostri regni. Una volta, quando l'umano William Wyverstone, forse accecato da un eccesso di filantropia, tentò di negoziare i termini del nostro accordo, in aperto contrasto con i miei desideri. Una seconda, quando l'umano Conall Gearnach, forse accecato da un distorto senso dell'onore, assalì i miei *graihyn* mentre già ci stavamo dipartendo. Non è stato facile per me mostrare una tale inaudita magnanimità. Non chiedermi che lo ripeta una terza volta.» A quel punto egli le rivolse un sorriso disarmante. «Inoltre, sai forse quale fato ho io in serbo per te? Non sarebbe preferibile fare tesoro di questi tuoi appelli alla clemenza? Tu stessa potresti presto trovarti nella posizione di dover implorare la mia indulgenza.»

Spiazzata dalle implicazioni di quelle parole, Asrăthiel tentò invano di rispondere. Si sentiva come se qualcuno le avesse tolto il fiato.

«Ma non temere, non ho intenzione di riservarti un trattamento indegno. Anzi, in tuo onoresarà organizzato un banchetto», annunciò il re dei goblin.

Prima che la giovane potesse rispondere alcunché, un suono strisciante, come di foglie fruscianti o di gonne lacere che sfiorino il pavimento, annunciò l'arrivo di un gran numero di trow. Emergevano dal lucore della lontana penombra delle sale interne, piccole figure vestite di grigio che planavano verso il corteo appena arrivato, lanciando bassi fischi e stridii di gioia.

Asrăthiel tornò pienamente composta e fece del suo meglio per apparire forte. «Sicché è qui che erano tenuti i trow!» esclamò.

Il trollhäst del Primo Luogotenente Zauberin procedette al trotto, con passo vivace, mentre il suo cavaliere si scrollò dalle spalle la mezza cappa foderata di pelliccia. «Chiedono a gran voce di poter essere nostri servitori» disse.

«Non c'è da stupirsi» disse Asräthiel. «Come potrebbe essere diversamente? La vostra razza attira i trow.»

«È l'argento ad attirarli» disse Zauberin, lanciando uno sguardo di traverso alla giovane maga, lasciando abbassare una palpebra – un gesto che esagerava la sua consueta aria decadente. Mentre si allontanava, gli zoccoli del suo trollhäst scalpitarono lungo il lastricato in pietra.

«Va' con i Vicini Grigi» la apostrofò il Re dei Goblin, e dal momento che il cavallo su cui sedeva prese a seguirli, la giovane non ebbe altra scelta che fare altrettanto.

Una volta smontata dal destriero demoniaco che l'aveva condotta a Sølvetårn, Asräthiel si trovò ad essere sospinta da un capannello di donne trow, wight che avevano l'aspetto di minute donnine, alte più o meno la metà della giovane, vestite di sciarpe grigie e lunghi abiti logori ed agghindate con braccialetti d'argento. Queste la accompagnarono ad una suite di stanze di gran lusso ricavate scavando nella pietra, in cui poté lavarsi in una vasca di argento massiccio, sotto una cascatella d'acqua calda e profumata che sgorgava da una bocca nella parete, tracciando un arco nell'aria, come un festone adornato di fili di perle. L'acqua in eccesso si raccoglieva in una depressione scavata nel pavimento di pietra, che si svuotava gradualmente a mezzo di un condotto nascosto.

Rinvigorita dall'acqua, Asräthiel si scrollò definitivamente di dosso la sonnolenza e fece il punto della situazione. Eccola lì, sola in mezzo ai nemici; no, non nemici qualunque, i nemici giurati dell'umanità stessa. Quali erano state le parole del luogotenente Zauberin? *Il popolo dei Glashtinsluight considera detestabile la vostra intera razza, e la vostra presenza su questo mondo ci è intollerabile. Consideriamo nostro dovere intingere le nostre spade nel vostro sangue.* Questi wight non provavano che odio per la razza umana, e dal momento che erano la nemesi del suo popolo, essi erano anche la sua. I loro atti gratuiti di violenza e genocidio la spingevano ad odiarli con un tutto il fervore della sua indignazione. Eppure era consapevole che esigere di essere trattata appropriatamente al suo rango, insultarli, rifiutarsi di collaborare o scatenare contro di loro la furia delle tempeste non le avrebbe giovato più di quanto non giovi all'onda lo schiantarsi contro una scogliera di roccia adamantina. Il vantaggio era tutto dalla loro parte. Quale che potesse essere il suo destino, tutto era nelle loro mani, e se intendeva continuare a vivere in relativa pace era nel suo miglior interesse mostrarsi collaborativa, almeno per il momento.

I suoi appartamenti erano pervasi da una musica lieve ed aliena. Asräthiel si guardò intorno, scoprendo che i suoni sembravano essere originati dal vento che attraversava dolcemente una serie di fessure abilmente collocate in vari punti dell'architettura. I soffitti dalle alte volte acute erano sostenuti da colonne affusolate sui cui plinti e capitelli erano incisi motivi fluidi ed intricati, quali steli o radici avviluppati, ogni stelo coronato da lunghe foglie affusolate o bizzarri viticci. Ovunque si vedeva il rilucere dell'argento, splendente e puro come latte; argento immacolato, lavorato in ogni maniera che potesse esaltarne la bellezza: colato, lavorato a sbalzo, filigranato e stampato, inciso, cesellato, intagliato, pressato e goffrato. Una stanza separata ospitava uno splendido letto sospeso al soffitto per mezzo di catene d'argento, che doveva essere, a giudicare dalla fragranza che emanava, imbottito di ciuffi essiccati di lavanda, camomilla, papavero e aghi d'abete.

Mentre Asräthiel osservava l'ambiente attorno a sé, le donne trow la vestirono di una sottoveste di batista bianca lunga alla caviglia e orlata di pizzo, da loro chiamata sark, quindi procedettero ad acconciarle i capelli.

Durante tutto ciò, la giovane subissò le wight di domande.

«Cosa ne è stato degli altri due prigionieri? Che cosa accadrà a me?»

Tutto ciò che le minute creature risposero fu un semplice: «Noi sappiam nulla! Niun sa nulla!»

«Mi è permesso inviare lettere alla mia famiglia? Dove si trovano le donne della razza goblin? Vi spiacerebbe smetterla di tirarmi i capelli?» Non appena ebbe dato voce a questa protesta esse strillarono e farfugliarono, facendosi immediatamente molto più delicate nel tocco. La osservavano con sollecitudine coi loro occhi tristi, poco sopra i loro nasi lunghi e penduli, che davano loro un'aria tanto pittoresca quanto ottusa. Asrăthiel, tuttavia, aveva imparato a non sottovalutare mai gli eldritch wight.

Un gran numero di alte finestre si allungavano sulle pareti, rivelando un paesaggio di aspre vallate, precipizi scintillanti e laghetti di montagna, tutti sovrastati da un ampio cielo stellato.

«È di nuovo notte», disse la giovane fra sé e sé, perplessa. «Quanto avremo impiegato a raggiungere questo luogo dalle Brughiere Tempestose? Una manciata di ore, forse? Forse è passata un'intera giornata ed ora è scesa nuovamente la notte? Eppure non mi sembra di ricordare che il sole sia mai stato in cielo durante tutto il nostro viaggio. Forse i goblin ci hanno avvolti nella loro nebbia e ne hanno bloccato i raggi.» Le sue damigelle wight non le diedero alcuna risposta, ma furono in grado di fare chiarezza su alcune delle sue perplessità.

«Cosa accade durante il giorno, quando il sole brilla impietoso?» chiese loro la giovane. «I suoi raggi non passano forse attraverso il vetro? Non arrivano forse a bruciare i vostri padroni?»

«Nelli giorni di lux, le tente istanno chiuse», dissero le donne trow, «sed se li padron nostri volliono tenelle aperte di giorno, lor confanno illa nebbia.»

Asrăthiel intese da quella frase che nei giorni di sole le tende – fatte della miglior trama argentata e foderate di nero – venivano tirate sulle finestre, ma che se i goblin desideravano tenere le tende aperte durante il giorno, essi evocavano delle nebbie per smorzare la luce del sole.

«Sono forse dei signori del clima, i vostri padroni?» chiese la giovane con aria curiosa.

«Ahinò, ei san solo confarre nebbia.»

Frase che intese stesse ad indicare che i goblin avevano il potere di evocare vapori acquei come nuvole, brume, nebbie, foschie e caligini per attenuare la luminosità del sole, ma che non erano in grado di manipolare il brí.

«Il tocco della luce del sole è quindi in grado di distruggerli?»

«Ahinò. Ei lo san durare, sed no li piacue.»

«Sono in grado di sopportarlo, ma non lo amano?»

«Ahisì, Gentildama.»

Alcune delle wight stavano volteggiando agilmente attorno alla giovane, intrecciando minuscole gemme nei suoi capelli: pietre di luna dalla lucida iridescenza, ametiste e cristalli di quarzo. Altre si aggiravano fra le ombre di queste bizzarre stanze, curiosando, intente a ficcanasare in ogni angolo, o ad allattare neonati trow avvolti in scialli dai bordi sfrangiati. Non le dettero nulla da mangiare, forse in preparazione al banchetto promesso, ma lei non aveva affatto fame, e le bastava l'acqua che zampillava dalla bocca nel muro per bere.

Passato un certo tempo, le trow portarono uno sfarzoso abito di schiuma cerulea e luce lunare in cui vestire la giovane, ma questa si era stancata del loro fare furtivo e della loro agitazione, e ingiunse loro di andarsene e lasciarla in pace.

«S'avvesta comunque come s'aggrada pello banchetto, Gentildama» le ciarlarono in tono ansioso, mentre le spingeva fuori dalla porta.

Incurante delle loro istruzioni, la giovane mise da parte il vestito. Si domandò come avrebbe potuto indossare quei vestiti eleganti e recarsi ad una festa dopo gli orrori a cui aveva assistito tanto di recente, l'uccisione di Conall Gearnach, i tanti uomini di valore caduti sotto i colpi delle spade dei goblin nel tentativo di salvarla. Ed ancora si arrovellava, come avrebbe agito in questa situazione? Come avrebbero agito i suoi nemici?

La sottoveste di batista era leggerissima, eppure non sentiva affatto il morso del gelo, in quelle sale ventose. Come sempre, il dono dell'invulnerabilità ereditato da sua madre la proteggeva. Sola coi suoi pensieri, si prese del tempo per riflettere e cercare di capire se Zaravaz le avesse rivolto delle velate minacce, nel consigliarle di fare tesoro delle sue suppliche, ma infine decise che si trattava piuttosto di un semplice scambio di battute e scartò l'idea. Egli aveva sì detto *Ma non temere, non ho intenzione di riservarti un trattamento indegno*, però era altrettanto vero che l'idea di "trattamento gentile" che avrebbe potuto avere un goblin sarebbe potuta anche essere assai diversa rispetto a quella di un essere umano. Se tuttavia avevano intenzione di farle del male, a che scopo avrebbero mandato le dame trow ad assisterla? Certo, forse stava venendo "preparata per il macello", come il bestiame ben nutrito. Le sue sensazioni in merito continuavano ad oscillare fra l'una e l'altra possibilità. Se in serbo per lei c'erano insulti ed ingiurie, difficilmente le donne trow sarebbero state tanto preoccupate di averle tirato i capelli, sembrava piuttosto che fosse stato ordinato loro di trattarla con riguardo. Le pareva effettivamente di avere un certo controllo su di esse, dal momento che obbedivano alle sue richieste. In quel caso, forse avrebbe potuto chiedere ai suoi carcerieri, non appena li avesse visti, di permetterle di inviare un messaggio ad Avalloc per riferirgli che stava bene. Le causava grande preoccupazione pensare a quanto egli ed il resto del suo casato dovessero star soffrendo da quando essa era stata rapita dai goblin.

Rinfrescata dalle abluzioni e finalmente libera dalle paure, Asrăthiel sentì il desiderio di scoprire di più riguardo all'affascinante cittadella ed esplorarla per conto suo, senza venir accompagnata da masnade di trow scalpiccianti. Nel caso in cui si fosse trovata minacciata personalmente sarebbe stato senza dubbio utile conoscere la struttura di quel luogo. Le intenzioni del re dei goblin erano ancora avvolte dal dubbio. La sua pericolosità, tuttavia, era una certezza; forse sarebbe riuscita a trovare una via di fuga nascosta da usare in casi estremi, qualora le paure più terribili di William si fossero avverate.

L'idea di presenziare al banchetto dei goblin, inoltre, la disturbava. Se davvero si fosse trattato del tipo di festa promesso, i cavalieri unseelie sarebbero stati tutti presenti, mentre lei, il loro ostaggio, sarebbe stata da sola e senza amici all'interno di quella moltitudine. Ancora più importante era per lei evitare l'incontro con uno specifico membro della cavalleria goblin, colui che la disturbava tanto da spingerla a evitare perfino di pensarne il nome. Il tumulto che la sua presenza evocava in lei era schiacciante, al punto che essa non aveva idea di come domarlo, e per questo trovava preferibile posticipare un tale incontro a quando fosse stata in grado di affrontarne le inevitabili conseguenze. Con suo immenso disappunto, tutte le sue ideologie finivano per essere dimenticate nel preciso istante in cui i suoi occhi si posavano su di lui. Perennemente in agguato nei suoi pensieri, sempre in conflitto con la preoccupazione e la lontananza da coloro che aveva abbandonato, v'era l'immagine di quel viso affascinante dagli occhi viola e dalle ciglia nere. Per convincersi di non star provando quel desiderio di rivederlo quanto più in fretta possibile, decise di rendersi deliberatamente irraggiungibile e far in modo di arrivare in ritardo al banchetto.

La sua decisione era motivata da un altro elemento, ben più incontrollabile. La infastidiva enormemente sapere che la mera presenza del re dei goblin era sufficiente a causarle un tale turbamento, infastidirlo di rimando era per lei una forma di rivalsa nei suoi confronti; inoltre, per quanto odiasse ammetterlo, una sorta di incomprensibile e perversa curiosità la spingeva a desiderare di scoprire che cosa sarebbe potuto accadere se l'avesse provocato, incurante della sua possibile ira.

Non appena fu certa che le trow si fossero allontanate, uscì cautamente a piedi nudi dalla sua stanza. Presa nota della sua posizione, iniziò a camminare per la cittadella, esplorando ampie sale e gallerie illuminate da torce, specchi e luce lunare, ed immense finestre, alte dal pavimento fino al soffitto, che si aprivano su cieli ricolmi di galassie scintillanti. Seguendo l'istinto, spinse la sua percezione all'esterno delle mura, entrando in contatto con la struttura climatica assai familiare dell'alta montagna; temperatura e pressione estremamente basse, forti venti e banchi di nebbia che andavano raccogliendosi nelle vallate. All'esterno la temperatura dell'aria era scesa al di sotto del punto di condensa ed era ormai satura, l'aria gelida andava scorrendo verso il basso, raccogliendosi in conche e depressioni, e le cime meno elevate erano ammantate di spesse masse di vapori bianchi. Al di sopra del confine delle nevi perenni, dove sorgeva la cittadella, le montagne più alte interferivano con i movimenti di nuvole e venti, costringendo le correnti ad ascendere o discendere per oltrepassare i picchi più imponenti. Le sommità delle rupi riecheggiavano delle urla dei venti tempestosi che le attraversavano, ed Asrăthiel ipotizzò che quelle forti correnti di montagna potessero raggiungere una velocità anche doppia quando si trovavano ad incunearsi fra quelle ripide alture. In lontananza, raffiche fulmini colpivano la cima di Storth Cynros.

Nonostante tutto, nemmeno le lame sottili ed affilate di quei venti riuscivano a penetrare la roccaforte dei goblin. Non un refolo di vento, nemmeno un sussurro riusciva a farsi strada all'interno.

Il complesso di caverne ed ampi saloni era assai vasto, in parte formatosi naturalmente ed in parte cesellato dalle mani degli eldritch. L'intera catena settentrionale era, verosimilmente, attraversata da innumerevoli ale e sezioni accessorie che si diramavano per miglia, collegate fra loro da passaggi sotterranei come quello appena attraversato dalla giovane, ripidi sentieri in superficie come quelli che riusciva ad intravedere dalle finestre o ponti vertiginosi come quelli che aveva precedentemente attraversato, alcuni provvisti di parapetti, altri senza, e tutti chiaramente pericolosi per qualunque essere umano.

Percorse scalinate tortuose cinte da balaustre di diamante, in cui ogni scalino era marcato da un leggero incavo, scavato dal passaggio di innumerevoli piedi in un arco di tempo inimmaginabile. Oltrepassò arcate chiuse da impalpabili drappi d'acqua, strette cascatelle il cui costante fragore si insinuava rimbombando nella testa, e finestrature che si sporgevano su profondi crepacci rocciosi. Con cautela si aggirò a piedi nudi fra sale squadrate e gallerie dai pavimenti di quarzo affumicato, percorrendo colonnati affusolati che culminavano con volute e capitelli con fantasiose incisioni. Sull'acqua immobile dei laghi che incontrava riposavano barche d'argento dalle alte prue o gondole, ognuna coperta di incisioni grottesche.

Le sue peregrinazioni la portarono ad esplorare più oltre, attraversando atrii immensi in cui maschere ornamentali dagli occhi tempestati di gemme erano sovrastate da soffitti di puro cristallo. Con gli occhi colmi di meraviglia si trovò a trattenere il fiato davanti a pergolati di varia foggia in cui erano intrecciati serpenti di metallo argenteo i cui occhi erano schegge perfette di giada bianca, preziosa lavulite o topazio trasparente.

Il suo vagare la portò infine ad una lunga caverna dal soffitto basso e dalla forma allungata o cilindrica, che sembrava essere stata scavata dall'azione naturale dell'acqua corrente. Le pareti, il pavimento ed il soffitto, tutti concavi, erano attraversati da venature d'argento e rame e punteggiate da gemme grezze. Dai giorni passati nelle sale della biblioteca a studiare, la giovane sapeva di trovarsi in una vena tubiforme, una caverna ricca di vene minerali generata dai flussi e reflussi di un antico fiume sotterraneo.

Ad un braccio di distanza, una fiaccola a gabbia metallica ardeva in un anello a muro. Presala in mano, la alzò e la avvicinò al muro per esaminare meglio le pietre levigate. Scintillavano dei colori di rubini e zaffiri, ma più probabilmente si trattava di granati e gruppi di spinelli di tipo diverso; si intravedeva il rosso rosato dei rubini balasci, la sfumatura porpora dell'almandino, l'arancione del rubicello, il blu dello spinello di candite ed il verde del clorospinello. La maga aveva sempre avuto un grande interesse per verso il sottosuolo e la sua scienza, ed era assai piacevole trovare questa profusione di gemme meravigliose incastonate nella loro matrice rocciosa.

Nello spostarsi per esaminare un'altra sezione, il movimento insolito di un'ombra sulla parete opposta la fece sussultare. Udì un cupo gemito e si voltò immediatamente, alzando la fiaccola metallica, aspettandosi di trovarsi davanti un qualche trow zoppicante e curvo che l'aveva seguita fino a quel momento.

Fu invece accolta dalla figura di un essere umano.

L'uomo si allontanò dalla torcia, riparandosi gli occhi come se non fosse abituato a quel tipo di luce. Il profondo respiro di Asrăthiel risuonò come un sibilo, riecheggiando nel silenzio del tunnel.

«Chi sei? Che cosa fai qui?»

Quello era senz'altro un incontro inaspettato. Eccezion fatta per gli altri due ostaggi di Zaravaz, la giovane aveva dato per scontato di essere l'unico altro essere umano in quella cittadella. L'uomo aveva i capelli chiari, e occhi di un blu acquoso simile alla sfumatura del latte diluito incassati in un viso duro. Il suo corpo era smagrito e i corti capelli erano sottili, flosci e sporchi. Aveva probabilmente visto press'a poco quaranta Inverni, ma dovevano essere stati tutti incredibilmente duri. Sotto lo strato di sporcizia di cui era incrostata, la sua pelle era pallida come la carne dei cefalopodi che abitavano le profondità del mare, era coperto di stracci luridi e le sue mani – le sue mani! Quelle estremità non avevano più nulla di anche solo vagamente umano, tanto incallite ed annerite da essere più simili a zampe di gallina coperte di fuliggine.

«E tu chi sei?» chiese di nuovo Asrăthiel, preoccupata.

«La luce, la luce» mormorò l'individuo, alzando il gomito come per proteggersi da un attacco e facendo un passo indietro.

Asrăthiel fece lo stesso ed allontanò la torcia, lasciando cadere attorno all'uomo un velo di penombra. «Va meglio così? Coraggio, dimmi, chi sei?»

Dopo alcuni incerti tentativi di abbozzare una risposta, l'uomo biascicò: «A stento riesco a ricordare il mio nome.» Dalla bocca gli colava un rivolo di bava, mentre parlava in quel modo spezzato, come se fosse ancora mezzo addormentato, la lingua gli si fosse ingrossata tutto a un tratto o avesse dimenticato come parlare. Asrăthiel si accorse che il suo accento le suonava familiare.

«Sei un prigioniero dei goblin? Sono loro a tenerti rinchiuso qui?»

«Non riesco a trovare l'uscita.»

Il tono untuoso e lamentoso dell'uomo fece venire i brividi ad Asrăthiel. Era sempre meno simile ad un uomo e sempre più vicino ad una sorta di orrida creatura vermiforme, una parodia di uomo che strisciava negli abissi più profondi di quel regno sotterraneo. Le sovvenne che poteva essere cieco, dal momento che i suoi occhi avevano un aspetto come bruciato e perennemente lacrimoso, mentre le guance erano striate di vecchi residui di sangue.

«Sei umano?» Non era affatto una cattiva idea accertarsene.

«Lo ero, un tempo.»

«Se lo sei stato, di certo devi esserlo ancora, poiché questa non è certo una cosa che si può cambiare.» *O almeno*, pensò, *ho sempre pensato che non si potesse. Sono ancora umana, io?*

«Sono ormai molti anni che non vedo il cielo» borbottò la creatura dalle mani mummificate.

«Chi ti ha trascinato qui? Sono stati i goblin?»

«No, un uomo. Un infame. Mi ha sepolto vivo.»

«Ma sei sopravvissuto!»

«Sì, sono sopravvissuto» rispose il pallido individuo. «E ho scavato. Ed ho trovato qualcosa.»

Forse si era ingannato, poteva magari essersi convinto di aver davvero trovato un qualche oggetto importante, mentre in realtà aveva semplicemente trovato una pietra. Ad ogni modo in un posto come quello dovevano certo esserci molti segreti in cui imbattersi.

«Che cos'hai trovato? Ossa? Gioielli?»

«Li ho trovati.» Stringendosi le braccia al petto, l'uomo gemette: «Freddo. Ho un tale freddo, nelle ossa.»

«Avvicinati alle fiamme, ti scalderanno.»

L'uomo si avvicinò lentamente, ed Asrăthiel gli tese la torcia, ma quando questi fece un improvviso scatto in avanti la giovane la lasciò cadere ai suoi piedi e si ritrasse disgustata.

Una polla di pece ardente si rovesciò sul pavimento, fuori dalla coppa metallica, e l'uomo vi si accovacciò accanto, riscaldandosi le mani disseccate alle fiamme semiliquide.

«Se cercherai di farmi del male», disse la maga, «ti scaraventerò giù per tutta la lunghezza di questo tunnel e fuori da una di quelle finestre. Allora sì che sentirai freddo. Non dubitare il mio potere, e sappi che ne ho a sufficienza per dare seguito alle mie parole.» Quelle minacce erano una forma di autodifesa. Ironicamente, in quel momento Asrăthiel si sentiva immensamente vulnerabile, da sola con questa creatura in un cunicolo gemmato nelle viscere di una roccaforte eldritch.

L'individuo gemette di nuovo. «Che anno è?» piagnucolò.

La giovane gli rispose. *Forse, pensò, costui è solo un po' un sempliciotto.*

«Come hai fatto a finire in questo luogo?» gli chiese. «Mi stavi seguendo?»

«Le creature grigie sono sbucate in massa da una delle porte, poi sei arrivata tu, poco più indietro. Sì, ti stavo seguendo. Non ti avevo mai vista qui prima d'ora.» Aggiunse poi, incerto: «Assomigli a qualcuno che conoscevo…»

Fra la pietà e la repulsione, la curiosità della giovane bruciava intensamente. «Come sei finito in questa cittadella? Raccondami della tua storia» lo incoraggiò, sedendosi poi per terra a distanza di sicurezza. «Racconta, potrei essere in grado di aiutarti.»

I denti di quella miserevole creatura battevano in continuazione, mentre egli rabbrividiva e si dondolava sui calcagni, biascicando brandelli di parole senza senso. A poco a poco, tuttavia, iniziò a raccontare la sua storia.

Dopo che "l'infame", il suo aguzzino, l'aveva seppellito vivo sotto le montagne, egli era stato costretto a fare una scelta: rimanere dove si trovava, da solo nell'oscurità, o muoversi e tentare di trovare un qualcosa di migliore. Decise così di diventare uno scavatore. Raccontò ad Asrăthiel di aver passato anni a scavare nel terreno, spostando rocce e aprendosi varchi di caverna in caverna, cercando di trovare una via che lo portasse fuori da quei vuoti abissi.

Anni? Si chiese la giovane, poco convinta. *Come hai fatto a trovare di che mangiare, laggiù nell'oscurità? Ti sei nutrito esclusivamente di insetti delle caverne? O forse tutta questa tua storia non è che una lunga allucinazione?* Ciò nonostante, si limitò ad annuire senza dire nulla, per non interrompere il suo affascinante racconto.

Si perse, almeno così disse, perché non fu in grado di trovare un'uscita che lo collegasse al mondo esterno. Nel suo scavare e muoversi a tentoni in quel labirinto sotterraneo finì per disturbare inavvertitamente cose che erano rimaste a lungo dormienti. Alcune di esse si svegliarono.

Dopo aver aggirato alla cieca le montagne, riuscendo miracolosamente ad uscire illeso dai frequenti incontri con improvvise vampate di fiamme vulcaniche e resistendo alla mancanza di cibo, l'uomo dalle mani nere arrivò scavando fino ad una regione in cui, a sua insaputa, venticinquemila guerrieri, immortali e spietati, riposavano sepolti in un guscio assai prezioso; una enorme caverna, meticolosamente rivestita di foglia d'oro e attraversata da spesse venature dello stesso metallo prezioso.

«Hai trovato le Caverne Dorate!» esclamò la giovane. «I Signori del Clima imprigionarono lì quelle creature malvagie, alla fine delle Guerre dei Goblin. Li imprigionarono lì in eterno, così che non potessero portare sofferenze all'umanità.» A bocca aperta dall'incredulità, la giovane fissò l'uomo terrorizzato. «E tu li hai liberati!»

«Perdonatemi, mia signora!» piagnucolò il poveretto, prostrandosi ulteriormente. «Come potevo sapere? Tutto ciò che volevo era essere libero.»

«Prosegui col tuo racconto, allora», disse Asrăthiel. Le riusciva difficile sopportare la servilità di quel leccapiedi, eppure non riusciva nemmeno a non essere mossa a compassione dalle sue disavventure.

«I Goblin d'Argento si trovavano lì, ma questo lo ignoravo», ripeté l'uomo in lamentosa autocommiserazione. «Stavo semplicemente spostando rocce e scavando nella ghiaia, tutto a mani nude, quando ad un certo punto ho spostato una pietra, creando un varco dal quale prese ad uscire quella luce terribile.»

«Quale luce?»

«Una luce argentata – forse il potere dei goblin rinchiusi lì da molti secoli. Quella luce mi stava attirando a sé, alla sua fonte, così mi infilai all'interno della caverna. Fu a quel punto che mi catturarono.» L'uomo chiuse gli occhi, come se stesse cercando di tenere fuori qualcosa di troppo terribile da guardare. Rifiutò di continuare a parlare finché Asrăthiel non riuscì a convincerlo con molti sforzi. Poco a poco egli continuò il suo racconto frammentato, che fu ricomposto in un'unica storia.

I goblin non riuscirono in alcun modo a insinuarsi nella stretta apertura creata dall'uomo che avevano spinto a venire in loro aiuto, dal momento che ciò li avrebbe portati necessariamente a toccare la pietra coperta d'oro. Essi perciò minacciarono lo scavatore, convincendolo a spostare le pietre venate d'oro che né loro né i coboldi erano in grado di toccare, ed egli, terrorizzato, obbedì. Debole com'era, questi dovette allargare l'apertura molto lentamente, mentre l'orda imprigionata si faceva sempre più impaziente, non potendo fare nulla per accelerare il processo ma non mancando di tormentare il loro schiavo ogniqualvolta egli rallentava. L'uomo impiegò mesi ad allargare il foro a sufficienza perché i goblin ci potessero passare attraverso senza sfiorare l'oro che li avrebbe altrimenti bruciati.

Nel frattempo, masse di coboldi si erano dirette verso le gallerie dorate, giungendo dalle miniere più profonde nelle montagne in cui si erano rifugiati, attendendo pazientemente. Un qualche senso occulto li aveva allertati nel momento stesso in cui i loro padroni erano stati liberati, ed essi sciamarono a migliaia in quel luogo per accoglierli.

L'uomo dai capelli chiari forse non era in grado di orientarsi in quel mondo sotterraneo, ma i coboldi sapevano perfettamente dove dirigersi. Attraversarono rapidamente i cunicoli che traforavano la Catena Settentrionale, trascinando lo scavatore con sé finché non arrivarono ad un immenso complesso di stanze sotterranee in cui le cavalcature demoniache dei goblin erano custodite. Le creature, prive delle creature con cui vivevano in simbiosi, languivano in una sorta di placida indolenza; non v'era stata alcuna necessità di coprire le caverne dei trollhäst di foglia d'oro, poiché una volta imprigionati i goblin, le loro cavalcature avevano perso la volontà di scappare.

Mentre i suoi aguzzini sgretolavano la roccia a colpi di energia unseelie, lo scavatore fu messo al lavoro a rimuovere il pietrisco, senza un attimo di riposo. Una volta liberati i trollhästen, i guerrieri unseelie ordinarono ai loro servitori coboldi di riaprire e rimettere in ordine le loro sale nel cuore della montagna, da lungo tempo abbandonate, poiché allora erano pochi i trow, o "hillting", come li chiamava l'uomo – creature che servivano spontaneamente i goblin – che ancora abitavano nelle Catene Settentrionali. Mentre Sølvetårn veniva riportata all'ordine, Zauberin presiedeva ad un'assemblea di goblin.

«Zauberin, il primo luogotenente?» intervenne Asrăthiel. «E il re dei goblin? Perché non era lui a presiedere all'assemblea?»

«Egli non era con loro, a quel tempo», replicò l'uomo pallido. «Lui non fu mai rinchiuso nella caverna dorata. Egli arrivò solamente più tardi.» Si abbracciò le ginocchia, stringendosele al petto magro come colpito dal ricordo di un antico orrore.

«Allora dov'era?»

«Questo lo ignoro.»

Quella particolare espressione, "questo lo ignoro", continuava a punzecchiare la mente di Asrăthiel come un vecchio ricordo; qualcuno che conosceva aveva utilizzato quell'espressione più d'una volta, ma non le riusciva di ricordare di chi si trattasse. «Vai avanti» disse, rivolta al suo informatore, che le rivelò che inizialmente i goblin inviarono coboldi a fare da spie nel mondo di superficie, per scoprire cosa fosse accaduto da quando essi erano stati incarcerati. Nell'attesa essi presero a condurre scorribande fra i villaggi settentrionali - Silverton e dintorni – dando inizio alla prima ondata di uccisioni notturne. Presero, infine, la via della guerra, e dopo il loro primo assalto alle Brughiere Tempestose, la loro vittoria divenne perfino più trionfale, quando il loro re fece ritorno.

Poco altro sapeva, quell'uomo dai capelli chiari.

«Qui finisce il mio racconto» disse. «Non essendo più di alcuna utilità per loro, sono stato scartato, ma rimango in loro potere.» Prese a balbettare. «Gli gnomi blu mi hanno tagliato i capelli quando sono stato catturato. Perché fare una cosa simile? Non riesco a capire! Oh, come vorrei andarmene da questo luogo, ma non posso farlo attraverso le loro arcate di pietra, per paura delle sentinelle coboldi. Tutto ciò che posso fare è vagare per le loro sale ed evitarli ogni volta che riesco.»

Pover'uomo, pallido, smunto e terrorizzato, pensò Asräthiel, non senza una certa compassione, mentre ne sopportava le lamentele. Molti aspetti del suo racconto le risultavano bizzarri, così lo interrogò per avere risposta.

«Come hai fatto a scavare fra le rocce senza attrezzi da minatore? Avresti finito per lacerarti le carni e romperti le ossa.»

«Io guarisco. Ogni volta, io guarisco.»

Non del tutto, sembra, pensò la giovane.

«Da quanto tempo sei imprigionato qui sotto?»

«Molti anni.»

«Ah, sospetto tu abbia perso la cognizione del tempo! È impossibile per un comune mortale sopravvivere per anni senza il tocco del sole o senza nutrimento. In situazioni di tensione logorante come questa il tempo pare dilatarsi; potrebbe esserti accaduto proprio questo. Certo devi sbagliarti.» Fu a quel punto che Asräthiel ricordò che sua madre aveva spesso usato la frase "questo lo ignoro" – un'espressione tipica dei sudditi di Slievmordhu. Senza dubbio l'accento dell'uomo era quello del regno meridionale.

«Non mi sbaglio, mia signora. Sono ben conscio di quanto tempo è passato. Correva l'anno 3472 quando quel vile signore del clima mi seppellì.»

«Signore del clima? Di quale signore del clima vai parlando?» Ribatté immediatamente Asräthiel. Improvvisamente sentiva un campanello d'allarme.

«Quello che cercò di sottrarmi ciò che mi spettava. Non ci riuscì, sapete?»

«Qual'era il suo nome?»

«Questo certo non lo dimenticherò mai. Il suo nome era Stormbringer.» Il lestofante rivolse gli occhi appannati verso la giovane. «Sono blu, i vostri occhi» disse. «Così intensamente blu.»

Asrăthiel sentì una vampata di calore salirle fino alle tempie, mentre scattava in piedi. «Per le piogge e i fulmini impietosi», disse, scandendo con lentezza e precisione ogni parola, «io so chi sei. Il tuo nome, possa esso venir divorato dall'oblio, è Fionnbar Aonarán.»

Da bambina, seduta sulle ginocchia di suo padre, aveva imparato la storia di quest'individuo. Le peggiori sventure che avevano colpito la sua famiglia erano state causate da costui e dalla sua sorellastra, quell'assassina. Egli aveva bevuto l'acqua dell'immortalità, come aveva fatto anche il padre di Asrăthiel, ma Fionnbar aveva poi rubato quella pozione. Sua sorella Fionnuala, per vendicarsi, aveva tentato di assassinare la madre di Asrăthiel, senza però riuscirci. Quell'attacco era il motivo per cui Jewel ancora dormiva, senza mai svegliarsi.

Quella creatura pallida, emaciata e terrificata era in realtà il flagello della sua famiglia. Appreso ciò, la giovane fu sopraffatta da un rancore indescrivibile, una repulsione sempre, tuttavia, frammista a pietà. Di una cosa era certa, non avrebbe tollerato la presenza di quella creatura per un altro istante.

«Ah, sì, quello è il mio nome, o dama illuminata!» esclamò. «Vi prego di non arrabbiarvi con me, siete dopotutto la prima donna mortale su cui ho posato gli occhi in moltissimi anni! Eccetto me, l'unico altro essere umano che ho visto in questo luogo è – »

Asrăthiel stava già allontanandosi, lasciando l'odiato Aonarán da solo in ginocchio sul pavimento vicino alla fiaccola mezza spenta. Egli si rialzò e fece per tornare a seguirla, ma in quel momento un gruppo di donne trow, alcune chine ad annusare il terreno come segugi, fece la sua comparsa nella galleria e puntò verso la ragazza. La circondarono, stridendo come gazze, e si lanciarono su di lei come un vero e proprio stormo, iniziando a spingerla in direzione della sua camera, verso cui la giovane fu più che felice di dirigersi. Sentiva sdegno e rabbia agitarlesi nel petto. Aonarán incespicò dietro di lei, lanciando grida inconsulte. Senza nemmeno voltarsi, la giovane disse bruscamente alle trow, "Liberatemi di quell'uomo!" Fu a quel punto che alcune di esse estrassero delle scope di saggina e iniziarono ad avvicinarsi all'uomo, menando colpi duri e vigorosi accompagnati da grida di "Sciò! Sciò!", finché questi non si allontanò.

«Lo nome di chello è Batrace» le dissero le trow.

«Se le mie parole contano qualcosa, in questo luogo», disse Asrãthiel, tremando d'indignazione, «cosa che sembra probabile, visto di quante gentilezze mi state ricoprendo, voglio che quell'individuo non mi si avvicini.»

Le donne minute annuirono all'unisono e rivolsero i loro volti sgraziati verso la ragazza, con aria rattristata. In quel momento si trovò a desiderare di avere un amico vicino, qualcuno con cui confidarsi. Queste wight erano gentili e amorevoli, a modo loro, ma la loro cultura le era del tutto sconosciuta; c'era molto che non capiva, riguardo alle usanze delle creature eldritch. Sentiva la mancanza dei suoi genitori e di suo nonno, di sua zia Galiene, di Ryence Darglistel e di tutti i saggi signori del clima tanto vigliaccamente uccisi dall'infame Uabhar. Sentiva la mancanza di William, di Linnet, del maggiordomo Giles e perfino di Madame Draycott Parslow. Più che di chiunque altro, sentiva la mancanza della compagnia dell'imprevedibile ed impertinente Fiore di Cardo, che con poche parole sapeva svelare misteri, suscitare risate e farle dimenticare di essere diversa. Consumata dal ricordo dei suoi cari, Asrãthiel maledisse il suo esilio mentre precipitava in una profonda malinconia. Essere così lontana da tutti loro le spezzava il cuore. Decise che la prima cosa da farsi sarebbe stata trovare un modo di inviare un messaggio ad amici e familiari, per rassicurarli e far loro sapere che al momento era al sicuro e in buona salute. Mentre le donne trow la vestivano, ella pianse come piangono gli umani immortali, senza lacrime a rigarle le guance.

Uno specchio le rivelò il suo riflesso; zaffiri e tormaline trasparenti adornavano il bordo del vestito, il cui tessuto sembrava fatto di pallida luce lunare. Un corsetto a stecche aderente le circondava la vita e le ampie maniche erano contornate da merletti impalpabili come schiuma, mentre il blu degli zirconi intessuti nelle decorazioni richiamavano il colore dei suoi occhi.

Le tende della stanza di Asrăthiel erano state tirate, così da nascondere ogni spiraglio del mondo esterno alla sua vista. Per un istante la giovane spinse la sua percezione del clima all'esterno delle pareti. Così facendo sentì che la temperatura, fuori, stava salendo, fatto da cui dedusse che si avvicinava l'alba di un nuovo giorno.

Un nuovo giorno! Asrăthiel si fermò a chiedersi che destino le avrebbe portato, quel nuovo giorno, e poi a riflettere su cosa sarebbe successo agli altri prigionieri, Uabhar e Virosus. I coboldi li avevano trascinati via con poche cerimonie, e il poco che aveva imparato riguardo a quelle creature dalla pelle blu non lasciava dubbi sul fatto che fossero spietati come macchine. L'empatia istintiva che aveva provato si dissolse come neve al sole non appena le tornarono in mente i loro crimini, come erano stati descritti dalle parole del mendicante Zuppa di Gatto. Insieme, il re ed il druido avevano assassinato i suoi compagni, i signori del clima. La compassione cedette il posto al disprezzo.

Perché i goblin hanno scelto noi tre come tributi? Si chiese la giovane. *Che cosa accomuna una maga del clima, un druido e un re? Siamo tutti e tre individui molto influenti, senza dubbio, ma le somiglianze finiscono lì, o almeno spero. Non penso di avere nient'altro a che spartire con quei crudeli, spietati traditori assetati di potere.*

Mentre rimuginava su quei pensieri, le ultime parole pronunciate da Aonarán le tornarono improvvisamente in mente: *Eccetto me, l'unico altro essere umano che ho visto in questo luogo...* Le parole stuzzicarono la sua curiosità, e si chiese chi fosse l'altro essere umano che aveva menzionato. *Forse Aonarán ha intravisto re, o forse il druido? Poteva anche darsi che stesse parlando di qualcun altro, forse di qualcuno che dimorava da più tempo in quella cittadella? Avevo pensato di essere un caso unico, in questo luogo infestato da wight, ma è evidente che mi sbagliavo, visto che a quanto pare brulica di esseri umani! Tutto considerato non meno di cinque, contando anche Uabhar ed il druido.*

«Chi è l'altra creatura mortale che si trova in questa fortezza?»

chiese alle donne trow, che continuarono però a sistemarle il vestito o spazzare il pavimento con le ramazze, mentre altre continuavano a cullare i propri bambini. Una di loro mormorò: «Qui istanno assai molte creature morthali. Costì trovi li meeylen e i vermacci, e li sneeuane ushtey e chelle crooagen strissianti.»

«Non mi riferivo agli insetti.» Appoggiata una mano sul gomito ossuto e bulboso della wight che aveva appena parlato, Asrăthiel le domandò: «Quale è il tuo nome?»

«Mi clamo Hulda» disse la donna trow.

«Hulda, dimmi quale altro uomo mortale dimora qui, oltre a Batrace e ai due nuovi prigionieri?» Sempre che siano ancora vivi, aggiunse mentalmente, rivolta a sé stessa.

«Chello è Fehlimy macDall» disse la wight.

Asrăthiel non aveva mai sentito quel nome prima di allora. «Come è arrivato qui?»

«Li trow elo rubammo.»

Il furto di persone o animali era una delle pratiche tradizionali dei trow che Asrăthiel e i suoi compagni aborrivano. I trow erano quasi del tutto innocui, ma in rare occasioni arrivavano a rapire esseri umani o animali da fattoria. Gli umani che venivano da loro rapiti ne diventavano i servitori, rimanendo intrappolati nel loro regno al crepuscolo, senza poter mai ritornare a casa.

«Non è giusto rapire le persone», disse Asrăthiel, pur sapendo che un'affermazione del genere, per quanto quasi un assioma per chie era come lei, aveva ben poche speranze di intaccare le usanze dei Grigi Vicini. «Dovete liberare questo macDall immediatamente e lasciarlo ritornare alla sua famiglia.»

«Gentildama, pur ello è sciao nostro ora.»

Prima che Asrăthiel potesse iniziare a ribattere Hulda strillò: «Lo banchetto!» e le wight le si radunarono attorno, invitando garbatamente Asrăthiel ad affrettarsi alla celebrazione.

«Vossignora va all'attardarsi sai troppo!» chiocciavano l'una all'altra. ripromettendosi di non dimenticare quella discussione tanto facilmente, la giovane si lasciò guidare fra meravigliosi corridoi ed ampie caverne, ed infine lungo una maestosa infilata di stanze. Un velo d'acqua luccicante si divise a metà per lasciarle attraversare un arco di pietra che la portò nel salone principale.

La sala del banchetto era enorme, dava l'impressione di essere grande quanto un palazzo intero. La parete opposta era tanto lontana da essere nascosta alla vista. L'intero salone, composto da una serie di stanze collegate, avrebbe potuto ospitare molte migliaia di commensali, mentre i soffitti si innalzavano a quasi venti metri d'altezza, supportati da volte raggiate solcate da nervature che le facevano sembrare ali di draghi di pietra. Centinaia di candelieri d'argento pendevano da lunghe catene assicurate ai travetti del soffitto, ciascuno un sole di candele. Sottili colonne di fiamme color zaffiro si innalzavano da lastre di tormalina per andare a lambire il soffitto e delicate spirali d'acqua scorrevano giù per aste cilindriche di quarzo, dal soffitto fino al pavimento. Le mura erano decorate da incisioni di stelle e lune, arazzi intessuti di imponenti paesaggi di montagna, bassorilievi di marmo raffiguranti mandrie di trollhästen al galoppo, stormi di gufi, cornacchie, corvi imperiali ed altri animali, oltre a striscioni ricamati con motivi di viticci sinuosi, foglie ed alberi intrecciati. Nelle alcove e nei portici, sculture indipendenti ritraevano cavalieri eldritch con archi, frecce, spade e lance, o coboldi armati di picconi e vanghe. Nessuno schema ripetitivo, equilibrato o geometrico faceva la sua comparsa nella sala; l'asimmetria ricercata nei loro vestiti era anche chiaramente visibile nella loro architettura e nelle decorazioni. Asrăthiel rifletté che probabilmente quella sproporzione come principio estetico derivava dal suo essere per loro un tratto originale, dal momento che i loro stessi corpi erano così impeccabilmente proporzionati e perfettamente simmetrici.

Lunghe tavolate attraversavano la sala principale per tutta la sua lunghezza, apparecchiati con recipienti e posate lucide, tutti fatti di puro argento; coppe, cucchiai, coltelli, mestoli, brocche, zuppiere, caraffe, vassoi, candelieri e centrotavola. Ogni cosa era coperta di decorazioni cesellate, incise, granulate o filigranate. Le sedie accostate a questi tavoli erano fatte di legno pallido slavato dall'acqua e intarsiate di un materiale vetroso di origine vulcanica chiamato "fiocco di neve", o "ossidiana fiorita", nero con inclusioni bianche. All'estremità opposta della sala, una parte del pavimento vicino alla parete era stata tenuta libera, probabilmente per danze, spettacoli di lotta o qualche altra forma di intrattenimento.

L'intera sala era gremita di cavalieri goblin in vesti sgargianti, vista che ad Asräthiel ricordò ancora una volta quanto diversi fossero da ogni altra razza che aveva incontrato fino a quel momento; sempre brillanti, affascinanti e subdoli, in alcuni tratti perfino ridicoli agli occhi degli esseri umani, anche un poco folli, eppure carichi di bellezza ineffabile, di una tale grazia e stile che volgere gli occhi su di loro significava esserne insieme tormentati e stregati. Trow, tanto uomini quanto donne, si affaccendavano a servire cibi e bevande, eppure ancora non v'erano segni di donne goblin. La giovane si chiese brevemente dove potessero essere – ma in quel momento c'era troppo da vedere, troppo da fare, troppo da cercare di capire perché potesse fermarsi a ragionare su quella domanda.

I trollhästen dai lunghi colli trottavano liberi per la sala con leggerezza, senza sporcare da nessuna parte o cozzare contro il mobilio; sembravano essere invitati al pari degli altri. I loro manti parevano fatti di peltro liquido scosso da minuscole onde, mentre code e criniere avevano il colore della luce del sole che attraversi un rosone di vetro verde. Cavalieri e destrieri demoniaci sembravano apprezzare gli uni la compagnia degli altri, in alcuni casi bevendo dalla stessa larga coppa. Gufi imperiali erano appollaiati in alto, su candelieri e candelabri, o su architravi, porta-torce, sui pali reggenti dei festoni o sui parapetti delle gallerie sovrastanti.

Tutti gli occhi si volsero verso Asräthiel nel momento in cui entrò nella sala; ne era certa senza nemmeno bisogno di guardare. Che cosa stavano pensando i guerrieri unseelie? Forse la giudicavano un agnello in un branco di lupi? Un'erbaccia rivoltante in un giardino fiorito? L'apprensione delle donne trow si rivelò infondata; il banchetto non era ancora iniziato, sebbene nell'aria si iniziassero a sentire fragranze invitanti che lasciavano immaginare le deliziose pietanze che stavano venendo cucinate da qualche parte nelle sale laterali. Ciò ricordò ad Asräthiel come nonostante non avesse mangiato nulla dal tramonto del giorno precedente, non sentiva fame né debolezza. Per gli esseri immortali, aveva imparato, il cibo era un piacere, non una necessità.

Un ricordo fuggevole la attraversò, riportandole alla mente il racconto del suo antenato, Tierney A'Connacht, che si avventurò nelle terre di uno stregone per salvare la sua amata. Prima di iniziare la sua impresa gli era stato rivolto un ammonimento: *Colui che voglia aver successo non deve mangiare né bere nulla di ciò che troverà in quelle terre, per quanto feroci lo colgano fame o sete – poiché dovesse egli cedere, soccomberà al potere dello stregone, e forse pagherà con la vita il suo errore.* La giovane aveva sentito numerose storie di regni ultraterreni le cui vivande i mortali avevano timore di consumare, per paura di rimanere per sempre intrappolati in quei luoghi.

«Se dovessi assaggiare il vostro cibo sarei forse colpita da qualche incantesimo?» chiese al trow più vicino.

«Ahinò, mea dama.» le disse la creatura, ed Asrăthiel fu soddisfatta della risposta.

Una masnada di coboldi era appena visibile, all'interno di una delle loro camere laterali, fumosa e carica d'un forte odore d'aglio. Piroettavano frenetici da una parte all'altra, ingollando birra in gran quantità, le loro facce blu coperte da semplici motivi geometrici tracciati con pigmenti dorati o arancio. Qua e là giacevano coppe e boccali rotti. La separazione dalla sala principale pareva essere l'unica misura appropriata alla loro irrequietezza; senza alcun dubbio sarebbero potuti sorgere problemi piuttosto gravi, qualora quelle creature minute e maleodoranti avessero preso a scorrazzare senza cura fra le eleganti tavolate dei goblin. Ad un'occhiata più ravvicinata, Asrăthiel notò che vi erano due specie di coboldi – una più massiccia ed una più esile. Entrambe le specie indossavano vesti di foggia contadina, sulle quali era impressa in più punti una croce quadrata.

Mentre un gruppetto di trow alte poco meno di un metro la accompagnava alla sua sedia, al tavolo più alto, Asrăthiel si guardò intorno. Da quello che vide, tutti i cavalieri goblin più importanti sembravano essere presenti, eccetto uno. Si sedette, sistemandosi le pieghe luccicanti del vestito, senza far trapelare la sua curiosità riguardo a dove egli potesse trovarsi. Gli altri cavalieri si premurarono di assisterla, e il suo sguardo vagò sui loro fantastici costumi, a cominciare da colui che si era presentato come il Quinto Luogotenente Zaldivar, il quale recava cintura e budriere, entrambi adornati con sottilissimi dischi tintinnanti di argento battuto, incisi con segni o rune. Il suo volto affascinante era incorniciato dallo spesso colletto rigido di pelliccia della sua cappa e parzialmente nascosto da una mezza maschera d'argento splendente, modellata a ricordare un gufo imperiale. Il Quarto Luogotenente Zande indossava vesti di scaglie scure e scintillanti, ricavate dalle pelli abbandonate dai serpenti durante la muta, che venivano poi rinforzate grazie ad un processo inventato dai coboldi minori. Il suo budriere era decorato con denti, o zanne, ed una sottile fascia di argento lavorato a sbalzo gli circondava il capo.

Discorrevano fra di loro nella propria lingua, ma dimostravano cortesia nel rivolgersi alla loro ospite umana nel suo linguaggio; ciò nondimeno era assai intimorita dal trovarsi in mezzo a loro.

Asrăthiel si sentiva nervosa, insicura riguardo a come comportarsi o cosa dire – la consideravano un'ospite, parte di un ricco riscatto, o un'intrusa detestabile? – e rimaneva sempre sul chi va là, cercandolo e sobbalzando all'arrivo di ogni nuovo convitato nella sala. I suoi occhi dardeggiavano in tutte le direzioni nel tentativo di individuarlo, per quanto facesse contemporaneamente del suo meglio per mostrarsi indifferente riguardo a chi compariva o meno al banchetto.

Dopo poco divenne evidente che i cavalieri goblin la stavano trattando come un qualunque altro invitato al banchetto, così la giovane presuppose che fosse anche tenuta a comportarsi come tale.

Per allentare la tensione e mostrarsi sicura di sé, decise di tentare una conversazione, così si voltò verso Zaldivar: «Vedo che indossate molto cuoio. Viene forse ricavato dalla pelle dei troll?»

«Ai vostri occhi, Lady Sioctíne», rispose il cavaliere, «potrebbe sembrare che ci ricopriamo di pelliccia, piume, scaglie di rettili e simili cose, ma ciò che vedete non sono vere piume o pelli. Questi ornamenti sono frutto dell'inventiva dei coboldi, ricavati dal catrame di carbone, oppure si tratta di piante, funghi e fossili che assomigliano alle pelli di animali. Ciò che voi credete essere cuoio, ad esempio, è in realtà svartlap, un fungo comune in queste regioni. Solo creature della vostra razza si avvolgono nelle spoglie marcescenti di creature morte, voi ed i siofra, che indossano i vecchi carapaci degli scarabei e nei bozzoli vuoti delle falene. Noi disapproviamo questo tipo di pratiche.»

«Su questo sono completamente d'accordo con voi!» esclamò Asrăthiel.

La cultura dei goblin la lasciava perplessa. Da un lato provavano gioia nell'infliggere morte e sofferenze, mentre dall'altro rifiutavano, pareva per motivi etici, l'uso di materiali derivanti dalla sofferenza o dall'uccisione di animali.

«Ahimé, il mantello che ho indossato sul campo di battaglia è bucherellato come una spugna di mare», commentò Zaldivar. «I coboldi me ne hanno dovuto tessere uno nuovo questa notte, dato che la tua grandine d'oro ha lacerato quella vecchia.»

Non aveva l'aria di esserne stato particolarmente irritato, cosa che rassicurò Asrăthiel .

«È molto strano che un tessuto di lamelle di fungo reagisca in quel modo al tocco del metallo», commentò.

«Accade solo quando siamo noi ad indossarlo», rispose il goblin. «L'oro brucia quel tessuto, arrivando direttamente alle nostre carni.»

«Allora dovete essere feriti», azzardò la giovane con circospezione, sicura che il cavaliere le serbasse rancore, dal momento che tale ferimento era anche opera sua.

«Sono stato scottato, ma non ferito.» Davanti al suo sguardo perplesso, Zaldivar continuò la spiegazione: «Forse, Lady Sioctíne, state pensando che noi guariamo rapidamente dalle ferite inferteci. Non è questo il caso, in quanto è più giusto dire che non veniamo mai feriti. Il tocco dei frammenti d'oro ci causa dolore inimmaginabile e brucia i nostri vestiti, ma non è in grado di ferirci seriamente. Serve una gran quantità d'oro o un'esposizione prolungata allo stesso, per ucciderci.» Dopo un momento di riflessione, aggiunse, «Questo, oppure la lama incantata della vostra spada, Lady Sioctíne.»

Un gruppetto di wight ammantati di grigio passò rapidamente lì a fianco portando con sé grandi caraffe, ed Asrăthiel ne approfittò per cambiare argomento.

«Questi trow e coboldi che vedo vagare per questo luogo», disse la giovane, «vi seguono di loro spontanea volontà, come schiavi e servi, non è vero?»

«Dite il vero, e per questo motivo non abbiamo alcuna necessità di muovere nemmeno un dito» commentò Zande.

«Se tutti gli esseri umani fossero serviti con tanta solerzia», commentò Asrăthiel, avendo notato la straordinaria sollecitudine dei servi, «nessuno avrebbe nemmeno più bisogno di muoversi, salvo che per masticare e respirare.»

«Tuttavia le creature umane», spiegò Zaldivar, «avvizzirebbero, e la loro fibra si farebbe fragile come papiro, se si abbandonassero all'indolenza; io ed i miei simili, al contrario, rimaniamo in perfetta forma tanto mantenendoci attivi quanto passando le nostre giornate nell'ozio più totale.»

«Vedo che permettete ai Grigi Vicini di servire in questa sala, ma vi tenete separati dai coboldi» osservò la maga.

«Preferiamo che quegli scola-birre appestati d'aglio non si avvicinino a noi durante i banchetti» rispose Zande. «Una misura che giova a loro quanto a noi. Amiamo molto i cibi salati, e i coboldi soffrono a contatto con il sale, oltre che con l'oro.»

«Io però li ho visti scendere in campo pittati con colori dorati!» esclamò la giovane, sorpresa.

«Le loro pitture tradizionali non contengono oro, Lady Sioctíne, ma trisolfuro d'arsenico, che gli artisti chiamano 'orpimento' o 'tintura d'oro'. I coboldi maggiori, quelli più imponenti che combattono insieme a noi come soldati di fanteria, usavano coprirsi di quella tintura, inizialmente, per ingannare i propri nemici, facendo loro credere di essere invulnerabili al tocco dell'oro. Noi, di contro, non facciamo uso dell'orpimento, poiché è un colore sgradevole e scurisce ogni altra tintura che venga ad esso sovrapposta.»

«Coboldi maggiori, così li chiamate?» Disse Asrăthiel. «Che mi dite invece degli altri, quei coboldi di statura più bassa che si pitturano d'arancio?»

«Delle due specie, la maggiore e la minore, v'è più arsenico nei componenti della prima. Essi sono la casta guerriera, e scendono in battaglia pitturati d'orpimento e cinti di armature di eritrite. I coboldi minori sono fabbri meticolosi e abili artigiani, assai meno feroci degli altri. Essi sono incredibilmente curiosi riguardo ad ogni cosa, tanto che ricordo abbiano perfino prelevato alcuni campioni di capelli dall'uomo chiamato Aonarán, così da poter effettuare esperimenti su tessuti umani. A volte si coprono di quel pigmento chiamato realgar, il solfuro d'arsenico, che si viene a formare naturalmente in cristalli, rocce e terre di quella particolare sfumatura arancione brillante. Tanto l'orpimento quanto il realgar sono estremamente velenosi per gli esseri umani. Avevo intenzione di consigliarvi di tenervi a debita distanza dai coboldi, per la vostra stessa sicurezza, ma sembra che siate più resistente dei vostri simili.»

Quanto sapranno di me, esattamente? Si chiese Asrăthiel. Che sappiano delle caratteristiche che mi differenziano dagli altri esseri umani? Forse Zande si riferisce semplicemente alla mia abilità con la spada. Re Thorgild era assolutamente certo che i trollhästen non permettessero a nessun essere mortale di montare loro in groppa, eppure è stato proprio uno di quei destrieri diabolici a portarmi qui a Sølvetårn. Che quei cavalli demoniaci abbiano in qualche modo percepito la mia immunità alla morte? E in quel caso, hanno forse comunicato la loro scoperta ai goblin?

«Disponete di un gran numero di servi», commentò ad alta voce.

«Dite il vero! Per ogni goblin vi sono almeno trecento servitori coboldi, i quali fanno da lavoratori e soldati di fanteria. Fra i servi e gli intrattenitori al nostro seguito vi sono wight minatori e filatori, che posseggono abilità altamente specializzate, e dame delle acque, che pur avendo capacità di natura completamente differente sono famose soprattutto per l'attirare gli esseri umani verso la morte, facendoli annegare. Gradite un po' di *peearen ayns lavander*? O magari dell'*ooyl villish* caramellato?» Zande indicò un piatto carico di mezzelune rosa-arancio luccicanti di cristalli di zucchero.

Asrăthiel rifiutò garbatamente l'offerta, stentando a credere che quegli wight stessero conversando cortesemente con lei senza la minima traccia di rancore, come se stessero tutti partecipando ad una raffinata festa d'alta società, quando non molto tempo prima si trovavano su un campo di battaglia a cercare di sventrarsi l'un l'altro. L'imprevedibilità delle creature eldritch era decisamente snervante per chiunque fosse abituato agli usi e costumi degli esseri umani.

«Ciò che mi raccontate è molto interessante, buon signore.» Abbracciando con lo sguardo la gran quantità di prelibatezze offerte come antipasti, Asrǎthiel aggiunse: «Da dove viene tutto questo cibo? È stato forse rubato?»

«Ah, nobile ospite, così ci offendete!» esclamò Zaldivar, con un'espressione tanto addolorata da costringere la giovane a reprimere un sorriso, davanti all'incostanza nei vari gradi di sregolatezza dei goblin. «Cosa si può rubare a chi non possiede nulla?» spiegò il cavaliere. «Gli esseri umani vivono nell'illusione che la terra appartenga loro, e che di conseguenza ciò che vi crescono gli appartenga allo stesso modo; tuttavia essi, come tutte le creature, non hanno alcun diritto di possedere nulla all'infuori dei propri corpi. Noi non rubiamo. Di tanto in tanto, tuttavia, preleviamo questa o quella cosa, o cogliamo qualche frutto o verdura che ci gusti fra quelli che coltiviamo nei nostri orti qui nelle montagne, che prosperano da quando siamo riemersi dai sarcofagi dorati.»

«Com'è possibile coltivare alcunché, qui fra le montagne?»

Il goblin che si accompagnava ad Asrǎthiel infilzò un pezzetto di frutta glassata con la punta di un coltello dal manico bizzarramente intagliato. «La terra buona non scarseggia affatto qui, Lady Sioctíne; ci troviamo in una regione vulcanica, dopotutto, ricca di nutrienti che vengono da sotto la superficie del mondo. Non manchiamo nemmeno di acqua e luce solare, ma solo di di calore e protezione dal vento, due cose di cui i nostri giardini ed orti hanno un grande bisogno. Inizialmente, quando Sølvetårn fu costruita, i coboldi lavoranti eressero enormi edifici di cristallo resistente e sottile in punti specifici. Questi edifici sono sufficientemente robusti da resistere a vento, neve e grandine, rinforzati con l'uso di gramarye e riscaldati dalle sorgenti termali che risalgono dalle loro fonti plutoniche, molti chilometri sottoterra. Buona parte delle nostre vivande provengono da quelle serre.»

La giovane sorseggiò del vino da un calice d'argento decorato con delicate incisioni di steli d'edera, ma quasi non sentì il sapore del liquore. Trovava difficile rimanere seduta composta, dal momento che si aspettava di vedere Zaravaz fare il suo ingresso nella sala da un momento all'altro. I suoi tentativi di infastidirlo erano stati vani, poiché egli stesso era in ritardo per il banchetto. Egli era l'ospite che tutti stavano attendendo, e senza di lui il banchetto non sarebbe iniziato.

Egli, infine, apparve, ammantato dello splendore della notte, e naturalmente era bello oltre ogni dire. Cavalieri goblin, trow, coboldi, tutti si alzarono in piedi e si inchinarono. Il loro re entrò nel salone, con un incedere a tratti quasi spavaldo, mentre i trollhästen agitavano le loro chiome ardenti ed abbassavano le teste affusolate.

Quando Zaravaz le si sedette a fianco, Asrăthiel perse ogni traccia di appetito.

«Buongiorno» disse. Lo sguardo che le rivolse era attento, acuto e rapace. Uno sguardo carico di desiderio.

Asrăthiel abbozzò una risposta, ma il suo balbettio tradì il suo autocontrollo ormai in briciole, mentre nella sua mente frammenti di pensieri coerenti si disperdevano senza controllo, come schegge di una vetrata frantumata.

A quel punto il banchetto poté davvero iniziare, con una processione di trow che, piegati sotto il peso di enormi vassoi coperti da ampi coperchi d'argento a cupola, avanzavano con passo incerto.

«Dimmi, di cosa pensi si nutrano i goblin?» le domandò Zaravaz, appoggiandosi allo schienale della sedia. «Larve? Scarabei? Pezzi di corteccia?»

Tutto attorno, i cavalieri stavano volgendo la propria attenzione verso il desinare, iniziando a consumare le vivande. Di tanto in tanto si interrompevano per parlare o ridere fra di loro, ed Asrăthiel poté notarne il comportamento allegro e gioviale di individui che parevano facili alla violenza quanto alla risata.

«Non ci ho mai riflettuto» rispose Asrăthiel con un filo di voce.

«Allora permettimi di farti gustare alcuni piatti goblin. Questo», disse Zaravaz, indicando un amalgama di spezie e prelibatezze appena scoperto di fronte a loro, «si chiama "Il Druido Svenuto". Prende il nome da ciò che avvenne quando fu servito per la prima volta ad un saggio del Sanctorum, che perse i sensi davanti alla bontà di questo piatto.»

«Invero, un druido molto fortunato», disse Asrăthiel con garbo, «ad aver potuto assaggiare il cibo dei goblin.»

«Meno fortunato di quanto credi. In seguito Skagi gli tagliò mani e piedi.» Replicò Zaravaz.

«Preferirei sorvolare su questa portata.»

«Oh, quanta fretta! Almeno un assaggio, ti piacerà di certo.»

«Troppa grazia, sono costretta a rifiutare. Qual è il nome di quel piatto, invece?»

«"Quasi ad Accogliermi Festosa Trovai una Montagna Tempestata di Fiori Rossi".»

«Nomi decisamente molto fantasiosi.»

«L'ingegno dei nostri cuochi nell'inventare ricette è superato solo dall'inventiva che dimostrano nello sceglierne i nomi.» Il re dei goblin ne riempì un cucchiaio d'argento. «Mi permetti di tentarti?»

Non pareva avere alcuna intenzione di volerle cedere il cucchiaio, perciò, con qualche esitazione, Asrăthiel aprì leggermente la bocca. Con delicatezza, egli le depositò il boccone sulla lingua, ed Asrăthiel trovò che appagasse completamente tutti i sensi, sebbene il suo apprezzamento del cibo fosse in una certa misura ostacolato dal totale disfarsi della tela dei suoi pensieri. Disse poi, una volta inghiottito il boccone: «Delizioso, non c'è che dire. Non penso di aver mai mangiato nulla di tanto buono.» D'improvviso, una preoccupazione le attraversò la mente, così che aggiunse: «È fatto con la carne di qualche animale?»

«Noi non mangiamo carne.»

La frase sorprese ulteriormente la giovane. I goblin erano una razza guerriera, e tutti i soldati mortali che aveva incontrato fino a quel momento amavano la carne, e si lanciavano con particolare avidità sui cosciotti arrostiti, perciò aveva sempre dato per scontato che tutti i guerrieri amassero la carne.

«Non ci nutriamo di carne morta, né vestiamo dei suoi derivati» continuò Zaravaz.

Dei servitori trow depositarono altri vassoi di fronte al re, inchinandosi prima di arretrare nuovamente.

«Questo misto saporito», disse in tono affabile, indicando le vivande con un gesto della mano, «è chiamato 'Ecco una Situazione Irresistibile'. Qui, invece, un vassoio di dolci squisiti chiamato 'E Così mi Credi Pazzo'. Se apprezzi il dolce ti consiglio di assaggiare questo biancomangiare, 'Rose Stillanti Miele', mentre se preferisci qualcosa di più forte suggerisco 'Peperoncini che Bruciano come le Fiamme dell'Amore'.» Nel descrivere l'ultimo piatto, lanciò un'occhiata pensierosa alla sua commensale. Soffici lembi di oscurità ne incorniciavano il volto teso, cascando sui lati e adagiandosi sulle spalle.

Asrăthiel tentò di mangiare qualcosa, ma l'atto pareva costarle una fatica immane, così che ben presto dovette fermarsi.

Una dopo l'altra, tutte le ventisette portate del banchetto si susseguirono. L'ospite d'onore, com'era stata chiamata, non mangiò che qualche boccone, e le riuscì difficile perfino ricordare il sapore dei diversi piatti, sebbene fosse certa della loro bontà. Anche Zaravaz mangiò molto poco. Quando i piatti furono stati per la maggior parte ritirati, i cavalieri rimasero seduti ai propri posti, bevendo, ridendo e scherzando in un'atmosfera di grande convivialità.

Nervosa, come sempre quando era in presenza del re dei goblin, la maga del clima improvvisò, con parole fin troppo formali: «Poco fa ho avuto modo di conoscere due dei vostri capitani, avrei piacere di incontrare anche gli altri.»

Non mentiva a riguardo, visto che entrambi i luogotenenti con cui aveva parlato si erano dimostrati amichevoli e le avevano spiegato molte cose, ed era suo desiderio imparare quanto più possibile su Søl-vetărn e sui Goblin d'Argento. Per non parlare del loro signore...

«Sono qui per servirvi, mia signora», rispose Zaravaz con esagerata cortesia. (*Quale sarà il colore della pazzia? Forse viola, come quegli occhi.*) Chiamati a sé i dieci luogotenenti più importanti, il re dei goblin chiese loro di presentarsi ad Asrăthiel.

L'*aachionard* Zauberin le era già noto; egli era il cavaliere dall'espressione malevola, che spesso inseriva la lingua goblin nel suo parlare.

«Senza dubbio, o Dama Spada, ci avete gia sentiti urlare il nostro grido di battaglia, prima di caricare verso il massacro» disse Zauberin, inchinandosi ostentatamente.

«Un grido che mi parve più di scherno» rispose impassibile Asrăthiel, rifiutando di lasciarsi intimorire da qualsiasi riferimento alla carneficina della guerra, ancora così fresca nella sua memoria.

«*"Paag dty uillin!"*» Ripeté il cavaliere. «Invero è un grido di scherno, esattamente come avete immaginato, Sioctíne, ed è un grido che rivolgiamo ai vostri simili mentre muoiono. Significa "baciati il gomito", cosa che un essere umano può fare solo se smembrato o decapitato. C'è di più, *"uillin"* significa anche "angolo", perciò l'espressione assume un altro significato, rozzamente traducibile con "baciati il–"»

«Basta», disse Zaravaz, alzando la mano in un gesto d'ammonimento seguito da una frase nella lingua goblin, dopo la quale Zauberin si inchinò al suo signore, mormorando "Chiedo perdono" in direzione di Asrăthiel, per poi spostarsi. La giovane l'aveva già inquadrato come un nemico particolarmente ostile.

Riconobbe il cavaliere successivo, Zwist, che aveva già visto sul campo di battaglia. Indossava ora una corazza da parata, vambraci d'armatura nera e argento, indossati sopra abiti resistenti fatti di un materiale scuro dall'aspetto organico, tagliato e cucito da servitori coboldi. Il suo copricapo di velluto era decorato con piume vistose.

«Secondo Luogotenente Zwist, al vostro servizio, mia signora» disse l'imponente guerriero, inchinandosi alla sua mano.

«Non è passato molto tempo da quando cercavate di uccidermi» disse con dolcezza.

«Oh, qualche stoccata amichevole, niente di più» rispose il goblin in tono sorprendentemente amabile.

«Ero convinta che il Secondo Luogotenente fosse Zerstör.»

«È morto ieri sera per mano di Conall Gearnach»

Ieri sera! Sembrava fossero passati anni. O forse "ieri sera" era semplicemente una delle espressioni generali che i goblin usavano per indicare un tempo passato? Si chiese se i cavalieri provassero cordoglio per il loro compagno caduto. Sembrava non fosse così, e ciò lasciò la giovane ancora più perplessa riguardo ai loro precetti morali.

Le maniche nere a campana di un certo Zaillan, il Terzo Luogotenente, recavano dei tagli che lasciavano intravedere il rivestimento interno d'argento, ma nonostante ciò egli aveva ben poco di eccessivo. La cintura era una catena di pesanti anelli d'argento, mentre al collo portava una collana di spine ricurve, o forse artigli finti. Come i suoi compagni egli indossava lunghi stivali che andavano allargandosi verso il ginocchio, arrivando quasi fino a metà coscia. Gli altri ufficiali si presentarono in ordine di grado: Zuleide e Zamakh, Zinke, Zähe ed il Decimo Luogotenente Zangezur.

Durante questo tempo, Asrăthiel sentiva su di sé lo sguardo di Zaravaz, che la stava effettivamente guardando, pur ostentando una dignitosa indifferenza. Quando i suoi secondi in comando furono tornati ai loro posti, si voltò con un gesto teatrale verso il re dei goblin, come se si fosse ricordata solo in quel momento della sua presenza.

«Zerstör è stato ucciso da Lamafulva» disse. «La spada dorata è senza dubbio potente, anche nelle mani di un semplice umano.» In quella sua frase risuonava un'eco di sfida, di quello era ben consapevole. La sua vicinanza la rendeva tanto inquieta che sentiva il bisogno di punzecchiarlo un poco, come per punirlo.

Il suo commensale continuò ad osservarla, giocherellando con un calice mezzo vuoto poggiato sul tavolo, e disse: «Sei un'avversaria assai difficile da sconfiggere con quell'arma in mano, lo ammetto.»

«Forse», rispose lei, intenzionata a non desistere dalla sua sfida, «sarei in grado di sconfiggere perfino voi, con Lamafulva. Pensate che sarei in grado di uccidervi in battaglia?»

Zaravaz la studiò con aria divertita. «Ne dubito.» Aggiunse poi, abbassando lo sguardo verso il calice con un sorriso accattivante: «Detto ciò, non dubito affatto che, dovessimo trovarci ad incrociare le spade, mi faresti dono della piccola morte.»

«Che cos'è questa "piccola morte"?» chiese, ma il re si limitò a chiedere dell'altro vino. I suoi capelli e i lembi dei vestiti si agitavano come mossi da una lieve brezza anche quando l'aria era immobile, tanto forti erano le forze occulte che si agitavano intorno a lui.

Nell'aria iniziarono a risuonare note profonde, che riecheggiavano fra le mura. Su di una balconata, diciassette coboldi erano intenti a pizzicare le corde di una gigantesca arpa tellurica] le cui corde verticali lunghe oltre trenta metri attraversavano fenditure nel pavimento e nel soffitto, le basi saldamente fissate al livello inferiore e le punte a quello superiore.

«Ho una richiesta da farvi» chiese Asrăthiel, mentre il salone si riempiva di una melodia bassa ed armoniosa.

«Fa' la tua richiesta», disse Zaravaz, lanciando distrattamente ciliegie in una ciotola, un gomito appoggiato distrattamente sul tavolo. «Non posso tuttavia assicurarti che ti sarà concessa.»

«Desidero poter mandare una lettera ai miei cari, così da far sapere loro che sono salva e sto bene.»

Egli alzò un sopracciglio. «Hai il mio permesso. Hulda si occuperà di tutto.»

«Vi ringrazio. C'è anche una seconda richiesta.»

«Esponimela.»

«I trow di questa roccaforte hanno un servo umano chiamato Fedlamid macDall. Potete dargli la libertà?»

«Che costui resti o se ne vada non è di mio interesse. C'è tuttavia una persona che non condivide la mia indifferenza – vale a dire la Regina Saibh, che dimora a Cathair Rua. Egli un tempo era il suo servitore. Forse qualcosa più di un servitore.»

«Dal momento che vi è indifferente, vi prego, date istruzioni che i trow lo liberino.»

«Se ciò ti può far piacere, così sarà fatto. Non ti muovere!» Zaravaz alzò un dito a sottolineare l'improvviso ordine. Asrăthiel obbedì, alquanto perplessa. Stese una mano in avanti e con delicatezza le tolse dai capelli una piuma di gufo, che doveva essere caduta dall'alto per poi incastrarsi lì. La passò davanti agli occhi della giovane, poi la lasciò cadere.

«Vi ringrazio» mormorò, domandandosi per quale motivo la sala si fosse fatta tutto a un tratto tanto intollerabilmente calda. Preso il coraggio a due mani, disse tutto d'un fiato: «E c'è un'altra richiesta.»

«Un'altra! Fai molto affidamento sul mio buon cuore.» Zaravaz fece un sorriso enigmatico.

«L'altro uomo che dimora qui, Fionnbar Aonarán, colui che i trow chiamano Batrace. Per quale ragione lo trattenete qui?»

«Non lo tratteniamo affatto. Egli ha servito al suo scopo, e se rimane è solo per sua decisione. Ci è stato utile, in un'occasione. Per mesi e mesi prima della loro liberazione, i miei *graihyn* rinchiusi nelle tombe dorate avvertirono il suo lento avvicinamento, attraverso le spesse rocce. Il suo fracasso li aveva disturbati, scuotendoli dal loro tedio senza fine, ed essi iniziarono a chiamarlo a loro. Egli rispose. Fattolo prigioniero, lo impiegarono per facilitare la loro fuga, e se egli ancora si trova qui è perché ha deciso di restarvi, o non ha ancora trovato un modo per andarsene.»

«Fatico a credere che desideri rimanere in mezzo alla vostra gente. Credo che i vostri cavalieri usassero perseguitarlo. In ogni caso non desidero rivederlo mai più.»

«L'hai incontrato? Ti ha importunata?»

«Entrambe le cose.»

«Farò sì che sia dato ai miei coboldi, che possano trastullarsi con esso come desiderano. Skagi ha una frusta particolarmente flessibile proprio per casi come questo. L'ha chiamata la Dama Convulsa, e con i suoi lacci spinati strappa musica agli uomini.»

«Siete crudele! Fionnbar è un uomo detestabile, ma la violenza sulle creature indifese mi disgusta.»

«Allora ci troviamo d'accordo, dal momento che sia io che i miei luogotenenti preferiamo incontrare i nostri avversari in battaglia, quando hanno le armi in pugno, o mentre fuggono e noi inseguiamo. Non abbiamo alcun interesse a fustigare uomini disarmati messi ai ceppi. quelli sono più passatempi da coboldi.»

«Non lasciatelo ai coboldi.»

«Via, via, figlia della Piana dei Frassini, intendi forse farci litigare su questa faccenda? I miei flaieen saranno liberi di fare ciò che preferiscono.»

Vista la sua espressione costernata, addolcì il tono. «Tuttavia, dato che insisti, darò ordine che quel miserabile sia scacciato dalla fortezza. Che non si dica che non assecondo i tuoi desideri!»

«Li assecondereste una volta ancora?» disse lei di rimando, incapace di trattenersi dal dare una risposta che sapeva essere ammiccante.

Zaravaz abbandonò la postura cadente e smise di giocherellare con le ciliegie.

«Cos'altro desideri chiedermi», disse a bassa voce, «ora che hai fatto cacciare dalle mie sale ogni uomo mortale?»

Dopo un momento, la giovane disse: «Mi restituireste la mia

libertà?»

«Ma tu sei libera.»

«La libertà di abbandonare Sølvetårn.»

Una cappa lugubre sembrò avvolgere l'intero salone, una sensazione pesante come il rintocco di una enorme campana. La musica si interruppe e la quiete scese su tutti i presenti, mentre i cavalieri goblin alzavano lo sguardo, aspettando le parole del loro re.

Con voce setosa, Zaravaz rispose: «Dolce fanciulla, è naturale che abbiate il mio permesso di congedarvi in qualunque momento. Non ho mai desiderato tenervi qui contro la vostra volontà. Ricordate solamente quali sono i termini dell'accordo che abbiamo stipulato con i Quattro Regni riguardo la nostra ritirata. Se doveste infrangere la vostra parte del contratto e ritornare dai vostri simili l'accordo verrebbe reso nullo. Dovesse accadere ciò, scenderemo dalle montagne e attraverseremmo i vostri regni come la falce attraversa il campo, spezzando ogni singolo uomo, donna o bambino.»

Dentro di sé, Asrăthiel ribolliva di rabbia per la brutalità dei goblin. Zaravaz attendeva paziente, mentre la giovane tentava di reprimere i suoi sentimenti. Il tentativo fallì. «Osereste uccidere bambini innocenti? Allora davvero siete malvagio, al di là di ogni redenzione.» Sbottò d'improvviso.

«Non so se tu sia ancora tanto ingenua da pensare che i mortali tuoi simili siano d'animo troppo nobile per fare cose simili, o se tu desideri solo continuare a goderti le tue illusioni. Donne, bambini, ammalati, anziani e persone indifese – tutti costoro si troverebbero semplicemente avvolti da nebbie che li farebbero addormentare; non proverebbero dolore, non saprebbero nemmeno cosa sta succedendo. Un fato più misericordioso di quello che molti tuoi simili dispensano senza problemi, come coloro che maltrattano le proprie mogli e i propri figli, o abbandonano i neonati sulle colline, lasciandoli a morire fra le intemperie. Non importa a quali atrocità potremmo decidere di abbassarci, l'umanità avrà sempre il primato.»

Alla menzione della morte in agguato nella nebbia, nella mente di Asrăthiel venne a formarsi l'immagine straziante dei Consiglieri di Ellenhall, caduti addormentati uno dopo l'altro fra i fumi delle pire dei druidi. A prescindere da questi ricordi, dovette ammettere che quantomeno il comportamento dei goblin dimostrava una pur minima traccia di pietà.

«Sembra che ti sfugga», continuò Zaravaz, «il passato di quanti sono stati finora uccisi dai miei *graihyn*. Tutti i vostri morti che vivevano nei villaggi settentrionali erano carrettieri, macellai, pescatori, cacciatori, cacciatori di pellicce, conciapelli, sellai, maniscalchi, piccoli bulletti che si divertivano a tirare sassi ai merli fra i rami, locandieri che servivano tortini di carne di manzo, tutti sfruttatori della stessa risma.»

«Dal vostro punto di vista» lo interruppe la giovane.

«Tutti coloro che abbiamo ucciso in battaglia erano armati e ostili all'orda.»

Un moto di sarcasmo misto a rabbia increspò le labbra della giovane, «Siete di gran lunga troppo meticolosi.»

«Siamo scrupolosi, è vero, anche nell'applicare i termini dell'accordo» rispose il re dei goblin. «Se lascerai questo luogo schiacceremo ogni essere umano esistente. Nessuno ci sfuggirà, li scoveremo tutti, dal primo all'ultimo. La scelta è in mano tua.»

D'impulso, Asrăthiel ribatté: «Una scelta assai pesante. Così sia, allora, rimarrò vostra prigioniera.»

Si sentiva frustrata dalla propria impotenza di fronte a condizioni tanto proibitive, era resa furiosa dalla consapevolezza che i goblin fossero preparati ad impiegare qualunque mezzo, per quanto eccessivo, agitata dall'odio verso la loro crudeltà, e tuttavia non riusciva a non rimanere inebriata dal puro fascino di quegli straordinari individui in mezzo a cui si trovava; i sensi confusi dalla bellezza e dal mistero delle creature eldritch, gli accenni ad un potere pronto a scatenarsi, quella danza sul filo del pericolo, la sensazione di star camminando sul sottile confine fra estasi e follia. Tanto contrastanti erano le sue passioni che faticava a rendersi conto di cosa stesse effettivamente pensando, tanto che si trovava a dover mascherare la sua confusione con una parvenza di autocontrollo ed indifferenza. Bevette dalla coppa, sperando che il vino la calmasse, o quantomeno le desse un poco di agognato stordimento.

La musica riprese a suonare, e l'intera sala si rianimò di conversazioni ed attività. La giovane, invece, rimuginava in silenzio.

Nel mezzo del caos della festa si rivolse al re dei goblin: «Per quanto tempo intendete tenermi qui con voi?»

«Indefinitamente.»

«Mi lascerete andare quando vi sarete stancato di me?»

Zaravaz distolse lo sguardo, distratto dal vociare di alcuni dei suoi cavalieri. Li osservò per qualche momento, ridacchiando degli scherzi che giocavano l'uno all'altro, per poi tornare a rivolgersi alla sua ospite: «Quell'espressione imbronciata non ti si addice.»

Prendendo un profondo respiro, Asrǎthiel lottò con l'improvviso impulso di afferrare una manciata di quegli splendidi capelli e sporcare di fastidio quell'espressione arrogante. Non aveva alcun senso continuare a porre domande che venivano regolarmente ignorate.

«Avete altri due ostaggi umani, perciò non ho esattamente svuotato le vostre sale di ogni presenza umana.» disse la giovane.

«Anche questo è vero.» Il re dei goblin aveva un tono molto conviviale, forse perfino troppo.

La giovane si prese un momento per raccogliere i pensieri, indi bevve un gran sorso di vino dalla coppa. «La scorsa notte vi chiesi di essere clemente con loro. Da allora ho avuto tempo per riflettere sulla descrizione che il mendicante, l'unico testimone diretto, ha dato della morte dei miei amati compagni per mano di Uabhar. Ho anche potuto ricordare la complicità di Virosus. Siete a conoscenza di questo avvenimento?»

«Certamente. I trow ci portano molte notizie.»

«La mia ira ritorna a bruciare, davanti all'immagine dei miei amici innocenti stesi a terra, intorpiditi dai fumi narcotici del druido, mentre il boia di Uabhar li fa a pezzi. Ve lo dirò ora: non mi interessa cosa i vostri scagnozzi faranno a Uabhar e Virosus. Non godo della sofferenza di nessuna creatura vivente, ma nemmeno alzerò un dito o pronuncerò una parola per salvare quei due individui.»

«Sembrerebbe che anche il vostro cuore, o dama gentile, possa farsi duro come la pietra. Rifletterò su ciò che avete chiesto. Chissà, forse dopo che i miei coboldi avranno finito di esaminarli, potrei ordinare che siano appesi in catene sulla cima del monte più alto, assicurati ad anelli di ferro conficcati nella pietra, dove rimarranno fino alla loro morte, lasciando dietro di sé solo le loro ossa, che resteranno lì a ciondolare come sonagli scossi dal vento.»

Asrăthiel rabbrividì ed ingollò dell'altro vino. La bevanda inebriante serviva a placare la sua inquietudine ed i suoi sensi alterati, ma d'altra parte la spingeva anche a fare domande d'impulso, con scarsa considerazione per le conseguenze. Senza preavviso, gli chiese: «Perché non mi trattate con la stessa insensibilità con cui trattate gli altri prigionieri?»

«Per via del tuo bell'aspetto, che domande.»

Farfugliò qualcosa e quasi si strozzò con il vino, prima di riprendersi. «Solo per questo?»

«Cosa vorresti che dicessi?» Zaravaz sorrise con aria provocatoria. Fino a quel momento era stato gentile e pacato, ma l'istante successivo il suo umore si incupì, colorandosi di una punta di capriccio. «È forse la tua vanità tanto grande da desiderare di sentirmi elencare le tue qualità?» disse, con una venatura nella voce, come di ferro gelido. «Ciò sarebbe sufficiente ad appagarti?» La giovane ne seguì lo sguardo, che le parve essersi soffermato sull'abbottonatura del proprio vestito. «Devo forse iniziare ad esaminarti con la stessa attenzione ai dettagli con cui altri miei servitori stanno esaminando i tuoi compagni, sebbene certo con maggior gentilezza, al fine di stilare una lista dettagliata di tutti gli aspetti graziosi della tua persona?»

I maghi del clima non sono certo abituati ad essere apostrofati in questo modo. In parte resa furibonda dalla sua arroganza, in parte irritata da come aveva deliberatamente distorto le sue parole per poi rivolgerle contro di lei per esasperarla e in parte perplessa da quale potesse essere il suo vero intento, Asrăthiel si trovò a provare una sorta di deliziosa paralisi, come fosse stata inchiodata sul posto dallo sguardo di un basilisco, cui si mescolava una certa costernazione, dovuta alla presenza di una pur minima traccia di divertimento nella sua reazione alle affermazioni del re dei goblin. Non riusciva a parlargli o a guardarlo, né egli sembrava aver necessità che lei gli rispondesse. Percepì anche il fremito della rabbia, dietro il suo scherno, ma non riusciva a spiegarselo, a meno di non ipotizzare di avere una qualche forma di potere su di lui del quale non era a conoscenza, cosa che avrebbe spiegato come mai Zaravaz, da despota qual'era, fosse tanto infastidito dall'aver visto i suoi piani rovinati.

Egli interruppe le sue sferzate e restò, per un certo tempo, in silenzio. Fu solo dopo qualche minuto che la giovane si accorse del fatto che quell'incarnazione di malvagità in forma attraente era seduta incredibilmente vicino a lei, e che il suo braccio, avvolto nelle morbide onde di una manica nera, era appoggiato sullo schienale della sua sedia, appena dietro la sua testa.

L'unione dell'arpa tellurica con i tamburi dei trow aveva fino a quel momento prodotto suoni elettrizzanti, ma quando si destarono i violoncelli, quella combinazione eterea di suoni scatenò una serie di fremiti lungo la spina dorsale di Asrăthiel, come fosse lei stessa lo strumento che stava venendo suonato. Senza nessuna ragione particolare, si trovò a ricordare le parole di una canzoncina semplice ma molto espressiva, che aveva sentito forse un paio di volte:

"*Se deve venir a piovere, a piovere verrà,*
il sole che deve uscire, ben presto sarà uscito,
e chi deve impazzire, non temere, impazzirà.
Ora guarda, sei ammattito."

Su una piattaforma rialzata, quattro dei bellissimi cavalieri – tre violoncellisti ed un suonatore di viola da braccio – stavano producendo una musica avvolgente, ondeggiando avanti e indietro, animati dalla passione che riversavano nelle proprie melodie, ogni movimento seguito dall'identico ondeggiare delle loro chiome e delle falde delle loro giacche lunghe a metà polpaccio. Un quinto cavaliere li accompagnava, con tamburi, campane tubolari e tamburello. I lunghi capelli dei suonatori, ognuno piegato sul proprio strumento, scendevano a coprirne il lato sinistro del volto come un sipario – questo dal momento che ognuno di loro sembrava essere mancino. Tanto lunghi erano i loro capelli che era inevitabile che si andassero ad aggrovigliare con le corde degli strumenti, eppure la loro musica non andava mai ad interrompersi per questo; veniva quasi da pensare che uno dei motivi per cui la melodia da loro suonata si stesse rivelando tanto trascinante fosse il fatto che stava venendo suonata direttamente sulle ciocche vive dei loro capelli imbevuti di potere eldritch.

Muovevano gli archetti avanti e indietro, con la destrezza di artisti che diano precisi colpi di pennello su una tela, ma la loro esecuzione era completamente diversa da quella di un qualunque distinto quartetto da camera umano, i cui componenti rimanevano con le teste solennemente piegate, gli occhi miopi fissi su pagine e pagine di partitura, completamente immobili salvo che per le dita di una mano, mosse continuamente su e giù per la tastiera come zampe di ragni, e per il gomito opposto, animato da un perenne movimento ondulato verso l'esterno e verso l'interno, come la prua di una raffinata barchetta.

Non avrebbero potuto essere più diversi.

I musici goblin sembravano venire sollevati di peso dalla pura energia che scaturiva dalla loro esecuzione, agitavano il capo a tempo, battendo i piedi seguendo il ritmo e scagliando i capelli da una parte all'altra; erano energici, e pieni di vita. I loro strumenti sembravano vivi tanto quanto i loro suonatori, dando l'impressione di essersi fusi ad essi. Uniti in una completa armonia neurale, gli impulsi attraversavano dita, braccia e archetti, capelli e corde, passando dalle spalle, percorrendo la spina dorsale e la tastiera, da capo a ponte fino alla base, scatenando tutta l'euforia che la musica selvaggia è in grado di provocare. I violoncellisti erano similmente incapaci di rimanere incollati ai propri sgabelli, sicché di tanto in tanto balzavano in piedi insieme ai propri strumenti, senza mai smettere di suonare, maneggiando i pesanti ed ingombranti violoncelli come se fossero piccoli violini; saltavano e piroettavano prima di ritornare a sedersi ai propri posti e riprendere a evocare con rinnovato zelo le loro cupe melodie primeve.

Asrăthiel non riusciva a ricordare di essersi unita alle danze. Si trovava ora ad attraversare il pavimento volteggiando fra le braccia di un compagno la cui vista faceva vibrare il cuore, e si perse in un'oscurità che aveva il profumo del fulmine e delle nubi tempestose, così che si ritrovò a pensare che un dolce veleno la stesse corrodendo, scorticando la sua anima immortale, e che il suo destino fosse di morire di quelle ferite.

7
UNO STRANO AMORE

Là vedo, contro le stelle, una stagliarsi una fortezza
Su impervie montagne dalle vette sì spietate
Dove per aspri crepacci ulula gelida la brezza,
E l'acque precipitano in gole insondate;
Fra viste maestose, lì si torcono sentieri
che su ampi baratri svettano, per proseguire
dove torrenti si fanno di abissi prigionieri
e si ode dei fiumi l'impetuoso muggire.

Di Minith Ariannath, la sublime, le guglie slanciate
E gl'alti archi acuti vanno il cielo a pugnalare.
Nel sangue dei vulcani le fondamenta ha piantate,
Fra fuochi imperituri che ogni pietra san squagliare.
Splendido forte da rari preziosi arricchito,
Balaustre adamantine, d'argento i soffitti,
mura di cristallo, pavimenti di corniolo tornito
Lucidi portici ombrosi e di giada i pilastri ritti.

O grande Montagna d'Argento, di cui narrano i miti,
Da nebbie, nuvole e neve velata,
Venata d'incanti e sortilegi infiniti,
Coi tuoi arcani segreti, agli uomini celata.

LA CANZONE DELLA MONTAGNA D'ARGENTO

I L BALLO, tuttavia, ad un certo punto si concluse, ed Asrăthiel si trovò ben presto a sedere di nuovo a fianco del re dei goblin, mentre alcuni serventi trow portavano bevande ai commensali. Mentre i musici riponevano i loro bizzarri strumenti e gli archetti, i trow iniziarono a suonare una serie di cornamuse dal suono ovattato, e dopo ciò i cavalieri unseelie tornarono a bere, ridere e intrattenersi con un astruso gioco di dadi.

Zaravaz sollevò il calice e bevve una sorsata di vino. «Ti darò un'ulteriore spiegazione sul perché io tratti gli altri ostaggi diversamente da come tratto te», disse con voce seria, osservando Asrăthiel da sopra il bordo del bicchiere. «La ragione è ciò che essi sono, e ciò che tu non sei.»

È forse possibile che sappia della mia immortalità? A dispetto del loro lungo imprigionamento, i goblin sembrano sapere tutto di ogni abitante di Tir – i trow e gli altri wight devono essere degli informatori davvero zelanti.

«Dal momento che sembri non esserne consapevole, farò chiarezza a riguardo», continuò, «i miei simili non amano particolarmente i tuoi simili.»

«Vi prego», disse la giovane, pensando, *Certo l'umanità deve aver fatto qualcosa d'altro per offendere tanto i goblin, qualcosa che vada oltre al semplice essere mortali, a differenza loro!* «Vi prego, continuate. Le vostre parole mi affascinano, sire, dal momento che non riesco ad immaginare alcuna offesa che possa giustificare una vendetta tanto tremenda quanto quella che avete in animo di prendervi nei confronti della mia razza. Ci avete mosso guerra semplicemente in virtù del nostro essere umani.»

«Il nostro disprezzo viene dalla convinzione che gli esseri umani hanno», proseguì Zaravaz, appoggiando il calice al tavolo e appoggiandosi allo schienale e ai braccioli imbottiti della sedia, «che l'appartenenza alla propria specie li renda superiori a tutte le altre. Ognuno di essi si considera tanto speciale, eppure in verità non farebbe differenza se fosse nato pollo o mucca. Questa erronea convinzione porta la tua gente a commettere atrocità irripetibili nei confronti di tutte quelle creature che hanno un aspetto diverso dal loro. Tu dici che siamo stati noi a muovervi guerra, ma ciò che abbiamo fatto non è nulla in confronto a ciò che l'umanità intera ha fatto. Ogni giorno centinaia di migliaia di creature non umane sono vittime della guerra più lunga e su scala più ampia della storia. Privati della propria terra, della libertà, strappati alle proprie famiglie e infine uccisi, semplicemente perché la tua specie è in grado di farlo. Nella cultura degli Argenkindë e di tutti i Glashtinsluight, questi soprusi sono considerati crimini della peggior specie. Abbiamo tentato di aprire i vostri occhi, le vostre menti e i vostri cuori per secoli – senza successo. Dobbiamo arrenderci al fatto che la tua gente non possiede l'umiltà di accettare il proprio posto come una delle tante diverse nazioni di animali, tutte sovrastate dallo stesso cielo, tutte che cercano di sopravvivere, allontanare il dolore e trovare la felicità.» Immerso nei suoi pensieri, l'affascinante cavaliere lasciò che le sue dita tracciassero le ricche cesellature sul bordo della coppa d'argento. «Avendo osservato che non si poteva insegnare agli esseri umani a comportarsi diversamente, fu nostro giudizio che avessero così perso il loro diritto a far parte di questo mondo. La soluzione che trovammo fu quella di spazzare via la razza umana.»

«Il genocidio è un crimine, tanto quanto ciascuno degli atti che avete tanto in odio!» esclamò Asrăthiel in tono acceso.

«Quando acconsentisti a venire con me come ostaggio», rispose lui, «non fu forse perché ritenevi che il sacrificio di una persona valesse la vita di molte?»

La giovane annuì.

«Allo stesso modo il sacrificio di una specie può essere di beneficio per le altre.»

«Chi siete voi per giudicare?» Asrăthiel non poté trattenersi dal ritrarsi istintivamente dal suo interlocutore, disgustata da quell'affermazione di misantropia così convinta. I goblin avevano fama di essere completamente privi di principi morali, eppure giustificavano le proprie nefandezze con l'ideale della giustizia. Gli occhi di Zaravaz vedevano ogni cosa, e lei lo sapeva; tuttavia nulla, all'infuori di un arricciarsi di un angolo della bocca che poteva benissimo indicare un disprezzo sardonico, lasciava intendere che avesse notato il suo allontanarsi.

«Siamo creature immortali», le rispose, «e camminiamo su questo mondo sin da quando esso era giovane. L'abbiamo visto diventare un luogo triste e desolato, da quando l'umanità è sorta. Tu hai vissuto appena una manciata di anni, non puoi avere idea di com'era prima. Eppure allo stesso tempo sei diversa dal resto della tua specie, poiché a differenza loro tu non sei crudele.»

La voce di Asrăthiel tremava. «Distruggendo l'umanità spazzerete via tutto ciò che in essa vi è di buono, oltre che le sue malefatte.»

«Buono? Di che bontà vai parlando? Forza, illuminami riguardo alle grandi qualità degli esseri umani.»

«L'amore, tanto per cominciare – amore e compassione.»

«Ogni cagna ama i propri cuccioli, e li protegge a costo della propria stessa vita. Gli elefanti adulti vengono mossi a pietà da un rinoceronte orfano, al punto da prenderlo con sé come se fosse uno dei propri piccoli. Sempre gli elefanti piangono la morte dei propri cari, e mostrano dolore per la morte dei propri familiari. Quelle leonesse che hanno perso i propri cuccioli a volte accolgono e crescono gazzelle senza genitori. Le balene vivono in armonia le une con le altre, senza mai muoversi guerra. Se vuoi parlare di amore e compassione, riconosci che queste qualità sono senza dubbio presenti maggiormente fra le creature non umane.»

«Tu mi nomini animali di cui non ho mai sentito parlare – ma d'altronde hai vissuto a lungo e visto molti luoghi. Cosa ne sarebbe invece delle altre virtù e delle altre conquiste dell'umanità? Musica, arte, letteratura, intendi forse cancellare anche queste cose dal mondo?»

«Delfini e uccelli insegnano il canto ad altri della propria specie. Per quanto riguarda l'arte, cosa può produrre, l'arte, che superi il mondo stesso in magnificenza, il volo di un uccello, un'albero in fiore o il tumulto del cielo tempestoso? La letteratura invece, beh, che vantaggio può portare al mondo in quanto tale? Esiste per il beneficio e per l'intrattenimento della razza umana, niente più e niente meno. È un giocattolo, uno strumento degli esseri umani, che per questo motivo diventerà inutile quando non esisteranno più umani per fruirne.»

«Allora è questo il paradosso della tua razza», disse Asrăthiel con voce stupefatta, «siete crudeli perché detestate la crudeltà. In verità, non riesco affatto a comprendere la vostra filosofia. L'abisso che separa la vostra razza dalla mia è incolmabile.»

Era un lampo di dolore, o forse di rabbia, quello che aveva appena scorto in quelle pozze viola cerchiate di nero?

«Esiste senza dubbio una separazione», disse il suo avversario minacciosamente. «I goblin seguono principi infinitamente più nobili degli esseri umani.»

Asrăthiel fu sul punto di gridare, "Idiozie!" ma la consapevolezza di trovarsi circondata da un'orda di wight unseelie forte di venticinquemila guerrieri la spinse a tenere a freno la lingua.

«Come puoi dire una cosa simile?» esclamò, riuscendo comunque a mantenere una certa compostezza a dispetto dell'indignazione.

«Per essere diretti, i goblin uccidono gli esseri umani, ma gli esseri umani fanno esattamente la stessa cosa fra di loro. Una differenza sostanziale è che i goblin non si comportano allo stesso modo, mentre la razza umana non sembra essere in grado di sollevarsi dal suo stato di guerra con sé stessa.»

«Abbiamo avuto intere generazioni di pace assoluta, a Tir –»

«Mentre i Predatori, gli "umanimali" vostri simili, calavano su di voi, benché foste della stessa razza, per depredarvi ed uccidervi, mentre le vostre armate in marcia si incontravano per uccidersi l'una con l'altra e dare alle fiamme villaggi di popolani che non avevano mai nemmeno rivolto loro una parola aspra. Lo stesso termine "umano" non dovrebbe denotare qualcosa o qualcuno "caratterizzato da gentilezza, gentilezza e compassione", ma piuttosto ciò che è "caratterizzato da sfruttamento, crudeltà, sadismo e spietatezza". Non paghi di nuocere ai propri simili, le vostre genti sfruttano, schiavizzano e tormentano creature innocenti e indifese di altre specie.»

«Anche i goblin tormentano gli indifesi!»

«Di solito lasciamo che i mispickel si intrattengano in questo modo, è vero, e quando infliggiamo una punizione lo facciamo al fine di imporre il giusto castigo per un crimine. Il divertimento che eventualmente ricaviamo da tale azione è solo un valore aggiunto.»

«Giustificazioni come queste non valgono nulla ai miei occhi.» La maga ribolliva di frustrazione, la mente ingombra di argomentazioni e risposte che non era in grado di esprimere adeguatamente. Il vino di Sølvetårn era forte, i suoi effetti ottundevano il suo pensiero, ed era consapevole che alla fine di quel dibattito sarebbe stata costretta a ritirarsi sconfitta ma non convinta. «I goblin cacciavano gli umani per divertimento», disse, «prima che i signori del clima li imprigionassero.»

«Dopo che gli esseri umani furono bollati come parassiti nocivi decidemmo semplicemente di divertirci un po' con essi, aggiungere un tocco di intrattenimento alla punizione, prima di sferrare il colpo decisivo. Colpo che sfortunatamente, come avemmo modo di scoprire in seguito, non sarebbe mai stato sferrato.»

«Mai sferrato perché ora sareste disposto ad accantonare la vostra sacra missione di creare un mondo migliore tanto facilmente, e solo in cambio della mia compagnia! Davvero lusinghiero nei miei confronti, e assai poco nei vostri. È per voi tanto facile disfarvi dei vostri ideali per un capriccio?»

«Mia delizia», disse Zaravaz, gelido, «sembri presumere che le mie azioni siano prive di premeditazione. Ti assicuro che non potrebbe esserci nulla di più sbagliato. Le mie opinioni sulla tua razza sono leggermente cambiate, rispetto ai giorni passati. Sfortunatamente, sviluppi recenti e quanto mai esasperanti hanno contribuito a minare le mie convinzioni precedenti.»

«Sfortunatamente?»

«Non amo l'esitazione.»

«Intendete dire di non essere più sicuro che l'umanità meriti di essere cancellata?»

«Pensa pure ciò che preferisci.»

«Avete detto che sono diversa dagli altri» continuò Asrăthiel. «Come sapete così tante cose su di me?»

«Davvero non riesci a immaginarlo?» la interrogò Zaravaz. Quando ella rispose di sì, egli aggiunse: «Ho forse sopravvalutato il tuo intelletto?» Dopo un istante continuò: «Forse è meglio così.»

«Se sono cieca davanti a ciò che appare ovvio», ribatté la giovane, «è solo perché mi avete ammaliata e avete incantato i miei sensi, sì che non riesco più a pensare con chiarezza, se mai ne sono stata in grado.»

Su quelle parole il re dei goblin parve riflettere intensamente, ma la sua espressione non era per questo meno criptica. Per qualche ragione, Asrăthiel si sentiva incredibilmente stimolata da quell'aspetto impenetrabile, poiché sentiva agitarsi sotto di esso una forza esplosiva, un'irruenza sempre in conflitto con sé stessa, chiusa in una gabbia di ferrea determinazione.

Una donna trow prese a suonare un'allegra giga su un fischietto, e in breve tempo il pavimento vuoto del refettorio fu gremito da una massa di trow, saltellanti e scalpiccianti, le cui buffonate erano osservate con divertimento dai cavalieri goblin.

«I vostri cavalieri sanno essere crudeli con i vostri schiavi coboldi» insistette la maga. «Ho visto Zauberin tirarne uno su per l'orecchio, e Zande tirare la coda di un altro. Ridurre un'altra specie in schiavitù e deriderla in questo modo – non pensate siano azioni ipocrite, queste?»

«Sono stati i goblin stessi a creare i coboldi» rispose irritato Zaravaz. «I coboldi sono entità create artificialmente, a base di arsenico, e per questo non sono propriamente vivi. Per animarli inizialmente usammo una forma di spirito o essenza a malapena senziente, che si agita negli strati più profondi della montagna. Sono più simili a macchine organiche che a creature viventi, per quanto siano artigiani assai ingegnosi.»

«Vivi o meno, il loro sadismo è innegabile.» Asrăthiel sentiva le palpebre pesanti. Era passato molto tempo dall'ultima volta che aveva dormito profondamente. Anche gl immortali, pareva, dovevano far visita alle terre del sogno.

«Pensa ciò che vuoi. Non sono in ogni caso in grado di provare empatia, solamente curiosità. Vedere le reazioni degli esseri umani stimolati dal pungolo dell'agonia eccita i loro cosiddetti "gangli della ricerca". I trollhästen, invece, sono wight viventi in tutto e per tutto. Essi hanno con noi una relazione di reciproco vantaggio, come avrai di certo già visto."»

«I trollhästen sono incantevoli» borbottò Asrăthiel, sottraendosi alla discussione. «Ebbene, ho imparato molto, oggi.» Il liquore che le aveva annebbiato la mente stava anche alimentando la sua sonnolenza.

Si avvicinarono tre cavalieri goblin, e l'*Aachionard* Zauberin, dopo essersi inchinato al suo signore, mormorò: «*Y chiarn ard-ree, cloie shiu?*»

Lanciata un'occhiata ad Asrăthiel, Zauberin rispose: «Suonerò. Farò della musica che possa sospingere dolcemente questa dama verso il sonno, come una ninnananna, poiché pare stia iniziando a sbadigliare.»

Si alzò dalla sedia, e il suo polso sfiorò delicatamente la spalla di Asrăthiel mentre egli lo spostava da dietro le spalle della giovane. Il contatto scatenò in lei una scintilla, come un voluttuoso fuoco d'artificio, che la fece sussultare, ma il goblin si era già allontanato.

«Che cos'è la "piccola morte"?» chiese Asrăthiel ad un trow di passaggio, ma il wight non seppe risponderle. Chiese allora ai cavalieri goblin che oziavano poco lontano dalla sua sedia: «Cos'è la piccola morte?» ma essi si limitarono a ridacchiare con aria complice, mentre Zauberin le rivolse un'insolente strizzata d'occhio. Irritata e quasi certa di essere stata derisa per la propria ingenuità, lasciò perdere l'argomento.

Zaillan porse al suo signore un violino ed un archetto, e tutti gli altri musici smisero di suonare, disperdendosi come foglie al vento. Il silenzio era assoluto. Il re dei goblin appoggiò la base dello strumento alla spalla, invece di fermarla con il mento, come facevano i violinisti umani. Ruotando i cavicchi, accordò lo strumento, da cui la carezza dell'archetto cavava note lunghe ed intense. A quel punto balzò senza sforzo sul palco dei suonatori, ed iniziò ad invocare la musica.

La musica irruppe come una conflagrazione, richiamata al mondo dalla sua arte, per mezzo delle corde del violino. Asrăthiel sentì la pelle d'oca risalirle lungo la schiena ed una sensazione straordinaria attraversarle le membra – una sensazione indescrivibile. Le sembrò di aver dormito per tutta una vita ed essere stata svegliata solo in quel momento, da quella musica, o di non aver mai udito alcuna musica fino a quel momento. In una sola melodia, tre diverse si agitavano – la Danza, la Ninnananna e la Lamentazione, tutte intrecciate in una cascata di frequenze che le accarezzavano le ossa come artigli seghettati, riecheggiando i ritmi del respiro e del sangue.

Nel far danzare le dita lungo la tastiera decorata a pergamena e muovere l'archetto avanti e indietro, egli era continuamente in movimento, aggiustando la propria posizione con spostamenti impercettibili che seguivano la melodia in ogni suo intricato contrappunto. Egli era parte di quella melodia; no, era qualcosa di più, era come se l'essenza di quella musica scaturisse direttamente dalla natura stessa della sua esistenza. Guardarlo era come essere spettatori all'interno di un sogno altrui. Fra un passaggio e l'altro, passò l'archetto nella mano che già reggeva il violino, guizzò su di un piedistallo passando per una vicina trave a sbalzo, per poi lasciarsi cadere al suolo con un unico movimento elegante, riprendendo la sua esibizione senza sbavare una singola nota. Sembrava non fosse in grado di restare fermo. Attraversava le fila del pubblico, carpendo allo strumento le melodie più toccanti senza mai fermarsi, mentre essi si voltavano per seguirlo. Quel singolo flusso di note venne gradualmente ad intrecciarsi con i dolci e pacati mormorii delle viole, le note regali dei violoncelli e le voci roboanti dei bassi, formando armonie ricche come panna, dolci come sciroppo e potenti come la cicuta. Nessun altro musicista, tuttavia, stava suonando. Zaravaz era un solista, un virtuoso in grado di trovare le voci di molti strumenti nelle corde di uno solo.

Inebriata dal vino, dalla ninnananna e dal peso schiacciante delle recenti esperienze, Asrăthiel si addormentò con la testa fra le braccia, a loro volta appoggiate sul tavolo. Fece sogni assai bizzarri, in cui un avvenente cavaliere goblin precipitava fra abissi d'acqua screziata di luce, incatenato nell'abbraccio di una seducente sirena, un'affogatrice; vide il Principe William consumato da un fuoco freddo, l'urisk Fior di Cardo, seduto su un ceppo di legno poco distante da una pozza scura, e infine vide sua madre, Jewel, aprire gli occhi all'interno di una gabbia fatta di rose di vetro che subito si infransero, mentre le rose vere stillavano sangue.

La giovane si risvegliò all'imbrunire, distesa su un letto a baldacchino all'interno delle sue stanze argentate. Un paio di donne trow erano sedute accanto al focolare, intente a cullare i propri infanti fasciati dai visetti grinzosi, canticchiando sommessamente una ninnananna. Le acute percezioni di Asrăthiel le rivelarono che all'esterno il vento gemeva impetuoso fra le cime della Catena Settentrionale, nuvole cariche di pioggia si spostavano nel cielo che andava scurendosi e la temperatura stava rapidamente calando. Con ancora addosso il suo vestito da gala stropicciato, si affacciò ad una finestra reticolata a bovindo, guardando il sole scomparire dietro le montagne in un intenso guizzo scarlatto, come se un fendente avesse aperto il cuore delle nubi. Si sentì trafiggere da un senso di malinconia nel pensare a cosa stesse accadendo ai suoi amici e alla sua famiglia, in quel mondo al di là delle mura.

I venti mugghiavano e cantavano impetuosi, con voci simili ad un coro di spettri, e d'improvviso la maga sentì il desiderio di provare il tocco dell'aria aperta, il crepitio dei tuoni che vanno accumulandosi durante la tempesta. Nel muro era ricavata una porta che dava su una balconata; Asrăthiel la aprì, facendo forza contro le raffiche di vento, e uscì. Fu come essersi tuffata nell'acqua gelida. Forti correnti d'aria si alzavano dalla valle sottostante per schiantarsi contro di lei. I capelli le si agitavano dietro le spalle, sparpagliando i gioielli che aveva indosso, mentre il suo vestito sventolava e si gonfiava, quasi desiderasse afferrarla e trascinarla nel cielo con sé, come un enorme uccello dalle piume bordate di raso blu. L'ululato del vento copriva ogni altro suono. Aggrappatasi alla balaustra di pietra, socchiuse gli occhi per ripararli da quell'assalto invisibile e rivolse lo sguardo in basso, verso la vallata sommersa d'ombre. Tutto ciò che rimaneva del sole erano alcuni frammenti di brace intrappolati in poche fenditure sull'orizzonte. Sulla scarpata dalla parte opposta, avvolti nella luce del tramonto, una fila di figure a cavallo si inerpicava su per la sommità di un crinale; fantastici cavalieri in sella ad agili trollhästen che facevano a gara col vento.

Era un mondo perpendicolare, quello che Asrăthiel stava osservando; tutto facciate verticali, angoli aspri e ombre dai contorni netti. I bastioni di basalto, lucidi e scolpiti, torreggiavano su ogni altra cosa, completamente privi di ogni forma di vegetazione più complessa o meno resistente di muschi o licheni. La Catena Settentrionale faceva sembrare le cime di Alta Darioneth, antiche ed erose dal tempo, benevole e fertili, con il loro soffice manto di vegetazione.

Queste montagne erano giovani, aguzze e vigorose; le loro cime, che ancora non erano state smussate dall'azione di venti e piogge, ancora gridavano il muto ansito che aveva accompagnato la loro nascita dalle pozze di magma incandescente che ribollivano sotto le loro fondamenta. Grazie all'aiuto del brí, la maga riusciva a percepire l'attività vulcanica che stava agitando le viscere delle montagne, migliaia di piedi più in basso.

Sentì rizzarsi i capelli sulla nuca, e d'improvviso si rese conto dell'enorme carica negativa che si era accumulata nei nuclei delle nuvole tempestose che incombevano sopra le montagne. Nel loro spostamento, le nubi attiravano a sé cariche positive dal terreno, che si innalzavano verso di esse, seguendole. Attorno ai pinnacoli più aguzzi si avedevano danzare i lampi frammentati dell'effetto corona, e tutto il paesaggio stava iniziando a vibrare di un basso ronzio scoppiettante. Molti si sarebbero forse spaventati da ciò che quel suono faceva presagire, ma l'imminente scarica di fulmini non poteva nuocere ad Asrǎthiel, che rimase serena.

Ogni istante passato ad osservare l'ambiente circostante le rivelava ulteriori dettagli. Scalinate strette e spaventosamente ripide correvano su e giù per i precipizi, nessuna delle quali sembrava avere alcun tipo di balaustra o corrimano. Più che passaggi fatti per creature su due gambe, quelli sembravano essere sentieri per capre. Da cunicoli e fenditure nelle rocce, occhi incandescenti scrutavano l'esterno. La Catena Settentrionale non era completamente disabitata, dopo tutto, nessuna meraviglia che gli esseri umani si tenessero a debita distanza.

Dalla balconata a cui era affacciata, una scalinata stretta e ripida discendeva lungo un versante della rupe. La maga fece qualche passo giù per la rampa di scalini insidiosi mentre forti raffiche di vento la spingevano lateralmente, colpendola come immense ali. Per un istante Asrǎthiel perse l'equilibrio e incespicò sul bordo dell'abisso, stese una mano per compensare e ritornò di peso ad appoggiarsi alla parete rocciosa. Anche se fosse precipitata fino in fondo alla vallata non si sarebbe certo ferita, ma le sarebbe occorso un giorno intero, o forse più, per scalare la montagna e ritornare alle sue stanze. Durante quel tempo, se i goblin avessero scoperto della sua assenza avrebbero potuto credere che avesse deciso di scappare dalla loro fortezza e decidere perciò di riprendere a spazzare via l'umanità dalla faccia della terra. Tenendo questo fatto bene a mente, Asrăthiel indietreggiò fino al balcone, gettò un ultimo sguardo alle rovine scarlatte del sole e ritornò nella sua stanza, lasciando la porta aperta.

Oltre le finestre, nuvole nere come china soffocavano gli ultimi frammenti di luce rimasti. La tempesta era iniziata; scoppi fragorosi si rincorrevano da una parte all'altra del firmamento, mentre i lampi di fulmini diffusi illuminavano le nuvole dall'interno, come luci spezzate di un sole d'argento. Le donne trow strillarono e chiocciarono, una delle due lanciandosi a chiudere la porta.

Alle due serve che la assistevano, Asrăthiel chiese: «Cosa devo fare, qui? Quanto dovrò rimanere in questo luogo?» ma, ovviamente, esse non sapevano nulla, non volevano dire nulla, o forse non riuscivano a comprendere la domanda o facevano finta di non esserne in grado. Le portarono materiale da scrittura, così che decide di sedersi ad uno scrittoio di marmo bianco e vergò una lettera lunga e affettuosa a suo nonno, raccontandogli tutto ciò che le era accaduto, e tutto ciò che aveva imparato da quando era giunta a Sølvetårn. Come ultima cosa chiese ad Avalloc di riferire il contenuto della lettera ad una serie di persone, i cui nomi aggiunse in fondo. Quando ebbe apposto alla lettera un sigillo di cera rossa, un messaggero trow giunse a prenderla, promettendo di recapitarla rapidamente.

La giovane lasciò le sue stanze e vagò per le ampie sale e le gallerie di Sølvetårn, incontrando, nel suo peregrinare, una dozzina di trow zoppicanti vestiti di grigio, dieci coboldi maggiori che avanzavano a coppie, diciassette coboldi minori impegnati a trasportare dei marchingegni mostruosi, un gruppetto di minuscoli wight frenetici che non aveva mai visto, che le ricordavano dei gentiluomini in miniatura vestiti di foglie di tarassaco ed altre erbe di campo, tre streghe gwyllion, che sfoderarono le zanne acuminate prima di tornare a fondersi con l'oscurità, svariati ragni pazienti e circospetti e ventun gufi imperiali appena svegliatisi e ancora intenti a scuotere le piume. Fra tutti costoro, non vide un certo nobile alto ed avvenente, i cui capelli, d'un nero quasi ipnotico, danzavano come spire di fumo in una brezza invisibile.

Passarono i tramonti, e nessuno fu in grado di dirle dove egli si trovasse.

Dopo quattro notti – *così in fretta! Com'è possibile?* – Asrăthiel ricevette una lettera da Avalloc, che le raccontò di come era caduto in ginocchio e di come aveva pianto di gioia al ricevere sue notizie e sapere che era sana e salva, ed ancora entro la terra di Tir, seppur al suo confine più estremo.

Albiona ha trovato la tua lettera adagiata sul mio cuscino, scriveva nella sua missiva. Come sia stata portata lì, lo ignoro, ma non ero stato nella mia camera quella notte, poiché da quando sei partita, mia cara, ho riposato ben poco. Una volta saputo della lettera, tua zia gridò più forte di quanto avrei mai creduto possibile. Non parlò con nessuno, nemmeno con Dristan, ma corse per la casa a perdifiato, fino alla stanza dove sedevo, solo e disperato, e mi prese per mano, e vidi allora che stava piangendo. A quel punto tutti si precipitarono nella stanza, temendo fosse successo un qualche orrendo incidente, ma quando fu chiarita la situazione, la casa intera fu scossa da urla di gioia. Tutti presero a saltare, gridare, abbracciarsi e baciarsi, tanto i servi quanto i familiari.

La notizia si è sparsa in fretta per la Piana dei Frassini, e da qui attraverso Alta Darioneth, poi in lungo e in largo per Tir, in un'ondata di euforia. Mia cara ragazza, le strade sono ingombre di gente che danza suonando corni e campane, tutti per festeggiare la notizia che la loro amata Lady Asrăthiel, colei che brandisce Lamafulva, è salva, che sta venendo trattata adeguatamente e che le loro peggiori paure sono fugate – ella non è stata incatenata in una segreta senza accesso al mondo esterno, insultata o rapita da creature arcane e trasportata in una terra lontana per non essere mai più rivista. Da quando sei partita abbiamo attraversato tutto il ventaglio di emozioni possibili, passando dallo sconvolgimento iniziale all'angoscia e all'incredulità quando fosti rapita, per arrivare ora all'esultanza. Le mie parole faticano a rendere giustizia a ciò che proviamo in questo momento; sollievo puro ed assoluto.

Le genti di Tir, per quanto forti, hanno sofferto enormemente l'eredità di lutti e dolore lasciata dalla guerra. Ad aggiungersi alle nostre pene sono arrivati i coboldi, grandi e piccoli, che dopo la dipartita dell'orda di

*goblin si aggirano per i regni come una piaga dalla pelle blu, facendo da
esecutori della legge dei loro padroni. Se ne vedono sempre più, specie di
notte, sono preceduti da un puzzo d'aglio e vengono impugnando fruste
o tridenti. Si spostano punendo severamente tutti coloro che considerino
colpevoli di maltrattare, trascurare o tenere imprigionati animali di qualsiasi tipo. Le nostre gilde di arti e mestieri sono in subbuglio. Come se
non bastasse, ora che l'aiuto dei signori del clima è venuto meno, la gente
è stata costretta ad accettare che la furia degli elementi potrebbe distruggere le loro proprietà o i loro raccolti in qualunque momento, che le stagioni potrebbero rivelarsi troppo piovose o troppo secche, che inondazioni
o incendi potrebbero sopraffarli e che nulla può essere fatto in proposito,
poiché i signori del clima sono troppo pochi. La consapevolezza che la loro
Regina di Spade, la Campionessa di Tir ed Eroina dei Quattro Regni non
ha dovuto subire un destino indicibile in loro vece ha ridato speranza agli
animi dei nostri buoni cittadini più di ogni altra cosa.*

La lettera si chiudeva con queste parole:

*Non posso non chiedermi cosa il destino abbia in serbo per gli altri
due prigionieri dei goblin. Dal tuo racconto sembra stiano venendo trattati con la stessa durezza che troppo spesso hanno riservato ai loro simili.
Il nostro ambasciatore a Cathair Rua ha scoperto il cimitero segreto in cui
Ó Maoldúin ha sotterrato i corpi dei nostri Consiglieri. Le spoglie mortali
dei nostri amati compagni sono state riesumate e stanno venendo portate
alla camera ardente alla Piana dei Frassini. Qui, nel nostro cimitero,
saranno sepolti con tutti gli onori. Possano le piogge scendere su di loro e
intorno a loro.*

Il Signore delle Tempeste aveva allegato lettere degli amici di
Asrăthiel, nelle quali imploravano di sapere se v'era qualche possibilità
che i goblin cambiassero i termini dell'accordo e la lasciassero andare.
Rispose lettera per lettera che credeva assai difficile un'avvenimento
simile, almeno nel prossimo futuro. Asrăthiel fu sorpresa nello scoprire che perfino Agnellus, l'ospite di Avalloc, le aveva vergato una
lettera, ma non era giunto alcun messaggio da William.

Le lettere la riempirono di gioia, eppure una volta che ebbe
mandato l'ultima risposta si ritrovò di nuovo senza nulla da fare e
cadde nuovamente preda di un irrequieto sconforto. Per vincere quel

sentimento decise di sfruttare il tempo a disposizione per continuare le proprie esplorazioni di quella fantastica fortezza sotto le montagne, durante le quali scoprì innumerevoli meraviglie. Sembrava che quel labirinto non dovesse aver mai fine. Avendo ormai adottato il ritmo preferito dagli abitanti nottambuli, anche lei si abituò a dormire di giorno e attivarsi dopo il tramonto.

Dal mondo esterno le arrivavano fiumi di lettere, ma quando la gente iniziò a rendersi conto che non c'era alcuna possibilità di vederla ritornare da loro i festeggiamenti si placarono e la piena di missive si ridusse fino ad esaurirsi. In molti, specie fra gli abitanti della Piana dei Frassini e di Alta Darioneth, giurarono che non avrebbero mai perso le speranze che un giorno Asrăthiel potesse essere salvata.

Il senso del tempo sembrava inesistente in quel luogo. Notti intere si susseguivano senza che si avesse alcun segno di Zaravaz, e la prigioniera languiva fra l'eleganza surreale della fortezza dei goblin. Ogni giorno le sue serventi le portavano vestiti raffinati da indossare, prelibatezze da mangiare e bardi trow che la allietassero. Viveva così, nell'ozio e nel lusso, mentre sentiva il cuore venirle divorato da una fame che non aveva mai provato prima.

Mai avrei creduto, rifletteva fra sé e sé, *che il peso della nostalgia di casa potesse essere tanto insostenibile. Che cos'avrà in serbo per me, il futuro? Sono forse destinata a rimanere eternamente sola?*

Una sera, Asrăthiel si alzò dal suo giaciglio e indossò un nuovo vestito che sembrava essere fatto di petali d'orchidea di un colore viola prugna, su cui erano ricamate in verde delicate nervature di foglie. Poco dopo si presentò alla sua porta il Secondo Luogotenente Zwist, recando con sé una lanterna accesa filigranata d'argento. «Vogliate favorire di farmi l'onore della vostra compagnia, Lady Sioctíne», le disse con galanteria impeccabile, rivolgendole un inchino cortese. «Questa notte visiterete le miniere di Sølvetårn.»

Questo cavaliere in particolare si era sempre mostrato amichevole e pronto ad una buona conversazione. Asrăthiel fu pronta ad accompagnarlo, avida di conoscenze ma anche desiderosa di capire come qualcuno di tale valore e cortesia potesse far parte di una famigerata orda di goblin. Ricordò la violenza con cui egli l'aveva attaccata a colpi di spada, sulle Brughiere Tempestose, così come gli assalti selvaggi ai soldati che combattevano al suo fianco, le cui fila egli falciò impietosamente, vibrando colpi a destra e a manca, beandosi del massacro con una ferocia seconda solo a quella del suo re. Era assai difficile riconciliare quei suoi due aspetti così diversi.

Procedettero lungo un corridoio le cui pareti erano fittamente punteggiate dall'impronta fossile di libellule, ragni di mare e limuli, tutti perfettamente conservati nella roccia. Durante la passeggiata, la maga interrogò la sua guida. «Luogotenente Zwist, odiate l'umanità con la stessa ferocia del vostro signore?»

«Come tutto il popolo dei Glashtinsluight, anche io odio la vostra genìa.»

«Trattarmi con tanta squisita cortesia deve starvi costando enorme fatica.»

«Nient'affatto. Avete dimostrato di essere diversa da persone come, ad esempio, il Primoris Virosus – che caso vuole stia in questo momento decorando una guglia rocciosa fra le nuvole sopra le nostre teste. Di tutte le istituzioni perpetuate dall'umanità, il Sanctorum è la peggiore, poiché propugna una menzogna secondo la quale i Fati danno all'umanità il diritto di tiranneggiare ogni altra razza.»

«Ah, il Primoris! È questo ciò che gli è accaduto?»

«Esattamente. Tanto a lui quanto all'altro.»

«Ciò significa che sono morti?»

«A quest'ora senz'altro.»

Un'immagine balenò davanti agli occhi di Asrăthiel e lei, disgustata, la accantonò immediatamente. C'erano state già troppe atrocità; prima il massacro dei signori del clima, poi la carneficina avvenuta sul campo di battaglia, ed ora questo. Da quando i suoi compagni erano morti le era stato difficile dormire, e quel sonno a cui soccombeva quando il suo spirito era troppo esausto era tormentato da sogni inquietanti. Le fu chiaro che poteva scegliere se confinare l'orrore in un angolo remoto della propria mente o soccombere alla pazzia. Scelse la prima opzione.

Il cavaliere e la giovane passarono sotto arcate di blocchi calcarei in cui erano incastonati esotici gioielli delle profondità: volute e spirali di ammoniti e nautili pietrificati. Asrăthiel parlò di nuovo, cercando di distrarsi dalla visione raccapricciante evocata dalla rivelazione di Zwist. «Mi addolora sapere che la vostra stima della mia gente è così bassa. Vorrei potervi fare cambiare idea.»

«Perfino l'uso che la vostra gente fa del proprio linguaggio ne dimostra l'egoismo», disse il cavaliere. «Gli esseri umani dicono 'In migliaia sono morti' quando intendono dire che migliaia di esseri umani sono stati uccisi. Come se nessun'altra razza esistesse. Dicono "Era un pericolo per il mondo" quando intendono dire che era un pericolo per la razza umana. Ironicamente ciò che costituisce un pericolo per la razza umana sarebbe probabilmente una benedizione per il resto del mondo – bestie ed uccelli, foglie e piante, tutti guadagnerebbero dalla scomparsa degli sheelnaue.»

Sapendo che nulla che avesse detto avrebbe potuto cambiare l'opinione del cavaliere, Asrăthiel lasciò cadere la questione. «Raccontatemi di queste miniere», disse, mentre attraversavano passaggi in cui i soffitti erano tanto alti da perdersi nell'oscurità, scendendo poi per ampie scalinate le cui dimensioni esagerate sembravano più adatte ad una razza di giganti.

Con il consueto garbo, la sua guida le rispose: «Le miniere di Sølvetårn sono antiche e vaste, un grande reticolo di passaggi ed abbattaggi, caverne, percorsi e gallerie, che si estendono in profondità sotto le sale dove dimoriamo. I battitori hanno scavato le gallerie ed ora vi lavorano daccapo; presto li vedrai picconare il filone. I coboldi svolgono lavori anche qui, ma sono i battitori che si occupano degli scavi; è da sempre stata questa la loro professione e la loro ossessione, in cui sono aiutati dai berretti-blu, che si occupano di caricare minerali grezzi, spalare via la ganga e, più in generale, di trasportare e riportare vari oggetti.»

«Al banchetto non ho visto alcun wight come questi.»

«I minatori non partecipano mai ai nostri festeggiamenti, poiché non smettono mai di scavare. Vi si dedicano giorno e notte. I mispickel invece non mancano nemmeno un banchetto, e sono grandissimi bevitori di birra.»

«Quindi», disse Asrăthiel, «mi state portando a vedere i vostri coboldi al lavoro! Sono contenta, sono creature davvero insolite. Il vostro signore mi ha raccontato che sono stati creati dai goblin perché vi
facessero da schiavi.»

«Corretto,” rispose Zwist»

«Come avete fatto a produrre simili creature?» chiese la giovane.

Il cavaliere le rivolse un sorriso. «I mispickel sono il prodotto di arsenico e cobalto uniti alla gramarye dei Glashtinsluight» spiegò. «Furono creati nelle miniere d'argento molto tempo fa, in tempi ormai
remoti. Il cobalto spesso si accompagnava all'argento, sotto forma di
vene depositate insieme ai minerali argentiferi. Invero, la parola umana "cobalto" deriva da un termine arcaico che significava "goblin" – lo
sapevate? Quando i minatori umani che estraevano l'argento si trovavano a lavorare vicino al cobalto, erano spesso piagati da afflizioni dei
polmoni, disfunzioni dei piedi e malattie del cervello quali manie di
grandezza o persecuzione. In tempi remoti il loro panico superstizioso
portava a credere che fossero wight invisibili e malevoli, legati al cobalto, ad infliggere loro questi tormenti, e dettero ai loro persecutori
immaginari il nome "kobolt", o "goblin".»

«Non riesco a capire perché i minatori dessero per scontato che
fosse il minerale grezzo a provocare queste malattie», disse Asrăthiel.
«Il cobalto non è tossico. La mia gente lo usa per produrre inchi-
ostri invisibili, poiché cambia colore se viene riscaldato. Quando un
foglio che è ad una prima occhiata bianco viene avvicinato ad una
fiamma, esso si colora di verde nei punti in cui è stato scritto con
dell'inchiostro al cobalto.»

«In verità, l'elemento in sé non è tossico», spiegò Zwist, «ma per
sua natura esso attira l'arsenico. La pazzia e le malattie che colpirono
i minatori umani erano sintomi dell'avvelenamento da arsenico. Caso
vuole che, dei coboldi si fossero trovati ad aggirarsi nei paraggi, la
loro presenza sarebbe stata, ironicamente, effettivamente tossica per i
minatori. Per fortuna queste nostre rozze creature non sono in grado
di nuocervi in questo modo, Lady Sioctíne.»

Allora sanno della mia invulnerabilità!

Si allontanarono dall'ennesima scala e si incamminarono per una passeggiata ai cui lati scendevano veli d'acqua.

«Ho visto il sangue dei coboldi venir versato, sul campo di battaglia» ricordò Asrăthiel. «Era bianco come l'argento.»

«Il colore dell'arsenico.»

«Ho sentito che rifuggono il sale.»

«Tanto il sale quanto il ferro. Quando lavorano nelle miniere, entrambe le varietà di coboldi devono tenersi lontani dai depositi naturali di salgemma, minerali ferriferi, ematite e ossidi di ferro.»

«È conoscenza comune, sale e ferro sono l'anatema di molti wight.»

«Va da sé», continuò il cavaliere, «che dal momento che il ferro è un elemento contenuto nel sangue umano, cosa che in battaglia può rivelarsi problematica per i mispickel, le loro armature devono essere a prova di sangue.»

«Indossano armature peculiari, è vero.»

«Per creare le proprie armature, i coboldi maggiori usano l'eritrite, chiamata anche "fior di cobalto". Si tratta di una crosta che ricopre la superficie della skutterudite, un arsenito di cobalto.»

Superato un ampio pianerottolo iniziarono la discesa lungo un'altra rampa di scale a chiocciola scavata nel basalto. Sulle pareti luccicavano delle chiazze umide contenenti pipistrelli fossilizzati ed archaeopteryx, squisiti in ogni dettaglio.

«I vostri schiavi portano uno stemma curioso, una croce con braccia di uguale lunghezza» disse Asrăthiel in tono interrogativo.

«Si tratta del loro emblema», le rispose Zwist, «deriva dal fatto che a volte l'arsenico si può trovare in un minerale chiamato mispickel, o arsenopirite, che molto spesso si trova in cristalli dalla forma simile ad una croce. Quando viene colpito con un martello, il mispickel rilascia un odore d'aglio, il classico odore che hanno i coboldi. La parola che noi usiamo per i nostri schiavi è flaieen, sebbene , come avete potuto sentire, a volte ci riferiamo ad essi come "mispickel".»

Giunti ai piedi di una scala lavorata a sbalzo con minerali preziosi, attraversarono un portale ad arco, su cui erano incisi volti grotteschi.

«La pelle di entrambe le razze di coboldi sembra essere stata tinta con usando del guato» commentò Asrăthiel, ammirando di sfuggita l'impressionante precisione delle incisioni, pur senza mai distrarsi dalla spiegazione.

«Non è né dipinta né tinta» precisò il suo cicerone. «Il cobalto è usato per produrre tinte blu per porcellane, smalti per piastrelle o vetri colorati. Per produrre vetro blu è necessario mischiare ossido di cobalto e silicio, il che rende il cobalto un ingrediente dello smaltino, un pigmento usato dai pittori che si ottiene dalla polvere di vetro blu. I pigmenti ricavati dal cobalto puro tendono ad avere un colore più viola, per questo la pelle dei mispickel è blu.»

«Le vostre conoscenze sono vaste, Luogotenente Zwist! L'attrazione per i segreti del sottosuolo è per me naturale. Le gemme, i minerali e le loro insolite proprietà – è come aprire un forziere pieno di sapere! Nella mia ricerca sul dominio del clima ho studiato fuoco, acqua e acqua, ma non ho mai imparato molto riguardo a ciò che giace sotto il terreno.»

«Non lo trovo affatto strano, dal momento che i signori del clima sono in grado di unire i propri sensi solo a tre dei quattro elementi» replicò il luogotenente goblin. »Potreste scoprire, Lady Sioctíne, che la ricerca scientifica riguardo alla struttura di questa sfera di roccia e ferro che chiamiamo mondo è un argomento dal fascino inesauribile.» La condusse sopra un ponte tempestato di cristalli sospeso su di un abisso tanto vasto che la vista non era quasi in grado di raggiungerne il fondo. Il movimento di alcuni puntini luminosi indicava che vi erano degli wight al lavoro, laggiù. Dal basso salivano torri di vapore, accompagnate dal remoto fragore di trapani, picconi, vanghe ed escavatori, tutti impegnati ad aggredire la roccia. Mentre osservavano, un enorme contenitore, un secchio minerario, arrivò diretto verso di loro a gran velocità, comparendo dal nulla sopra di loro e scomparendo altrettanto rapidamente nelle profondità. Asrăthiel si abbassò di scatto. Fu solo allora che notò lo spesso cavo d'acciaio teso sopra le loro teste. Un istante più tardi un secondo secchio comparì sferragliando dalle profondità, ondeggiando sul cavo in costante movimento, muovendosi apparentemente di propria spontanea iniziativa. Accompagnato da uno stridio metallico, il secchio scomparì nell'oscurità delle volte sovrastanti.

Oltrepassarono un altro ponte sospeso e discesero un'altra rampa di scale contorte, giungendo in una foresta sotterranea di alberi d'argento battuto illuminata dalla luce di svariate torce. Refoli di vento, insinuatisi attraverso una serie di fori d'aerazione debitamente piazzati, sibilavano fra i cristalli pendenti, producendo una musica pura e squillante. Il suo accompagnatore non sembrava essersi a malapena accorto del meraviglioso trionfo d'argenteria sotto le cui fronde scintillanti stavano passando. «Sono stati i coboldi a produrre queste magnifiche foreste?» mormorò Asrăthiel, desiderosa di sapere.

Con una risata, Zwist le spiegò meglio: «I mispickel fondono e lavorano la maggior parte dei minerali e sono ingegneri molto abili, che indossano armature protettive e lavorano anche il ferro, ma siamo quasi esclusivamente noi, gli Argenkindë, i mastri argentieri. Le lavorazioni artistiche sono più adatte al nostro gusto, e in esse meglio impieghiamo il nostro genio.»

«Questo lo so bene, ricordo la mia esperienza con il Pettine Silvano» commentò Asrăthiel.

«Ah, sì, quell'artefatto» rammentò il suo compagno. «Ci ha fatto molto piacere essere riusciti a recuperarlo.»

«Ma dopo aver preteso con tanta insistenza che ve lo restituissimo l'avete semplicemente gettato via! Perché l'avete rivoluto se vi importava così poco del suo fato? Forse l'avete gettato via per un motivo preciso? C'è qualche conseguenza che eravate desiderosi di evitare o volevate semplicemente evitare che cadesse nuovamente in mani umane?»

«La seconda» le disse Zwist. «Vedete, Lady Sioctíne, noi preferiamo essere in possesso di ciò che ci appartiene. In aggiunta, non amiamo vedere le nostre cose insozzate dagli esseri umani. Anche quegli artefatti che non ci servono a nulla preferiamo siano tenuti fuori dalle grinfie degli uomini mortali. Inoltre abbiamo centinaia di oggetti simili – specchi che sembrano trasformarsi in laghi quando vengono gettati a terra, candelieri che si trasformano in torri, scarpe che diventano navi, cinture che si mutano in fiumi… oggetti che gli esseri umani forse troverebbero utili per distrarre degli inseguitori o per sorprendere i propri nemici in battaglia, ma che per noi non sono che giocattoli.»

«Giocattoli per irretire gli umani, forse?» suggerì Asrăthiel.

«Ah, forse!» rispose Zwist in tono divertito.

Asrăthiel lasciò perdere quell'argomento.

«Dove dimorano i coboldi quando non sono impegnati a servire i propri padroni?»

«Nei livelli a loro dedicati, che odorano di aglio esattamente come loro: La Scissura, per esempio; il Rospo di Bosco Regio; il Cunicolo Letamaio e I Nove Rivetti. Hanno dei propri birrifici, là sotto.»

«Che nomi insoliti! Come è chiamato questo luogo che stiamo percorrendo ora?»

«Questa specifica galleria si chiama Via del Cloruro; essa termina all'esterno, sul fianco della montagna, da entrambe le parti, una a Porta dei Quarzi e una alla Porta Superiore. Ora ci troviamo a Grande Argento.» Il cavaliere fece un gesto teatrale. «In quella direzione si trova il Filone Maggiore. Lassù c'è il Filone di Mezzo, mentre il Filone Minore si trova più lontano, verso ovest, oltre la Sala della Fontana e Pietra Ignea. Ogni livello si estende per molte miglia in tutte le direzioni, congiungendosi ad altri scavi come quelli di Cava Arroccata, Vecchia Miniera e Pozzo Fershull.»

Sbuffi di vapore bianco salivano fischiando e sibilando attraverso i vari livelli, e l'aria si andava caricando di umidità. Arrivarono alla base di una torre rastremata formata da travi e montanti posizionati in uno schema incrociato, una vista ben familiare per Asrăthiel, dal momento che molte strutture simili torreggiavano sui pozzi minerari vicini ai villaggi nei pressi di Silverton: era una torre di estrazione. Una carrucola a ruota mossa da macchinari sbuffanti e scoppiettanti usava un cavo d'acciaio per sollevare e abbassare ascensori e grossi secchi su e giù per il pozzo minerario.

«Come sono alimentati quei macchinari?» domandò Asrăthiel. I meccanismi d'avvolgimento che aveva visto nelle miniere in superficie erano alimentati da cavalli da tiro, che erano messi a camminare in circolo attorno ad un mozzo centrale di cui tiravano le braccia, una pratica che riteneva deplorevole e che aveva più volte criticato.

«Dalle zone vulcaniche che si trovano in profondità sotto i nostri piedi proviene un flusso continuo di vapore. È questo ad alimentare tutto, dai macchinari di frantumazione della pietra ai motori a trazione fino alle teleferiche.»

«Posso immaginare come sia possibile, dal momento che riesco a comprendere le forze del fuoco e dell'acqua. Buona parte dei sudditi dei quattro regni si domanderebbe come può il vapore possedere una tale forza nonostante sia tanto fragile ed evanescente da poter essere spazzato via dal primo alito di vento. Nessun essere umano ha mai impiegato questo metodo per imbrigliare il potere che è custodito nel cuore della terra. Le tue parole rivelano cose meravigliose, e sono sollevata dal fatto che i miei simili non sanno nulla di tutto ciò, poiché per generare quest'energia dal vapore non risparmierebbero nessuna foresta, nessuna potenziale fonte di combustibile, e il fumo da loro prodotto annerirebbe i cieli. Dove sboccano questi camini?»

«In alto, fra le nuvole, sulle cime delle montagne» fu la risposta di Zwist. «Si trovano a migliaia di piedi d'altezza ed attraversano l'intera montagna sopra le nostre teste. Le loro bocche spuntano fra le cime più alte, di modo che i fumi tossici carichi di piombo che provengono dalle nostre fornaci possano essere dispersi dalle correnti che soffiano ad altitudini più elevate, così da evitare che possano nuocere a creature mortali. Alcune delle nostre ciminiere sono costruite dagli wight, ma altre sono niente più che fumarole naturali. A differenza degli esseri umani, i Glashtinsluight non abbattono alberi per ricavarne combustibile, distruggendo così i polmoni della terra e le case delle creature dei boschi. I nostri motori a vapore sono tutti alimentati dall'energia vulcanica. Non consumiamo né legna né fossili.»

Insieme entrarono in una gabbia di metallo sormontata dalle due gambe della torre. Da più in alto li osservava un coboldo, arroccato in una piccola cabina. Spostò una leva e la gabbia precipitò per centinaia di metri in un batter d'occhio, o almeno quella fu la sensazione. Asrăthiel si aggrappò istintivamente alla griglia metallica, sentendosi come se lo stomaco stesse per attraversarle la testa e volare via. Non era spaventata, ma al contrario esaltata e affascinata da questa nuova avventura. Quando lo strano aggeggio si fermò, Zwist le prese garbatamente il braccio ed insieme si spostarono su una piattaforma malamente illuminata, sulla quale si aprivano le bocche di numerosi

tunnel, che a loro volta si inoltravano in direzioni diverse, verso altret-
tanti livelli sotterranei. Preceduti da un fragore di ruote metalliche,
le forme scure di una serie di carrelli carichi di minerali grezzi si andavano avvicinando alla piattaforma, sferragliando su rotaie. Le figure indistinte e deformi di alcuni coboldi si muovevano nell'oscurità,
mentre qua e là rilucevano alcune lanterne, simili ad occhi gialli.

«Ora siamo entrati in un territorio pericoloso» mormorò il cavaliere goblin.

La curiosità di Asrăthiel era stata pungolata, ed ella gli domandò:
«Cosa è trasportato in questi carrelli?»

Zwist afferrò una manciata di pietruzze da un carrello di passaggio e le mostrò alla giovane, illuminandole con la luce della sua lanterna argentata. «Questo materiale non è stato estratto da alcuna vena
sotterranea» commentò in tono pensieroso, esaminando i grumi irregolari. «A giudicare dall'aspetto, sono rimaste in superficie in una
parte lontana delle montagne dove ora i mispickel stanno iniziando
dei nuovi scavi.»

«Come fate a dirlo?»

«Sono bruciati dal sole. Ah, sembra proprio che i mispickel abbiano trovato una zona molto più ricca d'argento!»

«Non vedo però luccichii d'argento su quelle pietre grigie.»

«In queste rocce vi sono alcuni cristalli di argento naturale», le
disse il cavaliere, «che la luce del sole ha scurito, facendo loro assumere
questa colorazione grigio scuro.» Una volta che ebbe grattato uno
dei cristalli con il bordo di un'altra pietra, esso rivelò una purissima
colorazione candida. «Ora di certo lo riconoscerete, si tratta di argento quasi puro» commentò, chiaramente rapito da quel metallo. Poggiò
in mano ad Asrăthiel uno degli esottaedri luccicanti, ed ella scoprì che
era considerevolmente pesante. «Argento nativo come questo si può
trovare in natura, ma molto raramente rispetto agli assai più comuni
minerali argentiferi come questi.» La giovane lasciò il frammento, e
Zwist le porse uno dopo l'altro una serie di pepite di minerali, grani,
scaglie e placche, ciascuna identificata da nomi sempre più bizzarri:
noduli saponosi che ricordavano cera grigioverde, che egli chiamò
luna cornea; magnifici spezzoni di argentite; argenti rossi attraversati

da intense venature; bromuri d'argento, campioni di argento antimo-
niale d' un verde acceso, ossidi e ioduri, stefaniti ed emboliti, acantiti
e iodargiriti.

La giovane, come un'alunna diligente, spazzolava via la patina di
sporco da ogni campione, che poi studiava con attenzione.

«Nessuno di questi materiali ha l'aspetto dell'argento, salvo quello
che voi definite "nativo".»

«Per poter mostrare la sua vera bellezza, l'argento deve prima essere raffinato tramite fusione.»

«Perché l'argento? Perché una tale adorazione per l'argento?»

«L'argento ha un legame speciale con l'elettricità», le rispose Zwist,
accarezzando le pepite nei punti in cui brillavano maggiormente, «fra
tutti gli elementi, esso ne è il miglior conduttore. È, inoltre, molto
sensibile alla luce, come avete appena constatato; una virtù molto
utile. La vostra gente usa composti dell'argento per creare gli specchi, quei ninnoli con cui la luce ama giocare, non molto distanti
dall'essere vere finestre su di un altro mondo. Gli esseri umani si tin-
gono i capelli con l'argento. I vostri farmacisti e cerusici utilizzano il
nitrato d'argento per cauterizzare ed epurare le infezioni, mentre le tesorerie reali lo usano per battere moneta. La freschezza di acqua, vino
ed aceto viene meglio preservata da recipienti d'argento. Voi stessi lo
utilizzate per produrre stoviglie, gioielli, vasi, spille, fermagli, fibbie
ed ogni genere di cosa, che poi abbellite con incisioni, lavorazioni a
sbalzo, cesellature, filigrana ed intarsi, poiché lo amate quasi quanto
noi, sebbene ad esso preferiate l'oro. L'argento ha il colore della luce
di stelle e luna, degli specchi e dei cristalli di ghiaccio, e dei riflessi
sull'acqua limpida.»

«L'argento è un materiale squisito, ma è vero, la mia gente ha un
maggior amore per l'oro,» soggiunse Asräthiel. «L'oro ha il colore del
sole, e il sole dona la vita. Gli aristocratici bevono vino a cui mescol-
ano scaglie di foglia d'oro, indossano panni intessuti con fili d'oro e
con l'oro decorano i bordi dei propri documenti più importanti. L'oro
è generoso, poiché non arrugginisce e non si ossida.»

«Nemmeno l'argento, quando sono le mani dei Glashtinsluight a
lavorarlo» ribatté Zwist con un rigido inchino.

«Ho sentito racconti», continuò Asrăthiel, «secondo i quali oro ed argento si combinano spontaneamente, nelle profondità della terra.»

Il cavaliere parve essere scosso da un brivido. «Non menzionate i telluridi di fronte a me, vi prego» disse. «La silvanite è un'oscenità fra i minerali, così come l'elettro è un'aberrazione fra le leghe.» Sollevando davanti alla luce un esemplare bizzarro ma al contempo incantevole, mormorò in tono riflessivo: «Certo, non posso non ammirare l'eleganza della dyscrasite cristallizzata nella calcite» prima di riporre il frammento nel carrello successivo.

Lasciatisi alle spalle le rotaie, si incamminarono giù per un camminamento sostenuto da robuste colonne di basalto levigato, ciascuna delle travi perfettamente incastrate tesa a sfidare la forza di gravità. Asrăthiel non poté trattenere una punta di timore, davanti al pensiero dell'inimmaginabile massa di roccia che premeva dall'alto sul camminamento. «Ogni livello è attraversato da miglia e miglia di passaggi come questo», la rassicurò la sua guida, «ma non dovete avere paura, poiché ciascuno è saldo e ben piantato, puntellato da travi ricavate da alberi pietrificati o da altre pietre.»

Uno scalpiccio di piedi in avvicinamento annunciò l'arrivo da dietro un angolo di un gruppo di wight minatori dai visi torvi, in file di quattro, ciascuno con i propri attrezzi issati in spalla, procedevano senza guardare a destra o a sinistra. Si fermarono per ossequiare il cavaliere goblin, poi ripartirono per la loro strada.

Un efficiente sistema a cascate d'acqua veniva usato per limitare l'espansione di eventuali incendi che potevano verificarsi per via dei gas sotterranei. Di tanto in tanto, nel percorrere un tunnel scuro ed umido, finivano per incappare in un velo formato da rivoletti di acqua gocciolante, guizzanti alle luce delle torce. Per qualche strano artificio della gramarye dei goblin, ogni velo d'acqua che attraversavano li lasciava asciutti ed intonsi.

Le pareti di basalto delle caverne inferiori non erano levigate, ma rozzamente sbozzate. Qui i pavimenti erano irregolari e l'aspetto generale molto spartano, senza alcuna decorazione visibile. Lampade ad olio appese a ganci illuminavano il percorso di fronte a loro. Asrăthiel si accorse a quel punto di un rumore di sottofondo, un suono come di urti continui e rimbombi provenienti dalle profondità verso cui erano diretti.

Aveva già sentito storie riguardo i battitori; wight rachitici di fattezze umanoidi, vestiti degli abiti tipici delle loro controparti umane. Costante era il loro lavorare, eppure non era dovuto ad una maledizione, né fatto dietro compenso. Erano semplicemente degli scavatori compulsivi, e per loro smettere di picconare era facile come per il vento smettere di soffiare. I berretti-blu che li aiutavano si trovavano in condizioni molto simili.

«Come hanno trascorso i secoli di imprigionamento degli Argenkindë, questi battitori, Luogotenente Zwist?»

«Lady Sioctíne, già mi avete bombardato di così tante domande, e tuttavia non posso esimermi dal rispondervi. Hanno scavato, come sempre scavano, ed ora essi scavano secondo le nostre istruzioni.»

«C'è un dettaglio, riguardo a questi piccoli scavatori, che mi ha sempre perplessa. In nessuno dei racconti si menziona che abbiano mogli o compagne.»

«Non ne hanno. Non hanno mogli, né amanti, né figli. Non hanno nemmeno genitori, ovviamente. essendo immortali non hanno necessità di procreare.»

«Anche i trow sono immortali, eppure sembrano benedetti da eterni legami familari.»

«Ogni razza ha le sue peculiarità.»

Asrăthiel fece per chiedere *"Dove si trovano le mogli, le amanti dei Goblin d'Argento?"* ma proprio in quel momento entrarono in una galleria colonnata che sovrastava una vasta caverna, e la domanda le morì sulle labbra.

Dovevano essere usciti all'esterno, o almeno così le sembrò all'inizio, venendo dallo spazio ristretto del camminamento. In un istante, la maga comprese cosa stava vedendo. Lo spazio immenso che si spalancava di fronte a loro fino a perdersi nella distanza nebulosa sembrava essere stato strappato direttamente dalle fondamenta rocciose. Sulle pareti e sul soffitto balenavano luci di lampade collocate a casaccio. Asrăthiel alzò lo sguardo verso il soffitto lontano, e vide che quell'immensa caverna era come uno smisurato forziere ricolmo d'argento. Ogni superficie era ricoperta di minuscoli baluginii, molti-tudini di sciami di particelle luminose.

«Vedo le stelle, lassù, scappate dal cielo per venire a decorare queste tenebre nel cuore della terra» esclamò Asrăthiel, rapita.

«Nulla di così romantico» rise Zwist. «Non sono che solfiti di pi-ombo che risplendono sulle pareti.»

Nell'aria attorno ad ogni lampada, le scaglie d'argento assume-vano un aspetto sfocato. In alto, vicino al soffitto, su lunghe cenge scavate nella roccia, figure naniche si muovevano abbracciando la pa-rete. Lavoravano in gruppi qua e là, come insetti sperduti in quella cupa vastità. Scintille di luce color zaffiro facevano intuire la presenza dei minuti berretti-blu. Quella grande voragine era piena di luci e movimento, ma, almeno per quanto riguardava Asrăthiel, tutto parve sfumare in una grigia immobilità. Un tremito d'emozione le scosse i nervi.

Una figura maschile vestita di nero stava riposando, appoggiata ad una delle vicine pareti della galleria, i suoi capelli d'eclisse adagiati sulle spalle. Un battito di palpebre, ed egli le fu vicino, tanto rapida-mente da farle credere di non essersi mai mosso.

La sua bellezza era tale che guardarlo significava esserne feriti.

Il Luogotenente Zwist rese saluto al suo signore, che lo ricam-biò con un cenno del capo. Rivolto ad Asrăthiel un inchino elabo-rato al punto da lasciar trasparire una nota di beffa, Zaravaz la apos-trofò, «Confido che la figlia del Signore delle Tempeste sia soddisfatta dell'ospitalità di Sølvetårn.» Nell'inchino, i suoi capelli spazzarono l'aria come piume nere, e la giovane sentì la carezza dell'aria, come mossa dalle ali di un uccello di passaggio.

«Più che soddisfatta.» Mormorò quelle parole come un automa, riuscendo a rivolgergli di soppiatto un'occhiata nascosta, nell'istante in cui egli distolse da lei i suoi occhi viola.

«Ora ti porterò a vedere gli scavi che si estendono sotto questa fortezza.» Zaravaz le offrì il braccio piegato. «Vieni con me.»

La sua manica sembrava velluto scuro, impreziosito da minuscoli cristalli di quarzo affumicato, intessuti nella trama del vestito, tessuto impalpabile a coprire muscoli aggraziati, temperati ed elastici come l'acciaio di una spada. Asrăthiel sentì il cuore accelerare i battiti, che le pulsarono nelle orecchie mentre spostava il proprio braccio attorno al suo. Camminò al suo fianco tormentata da una sorta di delirio straziante, connessi da un legame che lasciava la giovane inesplicabilmente cieca, sorda e persa, spingendola a cercare costantemente il contatto con il suo calore e la sua forza. Si rimproverava severamente, *Non è che un incantamento eldritch, non lascerò che mi irretisca.* Ma era già troppo tardi. Sapeva di essersi già arresa.

Il Luogotenente Zwist camminava alle loro spalle, mentre Zaravaz conduceva la giovane più in profondità nelle caverne. Attraversarono grotte calcaree, nelle quali stalattiti e stalagmiti si erano congiunte fino a formare colonne che andavano da terra fino al soffitto, velate da drappeggi di carbonato di calcio ghiacciato e decorate da sculture naturali accese di un pallido lucore. Attraversarono laghi sotterranei camminando su percorsi sostenuti da arcate di pietra o su ponti sospesi su catene, mentre passatoie traballanti oscillavano, molto più in alto, e percorsi sopraelevati incrociavano pozze d'acqua. Quel labirinto era popolato da miriadi di di eldritch wight: i bassi battitori con le loro camicie lunghe e le buffe facce annerite dalla polvere, assorti nel proprio lavoro, ma non tanto assorti da dimenticare di inchinarsi al passaggio del Re della Montagna; tessitrici, che nell'aspetto ricordavano donne anziane piegate sui propri arcolai; gli sfuggenti fridean, poco più che ombre e miraggi fra i crepacci di montagna; le bellissime affogatrici, con le loro cascate di capelli verdi che gocciolavano sulle loro forme sinuose mentre emergevano dalle acque sotterranee per salutare i passanti, chiamando a sé i due cavalieri con braccia spalancate, pallide come gigli. Una vaga melodia di cornamuse aleggiava nell'aria, strisciando fuori da qualche misterioso recesso.

Tutt'a un tratto una enorme caverna si aprì davanti a loro, espandendosi in tutte le direzioni. Si fermarono su una piattaforma stesa nel mezzo di quell'immenso spazio vuoto. Ascensori mossi da una serie di catene e carrucole si muovevano su e giù lungo le pareti della grotta, mentre secchi la attraversavano su cavi tesi, ma Zaravaz non prestava attenzione a quei macchinari. Mise una mano attorno alla vita di Asrăthiel e la tenne stretta a sé, mentre con la mano libera afferrò una corda il cui capo opposto sembrava assicurato da qualche parte in alto, sul soffitto lontano.

«Tieniti forte», disse, e lei trattenne il fiato. Afferrò saldamente le sue spalle, mentre egli si lanciava in un ampio arco attraverso la caverna, reggendosi alla corda. Atterrarono su una piattaforma identica alla prima, la quale si protendeva verso di loro, uscendo da un'apertura nel muro opposto, e quando egli ebbe lasciato la presa sulla corda, un coboldo comparve da un angolo buio e la afferrò, avvolgendola attorno ad un gancio a muro. Mentre si allontanavano la giovane udì il passo di Zwist, appena arrivato tramite una seconda corda, alle loro spalle.

«Ora capisci che ti sarebbe assai difficile muoverti in questi cunicoli da sola» commentò Zaravaz.

«Oh», esalò la sua passeggera, ancora parzialmente senza fiato, «penso che sarei in grado di cavarmela anche da sola su quelle corde.»

«Mi riferivo alle difficoltà di orientamento» rispose il goblin. »Sono certo che sapresti muoverti su queste corde da sola, ma trovo più divertente spostarmi in questo modo.»

Arrivarono infine ad una voragine ciclopica, la caverna più imponente fra tutte. «Questa è la Miniera Frammentata», declamò Zaravaz, «dove lavora buona parte dei nostri sventurati mispickel.»

Asrăthiel osservò quella tetra vastità di fronte a sé, ammantata da fumo e vapore e sferzata da aspri venti. Rivoli di acqua scura scorrevano sul pavimento irregolare, e le pareti luccicavano di condensa che scendeva a terra gocciolando. Rotaie metalliche erano issate ad altezze vertiginose sopra quella superficie paludosa, su viadotti percorsi da motori a vapore montati su ruote, i quali a loro volta trainavano dietro di sé file di carrelli semoventi che li seguivano, traballando e cozzando l'uno con l'altro. Cavi rinforzati attraversavano la caverna da una parte all'altra, trasportando piccole cabine attraverso l'aria solforosa. Ovunque risuonava il rumore delle pompe d'aspirazione alimentate a vapore che, nascoste da qualche parte, sbatacchiavano e cigolavano, risucchiando via l'acqua da quell'enorme bacino colante. Era, quello, un luogo sudicio, rumoroso e cupo.

«Gli wight minatori prosperano, qui», commentò Zwist, «non

solo battitori, ma anche coblynau, tagliacorde, bucca, gathorn e bockle. Perfino i Fridean.»

Invero, la luce di migliaia di lampade lasciava intravedere la moltitudine di minuscole figure che lavoravano con picconi ed asce, mazze e magli, catene, scalette, argani, ingranaggi, raschietti e trapani. Si abbarbicavano alla roccia su e giù dalle pareti, sciamando fino ad altezze vertiginose.

«Va' avanti, illumina la signorina» suggerì Zaravaz.

«I battitori si sono raggruppati in gilde» spiegò Zwist di buon grado, mentre Zaravaz si sporgeva da una balaustra di pietra grezza, senza lasciare la presa sul braccio di Asrăthiel, così che anche lei dovette sporgersi. «Laggiù lavora la Gilda di Stingelhammer» continuò Zwist, indicando a sinistra. «Dalla parte opposta si trovano i gruppi della Gilda dei Tre Fratelli.»

I capelli di Zaravaz, neri come l'anima di un assassino, carezzarono delicatamente la guancia di Asrăthiel, sospinti da una brezza ascendente. Ella chiuse gli occhi.

«Questa è una caverna naturale», proseguì Zwist, «in cui abbondano le vene di minerali – per la maggior parte si tratta di galena, arsenopirite, sfalerite, calcopirite, calcite e quarzo. Lo spessore della vena principale varia da pochi centimetri fino ad un metro circa.»

Potrebbe star parlando in una lingua aliena, pensò Asrăthiel di sfuggita, per quanto mi interessa in questo momento.

«Quei carrelli» – Zwist li indicò con un dito – «trasportano il minerale appena scavato nel luogo in cui sarà smistato. Le pietre inutili verranno accantonate come scarti, per poi essere eventualmente utilizzate nelle opere di riempimento. Tutto il minerale di bassa qualità viene accumulato nella riserva, per essere più avanti fuso con materiale di maggior qualità o per altre lavorazioni successive. I minerali di maggior valore, definiti "grezzo di miniera", vengono portati alla sezione di frantumazione, dove saranno fatti passare attraverso frantoi e trituratori a mulino, per poi essere ripuliti e radunati prima di essere portati alle fonderie e quindi alle raffinerie.»

Zaravaz si alzò in piedi, portando con sé Asrăthiel, la quale aprì gli occhi senza aver assorbito quasi nulla di ciò che le era stato enunciato.

«Le fonderie sono uno spettacolo davvero unico» aggiunse Zwist con garbo, da dietro le sue spalle. «Nessun essere umano le ha mai viste.»

«Vi garberebbe assistere alla lavorazione dell'argento, Lady Mael-stronnar?» suggerì il re dei goblin nel suo solito tono velatamente beffardo; egualmente serio e gentile, derisorio, ironico e adirato. Nel suo comportamento v'erano così tanti elementi contrastanti che Asrăthiel non aveva idea di come giudicarlo.

«Sì, mi piacerebbe molto» rispose.

Si trovarono bloccati da un profondo pozzo obliquo, che superarono passando su di una stretta tavola di legno. Le corde che penzolavano nel mezzo della voragine sembravano agitarsi senza ragione apparente, e proprio mentre i tre scendevano dall'asse di legno, un secchio vuoto attraversò l'aria alle loro spalle, squassato da un continuo dondolio irregolare. In risposta, un recipiente simile, ma pieno, comparì dall'oscurità sottostante per venire brevemente illuminato dalla luce della lanterna di Zwist, prima di continuare la sua corsa verso l'alto a velocità sorprendente. Fossero rimasti sulla tavola appena un po' più a lungo, fu il primo pensiero di Asrăthiel, sarebbero di certo stati sbalzati nella gola. La consapevolezza la turbava, sebbene i suoi accompagnatori sembrassero indifferenti a quei pericoli.

In una caverna laterale più avanti si intravedeva un grande fuoco ruggire contro una parete rocciosa, alimentato da battitori nelle loro tipiche vesti. Gli scavatori saltarono indietro, mentre altri si fecero avanti brandendo delle manichette, dalle quali spruzzarono getti d'acqua fredda che estinsero le fiamme e fecero rapidamente contrarre la roccia dilatata dal calore, spezzandola in svariati frammenti. Non appena il processo fu terminato, i piccoli scavatori attaccarono la parete con energia, scalzando blocchi di minerale con picconi e cunei. Non si fermarono se non per rendere omaggio al re dei goblin.

Asrăthiel e i suoi due accompagnatori arrivarono ai piedi di una scala a chiocciola scavata nella roccia. Nel salirla, la giovane riuscì a sentire, attraverso lo spessore della pietra, il tuono ritmato dei giganteschi magli del gruppo di frantumazione. In cima alle scale trovarono una sala ingombra di enormi cesti ricolmi di minerali triturati simili a montagnette di cenere, sabbia o polvere di terracotta. Ogni cesto era identificato da una runa scritta in gesso.

Dalla bocca di un tunnel proveniva un tanfo di cavoli bolliti. «Laggiù sono collocate le fornaci di arrostimento», spiegò Zwist ad Asrăthiel, «fiamme basse che i mispickel usano per eliminare lo zolfo dai minerali grezzi.»

Il re dei goblin prese una strada in direzione opposta, e dopo un po' la giovane si trovò a camminare lungo un percorso insidioso, uno stretto sentiero scalpellato nella parete di un dirupo. Una funivia lenta attraversava la caverna sottostante, grande quanto un campo da giostra. Cassoni carichi di materiale attraversavano la caverna, e nel loro percorso venivano rovesciati da coboldi armati di bastoni uncinati, così da rovesciare la polvere in essi contenuta sul terreno. Altre centinaia di creature dalla pelle blu si occupavano di spandere la polvere in strati sovrapposti. Zwist disse qualcosa a proposito del fatto che i minerali d'argento fossero mescolati a flussanti a base di carbone coke e calce nel processo di stratificazione, ma Asrăthiel lo ascoltò solo di sfuggita.

La Fonderia di Via D'Argento si trovava in un complesso di caverne confinanti con uno sfiatatoio vulcanico. Ogni cosa era illuminata da ondate di calda luce arancione, frutto del baluginio proveniente dalle pozze di lava ribollente, e il calore era superiore a quanto qualunque comune mortale avrebbe potuto sopportare. Nonostante ciò, il calore non disturbava Asrăthiel, che a quel punto soffriva ben più intensamente l'effetto dei fuochi interiori che le bruciavano nel petto.

«Qui», riprese Zwist, «è dove il calore delle fonderie elimina impurità quali l'ossido solforoso e l'arsenico.»

Su piattaforme rialzate, alcuni wight gettavano il minerale da fondere nelle imboccature di una serie di altiforni. Il metallo fuso, brillante e avvolto dal fumo, usciva colando dai pozzi a lato delle grandi fornaci, dove squadre provviste di siviere a manico lungo lo versavano dentro calchi da cento libbre ciascuno. Una volta raffreddati, i lingotti di questo materiale base venivano accatastati su carrelli su rotaie, per essere poi indirizzati al processo di raffinazione. L'aria era greve di vapori ed esalazioni fumose.

«Questi lingotti grezzi contengono più piombo che argento» spiegò Zwist. «Gli artigiani dell'argento umani, Lady Sioctíne, restano vittime della gran quantità di gas di piombo che vengono espulsi dagli altiforni. Col passare degli anni, questo veleno finisce per soffocarli.»

La maga si sentì in obbligo di mostrarsi cortese, nonostante la propria disattenzione. «Le vostre spiegazioni sono sempre interessanti, Luogotenente.»

Venne a quel punto sospinta verso le raffinerie sotterranee, dove poté osservare i lingotti di metallo grezzo mentre venivano fusi dentro ampi crogiuoli, processo a cui seguiva un lentissimo raffreddamento, durante il quale i coboldi rimuovevano i cristalli di piombo mano a mano che si formavano sulla superficie. Quest'operazione veniva ripetuta molte volte, passando ogni volta in un crogiuolo diverso, fino ad arrivare ad un contenuto di piombo nel metallo sensibilmente ridotto. Ciò che rimaneva, un residuo assai ricco d'argento, veniva versato in forni di coppellazione, dalle cui aperture getti d'aria incandescente si spandevano per tutta la caverna, a temperature tali da arroventare le pareti di pietra.

«Si dice che siate invulnerabile, Dama Stormbringer» commentò Zaravaz. «Una vera fortuna per voi, visto il luogo in cui vi trovate.»

Aveva forse enfatizzato impercettibilmente la parola "invulnerabile"?

«Non posso fare a meno di pensare, tuttavia, che preferireste trovarvi in superficie, a crogiolarvi fra i venti e la pioggia» proseguì il re.

«Tutto il contrario» gli rispose la giovane, scoccandogli un'occhiata sfrontata. «Mi piace questo luogo.»

Zwist non prese parte a questo scambio, la sua attenzione era totalmente concentrata sui forni di coppellazione. «Il calore condensa il piombo rimanente in forma di litargirio», spiegò, «il quale a sua volta assimila ogni costituente di metallo base rimasto. I nostri mispickel separano il litargirio, lasciando nel forno solamente l'argento purificato.» Il cavaliere goblin percorse la distanza che lo separava dal forno e, a mani nude, raccolse una manciata di metallo coppellato ancora rovente, simile a mercurio nell'aspetto, per fluidità e liquidità. La maga non poté trattenere un grido, al vedere la scena, ma Zwist, evidentemente insensibile al suo futile turbamento, si limitò ad osservare lungamente l'argento fuso, prima di lasciarlo colare via fra le dita.

Quando si ricongiunse a loro, una patina di metallo lucido andava formandosi sulle sue mani. «Le scorie vengono fatte confluire nella parte opposta della fornace," disse loro, "e poi trasportato via per essere scartato.»

«Un qualche espediente magico» mormorò Asrăthiel, fissandogli le mani.

«Ah, ma la mia agonia era genuina» disse Zwist, come per rassicurarla. «L'argento ha un punto di fusione piuttosto basso, in confronto a metalli quali ferro o iridio, ma è comunque in grado di bruciare la carne dei goblin in maniera indescrivibile. Un acuto dolore, certo, ma nessun danno.» Facendo una smorfia, egli staccò alcuni pezzi del sottile strato d'argento solidificato, sotto i quali la sua pelle appariva illesa.

«E i coboldi? Non sono forse anche loro immuni agli effetti del calore come tutti gli altri wight?» domandò Asrăthiel, notando che le creature si proteggevano con spessi guanti e tentavano di tenersi alla larga dalle vampate più violente.

«Osservate» le disse Zwist, rivolgendo poi un gesto ad uno dei lavoratori, che lo raggiunse di corsa e rispose con un inchino. Il cavaliere dette un comando nella lingua dei goblin, al quale la creatura reagì allontanandosi ad ampie falcate e saltando direttamente dentro la massa di scorie roventi che stavano colando come melassa dalla sezione più lontana delle fornaci. Vi fu un lampo di luce blu e in un istante il coboldo venne liquefatto, lasciandosi alle spalle solo una serie di volute di fumo indaco, che in breve tempo si dissiparono nell'aria. «Come potete vedere», concluse il luogotenente, «sono tutto fuorché invulnerabili.»

Asrăthiel inorridì. «Davvero siete senza pietà!» scattò, voltandogli le spalle.

«Quella cosa non è mai stata viva!» Esclamò Zwist, aprendo le braccia con i palmi delle mani, ancora parzialmente coperti d'argento, verso l'alto in un atteggiamento di perplessa innocenza. «Ciò che non ha mai vissuto non può essere ucciso.»

«Non giocate sulle definizioni» sibilò Asrăthiel.

«Un'esistenza breve è tipica di queste creature» continuò il cavaliere, stavolta in tono più conciliante. «Questo è un ambiente molto pericoloso per i mispickel. Quelli che riescono ad evitare di precipitare dentro una fornace potrebbero venir schiacciati da un carrello su rotaie o feriti dal contatto diretto con del ferro. Quel metallo abbonda, qui, come potete vedere. Questi minerali sono anche ricchi di sali, a volte sotto forma di cloruro di sodio, che è per loro assai pericoloso. Non durano molto, ma fortunatamente è possibile crearne altri quando necessario.»

«Credo che la signorina non approvi il tuo atteggiamento, aachaptan», commentò Zaravaz, chiaramente divertito dai tentativi del suo luogotenente di giustificarsi.

La pavimentazione della zona delle raffinerie era attraversata da svariate linee di rotaie. Una coppia di coboldi sfrecciò lì accanto su un carrello a mano, ciascuno impegnato a spingere con foga sulla propria estremità della lunga leva a perno centrale, le lunghe orecchie appuntite piegate all'indietro o in avanti dalla velocità. Su di un binario di servizio lì a fianco erano in attesa lunghe file di vagoni da trasporto ed altri veicoli da rotaia. Alcuni coboldi stavano versando scorie fuse all'interno di capienti vagoni scoperti, che procedettero ad assicurare ad un cavo mobile teso fra le rotaie. Partirono, sferragliando su per una salita che si inerpicava fino ad un tunnel, per poi riapparire dalla parte opposta di una collinetta sotterranea. Erano saliti in altezza, fino a guadagnare la cima di una sorta di massicciata o ripido pendio che ricordava una cascata, illuminata nel buio da un pallido lucore. All'interno di ognuno dei contenitori era ammassato del materiale incandescente, che dava alla processione di vagoni l'aspetto di una sorta di creatura leggendaria dal lungo corpo coperto da una moltitudine di occhi semoventi. Arrivato in cima all'altura illuminata, il mostro si fermò e il fuoco nei suoi occhi si affievolì, ma Asrăthiel riuscì comunque a distinguere alcune minuscole figure provviste di lunghe pinze metalliche, che usavano per agganciare il bordo di ciascun vagone per inclinarlo lateralmente, rovesciando di sotto le viscere delle fornaci. Meteore ardenti di fuoco rosso e arancio schizzavano l'altura fiocamente illuminata, mandando baluginii smeraldo e precipitando poi in un vivido color ambra, roteando giù e schiantandosi sul cumulo di scorie solide. Globi di fuoco viscoso, ancora avvolti dalle fiamme, rovinavano verso la discarica, dove impattavano trasformandosi in un'ondata esplosiva, che si stendeva a coprire il terrapieno arroventato di schizzi di schiuma luminescente.

Era come star assistendo alla nascita del mondo.

Il ruggito degli altiforni era sovrastato dalla canzone che i lavoratori coboldi cantavano a squarciagola, tenendo il tempo con i movimenti delle loro code spinate:

"*T'fuill-yiarg er yiarn,*
T'glassoil er copuir
T'gormaghey er kobolt,
T'geayney er nickyl."

«Per Cleave e Lockridge, questa canzone fa ogni sforzo possibile per evitare ogni rima» commentò Zwist con una smorfia.

«E la melodia fa violenza all'udito con una perizia invidiabile» aggiunse Zaravaz. «Allontaniamoci, prima che la bellezza di questa rapsodia ci privi dei sensi.»

Ritornarono così ai livelli superiori, dove, dietro ordine del suo signore, Zwist li lasciò soli.

Alla mezzanotte, mentre le montagne venivano bagnate dalla luce della luna, Asrăthiel si recò insieme a Zaravaz su una balconata abbarbicata sul fianco della montagna, a strapiombo sopra un burrone vertiginoso. Il vento si era placato e dalla parte opposta del crepaccio, vapori d'un grigio chiaro si riversavano giù dalla montagna come impalpabili veli d'acqua. Poco distante, dell'acqua zampillava dalla bocca di pietra incisa di una fontana scolpita direttamente nella roccia, e le gocce, cadendo, risuonavano come una musica di campane inquiete. Da qualche parte fra gli aspri precipizi un flautista solitario, un qualche eldritch wight, suonava una melodia eterea che si spandeva nell'aria, rimbalzando contro le pareti rocciose ed arricchendosi dell'eco di ciascuna, riverberando e armonizzandosi con ognuna di esse.

Con la coda dell'occhio la maga osservava il suo accompagnatore. Da quando l'aveva visto la prima volta, egli non aveva mai abbandonato del tutto i suoi pensieri. Cos'era che la attirava così irresistibilmente? Forse era quell'aura che lo accompagnava, vitale, selvaggio e imprevedibile; forse il suo aspetto, alto e snello, perfettamente modellato, l'essenza della virilità; forse era il modo in cui si muoveva, tanto simile alla consumata rapidità dei predatori e alla precisa eleganza dei danzatori, agile, flessuoso e sempre in perfetto equilibrio. Forse erano quegli occhi magnetici, frammenti di ametista fumosa circondati da ciglia nere come la notte?

O forse era un qualche incantesimo intessuto nei suoi capelli. . .

. . . quei capelli neri come l'odio, che cadevano lievemente e gli drappeggiavano le spalle come una matassa di seta che accarezzi un blocco d'acciaio, in un contrasto estremo di morbida fluidità contrapposta all'impervia durezza. La sua mente fu invasa da immagini di acqua che scorra sopra le rocce, lunghe piume sopra un'armatura o una coltre di tenebre caduta su un legno di quercia. V'era, in quel contrasto, qualcosa che la attirava, che stringeva il suo cuore come una morsa e lo strappava alla radice. Nel vedere il vento, quel vento fortunato, folle e selvaggio, passare le proprie lunghe dita nella penombra dei suoi capelli, sollevandone ciocche intere a piacere mentre egli rimaneva immobile, imperturbabile e tanto bello da far piangere il cuore, Asrăthiel sentì che avrebbe potuto piangere di gelosia e maledire le brezze insensate, e se ne avesse avuto il potere le avrebbe ghermite fra le mani per scagliarle lontano, oltre i confini del mondo, per aver osato fare ciò per cui lei avrebbe sacrificato ogni briciolo di senno rimastole.

Quell'ossessione sembrava essere reciproca, o forse egli aveva semplicemente indovinato i suoi pensieri.

«*Eunyssagh. Aalin folt liauyr*» mormorò Zaravaz, afferrando un ricciolo dei capelli di Asrăthiel mentre il vento lo agitava scompostamente. Lo accarezzò distrattamente, e quando parlò il suo respiro si mosse come un fantasma.

La giovane lo osservava, arrendevole. «Che cosa significano quelle parole?» sussurrò, mentre il suo stesso respiro si condensava come nebbia nell'aria fredda.

«Quanta bellezza, in questi riccioli.» Egli le rivolse un sorriso, poi qualcosa attirò la sua attenzione e, indicandole uno sperone di basalto, chiaramente visibile nella valle illuminata dalla luna, la scosse con un'esclamazione: «Guarda, laggiù!»

Un cavallo demoniaco uscì dalle tenebre, delicato e rapido come l'ombra di una nuvola.

«Ammira, quella è Tangwystil, che ti ha portata qui!» disse il re dei goblin. «Essa ti scelse spontaneamente, sul campo di battaglia, poiché non è sotto il mio comando.»

«Sono onorata» mormorò Asrăthiel.

«Nessun essere umano ha mai cavalcato un trollhäst, all'infuori di te.»

In mezzo a tante creature eldritch, Asrăthiel stava iniziando a sentirsi parimenti inumana.

Zaravaz chiamò, e la sua voce risuonò squillante nell'aria fredda e pura. La trollhäst chiamata Tangwystil scalpitò e scosse la criniera gassosa, per poi trottare via fra le rupi con passo sicuro come quello di una capra di montagna. Il suo profilo si stagliava contro uno sfondo di pire color smeraldo.

«Durante la prossima spedizione», disse Zaravaz, «tu cavalcherai insieme a noi. Sono stati di tuo gradimento i doni che ti ho fatto, i vestiti e le altre chincaglierie?»

«Certamente.»

«In questo caso te ne farò di altri.»

Presa per mano Asrăthiel, il re dei goblin la condusse attraverso un'arcata. Entrarono così in una grande sala dall'alto soffitto, piacevole nel suo stile gotico, di forma circolare, le cui pareti erano quasi interamente traforate da arcate aperte, che esponevano l'interno agli elementi, mentre il soffitto era una cornice intricata egualmente aperta, che offriva una vista quasi perfetta sui picchi ghiacciati che torreggiavano imponenti su uno sfondo di cielo punteggiato di stelle. Non v'era alcun senso di chiusura, in quella stanza che non faceva alcuno sforzo di tenere fuori il paesaggio, il vento, le nuvole o le costellazioni.

Al centro si trovava un divano coperto da cuscini lisci e

setosi, affiancato da un tavolinetto che reggeva uno scrigno porta-gioie d'argento sbalzato. Zaravaz sollevò il coperchio dello scrigno, dall'interno del quale si diffuse una luce soffusa. Porse ad Asräthiel una sfera di luce che le ricordava il gioiello regalato all'urisk, Fior di Cardo, ma la luce di questo era del blu più pallido, mentre l'altro ri-luceva di un bianco verginale.

«Questa è una perla di brina» le disse Zaravaz. «Sono monili in-cantati, piuttosto rari, creati usando ghiaccio infuso di gramarye per-ché non si sciolga mai, e sono simili alle decorazioni di felci di brina su alcuni dei tuoi vestiti.»

«Un tempo possedevo un oggetto simile» mormorò.

«Ed ora ne possiedi molti» rispose Zaravaz, indicando lo scrigno con un gesto della mano.

Asräthiel raccolse i gioielli e li ammirò, uno per uno. Ognuno di essi era di bellezza egualmente abbagliante, ma con sottili sfumature nel colore e nella lucentezza rispetto al precedente. Con molta cura rimise i monili sfavillanti a posto nel loro nido imbottito. La loro vista le ricordava sua madre, che dormiva sotto la sua cupola di cristallo e rose. Quel gioiello era appartenuto già a Jewel, che da esso prendeva il nome, ed ora Asräthiel aveva dato via quel cimelio, ed era perso, come sua madre e suo padre. Perso come l'urisk, come un giorno sarebbe stato perso anche suo nonno.

Nel ricordare quel dolore passato, Asräthiel si sentì avvolgere da una sensazione di desolazione e solitudine, ma perfino nella sua sof-ferenza sentiva il pungolo di quelle lingue di notte ardente che le bal-uginavano a fianco. Zaravaz le era così vicino da sentire sulla sua pelle il pizzicore della danza di energie eldritch che lo circondavano. Le poggiò un dito sotto il mento e le sollevò delicatamente il viso, in modo da poterla guardare negli occhi. Il suo sguardo era calmo, at-tento e fortemente sensuale. Sospesa nell'essenza turbinante dei suoi occhi viola, Asräthiel si trovò una volta ancora folgorata dalla terribile bellezza del re dei goblin. Il suo tocco, il suo aspetto, in tutto egli era incredibilmente erotico. Fra tutte le creature eldritch che aveva incontrato, egli era il più eccitante che potesse immaginare, eppure anche il più efferato. Disprezzava con fervore i suoi principi, o più precisamente la mancanza di essi, ma egli continuava ad attrarla, in senso puramente fisico, contro ogni buonsenso.

Sembrò che egli avesse scrutato nel suo animo e visto la tristezza che l'aveva schiacciata mentre osservava i gioielli. «È tempo di celebrare la vita», disse, e per una volta non c'era traccia di sarcasmo nella sua voce, solo dolcezza. «È tempo di smettere di indugiare sul cuore che non batte più e invece rallegrarsi per il cuore che sprizza vitalità, per il battito che accelera per una canzone allegra, per i volteggi delle danze, l'eccitazione della velocità, l'amore ed il potere.»

Per un istante esitò, senza sapere nemmeno bene perché

«Un libro aperto», le rispose lui, «è facile da leggere.»

Capì, sussultando di rabbia e vergogna, che egli sapeva perfettamente in che tipo di rete lei si fosse invischiata, e mormorata frettolosamente una scusa raccolse le gonne e corse fuori dalla stanza.

La maga ritrovò rapidamente la strada per le sue stanze d'argento, grazie al fatto che le donne trow tendevano a seguirla, offrendosi di farle da guide. Giunse l'alba, ma il sonno si rifiutò di seguirla. Sdraiata sul suo letto, Asrăthiel si rigirava nervosa, come febbricitante. Mai in vita sua le era capitato di ammalarsi, ma aveva visto molte persone in preda alla malattia; di esse aveva notato il sudore che sgorgava dalla pelle e il modo in cui rabbrividivano, incapaci di restare fermi. *Devo aver contratto un male degli eldritch*, si disse, *o forse sono stata avvelenata dall'arsenico, o magari stregata.* Erano però tutte scuse vuote, e lei lo sapeva.

Trovava strano che fosse successa una cosa simile. Asrăthiel detestava tutto ciò che il re dei goblin rappresentava: crudeltà, spietatezza, tirannia e odio dell'umanità. Da parte sua egli era arrogante e sprezzante verso la sua amata gente e, per quanto le loro filosofie fossero identiche in alcuni aspetti, non avrebbero potuto essere più diverse su molti altri. Tanto incompatibili da essere praticamente su due mondi diversi, politicamente. Era evidente, tuttavia, che ad un livello completamente diverso l'uno attirava l'altra in maniera irresistibile. Egli era diventato per lei un'ossessione, ed era innegabile che l'ossessione era da lui ricambiata con la stessa intensità.

Così, in quella mattinata nuvolosa, mentre Asrăthiel tentava di dormire nonostante mille pensieri e desideri la straziassero, l'avvenente Zaravaz, dai capelli neri come il peccato, entrò in quella camera da notte accesa da un sole offuscato, in cui la giovane giaceva in veglia, si sedette ai piedi del suo letto, e nulla più.

Ella lo vide attraverso l'oscurità, seduto in silenzio con le spalle rivolte verso di lei, come assorto nei suoi pensieri o forse in attesa. Da principio si disse, *no, combatterò questo sentimento,* ma egli rimase dove si trovava, senza muoversi, e quando il suo sguardo si posò di nuovo su di lui il mondo intero svanì dalla sua mente, lasciando solo la sua fiera bellezza, ed Asrăthiel si sentì come se dovesse morire di desiderio. Nonostante tutti i suoi timori non fu più in grado di resistere. Si alzò dai cuscini su cui giaceva, stese un braccio e lo toccò su una spalla. Egli si voltò.

Gli rivolse uno sguardo fugace, che però parve comunicargli tutto ciò di cui egli aveva bisogno, poiché la sua reazione fu tanto immediata quanto esplosiva. La prese fra le braccia, spingendola di nuovo sui cuscini. Sentì il suo peso sopra di sé, vide l'oscurità dei suoi capelli scivolare attorno ad entrambi, come un velo e sentì il suo desiderio come una fiamma. Il suo corpo era solido ed snello, affusolato come una spada e duro come l'acciaio. Attraverso le ciocche dei propri capelli, Asrăthiel guardava con occhi spalancati quel volto seducente, delicatamente incorniciato da flutti di oscurità liquida, e vi scorse una fame ardente. Le sue labbra avevano il sapore della dolce pioggia, e il suo profumo era di mirra ed incenso. Un calore dolce e terribile la pervase attraverso di lui come una malattia sublime, snodandosi nell'intrico delle sue vene, mentre lei giaceva immobile, annichilita dall'estasi sotto il suo tocco. Mai più si sarebbe potuto stringere un abbraccio come quello.

Non scambiarono nemmeno una parola, ma l'esplodere della loro passione fu impetuoso, li avvolse completamente e li consumò entrambi. Fu come se una raffica di vento li avesse sollevati e scagliati contro la volta del cielo di mezzanotte; no, non era vento, era un uragano, una tempesta di estasi, eppure si aggrappò a lui come stesse affogando.

Non poteva fare nulla, se non annaspare.

8
LAGO ACQUAVETRO

Cos'è che alla tua fiamma, o cavaliere, sì m'attira;
Come falena che nella luce si getti a stretta spira?
Che follia mi spinge a giacer con un brigante,
Come sposa, sospettosa e trepidante?
Tu sei un veleno, versato in dolce sciroppo,
E di te voglio bere, finché un sorso non sia troppo.
Forse la tua condotta sì immorale mi porterà sventure,
E col piacere schiaccerai le ore mie future.
Dammi amore o dammi morte – poco per me cambierà.
Verso entrambi sono cieca, in entrambi ho libertà.

VERSO DI "CAITLIN GROVES",
CANZONE POPOLARE SU UNA GIOVANE DONNA STREGATA DALL'INCANTESIMO
DI UN GANCONER

ACCADDE così che ogni giorno, mentre i cavalieri goblin dormivano, sonnecchiavano o riposavano oziosi su divani imbottiti, ponderando mosse di scacchi o indugiando come in uno stato di trance, mentre i trow, che si erano già ritirati nelle proprie cellette, rimanevano dormienti fino al calar della sera, mentre il sole dipingeva la Catena Settentrionale di una pallida radiosità che penetrava i drappi neri di Sølvetårn, insieme essi giacevano, Zaravaz ed Asräthiel; ogni notte, quasi di comune accordo – sebbene non avessero concordato nulla del genere – si comportavano come se nulla fosse successo. Era come se entrambi fossero divisi fra due personalità: da una parte quella forte, silenziosa e disperatamente sensuale che si svegliava mentre tutta Sølvetårn era addormentata, spingendo l'uno a cercare l'altra, e dall'altra la maschera fredda, calcolatrice e garbatamente distaccata indossata durante le ore della veglia.

Il rapporto fra loro, era evidente, era cambiato.

La sua passione si palesava, bruciando in ogni suo tocco sicuro ed insistente e nei suoi sguardi di fuoco, e lei stessa non faceva alcuno sforzo per nascondere il suo impulso. Quando si incontravano in pubblico, tuttavia – che fosse per un banchetto, un'ispezione di una sala del tesoro, una escursione su barche d'argento su laghetti di montagna o una cavalcata fra le cime battute dal vento – le loro conversazioni non lasciavano trasparire nulla. Di notte non parlavano dei propri incontri diurni, per quanto gli sguardi e i tocchi bastassero a trasmettere l'intensità del loro sentimento.

Quando si incontravano non una parola sfuggiva all'uno o all'altra. Tutto avveniva in silenzio, poiché il linguaggio del corpo era tutta la comunicazione che serviva e molto più; esprimeva cose che nessuna parola avrebbe mai potuto trasmettere.

Asrăthiel aveva la sensazione che parlare di ciò che era avvenuto e riconoscerlo l'avrebbe reso reale; che se non ne avesse parlato avrebbe potuto fingere che non stesse accadendo affatto. Mentre era da sola spesso le capitava di pensare di essere stata vittima di un incantesimo. Giaceva con l'incarnazione stessa della malvagità, e non riusciva a darsi alcuna spiegazione plausibile. Ogni suo principio razionale si opponeva a quella relazione, egli non era come lei, era crudele e malvagio. Certo, era indubbiamente bello, ma non era fatto per lei, non lo sarebbe mai potuto essere, e più di tutto sentiva che avrebbe dovuto opporsi al suo fascino. Ripensava allora a William, l'amato e gentile William, l'amico e compagno che avrebbe rischiato la vita per salvarla. Per anni l'aveva amata senza farle pressioni, poiché capiva che lei non era ancora pronta a ricambiarlo, ed allora attendeva paziente, come amico. Solo allora Asrăthiel capì con quali artigli quell'attesa dovesse aver dilaniato il suo animo.

A tratti si sentiva come se fosse stata trasformata in una persona completamente diversa, ogni mattina in cui il suo amante eldritch la raggiungeva nella sua stanza. Non era possibile che fosse proprio Asräthiel, del Casato Maelstronnar, potente maga del clima, che si era lasciata trascinare in una situazione tanto incresciosa – legata da passione sfrenata ad un signore degli unseelie. Giacere con lui era come accogliere la notte stessa nel proprio letto, come venire consumati da un inferno sublime. Si domandava quanto fosse speciale ai suoi occhi, significava qualcosa per lui o forse egli si comportava così lussuriosamente con tutte le donne? Non c'era modo di saperlo, e, a conti fatti, non importava poi molto dal momento che certo per lei egli non significava nulla. Era stata solo vittima di una stregoneria.

Rifletteva, inoltre, sui racconti di uomini e donne mortali che si erano congiunti a eldritch wight. Si erano già sentite, ad esempio, storie di dame-cigno e fanciulle dei laghi che avevano sposato uomini mortali, i quali avevano condotto vite prosperose prima di violare un qualche divieto eldritch ed essere abbandonati dalle proprie mogli seelie, che portavano loro buona sorte. Meno fortunati erano gli esseri umani che trafficavano con creature unseelie – quei giovanotti di bell'aspetto chiamati ganconer placavano la propria lussuria con fanciulle ignare, per poi lasciarle a struggersi e languire fino alla morte. Le baobhansith rassomigliavano delle sgualdrine invitanti ed avevano l'abitudine di trucidare gli amanti appena scartati e, pareva, berne il sangue. Che gli wight fossero seelie o unseelie, relazioni simili finivano sempre in tragedia. Un proverbio dei Quattro Regni di Tir diceva: "*Sempre in sventura finisce l'amore fra i mortali e gli immortali*", ma qualcuno lo recitava in forma diversa, dicendo che "*Sempre in sventura finisce l'amore fra esseri umani e wight eldritch*".

Non c'era però nessun amore nella loro relazione, diceva Asräthiel a sé stessa, e nessuno dei due era un mortale. Era, quella, una relazione oltre i confini di ciò che si era mai visto fino a quel momento, che non obbediva a nessuna legge naturale oltre a quella che faceva del desiderio una fiamma perennemente tremolante, che andava goduta prima che si spegnesse, com'era inevitabile.

A volte accompagnava l'orda a cavallo, ed insieme essi galoppavano fra le montagne come sospinti da ali, balzando oltre voragini impassibilmente vaste, saltando ad altezze da capogiro, accompagnati dal respiro del caos fra i capelli, invasi dal fervore dell'esaltazione. Si sentiva piena di gioia e di pura esultanza. Così Asrăthiel rifletté che quella era la prima volta che davvero celebrava la vita appieno – gioendo del palpitare fiero del suo cuore, del battito che accelerava insieme al crescendo di una canzone, del vorticare delle danze, dell'eccitazione della corsa, del potere e dell'amore.

Un verso di una vecchia canzoncina licenziosa cantata dall'urisk le ritornò in mente e lì si insediò, rifiutando di abbandonarla:

"...Le mani alzai, ma non fu colpa mia.
Poiché il mio cuore batteva affamato
ed ogni mio senso gemeva insaziato.
Soffrir di piacere mi pareva follia,
eppure ancor calcherei del dolore la via."

Asrăthiel suppose che il re dei goblin avesse capito che le sue azioni erano compiute contro ogni buonsenso, che la giovane stava agendo sotto la spinta di impulsi irresistibili. Una notte si fermarono su una vetta coperta di ghiaccio ad ammirare le stelle mentre precipitavano dalla volta del cielo notturno, ed egli mormorò, come a voler commentare quello spettacolo: «Ognuno di noi è alla mercé di forze oltre il suo controllo. Questo stesso mondo è soggetto ad influenze provenienti da regioni aliene, come questa eterna pioggia di meteore ardenti. Di era in era, da oltre le stelle giungono blocchi di roccia o ghiaccio delle dimensioni di piccoli pianeti, i quali si schiantano sulla superficie del nostro mondo, con effetti di proporzioni immani sull'ambiente. Sono i raggi del sole ad alimentare l'atmosfera, sostenere la vita e dare moto alle correnti degli oceani. Le vampe solari influenzano le aurore e i campi magnetici della terra, la luna si accompagna al sole nel causare spostamenti nelle masse oceaniche, nell'atmosfera e perfino nella solida roccia. Quando un mortale viene tenuto lontano dalla luce solare per lungo tempo, come è successo a Batrace, l'orologio interno che determina il suo ciclo di sonno e veglia si riassesta, sincronizzandosi con il moto delle maree. Perfino

la rivoluzione del nostro pianeta intorno al sole sta venendo gradualmente alterata dall'attrazione gravitazionale di altri pianeti. In un
ciclo di cento millenni la forma dell'orbita cambia lentamente da un
cerchio ad un'ellissi. Non solo, ma l'attrazione da parte di altri pianeti
altera anche l'angolazione dell'asse del nostro pianeta, causando così
cambiamenti climatici radicali, quali il grande ciclo delle ere glaciali.
L'ispirazione di stelle morte miliardi di anni fa vive ancora in noi, e in
questa sfera di terra e pietre velata d'acqua. Corpi celesti ed energie ul-
traterrene influenzano ogni forma di vita e ogni habitat. Se il mondo
stesso è in balia di queste potenze capricciose, che possibilità possiamo
avere noi di sfuggire alla loro presa?»

Asrăthiel non rispose, e Zaravaz non fece altri commenti su
quell'argomento.

Si susseguirono giorni e notti, durante i quali la giovane scambiò
molte lettere con il mondo esterno tramite i trow messaggeri, scoprendo così da suo nonno che William le aveva inviato numerosi messaggi
che lei non aveva mai ricevuto. Ipotizzò che i trow li avessero smarriti,
oppure che Zaravaz li avesse intercettati e distrutti, ipotesi assai più
probabile. La sua rabbia, tuttavia, non ebbe alcuno sfogo; se avesse
mosso accuse al re dei goblin avrebbe rischiato che egli la privasse di
ogni contatto col mondo esterno, e quella era una cosa che non era
disposta a rischiare.

Grazie alle lettere di Avalloc, Asrăthiel poté tenersi informata
riguardo gli eventi più importanti che stavano verificandosi a Tir. In
tutti i quattro regni la popolazione umana sudava per ricostruire tutte
quelle vite che la guerra aveva mutilato. Allo stesso modo anche molte
popolazioni non umane faticavano per riprendersi, poiché le armate
in marcia si erano lasciate alle spalle morte e devastazione; un gran numero di uccelli ed animali di bosco erano stati abbattuti dai soldati in
cerca di cibo. I coboldi lasciati come guardie dai goblin erano estremamente zelanti nel compiere il loro dovere, rapidi a scovare quelli che
essi consideravano crimini e inflessibili nell'impartire la punizione.

Alcuni degli apprendisti di Alta Darioneth erano già in grado di
manipolare il brí, ma dato che Aoust era solitamente un mese fatto di
lunghe giornate soleggiate e notti miti fino a quel momento non c'era

stato bisogno dei servigi dei signori del clima. Dristan si occupava di tali questioni, mentre Avalloc passava molto del suo tempo nella biblioteca, immerso in discussioni con due dei suoi più vecchi amici, i quali avevano accettato l'invito del Signore delle Tempeste a trasferirsi permanentemente nella residenza Maelstronnar.

In seguito all'infausto presagio della scioccante rimozione del Primoris Asper Virosus da parte dei goblin, le autorità del Sanctorum, ansiose di rimediare alle macchinazioni di Virosus e con ciò dare prova della loro abiura di quel traditore delle leggi dei goblin, avevano fatto liberare il controverso sapiente Constanter Clementer, che ormai da molti anni languiva nel ventre di pietra di una cella sotto un remoto santuario di campagna. Provato dai patimenti ma ancora fiero nello spirito, Clementer stava godendo dell'ospitalità di Avalloc alla Piana dei Frassini, insieme al suo collega ed amico storico Almus Agnellus, ed era anche riuscito a conservare intatte le sue note su *Uno Studio dell'Albero di Ferro; una Disquisizione riguardo l'Albero, la Pietra Preziosa in esso Intrappolata, e le Conseguenze della Rimozione di suddetta Pietra.* Ora Agnellus non era più costretto a vivere alla giornata, passando i suoi giorni nascosto, viaggiando sotto mentite spoglie e muovendosi di continuo da un posto all'altro per far perdere le proprie tracce. Nell'età del tramonto, questi due anziani gentiluomini erano finalmente in grado di godere dei piaceri delle comodità e della buona compagnia, liberi di scrivere pagine su pagine nella più totale serenità.

Quando non era impegnato a discorrere o preso dai suoi doveri, Avalloc scriveva lunghe lettere per Asrǎthiel. La notte egli lasciava le pergamene arrotolate e chiuse con un sottile nastro rosso vicino al suo cuscino. La mattina successiva la lettera era sparita, sostituita da un'epistola scritta da sua nipote, dalla sua prigione nelle Sale del Re della Montagna. Avalloc riteneva che fosse il brownie della residenza a consegnare le lettere tramite un corriere trow, ma non poteva esserne certo; per quanto dormisse raramente, i suoi occhi non erano abbastanza rapidi da seguire i movimenti degli wight.

Raccontò ad Asrǎthiel del giubilo seguito alla notizia della morte di Virosus e Ó Maoldúin per mano dei goblin. I druidi del Sanctorum di Slievmordhu avevano ripudiato le azioni del loro precedente primoris, colui che aveva aiutato Uabhar a massacrare i signori del clima. Alcuni dei druidi continuavano ostinatamente a trafficare con scarso successo con le loro apparecchiature "controlla-clima", mentre altri, terrorizzati dall'idea che potessero far adirare i goblin, tentavano di smantellare i marchingegni. Confusione e diatribe erano all'ordine del giorno in ogni santuario.

L'anziana madre di Uabhar morì serenamente nel sonno. Luchóg , colui un tempo era stato il suo menestrello, compose per lei un requiem che gli valse moltissimi complimenti, cosa che lo lasciò sinceramente sorpreso. Canzoni e ballate furono composte anche per Conall Gearnach, valoroso campione dei Cavalieri della Torcia, ucciso mentre dava prova del suo eroismo sul campo di battaglia.

Dopo la caduta di Gearnach le genti di Slievmordhu si rivolsero al Principe Ronin, il primo erede in linea di successione, ora che suo fratello giaceva nel suo sepolcro. Lo implorarono di accettare immediatamente la corona. Ogni dissenso interno sarebbe stato messo a tacere se a prendere la corona fosse stato l'erede di quella lunga linea dinastica – di pari importanza era il fatto che Ronin fosse una figura popolare, avendo già dimostrato il proprio coraggio e le proprie doti di comandante. Egli era l'uomo che più di chiunque altro aveva il potenziale per unire tutte le fazioni, ispirando in ognuna lealtà ed obbedienza. Senza esitazioni, così da poter riportare l'ordine quanto più rapidamente possibile, tutti i capitani gli giurarono lealtà, e Re Ronin ascese a sovrano di Slievmordhu.

«Che mai il dissenso sia confuso con il tradimento», disse ai suoi consiglieri e cortigiani durante il suo primo discorso come loro sovrano. «Non abbiate mai paura di dirmi ciò che pensate. Sapere ciò che è giusto fare e non farlo è un segno di un animo debole.»

Il suo primo atto da re fu abolire il Giorno degli Eroi.

Pur avendo accettato la corona e il trono di Slievmordhu, Ronin non trovava pace, poiché piangeva tanto suo padre quanto suo fratello, e a volte, nel cuore della notte, veniva svegliato dal dubbio di avere ereditato l'anatema del Sanctorum, di essere destinato a vedere il casato Ó Maoldúin maledetto fino alla fine dei giorni, nonostante il frettoloso esorcismo di Virosus. Nonostante ciò i sapienti concordavano sul fatto che fosse un grande sovrano, poiché è un buon sovrano chi ispira i suoi sottoposti ad avere fiducia in lui, ma è un grande sovrano chi colui che ispira ai suoi sottoposti fiducia in sé stessi.

Il dolore della Regina Saibh per la perdita di suo figlio Kieran era atroce come solo il dolore di un genitore può essere. Fortunatamente per quella donna tanto mite, un amico da tempo perduto e a lei molto caro riapparve inaspettatamente. Fedlamid macDall, il suo servitore, scomparso mentre svolgeva un incarico per lei e dopo lungo tempo dato per morto. Il ritorno di quel servitore leale a Cathair Rua portò grande gioia a corte, ed una certa misura di conforto alla regina in lutto. Egli raccontò di essere stato rapito dai trow e imprigionato in una fortezza di montagna dalla quale era stato liberato senza alcun motivo apparente. Quando gli fu riferito che anche Lady Asrăthiel era stata portata a Sølvetårn, egli si convinse che lei stessa avesse patteggiato la sua liberazione.

In quello stesso periodo, nel regno desertico di Ashqalêth, un movimento d'opinione acquisì notevole importanza – un movimento di sostegno popolare alla figlia maggiore del defunto Re Chohrab Shechem, la Principessa Shahzadeh. I consiglieri reali e i servitori di Jhallavad la tenevano in grande considerazione, e da lungo tempo tanto a corte quanto nel regno si diffondevano voci che sostenevano si fosse dimostrata il membro più energico ed intelligente della famiglia reale, e in molti avevano lungamente lamentato la sventura che non fosse nata maschio.

Con una mossa senza precedenti, Shazadeh venne eletta sovrana senza corona; regina reggente. Mai prima di allora una donna era salita al trono di Ashqalêth, ma il Signore delle Tempeste Avalloc le offrì la sua benedizione incondizionata, un esempio che fu ben presto seguito dal Sanctorum – la cui convinzione può forse essere attribuita alle generose somme di denaro che la principessa donò astutamente ai druidi, come segno del suo rispetto. Con l'appoggio di autorità di simile importanza, la sua già considerevole popolarità presso il suo popolo crebbe ulteriormente.

Grïmnørsland, già in lutto per il principe Halvdan, ora piangeva anche suo fratello minore. Thorgild aveva perdonato a Gunnlaug il suo tradimento a Rocca Pietracciaio e l'aveva nuovamente accolto a corte, ma poco tempo dopo il principe irrequieto rimase ucciso in una rissa da taverna. Ubriaco e barcollante egli tirò un pugno, scivolò e cadde, battendo la testa sull'acciottolato. La ferita si rivelò fatale. I sudditi del regno occidentale piansero la sua morte, ma non fu un lutto duraturo, poiché il suo voltafaccia l'aveva reso estremamente malvisto. A nessuno piace un uomo che cambia schieramento ad ogni mutare del vento. Halvdan, al contrario, era sempre stato molto amato, e la sua morte fu causa di grande pena per tutti.

Sempre a Narngalis avvenne che, con estrema sorpresa per tutti coloro che conoscevano la storia dell'Albero di Ferro e dei pozzi della vita eterna, l'immortale Fionnbar Aonarán comparve, farfugliante e mezzo impazzito, poco lontano dalle miniere abbandonate di Silverton. Dopo aver apertamente dichiarato di essersi ormai pentito dell'immortalità acquisita e che tutto ciò che desiderava era porre fine alla sua esistenza, egli si era gettato da una rupe. Non ottenendo risultati in questo modo cercò la morte prima lanciandosi in un falò, poi tentando di impiccarsi con un cappio assicurato alle travi di un fienile. Questi tentativi falliti, dapprima spaventevoli, correvano il rischio di degenerare in una farsa, ma prima che ciò avvenisse egli fu portato da un gruppo di sovrintendenti lo condusse al sanatorio dei folli di Winterbourne.

Questo Avalloc tentò di comunicare ad Asrăthiel, ma molti erano gli eventi di cui le circostanze la tenevano all'oscuro. In una delle prime lettere inviate a sua nipote, ad esempio, il Signore delle Tempeste scriveva: «Da quando sei scomparsa insieme ai cavalieri goblin, il Principe William di Narngalis non mangia o dorme quasi più. Passa ogni momento disponibile a progettare la tua liberazione e lavora febbrilmente per raggiungere il suo scopo, aiutato in ogni cosa da Warwick e dalla sua corte, da me e da un numero incalcolabile di altri in tutti i reami.» L'inchiostro era passato dal pennino del Signore delle Tempeste ed aveva lasciato il proprio segno sulla carta, eppure, nonostante la lettera fosse stata chiusa con ceralacca rossa e la cera non sembrasse manomessa quando giunse in mano ad Asrăthiel, in qualche modo, fra la scrittura e la lettura, quelle frasi – e altre, sempre sullo stesso argomento – erano scomparse. Fatto ancora più strano, non vi erano spazi vuoti, danni o graffi che indicassero che quelle parole fossero mai comparse su quella pagina

V'erano anche altri argomenti, che Avalloc toccava raramente.

Non importava quante altre faccende richiedessero la sua attenzione, il Signore delle Tempeste non mancava mai alla sua veglia a fianco della moglie di suo figlio, che giaceva dormiente nella cupola rosata in cima alla sua casa. In quel luogo, fra sete gatteggiate e soffici cuscini di velluto rosso, Jewel era adagiata come una scultura di marmo raffigurante una bellissima donna dai capelli neri. La sua pelle conservava la tonalità vitale dei boccioli di pesco e della polvere di garofani; le palpebre, delicatamente chiuse, somigliavano a pesci dalle scaglie d'opale.

«La riporteremo a casa, Jewel, te lo prometto» mormorava Avalloc. «Non riusciranno a tenerla con loro.» A volte, prendendo fra le mani la testa canuta, sussurrava a sé stesso, abbattuto: «Non posso perderli tutti!»

Vi erano, infine, eventi e circostanze di cui nemmeno il Signore delle Tempeste sapeva nulla.

Nelle Catene Orientali, due timidi Predatori scoprirono di avere le caverne di quel luogo tutte per sé, dal momento che molti dei loro compagni di branco erano morti in battaglia, così spostarono enormi massi in modo da bloccare i tunnel che conducevano alla tana della Madre Primeva, come precauzione in caso essa decidesse di assaltarli e divorarli mentre dormivano. Lì essi vissero in assoluta tranquillità.

A nord, in cima al picco più alto di Storth Cynros, dove le nuvole lasciavano baci perlacei su pugnali di roccia, il vento agitava due sacche deformi, acquietandosi e lasciandole immobili solo a tratti. Chiodi di metallo mordevano la parete rocciosa, e quegli oggetti agitati dal vento erano assicurati ad essi da una serie di catene. Avvolte in stracci logori e coperte da pelli essiccate, due serie di ossa umane cozzavano fra di loro, scosse dal vento.

Centinaia di metri sotto quegli scheletri danzanti, assolutamente ignara della loro presenza, all'interno della gelida fortezza di Sølvetårn Asräthiel stava venendo istruita riguardo a molti argomenti, ed uno di questi era la vera storia della razza dei Goblin.

Apprese che nei millenni passati, quando Tir, che loro chiamavano Calador, era un luogo più caldo, i Goblin – i Glashtinsluight – abitavano una terra remota a nord-est. Ellan Vannin, la Terra delle Nebbie, era un luogo rigoglioso e verdeggiante, sempre avvolto da vapori baluginanti, ma con l'avvento di una nuova Era Glaciale tutto il mondo si fece più freddo, ed Ellan Vannin cambiò. Fra i Glashtinsluight iniziarono, allora, a sorgere opinioni contrastanti. Coloro che desideravano spostarsi immediatamente, in cerca di climi più temperati, trovavano l'opposizione di un gruppo che proponeva di rimanere lì per sempre, come signori del ghiaccio, mentre altri ancora desideravano emigrare, ma volevano aspettare più a lungo prima di abbandonare la loro terra natale. Nessun conflitto seguì a quelle differenze; era loro costume fidarsi dei propri capi ed accettarne le decisioni.

La maggior parte delle *liannyn*, le seducenti donne goblin dei Glashtinsluight, preferirono rimanere ancora un poco ad Ellen Vannin. La maggior parte delle loro controparti maschili, i *graihyn*, si divise in tre fazioni, o clan, che si avventurarono in direzioni diverse – alcuni verso est, altri ad ovest ed altri ancora a sud. Decisero che non appena avessero trovato un territorio adatto sarebbero tornati indietro e avrebbero preso con sé tutti i Glashtinsluight che avessero deciso di seguirli. Asrăthiel si chiese per quale ragione le *liannyn* avessero deciso di rimanere indietro – le uniche ipotesi che le vennero in mente furono che forse esse preferivano una vita più stabile, o forse desideravano una temporanea separazione dai propri consorti, così da spezzare il tedio di un'esistenza eterna con i fremiti di anticipazione per l'incontro e il ricongiungimento. I corsi e percorsi delle menti delle creature soprannaturali erano assai oscuri, e forse non sarebbero mai potuti essere compresi da esseri umani.

A prescindere dalle loro intenzioni iniziali, col passare degli anni i tre clan rimandarono il loro ritorno e prolungarono i propri viaggi, continuamente attirati verso qualche nuova avventura. Col tempo essi dimenticarono coloro che avevano lasciato dietro di sé e si lasciarono trasportare dall'ebbrezza dell'esplorazione e della scoperta. Dopotutto che importanza ha il tempo per gli immortali? Ci sarebbe stato un momento per ogni cosa.

Ellan Vannin si rafferddò sempre più, fino a divenire Ellan Is-tillkutl, la Terra dei Ghiacci. Un tempo, bruma e nebbie fermavano la luce del sole, e anche se ora quei vapori si erano dissipati, quella terra restava offuscata, ora perennemente coperta da pesanti nuvole.

I *graihyn* e le *liannyn* che rimasero indietro dissero: «Resteremo qui nelle nostre terre natìe e ci chiameremo Istillkindë, i Goblin dei Ghiacci, così che il nome che abbiamo scelto sia un simbolo delle scelte che abbiamo fatto.»

I ghiacciai scesero dal polo settentrionale e gli alberi si fecero più radi. Il freddo in costante crescita trasformò i confini di quella terra in tundra, il cui sottosuolo permanentemente congelato era in grado di sostenere solo piante basse come licheni, muschi e bassi cespugli. Il cuore di Ellan Istillkutl era ormai congelato, ma i Goblin dei Ghiacci ancora regnavano dai loro gelidi palazzi.

Un tratto intrinseco ai Glashtinsluight era il fatto che attirassero a sé nuvole, bruma, nebbie e ogni tipo di fumo o vapore. Non amavano i raggi del sole, sebbene fossero in grado di sopportarli, se necessario. Amavano invece i giorni nuvolosi o nebbiosi – oltre, naturalmente, alle notti – e perciò i clan che si avventurarono in cerca di nuovi territori cercarono luoghi in cui i raggi del sole fossero più deboli. Coloro che in seguito divennero i Goblin dei Fuochi, gli Ailekindë, si diressero a sud-est, stabilendosi nelle terre vulcaniche oscurate dal fumo, da nuvole di cenere e vapori foschi. I Dorragskindë, i Goblin di Mezzanotte, si diressero a sud, e dopo molto peregrinare giunsero ad un'antica foresta di pini imponenti, profonda e immensa, il cui fitto fogliame formava uno schermo per la luce del sole in cui si addensavano dense ombre, e fu lì che stabilirono.

Di tanto in tanto, durante questa lunga fase della loro storia, alcuni messaggeri si recavano da un clan all'altro, e da essi i Goblin d'Argento ricevettero delle missive, per un certo tempo, ma il flusso di lettere si diradò sempre più, fino ad esaurirsi. L'ultima missiva riferì loro che la maggior parte delle donne goblin avevano lasciato Ellan Vannin, dirette ad est. Asräthiel pensò che questa fosse stata una decisione impulsiva da parte loro, avendo imparato abbastanza sulla natura dei goblin da sapere quanto essi fossero volubili, imprevedibili e inclini ad agire sulla base di un capriccio, incuranti delle conseguenze.

I Goblin d'Argento, quelli che si spinsero ad ovest, incapparono in svariati ettari di colline brulle che chiamarono Cheer ny Yindyssyn, la Terra dei Miracoli. Gli esseri umani avrebbero guardato con stupore a quel paesaggio ingioiellato, poiché sebbene la vegetazione fosse rada, v'era bellezza in ogni angolo. I cavalieri degli Argenkindë si attardarono fra vallate coperte di sabbie di zircone e ghiaia di granati, cinte da lastre di lapislazzuli – blu come i cieli, attraversate da pagliuzze di quello strano "oro" chiamato pirite. Si dilettavano con le valli gemmate della campagna, riposando durante il giorno in caverne riccamente incrostate da pietre preziose. Capitava, tuttavia, che si trovassero a volgere lo sguardo a sud, verso i grandi picchi frastagliati delle montagne, le Smuinaghtyn, o Catene Settentrionali, com'erano chiamate nei quattro regni, ed alla fine abbandonarono Cheer ny Yindyssyn, per raggiungere quella destinazione.

Gli Argenkindë trovarono argento in abbondanza sotto la Catena Settentrionale. Lì eressero Sølvetårn, fortezza di gioielli e luce di stelle, dalle torri ammantate di nebbie e spolverate dall'argento della brina. Mentre gli antichi wight minatori proseguivano i propri scavi, gli schiavi coboldi fabbricavano curiosi artefatti, a cui andavano ad aggiungersi i meravigliosi oggetti forgiati dai goblin. Per molti anni si trovarono bene a rimanere in quel luogo, poiché le montagne e le miniere erano generose in ogni aspetto salvo in uno, e quel difetto – il fuoco arcano che infuriava, eterno, nelle viscere della montagna – poteva facilmente essere evitato.

Avalloc aveva parlato ad Asrăthiel di questo fenomeno. L'Inglefire, le aveva raccontato, non era una fiamma comune, ma bensì un antico ed eterno fuoco di gramarye che ardeva in profondità sotto la Montagna d'Argento. Il suo nome veniva da una corruzione dell'antica parola "Aingealfyre", in cui "Aingeal" significava "luce". Il fuoco era enigmatico e nessun uomo era in grado di comprenderlo appieno, le leggi che lo governavano erano sconosciute, e nemmeno il mastro fabbro dei signori del clima era riuscito a svelare i segreti più reconditi. Una cosa, tuttavia, era risaputa: quella fiamma era un anatema per le creature unseelie. L'orda non ne sopportava il tocco, non poteva nemmeno avvicinarvisi. In verità, quel fenomeno era pericoloso per ogni genere di creatura, in qualche modo.

Quando, infine, si stancarono di lavorare i metalli e fortificare la loro rocca meravigliosa, gli Argenkindë volsero nuovamente lo sguardo a sud. Fu allora che ebbero i primi contatti con la razza umana, ed appresero come i mortali trattassero le altre creature viventi, pur essendo essi stessi dotati di raziocinio e saggezza tali da rendere doverosi comportamenti migliori.

Da principio gli Argenkindë inviarono ambasciatori e saggi perché persuadessero l'umanità a cambiare i propri modi. Quando questo approccio si rivelò fallimentare l'orda, sdegnata, prese a dare la caccia ed uccidere gli esseri umani per punirli dei propri crimini, rendendo noto che se l'umanità avesse rinunciato alle sue usanze tiranniche, quegli assalti sarebbero cessati. Quando videro che anche le minacce non avevano alcun effetto, i *graihyn* decisero di conquistare i quattro regni e trasformarli in un territorio goblin.

Questo piano, tuttavia, fu attuato senza alcuna fretta, poiché i goblin, annoiati ed indolenti com'erano diventati, avevano intenzione di sfruttare in qualche modo la razza condannata, prima di spazzarla via. Desiderosi di ricavare un po' di divertimento e portare sollazzo alla loro eternità, i goblin, anziché schiacciare tutti gli umani in un singolo assalto devastante, prolungarono deliberatamente i propri inseguimenti di coloro che violavano i diritti delle creature indifese, trasformandoli in un passatempo.

Al pari degli altri Glashtinsluight, gli Argenkindë avevano un problema che li rallentava notevolmente nei loro scavi e nelle loro opere di costruzione – il fatto che l'oro fosse veleno tanto per loro quando per i loro schiavi coboldi. Ogniqualvolta gli wight delle miniere incontravano una vena d'oro, essi dovevano ordinare loro di smettere di scavare, e così avvenne che i goblin decisero di catturare alcuni schiavi umani, che si occupassero dell'oro che essi non potevano toccare.

I Glashtinsluight, alla maniera degli eldritch wight, erano arroganti. Essi si consideravano superiori agli esseri umani, dal momento che possedevano poteri che i mortali umani potevano solo invidiare e desiderare inutilmente. L'umanità era debole e vulnerabile, perciò dopo aver emesso il loro giudizio, gli Argenkindë conclusero di avere il diritto di usare quei criminali come schiavi. Rapirono così tutti gli uomini in salute, lasciando solo i deboli: donne, bambini e anziani. Gli uomini furono costretti ad estrarre l'oro e gettarlo nel pozzo del fuoco arcano, così che di esso il lucore giallo e il tocco bruciante non attossicassero più il mondo.

La cacce brutali e lo schiavismo continuarono per decine di anni. Essendo Il popolo umano impotente ed incapace di fermarle, rabbia e rancore crebbero a dismisura, finché gli esseri umani decisero di spostare il proprio oro dalle tesorerie agli arsenali, e così iniziarono le Guerre dei Goblin. Grandi offensive militari inframmezzate da schermaglie si susseguirono l'una all'altra, proseguendo per molti anni. Le forze mortali ne uscivano sempre sconfitte, non essendo in grado di eguagliare la velocità con cui i nemici si muovevano e combattevano, in aggiunta al fatto che i quattro regni, separati da divisioni politiche, rifiutavano di unirsi per combatterli. Un ulteriore motivo di disputa erano le preziose munizioni d'oro. Gli Argenkindë reagivano infliggendo punizioni tremende ogni volta che qualcuno dei loro veniva bruciato dal tocco dell'oro, cosa che non fece altro che inasprire il conflitto e aumentare il già netto vantaggio delle forze unseelie.

Durante la guerra, menzogne e propaganda alimentarono leggende raccapriccianti sui goblin. Era vero che uccisero molti uomini, ma i racconti parlavano di atroci sofferenze inflitte ai deboli, cosa che mai avvenne. Era similmente vero che erano creature di grande bellezza, ma le leggende umane mutarono la loro avvenenza in bruttezza, trasformandoli così in nemici ancora più meritevoli di sconfitta. Coloro che riuscivano a vedere la loro bellezza fra le nebbie raramente vivevano abbastanza a lungo da raccontarlo, mentre coloro che sopravvivevano a tali incontri li credevano mostri, descrivendoli appropriatamente, o li scambiavano con i coboldi.

Gli Argenkindë non sospettavano minimamente che il grande mago del clima Alfardēne possedesse l'abilità necessaria a forgiare un'arma di gramarye, né furono in grado di prevedere che durante il giorno alcuni coraggiosi signori del clima si sarebbero infiltrati nelle caverne sotto la Montagna d'Argento, là dove i goblin non osavano avventurarsi, dove bruciava il fuoco arcano in cui avrebbero forgiato Lamafulva. Le proprietà uniche di quel fuoco rafforzarono le qualità dell'arma oltre ogni misura, sì che la spada dorata divenne la chiave della sconfitta dei Goblin d'Argento. Gli Argenkindë non repressero la rivolta, ma furono anzi sottomessi dai signori del clima ed imprigionati in caverne dalle pareti dorate.

Tale sconfitta, tuttavia, sarebbe stata impossibile se non fosse intervenuto un fattore decisivo. Fu un tradimento, avvenuto all'interno delle fila dei goblin stessi, a segnare la loro sorte.

«Raccontami» chiese Asrăthiel a Zaravaz. Sotto rupi innevate che si stagliavano, nel loro scintillio perlaceo, contro un cielo nero d'inchiostro, entrambi scivolavano su di una barca a prua alta sulla superficie di Lago Acquavetro. Egli era in piedi, elegante e sfrontato, con una mano appoggiata alla prua, intento ad osservare l'acqua di fronte a sé, mentre la giovane era seduta, e il suo sguardo percorreva la nera cascata dei suoi capelli. «Raccontami di questo tradimento che ha segnato la sconfitta della tua gente.»

Nell'acqua densa di ombre si mescolavano i riflessi delle stelle, e tutto il cielo splendeva di luce siderea. Era come alzare gli occhi e trovarsi racchiusi in una sfera di ossidiana punteggiata da diamanti.

«Fui io a venire tradito» le rispose.

Iniziò così il suo racconto.

Braccare gli esseri umani era uno dei passatempi preferiti del re dei goblin, il quale traeva grande piacere dalla caccia. Amava, inoltre, catturare grandi quantità di schiavi, poiché era fermamente deciso a distruggere quanto più oro possibile.

Quello che allora era il suo Primo Luogotenente, l'Aachionard Zorn, era di diverso parere. Zorn sosteneva che fosse indispensabile eliminare immediatamente tutti gli esseri umani, se i goblin volevano davvero portare vera giustizia a Calador. Questo avrebbe significato eliminare tutti gli schiavi, nonché quegli esseri umani che tanto spesso venivano usati come prede. Zorn implorò ripetutamente il re dei goblin perché cambiasse idea e desse inizio allo sterminio completo, ma Zaravaz non si lasciava comandare da nessuno.

Zorn era devoto al suo sovrano, ma al tempo stesso era convinto di sapere cosa fosse meglio non solo per quest'ultimo, ma per tutti gli Argenkindë, e che Zaravaz fosse ormai sordo alla ragione. Al fine di persuadere il suo signore a cambiare la sua linea di pensiero, il primo luogotenente formulò un piano: avrebbe tradito Zaravaz, consegnandolo ai signori del clima perché lo catturassero, certo che ciò che avrebbe sofferto per mano di coloro che egli più detestava sarebbe stato sufficiente ad alimentare nell'arrogante re dei goblin le fiamme dell'odio per l'umanità fino a fargli riconoscere la saggezza dei consigli di Zorn. Il primo luogotenente si aspettava che Zaravaz avrebbe fatto uso dei suoi considerevoli poteri – che usava senza esitazione contro coboldi e cavalieri che osavano disobbedirgli – per scappare, e che dopodiché avrebbe guidato gli Argenkindë al loro trionfo, nello sterminio definitivo della razza umana.

Nell'ascoltare questo racconto di crudeltà per mano unseelie, Asrăthiel si guardò bene dal dare voce alle sue proteste. Zaravaz sapeva già quali erano le sue opinioni, ripeterle non avrebbe cambiato alcunché. «Come avvenne, questo tradimento?» si limitò a chiedere.

«Zorn strinse un patto segreto con il tuo progenitore, Avolundar Maelstronnar.» Rispose Zaravaz. «Il mio fedele primo luogotenente giurò che mi avrebbe attirato in una trappola, a condizione che Avolundar lasciasse Zorn libero di andarsene, dopo il fatto. Sebbene Zorn non potesse mentire, esattamente come tutti noi, egli era molto esperto nell'arte di camuffare le parole. Egli fece credere di voler diventare re al mio posto, e che una volta incoronato avrebbe condotto gli Argenkindë fuori da Calador, lasciando che la razza umana continuasse le proprie crudeltà senza interferenze. Da parte mia ero del tutto all'oscuro di queste discussioni furtive fra Zorn ed Avolundar. Ero certo dell'incrollabile lealtà di Zorn e di tutti i miei fieri *graihyn*, perciò non dubitai mai delle sue intenzioni. Mi lasciai ingannare dalle sue mistificazioni e lo accompagnai al luogo da lui scelto, dove i signori del clima mi intrappolarono in una gabbia dorata.»

Zaravaz si fece silenzioso, come se stesse rimuginando su qualcosa, ed Asrăthiel ripensò all'effetto devastante che l'oro ha sui goblin.

Essere imprigionato in una gabbia d'oro doveva certo avergli causato sofferenze inimmaginabili.

«E la tua reazione non fu quella che Zorn aveva previsto?»

«No, poiché fui colto completamente alla sprovvista da ciò che accadde, e i signori del clima tuoi simili furono troppo rapidi per me. Mentre mi contorcevo, imprigionato dal dolore, essi richiamarono tutte le energie di cui disponevano, avvolgendole su di me in una spaventosa maledizione. Erano servite tutte le loro forze combinate per impormi quell'incantesimo, e se non fossi stato afflitto dal tocco dell'oro non sarebbero mai riusciti a imprigionarmi. Eppure vi riuscirono. Non furono in grado di distruggermi, perciò si limitarono a indebolirmi, distorcendo la mia forma e sfibrando il mio potere finché non mi resero innocuo. A quel punto mi liberarono, ma ogni possibilità di vendicarmi era andata perduta insieme ai miei poteri. Per gli Argenkindë ero come morto, poiché non sapevano dove fossi scomparso. Senza la testa, il corpo è impotente. Mentre pianificavano la mia cattura, i signori del clima completarono la forgiatura di Lamafulva, e dopo la mia sconfitta essi assaltarono i miei fratelli sotto il comando di Avolundar, il loro miglior guerriero, che impugnava la spada dorata. I miei cavalieri furono sorpresi, gettati nello scompiglio e sconfitti.»

«Mi sembra di aver già sentito questo racconto, o forse uno simile», mormorò Asrăthiel, meditabonda. «Cosa ne fu di Zorn?»

«Tormentato dal rimorso per aver causato la rovina del suo sovrano e della sua stirpe, egli si gettò nella fenditura in cui arde lo Skagnyaile, che i mortali chiamano Aingealfyre, e ne morì.»

«L'Aingealfyre! La fornace in cui fu forgiata Lamafulva, l'Inglefire. Esiste ancora?»

«In questo stesso momento esso brucia nella sua bocca di roccia, nelle viscere di queste montagne. La sua esatta posizione è una conoscenza perduta per gli umani, una che io desidero tenere segreta, affinché mai più vengano prodotte armi come Sioctíne.»

Asrăthiel ricordò di aver sentito dire che il fuoco dell'Inglefire bruciasse ogni malvagità, il che spiegava perché la spada fosse tanto pura e fosse in grado di ferire tanto gravemente i goblin. Dopo le Guerre

dei Goblin nessun essere umano cercò più l'Inglefire, poiché si riteneva che non ci fosse più alcun bisogno di forgiare altre armi come
Lamafulva.

Non potevano certo immaginare cosa avrebbe riservato loro il futuro.

Un'ombrosa brezza notturna sollevò i capelli della giovane con
le sue ali ed increspò al suo passaggio la superficie del lago di montagna. «Da quello che so l'Inglefire è una fiamma purificatrice» disse,
scivolando sull'acqua nella barca insieme all'irresistibile re dei goblin.
«Così come un altoforno raffina l'argento, rimuovendone ogni traccia di altri volgari metalli, così l'inglefire monda le presenze unseelie,
eliminando da esse ogni malvagità.»

«Tristemente vero, in una certa misura. Più precisamente esso ci
distrugge» disse Zaravaz. Si erse in piedi, drizzando la schiena e spingendo lo sguardo color lavanda sulla superficie del lago, come se stesse
assistendo ad un qualche avvenimento occulto che la sua ospite non
avrebbe mai potuto comprendere. «Le creature unseelie non ne vengono immediatamente uccise, ma soffrono abissi di agonia inimmaginabili mentre avvizziscono, riducendosi ad un frammento di cenere
senziente che ascende fino all'atmosfera, in cui rimarrà sospeso per
l'eternità.»

«Come agisce sugli esseri mortali, questo Fuoco di Gramarye»,
chiese Asräthiel, in una sorta di rapimento misto a terrore, «cosa accadrebbe a chi fosse tanto sfortunato da precipitarvi?»

«Gli esseri umani non ne muoiono immediatamente, ma si dissolvono lentamente, senza grandi dolori, presi in una sorta di trance.
I puri di spirito sopravvivono più a lungo di coloro i cui cuori sono
corrotti.»

«Queste descrizioni sono tanto precise che sembra quasi abbiate
visto questi avvenimenti in prima persona.»

«Così è, infatti.»

La giovane evitò di chiedere se i mortali che aveva visto perire nel
fuoco arcano vi fossero caduti per caso o vi fossero stati gettati dai
coboldi. La risposta pareva evidente.

«Un fuoco che brucia il male. . .» disse invece. «Non stupisce che i Glashtinsluight lo rifuggano.» Una frase pericolosamente vicina ad un insulto, ma la disse comunque, incapace di trattenersi dal lasciar partire un minuscolo ma pungente dardo dal suo arsenale di rancore represso nei confronti della crudeltà dei goblin.

Il suo accompagnatore si limitò a ridere. «Che cos'è il male?» chiese con aria annoiata. «Gli esseri umani definiscono il genocidio un atto "malvagio". Allo stesso modo anche noi troviamo che spezzare delle vite sia "sbagliato", in senso generale, ma come la tua gente, anche noi siamo convinti che possa essere giustificato in nome di una "buona causa". I Glashtinsluight non sono malvagi né in errore – tutto il contrario. Detto ciò, se con "malvagità" si indica la propensione ad uccidere, ed in particolare la propensione delle creature sovrannaturali ad uccidere esseri umani, allora sì, siamo malvagi.»

«Questo è ciò che definisce le creature "unseelie"» disse Asrăthiel. «Se i Glashtinsluight fossero purgati da ogni frammento di sentimento unseelie, cosa rimarrebbe di essi?» Senza attendere risposta, la giovane proseguì: «Ah, ma davvero l'Inglefire è incredibile. Il più stupefacente fra tutti i fuochi da forgiatura, poiché Lamafulva è in grado di influenzare la trama del tempo, o almeno così pare. Mentre la impugnavo mi sentivo come se mi stessi muovendo non attraverso aria, ma attraverso una sostanza viscida, e tutto intorno a me sembrava muoversi con grande lentezza. In battaglia ciò mi permetteva di fermarmi a considerare le mosse successive e mi dava modo di compiere azioni con rapidità ineguagliata.»

«Quell'arma permette a chiunque la impugni di entrare nello stesso flusso temporale dei Glashtinsluight», spiegò Zaravaz, inclinando la testa per osservarla, «dando così allo spadaccino la capacità di eguagliare la nostra velocità in combattimento. La Lamafulva ha gravità negativa, perciò essa accelera il tempo.»

«Non penso di aver capito.»

«Tanto più forte è la gravità, tanto più lentamente scorre il tempo. La gravità rallenta ogni tipo di orologio.»

«Molto insolito!» commentò Asrăthiel. «Eppure Lamafulva è fatta di oro, platino ed iridio. Sono metalli normali, con quelli che presumo siano peso e gravità normali. La spada mi è sempre sembrata abbastanza pesante, quando la impugnavo.»

«Solamente perché impugnandola anche tu hai acquisito la sua stessa gravità» le rispose il re dei goblin. Le si sedette a fianco, tanto vicino che lei si senì immediatamente inebriata, reclinando indietro la schiena contro la prua e un piede calzato di stivale distrattamente appoggiato al trincarino. «Nella loro forma normale, quei tre metalli sono, in realtà, piuttosto pesanti. Come ripete spesso lo stimato Zwist, dilettandosi nell'enunciazione di numeri, la gravità specifica dell'oro è diciannove virgola tre unità, quella del platino è di ventuno virgola cinque e quella dell'iridio ventidue virgola quattro. Di contro, la gravità dell'argento è di dieci virgola cinque unità e quella dell'arsenico solo di cinque virgola settantatré. Parte del miracolo operato dall'infausto Skagnyaile fu invertire la gravità dei metalli che compongono Sioctíne, rendendoli innaturalmente leggeri.»

«Lamafulva è davvero meravigliosa alla vista», disse Asrăthiel, «eppure senza dubbio gli Argenkindë desidererebbero vederla gettata nel fuoco arcano e distrutta.»

Zaravaz sembrò divertito. Inclinando il capo, rispose: «Non dare per scontato, giovane strega, che i nostri ragionamenti siano gli stessi di quelli dei mortali. Quell'oggetto è per noi fonte di divertimento, e una pur minima possibilità di essere annientati è una novità insolita, che aggiunge un certo gusto alla vita. È attraverso il pericolo che troviamo l'eccitazione, non fosse così, la monotonia di un'esistenza eterna finirebbe per venirci a noia. Non v'è nulla che sia in grado di nuocere ai Glashtinsluight, e la tua Lamafulva è un'eccezione. Oltretutto», aggiunse Zaravaz, sfoderando il sorriso sprezzante tipico dei goblin, «che bisogno c'è di preoccuparsi di un artefatto di fattura umana che solo poche mani elette possono impugnare?»

Come indifferente alla vicinanza del suo amante, Asrăthiel si sporse dal fianco della barca per osservare il proprio riflesso nel lago, un viso malinconico incorniciato da ciocche nere, contornato da uno sfondo di stelle. «Non riesco ad immaginare come possa essere per te, perennemente immerso in un flusso temporale così rapido.» Accarezzò l'acqua con le dita, tracciandovi delle scie nella vaga speranza che il freddo raffreddasse il calore indesiderato che sentiva dentro di sé.

«Non perennemente – possiamo spostarci fuori da esso e rientrarvi a piacere. La capacità di contrastare la gravità è in noi innata, possiamo farvi ricorso o meno, così come gli esseri umani possono fare ricorso all'adrenalina quando gli istinti li spingono a combattere o fuggire.»

«La gravità è opposta alla levità», constatò Asrăthiel, «e ho notato come gli Argenkindë siano inclini alla levità.»

«Forse ridiamo davvero più spesso e più a lungo di quanto non facciano solenni esseri umani, il cui eloquio austero ben si abbina alle tombe a cui sono destinati. Eppure pare altresì vero», mormorò Zaravaz in tono meditabondo, «che da quando ho fatto ritorno dal mio esilio io abbia perso buona parte della mia gaiezza.» Lanciò un'occhiata ad Asrăthiel per poi aggiungere in tono tagliente: «Perdonatemi se vi ho annoiato con questo tedioso sproloquio, Dama Stormbringer. Non potete immaginare quanta angoscia causi, la consapevolezza di avervi annoiata.»

«Nient'affatto!» la giovane alzò in fretta lo sguardo. Ammirava profondamente la sua arguta eloquenza, la sua capacità di destreggiarsi abilmente fra verità e sarcasmo pur essendo un eldritch wight, incapace a mentire. «Mi fraintendete, trovo la sapienza dei goblin affascinante, e c'è ancora così tanto da imparare sul vostro popolo.»

Il suo sorriso disarmante riusciva sempre a sorprenderla.

«Confido di poter continuare queste lezioni, allora» rispose, ricomponendosi dalla sua posizione rilassata e voltandosi verso di lei.

Dovette distogliere lo sguardo, per evitare di esserne frastornata e finire per cadere oltre il bordo della barca. «Vi prego, ditemi di più riguardo ai goblin.»

«Se può farvi piacere, sarà mio privilegio farlo," replicò a voce bassissima, la bocca quasi a sfiorare il suo orecchio. Si rialzò nuovamente con fluida eleganza, facendo a malapena inclinare la barca ma al contempo facendo insinuare una punta di abbandono nell'animo della giovane. «La mia gente è intimamente unita con l'universo intero. Quando alziamo lo sguardo verso il cielo riusciamo a vedere lontane quasar, supernove ed altri fenomeni astronomici che gli abitanti umani di Tir non conosceranno mai, anche se forse alcuni potranno osservare i più vicini attraverso i loro rudimentali cannocchiali.»

«Mi piacerebbe poter vedere tutte queste meraviglie.»

«Se è questo che desideri ti sarà costruito un telescopio, in cima ad una delle rupi più alte.»

«Lo desidero.»

Zaravaz rivolse alla giovane uno sguardo di desiderio tanto intenso da poter liquefare il basalto come un fuoco plutoniano. Di scatto ella si sporse per sfiorarlo, ma in quel momento un gruppo di cavalieri comparve sulle sponde del lago e nell'abbassare lo sguardo incontrò gli occhi a mandorla di una Damigella del Lago che la osservavano da sotto il pelo dell'acqua. Turbata da queste intrusioni, Asrăthiel si ritrasse.

Il suo amante sorrise di nuovo, come se avesse inteso qualcosa di particolare, e sembrò quindi dedicarsi all'osservazione delle costellazioni. Si alzò una brezza, e mentre la barca scivolava sull'acqua, alle sue spalle si dipanava l'intreccio setoso dei suoi capelli, agitati dal vento in una leggera nuvola.

9
FIOR DI CARDO

Cosa sai, o Notte Regina,
Adorna di fulgide stelle?
Sai che aneliamo a quella luce cristallina,
Poiché di essa siamo sorelle.

CANTO DELLE DAMIGELLE DEL LAGO

IL VENTOTTESIMO giorno di Aoust sarebbe stato il compleanno di Asrăthiel, un'informazione che lei non aveva condiviso con nessuno a Sølvetårn, e che tuttavia pareva essere di dominio pubblico. Si tenne una festa a cui l'intera fortezza sembrò partecipare, o che per lo meno sfruttò come pretesto per fare baldoria. Col passare del tempo la giovane era riuscita a trovare modi per sopportare meglio la sua nostalgia di casa, la sua difficile condizione ed il suo esilio lontano dalla sua famiglia e dai suoi amici. Nell'unseelie suo amante vedeva ciò che maggiormente desiderava, e anche ciò che più d'ogni altra cosa rifuggiva. Egli era con lei ogni giorno. Prima che la notte scendesse ella cadeva addormentata, ed al suo risveglio egli era già scomparso. Durante la sera egli le baciava teneramente i capelli, la prima volta che si incontravano, ma nulla più di questo.

Le sue premure erano costanti, la sua generosità illimitata, e a tratti, nell'alzare per caso lo sguardo, la giovane lo sorprendeva ad osservarla con un'insolita espressione di struggente desiderio. Egli rideva e scherzava, scatenando ilarità con le sue battute argute e riempiendo l'aria di melodie che strappava alle corde di un violino, toccando gli animi di tutti i presenti.

A volte, mentre attraversavano le viscere del sottosuolo insieme, ella appoggiava una mano alla spalla di Zaravaz e l'altra ad una delle rocce vive della montagna, così che egli le permetteva così di leggere la storia geologica di quel minerale e, andando più a fondo, gli annali della creazione del mondo. Fu così che ella comprese la nascita della Catena: vide il principio della loro nascita, sul fondo di un antico oceano sotto forma di strati di ghiaia e pietruzze, sabbia e fango, il tutto mischiato ai gusci ed agli scheletri di creature primordiali, ed infine vide il peso degli strati, accumulatisi uno sopra l'altro, costringere le loro particelle a comprimersi fino a diventare solida pietra, formando così le molte placche dorsali in movimento sulla pelle rettiliana del mondo. Due placche si scontrarono, cozzando e stridendo finché il bordo di una non scivolò sotto quello dell'altra. Calore intenso come il soffio di un drago, proveniente dal cuore del mondo, liquefece parte dello strato più interno della roccia, trasformandolo in magma mentre il fondale oceanico veniva sollevato da forze immani prodotte dal nucleo di ferro solido che ruotava al centro del mondo. Enormi sezioni di roccia lungo tutta la linea di collisione furono spinte verso l'alto, e in svariati punti più fragili eruppero getti di magma rovente, che andarono a formare una lunga serie di vulcani. Mentre le due placche continuavano a venire schiacciate insieme, gli strati di roccia, contorti e fusi l'uno all'altro, venivano forzati sempre più in alto, così come i vulcani, che continuavano a crescere, portando la catena a stagliarsi nei cieli. Le forze dirompenti nelle profondità non acquietarono mai la loro pigra furia, continuando a comprimere gli strati sedimentari del fondale marino, trasformandoli in rocce metamorfiche o ignee, piegandoli e spezzandoli per dare origine a faglie, dividendo la catena in blocchi separati che poi procedevano a schiacciare nuovamente l'uno contro l'altro. Per interi millenni le Catene Settentrionali crebbero di alcuni centimetri ogni anno.

Da maga del clima, Asräthiel sapeva che già mentre ancora stavano nascendo, le montagne soffrivano l'erosione dall'acqua piovana scorreva all'interno dei crepacci nella roccia, ghiacciandosi sui picchi più elevati. L'espandersi del ghiaccio allargò le fessure nella roccia, finché, un secco schiocco dopo l'altro, pezzetti di roccia non iniziarono a staccarsi, crollando giù lungo il versante delle montagne. Frammenti di pietre scheggiate si raccolsero ai piedi dei declivi, mentre nelle sottili fessure che attraversavano le rocce umide sui fianchi delle montagne attecchivano spore di ogni tipo. Lì proliferarono muschi e licheni, le cui radici tentacolari si strinsero alle rocce fino a sgretolarle.

Il vento spazzò via le pietre scalzate, e rivoli di pioggia e disgelo li sciacquarono via. Nel loro scorrere giù lungo i propri letti, questi torrentelli erodevano ulteriormente i fianchi delle montagne, riducendosi contemporaneamente di dimensioni. Le acque impetuose di fiumi e torrenti incidevano profondi solchi e vallate sui fianchi delle montagne. Le pietre intrappolate nei ghiacciai raschiavano ulteriormente il terreno durante il loro progressivo scivolare verso il mare, dove il ghiaccio le avrebbe finalmente lasciate libere di mescolarsi ad altre sabbie e fanghi per formare sedimenti. Sul fondo degli oceani le montagne avevano iniziato il loro percorso, e lì sarebbero ritornate, così che un giorno quello stesso ciclo sarebbe ricominciato dall'inizio.

Asräthiel era incantata dalla storia del pianeta che stava vedendo spiegata attraverso l'azione della gramarye dei goblin, per quanto non esistesse incantesimo in grado di affascinarla quanto la presenza del suo amante. Zaravaz riusciva immancabilmente a catturare la sua attenzione. Le virtù che gli venivano dalla sua essenza eldritch gli permettevano di muoversi ad una velocità tale da ingannare lo sguardo, sempre con una precisione inarrivabile, tanto da essere in grado di saltare in alto e fare quattro, cinque, sei piroette prima di atterrare. Asräthiel l'aveva visto afferrare una sporgenza rocciosa sopra di sé per poi sollevarsi senza sforzo sopra di essa con la sola forza delle braccia e balzare con leggerezza oltre alte rupi. A cavallo del suo incandescente destriero demoniaco egli era in grado di portarsi in piedi sul dorso della creatura e cavalcare perfettamente eretto, oppure lasciarsi scivolare di lato al cavallo e aggrapparsi in modo da rimanere assicurato lungo il suo corpo, così da far credere a chiunque lo stesse osservando che il trollhäst non avesse alcun cavaliere. Audace ed impudente, egli si metteva in mostra davanti ad Asrăthiel, facendo sfoggio della sua bellezza ed abilità.

Se pure egli era nel complesso affascinante, sicuro di sé ed estroverso, la vita di Asrăthiel insieme a lui era costantemente insidiata dai dubbi e dalla rabbia. Non riusciva ad accettare gli atti di crudeltà che egli lasciava perpetrare nel proprio regno, e per riuscire a sopravvivere senza perdere la ragione aveva dovuto trovare modi per scacciare le atrocità compiute dai goblin fuori dalla propria mente prima che esse la schiacciassero.

Zaravaz non era sempre con lei. Molto spesso egli si allontanava per faccende di cui non rivelava alcun dettaglio, e Asrăthiel riteneva fosse meglio non fare domande, poiché la risposta avrebbe potuto portare altri incubi nei suoi sonni. Quando ciò accadeva, Asrăthiel andava a camminare da sola fra le montagne, la cui forza e maestosità la riempivano di meraviglia, e dalle quali poteva osservare i guerrieri goblin calare in picchiata sulla neve immacolata dei picchi più alti, sollevando sbuffi di polvere di cristalli di neve come piume candide, mentre percorrevano centinaia di metri lungo la montagna, scivolando in una discesa ben controllata.

Durante una notte di venti assordanti che sospingevano nuvole come fili di fumo davanti alla luna, Asrăthiel si trovava a camminare lungo uno stretto sentiero quando intravide, dall'altra parte di un burrone, tre esseri umani coperti di vestiti stracciati che giacevano sotto una lunga sporgenza rocciosa coperta di licheni. Uno di essi era accartocciato dalla paura e vaneggiava stralunato, il suo compagno era scosso da una violenta tosse ed il terzo si stringeva i piedi fra le mani, piagnucolando come se gli causassero acute fitte di dolore. La prima reazione di Asrăthiel fu di sorpresa, nel vedere esseri umani fra le rupi di Sølvetårn, poi riconobbe i segni dell'avvelenamento da arsenico; evidentemente dei coboldi erano stati a lungo vicino a quegli uomini, forse infastidendoli o tormentandoli in qualche modo. La maga chiamò i tre, ma quelli non le risposero, forse perché la sua voce era coperta dall'infuriare del vento, forse perché troppo assorbiti dai

propri dolori. Asrăthiel iniziò a correre verso il ponte di ghiaccio che
copriva quel crepaccio, intenzionata ad attraversarlo per raggiungerli e
parlare loro, e stava riflettendo su come avessero fatto quegli uomini,
quando attraverso lo spazio fra due massi intravide un gruppo di coboldi sghignazzanti a cavallo di altri cinque uomini, che venivano da
essi frustati selvaggiamente per spingerli a correre più velocemente.

Fremendo d'indignazione, Asrăthiel deviò dal suo percorso per
seguire i coboldi. Da dietro un promontorio di pietra irregolare si
vedevano lingue traslucide di fiamme arancioni, e una volta girato
l'angolo si trovò davanti ad un gruppo di cavalieri goblin, fra i quali
figuravano i Luogotenenti Zauberin e Zwist. Con loro vide alcuni
sciagurati umani in catene, ognuno dei quali era impastoiato come
si usava fare con le pecore, ed a poca distanza i coboldi stavano ar-
roventando dei ferri su un fuoco. Paralizzata dall'orrore, Asrăthiel osservò da quella distanza Zwist afferrare gli uomini dalla collottola e
marchiarli sulla spalla uno dopo l'altro.

«Cosa state facendo?» esclamò la giovane.

Zauberin lanciò uno sguardo beffardo. «Ammazziamo il tempo»
le urlò di rimando.

Lanciato un grido di protesta, Asrăthiel corse avanti per tentare di
aiutare i prigionieri sofferenti, ma i coboldi li radunarono, spostandoli
lontano dalla sua vista. A quel punto tutto ciò che poté fare fu rim-
proverare aspramente i cavalieri.

«Vi ho visti cavalcare questi uomini e marchiarli a fuoco! Fermate
questa tortura!»

«Lady Sioctíne, questi *beishtyn* sono stati scelti per i nostri scopi», fu la garbata risposta di Zwist, «perché sono robusti e corrono in
fretta. Costoro erano tutti proprietari di cavalli da corsa, domatori,
addestratori o fantini.»

«No, nessun fantino» lo interruppe Zauberin, sorridendo nel pas-
sargli accanto.

«Invero, nessuno, poiché i fantini sono troppo minuti per correre veloci, motivo per cui essi vengono, diciamo –», continuò Zwist,
«come potrei metterla in maniera delicata? Penso che l'eufemismo usato dagli esseri umani nell'ambito delle corse dei cavalli sia "venduti".»

«Da dove vengono questi uomini?» chiese Asrăthiel in tono fermo.

Zauberin, di ritorno, le rispose: «Alcuni sono stati catturati di recente, altri sono stati fatti prigionieri durante una delle battaglie e sono arrivati da poco, trascinati qui da tutte le terre al loro passo di lumaca. Permettiamo loro di vagare per la Catena Settentrionale, dal momento che non sono in grado di oltrepassare le barriere eldritch che non possono vedere – incapaci, di conseguenza, di ritornare ai regni degli uomini. Li teniamo come passatempo, giochiamo con loro dando di tanto in tanto la caccia ai cacciatori, pescando i pescatori o lasciando i coboldi liberi di giostrare con i domatori di cavalli. Alcuni di essi sono tenuti in una grande boccia di vetro per il nostro divertimento, come pesci rossi.» Palesemente divertito dalla reazione della giovane alle sue parole, Zauberin proseguì: «Zwist condivide la nostra passione per la corsa. Tutti insieme vi assistiamo, incoraggiamo i corridori e scommettiamo sui vincitori, spesso diamo degli stimolanti ai corridori, così da farli correre più veloci ed aggiungere un poco di brio. Quando infine l'ultima gara si è conclusa, è la volta degli uomini che un tempo possedevano galli da combattimento, che vengono muniti di speroni e messi a combattersi l'uno con l'altro.»

Asrăthiel, tuttavia, aveva dato le spalle a Zauberin in un impeto di gelida ira, e non lo stava più ascoltando.

Rivoltasi verso Zwist, gli disse: «Avevo pensato di voi che foste garbato, valoroso, premuroso e gentile, completamente diverso da tutti i miei preconcetti sulle orde goblin, ed ora vi vedo impegnato in questi atti disgustosi. Mi avete appena riportato bruscamente alla realtà. Sono stata una sciocca. Mai vi fu proverbio più vero di "Poca fiducia agli wight. Ancora meno agli unseelie."»

«Ve lo giuro, Lady Sioctíne», rispose il cavaliere, «non vi farò alcun male finché sarete sotto la protezione dell'orda. Lo stesso vi posso giurare a nome di tutti i Glashtinsluight, e potete credermi, poiché noi non mentiamo e non possiamo che onorare la parola che diamo, come voi ben sapete.»

«Credo abbiate frainteso ciò che intendevo dire. Non è per me che sono preoccupata» disse, per poi sottrarsi alla loro compagnia.

La notte successiva, Asrăthiel scivolava insieme a Zaravaz sulla

superficie di Lago Piccozza all'interno di una grande barca drappeggiata di tela intessuta d'argento, riflessa nelle acque accarezzate da fili di
nebbia. Rimuginava sulle condizioni dei prigionieri dell'orda e rifletteva-
va su come potesse fare ad aiutarli. La sua angoscia era indescrivibile,
si sentiva lacerare, sferzata da una parte dall'odio che provava verso
il suo amante per aver autorizzato – e probabilmente incoraggiato –
quelle azioni repellenti, e dall'altra dal desiderio bruciante di rimanere
al suo fianco, dimenticandosi di chiunque altro.

Alcune donne, come Asrăthiel sapeva bene, sostenevano di essere
attratte da uomini "cattivi", ma da parte sua non aveva mai condiviso
quell'idea, né era mai riuscita a comprenderla. La crudeltà non avrebbe
mai potuto suscitare la sua ammirazione – tutto l'opposto, essa violava
ogni cosa in cui lei credeva, e per questo la detestava con ogni fibra
del suo corpo. Ira e confusione montarono come un'inondazione, soffocando il suo raziocinio, tanto che per un certo tempo, per quanto si
sforzasse, non fu in grado di dire nulla.

Il cielo era ovattato da nuvole, senza un filo di vento. Lanterne di
filigrana d'argento appese a prua e a poppa tagliavano dischi di pura
luce bianca sull'acqua intorno alla barca, e la loro luminescenza penetrava le pareti di nebbia per molti metri.

«Perché non ho mai visto prima d'ora i vostri schiavi umani?»
chiese Asrăthiel improvvisamente.

«Ah, così hai finalmente ritrovato la lingua», commentò Zaravaz,
«e insieme ad essa devi aver trovato anche i boddaghen. Essi sono stati
tenuti lontani dalla tua vista così che il loro frignare non ti desse noia.»

«Un segreto orribile, ed orribilmente serbato.» Mentre diceva ciò,
Asrăthiel era consapevole del lampo che aveva di certo attraversato gli
occhi del suo interlocutore. Non osò alzare lo sguardo, preferendo invece lasciarlo vagare sulla superficie del lago. «La tua crudeltà va oltre
ogni limite.»

Al separarsi delle nebbie vide un gruppo di luci ondeggianti, pallide e giallastre come denti di leone essiccati. Degli uomini, emaciati e
cenciosi, attraversavano il lago arrancando su di una flottiglia di barchette malandate, usando le mani per remare. Nel vederli, la giovane
si sentì il cuore stringere dalla pietà.

«Stanno morendo di fame!» esclamò indignata verso il suo compagno, che in risposta voltò la testa per vedere cosa avesse attirato la sua attenzione. «Date loro del cibo e lasciateli andare.»

Il re dei goblin non rispose, eppure una strana immobilità lo avvolse, un'immobilità che Asrăthiel riconobbe, e a cui reagì aguzzando i sensi.

Piccoli cesti di vimini tappati con dell'argilla galleggiavano sul pelo dell'acqua, con alcuni tortini di frutta al loro interno. Viste quelle prelibatezze, gli uomini presero a remare alacremente verso di esse.

«Perfino un cieco si accorgerebbe che si tratta di una qualche sorta di trappola!» gridò Asrăthiel. «Quelle vettovaglie non sono che illusioni create da un qualche mascheramento, sono pronta ad azzardare che non siano nulla più che pietre o blocchi di muschio.» Urlò un avvertimento agli uomini, che tuttavia non la udirono. «Devono essere sotto un qualche incantesimo, o una maledizione!»

«Forse la fame è una maledizione.» Ribatté Zaravaz, gelido.

La giovane li chiamò nuovamente, ma il re dei goblin fece un gesto deciso con una mano. La barca drappeggiata d'argento si inclinò su un lato e guizzò su sé stessa, volgendosi nella direzione opposta. Prima che gli uomini scomparissero alla vista, tuttavia, la giovane riuscì a vederli sporgersi dalle loro barchette per afferrare le torte, infilandosele in bocca ancora intere. Linee oblique simili a nudi rami di salice bianco si stagliarono nell'aria. . .

I vapori circondarono la barca, attutendo i suoni, ma attraverso quella spessa coltre Asrăthiel sentì una serie di forti tonfi, seguiti da sciabordii e spruzzi d'acqua, come se al suono di remi sbattuti sull'acqua si andassero ad unire cori di urla. Onde concentriche si susseguirono rapide sull'acqua, facendo traballare la barca. Attraverso le nebbie che andavano diradandosi, Asrăthiel scorse una fila di canne, simili a fruste, alzate lungo la riva, tutte piegate e tese a tirare. I graihyn stavano recuperando le loro prede.

«Ferma questa barbarie!» urlò Asrăthiel, ma il re dei goblin non le rivolse nemmeno uno sguardo, e la barca si avvicinò alla riva, cozzando con il fondo roccioso. Zaravaz saltò sulla terraferma, ma non appena ebbe fatto ciò si trovò davanti un uomo insudiciato che, dopo essere corso verso di lui, gli si prostrò ai piedi.

«Signore, imploro pietà» disse l'uomo, troppo terrorizzato per alzare gli occhi da terra. «Non trattateci come animali.»

«Quindi voi non siete animali?» Disse Zaravaz stupito. «Siete forse piante, o pietre? Tu stesso, pescatore», continuò con voce dura come acciaio, «hai trattato altre creature molto peggio di come stai venendo trattato ora.»

«Potente signore», gemette il supplicante, «noi non siamo come stupide bestie e non meritiamo di essere trattate come esse. Abbiamo carattere, spirito e parola. Le bestie non sono pari degli esseri umani!»

«Ho una notizia sorprendente per te» replicò Zaravaz. «Ti sbagli.» Lanciò una rapida occhiata ad Asrăthiel – che stava scendendo dalla barca – e aggiunse, con l'aria di qualcuno che veda la sua pazienza messa a durissima prova: «Lascia che ti educhi, pescatore. Le tue prede sono dotate di intelligenza sociale. Esse sanno distinguere gli individui e gestiscono complesse relazioni sociali. I pesci mostrano specifiche tradizioni culturali, e cooperano gli uni con gli altri per studiare i propri predatori e raccogliere cibo. Alcuni di essi usano utensili, altri costruiscono case ed altri ancora accudiscono giardini subacquei. La loro memoria è incredibilmente lunga, e la loro memoria spaziale è allo stesso livello di quella della tua specie, tanto da permettere loro di creare complesse mappe cognitive che usano per navigare. La loro agonia è come la vostra, poiché i centri del dolore nei loro cervelli sono come i vostri. Pensi che non posseggano alcun linguaggio? La loro comunicazione non avviene tramite le parole ma tramite impulsi elettrici, movimenti o alterazioni cromatiche.»

Zaravaz squadrò con aria sdegnosa l'uomo che si era nel frattempo sollevato sulle ginocchia. «Pescatore, pensi forse che il mondo che vedi non sia offuscato dai tuoi pregiudizi? Credi che il tuo punto di vista sia l'unico? Ti risponderò io: non lo è, poiché come quella dei tuoi simili la tua visione è più oscura e ristretta delle viscere di un verme. Tu che hai sempre e solo visto i pesci mentre si contorcevano sul fondo della tua barca o da morti sul tuo piatto, come potresti conoscere i segreti di questa razza straordinaria? Va', allora, o pescatore, va' a contorcerti su di un amo, così che tu possa imparare come essi muoiono, se non sei in grado di capire come vivono.» Fece poi un gesto come per lanciare via una pietra e l'uomo insudiciato cadde all'indietro. Singhiozzando, questi gattonò via. Zaravaz lo guardò allontanarsi, senza mostrare alcuna emozione.

Asrăthiel si avvicinò al re unseelie, scossa da tremiti da capo a piedi. «Mi ripeti spesso», disse con voce incrinata, «che desideri compiacermi. Ebbene fallo smettendo di tormentare queste persone. Liberale!»

Egli le voltò le spalle e prese ad allontanarsi. «Mi dà piacere compiacerti secondo il mio capriccio», ribatté con voce d'inverno. «Ma non farti mai l'illusione di avere alcun controllo su di me.»

Zaravaz sapeva perfettamente quanto Asrăthiel disapprovasse la sua crudeltà, ma non fece alcun cambiamento per adattarsi ai desideri della giovane, eccetto, dedusse, nel tenerla quanto più possibile lontana da scene che l'avrebbero potuta turbare. Non aveva intenzione di scomodarsi per chi lo contestava, e quando la giovane protestava egli si limitava ad andarsene.

Anche questo era assai difficile da sopportare.

A peggiorare le cose, il Primo Luogotenente Zauberin aveva iniziato a lanciarle ammiccamenti furtivi, e spesso l'aveva udito per caso parlare di lei con aria beffarda, definendola "l'insaziabile allieva del re" e "la sua danzatrice a mezzodì". Da qualche tempo a quella parte tutti i gesti, le occhiate e le parole di quel cavaliere sembravano cariche di allusioni, tanto da farla sentire come sporca quando si trovava in sua presenza, motivo per cui ella tendeva ad evitarlo il più possibile. In quei momenti Asrăthiel pensava, fra sé e sé, *Ecco, una volta ero una potente maga del clima. Ora sono ridotta alla sciacquetta del Signore dell'Infamia, infatuata di un misantropo giustamente odiato e maledetto dalla mia gente.*

Zauberin si assicurava sempre che il suo re non fosse a portata d'orecchio, prima di lanciare le sue frecciate. «Guardate l'acqua che zampilla allegramente fra quelle rocce laggiù» disse rivolto ad Asrăthiel, indicando un punto lontano attraverso una delle finestre.

«In un mattino così delizioso verrebbe voglia di imitarla, non è vero?» disse, inchiodandola sul posto con un sorriso complice, palesemente divertito dal suo irritato arrossire.

«Vi prego, non scappate» protestò il cavaliere. «Non lasciatevi turbare! I vostri sforzi sono ammirevoli.»

«Risparmiatemi il vostro scherno» ribatté la giovane, allontanandosi.

Egli la seguì. «Siete così lesta ad offendervi, fiera Sioctíne! Stavo per farvi i miei complimenti, poiché siete in questo periodo di conflitto una figura diplomatica fra di noi, un'ambasciatrice del vostro popolo.»

Seccata e risentita, la giovane non lo degnò di alcuna risposta.

«In tempi di ostilità», continuò il luogotenente, «quando gli esseri umani si scontrano con le creature eldritch, è più che ragionevole aspettarsi che i rappresentanti di ciascuna nazione si riuniscano per discutere delle proprie differenze e tentare di venire a capo dei problemi.»

Ogni volta si allontanava in fretta, ma egli riusciva sempre a ritrovarla e ad attirarla in una qualche trappola retorica.

Il suo persecutore si spinse perfino oltre, in un'occasione in cui riuscì a coglierla di sorpresa e le sussurrò all'orecchio: «Dimorare in questo luogo deve starvi costando grande fatica. Forse, se dovesse venirvi a noia, potreste considerare l'idea di faticare insieme a qualcun altro?»

Durante una nottata in cui Asrăthiel incontrò nuovamente Zauberin, per puro caso, e si trovò a dover sopportare le sue allusioni ammiccanti, prese la decisione di troncare la sua relazione con Zaravaz. Il comportamento spietato del suo amante nei confronti degli esseri umani l'aveva fin da principio spinta a tagliare ogni legame con lui, ragione a cui andava ad aggiungersi una vaga sensazione di rimorso riguardo alla supposta immoralità di una simile unione fra un essere umano e una creatura eldritch. Era certo, tuttavia, che buona parte del suo disagio veniva dall'essere stata cresciuta con la convinzione che ogni avventura fuori dall'unione in matrimonio fosse una relazione immorale. Giorno e notte, nel suo animo, si interrogava riguardo questi dubbi, e i commenti del Luogotenente riuscirono infine a spingerla oltre i limiti della sopportazione.

Durante il banchetto serale si mantenne fredda e distaccata dal re dei goblin, ed ebbe cura di non guardarlo negli occhi, per paura di cambiare idea, sebbene essi sedessero l'uno di fianco all'altra.

«Cosa ti turba?» le chiese infine, quando il banchetto si era ormai concluso e la musica stava iniziando a suonare, con voce particolarmente bassa, così che nessuno potesse udirlo. I suoi capelli neri cadevano come un velo all'interno ed all'esterno del collare di svartlap che si alzava intorno al suo collo come il calice di petali di un fiore d'ebano.

«Provo rimorso», mormorò la giovane, rigida come una statua, «per ciò che ogni mattina avviene fra noi.»

«Perché?»

Molte erano le ragioni. «Tanto per cominciare», rispose, concentrando la propria attenzione su di una decorazione di frutti ingioiellati che adornava il tavolo, «per la mia gente una simile relazione non dovrebbe mai essere consumata al di fuori del matrimonio.»

Per un istante spezzato fu come se l'aria stessa si fosse congelata.

«Ah», esclamò ad alta voce Zaravaz, «così desideri unirti in matrimonio? Perché non ne hai fatto parola prima?» Detto ciò schioccò le dita.

Con rapidità incredibile, delle donne trow adagiarono sul capo di Asrăthiel un velo da sposa fermato da una delicata ghirlanda d'argento decorata da minutissime gemme. Prima che potesse protestare, o anche solo muoversi, i trow l'avevano avvolta in un vestito bianco come la neve fresca, tempestato da disegni simili a felci di cristalli di ghiaccio, velato da filigrane di seta argentata simili a tele di ragno, orlato da tulle e merletti d'argento e intessuto di minuscole perle grezze. Il Luogotenente Zauberin apparve di fronte a tutti i presenti, solenne e cerimonioso, avvolto nelle bianche vesti di un druido, mentre un gruppetto di trow cercava di improvvisare una marcia nuziale sui loro violini scricchiolanti.

Tutta la scena aveva lo sgradevole sapore di una volgare pantomima. Mentre Asrăthiel si rivolgeva esterrefatta a Zaravaz, il quale in un attimo si era vestito con grande eleganza, indossando una lunga redingote ed un cappello a cilindro portato di sbieco, un coboldo le spinse in mano un bouquet di fiori di cristallo. Il re dei goblin intrecciò il proprio braccio a quello della giovane e continuò: «Ebbene, mia cara, sei pronta ad unirti in matrimonio?»

Asrăthiel si divincolò. «No!» gridò, scagliando per terra il mazzo di fiori, che si frantumò in migliaia di frammenti.

«È forse la presenza di Zauberin a disturbarti? Possiamo sempre rapire un vero druido. . . »

D'impulso, Asrăthiel urlò: «È William che amo!»

Quella bugia deliberata parve colpirlo. Zaravaz la fissò, e fu come se sul suo volto si fosse chiusa una maschera di ferro. Poi si allontanò.

Non lo rivide per tre settimane.

In quel lasso di tempo l'animo di Asrăthiel fu attraversato da molti cambiamenti, oscillando fra strazio e disperazione, odio e desiderio, scoramento e ira. Non sapendo più cosa fare o come comportarsi, si sedette allo scrittoio e vergò un fiume di lettere da spedire, ma quando si accorse che il flusso di missive dal mondo esterno si era interrotto temette che Zaravaz avesse iniziato a intercettarle, togliendole così l'unico suo accesso all'esterno. Le sovvenne poi che egli aveva forse preso a leggere i messaggi da lei inviati all'esterno, e si chiese se stessero ancora venendo consegnati ai suoi amici e alla sua famiglia, o se mettere mano al calamaio fosse invece uno spreco di tempo. Chiese ai trow, ma come al solito essi non le seppero rispondere, così si mise in cerca di Zwist, intenzionata a supplicarlo di darle quelle informazioni, ma non trovò né lui né alcun altro cavaliere. La sala dei banchetti era desolatamente vuota, e i trow le portavano i pasti direttamente nelle sue stanze, ma la giovane non aveva alcun desiderio di mangiare, preferendo bere solo un poco di vino, lasciando il cibo a giacere intatto sui vassoi per giorni.

Un certo conforto le veniva da quei momenti in cui lasciava che la sua percezione brí vagasse all'esterno, lungo i percorsi familiari dei movimenti atmosferici; lì accarezzava i contorni di fronti di aria fredda e cicloni, misurava i vettori dei venti, individuava i punti in cui l'umidità si condensava o si disperdeva, scovava masse temporalesche e fluttuazioni termiche. Di tanto in tanto impetuose esplosioni di pioggia e grandine scatenavano i loro strali erratici sulle catene montuose, le cui cime più alte erano spesso avvolte da tormente di neve. Nebbie sovrannaturali e nubi richiamate dalla magia sbocciavano fra i picchi, per poi discendere indolenti lungo i versanti con il tocco leggero di impalpabili spiriti innamorati.

Dormiva spesso, e quando era sveglia passava il suo tempo a vagare da sola, portando con sé del cibo da dare ad eventuali prigionieri di guerra che avesse incontrato. Non ne incontrò nessuno, tuttavia. Le montagne erano deserte, e solo il vento si muoveva fra le rocce. Perfino gli wight minori sembravano essersi volatilizzati, tanto che non vide nessun volto avvizzito osservarla dagli anfratti rocciosi. Sembrava che tutti la stessero rifuggendo, ad eccezione dei guizzanti ed aristocratici trollhästen, il cui complesso linguaggio di suoni e movimenti le era incomprensibile.

Inaspettatamente, durante le prime ore di una sera di tardo Severber, Asrăthiel incontrò Zaravaz.

Lo trovò sulla cresta rocciosa su cui era collocato il telescopio che i coboldi avevano fabbricato per lei, un enorme tubo metallico imbullonato alla base rocciosa, puntato come un'arma verso le stelle. Come suo solito, il re dei goblin stava sporgendosi in avanti coi gomiti appoggiati ad un parapetto che dava su di uno strapiombo vertiginoso profondo centinaia di metri. Un leggero vento gli accarezzava i capelli, sollevandone lucide ciocche nere come le oscure profondità delle caverne sotterranee, mai toccate dalla luce del sole, eppure al contempo infusi di un'opalescenza azzurra. Asrăthiel si trovò ad immaginare che se avesse toccato quei capelli essi le avrebbero bruciato le dita.

Nel vederlo sentì il proprio cuore stringersi in uno spasmo di sollievo, o forse di dolore, e lo raggiunse, fermandosi al suo fianco. Senza salutarla né lasciar intendere in alcun modo di aver notato la sua presenza, egli disse, mentre insieme studiavano il cielo notturno: «Ogni telescopio è come un macchinario per viaggiare nel tempo. Volgere lo sguardo allo spazio significa guardare indietro nel tempo. Nel momento stesso in cui osserviamo una luce celeste, l'evento che l'ha causata appartiene già ad un lontano passato.»

Asrăthiel gli rivolse un'occhiata interrogativa. Che avesse già sentito parole simili un tempo, forse in un sogno?

Zaravaz continuò: «Dalle stelle vengono gli elementi che formano questo pianeta e tutte le creature che vivono. Se l'intero arco vitale del mondo di Calador-Tir fosse rappresentato dal passare di ventiquattro ore su un orologio, i Glashtinsluight sarebbero comparsi due minuti prima di mezzanotte, mentre l'intera storia dell'umanità occuperebbe l'ultimo secondo. Eppure, nonostante tutte le nostre differenze, siamo tutti nati da polvere di stelle.»

«Chi ti ha raccontato tutto questo?» gli domandò la giovane, inquieta, irrigidendosi e facendo un passo indietro dal parapetto.

Anch'egli raddrizzò la schiena. «Avvicinati» le disse.

Incuriosita ma sospettosa la giovane si avvicinò. Dalla sua manica Zaravaz prese una borsa di velluto, dalla quale estrasse un oggetto che le mostrò. Asrăthiel fece un respiro mozzato. Nel palmo della mano egli teneva un punto focale, che sembrava attirare la luce della luna, risucchiandola dentro di sé e condensandola nella sua essenza più pura, che assumeva la forma di un frammento di luce abbagliante delle dimensioni di un occhio di gatto.

Questo nucleo scintillante di candido argento emanava luccichii di radiosità riflessa, purissima, e allo stesso tempo commista di tutti i colori. Non c'era alcun dubbio – era il suo pendente, il cimelio che sua madre aveva lasciato in eredità ad Asrăthiel, la quale l'aveva regalato all'urisk.

Una morsa di ferro si strinse attorno al cuore di Asrăthiel. «Che cosa hai fatto», disse lentamente, «a Fior di Cardo?»

A questa frase Zaravaz, che oscurava le stelle in bellezza, rispose con gravità: «Ah, o Maga delle Tempeste, pensavo che avresti capito. Il colpo da te vibrato, per amore e non per odio, mi ha liberato. Tutto ciò che da allora ho fatto, l'ho fatto solo per te. Tu stringi il mio cuore prigioniero. Capisci ora? Sono io Fior di Cardo.»

Nel sentire quelle parole, Asrăthiel rifiutò di credervi, ma solamente nell'attimo fra un battito e l'altro del suo cuore. L'istante successivo fu come se l'avesse sempre saputo, da tanto evidente che era. Colma di meraviglia fissò sguardo sul re dei goblin, ed un milione di domande e di ricordi si affollarono nella sua mente, sì che dovette sedersi immediatamente proprio lì, sulla cresta del mondo, su un parapetto malfermo a precipizio sopra un abisso immenso riecheggiante del ruggito di venti inarrestabili, cercando di venire a patti con ciò che aveva appena udito.

Egli aspettava di fianco a lei.

Entrambi avevano ancora molto da raccontarsi.

Zaravaz parlò della potente maledizione lanciata su di lui dai più potenti fra i signori del clima. Essi lo intrappolarono in una gabbia d'oro, ma non furono in grado di distruggerlo, poiché egli era troppo potente, e nemmeno v'era tempo di scagliarlo nell'Aingealfyre, poiché era necessario agire in fretta prima che egli invocasse la sua gramarye; decisero perciò di imporgli le costrizioni e la forma di un urisk, riflettendo che passare degli anni come wight legato ad una dimora, a stretto contatto con gli esseri umani, sarebbero forse riusciti a fargli comprendere la condizione umana. Ogni maledizione, tuttavia, anche la più terribile, deve avere una cura. Zaravaz sarebbe potuto essere liberato da quell'incantesimo solo dal colpo decapitante di Lamafulva – la cui forgiatura era allora evento recente – impugnata da un essere umano, un colpo vibrato non per odio, ma per amore spontaneamente concesso. Tali condizioni sembravano impossibili da soddisfare, ed invero Fior di Cardo aveva atteso per lunghissimo tempo, senza speranza, che qualcuno spezzasse la maledizione – ed insieme ad essa il suo collo.

Ironicamente, la stessa spada che era stata forgiata per annientare i goblin era l'unico oggetto in grado di riportarlo al suo stato naturale. Uno degli effetti dell'incantesimo era infatti che quella spada non l'avrebbe ucciso ma bensì liberato, sebbene fra atroci dolori. Il morso di quella lama, infatti, l'aveva fatto soffrire, ed era stata un'agonia indicibile.

Una volta che lo ebbero contorto nella forma di un urisk, i signori del clima vollero ridicolizzare Zaravaz affibbiandogli il nomignolo «Fior di Cardo». Fu una beffa dei signori del clima ai danni dello sconfitto Re dei Goblin: il fiore di cardo era una volgare erbaccia, tenace, dura da estirpare e detestata dagli uomini in quanto era difficile liberarsene. Detestata, piena di spine e facile a ferire, eppure graziosa alla vista. Esattamente come i goblin, il fiore di cardo era uno dei flagelli della razza umana. In principio Zaravaz si compiacque di quell'appellativo, ma col tempo esso gli divenne sempre più di peso.

Una delle conseguenze della maledizione era che l'urisk non era in grado di pronunciare il proprio vero nome, né tantomeno di raccontare ciò che gli era accaduto. Peggio ancora, non poteva raccontare nulla della cura – non che la cosa importasse particolarmente. Non aveva alcuna speranza che alcun essere umano avrebbe mai impugnato Lamafulva per vibrare il colpo che gli avrebbe dato la libertà.

Una volta che lo ebbero reso innocuo, i signori del clima lo lasciarono libero. Ebbero cura di non comporre canzoni per celebrare la propria impresa, né la registrarono in alcun annale, così che nessun essere umano decidesse di attaccare gli urisk. Più specificamente, il loro desiderio era che il Re dei Goblin scivolasse nell'oblio, che ogni ricordo del suo nome e della sua esistenza fosse cancellato. Non essendo individui boriosi, essi non avevano alcun desiderio di vantarsi delle proprie gesta, ed in ogni caso ragionarono che se quella storia fosse arrivata alle orecchie degli wight unseelie, alcuni di essi avrebbero potuto fare fronte comune per cercare di liberare il Re dei Goblin.

In verità, le poche creature eldritch che incontrarono Fior di Cardo – fra queste il brownie dei Maelstronnar – ne percepirono il potere latente nonostante la forma mutata, ma ciò nonostante non c'era nulla che potessero fare per liberarlo. Ad ogni buon conto, egli detestava camminare fra altri wight in una forma tanto indegna, e per questo tendeva ad evitare la loro compagnia quanto più possibile.

Dopo aver errato per i quattro regni in una frenesia di furia e frustrazione, l'urisk finì per stabilirsi nel Grande Acquitrino di Slievmordhu, poiché qualcosa nella sua parte di urisk era attirata dall'acqua. Dopo un certo tempo decise di spostarsi nuovamente, ma con l'arrivo della Primavera che dipinse di molti colori gli acquitrini, Laoise Heronswood Swanreach sposò Tréan Connick, e la storia di Álainna Machnamh e Tierney A'Connacht arrivò all'orecchio di Fior di Cardo.

Tierney A'Connacht aveva impugnato Lamafulva, l'unico strumento in grado di liberarlo, così che egli sentì di dover per questo vegliare su quella famiglia.

«Conobbi tua madre» disse Zaravaz ad Asrăthiel, in alto, su quello sperone roccioso sulla montagna, spazzato dal vento e sormontato dal mantello della notte. «Conobbi lei come conobbi sua madre Lilith, e sua nonna Liadan. Conobbi Laoise, madre di Liadan. Ognuna di esse ho incontrato, sebbene forse loro non mi conobbero mai.»

«Mia madre!» sussurrò Asrăthiel, che stava ascoltando in un silenzio esterrefatto.

«Alcune volte capitò che gli occhi di Jewel intuissero la verità» disse Zaravaz. «In un paio di occasioni vide il mio vero aspetto. Ella fu l'unica a riuscirvi. Perfino una maledizione eccezionale come quella che i signori del clima mi lanciarono usando tutte le loro energie fu a malapena sufficiente a sopraffarmi, e la mia forza rimaneva tale che l'incantesimo di mascheramento che mi avevano imposto a volte non si estendeva al mio riflesso. Acqua, metallo lucidato o vetro laminato d'argento a volte rivelavano il mio aspetto originale, per quanto questo fatto non mi fosse di alcun aiuto. Quelle immagini erano tanto intense – avendo forza sufficiente da riuscire ad oltrepassare le maglie del sortilegio – che spesso indugiavano sulla superficie riflettente anche dopo che la loro fonte, cioè io, si era spostata. In un'occasione Jewel vide la mia immagine in una pozza d'acqua vicino alla quale mi ero seduto, e capitò una seconda volta quando intravide il mio volto riflesso nel dorso del suo pettine d'argento, dopo che per un momento ero rimasto lì accanto.»

«Riuscivo a tollerare Jewel», disse, «ben più di quanto mi riuscisse con altri della tua specie. Tanto lei quanto Lilith, scoprii di riuscire a sopportare la loro presenza.»

Asrăthiel sapeva bene che una frase del genere, detta da lui, era un enorme complimento.

«Spinto dalla curiosità e da un'assurda ombra di speranza – cos'altro mi rimaneva, in fondo? – seguii tua madre nel suo viaggio dall'Acquitrino ad Alta Darioneth, per quanto ella non fosse consapevole della mia presenza. Una volta arrivato alla Piana dei Frassini lì rimasi, nonostante il mio disprezzo tanto per le vite quanto per le proprietà dei signori del clima.»

«Hai mai parlato con lei, con mia madre?»

«Scambiammo alcune parole, sì.»

«Mi manca. Immensamente. Ora giace nella casa di mio nonno, dove dorme un sonno eterno.»

«Eppure se non fosse per l'intervento di Fior di Cardo ora giacerebbe in una tomba.»

«Che cosa intendi dire?» chiese Asrăthiel, osservando Zaravaz come se lo vedesse in quel momento per la prima volta.

«Pensarono che fosse morta, dopo che la freccia di vischio l'ebbe trafitta. Già l'avevano sotterrata.»

«Questo già lo so» disse la giovane. «Fu Agnellus a salvarla.»

«Prima ancora», disse il re dei goblin, «fui io stesso, nella mia forma di urisk, a udire il lento e flebile battito del suo cuore sotto la terra, e comprendere che era ancora viva. Immediatamente capii che l'unica spiegazione possibile fosse che il figlio che ella aveva in grembo fosse un immortale. Capito ciò istruii uno spriggan perché rubasse dell'inchiostro e lo portasse ad una dama-cigno, la quale usò una delle sue piume cadute per scrivere ciò che avevo scoperto. Dietro mie indicazioni, un brownie lasciò con grande furtività quella pergamena fra le altre carte dello studioso Agnellus.»

«Così è stata tutta opera tua! Davvero la mia famiglia è in debito con te!»

L'atteggiamento solenne di Zaravaz si alleggerì lievemente, ed un sopracciglio gli si inarcò leggermente mentre egli si studiava ostentatamente le dita. «Se anche fosse questo il caso, ritengo tu abbia già pagato questo debito, Maga delle Tempeste. E tuttavia», aggiunse, «un debito come questo non viene mai ripagato del tutto.»

Asrăthiel, confusa, trattenne una risposta che le era affiorata sulle labbra e, per il momento, non disse nulla.

Dopo poco commentò, a bassa voce: «Hai detto di aver intuito che mia madre era ancora viva nonostante fosse già stata calata nella tomba?»

«Fu più di un'intuizione», rispose Zaravaz, «fu una certezza. Molti dei Glashtinsluight possiedono doni quali saggezza ed intuizioni eccezionali, che derivano da secoli di conoscenze ed esperienze, uniti alla nostra vicinanza al cosmo intero.»

«Allora sai anche come risvegliarla?»

In tono gentile egli rispose: «Ahimé, no, ben drultagh, non ho questa conoscenza» e il volto di Asrăthiel si velò di tristezza. «Sappiamo molte cose», continuò, «ma non sappiamo tutto.»

«Eppure di certo se le tue conoscenze hanno attraversato tanti secoli. . .»

«Dubiti forse di me?» il tono del suo amante si fece più aspro. «Non abbiamo conoscenza di nulla che sia in grado di lenire il male di Jewel, poiché mai abbiamo avuto ragione di cercare medicamenti per gli esseri umani.» Evitò di aggiungere, *Tutto l'opposto*, ma la giovane non riuscì ad evitare che quella frase le attraversasse la mente. «Ricorda, ho salvato Lilith conducendo Jarrod a lei, e Jewel facendo sapere allo studioso che ella ancora viveva, così che egli la dissotterrasse. Ora lascia che Arran faccia la sua parte e trovi una cura per Jewel, se tale cura davvero esiste. Se egli non è in grado di trovarla, allora non la merita.»

«Perdonami», mormorò Asrăthiel, «non dubito affatto di te.»

Sedette in silenzio, con le braccia strette attorno alle ginocchia, ripensando ai precedenti incontri con l'urisk Fior di Cardo. Nel richiamare alla mente una sera passata nel cortile della Piana dei Frassini, una rivelazione la colpì come un lampo di luce. Era stato durante quella discussione, quando egli le aveva detto "Nessuno è davvero solo" che, inconsciamente, si era innamorata di lui.

Allora egli abitava il corpo di una creatura caprina, o per lo meno ne aveva le sembianze. Non ci sarebbe mai potuta essere alcuna speranza che la loro relazione diventasse qualcosa di più. Non sarebbero mai potuti essere altro che amici. Ora, d'altro canto, la situazione era diversa, per quanto non tanto come si sarebbe potuto pensare, poiché se da un lato non erano più separati da un diverso aspetto, a dividerli c'erano ora due mentalità agli antipodi. Lo amava, questo era vero, e profondamente, ma non avrebbe mai potuto confessarglielo.

La sua anima unseelie era il marchio che condannava al fallimento qualunque tentativo di approfondire il loro legame.

Ritornando ad un argomento già toccato, la giovane lo interrogò: «Le leggende e le cronache raccontano di molte maledizioni di metamorfosi spezzate dalla decapitazione. Cosa accadde dopo che ti decapitai con il taglio di Lamafulva?»

«Non so che cosa accadde inizialmente. Il tempo passò senza che io ne fossi consapevole, e quando mi svegliai mi trovai disteso per terra. Ero tornato in possesso della mia vera forma, ma tu eri scomparsa, lasciandomi solo con le spoglie stracciate di un urisk e il gioiello di tua madre. Ero solo, ma non abbandonato. Molto tempo addietro mi era giunta voce che i cavalieri degli Argenkindë erano fuggiti dalle caverne dorate. In passato mi ero già recato a Sølvetårn, e lì fui accolto con gioia dai miei graihyn, che però non avrei mai potuto tornare a comandare se prima non fossi tornato al mio stato originale. Dopo che tu mi feci quel dono fui in grado di ritornare a loro, riprendendo la posizione che mi spettava di diritto.»

«Perfino nel corpo di un umile urisk non hai mai perso il piglio di un re» commentò Asrăthiel. «Fior di Cardo impartì ordini ad una dama-ciglio, ad uno spriggan e ad un brownie! Eri ancora ben in grado di esercitare il comando, anche se privo dei tuoi poteri!»

Zaravaz appoggiò stancamente la schiena al parapetto e stese le lunghe gambe. «Come ti ho detto, gli eldritch wight percepirono gli echi della gramarye che si rifrangevano impalpabili attorno a me. Un ottimo incentivo a tenermi in maggior considerazione di quanto avrebbero altrimenti fatto.»

«Ah!» esclamò Asrăthiel. «Ricordo quanto il brownie della nostra casa ti rispettasse e ti temesse, e tu lo tiranneggiavi senza pietà.»

«Ricordo che al tempo non riuscivo a resistere alla tentazione di spaventare quel pavido leccapiedi, ma ora me ne pento» rispose il suo amante, il volto illuminato da un accenno di sorriso sardonico. «Un comportamento di quel tipo non mi si addice affatto. A mia discolpa posso solo dire che ero immensamente irritato da come quella creatura si aggirasse per casa tua, vivesse sotto il tuo stesso tetto, fosse partecipe dei tuoi istanti privati e avesse accesso alle tue proprietà.

Accecato dalla gelosia, avrei tormentato qualunque creatura – eldritch o umana – che fosse riuscita a strisciare tanto vicina a te senza essere un membro della tua famiglia.»

«Avevamo altri servitori.»

«Nessuno dei quali, però, era in grado di scomparire in un batter d'occhio o celarsi invisibile.»

«Ma certo!» esclamò Asrăthiel, riuscendo finalmente a capire. «Ora che ti conosco», aggiunse, «posso azzardare che ti abbia anche fatto infuriare essere stato costretto ad accompagnarti ad un wight docile come quello.»

«Non sbagli, il mio orgoglio aveva subito un duro colpo, lo ammetto. La forma in cui ero costretto mi pesava come una catena, seguendomi ovunque, e così sfogai la mia rabbia sulla prima creatura di forma umanoide che non fosse mortale né imparentata con te.»

«Fu sempre per quel motivo che scagliasti le nostre fuori dalla casa?» Nel ricordare il mucchio di oggetti impilati fuori dalla porta principale di casa Maelstronnar, la giovane non poté trattenere un sorriso. Si voltò di lato, così che il suo compagno non la vedesse. Ripensandoci, quell'evento ora le sembrava quasi un scena comica.

«Davvero», disse, con un tono da cui si capiva che anch'egli stava sorridendo, «ero uno spirito del focolare incredibilmente molesto, non è vero? Uno spiritello assai fastidioso. Nessuna meraviglia che cercasti di cacciarmi.»

«Non l'ho mai fatto!» ribatté la giovane, ridendo forte.

«Cercasti in ogni modo di regalarmi qualcosa, una veste», continuò lui in tono scherzoso, «se la memoria non m'inganna. È da quando ti ho conosciuta che tenti di portarmi sull'orlo della pazzia, strega.»

Con un movimento rapido le appoggiò le mani sulle spalle, spingendola a terra. Coperto il suo corpo con il proprio egli si abbassò completamente su di lei, baciandola con decisione sulle labbra. I suoi capelli scivolarono attorno ad entrambi in una cascata scura, oscurando le stelle. Lei rise, per distrarlo, e lo spinse via con fare giocoso. Rotolarono da una parte all'altra come ragazzini che facciano capriole sull'erba, pericolosamente vicini al bordo del precipizio, prima che egli si staccasse da lei ed entrambi tornassero finalmente a giacere.

Con la schiena appoggiata sul lastricato in pietra, Asrăthiel giacque di fianco al re dei goblin, stesa a guardare le stelle. Si sentiva bruciare dentro per lui, ma era decisa a nascondere questo sentimento, e quella scelta le stava costanto tutta la sua forza di volontà.

«Ora capisco il motivo per cui lanciasti fuori solo parte del mobili» disse, continuando a sviare la conversazione. «La biblioteca e la cucina ti repellevano, l'una perché ricolma di pergamena e cartapecora, l'altra perché piena di carni morte, organi e ossa.»

«Trovavo detestabili anche le tue stalle, con tutte quelle selle e bardature in cuoio» spiegò. «Mi disgustavano gli armadi, ingombri di pellicce e vestiti di pelle, e di cappelli piumati. Le specchiere erano ugualmente esecrabili, con i loro decori d'avorio ed osso, guscio di tartaruga e corno, corallo e perla, ed altrettanto odiavo l'uso dei calami fatti con piume strappate ad animali vivi.»

«Sono così tanti gli oggetti d'uso comune che provengono dal dolore di un qualche animale» la voce di Asrăthiel era carica di cordoglio. «Tinture di cocciniglia e viola dai molluschi, cera d'api, candele, sapone, lampade, olio, piumini, divani ed archi di crine di cavallo, fustagno e colla, una lista agghiacciante. In un ambito», aggiunse, «non potremmo essere più simili. Condividiamo la compassione per tutte le creature viventi, e l'indignazione davanti alle loro sofferenze.»

«Tranne che riguardo all'unica specie che non è priva di colpe.»

«Dopo aver vissuto per tanto tempo in mezzo a noi il tuo odio è rimasto immutato?»

Dopo molto tempo egli rispose: «Si è ridotto, seppur di poco.»

«Giurasti che avresti sterminato ogni uomo, donna e bambino se avessi osato lasciare Sølvetårn.»

«E lo intendevo davvero, in quel momento, poiché quello era la mia disposizione, allora. Sai bene che sono incapace di mentire.»

I suoi capelli si aprivano sulle pietre tagliate come i raggi di un sole nero. La giovane sapeva che il suo compagno era conscio del suo tentativo di sviarlo, ma che al contempo la lasciava fare, permettendole di continuare il suo gioco. *Tale è il suo orgoglio, pensò, che attende senza fretta, sicuro che restituirò il suo abbraccio, e che nessuno sia in grado opporglisi.*

Allo stesso modo ella sapeva che egli aveva probabilmente indovinato i suoi pensieri. All'altezza della scapola sinistra sentì il pungolo di un oggetto duro e di piccole dimensioni. Si rese così conto che il gioiello di sua madre aveva oscillato sulla catena cui era attaccato, finendole dietro la schiena, e che in quel momento si era sdraiata su di esso. Spostando il peso, allungò una mano dietro la spalla e recuperò il gioiello. Tenendolo sollevato davanti agli occhi, osservò mentre la luce delle stelle sembrava riversarsi all'interno di quell'occhio imperturbabile.

I suoi pensieri vagarono, passando dai suoi familiari a Piana dei Frassini ai compagni di cui sentiva la mancanza, così che nell'osservare il gioiello, si sentì sprofondare in una spirale di cupe riflessioni, sentendosi improvvisamente come se li avesse traditi tutti quanti con le proprie passioni inopportune. Tutto a un tratto si accorse che Zaravaz la stava osservando.

«Sei infelice qui» osservò.

Ripose all'interno del corsetto la gemma, senza rispondere. Il silenzio riempì i momenti seguenti, ed infine la giovane disse: «Quanto ancora intendi tenermi qui con te?»

«Finché non mi stancherò di te.»

«Sei impulsivo. Nello stato d'animo in cui sei ora, arriveresti comunque a vendicarti con la tua leggendaria ferocia sul resto dell'umanità se io me ne andassi?»

«Maga delle tempeste», un momento prima egli giaceva a terra, quello successivo sedeva dritto, «già una volta te l'ho detto – tu fai troppe domande.»

«E continuerò a farne. Perché non ricevo più lettere?»

«Se sono lettere che vuoi, posso scrivertene quante desideri.»

«Lettere dalla mia famiglia e dai miei amici!»

Zaravaz scrollò ostentatamente le spalle. «D'accordo allora» sospirò. «Il tuo bel principe William è accampato alle porte della mia fortezza da poco dopo che tu sei giunta qui. Continuamente egli chiede che tu sia liberata, ma i miei cavalieri, pur rassicurandolo sulla tua incolumità, gli ripetono che egli deve andarsene e che tu non uscirai da quella rocca. Se è con lui che desideri intrattenerti, tutto ciò che devi fare è andare al portone principale e fargli un cenno della mano.»

«William veglia davanti alla tua porta?» Asrăthiel scattò in piedi, fumante di rabbia. "Perché non me ne hai informata!»

«Ti sto informando ora» replicò Zaravaz in tono formale.

Egualmente gelida, la giovane sibilò: «Per quale motivo quest'informazione non era presente nelle lettere di mio nonno?»

«I corrieri wight a volte sono sbadati, può darsi che si siano lasciati sfuggire una frase o due, mentre recapitavano quei messaggi.»

«Oh certo, a volte, ma non è certo questo il caso. Come può essere che solo una o due frasi scompaiano da uno scritto, senza l'intervento di un deliberato raggiro?»

La giocosità era scomparsa rapida come la bruma mattutina ai raggi del sole. Entrambi si alzarono in piedi. Asrăthiel era certa che le sue lettere fossero state manomesse affinché non ricevesse alcuna notizia della presenza di William.

«Ho un'ultima domanda per te» continuò Asrăthiel. «Nei panni di Fior di Cardo hai sempre detestato William. Perché non l'hai mai ucciso, se egli davvero ti irrita a tal punto?»

«Forse dovresti correre a salvarlo» sogghignò Zaravaz, un velo di scherno a coprire una voce d'acciaio, tanto aspra da spaventare un gufo di passaggio. «Corri, forza, va' a salvare il tuo povero principino dai goblin cattivi.»

10
BANCHETTO

Un ceppo crudele, l'incanto feroce
che spezza le reni come plumbea croce
E storce le membra e le labbra fa vuote,
Così raccontan le saghe ora ignote.

Infami malìe ingannan lo sguardo
E insidian la mente con aspetto infingardo.
Oh, se potessi, spezzerei l'impostura,
E canterei libero la mia vera natura!

LAMENTO DELLA MALEDIZIONE.

SENZA indugio, Asrăthiel si affrettò a percorrere i camminamenti sovrastanti il ponte di esili supporti di vetro che si allungava da un lato all'altro del crepaccio di fronte all'entrata principale di Sølvetårn. Dalla parte opposta dell'arco cristallino si era accampato un manipolo di forme brunite, occupando la collinetta e i declivi più vicini, e le loro armi ed armature rilucevano come stoviglie di peltro sotto luce delle stelle. Non era un gruppo numeroso, forse mezzo battaglione. Pur con la sua vista acutissima, Asrăthiel non era in grado di distinguere i volti dei singoli individui, ma riuscì a vedere chiaramente garrire al vento gli stendardi di Narngalis e della

Compagnia della Coppa, nastri dai colori accesi trasportati dal vento, fra i quali spiccava lo Stendardo Reale di Wyverstone.

William era laggiù.

Come gli è venuto in mente? Quella era una mossa azzardata, che avrebbe potuto facilmente scatenare le ire dei goblin. Verosimilmente il Principe faceva affidamento sulla promessa fatta da Zauberin sul campo di battaglia, che di certo non poteva essere infranta, le cui parole sarebbero comunque potute essere interpretate e manipolate con sottile astuzia. "*Gli Argenkindë si ritireranno e lasceranno i Quattro Regni di Tir in pace*", erano state le parole di quel subdolo cavaliere, "se soddisferete le nostre richieste." Quell'ultima frase era stata lasciata nel vago, senza alcun limite di tempo, e a ben guardare avrebbe potuto essere interpretata in qualunque modo.

La maga osservò per un po' il plotone accampato, i luccichii e i movimenti degli uomini che camminavano da una tenda all'altra. Non avevano con sé cavalli, poiché portare animali bardati e legati davanti alle Sale del Re della Montagna sarebbe stato considerato un grave insulto, e in ogni caso un tale gesto sarebbe stato di certo punito dalle sentinelle cobolde. Già questa sfida da parte di esseri umani rappresentava un insulto in sé. Asrăthiel sentì il timore seccarle la gola come un veleno, prosciugandola di ogni energia. Se William avesse scatenato l'ira di Zaravaz, la conclusione sarebbe potuta essere una soltanto. Avrebbe voluto recarsi all'accampamento sul declivio antistante il ponte per rivedere l'amico che le era tanto caro, ma la gelosia di Zaravaz sarebbe potuta rivelarsi letale. Già nei panni dell'urisk egli aveva manifestato disprezzo per William, probabilmente invidiandogli il posto che occupava nel cuore di Asrăthiel.

Avevo annoverato Fior di Cardo fra i miei compagni più cari, riflette la giovane fra sé e sé. Pensavo che egli mi fosse amico, mentre più probabilmente egli era solo interessato a coltivare l'amicizia di colei che impugnava Lamafulva, la chiave della sua liberazione. Mi ha circuita unicamente per i suoi scopi, non per genuina stima o interesse. Ripeté a sé stessa che quell'improvvisa e dolorosa consapevolezza l'aveva ferita nel profondo, ma dentro di sé sapeva che se anche tale congettura si fosse rivelata vera, il suo animo non era piagato da alcuna ferita. Stava cercando di gettare un'ombra su un amore che non avrebbe mai potuto divenire realtà. Fu così che giurò di respingere Zaravaz ad ogni occasione e fare ogni sforzo possibile per tagliarlo fuori dal proprio cuore.

Fu costretta ad aspettare, non potendo fare null'altro, e così prese a passeggiare nervosamente su e giù per le alte passeggiate che davano sul ponte e sul bivacco, fra gruppi di nuvole che le passarono sopra e sotto, come vascelli di vapore. Il vento le agitava le vesti e i capelli, aumentando sempre più in velocità, fino a diventare un impetuoso mugghiare di tempesta, tanto forte da minacciare di scagliarla giù dal fianco della montagna. Decise così di ritornare alla sua camera, dove si sedette a fianco della finestra, rimuginando in preda ad un umore assai cupo.

Verso il mattino, la trow Hulda arrivò ad informarla che il Luogotenente Zwist la aspettava nell'anticamera per accompagnarla al banchetto.

«Oh, un banchetto» la voce di Asrăthiel grondava veleno. «Un'idea deliziosa. Ti prego, Hulda, riferiscigli che non parteciperò.»

Con aria afflitta, la trow si allontanò, per ritornare solo un momento dopo dicendo: «Se le piace, mea siniora, lo chiarn, ei dice ch'è di lei un dovere. Ei l'attende di fori.»

Asrăthiel si diresse alla porta a grandi passi e l'aprì con impeto. Zwist indugiava lì di fronte; elegante, coperto di argento ed ebano, ingioiellato da opali neri e giaietti. Fatto un inchino, le offrì il braccio.

La giovane ignorò la sua offerta. «Temo che il vostro viaggio sia stato in vano, buon cavaliere» gli disse. «Riferite al vostro signore che non intendo più presenziare a nessuno dei suoi banchetti.»

«Un vero peccato», commentò Zwist, «sono certo che il Principe William vi stia aspettando con ansia.»

«William?» la giovane trasalì, sorpresa. «Certo non intendete dire che sarà presente anche lui?»

«Senz'altro, egli sarà nostro ospite», ribatté il cavaliere con un accenno di sorriso, «insieme a molti dei suoi ufficiali.«

Asrăthiel sentì il sangue gelarsi nelle vene. Che razza di farsa era mai quella? Che sorta di orrori erano stati inflitti a William Wyverstone e ai suoi uomini per mano del re dei goblin? Doveva scoprirlo quanto prima. «Molto bene, allora, verrò con voi» disse in fretta, col cuore che le batteva furiosamente in petto.

Zwist le rispose quasi ridendo: «Attenderò che abbiate finito di prepararvi, Lady Sioctíne.»

Asrăthiel colse di sfuggita in uno specchio il riflesso di una giovane donna dai capelli scarmigliati e dalle vesti stracciate. «No, no, il mio aspetto non è importante.»

«Un aspetto trasandato può essere visto come un segno d'inciviltà» la redarguì l'elegante Zwist, così che ella capì che non sarebbe riuscita a fargli cambiare idea.

Corsa nuovamente alla specchiera, Asrăthiel chiamò a sé le sue attendenti.

Ben presto Zwist stava accompagnando Asrăthiel fra gallerie meravigliosamente incise e decorate, verso una sala da banchetti che la giovane non aveva ancora visto. Durante il tragitto, il cavaliere intrattenne di buon grado la sua compagna con una serie di fatti e dettagli per i quali lei non aveva alcun interesse, essendo sopraffatta dall'ansia e preoccupata per ciò che la aspettava.

«Per quanto il nostro nome sia Goblin d'Argento», spiegò Zwist, «tutti i clan dei Glashtinsluight hanno un innato legame con l'argento. Esso ci scorre nel sangue. Il metallo che più preferiamo è l'argento puro, ma apprezziamo anche altri metalli che abbiano simili colori e sfumature, come ad esempio il titanio e lo zirconio.»

«Sì, sì» Asrăthiel lo assecondò distrattamente. «Come sta trattando William, il tuo signore?»

«Con tutte le cortesie dovute agli ospiti.»

Quella frase non aveva alcun valore. Ogni genere di congettura poteva essere fatta su che tipo di cortesie, o mancanza di tali, fossero dai goblin ritenute appropriate per un visitatore umano. «Siamo vicini alla sala?» chiese.

«Molto vicini. Il platino», proseguì Zwist, impassibile, «crea un metallo bianco-argenteo quando viene mescolato all'iridio, ma quando viene usato per formare leghe con l'osmio acquisisce una sfumatura bluastra nient'affatto sgradevole. Il rutenio bianco indurisce i gioielli fatti di palladio o platino. Renio, rodio e nichel hanno un colore vicino a quello dell'argento, e fra i metalli a noi graditi vi sono anche peltro, niobio e osmio. L'elettro ha la lucentezza del ghiaccio, e sarebbe uno fra i metalli da noi maggiormente apprezzati, sfortunatamente,come sapete, esso contiene anche dell'oro. Ah, eccoci arrivati!» Lasciò il braccio di Asräthiel e le rivolse un altro inchino. «Un po' di conversazione fa miracoli per far passare il tempo in maniera piacevole, specialmente in momenti di apprensione.»

Capì così che egli aveva impiegato tutta la sua eloquenza per bontà d'animo, al fine di distrarla, e si chiese una volta di più come potesse un individuo tanto premuroso essere al contempo tanto crudele.

Entrarono così in una sala dal soffitto nervato grande come un museo, il cui pavimento di marmo ricordava il ghiaccio levigato.

Questa nuova sala da banchetti era illuminata da candele, lampade e dalle lingue verde intenso sprigionate da fiamme di nitrato di bario e sali di rame che turbinavano in anfratti cavernosi adattati come focolari. Filoni di minerali d'argento si potevano intravedere qua e là sulle pareti, dove probabilmente si erano formati. I loro colori trascendevano nell'etereo, e le loro forme erano di una bellezza indicibile; meravigliosi tesori delle profondità. Felci d'argento si dipanavano leggere, accompagnate da minuscoli lobi sottili come la fine pioggia d'estate, formazioni coralline di squisita complessità, minuscoli ventagli ingioiellati e lire di cristallo, uccelli gemmati e lucertole di brillanti; questi erano gli argenti e le gemme delle viscere della terra. In un'alcova campeggiava lo scheletro di un piccolo rapace, fossilizzato in un blocco di puro opale, un'opera d'arte multicolore in miniatura. Spade incrociate, asce ed altre armi di fattura eldritch adornavano le pareti, negli spazi fra un arazzo e l'altro, ciascuno dei quali era lungo decine di metri.

Asräthiel fu sorpresa di scoprire che gli uomini di Narngalis erano effettivamente presenti nella sala: di una quarantina di uomini circa, dei quali una manciata di scudieri ed altri servi, diciotto sottufficiali, sei capitani, due maggiori, il primo generale di Re Warwick, Sir Gilead Torrington, e William stesso.

William! Quando la giovane lo intravide muoversi fra le lunghe tavolate, si fermò sotto l'arcata. Quasi nello stesso istante egli la vide, e si pietrificò. Quell'immobilità effimera durò appena un istante, poi egli si fece strada fra la folla di uomini, goblin, trollhästen e trow, finché non si incontrarono. Quando furono l'uno davanti all'altra, la giovane fece una riverenza.

In quella situazione, sotto l'attento scrutinio dell'assemblea di cavalieri umani ed eldritch, era necessario mantenere il più perfetto decoro. Per quanto desiderasse abbracciare William, la giovane si trattenne, comportandosi invece come richiesto dall'etichetta.

Il principe indugiò con lo sguardo su Asräthiel, e lei si vide riflessa nei suoi occhi. La sua espressione mostrava quanto egli stesse cercando di imprimere nella memoria ogni dettaglio. Sapeva bene come l'avesse sempre affascinato il modo in cui, nei momenti più solenni, gli angoli della sua bocca si incurvavano verso l'alto, così da lasciare sulle sue labbra la traccia di un enigmatico sorriso. Con lo sguardo abbracciò il suo vestito, formato da un intreccio di veli di schiuma di mare e decorato da cristalli di tormalina trasparente. Sullo sfondo del pallore dei suoi gioielli e delle sue vesti, i suoi capelli parevano per contrasto di un nero ancora più intenso, e i suoi occhi sembravano dischi di lapislazzulo incastonati in scudi d'avorio. Le sue labbra avevano il colore vibrante dei petali di una rosa rossa e la sua figura era flessuosa come una frusta e snella come un giunco.

Da parte sua Asräthiel si trovò davanti ad un nobile statuario, dai capelli scuri, il fisico asciutto ma robusto e il portamento solenne di un re. Notò subito alcune lentiggini sopra il naso ed una lieve asimmetria fra le spalle. Dettagli quasi impercettibili, ma da quando dimorava giorno e notte fra esempi di perfezione quali erano le creature eldritch, anche la minima irregolarità risaltava enormemente. Si era fatto crescere un paio di baffi dall'ultima volta che si erano visti accompagnati da una una corta barba sul mento. Sotto il farsetto di lana e i pantaloni dello stesso materiale indossava una camicia di lino, ed al fianco non portava spade, ma solo un piccolo pugnale.

«Stai bene?» mormorò William, rivolgendole uno sguardo indagatore.

«Sto bene.» Si sentiva la gola chiusa, e avrebbe desiderato gridare di gioia per quell'incontro, ma dovette invece ingoiare ogni esclamazione che premeva per scivolarle dalle labbra. Ciò nonostante la gioia sul suo volto non poteva essere nascosta, ed egli la vide. «E tu?»

«Anche io. Sono davvero contento di rivederti.»

Era evidente quanto egli desiderasse stringerla a sé, ma non lì, in quella sala aliena, sotto gli occhi degli spettatori eldritch che li osservavano con discrezione.

«Come hai fatto a giungere qui?» Chiese Asrăthiel, incerta. «Siete forse prigionieri?»

«I goblin ci hanno inaspettatamente offerto un passaggio sicuro fino a Sølvetårn. Qui ci hanno accolti con calore e cordialità, e questo stesso banchetto sembra sia stato preparato in nostro onore, cosa che ci ha tanto stupiti quanto insospettiti.»

«I goblin sono maestri di ambiguità!» lo avvertì a bassa voce.

"«Lo so bene. Stai pur sicura, i miei capitani hanno analizzato la formulazione delle loro promesse prima di accettare questo invito. Ci hanno assicurato che le loro pietanze non ci avrebbero causato alcun male, né la nostra libertà sarebbe stata in alcun modo compromessa. Se pure avessero giurato di tagliarci a pezzi una volta terminata la nostra visita, sarei comunque venuto qui a Minith Ariannath. Desideravo tanto vederti.»

«Non porti spade con te, ma vedo che ti hanno permesso di portarti alcune armi più piccole.»

«Avevo portato una spada d'oro da Winterbourne» spiegò William. «Nel tempo passato dalla tua partenza abbiamo fabbricato molte spade laminate d'oro. Nessuna come Lamafulva, ovviamente. I nostri ospiti, tuttavia, ci hanno ingiunto come condizione all'entrata di lasciare tutto il nostro oro fuori dalle porte di Sølvetårn.»

Davanti ad Asrăthiel c'era un principe dall'animo onesto ed incrollabile, virtuoso senza alcuna riserva; lui che aveva avuto il coraggio di entrare nella fortezza dei malvagi solo per lei, pur senza avere armi o difese adeguate.

«Poterti vedere di nuovo mi dà una gioia tale che mi mancano le parole!» soggiunse d'impulso la giovane.

«Come mancano a me le parole», li interruppe una voce beffarda e flautata, «per esprimere quanto mi rallegri l'aver potuto riunire due cuori tanto vicini.»

Entrambi gli umani trasalirono, vedendo un'alta figura oscurare la luce delle candele. Zaravaz li aveva affiancati, ammantato di tenebre e lampi, provocante come una parola insolente ed allettante come un mistero. Come sempre, la sua bellezza, statura e portamento si imponevano, esigendo completa attenzione. Sorrideva, ma non era lo stesso sorriso che aveva già mostrato. Era lo sguardo in cui si riflettevano i condannati a morte prima del patibolo, l'espressione di un cacciatore che si chini a tagliare la gola di un cervo caduto.

«Vi prego, fatemi la grazia di unirvi al mio tavolo» li esortò il re dei goblin, spostando lo sguardo da un ospite all'altro alla maniera di un generoso benefattore. «Sarete ovviamente seduti fianco a fianco.»

William si accigliò, visibilmente innervosito, ma per quanto il tono del re dei goblin fosse intriso di sarcasmo e carico di sinistre implicazioni, nelle sue parole non v'era nulla di esplicito per cui manifestare preoccupazione.

Una volta che tutti ebbero preso posto ai tavoli venne servita la prima portata.

Quel banchetto fu l'occasione più socialmente sfiancante cui avesse mai partecipato. La tensione era talmente intensa da potersi quasi tagliare con un coltello. Sembrava che la patina di civiltà fosse nulla più di una lastra di vetro finissimo, che la minima parola inelegante avrebbe potuto frantumare in un migliaio di schegge di lacerante violenza. Non sfuggì a nessuno, nemmeno ai più tardi fra i trow, l'ostilità faticosamente repressa fra le due fazioni di guerrieri. Il più evidente degli indizi era la completa mancanza di alcuno scambio di parole fra i due gruppi – nessuno aveva in animo una cosa simile. Gli uomini si sforzavano di sfoggiare la miglior etichetta di cui erano capaci, ma di quando in quando i loro riflessi e il loro addestramento venivano sollecitati da un accenno di pericolo, o il loro orgoglio, già duramente messo alla prova, veniva pungolato da una sottile provocazione, mandando le loro mani a cercare istintivamente le else dei loro pugnali, sotto il tavolo. I cavalieri goblin, coperti da gingilli di gemme

– quarzi morioni, giaietti, ematiti, ossidiane, rutili ed onici nere – stavano facendo ogni sforzo per mascherare il proprio livore, che tuttavia traspariva chiaramente. Sui loro volti era impresso il desiderio non di sedere allo stesso tavolo con i propri ospiti, ma piuttosto di afferrarli e squarciare le loro gole una per una, e parevano essere alla disperata ricerca di una scusa per fare esattamente questo.

La giovane sopportò l'intero banchetto con animo straziato, incerta riguardo alle intenzioni degli Argenkindë e convinta che la situazione potesse degenerare in violenza da un momento all'altro, eventualità che avrebbe significato il completo annientamento degli esseri umani.

La sala era soffusa di un basso mormorio di voci, ma al tavolo occupato dal re dei goblin con i suoi primi ufficiali, la compagnia di William e la giovane maga, non vi erano che sporadiche conversazioni intervallate da silenzi imbarazzanti, uno dei quali vide Zaravaz voltarsi verso uno dei suoi cavalieri, chiedendo: «Dimmi, pensi sia possibile morire di noia?»

In un'occasione, Zauberin fece una battuta oscena, parlando coi suoi conviviali, alla quale Asrăthiel vide il re dei goblin rispondere: «Non tollererò questi tuoi rozzi commenti, rag-rannee, non stasera.» Zauberin, una volta così redarguito, si fece silenzioso.

I nobili trollhästen vagavano liberi, muovendosi agilmente fra i tavoli, i loro manti lucidi bagnati dalla luminescenza verde delle loro chiome. Come sempre accadeva, cavalieri e destrieri convivevano in assoluta tranquillità. Ogni tanto un trollhäst allungava la testa fra due convitati, prendendo delicatamente alcune vivande da uno dei vassoi, mentre una moltitudine di solenni gufi imperiali vigilava sopra tutti.

«Devono essere dei barbari incivili per mangiare insieme ai propri cavalli» mormoravano i cavalieri di William.

«Mai avrei pensato di poter vedere l'interno di Minith Ariannath», sussurravano altri, osservando la magnificenza della sala, «nemmeno nei miei sogni avrei mai creduto di poter ammirare il leggendario luogo dei loro iniqui baccanali.»

«Io non credevo neppure esistesse davvero!» furono le parole di uno degli ufficiali.

«Quelle sono davvero delle armi squisite» disse ad alta voce il più diplomatico Sir Gilead Torrington, rimirando gli armamenti disposti sulle pareti. «I Predatori sono stati visti aggirarsi per i campi di battaglia in cerca di lame di fattura eldritch, ma pare non ne abbiano trovata nessuna.»

Zauberin, ad occhi socchiusi, gli rispose indelicato: «Nessun graihyn lascerebbe cadere la propria arma durante quelle scaramucce. Se pure ci fossero state armi da trovare, nessun *feiosagh* mortale sarebbe stato in grado di impugnarle. Nelle mani degli uomini *sallagh*, le armi dei goblin bruciano e si dissolvono.»

«Dice il vero, i goblin lasciarono ben poco di loro sui campi di battaglia», sussurrò William ad Asrăthiel. «Non un'arma, non un cadavere. Tutti abbiamo visto il modo in cui i caduti venivano trasformati.»

Perseverando nel suo tentativo di intrattenere un minimo di conversazione per riempire i pesanti silenzi, Torrington apostrofò nuovamente i cavalieri goblin. «C'erano, tuttavia, parti di armatura. Ho riconosciuto la vostra corazza, avendone viste parti in precedenza. La gente li chiamava 'cuoio di falena' e ne vendeva pezzi come articoli di grande valore, che si riteneva portassero fortuna.»

«Che genere di fortuna?» chiese Zaravaz in tono innocente. «Buona o cattiva?»

«Suppongo buona» fu la secca risposta.

«Ah, una superstizione davvero affascinante» intervenne Zauberin, sfoggiando un sogghigno insolente che pose definitivamente fine a quella discussione. Indicando con un gesto una selezione di cibarie dall'aspetto succulento, Zwist esortò gli ufficiali umani: «Vi prego, assaggiate liberamente tutte le nostre pietanze. Non sia mai che coloro che sono ospiti al nostro tavolo abbiano a patire la fame. Qui trovate un piatto fra i nostri preferiti, annegato in una salsa piccante e mordace, cui abbiamo dato il nome "I Lupi Divorano il Forestiero". Quest'altra invece è una ricca prelibatezza a base di prugne sangue-di-drago, chiamato "Repentino Arrossisce lo Sciocco".»

«Suppongo, cavaliere, che si tratti di uno scherzo» commentò lapidario William. «Una beffa ai nostri danni.»

Asrăthiel appoggiò una mano sul braccio di William. «Niente affatto» si affrettò a rassicurarlo. «Le ricette goblin hanno davvero nomi come questi, e sono assolutamente certa siano tutte deliziose.»

Prese una porzione di uno dei suoi piatti preferiti – un mélange fragrante dallo stravagante nome di «Immaginate un Viale di Alberi Profumati d'Incenso che Conduca ad un Palazzo Traslucido» – e lo mise sul piatto del principe, che di rimando la ringraziò con un sorriso.

Seduto fra i suoi luogotenenti, Zaravaz scoccò a William uno sguardo di amara ironia. «Un brindisi alla vostra salute, Altezza Reale, che possa essere sempre ottima» disse, levando un calice. «Confido che il vino sia di vostro gradimento.» Ne prese quindi un gran sorso.

Probabilmente è avvelenato, pensò Asrăthiel, ma era già troppo tardi, dal momento che William aveva già assaggiato il vino. Non sembrò tuttavia patire alcun effetto negativo, ed anzi propose un brindisi alla salute di Zaravaz. Re e principe si scambiarono un cenno con garbo impeccabile, un saluto dietro al quale attendeva in agguato un pugnale, che ciascuno era pronto a conficcare e torcere nel cuore dell'altro.

William si schiarì la gola, rivolgendosi poi ai cavalieri eldritch. «Finché non veniste a parlarci durante la tregua sul campo di battaglia, non avevo alcuna idea riguardo al perché covaste un tale risentimento nei confronti della nostra razza. Ora che il motivo è chiaro, vorrei fare notare come Narngalis abbia sempre fatto rispettare alcune leggi di un certo tipo. Le passate generazioni degli Wyverstone hanno proibito l'accensione di fuochi sotto i cavalli atterrati per spingerli ad alzarsi, il tenere i cani alla catena, l'uso di trappole a denti d'acciaio, i combattimenti fra galli, i giochi con gli orsi, la pratica di tenere i polli appesi per le zampe ai mercati e in generale le violenze sugli animali. Fra tutti i regni, Narngalis è il più umano.»

Dal suo posto, il Luogotenente Zaillian commentò acido: «Meglio sarebbe stato bandire direttamente gabbie, catene, carretti e pratiche di schiavitù.»

«O ancora meglio bandire coloro che si intrattengano in simili atti depravati» continuò Zande in tono cupo.

Uomini e goblin si squadravano vicendevolmente, ciascuna fazione vibrante di ira repressa.

«Sono certo causa di grande gioia le notizie che portate», intervenne Zaravaz, rispondendo alla dichiarazione del principe, «sebbene questa gioia sia a noi preclusa. Da parte nostra abbiamo similmente eliminato simili violenze sugli esseri umani. Quando i nostri lavoratori coscritti collassano esausti fra le sponde dei carretti, i nostri coboldi si limitano a pungolarli finché non si rialzano e barcollano ancora per qualche metro. Usare il fuoco per queste cose è così fuori moda.»

«Vedo ora che nulla di ciò che potrei dire vi soddisferebbe» soggiunse William, col sangue che saliva a colorargli il volto. «Il vostro pensiero è che gli esseri umani siano niente più che comuni animali, ed è qui che uomo e goblin non possono che dissentire.»

«Se i vostri cuori e le vostre menti non fossero così chiusi e impervi ad ogni logica», replicò Zaravaz, «non parlereste affatto in questo modo. Asserite che la vostra specie è superiore alle altre, ma siete forse voi in grado di orientarvi come i piccioni, nuotare come i delfini o seguire le tracce come un segugio? Riuscite forse a correre rapidi come cervi o a vedere lo spettro ultravioletto come fanno le api?»

Il volto di William si fece scuro.

«Gli animali, signore», intervenne Torrington, «non sono né intelligenti né progrediti quanto gli esseri umani. Per questo motivo sono loro inferiori.»

Voltatosi verso i suoi luogotenenti più vicini, Zaravaz disse qualche frase nel linguaggio dei goblin. Scoccò a Torrington un'occhiata traboccante disprezzo, per poi appoggiare la schiena alla sedia ed appoggiare un piede calzato da stivale sul tavolo, iniziando ad intagliare una mela con un coltello, come catturato da quel passtempo.

Preso il posto del suo signore nel dibattito, il Luogotenente Zande si rivolse di nuovo a Torrington: «Siete in grave errore, ospite di Zaravaz, ma pure ammettendo che abbiate ragione, essere dotati di un'intelligenza superiore dà forse ad uno di voi *boanlagh ny theayee* – uno dei termini con cui indichiamo gli esseri umani – il diritto di maltrattare gli altri? Se, ad esempio, io ora vi colpissi alla testa, lasciandovi mentalmente menomato, questo darebbe forse ad altri uomini più intelligenti di voi il diritto di schiacciarvi sotto i piedi?»

«No di certo, ma – » Il primo luogotenente di Re Warwick venne interrotto da Zaillian prima di riuscire a formulare una risposta: «In ogni caso esistono animali di gran lunga più intelligenti, creativi, consapevoli e raffinati nella comunicazione di alcuni *boanlaghyn.*»

«Lo trovo assai difficile da credere!» sbottò Torrington.

«Sapete che cos'è uno scimpanzé?»

«Naturalmente. È una specie che un tempo abitava le ragioni più isolate di Ashqalêth.»

«Prima che i *boanlagh ny theayee* ne causassero l'estinzione» borbottò Zwist, servendosi una fetta di "Crudele è l'Inganno della Luce di Luna", una torta speziata e generosamente decorata di sottilissime foglie d'argento commestibili.

«A confronto di un bambino umano», continuò Zaillian, «o a uno di quei vostri tipici uno scimpanzé adulto è infinitamente più progredito. Secondo il vostro stesso ragionamento, la scimmia dovrebbe avere maggior importanza del frugoletto, *red ommidjagh.*»

«Non è questo ciò che intendevo» ribatté Torrington con una certa asprezza. «Non sembrate aver capito il senso di ciò che ho detto. I druidi insegnano che i Fati hanno donato agli esseri umani il dominio su tutte le forme di vita, e che perciò abbiamo il diritto di trattarle come preferiamo.»

Apparentemente poco interessato alla discussione, il re dei goblin asportò un pezzetto di frutta con un taglio di precisione millimetrica.

«Se pure fosse vero, Sir Gilead», si inserì Asrăthiel, intervenendo così per la prima volta nel dibattito, «un re ha dominio sui propri sudditi, ma non per questo ha il diritto di maltrattarli.»

Torrington si ritirò nel silenzio, forse per deferenza nei confronti della maga o forse perché intento a riflettere su Uabhar e sul suo fato, di cui Asrăthiel aveva raccontato nelle sue lettere.

«Da Lady Maelstronnar ho imparato molto, a questo proposito» giunse la voce di William.

Il coltello impugnato da Zaravaz scivolò repentinamente attraverso la mela, come se avesse calcolato male la forza da applicare ad un'incisione, e gli sfuggì di mano, piantandosi nel tavolo, dove rimase incastrato. Ogni testa nella sala si voltò in quella direzione.

«Vi prego di perdonare l'interruzione» disse il re dei goblin in tono amabile, riprendendo in mano il coltello e tornando al suo intrattenimento.

Schiaritosi la gola, il principe riprese il discorso: «Lady Maelstronnar mi ha parlato a lungo a questo proposito, e le sue argomentazioni mi hanno quasi completamente portato dalla vostra parte. Mi ha raccontato di come alcuni corvi inventino strumenti, ad esempio, e di come i topi imparino ad orientarsi. Sono giunto a capire come gli animali non siano tanto diversi da noi, dopo tutto – »

«La vostra specie», lo interruppe Zaravaz con voce irritata, alzando lo sguardo dal suo passatempo, «sostiene l'idea che animali e *boanlaghyn* si possono dire simili solo se sono gli animali a fare cose straordinarie, e non quando sono i *boanlaghyn* a compiere azioni sorprendentemente comuni. L'implicazione è che il rispetto verso le altre specie vada misurato in proporzione a quanto le loro capacità ricordino quelle degli umani. Non solo, una simile posizione implica che gli animali siano degni di rispetto solo nella misura in cui siano simili ai *donnayn moor* umani.» Scagliata via la mela, egli calcò le ultime tre parole con voce simile al ruggito di una tempesta, colpendo il tavolo con il palmo della mano, con l'aria di chi non abbia più alcuna intenzione di sopportare un oltraggio, nemmeno per amor di etichetta. L'eco dei colpi risuonò nella sala, facendo scappare in volo i gufi, che si lanciarono nell'aria, planando lontano fra le volte cavernose del soffitto.

William e molti dei suoi uomini sobbalzarono, alzandosi per metà dalle proprie sedie, ed un silenzio minaccioso discese sulla moltitudine. Perfino i cavalli demoniaci erano immobili, ritti come delicate sculture. L'unico movimento visibile era quello di alcune piume che cadevano dolcemente attraverso l'aria.

Fu allora che Asrăthiel balzò in piedi. «Il codice d'onore dei Glashtinsluight», esclamò a gran voce, «esige che chi riceve ospiti ne abbia cura finché essi rimangono in sua compagnia. Mantenere la calma durante una discussione non può che aiutare a far sì che questo codice venga rispettato.» Si guardò poi attorno, lasciando volutamente indugiare lo sguardo egualmente su entrambe le fazioni.

«Dovete davvero aver acquisito una grande intimità con le nostre usanze, Sioctíne» commentò Zauberin sogghignando. «Addirittura avete la presunzione di insegnarci i nostri stessi precetti.»

Zaravaz, tuttavia, che al momento sembrava essere intento a regolarsi le unghie con il coltello, lo interruppe. «E Lady Stormbringer ha perfettamente ragione in merito, *aachionard.*»

Il momento era passato. Gli Uomini Narngalisiani si quietarono e le parti più lontane della sala tornarono al loro normale chiacchiericcio. Ai piedi del re dei goblin sedeva un trow, intento a mangiare ciò che rimaneva della mela. Asrăthiel si costrinse ad ingollare qualche boccone, per tentare di salvare le apparenze, ma del cibo che mangiò non sentì nemmeno il sapore.

Dopo un certo tempo, Zauberin tornò a parlare al principe: «Per tornare alla nostra precedente conversazione, non neghiamo che la vostra gente abbia alcune qualità apprezzabili, ma presa nel suo insieme la razza umana è malvagia.»

«Questo non è vero!» insorse William.

«Oh, ma lo siete» controbatté Zaravaz. «Per vostra stessa natura siete irrimediabilmente malvagi. Cancellare un male tanto immane non può che essere un atto di indubbia moralità.»

Gli uomini rumoreggiarono, offesi ed irrequieti, sì che Asrăthiel, prevedendo l'imminente degenerazione in un nuovo scontro, intervenne cambiando l'argomento. Alzando la voce, chiese a William: «Vostra Altezza, avete per caso incontrato l'uomo chiamato Fionnbar Aonarán? Dimorava qui fra queste montagne, prima che i goblin lo cacciassero.»

Con lo sguardo implorò il principe di lasciar cadere l'argomento che minacciava di accendere nuovaente gli spiriti, ed egli inizialmente osservò il suo anfitrione con astio, salvo poi decidere che la prudenza fosse la scelta più saggia. «Sì, lo incontrai», rispose, con una certa riluttanza, «quando fu sorpreso a vagare per la Narngalis settentrionale. Ritengo abbia perso il senno. Quando fu sorpreso durante i suoi apatici vagabondaggi, inizialmente era in cerca di modi per togliersi la vita. I suoi tentativi si fecero sempre più bizzarri col passare del tempo. Cercava la morte fra spade e corde, attaccando briga con gli spadaccini, lanciandosi su pire ardenti e impiccandosi come riusciva. Egli sopravviveva immancabilmente, ma non illeso. il suo corpo ne usciva annerito, il fuoco gli aveva bruciato i capelli dal cranio e le sue carni erano coperte di cicatrici, piaghe e rughe. I dolori che deve aver provato devono essere stati inimmaginabili. Il suo corpo è distorto,e la sua mente ha seguito lo stesso destino.»

«Raggiunta l'immortalità», disse Torrington, «egli ha capito che essere immortale non gli avrebbe dato la felicità. Essendo incapace di trovare felicità, egli desidera ora "farla finita", per così dire.»

I goblin ascoltavano, alcuni sogghignando, altri ridacchiando fra sé e sé.

Zaravaz, tuttavia, non sorrideva. «Per la vostra gente la vita è il dono più prezioso fra tutti», disse con voce pacata, «e per questo andrebbe apprezzata fino in fondo. Una volta ricevuta la vita, il dono più prezioso è la promessa della morte che ne segni la fine.»

la sala di fece silenziosa, salvo per il crepitio delle fiame e lo scalpiccio dei piedi dei coboldi, intenti a rimuovere dai tavoli i vassoi vuoti.

«Aonarán Batrace non era fatto per l'immortalità», continuò Zaravaz, «e per questo motivo non è in grado di accettarla. Voi, tuttavia, Lady Stormbringer, siete nata immortale.»

Asráthiel sentì un'improvvisa fitta di preoccupazione per i suoi genitori. «Che ne sarà di mio padre e di mia madre», chiese, «che come lui potrebbero essere diventati immortali?»

«Tua madre non può essere divenuta immortale, poiché non ha mai bevuto l'Elisir. Ella è semplicemente longeva. Estremamente longeva. Per ora ella dorme, e nulla è ancora giunto a turbare i suoi sogni. Penso di poter azzardare che tuo padre vaghi da qualche parte nelle gelide terre del nord. A differenza di quel Batrace egli ha uno scopo – trovare un modo per risvegliare Jewel dal suo sonno. Si potrebbe ragionare che quello scopo gli permetta di resistere anche di fronte all'incubo dell'immortalità.»

«Il mio desiderio», mormorò Asráthiel, «sarebbe di raggiungere quelle terre e riuscire, un giorno, a ritrovarlo. Grande è il mio desiderio di aiutarlo e dargli il mio sostegno.»

Zaravaz le rispose senza scomporsi: «Vieni con noi, in questo caso. Abbiamo dimorato qui più che a sufficienza, è tempo di cercare avventura altrove. In verità, la magnificenza di questi luoghi ci è venuta a noia, per via di recenti intrusioni e dei nostri ricordi delle caverne d'oro in cui i vostri antenati ci hanno così cortesemente ospitati. »

Asráthiel, scioccata dalla rivelazione, chiese: «Davvero intendete lasciare i regni di Tir?»

«Abbiamo considerato l'idea di partire a cavallo e viaggiare nuovamente verso nord. Potremmo dirigerci verso Ellan Istillkutl, dove dimorano i Goblin dei Ghiacci nostri simili, a Cheer ny Yindyssyn, o forse perfino oltre, in cerca degli altri clan. Troppo a lungo siamo stati lontani dalle liannyn, è giunto il momento di ricongiungerci a loro.»

Nel ricordare che la parola liannyn indicava le donne goblin, Asráthiel si sentì pungolare dalla gelosia.

«Che ne sarà allora della vostra nobile missione di liberare il mondo dalla piaga dell'umanità?» lo interrogò William.

«Abbiamo i nostri piani» rispose freddamente Zaravaz. «Scoprirete tutto più avanti, non abbiate fretta.»

A quel punto manifestò il desiderio di ascoltare della musica, e mentre le cornamuse dei fridean iniziavano a gemere da sotto il pavimento, e il mormorio di una selva di conversazioni insoddisfatte riempì l'aria della sala.

Quando infine il banchetto fu concluso, gli uomini richiamarono tutta la loro calma e ringraziarono formalmente i loro ospiti, prima di lasciare Sølvetårn. Non fu affatto facile manifestare gratitudine verso coloro che avrebbero molto più volentieri passato a fil di spada. Le labbra dei cavalieri si mossero e parole vennero spinte a forza attraverso di esse, ma non un filo di sentimento accompagnava quei suoni.

«Così», disse Zaravaz, accompagnando i suoi ospiti attraverso i corridoi, verso le porte principali, «come avevo promesso di mostrarvi, conduciamo una vita adeguatamente agiata in questo luogo, dove si dice la gente viva in cunicoli umidi insieme a vermi e scarafaggi. Come avete potuto vedere, la vostra signora del clima è diligentemente seguita da stuoli di damigelle, e nessuna comodità viene lesinata.»

«Lasciate che venga con noi» gli chiese William.

«Ora state oltrepassando i limiti entro cui siete benvenuti in questo luogo» fu la replica caustica di Zaravaz. «Badate, avete accettato di non parlare di quell'argomento. Violate la vostra parte dell'accordo e la nostra tregua verrà meno, ed insieme ad essa verranno meno la vostra vita e quelle dei vostri accompagnatori.»

«Va' pure avanti, umano, continua il discorso» bofonchiò Zauberin.

In seguito a quella minaccia, William calò in un silenzio amareggiato, in cui rimase mentre attraversavano le gallerie di Sølvetårn, finché non furono usciti dalle porte principali. Si trovarono così di fronte a quel ponte meraviglioso che pareva fatto interamente di vetro, e i cui montanti – se davvero erano montanti e non bizzarre decorazioni – ricordavano stalattiti di ghiaccio pendenti da un ramoscello. Potenti venti di montagna spazzavano vesti e capelli, mentre il cielo, gelido e lontano, ribolliva di nuvole simili a colate di vapore, fumo e peltro liquido. Al di sotto del ponte, il crepaccio si tuffava in gole cavernose, oscure e remote, in cui il vento si incuneava stridendo come un uccello lontano dallo stormo. *Da qualche parte in quelle profondità*, pensò Asráthiel per un istante, *giace il Pettine Silvano. O forse ancora sta cadendo...*

Lì il principe si fermò, domandando poi al re dei goblin: «Datemi un momento da solo con Lady Asráthiel, prima che io me ne vada.»

Zauberin lanciò un'occhiata Zaravaz, il quale rispose con un breve cenno d'assenso, per poi voltarsi ed allontanarsi, sottraendosi alla presenza dei suoi ospiti umani. Dalle porte uscì una folata di vento gelido, come se le grandi sale della montagna avessero esalato un respiro di ghiaccio.

«Asráthiel», mormorò il principe, «non potevo chiedertelo davanti a loro, ma hanno forse osato forzare il loro desiderio su di te? Se ti hanno anche solo toccata farò pagare loro caro quel gesto, prima di accasciarmi nella tomba.»

«Non si sono forzati su di me» gli rispose. «Sono stata trattata con assoluto rispetto.» Sapeva bene che quella verità era pericolosamente vicina ad un inganno, e sentì la coscienza pungolarle l'animo, come se fosse stata infedele.

«Non puoi immaginare quanto sia felice di sentirtelo dire!» William prese la giovane per mano e se la strinse al petto, continuando: «Sappi che il mio cuore ti appartiene. Non avrò pace finché non sarai tornata con noi.»

«Lo so», rispose lei, «ma cerca di non perderti d'animo. Qui vengo trattata dignitosamente, e, per quanto sembri incredibile, le mie opinioni e i miei desideri hanno un certo peso. C'è speranza che io possa riuscire a fuggire. Fidati di me, c'è ancora speranza.»

«Se dovessero portarti con loro, lontano dai quattro regni, oltre queste marche del nord, verso territori inesplorati, io ti seguirò.»

«Oh, William!» esclamò d'istinto Asrâthiel, commossa dalla sua determinazione ed abnegazione.

Egli la guardò con volto triste, con occhi tanto colmi di devozione ed affetto che ella si sporse verso di lui, circondandogli le spalle con le braccia e baciandolo sulle labbra. «Ora devi andare» disse, facendo un passo indietro e lanciando una rapida occhiata attorno, con non poca apprensione, verso le figure indistinte che li osservavano. «Non smetterò mai di pensare a te. Non temere per me, io sarò al sicuro.»

Prima di lasciarla, il principe la trasse a sé e ricambiò il bacio con intensità, temperata da una dolcissima gentilezza.

A quel punto degli ufficiali dell'orda dei goblin giunsero a circondarli, e gli uomini di Narngalis vennero sospinti sul ponte di vetro o cristallo. La folla si divise ed iniziò a disperdersi. Asrâthiel rimase dov'era, continuando a guardare oltre il ponte verso William molto dopo che egli fu scomparso nel suo accampamento. Infine si decise a ritornare alle sue stanze, e fu in quel momento che, girandosi, vide una figura a pochi passi di distanza, la cui presenza inaspettata la colpì al cuore.

I capelli di Zaravaz erano neri come la menzogna, toccati da lampi fluidi, come l'iridescenza azzurra di un'ala di corvo. Potente come i tamburi di guerra e pericoloso come il fulmine, era appoggiato con noncuranza ad una parete, come a voler attendere paziente il passaggio delle ore. Improvvisamente per Asráthiel l'universo intero scomparve, ad eccezione di quelle impareggiabili linee di vigore e simmetria. Ipnotizzata, come sempre accadeva, rimase ad ammirare la sua bellezza sovrannaturale, la bellezza di una creatura eldritch che nessun essere umano avrebbe mai potuto sperare di eguagliare, a meno di non essere guardato con gli occhi dell'amore.

Aveva forse visto il bacio? Non poteva saperlo. Erano da soli, davanti alle porte principali di Sølvetårn e alle voragini insondabili, stretti fra la magnificenza e l'infinito. Radunati i suoi pensieri frammentati, la giovane si rivolse al re dei goblin. «Quali piani avete per i Quattro Regni di Tir, dovessero gli Argenkindë abbandonarli?»

«La nostra intenzione», disse, «è quella di lasciare qui altri gruppi di mispickel per aiutare quelli che già abbiamo insediato, e che ora dimorano in tutte le terre, fra caverne e tane sotterranee, pozzi in disuso e cave abbandonate. Questi nostri schiavi instancabili, tanto i maggiori quanto i minori, rimarranno in eterno ad agire secondo le nostre istruzioni, senza mai lasciarsi corrompere. Il loro compito sarà regolamentare alcuni aspetti della vita degli umani, imponendo il rispetto di leggi goblin per la salvaguardia e la protezione di creature non umane. Corpi di guardia composti da coboldi, sia blu che rossi, saranno impegnati in pattuglie regolari che preverranno ed individueranno eventuali crimini. I coboldi blu faranno da Coboldi Giudicatori, e si occuperanno di giudicare i criminali, emettere sentenza e condannarli, mentre i valorosi mispickel delle fila dei Coboldi Vendicatori e Giustizieri avranno il controllo del sistema penale.»

«Gli uomini si uniranno e li schiacceranno! Sale e ferro li distruggeranno, e saranno tutti annientati!»

«Poco probabile. I mispickel sono velenosi per la tua specie, oltre ad essere astuti, forti e pressoché immortali. Essi si nasconderanno ovunque, spostandosi frequentemente da un luogo all'altro, avendo cura di scavare le proprie tane in luoghi pericolosi per gli esseri umani, per poi spuntare nuovamente in superficie dove meno ci si aspetta. Le loro armature sono resistenti tanto al ferro quanto al sale. In pugno stringeranno armi sovrannaturali, e se queste dovessero andare perdute o essere distrutte essi si limiteranno a forgiarne di nuove.»

«E se invece di lasciare dei punitori al mio popolo lasciaste dei saggi che insegnino loro?»

«Come il tuo amante ha detto al banchetto, tutti gli esseri umani sanno istintivamente cosa è giusto e cosa è sbagliato. Essi non hanno bisogno di insegnanti che li istruiscano su come migliorare i propri comportamenti. Oltretutto abbiamo già tentato questa strada molto tempo fa, senza molto successo.»

«Quando cavalcherete verso nord», chiese Asrâthiel, «mi trascinerete con voi?»

«Ti degneresti di accompagnarci?»

«Preferirei di no.»

«Mi deludi, maga delle tempeste» gli occhi lavanda si incupirono in una tonalità di viola tempestoso.

«Potete costringermi a venire con voi, è naturale», continuò Asrâthiel, «ma non spezzerete la mia volontà. Mia madre conosceva un proverbio, che aveva imparato dalla sua famiglia nel Grande Acquitrino di Slievmordhu. "Se davvero ami qualcosa – »

Zaravaz la interruppe: «Sì, sì, ho sentito questa solfa svariate migliaia di volte. Se ami qualcosa lasciala andare. Se non ritornerà da te saprai che non è mai davvero stata tua.»

«No! Se davvero ami qualcosa non penserai nemmeno per un istante di rinchiuderla in gabbia.»

Il re dei goblin si staccò dalla parete e si raddrizzò completamente. «Amore?» sibilò con toni di brace. «È un gran complimento quello che ti fai. Pensi davvero che una sgualdrina possa soddisfarmi più di una qualunque altra? Siete tutte praticamente uguali. Fa' ciò che preferisci, Strega, non fa alcuna differenza. Se dovessimo lasciare Sølvetårn sarai libera di scegliere se cavalcare con noi verso nord o ritornare alle terre degli uomini. Che tu scelga l'una o l'altra cosa sappi che non ho ancora intenzione di sterminare i parassiti che piagano il volto di questa bella terra, quei portatori di cancrena che tu sembri avere tanto a cuore.» Zaravaz squadrò Asrâthiel da capo a piedi con uno dei suoi sguardi calcolatori. «Pensaci» disse subito dopo. «Rifletti su ciò che vuoi fare, se rimanere o venire con noi.»

«Non c'è necessità di lunghe riflessioni» ribatté lei con tono di sufficienza. «Non mi sembra una scelta molto difficile.»

Egli rise e poi scomparve, accompagnato da un fruscio del mantello che scagliò turbini di vento mordace tutto attorno. Asráthiel, tuttavia, si sentiva lacerata. Non si sarebbe mai aspettata che Zaravaz la lasciasse libera di andarsene con tanta facilità. Ora che si trovava davanti alla prospettiva di essere libera, la decisione si stava rivelando più difficile di quanto si fosse aspettata. Quel sentimento di confusione la disturbava; sarebbe dovuta essere entusiasta, eppure non lo era.

Il Luogotenente Zwist, appena comparso da un corridoio laterale, riaccompagnò Asráthiel alle sue stanze. La giovane non gli disse che poche parole, ma da parte sua egli mantenne un costante e allegro chiacchiericcio. Arrivati alla porta delle sue stanze, prima di congedarsi egli abbassò il capo e le avvicinò all'orecchio una mano, chiudendo a coppa le dita adornate di anelli d'opale nero e sussurrando, «Sappiate che il mio signore ha risparmiato la vita al vostro principe solo in virtù del vostro amore per quell'uomo. Buona giornata a voi, Sioctíne!»

Profusosi in un elegante inchino, egli si voltò e si allontanò.

Le parole di Zwist servirono solo a sconvolgere ulteriormente l'animo della giovane. Si lasciò cadere sul letto, appoggiandosi ai cuscini di seta, spostando lo sguardo dal baldacchino, alle tende e lungo le nervature affusolate del soffitto, senza però vedere realmente nulla di tutto ciò.

Si trovava in una condizione estremamente difficile. Sentiva di amare Zaravaz, e desiderava rimanere al suo fianco, ma mentre giaceva sul letto, riflettendo in silenzio, richiamò alla mente le sue antiche nefandezze e comprese appieno che cosa esse implicassero. Non poteva accantonare la sofferenza degli innocenti – non per amore, non per alcun altro motivo. Pensò così che non avrebbe mai dovuto amarlo proprio per via della sua natura unseelie, poiché egli aveva trucidato esseri umani, senza pietà e anzi con crudeltà e perfino gioia.

Quel giorno il sonno non la benedisse. La maga lasciò aperte le tende e lasciò vagare lo sguardo oltre la finestra, verso il cielo al di là delle cime delle montagne. Laggiù erano sospesi gonfi cumuli di

nuvole, e l'intero firmamento ricordava un vasto pascolo spazzato dal
vento e costellato da batuffoli di fiori ad ombrello: filipèndola, cer-
foglio selvatico, erba girardina, erbangelica, trasecolino e cicuta. Lo
scorrere delle nuvole sullo sfondo delle rupi ghiacciate lasciava ipnotizzati, dando l'illusione che il cielo stesse rimanendo immobile mentre le montagne discendevano, come bloccate in un eterno crollo.

Il tramonto operò la sua alchimia sul paesaggio spolverato di neve,
trasformandolo in un regno di fuoco e oro. Fu allora che Asräthiel si
levò dal suo giaciglio desolato e si diresse in cerca di Zaravaz. Lo cercò
per tutta la notte, senza però trovarlo.

Lo incontrò mentre si approssimava il mattino, al di là delle mura
di Sølvetårn, in compagnia dei suoi cavalieri e di un gran numero di
trollhästen. Erano riuniti vicino ad un roboante ruscello di montagna
che scorreva rapido giù per un letto di pietre, schizzando ovunque
gocce ad ogni affioramento su ciascuna delle rive. L'acqua, tumultuosa
e gonfia di schiuma, scorreva impetuosa sul suo letto di pietre os-
sidate, e lì i cavalieri goblin stavano scendendo da cavallo, al termine
di una lunga notte passata a caccia di umani. Al vederli Asräthiel si
bloccò. Non si avvicinò a Zaravaz, né lo chiamò. Era, come sempre,
inebriata dalla sua vista, poiché la sua bellezza era sufficiente a riem-
pirla di terrore e prosciugarla di ogni traccia di coraggio.

Egli, tuttavia, una volta intravista la giovane, si staccò dalla sua
compagnia e le si avvicinò, togliendosi nel frattempo i suoi guanti da
cavaliere. I suoi capelli agitati dal vento erano tanto neri da far credere
che stessero risucchiando tutta la luce dallo spazio circostante.

«Che c'è?»

«Hai deciso», gli chiese, «se abbandonare o meno la Catena Settentrionale?»

«L'ho fatto. Partiremo.»

Per un istante la giovane ebbe la sensazione che da qualche parte
un fiore appena sbocciato fosse appena avvizzito. «In questo caso ho
qualcosa da dirti. Mi hai dato una scelta», disse, costringendosi a pronunciare quelle parole. «Ho riflettuto, e la mia decisione è questa:
quando partirete, io rimarrò qui nei Quattro Regni di Tir.»

Asrăthiel trattenne il respiro, mentre sopra la spalla del re dei goblin si potevano intravedere i suoi cavalieri eldritch girovagare in groppa alle loro cavalcature demoniache, bagnati dalla luce della luna come da un secco vino bianco. Nella sua discesa, il ruscello scorreva fragorosamente sulle rocce, lanciando lampi e scintille di luce lunare riflessa e scagliando verso il cielo luminose goccioline, quasi a voler esultare.

Zaravaz le rivolse a stento uno sguardo fugace, senza che per un solo istante il suo bellissimo volto tradisse la minima emozione.

«Ebbene, se questa è la tua decisione», rispose, «puoi anche andartene subito. Non c'è alcun guadagno nel tenerti qui un istante di più.»

Asrăthiel, scioccata dalla sua reazione, si ritrovò senza parole. Non aveva previsto una simile reazione, credendo che sarebbe rimasta almeno qualche altra settimana nelle Sale del Re della Montagna. Da quel momento in avanti, tuttavia, gli eventi si susseguirono con grande rapidità.

Prima di rendersene conto, un gruppo di trow domestici aveva fatto la sua comparsa e l'aveva sospinta via, allontanandola dal gruppo di cacciatori goblin, giù per percorsi e scale cesellate, fino alle porte principali di Sølvetårn. Lo spirito lacerato dall'angoscia al pensiero di non rivedere mai più Zaravaz, Asrăthiel si trovò a temere che egli avesse deciso di farla definitivamente finita con lei, per via del suo rifiuto di sottomettersi.

Eppure lo rivide un'ultima volta, prima di essere scacciata.

La incontrò alle porte, accompagnato dai dieci luogotenenti di grado più alto. Tutti i suoi cavalieri, nessuno escluso, guardavano la loro ospite umana con occhi diversi, ora, perfino Zwist che fino a quel momento le era stato quasi amico. La osservavano truci, con animi ribollenti d'amarezza, poiché lei aveva contrariato il loro signore, provocando in tal modo anche la loro collera.

«Va' a casa, da quel temperino dalla pelle gialla che hai appeso sopra il caminetto, Sioctíne» le gridò Zaillian. «Prenditene buona cura.»

«Non mancherò» rispose lei in tono di sfida.

«Ti auguriamo ogni male», ringhiò Zauberin fissandola negli occhi, «per la tua ingratitudine e per la tua sfacciataggine.»

«*Bee dty host, jouylleen!*» Disse Zaravaz in tono secco, e il suo primo luogotenente cessò le invettive, accigliandosi.

Prima che colei che era stata il suo tributo venisse condotta oltre il ponte, il re dei goblin le fece dono di una spada di iridio, forgiata con la gramarye.

«Impugna quest'arma, invece di Lamafulva» disse, con voce remota e occhi viola freddi e insondabili come oceani sotterranei. «Questa è *Rehollys*, "Luce di Luna'" e ti servirà fedelmente.»

Prima che potesse balbettare un ringraziamento, il Luogotenente Zauberin fece un passo avanti e le si rivolse con fare sprezzante. «Durante la luna piena dell'equinozio gli Argenkindë partiranno verso le regioni a nord di queste montagne, inoltrandosi nelle terre ghiacciate.» Nel farsi indietro si profuse in un inchino carico di derisione, il suo modo di lasciar intendere "*Non avere più gentaglia come te attorno sarà un'immensa liberazione*".

«Addio» disse Zaravaz ad Asrăthiel. «*Bannaght lhiat.*»

Il re dei goblin si inchinò sbrigativamente ma con impeccabile cortesia, per poi allontanarsi senza mai volgere indietro lo sguardo. Zauberin e gli altri luogotenenti chiusero i ranghi alle sue spalle, ed Asrăthiel fu lasciata sola in compagnia di Hulda e delle altre trow. «Vienci appresso! Vienci appresso!» la esortarono, tirandola per le gonne, finché lei non permise loro di accompagnarla oltre l'alto ponte affusolato. Le apparve evidente che qualcuno doveva aver recapitato un messaggio all'accampamento di William dall'altro lato del crepaccio, poiché quando la giovane arrivò egli la stava aspettando insieme a tutto il suo seguito.

Nell'inchinarsi davanti al principe, per qualche ragione non riusciva a togliersi dalla mente il pensiero che non le era stato permesso di dire addio a Tangwystil.

11
ORO

Signore della Fortuna, fulgido e giovane in viso,
Prego di veder della fortuna il bel sorriso.
Lunghi canti a te elevo, il mio futuro a propiziare,
E in eterno io ti giuro che il tuo nome andrò a lodare.

Signore della Sventura, o guerriero d'ascia armato,
Non schiantar sui nostri capi il tuo ferro sì affilato!
Pietà! Che la tua campana non venga a rintoccar per me;
Sì che solo al nome tuo farò omaggio come a un re.

Veneranda Signora del Destino, tanto vecchia e potente,
Come supplice davanti al trono tuo mi prostro sì umilmente.
Tuo il fuso e tuo le mani che di umane vite i fili tendono,
Fa ch'esse non vedan mai le lame crudeli che l'anime prendono.

O mirabile Signora della Malasorte, splendida e terribile sirena,
Io t'imploro, non colpirmi col tuo orribile anatema.
Distogli da me lo sguardo tuo, se mai m'incontrerai,
E fino al mio ultimo giorno, da me lode e gloria avrai.

CANTO DRUIDICO.

MENTRE le nebbie del mattino si dissipavano lentamente dall'aria attorno alle rupi, Asrăthiel lasciò le Sale del Re della Montagna e iniziò il viaggio verso Winterbourne, scortata da William e le sue truppe. Sulle colline boscose ai piedi delle montagne le foglie autunnali degli aceri catturavano i primi raggi del sole nascente, illuminando le cupe foreste di cedri e pini come gialle lampade.

Non appena ebbe ricevuto notizia dell'imminente ritorno di Asrăthiel, William inviò i messaggeri più veloci a sua disposizione verso le torri di segnalazione più vicina, perché facessero trasmettere i messaggi ad alcune persone in particolare. Due giorni più tardi, mentre il suo gruppo stava scendendo a passo d'uomo per i sentieri tortuosi di una collina, il vento cambiò improvvisamente direzione. Un pallone aerostatico fece la sua comparsa, emergendo dalle nuvole, abbassandosi rapido come una bolla trasportata dalla corrente. Nel momento stesso in cui Asrăthiel intravide l'aerostato all'orizzonte il suo animo si rallegrò e i suoi passi si fecero più leggeri. Non vedeva l'ora di ritrovare la sua famiglia. Con sua immensa gioia, quando il pallone atterrò poté vedere che a dirigerlo era Avalloc stesso, e gli corse incontro. sopraffatto dall'emozione, il Signore delle Tempeste accolse Asrăthiel con una singola parola: «Bentornata» e un forte abbraccio. Ringraziò poi William e tutti i suoi uomini, per il ruolo da loro giocato nella liberazione di sua nipote, sebbene essi rifiutassero ogni lode, asserendo di averla solo accompagnata dalle porte di Sølvetårn in poi.

«Sono stupito di vederti così in forze tanto presto dopo il tuo calvario, mia cara ragazza» commentò Avalloc, con le guance rigate di lacrime. «L'emozione mi ha piegato le ginocchia quando ho ricevuto la notizia della tua liberazione. Un grande peso ha lasciato le mie spalle!»

«Oh, nonno, sono davvero contenta che tu sia venuto a portarmi a casa» esclamò lei. «In alcuni momenti ho dubitato che sarei mai più riuscita a rivederti!»

Sopra boschi e pascoli, fra colline, vallate e rapidi torrenti, l'aerostato del Signore delle Tempeste trasportò Asrăthiel e William fino a Forte Wyverstone. Dal momento in cui avevano saputo che lei e il principe stavano arrivando, i cittadini avevano iniziato a raccogliersi in trepidante attesa all'esterno di Forte Wyverstone, sfidando quella fredda mattina d'Autunno. Nel corso delle ore successive, la folla si era ingigantita fino a superare il migliaio di persone, tutte ansiose di vedere Asrăthiel assaporare la libertà dopo due mesi nelle prigioni sotterranee dei wight unseelie.

Sentinelle sui parapetti avvistarono il pallone in avvicinamento e nel momento in cui furono certi che la maga era a bordo iniziarono a spargere la voce, così che tutte le campane della città presero a suonare. Perfino la voce della grande campana di bronzo di Torre Essington rimbombava nell'aria, una voce che non si udiva dalla fine delle Guerre dei Goblin. La città intera era presa nella frenesia, e molti cittadini definirono quel giorno come il più felice da quando avevano memoria.

Il pallone atterrò nel perimetro del castello, ma anziché ritirarsi nelle sale interne, Asrăthiel percorse le scale fino ad arrivare ad una balconata sovrastante il portone del castello. Non appena fu comparsa davanti alla folla, l'attesa trepidante cedette il posto al giubilo e ad un'accoglienza di grida di esultanza, applausi scroscianti e dal lancio in aria di innumerevoli cappelli. Le strade erano piene di gente che suonava corni e fischietti, cantando o gridando in una manifestazione spontanea di emozione. Ben presto Asrăthiel scomparve all'interno, e i cittadini si spostarono dentro taverne e locande per festeggiare. Osterie e cantine erano stipate di gente, ed i festeggiamenti furono perfino più sfrenati dell'occasione in cui fu data la notizia che la giovane era ancora viva. Prima del tramonto, carri interi di botti di birra erano stati svuotati, mentre gente che aveva bevuto per l'intera giornata si riversò in strada, stringendo ancora in mano boccali e brocche. Esuberanza ed euforia imperversavano, così che tutti i cittadini facevano festa, uniti dal senso di cameratismo che viene solo dall'aver condiviso e superato una grande avversità.

Fu Re Warwick a rivolgersi ad Asrăthiel: «Tutti noi siamo riusciti infine a fuggire dalla prigione in cui eri stata incarcerata. I nostri cuori sono stati intrappolati dalle stesse sbarre. Le preghiere di tutto il regno sono state esaudite, dopo quel patto vergognoso. stretto per porre fine alla guerra. Grande è il nostro sollievo.»

Era desiderio di Warwick che la maga del clima ufficiale di Narngalis si fermasse al castello sotto le cure del Casato Reale, anziché ritornare direttamente alla propria dimora, dopo la terribile esperienza dei due mesi passati. Asrăthiel fu ben felice di accontentarlo, dal momento che suo nonno sarebbe rimasto con lei. Nella sua permanenza lì ricevette numerose visite – familiari, amici, ammiratori e cittadini riconoscenti, rappresentanti da tutti i regni, incluso un latore di buoni auspici dal Druido Primoris di Cathair Rua. In molti le chiesero perché i goblin l'avessero lasciata andare, e lei non poté che rispondere che non lo sapeva per certo, ma che forse gli wight si erano stancati della sua compagnia. Altri la esortavano a raccontare come avesse passato le sue giornate a Minith Ariannath, come fosse stata trattata e cosa avesse visto; erano desiderosi di sapere finanche i minimi dettagli, ma Avalloc intervenne raccomandando loro di lasciarla tranquilla. Egli stesso non fece alcuna domanda, essendo più che felice di averla ritrovata e preferendo lasciarle raccontare la sua storia come le era più congeniale, forse anche pungolato da una certa apprensione nei confronti delle risposte che avrebbe potuto dare. Asrăthiel non rivelò dettagli riguardo alle sue esperienze a Sølvetårn, non disse nulla riguardo alla vera identità dell'urisk, né riguardo a ciò che era accaduto fra lei e il re dei goblin. Con tutti quei segreti e quell'aria pensierosa, appariva molto più schiva ed introversa rispetto a come tutti la ricordavano.

In tutti i Quattro Regni di Tir si diffuse grande gioia, soprattutto dopo che si venne a sapere che i goblin avrebbero lasciato quelle terre dal confine settentrionale alla luna piena durante l'equinozio. L'esultanza non venne affatto smorzata dalla notizia seguente, secondo la quale essi intendessero lasciarsi alle spalle compagnie di coboldi per far applicare le loro leggi. Dopotutto, cos'erano una manciata di pigmei deformi, a confronto con la potenza delle armate dei cavalieri goblin? I coboldi sarebbero potuti essere sopraffatti, mettendocisi d'impegno, o almeno questo era ciò di cui erano convinti in molti. Re Warwick decise che una volta che i goblin fossero partiti egli avrebbe fatto erigere fra le montagne della Catena Settentrionale una torre di guardia sempre armata e fornita di sentinelle provviste dei migliori cannocchiali e di falò segnaletici che potessero essere accesi al primo segnale di pericolo, in caso i nemici avessero fatto ritorno o una qualunque altra forza unseelie fosse comparsa dalle terre a nord.

L'autunno stendeva arcobaleni di morbido fuoco sopra tutta Tir.

La luce del sole illuminava un piccolo cortile di Forte Wyverstone, passando attraverso le foglie delle betulle come fossero lastre di spesso vetro di caramello. Avalloc Maelstronnar aspettava sotto quelle foglie con le mani dietro la schiena, intento ad osservare i bassi cespugli di rosmarino, maggiorana e timo disposti in file simmetriche. Li osservava, senza però vederli, poiché la sua mente era impegnata dalle preoccupazioni per sua nipote e dalle congetture riguardo alla ragione per cui il Principe William gli avesse chiesto un incontro privato, quel pomeriggio. In quel momento il principe giunse camminando a grandi passi attraverso la galleria colonnata con la sua cappa blu scuro di lino imbottito che gli svolazzava alle spalle. Mentre il giovane percorreva gli ultimi passi sul selciato del piccolo giardino di erbe aromatiche, il Signore delle Tempeste lo salutò con un inchino.

«Forse, Lord Maelstronnar, avete già indovinato lo scopo di questo incontro» disse William dopo i normali convenevoli, con una certa esitazione, molto diversa dal suo carattere normalmente sicuro.

«Forse» replicò Avalloc.

«Vengo a voi per chiedere la vostra benedizione. Desidero chiedere ad Asrăthiel la sua mano in matrimonio.»

Il signore del clima gli rivolse un sorriso gentile ed un cenno di assenso: «Avevi ragione, William, avevo ben indovinato. So bene quali sono i tuoi sentimenti per mia nipote.»

«Ebbene, quindi, cosa mi rispondete?»

«Mio caro ragazzo, sono certo che allo stesso modo tu ben sai quanto io sia bendisposto verso questa unione. Asrăthiel ti vuole molto bene, e non ho dubbi sul fatto che sapresti renderla felice. Penso anche che quando verrebbe il tempo Asrăthiel potrebbe essere una buona Regina per Narngalis, la cui gente già la ama.»

«E ciò nonostante sento dell'incertezza nella vostra voce» soggiunse William, in tono venato di apprensione.

«L'esitazione che senti non è certo motivata da disapprovazione. Ho solamente notato che dal suo ritorno da quella terribile prigionia, Asrăthiel è apparsa piuttosto assente. Il suo temperamento è cambiato, non è ancora tornata sé stessa, e di ciò non c'è da stupirsi.»

«Non posso negarlo, anche io l'ho notato» concordò il principe. «Chi può sapere a quali orrori ha assistito, di cui non ci parlerà mai, per paura di causarci preoccupazione?»

«Credo ci vorrà del tempo», continuò il Signore delle Tempeste, «prima che le cicatrici di questa esperienza inizino a svanire. Hai la mia approvazione e la mia benedizione, ma giacché conosco bene mia nipote, il mio consiglio è di aspettare finché non si sarà ripresa dalle sue traversie prima di farti avanti.»

Così il principe decise di fare.

Sette giorni dopo, Asrăthiel volò ad Alta Darioneth per fare visita ai suoi zii e ai suoi cugini, e per rendere omaggio a sua madre.

Jewel era ancora immersa nel suo sonno eterno nella casa dei Maelstronnar, inviolata dal tempo e protetta dalla cupola in cima alla scala a chiocciola. La piccola stanza con le sue enormi finestre incorniciate dagli steli delle rose rampicanti, intrappolava dentro di sé caldi raggi di luce solare gialla come petali di ranuncolo. La vista era spettacolare in ogni direzione; ampi paesaggi di montagne, cielo ed altipiani. All'interno di questo pergolato cristallino sedevano in tranquillità le dame serventi di Jewel, le cui voci impegnate in conversazione erano basse e dolci come lo scorrere di un ruscello. Una di esse stava cospargendo i piedi della donna dormiente con olii profumati. Quando Asrăthiel entrò nella stanza, le donne si alzarono in piedi e le rivolsero un breve inchino, sorridendo con dolcezza. La giovane scambiò qualche parola con le donne prima di avvicinarsi all'imponente letto a baldacchino che occupava buona parte di quel nido segreto.

Giaceva lì, fra coperte rosso vermiglio e cuscini con nappe, simile ad una sublime statua di marmo dipinta da mano esperta in colori delicati; Jewel, la madre di Asrăthiel. I capelli le circondavano il viso come riccioli di fumo scuro. La sua pelle aveva un colorito delicato ed era liscia al tocco, imporporata sulle labbra e sulle guance, mentre i suoi occhi chiusi erano sfumati con il colore blu delle ali d'uno scricciolo. Asrăthiel le baciò la fronte e pettinò i capelli, com'era sua abitudine, e iniziò a parlarle, raccontandole di dov'era stata e ciò che aveva visto, pur omettendo eventi che avrebbero potuto turbare Jewel, se davvero era in grado di sentire quelle parole. Come sempre non c'era alcun segno che la dormiente potesse percepire alcunché di ciò che le accadeva attorno, ma Asrăthiel non abbandonava la speranza.

«Un giorno papà farà ritorno» mormorò. «Troverà un modo per risvegliarti, Madre, e allora saremo tutti di nuovo insieme.» In cuor suo, tuttavia, non credeva a quelle parole.

Restò a lungo in silenzio sotto il letto col suo baldacchino, coi pensieri che vagavano da visioni di suo padre nelle lande del nord a immagini degli Argenkindë intenti ad attraversare quelle stesse terre remote, diretti sempre più lontano dai quattro regni. Dopo alcuni momenti si alzò con un sospiro e salutò le due damigelle, scendendo poi alle stanze al piano inferiore.

Lamafulva era tornata ad occupare la sua nicchia sopra il caminetto. Una volta recuperata la spada dorata dal campo di battaglia, il Signore delle Tempeste l'aveva ripulita dal sangue dei goblin e di Gearnach. La giovane, in piedi sul pavimento lucidato del salone da pranzo, osservava quell'arma leggendaria – lo strumento con cui aveva abbattuto il suo compagno eldritch, l'urisk. Si trovò così a ricordare tutti gli eventi scatenati da quell'unico fendente, ma non tese la mano per toccare il fodero, né fece alcun passo per avvicinarvisi. Ripensò invece all'arma argentea che aveva portato con sé da Minith Ariannath: *Rehollys*, spada di luce di luna. Ad Avalloc e William non piaceva quell'arma eldritch, così ella la teneva in un forziere di legno di cedro, dove non dava nell'occhio.

La giovane rimase per una settimana nell'Anello di Montagne, dopodiché fece ritorno a Gli Allori, a Bosco Tiglio dove riprese ad adempiere ai suoi doveri, poiché v'era un grande bisogno di magia del clima, ma assai pochi erano coloro in grado di manipolarla. Nessuno dei druidi era riuscito ad inventare nulla che potesse sostituire i signori del clima, e le Botteghe Oracolari di cui andavano tanto fieri non erano riuscite a produrre nulla più di un impreciso metodo per prevedere variazioni di breve termine nel clima.

Il mondo di Asrăthiel era cambiato.

Accettare i cambiamenti era difficile, la guerra e l'arrivo delle Guardie Cobolde avevano portato grandi sconvolgimenti, alcuni evidenti ed altri più sottili. Il maggior dolore le veniva dalla scomparsa dei suoi compagni e dell'urisk.

Sentiva la sua mancanza. A volte aveva la sensazione che non fosse mai esistito, ed altre volte le pareva che non avesse mai lasciato il posto al suo fianco. In ciascuno dei casi le riusciva impossibile provare alcuna gioia. Il mondo le sembrava ora un posto cupo e vuoto, più vuoto delle cavernose miniere d'argento nelle viscere di Sølvetårn, che presto sarebbero tornate alla loro oscurità originaria.

La luna piena dell'equinozio, simile ad una fulgida ruota d'argento cesellato, splendeva nel cielo della Festa della lanterna, al Giorno del Sole, il trentunesimo giorno di Otember. Perfino allora Asrăthiel non riusciva a credere che i cavalieri goblin sarebbero davvero partiti. La notte successiva numeri incalcolabili di schiavi coboldi sciamarono fuori dalle catene settentrionali e strisciarono su tutte le terre. Gli wight maleodoranti con le loro orecchie appuntite, i ghigni malevoli, i grugni schiacciati, code aculeate e occhi incassati iniziarono a spuntare ovunque, imponendo le leggi dei goblin con impietosa precisione. Si dovette ammettere ufficialmente che anche a Winterbourne che una nuova ondata di coboldi aveva preso a infestare furtivamente i vicoli e le stradine.

Allo stesso modo i trow delle terre di Tir stavano tornando ai loro vecchi covi. Esattamente come erano partiti, attirati dal ritorno dell'antica gloria d'argento e luna sotto le montagne della Catena Settentrionale, così essi ora stavano ritornando, in volo. Fra il tramonto e l'alba essi passarono come ombre, alcuni da soli, altri in coppia o a gruppetti, seguendo siepi e viottoli secondari, accompagnati solo dal flebile tintinnio di braccialetti d'argento. Gli abitanti umani di Tir strinsero a sé i propri bimbi e neonati, tenendoli sempre sott'occhio per paura che i Grigi Vicini li rapissero.

Non fu che davanti al ritorno dei trow che Asrăthiel abbandonò finalmente ogni sospetto di inganno da parte degli Argenkindë. Rinunciò ad ogni dubbio, speranza e paura, ed accettò che i goblin fossero davvero partiti. La loro breve rinascita si era davvero conclusa. Ora erano partiti, lasciandosi alle spalle i Quattro Regni, come avevano preannunciato, e le Sale del Re della Montagna giacevano abbandonate nel silenzio più assoluto, salvo forse per il battito d'ali di qualche gufo, il gorgheggio dei venti attraverso le pietre forate e il quieto frusciare dei piedi degli ultimi trow, intenti a girovagare qua e là in cerca di argento abbandonato.

Zaravaz se n'era andato.

Sovrapposta alla sua realtà, come vista attraverso le sbarre di una prigione, Asrăthiel vedeva sospesa la figura di un uomo alto dai capelli agitati dal vento, nulla più che il vuoto sembiante di un individuo che non si trovava più lì. La giovane, intrappolata sotto il peso del senso d'abbandono, immaginò cosa sarebbe potuto accadere se avesse deciso di seguire Zaravaz nelle terre misteriose, fra ghiacci e nevi, in cerca di suo padre. Eppure, ovviamente, restare a Tir e lì lavorare era suo dovere, verso i suoi compatrioti, verso la sua vocazione, verso suo nonno...

Era immortale, e perciò aveva tutto il tempo che voleva, si ripeteva; tutto il tempo che voleva per viaggiare ed esplorare, negli anni futuri. .. In privato, tuttavia, decise che una volta spentasi la vita di Avalloc, dopo che fosse sorta una nuova generazione di signori del clima in grado di svolgere i compiti della vecchia, solo allora, se suo padre non fosse ancora tornato l'avrebbe seguito oltre le montagne. Se poi nella sua ricerca avesse per caso incontrato qualcuno dei Glashtinsluight, chissà, magari avrebbe potuto chiedere informazioni su Zaravaz.

Il desiderio di averlo vicino la bruciava, prosciugando ogni gioia ed energia dalla sua vita.

Dal momento del Patto delle Brughiere Tempestose e il successivo avvento delle Guardie Cobolde, un gran numero di cambiamenti straordinari erano avvenuti nei Quattro Regni. I pascoli erano stati abbandonati ed andavano trasformandosi in prati incolti, oppure venivano arati e coltivati a tuberi invernali. Le brughiere erano tornate ad ospitare grandi numeri di fagiani e pernici, ora al sicuro dalle frecce dei cacciatori. Sulle pendici delle alture più basse, nuvole vaporose facevano a gara con le svelte ombre di cervi e lepri saltellanti, le foreste erano animate dal canto degli uccelli, mentre cavalli, maiali, capre, mucche, tori, polli e galline erano stati liberi di vagare fra regioni e boschi selvaggi. Molti di essi, abituati ad una vita domestica fin dalla nascita, morirono, mentre i più forti si raggrupparono in mandrie o stormi. Nacque na nuova generazione, una generazione nata selvaggia e libera, che sarebbe stata più astuta e più forte della precedente.

I cuochi umani più creativi inventarono nuove ricette usando fagioli e frutta secca, mentre macellai, conciapelli e bachicoltori persero il lavoro. Nessuno si era ancora dimostrato abbastanza impavido da decidere di esplorare le caverne infestate dagli wight in cerca dei funghi svartlap, la base dei tessuti goblin; fortunatamente, tuttavia, una coppia di anziani erboristi riscoprì la tecnica per lavorare la robusta e flessibile corteccia di salici di montagna e gelsi da carta, producendo così un ottimo sostituto del cuoio, ed anche la richiesta di linaioli crebbe enormemente. Vi furono tentativi di imbrigliare il vento e il sole per rimpiazzare il lavoro degli animali: i druidi produssero raffazzonati ed inutili cavalli meccanici, mentre esperti artigiani riuscirono a costruire lenti veicoli alimentati dai raggi solari e altri, alimentati dal soffio del vento, il cui movimento era però erratico. Le lampade iniziarono a venir alimentate con olii vegetali. Alcuni contadini particolarmente intraprendenti stipularono accordi con alcuni Predatori, assumendo come lavoranti i più forti fra loro – creature, queste, immensamente più vigorose dell'umano medio, seppure non altrettanto intelligenti. I fabbri in tutti i regni smisero di forgiare ferri di cavallo e si concentrarono sulla produzione di aratri a traino umano.

Un fatto che disturbava tanto Asrăthiel quanto una grande fetta della popolazione umana di Tir era l'esistenza di una sorta di culto fra le adolescenti dei Quattro Regni. Giovani studentesse ribelli dichiaravano il proprio amore per il re dei goblin, la cui reputazione di empietà, valore in battaglia e bellezza aveva raggiunto gli angoli più remoti di tutti i reami. Affermavano di non desiderare nulla più ardentemente della possibilità di incontrarlo, anche solo per svenire immediatamente ai suoi piedi. Formavano così piccoli gruppi, che si riunivano in segreto per parlare di lui, dipingerlo e disegnarlo, comporre su di lui storie, canzoni e poesie, recitare in opere che l'avevano come protagonista, condividere le une con le altre i sogni fatti su di lui e tendenzialmente causare scoppi d'ira nei loro parenti, con questo loro idolatrare il nemico.

«Non so dove andremo a finire» borbottavano i genitori. «Ai nostri tempi non eravamo così sciocchi ed irresponsabili.»

Nobildonne infatuate importunavano Asrăthiel, chiedendole di raccontare loro ogni dettaglio su Zaravaz, cosa che lei rifiutava categoricamente. «Non ho alcun desiderio di rivivere i ricordi del tempo passato a Minith Ariannath» rispondeva loro, una volta tanto grata del fatto che gli esseri umani avessero la capacità di raccontare falsità.

Nonostante il fatto che donne di tutte le età sospirassero segretamente al pensiero di Zaravaz e a dispetto della convinzione ormai diffusa che i goblin avessero abbandonato definitivamente le montagne, in molti provavano comunque una bizzarra riluttanza ad avventurarsi verso le Catene Settentrionali. I ricordi dei guerrieri unseelie, rapidi e letali come il fulmine, erano ancora freschi nelle loro menti, e di conseguenza le montagne erano come intrise di un'aura di terrore latente. Se questo non fosse stato abbastanza, i gwyllion ancora infestavano mulattiere e sentieri, un numero imprecisato di trow tuttora vagava per i cunicoli, e nessuno era in grado di dire con certezza quanti coboldi ancora dimorassero nelle viscere della montagna. Anche coloro che non nascondevano la propria curiosità riguardo ai segreti delle Catene Settentrionali preferivano non avvicinarvisi.

Tutti, ad eccezione di un uomo.

Il Principe William aveva mostrato uno zelo encomiabile nei suoi sforzi di riportare lustro al regno di suo padre, dopo la guerra. Era suo desiderio ricompensare quelle famiglie Narngalisiane i cui uomini erano caduti in battaglia, così che i familiari lasciati alle spalle dai soldati periti non soffrissero alcuna privazione. Senza sosta lavorava per realizzare questo obbiettivo, e fu proprio nel suo lavorare che gli sovvenne dell'esistenza, all'interno dei confini del suo stesso regno, di una fonte di enorme ricchezza ancora non sfruttata. I goblin avevano probabilmente portato via con sé tutto il loro argento e i loro gioielli, ma di certo non avevano nemmeno toccato l'oro.

Le caverne in cui i cavalieri unseelie erano stati imprigionati erano ricoperte da un sottile strato d'oro che, se estratto, avrebbe potuto essere venduto, fornendo così fondi sufficienti ad aiutare le famiglie colpite dal lutto. In aggiunta c'era tutto l'oro che era stato gettato nelle fauci dell'Inglefire. Asrăthiel aveva narrato a William la storia di Zorn, il luogotenente goblin, di come egli era perito fra quelle fiamme stregate e di come molto tempo addietro, prima dello scoppio delle prime Guerre dei Goblin, l'orda avesse dato ordine agli schiavi umani di gettare enormi quantità d'oro in quelle fiamme sovrannaturali. Quelle storie avevano acceso in William il desiderio di scoprire di più riguardo a quel misterioso e leggendario fuoco arcano, ed egli era deciso a cercare di recuperare parte del tesoro che in esso riposava.

Era anche possibile che si stesse gettando in quell'impresa con ulteriore zelo per dare sfogo alle energie in eccesso e distogliere la propria attenzione da quella giovane, tanto distante e pensierosa, che egli desiderava così disperatamente poter amare. Forse dietro al suo piano v'era anche qualche traccia di rabbia ed odio, poiché egli ricordava la bellezza di Zaravaz e aveva visto come il re dei goblin guardava Asrăthiel, sì che più che mai egli desiderava spogliare le montagne del loro oro e tenerne una parte negli arsenali reali, di modo da rendere Narngalis inattaccabile dalle orde goblin.

Dai tempi della forgiatura di Lamafulva, la conoscenza dell'ubicazione esatta del fuoco arcano era andata perduta, ma in molti, William compreso, avevano udito il folle Fionnbar Aonarán blaterare di una voragine di fuoco che aveva incontrato nelle sue peregrinazioni nella vasta oscurità nelle viscere delle montagne. Il principe decise così di organizzare una spedizione diretta alla Catena Settentrionale per raccogliere quell'oro, portando con sé Aonarán perché li guidasse fino al fuoco arcano.

Quando ebbe informato Asrăthiel dei suoi propositi, la giovane ne fu sgomenta e lo pregò di cambiare idea. «Non avvicinarti a quella creatura infame di Aonarán, il senza morte» esclamò. «Tutto ciò che egli tocca muore o cade in rovina. È a causa sua e delle sue macchinazioni che mia madre dorme un sonno eterno, ed è stato sempre lui a liberare l'orda dei goblin e dare inizio a questa guerra!»

William, tuttavia, insisteva di poter tenere a bada Aonarán, il quale, disse, si era fatto poco più che un innocuo idiota farfugliante, con tutti i suoi tentativi di uccidersi. La giovane, tuttavia, non si lasciò persuadere, e si mostrò tanto fermamente contraria a quell'idea del principe di partire all'avventura che William decise infine di dare inizio alla spedizione senza avvisarla. In verità, quell'impresa fu tenuta segreta per molte ragioni, non ultima la convinzione di Re Warwick che fosse meglio che le popolazioni degli altri regni restassero ignare dell'esistenza di quelle masse di tesori che giacevano intatte al di sotto delle Catene Settentrionali. Per quanto le montagne fossero entro i confini di Narngalis e, di conseguenza, appartenessero di diritto alla sua corona, qualche canaglia avrebbe potuto decidere di improvvisarsi cacciatore di tesori.

Fionnbar Aonarán fu prelevato dal Sanatorio dei Folli e portato al cospetto del Principe William e di suo padre. Alla vista del folle immortale, entrambi non poterono trattenersi dal sussultare, scioccati. I suoi ripetuti tentativi di uccidersi avevano sfigurato il suo corpo in maniera orribile, riducendolo ad una larva, un relitto che un tempo era stato un uomo. Il suo corpo era completamente annerito e coperto da cicatrici bianche, la sua carne cadeva a pezzi e suppurava dalle innumerevoli ulcere di cui era coperta. La testa era ormai priva di capelli, le punte delle dita erano ustionate e ridotte a mozziconi tondeggianti, e la sua bocca ospitava solo un singolo dente traballante. Solo i suoi occhi appannati rimanevano intatti, quegli occhi blu chiaro, simili a biglie lucide in una pila di carbone. Il miserabile gemeva e si torceva le mani deformi, sussurrando e fischiando a tratti. Si riuscì a cavare ben poco di sensato da quell'individuo, e nessuno poté essere completamente certo che avesse anche solo compreso appieno ciò che gli fu detto, ma non dette alcun segno di aver rifiutato la proposta.

Non appena i membri della spedizione furono pronti, William si congedò dalla sua famiglia ed insieme a loro si diresse verso nord. Procedettero a piedi: il consigliere più fidato di William, Sir Torold Tetbury, una colonna di cavalieri e uomini d'arme che comprendeva il Cavalier-Comandante della Compagnia della Coppa, Sir Huelin Lathallan, un gruppo di minatori ed ingegneri e, infine, un cerusico-farmacista. Vista la sua follia ed inaffidabilità, Aonarán veniva tenuto sotto stretta sorveglianza, e ad accompagnarli avevano svariati carri trainati dietro compenso da mostruosi Predatori, forti come tori e imponenti come orsi, scelti per la loro completa mancanza di ogni forma di intelletto ed astuzia. Su di un veicolo erano caricati gli strumenti necessari alla spedizione, mentre gli altri due erano vuoti, e sarebbero stati usati durante il viaggio di ritorno, per trasportare l'oro recuperato. William portò con se anche un paio di gabbie di piccioni, ben nascoste dalle Guardie Cobolde, così da essere in grado di mandare un messaggio a Winterbourne non appena il gruppo fosse riemerso dalle montagne. Era, quella, una mossa azzardata, dal momento che se le Guardie avessero scoperto quel contrabbando di animali avrebbero certo punito assai duramente gli uomini della spedizione.

Procedevano lentamente, senza cavalli, tanto che impiegarono oltre tre settimane per giungere a destinazione. Ninember andava finendo e i cieli erano densi di nuvole mentre Aonarán guidava finalmente la spedizione fino all'imboccatura alta e stretta di una caverna che si apriva sul fianco di Storth Cynros. Sopra di loro torreggiava una spaventosa parete rocciosa, ai cui piedi erano ammonticchiati massi precipitati.

Quando i guardiani di Aonarán si avvicinarono all'entrata della caverna, portandosi appresso la loro guida, l'uomo dagli occhi pallidi si fece immediatamente agitato e tentò di divincolarsi, restando però saldamente nella presa degli uomini. Quando fu interrogato su cosa lo turbasse, egli urlò che era terrorizzato dal buio e delle creature che lo abitavano, terrorizzato dai goblin e dai Predatori che accompagnavano la spedizione. «Qui vi ho condotti», biascicò, «ma non vi accompagnerò all'interno!»

«Ascolta bene», dissero i cavalieri di William, ripetendo con pazienza tutte le rassicurazioni già fatte in precedenza, «ti illumineremo la strada con le torce più luminose e ti proteggeremo con spade e amuleti dagli wight unseelie. I goblin sono già partiti, e in ogni caso abbiamo con noi armi coperte d'oro come precauzione, e per quanto riguarda i Predatori, questi in particolare che abbiamo assunto come portatori sono miti come agnelli e stupidi come scarafaggi.» Dopo molte lamentele, Aonarán accettò a malincuore, ma non smise per un istante di mugugnare a bassa voce.

Lasciati sei uomini armati a guardia dei carri e dei piccioni viaggiatori sulla soglia della caverna, gli esploratori entrarono nella cappa d'ombra del mondo sotterraneo, facendo il loro ingresso nel labirinto attraverso una via ben più bassa rispetto all'alto ponte principale di Sølvetårn, giacché non avevano alcun desiderio di passare attraverso le Sale del Re della Montagna. William ritenne più saggio ridurre al minimo le probabilità di incontrare qualsivoglia eldritch wight stesse ancora vagando per la fortezza goblin. A questo proposito, Aonarán gli aveva assicurato che le caverne dorate e il leggendario fuoco arcano fossero situati ben lontano dalle dimore dei goblin. «Ne rifuggivano la presenza», disse in un raro momento di lucidità, «e perciò costruirono le loro gallerie molto, molto lontano.»

Il gruppo proseguì nell'oscurità della stretta galleria, tenendo alte le torce. Dalla gola della caverna giungeva un vento glaciale, come se la montagna stessa volesse urlare un avvertimento dal suo cuore di ghiaccio. Entrambe le pareti luccicavano di un sottile strato di condensa ed erano inclinate verso l'interno, tanto che i Predatori erano costretti a procedere a capo chino per evitare di fratturarsi i massicci crani contro il soffitto. Sotto i loro piedi il terreno era sbeccato ed irregolare, attraversato da crepe e ingombro di detriti e sassi pronti a rompere la caviglia del primo sfortunato che vi avesse poggiato il piede. Gli uomini proseguirono lentamente, finché la sottile lama di luce che contrassegnava l'uscita scomparve alle loro spalle.

Appena un momento dopo, Aonarán si paralizzò e rifiutò di proseguire. Si lasciò cadere a terra, scosso da tremori e singhiozzi, urlando che i goblin l'avrebbero trovato se avesse osato spingersi più avanti, che l'avrebbero torturato senza pietà e appeso lassù, sul picco più alto, con solo due sacchi di ossa a fargli compagnia. Servì molta persuasione per rassicurarlo riguardo alla sua sicurezza, ma infine si lasciò convincere una seconda volta e proseguì. Nonostante il suo comportamento, pareva che sapesse dove dirigersi; per quanto terrorizzato dai pericoli era quantomeno sicuro del percorso.

Presto la spedizione Narngalisiana constatò che l'ardore che li animava nella ricerca dell'oro perduto era contrastato da una forza uguale e contraria: l'ostilità di quelle stesse profondità. Nel discendere lungo i tunnel riverberanti di echi, al seguito della loro folle guida, anche loro come lui furono presto colti da un terrore indicibile. Ogni movimento appena intravisto li spaventava, e si sentivano attraversare dagli sguardi velenosi di occhi alieni puntati sulle loro spalle. Non riuscirono, perciò, a non pensare alle creatre che le tradizioni volevano abitanti del sottosuolo: wight tanto seelie quanto unseelie, i morti e i vermi che ne divoravano le carni putrescenti, radici che strangolavano le pietre e succhiavano il nutrimento dai cunicoli fangosi dei vermi stessi. Coppie di luci puntiformi lampeggiavano dalle fessure rocciose tutto attorno, mentre un flebile scalpiccio li seguiva costantemente, dall'oscurità appena fuori dal raggio della luce delle torce. Respirare era divenuto difficile: l'aria era a tratti umida e soffocante, densa di spore di muffa, e in altri punti fredda come il vuoto fra le stelle, tanto gelida che ogni boccata d'aria era come una manciata di rasoi che facessero a brandelli i polmoni. Le torce rette dagli uomini illuminavano rocce lattiginose che punteggiavano le pareti, pallidi cristalli venati d'oro. Oltre la sfera di luce delle torce, una strana luminosità acquosa strisciava fuori da una massa di rocce fluorescenti. Minerali radioattivi mandavano un lucore soffuso, mentre poco lontano le minuscole luci dei minatori eldritch si spegnevano a tratti mentre le creature si affrettavano ad allontanarsi dagli intrusi. Di tanto in tanto dalle regioni remote nell'oscurità giungevano stridii agonizzanti, grugniti o risolini isterici. Gli unici a rimanere impassibili erano i Predatori, che avanzavano stolidamente, chiaramente inconsapevoli dell'atmosfera di tensione.

I minatori segnavano la via lasciando spennellate di vernice sulle pareti, per quanto nessuno di loro potesse essere certo che qualche wight insidioso non avrebbe cancellato o spostato quei segnali. Per la stessa ragione tentarono anche di memorizzare il percorso, poiché nessuno di loro era particolarmente convinto che la loro guida scervellata sarebbe stata in grado di riportarli all'uscita verso il mondo esterno.

Fionnbar Aonarán persistette con le sue lamentele riguardo

all'oscurità e al terrore che essa gli ispirava. Si impuntò e protestò, ma blandendolo e minacciandolo i suoi custodi riuscirono a costringerlo a procedere, e quando ciò accadeva egli si spingeva avanti con inquietante sicurezza, evitando crepacci ed individuando con facilità scale e rampe. Gli uomini della spedizione ragionarono che fosse in grado di vedere perfettamente al buio, come un gatto selvatico.

In verità la sicurezza gli veniva dall'aver passato così tanto tempo in quei luoghi da avere con essi una grande familiarità. Egli era in grado di leggerne gli odori e interpretarne le correnti d'aria, riuscendo perfino a richiamare alla mente la loro struttura. Tanto perfette erano le mappe dei cunicoli che portava incise nel cervello che gli ci vollero solo due giorni per condurre la spedizione al suo primo obbiettivo.

Impugnati i piedi di porco, i minatori di William scalzarono una pila di massi, dietro i quali la trovarono – la fessura frastagliata che aveva permesso ai Goblin d'Argento di scappare dalla propria prigionia. Gli ingegneri esaminarono la struttura dell'apertura per assicurarsi che non corresse il rischio di crollare, quindi prima il principe poi alcuni uomini entrarono nella caverna-prigione, brandendo spade e torce ardenti.

Si trovarono all'interno della prima di una serie di sale interconnesse, ampie e dal soffitto basso, tutte riccamente coperte d'oro lucido. Immagini sfuocate degli esploratori si riflettevano sulle pareti e sui soffitti, e ogni superfice mandava un tiepido lucore giallo, eccezion fatta per il pavimento, che invece era lastricato in pietra. Dopo aver saggiamente messo mano ai picconi ed aver compiuto un'analisi più approfondita, i minatori scoprirono uno strato d'oro spesso circa un centimetro, inscrito fra le pietre e il suolo sottostante, posizionato in modo da impedire ai goblin di scappare scavando,

«Impeccabile!» esclamò ammirato uno degli ingegneri, socchiudendo gli occhi davanti alla cupa magnificenza che li circondava. «Davvero questa è stata un'impresa ammirevole.»

Il mobilio era assai spartano, consistendo solo di un centinaio di giacigli di marmo, senza cuscini o coperte. Questo e null'altro.

«Letti duri» commentò uno dei minatori.

«È davvero una prigione lugubre, questa» disse William, tenendo la torcia alta fra le ombre guizzanti. «Tutto fuorché comoda, senza dubbio.»

«Non ricordo siano mai stati gentili coi nostri avi» intervenne Lathallan, che gli era a fianco. «Mi pare perciò giusto che non abbiano ricevuto alcuna gentilezza a loro volta. Che dite voi, Capitano?»

«La mia opinione, signore», fu la risposta del suo secondo, «è che i signori del clima siano stati fin troppo generosi nel dare a quelle carogne un qualunque tipo di piano su cui riposare. Un pavimento lastricato di coltelli d'oro per scaldarli a dovere nei lunghi secoli a venire, quello sarebbe stato più appropriato.»

«Lascerò qui un gruppo di minatori e di ingegneri», dichiarò William, «insieme ad alcune guardie e sei Predatori che svolgano i lavori pesanti. Questo gruppo si occuperà di staccare l'oro dalle pareti e scalzarlo da sotto il pavimento, e nel frattempo noialtri andremo in cerca dell'inglefire.»

I suoi ufficiali accettarono il comando con un cenno del capo, mentre i minatori iniziavano a disfare i fagotti contenenti i loro strumenti, ma mentre il principe e Lathallan stavano per uscire dalle caverne d'oro, il cavalier-comandante si fermò e disse: «Signore, mi è appena sovvenuto un pensiero preoccupante.»

«Parla.»

«E se i goblin dovessero tornare?»

Per qualche momento William rimase immerso in cupi pensieri, per poi scuotersi ed annuire. «Capisco ciò che dici» rispose. «Se dovessero tornare a Tir, foss'anche fra innumerevoli anni, le generazioni future avranno bisogno di avere a disposizione una prigione in cui poterli rinchiudere nuovamente, con l'aiuto di astuzia e un po' di fortuna.»

«E tuttavia», rispose Sir Torold Tetbury, afferrando il principe per il gomito, «grande è il tesoro qui celato, e grande è anche il beneficio che potrebbe portare al nostro regno.»

«Ci troviamo davanti a un dilemma», commentò William, «e meglio sarebbe stato che ci avessi riflettuto prima che ci imbarcassimo in quest'impresa. Sono stato tanto preso dal preparare questa missione per il recupero dell'oro che non ho pensato alle ramificazioni di una tale azione. Asrăthiel mi ha sicuramente fatto questa stessa obiezione e io l'ho ignorata, come ho ignorato chiunque manifestasse dubbi riguardo il mio piano.»

D'impulso il principe chiamò a sé Sir Torold, Lathallan e i suoi più fidati consiglieri, ed insieme stabilirono infine di riparare quel poco danno che avevano causato, per poi sigillare nuovamente le caverne e lasciarle com'erano. Anziché recuperare quell'oro avrebbero fatto affidamento all'Inglefire e alle immense ricchezze che conteneva. Quando fossero ritornati a Winterbourne avrebbero avuto cura di non rendere pubblica la posizione della prigione dorata. Attorno alla regione delle Catene Settentrionali sarebbe stato posto un limite invalicabile, e leggi sarebbero state varate al fine di punire qualsiasi sciacallo che decidesse di dirigersi lì per razziarle.

Una volta raggiunta questa conclusione si rivolsero ad Aonarán e lo invitarono a condurli fino alla voragine di fiamme. Il folle cadde sulle ginocchia ossute e prese a torcersi le mani.

«No!» gridò, la voce incrinata dal terrore, «Abbiate pietà! Vi ho guidati fin qui, non è forse abbastanza? Lasciatemi tornare al mondo di sopra, ora! Troppo a lungo sono rimasto intrappolato qui, troppo a lungo.»

William, tuttavia, non si lasciò commuovere. «Devi farci da guida, Aonarán» insistette. «Una volta che avrai compiuto il tuo dovere ti riporteremo a Winterbourne, dove potrai dimorare fra gli agi per il resto dei tuoi giorni.»

«Per il resto dei miei giorni!» stridette rauco Aonarán. «Per sempre, dici? Quando della tua città, così fiera, non resteranno che rovine decrepite, io sarò ancora lì! Quando tutti voi non sarete che polvere, io ancora sarò lì! Che mi dici ora, grande principe? Puoi davvero farmi vivere negli agi per il resto dei miei giorni?»

A quella domanda William non fu in grado di rispondere.

Furono necessarie molte più esortazioni e promesse di punizione o di grandi ricompense per persuadere quell'uomo strisciante a continuare il percorso. Egli, non avendo altra scelta, si arrese alle richieste una volta di più, e come già aveva fatto li precedette, indicando loro la strada. Si immersero così nei ventricoli di pietra, scendendo rampe e scalinate ripide e percorrendo lunghe gallerie eternamente discendenti.

Proseguirono per altri due giorni, fermandosi solo brevemente per riposare. Di tanto in tanto erano presi dal sospetto che Aonarán li stesse portando fuori strada, ma dopo molte intimazioni e ferme richieste da parte dei suoi custodi egli asserì con vigore la sua lealtà e sincerità. Assai poco a suo agio davanti a quell'atteggiamento intimidatorio, William si ripromise di non avere mai più a che fare con quel patetico relitto di uomo, decidendo perciò di fare in modo che fosse ben trattato e curato, una volta ritornati in città.

Lungo il percorso intravidero di sfuggita wight di ogni genere: Battitori, che nell'aspetto ricordavano dei piccoli minatori; Tessitrici, simili a vecchie streghe, curve sui loro arcolai; solitarie famiglie di trow avvolte nelle loro lunghe vesti color del fumo, stracciate e cadenti. Durante le pause, in cui gli avventurieri si sedevano a consumare i loro pasti, veniva ricordato di non lasciare mai il proprio cibo incustodito sul pavimento di pietra, poiché nel momento in cui avessero distolto lo sguardo esso sarebbe svanito. Quei vuoti cunicoli erano infatti la dimora degli sfuggenti Fridean, ladri di cibarie e suonatori di cornamuse. Ogniqualvolta, poi, gli uomini si trovavano a costeggiare una pozza d'acqua o un lago sotterraneo, dovevano prepararsi a resistere alle malìe delle creature eldritch; per ogni specchio d'acqua vuoto, infatti, ve n'erano due dalla cui superficie spettrale presto emergevano figure femminili, nude e infuse di una delicata bellezza. Erano splendide alla vista, nonostante i loro tratti avessero un che di alieno – forse erano i menti leggermente troppo piccoli, o le mandibole delicate e lievemente anfibi, eppure le loro forme conservavano la grazia di alghe sottili, con i loro lunghi capelli verdi che scendevano a coprire le schiene pallide. Silenziose nelle tenebre, le selvagge wight delle acque spalancavano le braccia, invitando gli uomini a sé. La loro fame di carne mortale attendeva ormai da secoli. Gli uomini recitarono formule in rima per scacciarle, tenendo stretti a sé gli amuleti che portavano al collo e gettando sale verso le Affogatrici, ma uno dei Predatori si lasciò ammaliare e balzò in una delle pozze. Ogni tentativo di salvarlo fu vano, e quelle splendide creature lo avvolsero con le proprie braccia e i propri capelli, trascinandolo a fondo con loro. In breve le acque di pece si chiusero sulla massiccia figura, e nessuno lo vide più.

In preda al panico, dopo aver assistito a questo evento, Aonarán iniziò ad urlare e cercare di scappare, ma le guardie lo tennero fermo, legandolo poi con spesse corde.

La spedizione proseguì, attraversando i confini dell'oscurità, il freddo pungente e la spietata ostilità che regnava in tutto quel mondo sotterraneo, sepolto sotto incalcolabili tonnellate di pietra. Per tre volte si imbatterono in piccoli gruppi di coboldi vaganti e sfoderarono d'istinto le spade, pronti a combattere, ed altrettante volte i demonietti velenosi si allontanarono freneticamente, ed essi riposero le armi.

«Pare che i goblin non abbiano dato ordine a tutti i loro schiavi di ritornare nei Quattro Regni» commentò Sir Huelin Lathallan. «Alcuni sono rimasti qui a sorvegliare il mondo sotterraneo.»

«Penso di poter azzardare che non fosse di loro gradimento l'idea che gli esseri umani potessero intrufolarsi a piacimento nelle sale di Minith Ariannath» ipotizzò Sir Torold.

«Le viscere della terra sono territori assai frequentati» mormorò Lathallan. «Fin troppo frequentati.»

Stavano attraversando il centro di una lunga galleria naturale scavata nella roccia, avanzando a fatica lungo un terreno irregolare e corrugato, su cui numerosi massi giacevano immobili come rospi accucciati, quando videro provenire dall'apertura di una galleria sulla loro sinistra un insolito spiraglio di luce. Era una luminosità argentea – lance traslucide di puro argento, come raggi di luna o stelle che fossero stati purificati e concentrati, o lunghe lame di ghiaccio immacolato, fulgide ed eteree, come illuminate dall'interno da una potenza ultraterrena. In quello stesso istante gli uomini udirono un basso rombo, come un tuono proveniente dalle distanti profondità del sottosuolo. Si fermarono tutti, estraendo le spade e stringendosi a cerchio, spalla a spalla, per proteggersi. La carezza della luce lasciava un formicolio sulla loro pelle, come se un milione di sottili aghi d'argento li stessero pungolando tutti insieme, delizioso ed insieme atroce. Si spinsero più in profondità, gli aghi, penetrando nelle loro menti, stridendo come archetti sulle corde dei loro spiriti, riverberando e tendendo le loro vene fino allo spasimo.

Qualcosa disturbava le cavità oscure fra le lame affusolate di luce argentea.

Figure d'ombra si andavano muovendo laggiù.

Improvvisamente Aonarán lanciò un gemito e balzò via dai suoi carcerieri, tentando di fuggire, solo per venire prima intralciato dalle corde che lo tenevano legato e poi bloccato dalle guardie a lui più vicine. Si dibatté, urlando e tentando di sottrarsi alla loro presa. Convinti che il malcapitato fosse in grado di vedere nel buio, gli uomini della spedizione vennero colti dalla paura, dal momento che evidentemente egli aveva scorto qualcosa che l'aveva terrorizzato al punto da privarlo del poco senno che gli era rimasto; riuscirono tuttavia a non lasciarsi sopraffare, ma anzi strinsero in pugno le armi ed alzarono le lanterne. In un singolo istante di incertezza rimasero immobili in quella posa, come statue.

Dalle ombre emersero figure alte e snelle di uomini, ma non umani.

Dapprima gli esploratori stentarono a credere a ciò che stavano vedendo, credendolo un'illusione, un qualche inganno lanciato sui loro sensi da un incantesimo. Lentamente, tuttavia, compresero la verità. Quelle creature davanti a loro erano cavalieri degli Argenkindë. Erano all'incirca venti, tutti vestiti di nero e argento, belli come lo erano solo i sogni, insidiosi come veleno, fulgidi e vigorosi, pericolosi come l'odio ribollente. I capelli cadevano loro dietro le spalle, neri come il cuore di una caverna, eppure attraversati qua e là dall'iridescenza azzurra delle piume dei corvi. Ciocche lisce come seta si alzavano e si abbassavano, mosse da sbuffi di gramarye, intrappolando al proprio interno minuscoli frammenti di stelle. Gli occhi dei cavalieri goblin erano scuri e sottolineati da tratti sottili, come se i bordi delle palpebre fossero stati ricalcati con della polvere kajal.

Non appena gli imponenti Predatori compresero cosa fossero le creature che avevano davanti ruggirono allarmati; essendo loro massicci e lenti, oltre che ingombrati da un carico pesante, per loro non c'era alcuna speranza di fuga. Sopraffatti dal terrore, si lasciarono cadere a terra e si coprirono gli occhi. Come un sol uomo, i membri della spedizione brandirono le spade laminate d'oro.

Una delle manifestazioni unseelie era appoggiata al fianco della galleria, poco più indietro delle altre, braccia incrociate sul petto, un ginocchio piegato e il rispettivo piede appoggiato a sostegno contro la parete. Nell'oscurità il suo profilo era impossibile da distinguere. Con languida lentezza spostò il viso di lato, volgendolo verso gli uomini di Narngalis: «I miei saluti, Vostra Altezza Reale. Che cosa vi porta nei miei domini?» Solo a quel punto William riconobbe la voce di Zaravaz.

Il re dei goblin si allontanò dalla parete con una spinta e si avvicinò a grandi passi, statuario come sempre, un sorriso amabile sul volto incorniciato da lunghi capelli neri che ondeggiavano a ritmo con ogni passo.

«Che cosa ci fate qui?» esclamò William, incredulo. «Avevate detto che sareste partiti alla luna piena!»

«Non rendiamo conto delle nostre faccende a nessuno, men che meno a quelli come te, boddagh!» sibilò Zauberin, apparso nel frattempo alle spalle del suo signore.

«A voler essere precisi», precisò Zaravaz, rivolto al suo luogotenente, «non siamo nemmeno tenuti a mettervi al corrente del fatto che non siamo tenuti a rendervi conto di nulla.»

«Ma avete detto che sareste partiti, e non potete mentire!» continuò il principe, furioso. «Com'è possibile tutto ciò?»

Zaravaz disse una parola a Zauberin, il quale rispose: «Fui io a dire alla vostra maga che era nostra intenzione partire.»

«Il mio *aachionard* stava eseguendo degli ordini» disse il suo sovrano. «Ho optato per la formula *dille che partiremo*, invece di *intendo partire, riferiscilielo*. È vero, non abbiamo la vostra deliziosa abilità di pronunciare chiare falsità, ma non ci lasciamo certo abbattere da questa limitazione. Possiamo ordinare ad altri di pronunciare una menzogna per conto nostro, se essi non sono consapevoli del suo essere una menzogna. Possiamo, inoltre, cambiare idea, e forse è accaduto proprio questo. Partirò quando sarò pronto a farlo, non quando la luna sarà in una fase specifica.»

«Perché la vostra orda è ancora qui?» ringhiò Lathallan.

«Abbiamo parlato a sufficienza dei nostri scopi. Illuminateci riguardo i vostri, ora.»

Fu William a rispondere, in tono secco: «Siamo venuti qui per recuperare il nostro oro dall'Inglefire.»

«Capisco» rispose Zaravaz con garbo.

Aspettandosi di vedersi ostacolare dai cavalieri eldritch, gli uomini alzarono le armi, ma Zaravaz continuò: «Ebbene, fareste meglio a darvi da fare, in questo caso» limitandosi ad osservarli, la testa legger- mente piegata e un vago sorriso sulle labbra sottili. Subito gli uomini sospettarono un inganno di qualche tipo.

«Avete intenzione di attaccarci?» chiese Sir Torold.

«Non siamo che semplici passanti. Diamine, siamo perfino sprov- visti di armature. Come potremmo osare attaccarvi?»

«Rispondete», lo incalzò William, deciso a dissipare ogni gioco di parole dei goblin, «intendete cercare di impedirci di raggiungere l'Inglefire?»

«Non *tenteremo* di impedirvelo» rispose Zaravaz, tornando ad ap- poggiarsi alla parete, annoiato.

William si maledisse fra sé e sé per non aver scelto le sue parole con più attenzione, com'è saggio fare con gli eldritch wight. Quella frase sarebbe potuta essere interpretata a significare che i cavalieri un- seelie non avrebbero semplicemente tentato, ma sarebbero riusciti. L'orgoglio, tuttavia, gli impedì di riformulare la domanda e chiedere una seconda volta, e così si limitò a fare un riluttante cenno di assenso.

«Oh!», esclamò il Luogotenente Zwist, come se si fosse solo in quel momento accorto delle armi impugnate dagli uomini, «Avete disfatto le vostre staccionate e coperto le assi d'oro, vedo! Pensavate che quei bastoncini gialli sarebbero stati sufficienti a spaventarci?»

«Perché non provate a ripetere queste spacconate con questa spa- da appoggiata alla gola?» lo schernì il secondo di Lathallan, fintando all'indirizzo del cavaliere goblin. Zwist fece un gesto, come se avesse lanciato qualcosa di invisibile addosso al capitano, che lasciò cadere la spada a terra, piegandosi e stringendosi la mano al petto.

«Bada, Rotherfield!» ordinò seccamente Lathallan.

«Quelle patetiche imitazioni di Sioctíne non vi serviranno a nulla» disse Zwist, sputando ogni parola con disprezzo.

«State attenti a non inciampare sulle vostre stesse spade, potreste caderci sopra e farvi tanto male, sapete?» li canzonò Zauberin.

Tanto lui quanto gli altri luogotenenti goblin stavano ridendo sommessamente, affiancati tranquillamente al loro re. «Camminate così curvi, uomini di Tir», li deridevano, «saltate ad ogni suono e scantonate da qualunque ombra. Cosa c'è che vi spaventa a tal punto?»

«Noi non temiamo nulla», ribatterono gli uomini di William.

Pronti risposero i cavalieri unseelie: «Non gettate ancora gingilli e amuleti che vi portate appresso, le Tessitrici là sotto sembrano davvero delle formidabili vecchie megere! Oh, che fortuna avere tante armi così temibili, i vermi e gli scarabei del sottosuolo certo tremeranno di paura davanti a guerrieri tanto possenti!»

I volti degli uomini erano congestionati dalla rabbia, e grande era la tentazione di scagliarsi sui loro persecutori. Riuscirono tuttavia a controllare la propria ira e trattenersi, poiché William aveva troppo buonsenso per mettere in pericolo le vite di tutti in quella maniera, i membri della Compagnia della Coppa erano ben disciplinati e tutti gli altri erano troppo spaventati per fare qualunque mossa.

Il buonsenso ebbe la meglio.

«Non ci lasceremo provocare dai vostri dileggi» li apostrofò William.

La schiera di bellissimi cavalieri rise sonoramente, ma Zaravaz si limitò ad alzare stancamente una mano, gesto dopo il quale i cavalieri rivolsero agli uomini una riverenza beffarda, si voltarono e si allontanarono a grandi passi. Il re dei goblin era già tornato a fondersi con le tenebre, e altrettanto fecero i suoi cavalieri e luogotenenti, sempre continuando a schernire gli umani con frecciate malevole. La voce di Zauberin fu udita commentare: «Forza, andiamo a divertirci un po' con le dame delle acque.» Pareva che i goblin stessero lasciando gli intrusi a sé stessi, ma gli uomini di Narngalis erano guardinghi, sospettando ulteriori tranelli.

I Predatori si rimisero in piedi, sudati, affannati e tremanti. Con le armi ancora in pugno, gli esploratori umani proseguirono per la loro strada, ora ancora più all'erta, accendendo altre torce per respingere l'oscurità che li avvolgeva come un panno pesante. Aonarán mugolava senza sosta, e i Predatori si erano stretti tanto vicini ai loro compagni che seguitavano ad urtarli, e Lathallan dovette ordinare loro di stare più indietro.

Si inoltrarono sempre di più nelle profondità della montagna. Avevano appena disceso una rozza scalinata e stavano attraversando l'ennesima galleria, quando la loro attenzione fu attirata da un secondo baluginio, questa volta proveniente dall'estremità opposta di una caverna. Questa nuova luce, tuttavia, non aveva nulla in comune con la luminosità lunare dei goblin.

Era un fulgore dorato, come un frammento di sole circondato da un'armatura di perfetto topazio. Mano a mano che si avvicinavano, l'intensità della luce aumentava e scoprirono, con immenso stupore, che quella luce cantava. Alle orecchie di William, essa produceva una musica dolce e cristallina come un coro di limpide voci bianche che cantino all'unisono, producendo un'unica melodia senza parole, un'armonia densa e avvolgente come miele, nella quale si udivano improvvisi rintocchi, come di campane dorate.

Le bocche dei Predatori si spalancarono una dopo l'altra.

«Ascoltate!», esclamò uno dei Narnaglisiani, «Questo è il suono della gioia! Sono risate di bambini.»

«È il canto di un merlo che saluta il tramonto» intervenne il suo compagno.

«No, è lo scroscio dell'acqua che scorre» disse un terzo.

«È una ninnananna cantata da una mamma» mormorò qualcun altro, mentre altri di loro sostenevano essere la musica che avrebbero prodotto le stelle cadendo lungo le corde di un'arpa. La melodia era mutevole e se prima somigliava al fruscio del vento fra le foglie di pioppo, un momento dopo era il battito di un cuore innamorato, o il tamburellare delle gocce di pioggia sulle tegole di un tetto, il respiro dell'oceano o il brontolio di un enorme felino. L'unica cosa su cui tutti i presenti poterono dirsi d'accordo fu che ciascuno aveva sentito un suono differente.

Affascinati e rapiti i Narngalisiani seguirono Aonarán attraverso la fonte di quella musica. Girato un angolo, le pareti si aprivano e lì di fronte a loro, all'interno di una grotta nella roccia, una fiamma, alta non meno di cinque metri, si mostrava in tutto il suo splendore. Nessuno di loro aveva mai visto un fenomeno simile prima di allora, ma non ebbero alcun dubbio sul fatto che quello fosse davvero ciò che andavano cercando: l'Aingealfyre.

L'interno di questa grotta appariva scolpito, come levigato dal passaggio dell'acqua. La fonte della luce dorata era contenuta all'interno di un ampio pozzo nel pavimento, di forma circolare. Da quella conca prorompevano imponenti spirali di fiamme traslucide, tanto intense che non era possibile vedere la base del pozzo, se davvero ne aveva una e non fosse, invece, un unico passaggio diretto verso il cuore del mondo, o verso altri luoghi perfino più lontani, dove comete attraversano vagabonde l'universo. Lingue di luce abbacinante lambivano i bordi del pozzo; fiamme brillanti tinte di cremisi ed arancio, con sprazzi di rame verde mare. Questa pira, diversamente da quanto avveniva nella normale combustione, non produceva calore e luce tramite l'ossidazione, né emanava fumi. Si trattava di una fiamma eterna di energia eldritch, alimentata da pura gramarye.

La grotta dell'Aingealfyre era splendida, con le sue pareti asciutte e pulite, venate da minerali scintillanti. Riflessi spezzati dei presenti li osservavano da svariati angoli, giacché pareti e soffitto non erano perfettamente lisci, ma perforati in più punti da aperture di svariate dimensioni ed attraversati da nervature, nicchie e fenditure. La luce riflessa danzava sulle superfici lucide, alternando sfumature di bronzo ed albicocca a riflessi caldi e accesi.

Ipnotizzati, gli uomini si avvicinarono esitanti alle fiamme color caramello. Nessuna vampata incandescente giunse ad assalirli, solo un gentile tepore, come quello del sole di primavera, un calore temperato che, tuttavia, ad alcuni causava dolore mentre per altri era come lenitivo. Anche a coloro a cui non causava dolore, tuttavia, quell'emanazione trasmetteva una sensazione di pericolo.

Buona parte del gruppo si dispose lungo il bordo del pozzo, per osservare con meraviglia la fiamma. Aonarán, tuttavia, si tenne a distanza. Aveva smesso di piagnucolare e tirare le corde e si era anzi fatto piuttosto silenzioso e tranquillo. Dopo un po' di tempo William si riscosse ed esclamò: «Grazie ai Fati siamo finalmente riusciti a trovare ciò che cercavamo. Rimanere qui a guardare non ci aiuterà di certo – mettiamoci al lavoro!» Dette poi ordini affinché i Predatori scaricassero l'attrezzatura che avevano portato fin lì sulle loro spalle possenti, che poi i minatori provvidero a montare.

Con non poca esitazione, poiché l'atto sembrava loro quasi sacrilego, gli uomini, avendo cura di tenersi il più lontani possibile dal bordo del pozzo, spinsero lunghi mestoli di ferro all'interno dell'insolita fiamma, e vi abbassarono crogiuoli assicurati a catene. Ben presto e con facilità sorprendente, esattamente come avevano sperato, si trovarono ad estrarre blocchi di metallo ancora baluginante, morbido come cera, a volte frammisto a pietre preziose che, perfettamente intatte, luccicavano come appena passate nell'acqua purissima. Il prezioso minerale e le gemme non erano sporcati da alcuna traccia di cenere, fuliggine o carboni e, con enorme stupore dei Narngalisiani, si rivelarono essere molto meno caldi al tocco di quanto pensato, una volta tolti dalle fiamme.

Più d'ogni altra cosa, quel fuoco di gramarye era colmo di mistero.

I lavoranti iniziarono ad ammonticchiare il materiale recuperato con notevole zelo. Ben presto ne ebbero accumulata una discreta quantità, che provvidero a dividere in sacchi di tela di canapa che disposero ai piedi delle pareti, pronti per essere poi caricati sulle spalle dei portatori. Ogni membro della spedizione era completamente assorbito dal proprio compito. Mentre gli uomini trasportavano via il proprio bottino, Aonarán, un'espressione di meraviglia sul suo volto orrendo, stava in piedi ad osservare con occhi fissi il fuoco. Teneva la testa inclinata, come un uomo intento ad ascoltare un suono lontano, ed aveva la fronte corrugata nella maniera di chi stia cercando di comprendere una lingua straniera o concentrarsi su un messaggio.

«Sembra che tutto proceda bene» mormorò Lathallan, rivolto a William, mentre insieme i due sovrintendevano alle operazioni.

«Gli uomini qui si sentono sicuri» disse William. «Sanno che i goblin non verrebbero mai in questo luogo.»

«Dite davvero?"

«Lo credo, sì» rispose il principe. «Stando ai signori del clima, un uomo mortale che entri nell'Inglefire non muore immediatamente, ma si dissolve lentamente e senza dolore, come se stesse cadendo in trance o addormentandosi. Quanti hanno un animo puro sopravvivono più a lungo di coloro i cui cuori sono corrotti. Le creature unseelie subiscono un fato diverso. Anch'esse periscono lentamente, ma nel loro consumarsi essi patiscono tormenti inimmaginabili, avvizzendo gradualmente fino a diventare uno sbuffo di cenere o povere, conservando però la loro coscienza. In questo stato finiscono per essere trasportati via, condannati a viaggiare di corrente in corrente fino alla fine dei tempi. Perfino intravedere il fuoco arcano da lontano causa loro dolore. No, non si avvicineranno a questo luogo.»

«Ad ogni buon conto faremo meglio a non abbassare la guardia coi goblin, quando dovremo lasciare queste gallerie» ribadì Sir Torold. «Sono nostri nemici giurati, e senza dubbio ci assalteranno sulla via del ritorno.»

William stava per dare un suggerimento, in risposta, quando tutto a un tratto qualcuno gli passò a fianco, dirigendosi verso il pozzo di fiamme in una corsa forsennata. Si trattava di Fionnbar Aonarán.

«Fermati!» urlò il principe, correndogli appresso, ma era troppo tardi.

Tutto accadde in un attimo. Aonarán si gettò deliberatamente oltre il bordo del pozzo, dentro il fuoco. Mentre questi cadeva, William, che gli era immediatamente dietro, lo afferrò per la veste. Aonarán cadde mentre William ancora lo teneva saldamente, e le braccia mulinanti del pazzo colpirono la testa del principe, mandandola a sbattere contro il bordo di pietra del pozzo. Il colpo fece svenire William, che venne così trascinato nelle fiamme dal peso dell'uomo che stava cercando di salvare. Entrambi scomparvero nella vampata infernale.

Lungo l'intera lunghezza della Catena Settentrionale, milioni di tonnellate di roccia si inarcavano e si deformavano, combattendo la lenta guerra dell'evoluzione geologica e venendo da essa modellate, create e distrutte per mezzo di forze tettoniche, vulcaniche, gravitazionali, chimiche e climatiche. All'interno di caverne sotterranee, acque cariche di carbonato di calcio gocciolavano lentamente, depositando travertino che sarebbe andato a formare stalattiti e stalagmiti. Nelle profondità al di sotto della caverna dell'Inglefire, lava ribollente, cenere e gas si incuneavano a viva forza attraverso fessure nella crosta terrestre, in un torpido colare di materiale vulcanico. Sui nudi picchi, a migliaia di metri d'altezza, fiocchi di neve come delicati ricami di ghiaccio cadevano a velare lo strato di firn, mentre venti impazziti ululavano contro il cielo e scagliandosi contro di esso, affilati e gelidi come lame di rasoio, quasi a voler scalzare le stelle dalle loro nicchie.

Il vento cambiò direzione, iniziando a soffiare impetuoso dal nord. In alto, nell'atmosfera superiore, minuscoli cristalli di ghiaccio venivano trasportati da correnti d'aria in filamenti tanto sottili da essere quasi invisibili. I cristalli viaggiarono verso sud attraverso i cieli di Narngalis; passarono sopra le pendici della Catena Settentrionale, oltre le colline di Harrowgate, sorvolarono la cittadina di Mulino Carta e le Brughiere Tempestose, raggiungendo infine Winterbourne, lì scendendo a sciogliersi nell'aria, divenendo così goccioline sospese che andarono a mescolarsi col resto dell'oziosa umidità atmosferica.

Una molecola d'umidità si insinuò in una fessura di un complesso chiamato Gli Allori, dove venne inspirata da una maga del clima, divenendo temporaneamente parte della sua sostanza. Tempo dopo evaporò dalla sua pelle umida e si disperse nuovamente, tornando all'innocente viaggio elementale in cui era da tempi immemori impegnata.

Erano settimane ormai che Asrăthiel non vedeva William, e tuttavia la sua assenza non la preoccupava. Sapeva che egli era impegnato a badare agli affari di stato e, da parte sua, lei stessa era impegnata con i suoi doveri. Avalloc aveva preso residenza a Gli Allori per aiutarla ad istruire i tre apprendisti, anch'essi lì alloggiati. Come se non bastasse, i suoi talenti di maga del clima erano molto richiesti, poiché l'autunno, la più fertile fra le stagioni, stava iniziando a venire interrotto da frequenti tempeste.

I giorni si andavano facendo più corti. Nelle prime ore delle nebbiose mattine di Ninember, le basse siepi in tutta Narngalis erano decorate dai fili argentati delle ragnatele dei ragni tessitori dorati, imperlate di rugiada. I primi freddi congelarono le ultime farfalle rimaste e molti altri insetti alati. Grandi stormi di colombacci razziavano le campagne, scendendo su campi di trifogli ed ingozzandosi di gran quantità di semi d'erba, bacche e ghiande. Ai margini dei campi, gli ultimi fiori ritardatari si mescolavano con il tesoro d'oro e bronzo delle foglie cadute: veronica e viola del pensiero, fiori di camomilla e falsa ortica bianca. Qua e là le cupole rosso brillante degli ovoli malefici spuntavano sul tappeto del sottobosco come borchie su un'armatura.

L'ultimo mattino del mese di Ninember, Asrăthiel stava passeggiando con suo nonno per un boschetto di faggi poco oltre i confini di Winterbourne. Entrambi indossavano le loro vesti grigie nella foggia dei signori del clima, camminando fianco a fianco come due ombre; l'uno dai capelli simili ad una cascata d'alabastro, l'altra come un torrente d'ebano, entrambi solo parzialmente trattenuti da cappucci ricamati. Attraverso il fogliame facevano capolino le prime luci del giorno. Oltre le scure forme degli alberi si agitavano correnti, ombre e nuvole di ogni colore; punteggiate e sfumate di bronzo e vermiglio, verdi profondi e ori splendidi, tutti accesi dal tocco del sole e dell'aria, come il mondo fosse divenuto un reame fatato.

«Fra tutte le stagioni», disse Asrăthiel, alzando lo sguardo sulle fronde ondeggianti sopra di lei, «l'Autunno è quella che amo di più.» Nel pronunciare questa frase, tuttavia, si sentì invadere da un'ondata di profonda tristezza, poiché la bellezza di quella stagione sarebbe presto scomparsa, una bellezza fugace come la natura delle vite mortali. *Essere immortali fra le creature mortali significava essere condannati ad un eterno lutto* pensò. *Se il mio destino è venire privata di coloro che amo, meglio sarebbe non amare più.*

Uno stormo di rondini volava placido sulle correnti diretto a sud, simile ad un gruppo di foglie scure trasportate dal vento.

«Domani sarà il primo giorno d'Inverno.», disse Avalloc, «Tanto gli abitanti delle città quanto quelli dei villaggi già si preparano per i festeggiamenti di fine anno.»

«Il primo giorno di Tenember?» giunse l'esclamazione sorpresa di Asrǎthiel. «Così presto? Le settimane sono davvero volate!» borbottò fra sé e sé. «Mi stupisce che William manchi da così tanto tempo.»

«Dove si è recato?»

«Non lo so, non me l'ha detto. Tuttavia dopo il mio ritorno da Minith Ariannath si era dimostrato particolarmente premuroso, mi scriveva quasi ogni giorno e veniva spesso a farmi visita. Ora invece non giunge più alcuna lettera. Non è da lui assentarsi così a lungo senza dare notizie di sé. Mi sembra strano, mi chiedo. . .» si interruppe, colta da un pensiero.

«A cosa stai pensando, figliola?»

«Mi chiedo se sia andato in cerca dell'Inglefire. Mi aveva parlato di una missione con quello scopo, ma io mi ero detta contraria a tale idea.»

«In questo caso, se davvero è partito per questa missione indubbiamente ha evitato di parlartene per non darti pensiero. Will ha chiesto la mia benedizione per spostarti, sai?»

«L'avevo immaginato» ammise la giovane.

«Se sei in pensiero per la sua sorte, chiedi a Warwick di dissipare i tuoi dubbi. Sono certo che egli saprà rassicurarti.»

«Lo farò senz'altro.»

Quella sera stessa Asrǎthiel seguì il consiglio di suo nonno, ed insieme essi si recarono al Castello Wyverstone, dove il sovrano la mise a parte con schiettezza del luogo in cui si era recato suo figlio. «William è partito con una spedizione in cerca della prigione dei goblin e dell'Inglefire. La sua intenzione è di recuperare l'oro che secondo le leggende gli schiavi umani gettarono nelle fiamme.»

«È inconcepibile che si sia imbarcato in una simile follia!» esclamò Asrǎthiel, scioccata dalla notizia. «I goblin potrebbero aver lasciato delle guardie, e il fuoco stesso ha fama di essere pericoloso. Certo, questo sarebbe un problema solo nel caso in cui riescano a trovarlo, all'interno di quel labirinto infestato da wight malevoli che scaglino massi da una parte all'altra per cambiare la disposizione delle gallerie. Mio signore, avete avuto notizie da William, di recente? Ha forse inviato qualche messaggio?»

«Non da quando la spedizione si è inoltrata sotto le montagne» fu la risposta lapidaria di Warwick. «Devo confessare di essere molto preoccupato. La spedizione di William aveva portato con sé dei piccioni viaggiatori, avendo cura di tenerli nascosti alle Guardie, ma finora non abbiamo ricevuto alcun messaggio.»

«Anche io sono preoccupata» concordò Asrăthiel. «Ha portato con sé quel miserabile di Aonarán a fargli da guida?»

«L'ha fatto, sì.»

«Non c'è da fidarsi di quell'individuo, e in ogni caso le Catene Settentrionali sono costellate da crepacci e percorsi infidi, per non parlare degli wight unseelie che le infestano. La Compagnia della Coppa è composta da combattenti valorosi, ma vi sono cose, in quella regione, che non possono essere sconfitte dalla spada di un guerriero o da amuleti di ferro e legno di sorbo. Chiedo il vostro permesso di partire immediatamente con il mio aerostato per andare in cerca della spedizione, così da poter dare loro il mio aiuto, dovessero essi trovarsi in una situazione difficile.»

«Concesso» rispose immediatamente il re. «Ripensandoci ora, avrei dovuto inviare un mago del clima insieme a loro, ma William insistette per tenere la missione sotto segreto. Spero solo di non dover vivere nel rimpianto di non averlo fatto.» Guardandola con occhi limpidi, aggiunse: «Va', e che la fortuna ti accompagni, Asrăthiel.»

12
LACRIME E FIAMME

Quando i signori del clima scesero in battaglia, la splendente lama d'oro

fu vista da assai lontano. Un canto selvaggio e alieno, di sangue s'alzava il coro

cantato dai venti contro la lama. Colui che nel pugno l'arma d'oro allor stringeva

teste orrende spiccò dai busti, aprendo squarci nell'orda che più non lo conteneva.

Dei goblin il sangue, fumante, annerì il terreno. Gli wight unseelie furon schiacciati, e poi

"Verso la vittoria!" cantava Lamafulva, "Mortali, questa vittoria è per noi!"

In quell'epoca remota e oscura.

UN VERSO DELLA CANZONE 'LAMAFULVA'

IL MATTINO dello stesso giorno in cui la spedizione di William trovava l'Inglefire, l'aerostato *Lunagelida*, guidato da Asrăthiel, si alzò in volo da Winterbourne. Insieme a lei portò due apprendisti e la spada Rehollys – una lama sottile di argentea luce spettrale – infoderata e saldamente assicurata al suo fianco. Il vento invocato dal brí era rapido e forte, tanto che in una singola giornata il suo velivolo coprì l'intero tragitto, oltrepassando le Brughiere Tempestose, sorvolando la remota cittadina di Mulino Carta e le colline di Harrowgate, fino ad arrivare alle pendici delle montagne settentrionali. Il paesaggio che scorreva sotto il cesto dell'aerostato appariva ancora tinto dalle fiamme morenti dell'autunno. Avvizzite e secche, le ultime foglie si aggrappavano ai rami neri mentre l'Inverno iniziava a posarsi sulle terre, facendo risplendere fiumi e laghi come peltro appena ribattuto.

Gli aeronauti raggiunsero le catene settentrionali nel tardo pomeriggio, quando già il sole iniziava a calare e stormi di uccelli tornavano in volo ai propri nidi, lanciando l'uno all'altro richiami come echi lontani. Nuvole sfumate di fucsia e petali di magnolia si allungavano in file stese lungo l'orizzonte occidentale. Le montagne, parzialmente sommerse da un oceano di nebbia, mostravano solo i loro picchi scoscesi, che parevano galleggiare a mezz'aria nella foschia perlacea, con le loro corone di neve. Sopra di loro, i cieli tersi si andavano scurendo verso una tinta indaco.

Asräthiel sussurrò parole cariche di potere, tracciando segni invisibili con le mani, mentre il suo copilota dava un giudizioso strattone ad una corda, lasciando uscire un po' d'aria calda dal pallone. La maga e il suo equipaggio videro in lontananza, immerso nella penombra del tramonto, il gruppo di carretti che segnava il luogo in cui la spedizione di William aveva trovato l'imboccatura della caverna tramite cui erano scesi nel sottosuolo. Mentre il pallone iniziava la discesa in direzione dei carri, Asräthiel socchiuse gli occhi nel tentativo di riuscire a distinguere i contorni dello straordinario ponte e delle porte di Sølvetårn, collocati più a destra. Improvvisamente scorse un gruppo di cavalieri riuniti fra le alture e, inaspettatamente, sentì il cuore accelerare i battiti. La vista dei cavalieri vicino al ponte le ricordava i goblin, sebbene fosse impossibile che gli Argenkindë ancora si trovassero fra le montagne. Si chiese, inoltre, come avessero fatto degli uomini a cavallo a non aver attirato l'attenzione delle sentinelle cobolde, che mai lesinavano le loro feroci punizioni verso quei mortali che caricavano i propri corpi sulla schiena di altre creature viventi. Ancora più insolito era che dei cavalieri si fossero avventurati tanto a nord, fino ad arrivare alle porte di quella che fino a poco tempo prima era stata la dimora dei coboldi stessi, mettendosi così in grave pericolo. Con una parola sussurrata cambiò la rotta dell'aerostato e si diresse verso le porte di Sølvetårn.

Mentre il velivolo discendeva, Asrăthiel si trovò ad afferrare il bordo del cesto, paralizzata da speranza e terrore. I cavalieri erano tutto fuorché umani. Si trattava senza dubbio di cavalieri goblin in sella ai loro cavalli demoniaci. Ansiosamente ne scrutò i volti mentre si avvicinavano. Riconobbe Zaillian e Zwist, insieme a molti altri fra i maggiori luogotenenti degli Argenkindë, sebbene colui che la giovane cercava non fosse fra loro. Ciò, tuttavia, non smorzò minimamente il suo entusiasmo.

«Mia signora, quei cavalieri appartengono all'orda unseelie» fece notare un apprendista, con voce nervosa. «Alcuni di loro sono ancora qui! Forse l'intera orda! Se vi sono goblin a piede libero, quale genere di nefandezze potrebbero aver inflitto al Principe William?»

Non appena Asrăthiel comprese appieno la verità di quelle parole, un grido di orrore le sfuggì dalle labbra.

«Dobbiamo fare attenzione a scegliere un luogo lontano da loro in cui atterrare», commentò il suo aiutante, «e prendere ogni precauzione necessaria.»

«No» rispose Asrăthiel in tono deciso. «Desidero parlare con loro. Non abbiate paura, finché sarete con me essi non vi toccheranno.»

La preoccupazione marcava i volti degli apprendisti, ma nutrivano per Asrăthiel un rispetto troppo grande per contraddirla, e lasciarono cadere le loro contestazioni. In gran fretta la maga fece atterrare l'aerostato su di un basamento roccioso. Mentre il cesto si appoggiava alla pietra i cavalieri goblin si avvicinarono a gran velocità, cupi e splendidi, misteriosi e temibili, i mantelli agitati dal vento fluttuavano alle loro spalle come ali. Gli zoccoli dei trollhästen battevano secchi contro la nuda pietra basaltica.

I volti dei cavalieri eldritch erano tetri, in aspro contrasto con la loro abituale levità, e ad una seconda occhiata la giovane notò che il loro atteggiamento era profondamente cambiato dall'ultima volta che li aveva visti, sebbene l'esatta natura del cambiamento le sfuggisse.

Quando fu balzata giù dal cesto dell'aerostato, la cavalleria goblin le si radunò attorno e il Luogotenente Zwist la esortò immediatamente e senza convenevoli: «Venite, Lady Maelstronnar, in fretta. Montate dietro di me.»

Gli apprendisti si strinsero attorno al cristallo solare alloggiato al centro del cesto. Sopra le loro teste si agitava il pallone ancora gonfio, sbatacchiato qua e là dal vento, iridescente dei mutevoli riflessi del tramonto. L'aerostato sobbalzava lievemente, sospeso a pochi centimetri da terra, ma i cavalieri non gli dettero peso, concentrando invece la propria attenzione su Asrăthiel. La loro impazienza era evidente.

«Che cosa è accaduto?», chiese, «Dov'è il Principe William?»

«Non c'è tempo per le chiacchiere. Venite!»

«Verrò con voi», disse la giovane, «ma i miei compagni devono aspettare qui, e voglio che prima giuriate che non farete loro alcun male.»

«A nome di questa compagnia», disse in tono perentorio il Quarto Luogotenente Zande, «io lo giuro.»

Asrăthiel si rivolse quindi agli apprendisti: «Se non dovessi essere tornata entro mattina, partite senza di me, poiché non sarà in vostro potere aiutarmi» ed essi annuirono senza proferire parola, coi volti tesi e gli occhi velati di terrore.

Zande prese la giovane per la vita, sollevandola e posandola sulla schiena del cavallo di Zwist, alle spalle del cavaliere. Si allontanarono così, con la giovane aggrappata mollemente, come una bambola di pezza, il corpo prosciugato di ogni energia e la mente sovraeccitata. Cos'avevano fatto a William? Il gruppo cavalcò via sui trollhästen che balzavano con precisione impossibile di sporgenza in sporgenza, mentre il mondo passava loro attorno in un'unica macchia colorata. Sia lei che i goblin, pensò Asrăthiel, stavano di certo viaggiando nel piano temporale eldritch, quella strana dimensione che permetteva loro di muoversi con rapidità sovrannaturale. Si lanciarono giù, attraverso un portale segreto all'interno di una sporgenza rocciosa. Volarono nell'oscurità, percorrendo chilometri di cunicoli sotterranei, percorrendo rampe di scale ascendenti e discendenti in pochi istanti confusi, tanto che la giovane ebbe a stento modo di riprendere fiato, sebbene riuscisse comunque a capire che si stavano muovendo dentro Sølvetårn.

Improvvisamente i cavalli rallentarono e si fermarono, ed i cavalieri balzarono a terra, aiutando Asrăthiel a scendere per poi accompagnarla in una sala delle alte volte che lei riconobbe immediatamente. Si trattava di una stanza dalla bellezza gotica, di forma circolare e dalle pareti quasi interamente tagliate da arcate senza finestre che esponevano l'interno agli elementi, il cui soffitto era un'intricata cornice aperta, dalla quale si poteva ammirare quasi senza impedimenti il paesaggio di aguzze cime ghiacciate che torreggiavano sullo sfondo di uno straordinario tramonto. Da un lato, un tavolo teneva sollevato da terra un portagioie d'argento lavorato a sbalzo straripante di perle di brina. Al centro della sala campeggiava un letto ingombro di cuscini lisci e lucidi.

Su quel letto una figura giaceva immobile, come morta.

Asräthiel e i venti cavalieri irruppero nella stanza, fra svolazzi di mantelli, scalpiccii di stivali e un tintinnare di gioielli e armi che la giovane avrebbe potuto giurare essere intenzionali, considerato quanto quietamente i goblin fossero in grado di spostarsi. Alla vista della figura sdraiata si fermarono, come un vento tempestoso che fosse improvvisamente calato, e un assoluto silenzio li avvolse come i flutti del mare. All'esterno, allo stesso modo, le brezze celesti che andavano a sfibrarsi in infiniti riccioli di vento fra le cime montuose calarono e si spensero.

Il dettaglio più insolito e sconcertante di quel silenzio era che la stanza, per grande che fosse, era ingombra di statuari cavalieri goblin cinti da neri drappeggi. Il loro atteggiamento non era più estroso come durante i banchetti o né scanzonato ed elegante come durante la caccia, né il loro abbigliamento era quello da battaglia, fatto di corazze cesellate e elmi cornuti. Quei valorosi guerrieri delle tenebre erano cinti di abiti da cerimonia: lunghe vesti fluenti, dal taglio semplice ma squisitamente raffinato che ne faceva ricadere gli orli in una serie di pieghe ordinatamente disposte. Erano tutti in piedi, ritti come una selva di lance e imponenti nella loro statura. Centinaia, dovevano essere, e fra loro si distinguevano le basse figure dei trow.

I signori degli unseelie stavano a capo chino e mani giunte, senza muoversi né parlare, quasi stessero osservando una qualche veglia d'incubo. Lunghe ciocche dei loro capelli neri, che portavano sciolti, ricadevano in avanti come sipari, nascondendo in parte le meravigliose fattezze dei loro volti. Era una scena, quella, che avrebbe scosso anche il cuore più saldo.

All'esterno il vento riprese la sua cantilena sommessa, ed attorno non si udiva che quel canto funereo, che giungeva smorzato dopo aver sussurrato attraverso picchi solitari e voragini insondabili. Questo placido sussurro di vento, simile ad una ninnananna, contrastava profondamente con l'atmosfera di tensione di cui ogni palmo della stanza gotica era saturo e con l'energia latente nell'aria, a malapena trattenuta dall'esplodere con furore incontrollato. Lo spazio stesso ne era tanto pervaso che Asrăthiel percepiva il pavimento sotto i suoi piedi, perfino le sue stesse ossa, riverberare ad una frequenza troppo bassa per essere udita, come attraversate da una immane corrente. Il senso di catastrofe incombente era palpabile.

Quando la giovane arrivò fra i cavalieri in veglia, molti di essi si voltarono ad osservarla, alcuni spostandosi per bloccarle il passaggio. Primo fra tutti veniva Zaravaz, il volto contorto in una smorfia irata, per quanto nessuna smorfia potesse intaccare la perfezione di un volto goblin.

«Perché l'hai portata qui?» domandò a denti stretti il primo luogotenente a Zwist. «Ella non è la benvenuta.»

«Lasciatemi vedere William!» gridò come impazzita Asrăthiel, ignorando l'astio dell'interlocutore. «Cos'è accaduto? Dov'è Zaravaz?»

Nella sua confusione, forse a causa della velocità forsennata della cavalcata soprannaturale, forse per via dello sconvolgimento causatole dal rivedere gli Argenkindë, da principio Asrăthiel aveva irragionevolmente dato per scontato che la forma lì adagiata fosse quella di William. Le sovvenne, tuttavia, che non poteva essere quello il caso, poiché sarebbe stato assai improbabile che i goblin si riunissero intorno a lui in solenne silenzio, come a voler onorare una figura ammirata. A quella consapevolezza seguì un'ondata di freddo interiore, come se il respiro di una tomba scoperchiata avesse estinto la fiamma della vita dentro di lei.

Zauberin e i suoi compagni più vicini sibilarono in tono di aspro rimprovero al gruppo di Zwist, sputando invettive all'indirizzo della giovane. Le due parti iniziarono così a discutere nella loro lingua, animatamente ma a bassa voce. Asrăthiel si allontanò da loro, guardando angosciata verso la figura immobile al centro della stanza. Non era possibile raggiungere il letto su cui giaceva, troppe imponenti figure si frapponevano fra loro.

Dopo lungo tempo la discussione si placò e i due gruppi si allontanarono l'uno dall'altro, formando un corridoio attraverso cui la giovane fu infine condotta ai piedi del letto.

Raggiuntolo ella barcollò, quasi svenendo, e cadde in ginocchio.

Una figura maschile, alta e snella, lì giaceva con gli occhi chiusi — — il re dei goblin.

Quell'immagine la colpì come una spada di estasi e tormento. Ora che si era abbandonato all'oblio, il suo volto appariva ancora più dolorosamente bello. I ventagli delle sue ciglia parevano tratti pennellati con l'inchiostro, a contrasto con il pallore bronzeo della sua pelle. Aveva le braccia distese lungo i fianchi, e capelli acconciati a funerale gli inondavano le spalle di notte liquida. In quel momento per Asrăthiel l'intera esistenza consisteva delle sue linee perfette di simmetria e vigore, della sua bellezza terribile, che eclissava quella di ognuno dei suoi cavalieri. In ogni cosa egli era senza pari.

Eppure Zaravaz, una creatura immortale, giaceva senza vita, freddo ed immobile come una statua scolpita nel calcare più fine, e nel vederlo la giovane si sentì mancare la terra sotto i piedi. Per un istante la sensazione di irrealtà fu tanto schiacciante che le sembrò di essere uscita dal proprio corpo e di star osservando la scena dall'esterno. Non osava toccarlo, timorosa di sconvolgere quell'aliena perfezione.

«Egli vive?» sussurrò infine, ma i terribili cavalieri che la circondavano non le dettero alcuna risposta. «Vi prego, ditemi cos'è accaduto!» li implorò, mentre le parole le morivano in gola.

Dopo un istante intervenne Zwist. «Egli si sta consumando» disse lentamente il cavaliere, come se quelle parole si rifiutassero di uscire dalle sue labbra.

"Consumarsi" era l'espressione con cui le creature eldritch definivano l'equivalente immortale della morte. Indicava il processo di trasformazione da una forma originale ad una inferiore. Asrăthiel sentì affievolirsi quel sole, minuscolo ma sempre ardente, che portava al centro del suo universo interiore, a dare scopo e significato ad ogni cosa, e lo percepì minacciare di spegnersi. Quasi completamente paralizzata dall'incredulità, si limitò a mormorare, «Com'è possibile?»

«Io ho visto tutto dalle retrovie.» disse Zwist. «Il vostro amante ha portato quel Batrace con sé nella caverna dello Skagnyaile, le fiamma maledetta. È stato allora che tutto ha avuto inizio.»

«Raccontate!»

Così il secondo luogotenente iniziò a descrivere a bassa voce gli eventi che si erano susseguiti nella caverna del fuoco arcano. Mentre il suo racconto proseguiva, Asrăthiel vedeva chiaramente la storia prendere vita nella sua mente.

Dopo che Aonarán ebbe inavvertitamente trascinato William con sé nell'Inglefire, molti membri della spedizione reagirono lanciandosi in avanti in un tentativo di salvare il principe, fermandosi, tuttavia, prima di gettarsi inutilmente nell'inferno di fiamme.

«È scomparso!» gridò Lathallan, inginocchiandosi sul bordo del pozzo e immergendo le mani fra le abbacinanti spirali di fiamma, sopportandone il morso straziante e muovendole a destra e a manca, cercando disperatamente di trovare il giovane principe. Nel farlo egli urlava, e le lacrime gli rigavano le guance. Gli effetti della fiamma rutilante dovevano essere inimmaginabili, eppure quando egli ritirò le mani esse parevano intatte. Guardandole e aprendo le dita, disse, con voce strozzata: «Credevo che la fiamma mi avesse bruciato la carne fino all'osso.»

«Sia maledetto Aonarán, quell'infame carogna!» esclamarono i suoi compagni. «Così cade il più nobile dei figli di Narngalis.»

Mentre ancora essi parlavano, l'aria venne distorta ed un soffio di vento venuto dal nulla spazzò per un istante le fiamme, dividendole, sollevando nuvole di polvere da terra e scarmigliando abiti e capelli degli uomini disperati. Davanti a quell'evento, i Predatori mugghiarono e presero a correre freneticamente in ogni direzione, mentre, in mezzo a tutta questa confusione, dal cuore dell'Inglefire rotolò fuori una figura avvolta dalle fiamme. Gli uomini di Narngalis sussultarono e balzarono indietro, tanto sorpresi quanto spaventati. Sul pavimento di pietra ai loro piedi giaceva prono il corpo nudo di un uomo, lambito da sottili lingue di fiamme paglierine. All'improvviso Lathallan lanciò un'esclamazione di gioia e gettò la sua cappa sul corpo ardente, spegnendo le fiamme. Gli uomini faticavano a credere ai propri occhi: a giacere lì, svenuto ma miracolosamente illeso, era il loro principe. I suoi vestiti erano stati vaporizzati, ma nemmeno un capello era andato bruciato, e la sua carne era intatta ed immacolata. Per quanto tutti fossero troppo scioccati per reagire, il cerusico-farmacista ritornò in sé a sufficienza da aprire la propria borsa di medicamenti e cominciare a prestare le prime cure al suo signore.

Un istante più tardi, qualcuno lanciò un grido, e tutti si voltarono a guardare verso il pozzo. L'Inglefire era mutato. Era avvenuto un cambiamento monumentale tanto della sua sostanza quanto della sua natura, poiché ora non ardeva più di fiamme spiraliformi verdi e dorate, troppo brillanti per poter essere penetrate da occhio umano, ma ruggiva di fuoco rosso rubino. Le fiamme si erano abbassate ed avevano perso colore, facendosi trasparenti come lastre di vetro attraverso le quali si potevano scorgere non una ma due figure, all'interno del pozzo, pochi metri sotto il livello del terreno. Entrambe erano avvolte dalle fiamme.

Nella frenesia del momento, gli esploratori Narngalisiani non furono in grado di capire con precisione chi dei loro fosse caduto all'interno. Dei due uomini in fiamme uno si reggeva in piedi immobile, come paralizzato o instupidito, mentre l'altro tentava disperatamente di sollevarsi per uscire dal pozzo, cadendo tuttavia all'indietro, sopraffatto dalla debolezza, contorcendosi come in preda a un terrore e un dolore indicibili. Il primo supposero fosse Aonarán, l'immortale nato mortale, che pareva essere entrato in una sorta di trance, mentre il secondo dedussero essere uno dei loro. La compassione spinse gli osservatori ad agire, gettando nel fuoco i propri strumenti da recupero ed urlando al loro compagno: «Afferrali! Forza, afferrali!»

L'uomo, stremato, ebbe a stento la forza necessaria ad afferrare le catene che gli venivano porte, ma riuscì a reggersi abbastanza a lungo da permettere agli uomini di sollevarlo fino al bordo del pozzo. Il Cavalier-Comandante Lathallan, a quel punto, si sporse in avanti e immerse nuovamente le mani fra le fiamme, singhiozzando vistosamente. Sopportando un dolore atroce, impossibile da descrivere a parole, afferrò saldamente il malcapitato e lo trascinò con decisione oltre il bordo e fuori dalla pira. Fatto ciò lo depositarono sul pavimento, avvolgendolo da capo a piedi coi propri mantelli per estinguere le fiamme.

Nell'istante in cui venne estratto, i colori del fuoco arcano mutarono nuovamente, acquisendo un'accecante tonalità giallo-smeraldina. Abbagliati dall'intensità della fiamma, gli uomini persero di vista Aonarán, e per qualche momento le lingue di luce ardente si rattrappirono, come se il fuoco stesse per spegnersi, prima di tornare a infuriare con rinnovato vigore. Quegli istanti in cui il fuoco non era che una tenue fiammella resero possibile vedere chiaramente il fondo del pozzo. Eccezion fatta per le fiamme, che ora avevano una colorazione giallo oro, la conca era vuota. Gli uomini non avevano idea di cosa potesse essere accaduto, finché uno di loro non urlò: «Guardate, laggiù!» indicando un punto dalla parte opposta della caverna. Là si trovava Aonarán.

«Per i Fati, quel degenerato è strisciato da solo fuori dal fuoco!» esclamò sconcertato Sir Torold. «Un'impresa che ha del prodigioso, e se i miei occhi non mi ingannano egli ancora vive! Prendetelo!»

Degli uomini armati si affrettarono ad eseguire l'ordine, passando ben lontani dal pozzo. Frastornato, il Cavalier-Comandante Lathallan si era accasciato al suolo, a capo chino. Il cerusico-farmacista e il suo assistente stavano ancora prestando soccorso al principe svenuto, mentre gli altri si stavano assicurando che le fiamme che avevano avvolto il compagno recuperato dal pozzo fossero state spente. Ancora avvolto nelle pieghe dei mantelli, l'uomo aveva smesso di contorcersi e giaceva immobile come il principe. Immobile come la morte.

«Due vi sono caduti e tre e ne sono usciti!» ripetevano i Narngalisiani, attoniti. «Com'è potuto accadere? Chi di noi è caduto? Manca qualcuno all'appello?»

«Lo scopriremo presto» concluse Sir Torold.

A quel punto iniziarono a rimuovere i mantelli per rivelare l'identità di colui che avevano salvato . . .

Gli avventurieri di Narngalis non potevano sapere che il re dei goblin e alcuni dei suoi cavalieri, spinti dalla curiosità, li avevano seguiti nella caverna dell'Aingealfyre. Gli immortali li avevano osservati nascosti fra negli interstizi delle pareti, dove l'aura della fiamma arcana non era in grado di toccarli e bruciarli. Dopo la caduta di William dentro il pozzo, Zaravaz balzò in avanti con rapidità innaturale, tanto velocemente da apparire come una sfocatura nell'aria agli occhi umani. Egli era balzato nel fuoco arcano per salvare la vita del principe, ma le fiamme della purezza si erano rivelate troppo per lui, com'era prevedibile. Per questo egli pagò un prezzo terribile.

William era svenuto a seguito del colpo ricevuto alla testa, e Zaravaz, in un gesto che dimostrò una potenza ed una forza di volontà inaudite, sollevò il corpo del principe ancora avvolto dalle fiamme e lo scagliò fuori dalla conca; compiere un tale sforzo mentre egli stesso era consumato dal fuoco, tuttavia, consumò tutte le sue energie. Debilitato ed in preda all'agonia egli non fu in grado di sollevarsi fuori dalla conca, e così ricadde in mezzo alle fiamme. Se gli uomini di Narngalis non l'avessero estratto egli ne sarebbe stato lentamente consumato.

Mentre gli uomini osservavano sconcertati la creatura eldritch che giaceva scomposta sul pavimento della grotta, Zwist, Zaillian ed altri cavalieri goblin uscirono precipitosamente dalle loro posizioni riparate. Senza curarsi della sofferenza che causava loro rimanere in presenza del fuoco arcano, le cui vampate assalivano il male, afferrarono il loro re infermo e lo portarono via.

«Il mio signore non è stato che pochi istanti fra le fiamme», spiegò Zwist ad Asräthiel, «troppo poco per distruggerlo, ma sufficiente ad avere su di lui effetti devastanti. Egli ora giace qui, privo di coscienza, e non v'è nulla che possiamo fare. È aggrappato agli ultimi frammenti di vita che la sua forma ancora possiede, ma con ogni momento che passa anche quelle poche tracce di vitalità si vanno spegnendo. Quando ci avete incontrati eravamo in principio di venirvi a cercare, poiché abbiamo grande bisogno del vostro aiuto. Se esista un modo per riportarlo indietro, noi non lo sappiamo. La cura per questo male va oltre le nostre conoscenze, oltre lo spettro delle mie conoscenze, ma forse i signori del clima conoscono qualche rimedio.» Aggiunse infine, a bassa voce: «Se mai avete provato amore per lui, Sioctíne, dovete aiutarlo.»

La voce di Asrăthiel era poco più che un sussurro: «E se non dovessi riuscire ad aiutarlo, cosa succederebbe?»

«Lo Skagnyaile lo spezzerà. Se mai il mio signore ha deliberatamente ucciso una creatura indifesa egli di certo perirà, e nulla lo potrà salvare.»

La giovane guardò i guerrieri dai volti bellissimi senza vederli. In altre circostanze l'avrebbe commossa vedere gli Argenkindë, che mai si piegavano alla paura o si lasciavano toccare dalle esortazioni alle virtù esaltate dai codici etici degli, che nessun avvenimento lasciava sgomenti, che non indietreggiavano davanti a violenza o brutalità, chinare il capo di fronte a quell'amaro ricordo della falce che tutti loro poteva toccare, il cui filo era ora appoggiato alla gola del più amato fra loro. «Allora davvero questa è la fine», rispose lei, «poiché di certo egli l'ha fatto.»

«Non ne sono convinto» controbatté Zaillian. «Abbattere un indifeso sarebbe un atto indecoroso, il nostro re è troppo fiero, non colpirebbe mai un bambino, un uomo disarmato o un uomo che gli volti le spalle. Egli ha sempre e solo ucciso in battaglia – in parte per orgoglio, in parte per via del suo amore per l'eccitazione dell'incertezza. Adorava l'esaltazione del combattere con un avversario in grado di difendersi. Detto ciò, non so che cosa potrebbe accadere. Solo le fiamme maledette del fuoco arcano sanno quale sarà il suo destino – la vita o la cenere. Se pure dovesse vivere, il fuoco avrà operato su di lui un cambiamento immane. Non potrà mai più essere come prima.»

«Quanto tempo impiegherà ad avvizzire e spegnersi, dovesse essere questo il suo destino?»

«Non possiamo dirlo con certezza. Di certo egli sarà scomparso prima che sorga la prima luna di Averil.»

«Perché l'ha fatto?» esclamò Asrăthiel, con voce incrinata. «Perché ha rischiato così tanto?»

«Posso azzardare», rispose pacato Zwist, «che abbia rischiato per via dell'amore che nutrite verso Wyverstone. Molti miei compagni vi danno la colpa di ciò che è accaduto al nostro signore, ma noi che abbiamo osato esporci alla luce per riportarlo indietro abbiamo sentimenti diversi.» Esitò, poi aggiungendo, in un mormorio soffuso di rimpianto: «Sospetto che quelle fiamme dannate abbiano in qualche modo compromesso la nostra capacità di infliggere morte.»

Le sue parole caddero nel vuoto, poiché la giovane non lo stava già più ascoltando. Inginocchiatasi di fianco al suo amante quasi perduto, sentì come se il cuore le fosse stato sradicato dal petto. Aveva conoscenze limitate delle arti curative, ma nulla sapeva su come riportare alla vita le creature eldritch. Non c'era nulla che potesse fare per lui.

Le sembrò così star recitando in una farsa che già aveva visto.

Il suo sguardo accarezzò i morbidi flutti d'inchiostro dei capelli di Zaravaz, che giaceva nella più bella delle sale di Sølvetårn, sdraiato su di un letto funebre riccamente decorato, innaturalmente bello e inviolato dal tocco delle fiamme, senza segno di alcuna ferita o sfregio.

Esattamente come Jewel.

La madre di Asrăthiel dormiva un sonno da cui non si sarebbe mai svegliata, circondata da rose. Il re dei goblin dormiva il sonno dei morenti, circondato da gemme e argento, attorniato da schiere su schiere di cavalieri ammantati di neri, con le braccia incrociate e i capi chini.

La brezza di gramarye che spesso soffiava attorno a Zaravaz, agitandogli vestiti e capelli, era scomparsa. Sembrava vulnerabile come un bambino addormentato. Mai la giovane avrebbe pensato di vederlo in quello stato, così indifeso, sospeso nelle acque del lago dell'oblio che avrebbe solcato per l'eternità. In lui erano infusi vigore, energia, uno spirito ardente e l'essenza della vitalità, e vederlo stretto nella morsa di un torpore senza fine la fece sentire come se qualcuno avesse rubato ogni luce e gioia dall'universo.

«E col susseguirsi dei millenni», mormorò la giovane, «quando il sole sarà esploso e questo mondo non sarà nulla più che una palla di pietre riarse, cosa saremo allora? Diverremo forse polvere immortale, eternamente sospesa in una gelida oscurità?»

Erano state quelle le parole di Fior di Cardo, Asrăthiel le portava incise nella memoria. In quel momento il suo dolore fu tale che desiderò solamente che quell'ultimo istante scomparisse nel nulla.

Lo spirito di Zaravaz sembrava essersi allontanato, trascinato via da una tetra marea, troppo lontano perché Asrăthiel potesse raggiungerlo, ma ella gli rimase vicino, sussurrandogli all'orecchio. Restò ad accarezzare il suo volto e passare le dita fra i suoi capelli d'inchiostro, implorandolo di invertire la direzione in cui viaggiava il vascello del suo spirito. Egli non mosse neppure una palpebra.

Solo una volta le sembrò di vedere un lento ritmo come di lunghi respiri, che le ricordò una cosa dettale da Zaravaz stesso. Egli aveva descritto come, nei panni dell'urisk Fior di Cardo, nei pressi della tomba di sua madre, egli avesse percepito il lentissimo battere del suo cuore, la prova che Jewel ancora viveva. Quel ricordo spinse Asrăthiel a estendere al massimo la sua percezione del brí e, per qualche momento, credette di udire in lui il debole pulsare della vita, che andava affievolendosi sempre più. . .

Per lungo tempo rimase a sussurrare al re dei goblin, ripetendo il suo nome. Egli non rispose. Nulla lasciava intendere che egli potesse sentirla, ma lei rifiutò di lasciare il posto al suo fianco, parlandogli e cantando a mezza voce, finché, complici la stanchezza ed il senso di vuoto, non cadde in uno stato come di trance, in parte sogno e in parte dormiveglia.

Dopo un tempo imprecisato una mano afferrò Asrăthiel per la spalle e la scosse, risvegliandola. Il sole era tramontato da tempo, e le fiamme sfarfallanti di migliaia di candele illuminavano la stanza circolare. Gli Argenkindë, immobili e tetri come scuri alberi in un bosco, ancora rimanevano ai loro posti a vegliare sul loro re.

Alcuni di loro, tuttavia, apparivano inquieti e mal tolleravano la presenza umana.

«Devi andartene» intimò il Luogotenente Zangezur.

«Mai» ribatté la giovane.

«Se non puoi guarirlo per noi sei inutile» intervenne uno dei compagni di Zangezur. «Non ti vogliamo qui. Il tuo posto è con i tuoi simili, possano le loro mani venir strappate e i loro cervelli bruciare!»

«Questo disastro è colpa tua, cagna di un'umana» fu il commento di un altro.

«E per questa colpa», ringhiò Zauberin in tono minaccioso, «dovresti essere punita. Dovremmo incatenarti sulla cima del picco più alto, insieme al re e al druido, solo che a differenza loro tu non ne moriresti. Rimarresti lì in eterno, tormentata dai venti finché dei tuoi vestiti non rimarranno che stracci logori e penzolanti, e ancora saresti imprigionata lì, i tuoi capelli ti crescerebbero fin sotto i piedi e lì languiresti, Inverno ed Estate, patendo neve e pioggia, gli occhi fissi sul sole, la luna e le stelle, con solo i loro volti impassibili a farti compagnia.»

«Lasciatela in pace», lo interruppe Zwist, mettendosi fra Asräthiel e i suoi tormentatori, tendendole poi una mano per aiutarla ad alzarsi. «Potete fare qualcosa per salvarlo?» la implorò, scrutandole ansiosamente il volto.

Lei scosse la testa, sopraffatta dal dolore.

Il cavaliere esalò un sospiro. «In questo caso sarebbe meglio che abbandonaste questo luogo. Non posso garantire per la vostra sicurezza a tempo indefinito, e in ogni caso i vostri compagni vi attendono. Il vostro William vive, dopotutto.»

«William?» esclamò Asräthiel alzando lo sguardo. La riempì di vergogna dover ammettere che da quando aveva posato gli occhi su Zaravaz, il principe era completamente uscito dai suoi pensieri.

«Esattamente. Lui e la sua scorta sono ancora vicini, per quanto i loro numeri siano stati decimati. Ci siamo scagliati su di loro non appena furono usciti dalla caverna delle fiamme, e molti ne abbiamo uccisi. Li avremmo spazzati via tutti quanti, ma ciò avrebbe reso vana la decisione del nostro re di salvare Wyverstone.»

«Mostri ripugnanti, seminatori di morte, ecco cosa siete!»

«Andate dai sopravvissuti ora, e insieme a loro tornate alle vostre case. Non c'è più nulla qui per voi, solo morte e dolore.»

«No, voglio restare qui con lui fino alla fine.»

«Lady Sioctíne, se rimarrete qui i vostri nemici faranno di tutto per tenere fede alla loro promessa di annientarvi. Quelli di noi che sono stati arsi dalla luce faranno il possibile per impedirglielo, ma ciò non farà altro che causare ulteriore ira e risentimento. La colpa di ciò sarebbe solo vostra.»

«Mi siano testimoni i poteri dell'Uile», gemette Asrăthiel, disperata, «se un umano immortale potesse piangere lacrime d'acqua, o anche di sangue, oh, io piangerei in quest'ora buia.» Esitò un istante, poi sospirò: «Come avete detto, qui non c'è più nulla per me. Non mi lasciate scelta, e per questo io me ne andrò. Lascerò i crudeli Argenkindë alle loro lamentazioni – possiate tutti voi soffrire atrocemente, come meritate – ma sappiate che lo strazio che porto nel petto è più grande del dolore combinato di tutti i vostri fratelli. Da questo momento in avanti non troverò più gioia nel mondo, poiché io amo il vostro signore con una passione che non potete comprendere.»

«Sei stata tu ad ucciderlo», la accusò Zauberin, «tu con la tua follia.»

Ignorando il suo persecutore, Asrăthiel gli voltò le spalle e si rivolse a Zwist. «È nella mia natura mantenere vive le speranze . Se il vostro signore dovesse sopravvivere, vi prego, mandatemi un segnale. Aspetterò fino alla prima luna di Averil.»

«Siete sciocca a sperare» ribatté Zwist. «C'è forse animo più nero del suo? Il fuoco arcano precipiterà su di lui il suo terribile destino, senza dubbio.»

«Almeno un segno! Devo avere un segno!»

«Molto bene. Non costa nulla fare una promessa che non richiede alcuna azione. Se egli sopravvivrà vi invierò un segno.»

«Fate attenzione a volgermi le spalle, signorina» sibilò Zauberin, ed Asrăthiel si voltò a guardarlo. «Possano i vostri giorni essere colmi di sofferenze» le disse il luogotenente unseelie. «Posate per l'ultima volta gli occhi sul Re degli Argenkindë, voi, Rovina di Zaravaz. Abbandoneremo Sølvetårn, portandolo con noi, e non lo vedrete mai più.»

Asrăthiel gli scoccò un'occhiata di lacrime e disprezzo. «Come desiderate» disse.

Appena prima di andarsene si chinò su Zaravaz per dargli un bacio d'addio. Ciocche di capelli sfuggirono alle forcine ingioiellate e caddero avanti, circondando il volto del re dei goblin come i suoi capelli neri avevano circondato quelli di Asrăthiel nelle loro ore d'amore.

Fu allora che avvenne l'impensabile. Un forte singhiozzo scosse la figura della giovane e, inspiegabilmente, ella pianse. Tre lacrime luccicanti, probabilmente lasciatele in eredità dalla madre mortale, caddero dai suoi occhi azzurri. La prima lacrima cadde sulla bocca di Zaravaz ed attraverso le sue labbra. La seconda cadde sul suo occhio sinistro e la terza sul destro. Prima che Asräthiel potesse sfiorare le sue labbra con le proprie, tuttavia, i compagni di Zauberin la afferrarono per le spalle e la portarono via di peso, cacciandola fuori dalla sala della veglia.

La maga fu scortata attraverso le gallerie di Sølvetårn a velocità impressionante, per poi essere depositata all'esterno e lì abbandonata. Si trovò all'aria aperta, su di un piazzale pavimentato in pietra collocato fra una manciata di massi sparsi qua e là. Sopra di sé torreggiava un'imponente parete rocciosa. Poco lontano la bocca di una caverna si apriva all'interno del fianco di una collina. Forti venti mugghiavano contro un assembramento di carretti, un pallone aerostatico che si scuoteva, tirando gli ormeggi, alcuni cesti di vimini spezzati che erano stati usati per trasportare i piccioni viaggiatori e, non ultimi, gli uomini che le vennero incontro per accoglierla.

Alle spalle delle montagne sorgevano masse di nuvole simili a fumi rossi, ed una ruota dai raggi dorati iniziava a splendere. Il sole stava sorgendo.

Oltre ad Aonarán e William solo altri membri della spedizione erano sopravvissuti all'ira dei cavalieri goblin. Il Principe Ereditario indossava una veste di lino bianco e dei pantaloni ed una tunica di foggia semplice, e pareva non essere stato toccato da alcun male – come se le fiamme non l'avessero mai sfiorato. Egli si alzò e accolse la giovane con gioia, abbracciandola dolcemente. Disse poche parole, ma il suo sguardo indugiò su di lei a lungo e sorrise spesso. Lei ricambiò lo sguardo con un'espressione sbalordita, essendo pienamente consapevole che egli era stato completamente immerso nelle leggendarie fiamme, che esse l'avevano bruciato e che in virtù della sua innocenza egli era sopravvissuto. Trovare parole da rivolgergli fu incredibilmente difficile.

Come il suo signore, anche Lathallan sembrava essersi fatto taciturno. Né le sue mani né il suo volto mostravano cicatrici là dove

erano stati toccati dal fuoco arcano, per quanto se egli vi fosse precipitato com'era accaduto al suo principe, forse il suo fato sarebbe stato
diverso. In netto contrasto con William ed il Cavalier-Comandante,
l'immortale Fionnbar Aonarán era stato radicalmente trasformato.
Nemmeno l'Aingealfyre era stato in grado di ucciderlo, ma le sue
carni, che prima erano annerite ed ulcerate, ora erano di nuovo sane.
Liscia e immacolata era la sua pelle, e le sue mani non rassomigliavano più artigli, ma le dita di un essere umano in salute. L'uomo che
prima era un mostro, ora appariva normale in ogni cosa, eccetto che
per il fatto che sulla sua testa non vi era un solo capello, né ciglia sulle
palpebre, né pelo su alcuna altra parte del corpo, e per il suo rifiuto
di emettere anche il minimo suono, indipendentemente dalle esortazioni ricevute.

Emaciato e visibilmente agitato, Sir Torold Tetbury esclamò:
«Lady Asrăthiel, sono felicissimo di vedervi. Uno di quegli infami un-
seelie ci ha ingiunto di aspettarvi qui, e voi siete arrivata, sia lode ai
Fati. Dobbiamo partire immediatamente.»

Lasciarono così la Catena Settentrionale. William, Lathallan e Sir
Torold viaggiarono con Asrăthiel nel suo aerostato, che non poteva
trasportare più di quattro persone, mentre gli apprendisti accompagnavano Aonarán a piedi giù per i sentieri tortuosi. La maga li lasciò,
promettendo loro che sarebbe tornata a prenderli.

Il viaggio del vascello volante salpava fra le nubi sulla strada del ritorno verso Winterbourne fu animato da molte discussioni fra la maga
e Sir Torold, costellate da qualche intervento di Lathallan. Tetbury
raccontò di come, in seguito agli eventi dell'Inglefire, gli Argenkindë
si fossero lanciati sugli avventurieri, spinti in una furia vendicatrice
da ciò che era accaduto a Zaravaz. I Narngalisiani combatterono fino
allo stremo, ma i goblin riuscirono a sopraffarli. I cavalieri unseelie
non osarono toccare William, né si avvicinarono ad Aonarán, e fu
solo quando il combattimento si fu concluso che i sopravvissuti, ancora insanguinati, si resero conto che questa immunità era condivisa
da tutti coloro che erano stati in qualunque modo a contatto con le
fiamme arcane: Lathallan, che vi aveva immerso le mani, e Sir Torold Tetbury, che pure aveva toccato le fiamme. Evidentemente quegli

uomini coraggiosi avevano acquisito una qualche qualità che respingeva i guerrieri unseelie.

A dispetto di questo fatto Zauberin e i suoi seguaci avrebbero probabilmente tentato un secondo assalto, se Zwist e i suoi compagni non avessero protetto i sopravvissuti dalla loro ira. «Il gruppo più ostile aveva certo in animo di sterminarci tutti», sottolineò Sir Torold, «ma gli altri goblin intervennero. Alcuni dei nostri salvatori ci guidarono con gran rapidità attraverso quel labirinto sotterraneo fino al punto in cui vi abbiamo incontrata. È a loro che dobbiamo le nostre vite. Chi avrebbe mai potuto immaginare che alcuni membri dell'orda ancora infestavano le montagne? Ah, è indubbiamente una fortuna che siate venuta a cercarci la scorsa notte, Lady Asrăthiel. Dobbiamo accompagnare William a Winterbourne il prima possibile. Il re è già stato messo al corrente degli eventi, tramite un messaggio affidato ad un piccione viaggiatore.»

Mentre discutevano a bassa voce, il principe guardava placidamente in basso, verso il paesaggio che scorreva sotto di loro. Il suo aspetto non lasciava intendere che quell'ordalia l'avesse menomato, ma al contrario aveva un'aria radiosa, quasi ultraterrena. Pareva che fosse stato messo a parte degli ineffabili segreti dell'universo; una saggezza e una tranquillità indescrivibili distendevano le linee del suo volto, e tutto intorno egli emanava un'aura di pace e purezza.

«William è cambiato, potete vederlo anche voi», sussurrò Sir Torold, «e non so dire se questo cambiamento sia permanente o transitorio. Ora assomiglia ad un eremita che abbia passato lustri interi a riflettere su questioni trascendentali ed abbia infine raggiunto un punto di estasi e comprensione fondamentale. È insolito, ma la sua sola presenza placa la nostra agitazione.»

«È vero» concordò Asrăthiel. «Non è più la stessa persona. Sembra quasi uno sconosciuto. Che ne è stato di Fionnbar Aonarán, che ha causato tutto questo ed è stato, come William, bruciato nell'Inglefire? L'ho intravisto solo di sfuggita, prima che ci alzassimo in volo, ma anche lui mi è parso illeso, seppure cambiato nel comportamento.»

«Egli ha addosso la calma di un sacerdote in meditazione, o di un farmacista frastornato dalle visioni dei suoi stessi fumi.» Dopo una

breve pausa, Sir Torold aggiunse, «Posso riferirvi un dettaglio che mi
è sembrato bizzarro?»

«Dite pure.»

«L'unica parola pronunciata da Aonarán prima di gettarsi
nell'Inglefire è stata un'esclamazione di sorpresa e gioia, come se
stesse salutando qualcuno prima di correre avanti ad abbracciarlo:
"*A máthair*".»

«*A máthair*» ripeté Asrăthiel sovrappensiero. «Significa "*Madre*".»
Sebbene fosse impegnata in una conversazione, i suoi pensieri erano
rivolti altrove.

«Ahimé, così tanti uomini valorosi sono caduti» soggiunse Sir Torold. «Almeno William è sopravvissuto, siano lodati i Fati. È stato salvato appena in tempo, un'impresa impossibile per qualunque creatura
mortale. Solo un eldritch wight molto potente avrebbe potuto essere
in grado di manipolare il fluire del tempo con la perizia necessaria
a salvarlo prima che il fuoco lo consumasse. È stato uno dei goblin trarlo dal fuoco, lo sapevate? Un vero mistero. Per quale motivo
potrebbero decidere di aiutarci, se ci odiano così intensamente?»

«Perché? Questa è una buona domanda» mormorò mestamente la
giovane. «Il mondo è pieno di misteri.»

Dopo aver depositato i tre passeggeri a Forte Wyverstone e aver
prelevato tre ufficiali della Guardia del Casato, Asrăthiel ritornò in
volo dai suoi apprendisti, per risparmiare loro l'estenuante tragitto
verso sud. Rifiutò categoricamente di far salire Aonarán sul suo aerostato, e chiese alle guardie di scortarlo a piedi.

Una volta che ebbe terminato queste peregrinazioni si sentì distrutta, tanto ferita dalla perdita di Zaravaz che, invece di tornare da
Avalloc ad Alta Darioneth, si ritirò nel conforto dei suoi familiari, in
quella che era stata la casa della sua infanzia. Il suo mondo era mutato,
e lei con esso. Non rivelò a nessuno il motivo della sua desolazione,
poiché il segreto che celava non poteva essere condiviso. Agli occhi
di qualunque essere umano era certamente troppo chiedere di essere
perdonata per essersi innamorata del peggior nemico dell'umanità. Il
peso di quel lutto solitario, tuttavia, era insostenibile. Il suo animo

era afflitto ed ella era inconsolabile, incapace di utilizzare la magia del clima. Non potendo manipolare il brí, abbandonò ufficialmente la sua carica di Maga del Clima di Narngalis e si isolò a Piana dei Frassini. Né la sua famiglia né i suoi amici furono in grado di lenire la sua disperazione, e ben presto perse ogni interesse verso qualunque possibile svago.

Durante quell'ultimo tragitto nel suo aerostato da Sølvetårn, nel ripensare ai suoi ultimi momenti con Zaravaz, Asrăthiel si rese conto che non ci sarebbe mai potuto essere nessun altro. Egli per lei significava più di quanto aveva creduto. Era come se a sua insaputa i loro spiriti si fossero uniti l'uno all'altro fino a divenire uno, solo per venire brutalmente divisi in due. Erano scomparsi i dubbi riguardo le unioni fra umani e creature eldritch; molti esempi si potevano trovare fra le vecchie leggende, e anche qualora così non fosse stato, davanti alla prospettiva dell'eternità ogni differenza sfumava fino a scomparire. Come sarebbe potuto essere possibile, d'altronde, vivere per sempre rinunciando all'essenza vitale che animava il proprio cuore?

Non poteva sposare William, il quale in ogni caso non era più l'uomo che aveva conosciuto. Il principe era stato trasformato, ed ora ella lo sentiva lontano. Quando egli giunse a trovarla a Piana dei Frassini, la giovane capì subito il motivo della visita e con molto garbo anticipò la sua proposta di matrimonio, consigliandogli di cercare moglie altrove, poiché lei non avrebbe mai potuto renderlo felice.

«Io sono immortale», disse con gentilezza, «e tu non lo sei. Non possiamo sperare di essere felici insieme. Io non mi sposerò mai, ma credo che il tuo destino sarà diverso. Sono certa che troverai qualcuno che ti ami come meriti.»

Il figlio del re accolse il suo consiglio con la calma imperturbabile che l'aveva accompagnato sin da quando il fuoco arcano l'aveva purificato. Guardò la giovane maga con viso radioso e rispose: «Sei saggia, Asrăthiel. Sento che ciò che dici è la verità. Devo lasciarti andare, ma sappi che avrai sempre un posto speciale nel mio cuore.»

«Come tu nel mio.»

I loro saluti di commiato furono casti e rispettosi. Da quel momento egli assunse il ruolo di un amico devoto ed affidabile, per quanto a volte le sembrasse piuttosto una figura aliena e celestiale.

Tenember volse alla fine, ed un nuovo anno cominciò.

l'Inverno dell'anno 3491 fu lungo e difficile. Buona parte del tempo Asrăthiel la passò a fianco della madre addormentata. I rovi che crescevano abbarbicati alla cupola di vetro divennero spogli e secchi; anneriti dal freddo, sembravano sbarre di ferro contorte. Per tutta quella terribile stagione, la giovane sedette in quel nido a cupola, mentre le tempeste infuriavano al di là delle lastre di vetro, spazzando impietose le selve boschive. Nessuno fu in grado di risanarla, né farmacisti né guaritrici. L'anziano studioso Adiuvo Constanto Clementer, che ora risiedeva alla Casa dei Maelstronnar, consigliò premurosamente la nipote di Avalloc;«Hai menzionato di aver pianto, di recente, in una situazione di grande sofferenza», disse, "c'è la possibilità che piangere possa alleviare le tue pene. Ritieni di essere in grado di piangere ancora?»

Ella provò, ma senza successo.

«Non ho più lacrime da piangere» rispose.

E così, durante le sue fughe verso nord, oltre colline e vallate, attraverso foreste e laghi, fino alle torri di ghiaccio della Catena Settentrionale, le parve di udire lo scalpiccio di piccoli zoccoli sulle pietre, e scrutò tutto attorno nella speranza di intravedere una figura minuta dell'aspetto caprino che si muoveva come un'ombra gettata da un falò – ma non vide che una coppia di tordi canterini intenti a battere conchiglie di lumaca contro le pietre.

«Fior di cardo» sussurrò, ammettendo finalmente ciò che aveva in precedenza tentato di negare: che Zaravaz non l'aveva inizialmente avvicinata solo per convincerla a liberarlo dall'incantesimo che lo affliggeva. Tutto il contrario – nei panni dell'urisk egli si era mostrato fin dal primo momento scostante, scorbutico e incline a importunarla in ogni modo – per rancore, forse, o semplicemente come passatempo. Il suo orgoglio non gli avrebbe mai permesso di mostrarsi gentile ed accomodante con gli esseri umani per guadagnarne l'amicizia. Avrebbe di gran lunga preferito rimanere maledetto per sempre, piuttosto che abbassarsi a tali mezzucci. No, non poteva aver ingannato i suoi sentimenti solo per arrivare ai suoi scopi, l'ammirazione che l'urisk provava per lei, in quel primo periodo in cui avevano fraternizzato, era stata sincera.

Nelle profondità più nascoste della sua coscienza, Asrăthiel l'aveva sempre saputo.

Allo stesso modo, davanti alla rapidità con cui Zaravaz dette l'ordine di cacciarla da Sølvetårn, Asrăthiel non si era mai fermata a riflettere sul motivo per cui improvvisamente egli aveva trovato tanto facile lasciarla andare. Egli doveva sapere quanto intensamente la giovane sentisse la mancanza della sua famiglia e dei suoi amici; aveva inoltre dichiarato il suo amore per William, ed era quasi certa che Zaravaz l'avesse vista salutare il principe con un bacio, davanti alle porte di Sølvetårn. Nella sua malvagità, il re dei goblin aveva rinunciato ai propri desideri per lei, e quello era forse il pensiero più straziante.

Da quando era precipitato nel fuoco arcano, William Wyverstone aveva manifestato una facoltà che aveva del prodigioso, un potere che eguagliava quelli di eldritch wight e potenti stregoni, un potere – dicevano certe voci – appropriato per un uomo che fosse stato benedetto direttamente da Ádh, Signore della Fortuna. Il principe si era mostrato in grado di guarire un numero impressionante di malattie e dolori con il semplice tocco della mano; nonostante ciò nemmeno lui fu in grado di lenire il dolore di Asrăthiel. I cambiamenti avvenuti nel suo carattere si rivelarono permanenti, ed egli non tornò mai più ad essere il vecchio William. Egli era stato colpito dalla fiamma di gramarye e non sarebbe mai più stato come prima, trascinato a destra e a manca dalle emozioni umane come una barca dalla marea, ma avrebbe proseguito per la sua strada, eternamente distaccato e sereno, come un'influenza pacifica su coloro che lo circondavano.

Aonarán, invece, non proferì più alcuna parola, né tantomeno cercò più la morte come prima faceva, cosa che spinse molti a commentare che il fuoco doveva avergli bruciato quel poco di cervello rimastogli. Era solito sedere in assoluta calma sotto un pruno nel giardino del Sanatorio dei Folli, senza badare alle azioni di coloro che lo circondavano.

Tre mesi passarono, e finalmente si iniziò ad intravedere i primi boccioli rigonfi su steli irti di spine che segnalavano l'arrivo del mese di Mars. Ad Alta Darioneth si usava festeggiare la festività annuale di Whuppity Stourie. Le campane della torre di Ellenhall, che mantenevano il loro silenzio da Tenember a Fevrier, ripresero la loro sinfonia serale al tramonto del primo giorno di primavera. Al risuonare delle prime note i bambini di tutto l'altopiano e di Piana dei Frassini fecero tre giri della sala, correndo in direzione del sole, agitando, mentre correvano, agitavano palline di carta legate alla fine di corde, con le quali giocavano a colpirsi. Quando il coro di campane si fu acquietato, il Signore delle Tempeste lanciò alcune manciate di piccole monete sul prato, che i bambini si precipitarono a raccogliere, ridendo e spintonandosi scherzosamente. A quei riti tradizionali seguì un banchetto accompagnato da musica all'interno della Sala Lunga.

Asrăthiel osservò le festività senza parteciparvi. Sbocconcellava il suo pasto seduta fra Avalloc e Dristan, ascoltando distrattamente il chiacchiericcio generale. In molti discutevano in toni di disapprovazione riguardo alle moltissime donne che ancora andavano dichiarando il loro amore per il re dei goblin. Il commercio di suoi ritratti era divenuto molto diffuso, e molti di questi ritratti erano stati eseguiti da artisti che non avevano mai nemmeno posato gli occhi su un membro qualunque degli Argenkindë. Una delle voci che si erano diffuse voleva che il re dei goblin fosse divenuto una creatura seelie, a seguito della sua caduta nel fuoco arcano, il che dette alle sue devote il coraggio di tessere lodi ancora più esagerate, ricamando spudoratamente su quel poco che sapevano del loro campione fino a produrre una serie di biografie, le quali erano a loro volta oggetto di discussioni entusiastiche ed interminabili. La maga si trovò inaspettatamente affascinata da quel discorso, e allo stesso tempo lo trovava deprecabile. Nessuno dei presenti la interrogò riguardo a Zaravaz, dal momento che aveva fino a quel momento fermamente rifiutato di parlare della sua prigionia.

Altri convitati stavano discutendo della corte che di recente il Principe William stava facendo alla figlia di Thomas, Lord Carisbrooke, e di come quella coppia riscuotesse una decisa approvazione.

«Lady Meliora è una creatura deliziosa», dicevano, «e dal temperamento pacato molto simile a quello del Principe Ereditario. Se venisse scelta sarebbe un'eccellente regina.»

«Oh, che re e che regina che avremmo!» esclamarono i loro compagni, uno di loro aggiungendo, «L'amatissimo principe ha curato l'itterizia della mia povera zia con un semplice tocco della mano! Moltitudini di persone si presentano a lui da tutte le terre sperando che egli sia in grado di aiutarli, e lui non scaccia nessuno.»

«Eppure egli non è in grado di sanare chiunque» lo interruppe un altro. «Non è stato in grado di salvare mio cugino.»

«Non trovate sia interessante», commentò un altro commensale ancora, «come il carattere del nostro Principe William sia cambiato da quando è stato sottoposto a quell'ordalia di fuoco? Pare che abbia trasceso le preoccupazioni e i dolori degli esseri umani comuni. Nulla lo scompone, i cortigiani dicono che non si irrita né si arrabbia, né tantomeno è mai apparso triste.»

«Né è mai stato visto ridere a crepapelle, quanto a questo» ricordò a tutti i commensali un vicino del precedente.

Quegli, lungi dal volersi lasciare sviare dall'argomento, continuò: «Ha attorno una tale aura di beatitudine che la gente superstiziosa di Slievmordhu ha preso a speculare che egli sia stato toccato dalla mano di Ádh, il Signore della Fortuna, e che da lui sia stato benedetto, o santificato.»

«In questo caso dovremmo portare il conto a due!» intervenne Albiona Maelstronnar.

«Due? Non ti starai riferendo a quel bizzarro individuo che sta nel manicomio, spero!»

«Nient'affatto. Secondo una voce che gira fra i mercanti ambulanti è giunto a Narngalis uno straniero dall'aria bizzarra, il quale si è incamminato – no, è partito di corsa verso sud, su strade e viottoli. Indossa normalissimi vestiti da paesano, ma la sua fretta inaudita l'ha reso oggetto di una certa curiosità. Oltre a ciò, sembra avere un'aria che porta la gente a pensare che sia stato toccato dalla mano dei Fati.»

«Cos'ha costui di così insolito?»

«Si dice appaia sereno, eppure che sia animato da un'energia dirompente. Ha l'aspetto di un uomo sui trent'anni, eppure allo stesso tempo è infinitamente più vecchio. È palese che costui non è un eldritch wight, eppure ha un che di soprannaturale, come due volti uniti in un'unica persona.»

«Ah, beh, quello non lo chiamerei certo bizzarro. Metà dei parenti da parte di mio marito ha più di una faccia.»

Entrambe le donne ridacchiarono.

Il discorso attirò l'attenzione di Asrăthiel, ma solamente per un momento, passato il quale scivolò nuovamente nella sua usuale apatia.

A scrollarla un poco dalla sua indolenza c'era il pensiero del compleanno di sua madre, l'undicesimo giorno di Mars.

La giovane si rivolse così a suo nonno: «Intendo volare con *Lunagelida* fino alle piane per raccogliere i primi boccioli di primavera, così che possa adornare la stanza di mia madre con i petali giallo oro della celidonia minore e della forsizia, dei narcisi e della ginestra.»

«Va' pure con la mia benedizione, figliola» acconsentì Avalloc. «Qualunque cosa possa portare il sorriso sulle tue labbra porta anche calore al mio cuore.»

Al compleanno di Jewel, Asrăthiel – immune alle spine della ginestra – adornò tutta la stanza con fiori di campo e intrecciò i capelli della madre sui cuscini, cantandole i canti di primavera e gettando, di tanto in tanto, uno sguardo oltre i vetri dalla cornice di rovo. Non poteva esserne certa, ma quel mattino le sembrò quasi identico al primo mattino passato da sua madre alla Piana dei Frassini. Lasciò vagare lo sguardo oltre il giardino e attraverso le foglie di un albero di frassino, fino a superare il parapetto che circondava il bordo della scarpata. Da un lato si stendeva l'altopiano fertile di Alta Darioneth, con i suoi campi nebbiosi e i suoi frutteti su cui lunghe ombre giacevano placidamente distese. Dall'altra parte la terra si innalzava in pendii scoscesi, che proseguivano a perforare le nubi, culminando con il picco di Wychwood Storth. La melodia dell'acqua corrente e il cinguettio dei merli arricchivano di sfumature il basso mormorio del vento.

Quello stesso pomeriggio, un uomo vestito da contadino arrivò ad Alta Darioneth. Da solo, almeno all'apparenza, entrò attraverso la Porta Orientale e corse con passo lungo e costante fino ad Ellenhall. La sua presenza causò notevole subbuglio, poiché si trattava dello stesso straniero di cui avevano raccontato le voci: l'uomo dai due volti. L'uomo era scortato da due sentinelle, e nonostante egli non avesse detto loro il proprio nome queste non lo ostacolarono, poiché trovarono qualcosa di familiare nella sua voce, nel suo portamento, nel suo viso. . .

Nel tempo che il nuovo venuto impiegò per raggiungere la strada che conduceva su per la collina, verso Piana dei Frassini, attorno a lui si era formata una piccola folla che vociava ed intonava canti, mentre i bambini scorrazzavano lì intorno gridando. L'avevano infine riconosciuto. Era alto e flessuoso, con una barba marrone scuro e capelli dello stesso colore che cadevano liberi sulle spalle e dietro la schiena. I suoi occhi erano verdi come foglie rigogliose.

La notizia del suo arrivo lo precedette, e per essa le campane di Ellenhall vennero fatte suonare a festa. Quando egli giunse in cima alla salita, Avalloc, Dristan ed Asräthiel Maelstronnar lo attendevano. Le loro braccia erano tese verso di lui e l'espressione di gioia incredula nei loro occhi era tanto pura e intensa da far stringere il cuore. I quattro si avvicinarono e si strinsero l'un l'altro in un quadruplo abbraccio, e nel fare ciò il vecchio Avalloc pianse.

Arran Maelstronnar era tornato.

L'uomo si commosse enormemente nel salutare suo padre, suo fratello e sua figlia dopo la lunga assenza, e sebbene fosse chiaramente ansioso di rivedere Jewel egli rimase con loro sulla soglia di Piana dei Frassini per lungo tempo. I quattro non prestavano alcuna attenzione alla folla in festa pigiata attorno a loro, i cui componenti, pur rimanendo ad una distanza rispettosa, non erano in grado di moderare le proprie voci.

«È proprio lui!», gridava la gente in tripudio, «Arran è tornato dai confini del mondo! Il figlio del Signore delle Tempeste è vivo!» Altre persone stavano arrivando sulla scia delle prime, e molte erano affollate attorno ad Albiona – la quale stava piangendo e ridendo allo stesso tempo – e la bombardavano di domande, come se fosse già diventata un'autorità in merito ad Arran e ad ogni dettaglio dei suoi viaggi. Cavalon e Corisande, sopraffatti dall'importanza dell'avvenimento, osservavano la scena a bocca spalancata.

Per coloro che si trovavano al centro del vortice il concetto di tempo perse ogni significato. Avrebbe potuto star scorrendo, o forse essersi fermato – loro non ne avevano idea. Per quanto ne sapevano l'universo intero sarebbe potuto essere stato coperto da una cappa di silenzio e vuoto – tutti i pensieri di ciascuno di loro erano occupati solo dalla presenza degli altri, ed era per loro impossibile trattenersi dal guardarsi gli uni gli altri e sorridere. I familiari di Arran parevano non poterlo più lasciare, come se temessero di vederlo svanire non appena avessero allentato la presa, e la sua mente era occupata da pensieri identici. Un momento prima le dita afferravano la spalla di Dristan, il successivo andavano a stringere in una morsa ferrea la mano di Avalloc, ma durante tutto ciò egli cingeva sempre Asrăthiel con l'altro braccio, come un cigno che accolga il suo piccolo sotto l'ala; la teneva stretta a sé, e lei si aggrappava a lui come se non intendesse staccarsi mai più, come una rosa rampicante abbarbicata al muro su cui cresce. In quel momento si ritrovarono a mormorare domande e risposte, senza sapere davvero cosa stessero dicendo o avessero sentito; nulla di ciò che si dissero si fermò nella loro memoria, ed erano tutti consci che ogni parola sarebbe dovuta essere ripetuta più tardi. A poco a poco Asrăthiel ritornò in sé quel tanto che bastava per guardare meglio suo padre. Com'era prevedibile era invecchiato poco o nulla, eppure lei credette di riuscire a distinguere alcuni impercettibili cambiamenti che forse nessun altro avrebbe saputo cogliere.

I figli di Dristan, nel frattempo, stavano cercando disperatamente di insinuarsi fra il padre e lo zio, senza molto successo, finché Dristan non li vide e si spostò per lasciarli passare. Alzando lo sguardo Arran vide Albiona fra gli astanti e le fece cenno di avvicinarsi. Gli si gettò al collo in un turbinio di parole e grida, ed egli la baciò su entrambe le guance.

Districatosi infine dai molteplici abbracci calorosi che lo avvolgevano, chiese: «È ancora nella cupola che riposa?» Sovvenne così ad

Asrăthiel che suo padre non sarebbe ritornato senza una qualche speranza di risvegliare sua madre.

«Sì. È lì» rispose Avalloc, e immediatamente Arran corse su per il prato ed all'interno della casa avanti a loro, dirigendosi subito ai piani superiori, verso il luogo in cui riposava Jewel. Albiona si affrettò a mettersi davanti alla porta d'ingresso, facendo il possibile per dare ordine alla marea crescente di amici e conoscenti in festa, mentre il resto della famiglia seguiva Arran. Una volta che si furono tutti riuniti attorno al letto di Jewel, lo osservarono chinarsi per baciare la moglie e poi rialzarsi.

Solo a quel punto, mentre guardava con amore quel viso perfetto, Arran esitò.

«Jewel», mormorò, «saprò risvegliarti?»

«Allora è possibile?» esclamò Asrăthiel. «Padre, avete trovato una cura?» era troppo da sperare, troppo da comprendere. Si sentiva eccitata, spaventata e sconvolta. Colta da un accesso di vertigini, la giovane dovette appoggiarsi a suo zio Dristan.

«Non lo so per certo, figlia mia» disse Arran. «Se questa non è una cura, allora tutti i miei sforzi e le avversità patite in questi anni saranno stati vani.» Fece come per estrarre qualcosa da una tasca nella tunica, ma ci ripensò. «Ora che il momento della verità è vicino mi scopro riluttante ad usare i rimedi che ho trovato, poiché essi sono la mia ultima speranza. Se essi falliscono tutto è perduto. Per sempre.» Arran era scosso da tremiti, e la sua fronte imperlata di sudore.

«Figlio mio, lasciati portare qualcosa per rifocillarti» lo invitò il Signore delle Tempeste.

«Vi sono grato, Padre, ma non posso. Ho giurato che se avessi rimesso piede in questa casa non avrei mangiato né bevuto prima di aver tentato di risvegliare Jewel.»

«Pazienta un istante e calmati» gli suggerì la voce gentile del saggio Clementer. «Jewel ha atteso tutti questi anni, può aspettare qualche momento ancora.»

«Avete ragione.» Arran si sedette di fianco a sua moglie, senza mai spostare lo sguardo dal suo volto, mentre la figlia gli sedeva vicino, a fianco, stringendogli la mano. Un paio di minuscole mani divise le ciocche dei capelli di Arran che gli scendevano sulle spalle, rivelando un paio d'occhi grandi come semi di cetriolo.

«Buongiorno Fridayweed!» disse Asrăthiel all'esserino appollaiato vicino all'orecchio di suo padre. «Sono molto contenta di vederti.»

Il piccolo wight si inchinò con grazia. Avalloc appoggiò una mano sulla spalla del figlio e, stringendo più forte la mano di Asrăthiel nella propria, Arran iniziò a parlare.

«Non esiste un rimedio che da solo possa guarire un male tanto unico e complicato, questo sonno eterno», disse, «causato da veleno e da una stregoneria malriuscita. Ho cercato a lungo e senza darmi pace, per essere certo di aver esplorato ogni possibile via. Il percorso verso la verità è stato irto di vicoli ciechi e cantonate, false piste e indizi inutili, ma sono infine riuscito a trovare tre – no, quattro rimedi promettenti: uno per la carne, uno per il respiro ed uno per il sangue. Un quarto, per lo spirito, che è insieme il più semplice ed il più potente fra questi. Tutti insieme potrebbero funzionare.»

«Funzioneranno!» esclamò Asrăthiel. «So che funzioneranno!» Scoccò a suo nonno un'occhiata carica d'angoscia, ed egli abbozzò un sorriso rassicurante, senza però riuscire a celare i suoi dubbi.

Per la seconda volta Arran si mosse come per estrarre qualcosa dalla tasca ed una seconda volta si fermò appena prima. «Lasciatemi indugiare in questa speranza ancora un poco» disse. «Vi racconterò la storia del mio vagabondare, e quando avrò finito proverò questi rimedi. Ah, Jewel, saprò risvegliarti?»

Raccontò così a suo padre e a sua figlia la storia di una costa deserta, dove gabbiani scendevano in picchiata fra cieli mutevoli, file compatte di onde schiumose andavano a schiantarsi sugli scogli, spandendosi fino a diventare ventagli orlati da bianchi ornamenti di pizzo che spumeggiavano brevemente prima di venire trascinati di nuovo nell'oceano. La spiaggia era disseminata di conchiglie arricciate, filamenti di alghe piatte e marroni e minuscole gemme grezze blu e verdi; brillanti di mare. Cespugli di piantasale dalle foglie argentate crescevano all'interno di spaccature nei promontori. Raggiungere quella spiaggia aveva richiesto un anno.

Il mattino, con la bassa marea, Arran si rialzò dal luogo in cui aveva dormito, fra le dune, e iniziò a farsi strada attraverso le formazioni rocciose, seguendo la linea della bassa marea.

Udì un suono come di singhiozzi, e seguendolo arrivò ad un'ampia grotta che il mare aveva pazientemente scavato all'interno di un precipizio. Lì, in una pozza di pietra colma d'acqua trasparente, giaceva una sirena, con la coda di pesce coperta di scaglie sovrapposte arrotolata fra giardini di anemoni di mare e festoni di alghe filamentose, la pelle perlacea rilucente al sole e il fiume di capelli verdi che scendevano come gocce di colore fresco ad incorniciare quel viso insolito. Piangeva e gemeva, parlando in un linguaggio alieno, ma Arran capì ben presto che il motivo dei suoi lamenti era il suo essere rimasta spiaggiata al ritirarsi della marea.

I marinai raccontavano storie sinistre su quelle wight crudeli, ma Arran la prese fra le braccia senza paura alcuna e la portò fino al limitare dell'acqua. Non appena l'ebbe toccata egli scoprì di riuscire a comprendere le sue parole. Quando l'ebbe posata delicatamente fra schiuma e onde, quella stridette di gioia e disse: «Ora posso fare ritorno al mio regno d'acqua e a te, uomo, offro di venire insieme a me. Non aver timore, poiché non annegheresti; invero, è mio sospetto che tu non possa morire affatto. Vieni con me come re sotto le acque! Regnerai su di un regno favoloso di piaceri esotici, attorniato da concubine immortali, come immortale sei tu. Qui non conoscerai mai dolore o pena!» Ma Arran non accettò l'invito, sebbene la sirena lo ripeté per tre volte. «Molto bene allora», disse allora la dama delle acque. «Ti farò allora un dono, per compensarti del tuo nobile gesto. Dimmi, c'è qualcosa che desideri?»

Egli rispose, «Una cura. Una cura per mia moglie, che dorme un sonno comatoso.»

Con un colpo di coda la sirena schizzò via. Arran aspettò, ma quando quella non fece ritorno egli temette che non si sarebbe mai più fatta vedere. Fu solo quando era sul punto di andarsene che ella riapparve, scivolando fino alla spiaggia trasportata da un cavallone, e gli lanciò una fiala di vetro contenente una sostanza verde.

«Questo è *cneadhìoc*, risana-ferite – un cataplasma ricavato da una rara alga che cresce solo su un'unica spiaggia» gli disse. «Non ha il potere di guarire ogni male, ma sanerà ogni ferita ed estrarrà ogni scheggia e corpo estraneo. Già un'altra volta, molto tempo fa», aggiunse, «feci un altro dono ad un essere umano, una veste di scaglie di pesce.» Poi, con un colpo della sua coda iridescente, la sirena riconoscente scomparve.

«A che potrà mai servire quella robaccia succhia-schegge?» brontolò a mezza voce Fridayweed da dietro l'orecchio di Arran. «Che beneficio può venire dal guarire le ferite di chi non può essere svegliato?»

Ignorando i wight, Arran continuò a raccontare, parlando loro del suo arrivo in una terra di ghiaccio e neve, tanto gelida che decise di battezzarla "Semprinverno". Aveva viaggiato per anni lungo la costa in cerca di questo luogo, da quando aveva udito per caso un gruppo di spriggan parlare di alcune antichissime bolle d'aria intrappolate nel ghiaccio e guardate a vista dagli elfi delle nevi. Stando agli spriggan, queste bolle d'aria provenivano da un tempo lontano, quando il mondo era appena nato ed ancora puro, e spesso possedevano proprietà straordinarie.

Protetto dal freddo dalle vesti cenciose che aveva ottenuto barattando con alcuni trow incontrati sul suo cammino, Arran giunse infine ad una regione che si protendeva all'interno dei mari artici; una penisola la cui dorsale irta di alture e rilievi sembrava, ai suoi occhi affamati, una lunga fila di enormi budini coperti di salsa bianca e spolverati di zucchero. A quelle latitudini il freddo era indescrivibile, in grado di penetrare come un ago tanto il corpo quanto la mente. Il vento, con i suoi milioni di minuscoli pugnali, squarciava via le nuvole. Dai cieli tersi, stelle splendenti come gemme sapientemente tagliate riversavano la loro luce sul paesaggio, creando una sorta di tramonto luccicante. L'aria stessa si incrinava e si spezzava, riverberando di un rumore come di tubi di vetro frantumati.

Il mago del clima aveva appena raggiunto la sommità di una dorsale poco più in alto della costa, quando si trovò davanti al primo troll delle nevi della sua vita: un enorme individuo peloso, alto all'incirca due metri e mezzo, la pelle simile a pietra arenaria, corrugata e verrucosa, un naso straordinariamente lungo e un paio di occhi tristi dalle palpebre cadenti, sormontati da sopracciglia sporgenti come scogli spolverati di neve. Indossava una veste fatta di pelli bianche da cui pendevano piccole stalattiti di ghiaccio, e portava con sé una mazza nodosa. La cosa più stupefacente del suo aspetto era il suo copricapo, una corona che sembrava essere composta da luci iridescenti e cangianti, di molti colori diversi, come se qualcuno avesse intessuto l'aurora boreale in quelle stoffe. Il wight sfidò il signore del clima, accusandolo di aver invaso le sue terre, ma Arran protestò, affermando di non essere che un viandante pacifico e di desiderare solo un passaggio sicuro.

«Pedaggio devi pagare» grugnì il troll, scrutando l'uomo da sotto le folte sopracciglia.

«Cosa desideri in pagamento?»

«Denaro.»

«Non ne porto con me.»

«Cibo.»

«Non ho provviste con me. Non posseggo nulla con cui pagare il tributo che chiedi, a parte le canzoni che posso offrirti.»

«Sangue» disse il troll, lanciandosi poi alla carica in direzione di Arran.

Questi non portava con sé nessuna arma oltre alla magia del clima e alla sua astuzia. Lottò con il troll lì, fra le nevi, e se il wight si rivelò avere la forza di una valanga, Arran mostrò di essere più rapido. Ciò nondimeno, una valanga possiede comunque un impeto formidabile, e per il signore del clima quel combattimento si stava facendo assai arduo, quando il minuscolo wight Fridayweed spuntò dalla tasca di Arran e balzò sulla spalla del suo avversario. Mentre l'ottuso troll voltava l'enorme testa per vedere cosa lo stesse disturbando urlandogli nell'orecchio, Arran approfittò della sua distrazione per farlo inciampare e fargli perdere l'equilibrio. Il troll rotolò così giù per il declivio, accumulando strati su strati di candido manto e trasformandosi in una enorme palla di neve. Continuò a rotolare, cadendo giù dalla scarpata e precipitando in mare con un rumore fragoroso.

«Ah! Ben fatto, Fridayweed!» Esclamò Avalloc soddisfatto a quel punto della storia, mentre Asrăthiel applaudiva.

Arran non si attardò a vedere come il wight avesse reagito all'inaspettato tuffo nell'oceano, ingombro di grossi blocchi galleggianti di ghiaccio spezzato che si muovevano e si scontravano fra loro, ma preferì affrettarsi a proseguire per la propria strada. Prima di essersi spostato troppo lontano gli sembrò di sentire una voce profonda gridare: «Stora Snötrollet hai superato, ma i Goblin dei Ghiacci ti schiacceranno!»

«Goblin dei Ghiacci!» esclamò Asrăthiel, stringendo forte la mano del padre. «Ho già sentito parlare di loro.» Una fitta di malinconia la attraversò nell'immaginare gli Argenkindë attraversare a cavallo un deserto ghiacciato per ricongiungersi ai loro simili da tempo perduti. «Ma ti prego, continua» aggiunse subito, scacciando quella visione.

Il cielo, quella notte, apparve coperto, soffocato da uno strato di nuvole scure e pesanti. Mentre Arran arrancava fra massicce dune di neve, si trovò ad alzare lo sguardo e vide stagliarsi contro lo sfondo del cielo, in cima ad una collinetta, un seggio di forma simile ad un trono a pinnacolo, ricavato da un unico blocco di ghiaccio bianco. Su di questo seggio fantastico sedeva un giovane snello, vestito di abiti scintillanti e adornati da diamanti affilati. Ai suoi piedi sedevano un lupo bianco ed un'oca delle nevi. Il mago intuì che doveva trattarsi di uno degli elfi delle nevi di cui avevano parlato gli spriggan, poiché sul capo il giovane indossava una corona di stalagmiti di ghiaccio appuntite, e ad una seconda occhiata tutti i diamanti sulle sue vesti si rivelarono essere cristalli di ghiaccio. Era completamente diverso da qualunque altra creatura Arran avesse incontrato fino a quel momento, con i suoi zigomi appuntiti, il naso a punta e le labbra sottili e pallide. I suoi occhi erano di quell'insolita tonalità di blu degli iceberg che aveva visto galleggiare nei mari artici; blocchi di ghiaccio staccatisi dalle basi dei ghiacciai di montagna, per lungo tempo compressi da forze immani, che ne avevano estratto ogni traccia d'aria, così da dare loro il lucore azzurro dei tramonti tropicali. La pelle dell'elfo era come brina, bianco candore coperto da una patina impalpabile. Intorno a lui danzavano nuvole di minuscole luci abbacinanti, simili a prismi di luce lunare.

«Fai bene ad eszere spaventato. Perché szei venuto qui?» chiese il wight, alzandosi dal trono e camminando a passi leggeri verso il viandante, sotto lo sguardo dei due animali. Il suo passo non lasciò orme sulla neve.

«Per l'aria» rispose Arran. «L'aria antica, intrappolata nei ghiacci sin dagli albori del mondo.»

«Nø» rispose l'elfo. «I nostri statuti sono movlto chiari; nessun uomo può tockare il nosztro ghiaccio.»

Con quelle parole si gettò su Arran, impugnando un pugnale di ghiaccio in ciascuna mano. L'elfo era veloce quanto l'uomo, nei suoi movimenti, e quest'ultimo dovette limitarsi a schivare e spostarsi, essendo disarmato e intralciato dallo spesso strato di neve in cui affondava con ogni passo. Non era, tuttavia, giunto del tutto impreparato, poiché mentre avanzava faticosamente nella neve egli aveva impiegato il suo controllo del brí per saggiare le condizioni degli elementi intorno a sé e manipolare i loro movimenti in modo da poterli chiamare a sé in caso di bisogno. Ed egli li chiamò a sé. Un'improvvisa tormenta prese a mugghiare intorno ai combattenti con tanta forza che i fiocchi di neve cadevano dal cielo quasi orizzontalmente.

Nella stessa direzione venne scagliato anche l'elfo dei ghiacci, che rotolò via solo per rialzarsi quasi immediatamente. Arran, stremato dallo sforzo compiuto, approfittò della breve pausa per riprendere fiato, poiché si aspettava che lo wight lo assaltasse nuovamente. L'elfo, tuttavia, rinfoderò i pugnali e disse: «Sei valoroso, e movlto più di un szemplice umano. Queszto è sufficienthe; hai il mio permeszo di prendere qvel ghiaccio.» Senza esitare, timoroso che l'elfo cambiasse idea, Arran si rimise in cammino, ma lo wight lo lasciò con un ammonimento come commiato: «Stora Snötrollet hai szuperato, e szuperato hai il throno di Hrim, ma ai Goblin dei Ghiacci fa attenziøne!»

Asräthiel, che aveva rabbrividito ad ogni menzione dei Goblin dei Ghiacci, interruppe il racconto del padre con una domanda. «Come facevi a sapere in che luogo avresti potuto trovare questo antico ghiaccio?»

«Non lo sapevo affatto!» rispose. «Gli spriggan sembravano essere convinti che si trovasse nell'estremo nord, così mi sono limitato a dirigermi in quella direzione. Dopo un lungo cammino sono incappato in una baia a forma di luna crescente, che in realtà altro non era che la caldera semisommersa di un vulcano ancora attivo.»

In quel luogo aveva riposato, lo sguardo rivolto ad un'isola oltre le acque, attraversata da una catena di montagne innevate che parevano ardere di fiamme, a loro volta sovrastate da masse di nubi bianche che si innalzavano da dietro le cime come pennacchi di fumo. Alle spalle di Arran si alzava l'imponente vulcano dalle pendici costellate di rocce grigie, minerali di ferro tinti di rosso ruggine dall'ossidazione, neve alabastrina e rivoli argentei d'acqua. Lungo tutta la riva si alzavano banchi di vapore, nei punti in cui le fredde correnti oceaniche toccavano le rocce nere della spiaggia vulcanica. «Non è questo il posto» disse a Fridayweed. «Qui non c'è alcun ghiaccio antico.»

Così egli avanzò ancora, inoltrandosi nelle distese innevate, ed una sera, mentre era seduto accanto ad una piccola palla di fuoco che aveva evocata per riscaldarsi, osservò il sole scomparire. Il tramonto tinse la neve di tenui sfumature di pesca e malva, e nel cielo soffici banchi di nuvole separavano le montagne dalle loro cime. Con l'avvicinarsi della notte, le nuvole si abbassarono gradualmente, scivolando giù per i fianchi delle montagne fino ad oscurarne le pendici, anziché le cime, dando l'impressione che esse stessero salpando il mare di nebbia su un zattere invisibili. Stava meditando su nebbie e nuvole, immaginando che provenissero da un qualche mondo sconosciuto e che avessero il potere di dissolvere le barriere fra questo mondo e l'altro, quando udì il terreno parlargli.

«Häi viszto forse», ringhiò una voce tanto profonda da sembrare un tuono ovattato, «un vecchio cohn un øcchio solo dalla bharba grigia che impugna oun basztone, cohn un cørvo su ciasckuna spalla et due lüpi khe lo seguono fedheli? Indosso egli pørta un grande capphello ed un mäntello da viadjo.»

Arran sentì i peli sulla nuca rizzarglisi. «No» rispose, non sapendo cos'altro dire. Guardatosi attorno con attenzione riuscì a vedere un volto tanto smisurato quanto grottesco, circondato da una lunga barba bianca da cui pendevano stalattiti di ghiaccio. Un gigante lo stava osservando dal fianco della montagna, quasi il suo corpo ne facesse parte. A confronto di quella creatura, alta oltre quattro metri, anche il troll delle nevi sarebbe sembrato un nanerottolo. Egli non poteva che essere uno degli *hrimsthursar*, i giganti del gelo, su cui anche i libri custoditi ad Alta Darioneth non avevano che poche informazioni. Il gigante pareva star riflettendo sulla risposta di Arran, cosa che spinse il mago a chiedersi se avesse dato una buona notizia o una cattiva notizia. Ricordava che i giganti del gelo potessero essere sia benevoli che maligni e che potevano essere saggi o sempliciotti, e la cosa lo allarmò. La cosa più importante era non mostrare alcun accenno di paura.

«Uømo», lo apostrofò il gigante del gelo, «che cosza sai, tu, riguardo al ghïaccio?»

«Io conosco», disse Arran, facendosi coraggio, «i dieci nomi degli iceberg, i diciotto nomi dei ghiacci di mare, i venti nomi dei ghiacci delle coste, i sedici diversi ghiacci delle montagne e i tre ghiacci del suolo. Conosco tutti i ghiacci degli altipiani artici e ciascuno dei sei ghiacci dell'atmosfera. Conosco le forme e i colori del ghiaccio, come si vengono a formare e come si scioglieranno; ghiaccio nero, bianco o verde giada nelle zone di distacco ai poli; la poltiglia di nevischio, il ghiaccio a frittella e gli intricati fiori di ghiaccio dei mari artici, brash, firn e brina; ghiaccio tubolare, cascate ghiacciate e lenti di ghiaccio.»

Fortuna volle che quella domanda rivolta ad Arran riguardasse un argomento che egli aveva studiato approfonditamente. Erano pochi i signori del clima che potevano dire di aver congelato un intero lago. Arran era fra questi.

Circondato dai riflessi della neve e dal luccichio delle stelle, il gigante parlò con voce roboante: «Il miø nome è Bergelmir, figlio dhi Thrudgelmir, figlio dhi Thrym. È buøna cosa, umano, che tu såppia qualchosa riguardo al ghiaccio. Pure v'è tånto che ancora ignøri.»

Bergelmir condivise con Arran altri nomi ed altri segreti del ghiaccio, molti dei quali sconosciuti perfino ai signori del clima. Condivise con lui anche il sapere degli *hrimsthursar* riguardo ad acqua, fuoco e aria. Da tutti questi segni, Arran dedusse che questo gigante fosse saggio e benevolo, e perciò gli rivelò il proprio nome. Parlarono per tutta la notte, e all'approssimarsi dell'alba Arran chiese al wight che cosa egli sapesse di preziose bolle d'aria di un'era perduta, intrappolate in antichi cristalli di ghiaccio.

Il gigante del gelo gli rivelò che l'aria racchiusa in quella speciale matrice di ghiaccio era stata bruciata dal passaggio di quelle stelle che, cadute dal cielo, precipitarono sulla terra e formarono i pozzi dell'immortalità, millenni fa. I venti trasportarono l'aria arsa dalle stelle fino alle pianure gelide, dove la neve cadde e si solidificò trasformandosi in ghiaccio, rimanendo tale grazie al freddo eterno che lì regnava. Questi antichi gas, chiamati *skjultånd* – respiri-nascosti – possedevano proprietà uniche, ma la loro composizione esatta era un mistero.

«Rësta qui, Arran, figlio di Avalloc» rombò la voce del gigante del gelo. «Rësta qui åd imparare i segrethi dell'universø dagli *hrimsthursar*. Rësta e saråi il re di tutti gli studioszi.»

«No, devo andare avanti» rispose Arran.

«Ållora tï indicherø come raggiundgere ciò che cerchi», disse Bergelmir, «ma sappi chë potrebbe nøn essere lå cura che cërcki.» Il gigante istruì Arran su come arrivare ad una particolare spiaggia, poco lontano, dove avrebbe trovato un vascello infuso di magia con il quale avrebbe dovuto viaggiare per raggiungere il suo obbiettivo.

Prima di separarsi, Bergelmir gli disse: «Qvando farai ritorno allë tue terre, a sud, døvrai passare per luøghi cke un tempo furonho più caldi. In qvel tempho esse eråno cøltivate da ümani, nelle cui fàttorje dimoravano i *tömte*. Øra lì non vi szono più ümani, poiché da nørd il freddo è lì strishato, ma qualcke tömte anchora rimane. Se qvalcuno ne trøverai, dì che è Bergelmir a måndarthi, ed esszi ti aiutheranno. Se døvessi imbatterti un vecchio sthorpio dalla bharba grigia, ben sarà per te restårne alla larga. Un'ultima parola d'åvvertimento, Arran figlio di Avalloc: ai Goblin dei Ghiacci fa' attenzione.»

Dopo aver manifestato al gigante la sua gratitudine – senza però mai ringraziarlo direttamente, come imponevano i costumi delle creature eldritch – Arran si diresse alla spiaggia da questi indicata, dove trovò un'imbarcazione elegante, dalla forma simile ad una conchiglia, esattamente come Bergelmir aveva detto. L'imbarcazione prese il largo da sé insieme ad Arran, solcando l'acqua densa di nevischio e blocchi di ghiaccio trasparente. Sportosi dal fianco della barchetta l'uomo ne raccolse una manciata, prorompendo in un moto di gioia al vedere le masse di minuscole bollicine ferme all'interno, simili ad un calice di vino frizzante congelato nella sua effervescenza. Da uno di quei blocchi staccò un pezzetto di ghiaccio, che infilò in una delle fiale che aveva con sé, usando i propri poteri per mantenerlo congelato.

Quella notte stessa Arran si distese nella neve a dormire, mormorando come suo solito un'invocazione che riscaldasse lui e Fridayweed, che si era arrampicato fra i suoi capelli, sebbene non avesse nulla con cui rifocillarsi. A dispetto di ciò egli era tanto esaltato dall'essere riuscito a trovare lo *skjultånd*, che per tutta la notte dormì un sonno irrequieto, spesso interrotto da risvegli e momenti di dormiveglia. In un'occasione egli alzò la testa e credette di intravedere all'orizzonte una compagnia di dame e cavalieri d'aspetto straordinario, illuminati dalla luce della luna e dal riflesso della neve, o forse da una qualche luce interiore. Gli sembrò quasi di sentirli parlare, e nonostante non riuscisse a comprendere il loro linguaggio ebbe la fortissima sensazione che stessero ricordando persone conosciute tempo addietro, persone che desideravano rivedere. Mentre proseguivano nella loro cavalcata, dalle loro mani e dalle loro vesti cadde una pioggia di scintille luminose, che si posarono delicatamente sulla neve. Arran si sentì il cuore colmo di paura, senza apparente motivo, e si disse che doveva trattarsi di un sogno.

Il signore del clima si svegliò il mattino successivo, fra le dune di neve tinte dei colori dell'alba, e per puro caso incappò in una manciata di cristalli tanto puri e brillanti da assomigliare a diamanti. Non appena furono toccati dai primi raggi di sole, i cristalli riflessero intorno una serie di immagini, ed Arran le osservò tutte con grande meraviglia. Erano volti di una immensa folla di sconosciuti, volti di una bellezza ultraterrena eppure contaminati da un'espressione crudele; uno di loro in particolare, un volto maschile, superava in bellezza tutti gli altri come una fulgida cometa oscura una lucciola. La luce del sole sciolse quelle visioni, e con i due rimedi in suo possesso, Arran fece infine rotta verso casa.

Camminò per mesi, senza però mai dimenticare il consiglio datogli

dal gigante del gelo. Non appena vide all'orizzonte la Catena Settentrionale, con i suoi picchi cinti di nubi, Arran capì di essere giunto
nelle terre che un tempo erano appartenute ai contadini umani ed
iniziò a cercare i tömte. A quanto ricordava dai propri studi, i tömte
erano creature che aiutavano fattori e contadini, una sorta di brownie
dell'estremo nord. Egli non aveva visto wight di quel tipo durante il
suo primo viaggio in quella terra spazzata dal vento, dove ciuffi d'erba
ispida e piante di cardo si aggrappavano stoiche al terreno duro come
ferro fra una chiazza di neve e l'altra, e il viaggio di ritorno non fu in
questo diverso. Senza perdere le speranze, egli prese a chiamare a gran
voce "Tömte! Tömte! Venite da me!" eppure nulla venne a lui, eccetto
il gracchiare dei corvi, frammenti di foglie trasportati dal vento gelido
e sabbia che si insinuava nei suoi stivali logori, rendendo il suo camminare ancora più doloroso.

Stava camminando alle pendici delle Catene quando una lepre
bianca balzò fuori dall'erba alta e saltellò via. Si fermò, ad un certo
punto, e si voltò a guardarlo in un modo che spinse Arran a pensare
che volesse essere seguita, così egli le corse appresso. La lepre si fece inseguire attraverso i carici, menre nella sua tasca Fridayweed protestava
a gran voce per i continui sobbalzi e scossoni. Prima di riuscire anche
solo a capire cosa stava accadendo, Arran inciampò e cadde in avanti,
finendo schiacciato a terra da una rete di corda. Dolorante e coperto
di escoriazioni, il mago del clima guardò verso l'alto e intravide una
figura che lo osservava con aria divertita.

«Perché mi avete fatto questo?» esclamò sdegnato il mago. «Liberatemi subito!»

«Ahia» fu il laconico commento di Fridayweed, poco più di una
voce soffocata schiacciata da qualche parte fra i vestiti di Arran.

«Corri, corri, veloce come il vento, perché vai chiamando i tömte,
o bocconcino succulento?» chiese la figura con voce stridula.

Arran roteò gli occhi e sospirò. Per quanto fosse grato alla sua
buona sorte che il tömte parlasse fluentemente la lingua comune,
era chiaro che, come molti eldritch wight, esso aveva un modo tutto
suo, molto stravagante, di esprimersi. Sperò in cuor suo che quella
creatura almeno evitasse le domande retoriche e frasi come "*Se me*

lo domandassi in un Giorno di Luna dovrei rispondere 'sì', ma se me lo chiedessi in un Giorno di Guerra sarei costretto a dire 'no'."

«È stato Bergelmir a mandarmi» rispose.

La rete di corde schizzò verso l'alto, lasciando libero Arran, mentre Fridayweed si limitò a mettere la testa fuori dal suo nascondiglio fra i vestiti, fare una smorfia e scomparire nuovamente.

«L'enorme jotun, quel capodoglio fra il ghiaccio spoglio, cos'ha da dir il mio Bergelmir?»

«Mi ha detto che mi avreste potuto aiutare. Il mio nome è Arran, figlio di Avalloc.» Messosi a sedere, il mago del clima si trovò faccia a faccia con una piccola creatura dal fisico asciutto, con un volto segnato dalle intemperie incorniciato da una folta barba sbiadita sormontata da due occhi brillanti. In testa indossava un cappello rosso di forma conica che pendeva da un lato della testa, mentre addosso portava una lunga giacca a collo alto di pelliccia d'orso polare, guanti, pantaloni verdi e scarpe di pelle di renna dalle punte curve verso l'alto. Il tömte stava rimettendo la rete – che era evidentemente incantata – all'interno della manica della giacca. Da sotto l'orlo di pelliccia del cappello spuntavano due ciuffi di bianche orecchie di lepre.

«Sono in cerca di una cura per risvegliare mia moglie dal suo lungo sonno» disse Arran. «Ho trovato *cneadhìoc e skjultånd,* ma non c'è modo di sapere se serviranno a qualcosa. È profondo, il suo sonno, e molto simile alla morte, e se sai di qualcosa che potrebbe aiutarla, ti prego, parlamene.» Il mago si strofinò il mento nel punto in cui era stato punto dalle spine di un cardo. Dopo un certo tempo lo incalzò: «Buon tömte, mi avete sentito?»

«Rognvald sta a riflettere, e sbattere» disse il wight in tono asciutto, aprendo e chiudendo gli occhi. «Sbattere picconi e scavare in cerca di risposte! Bere, sì, c'era molto da bere quando le fattorie prosperavano, le api facevano gli alveari e c'era miele per l'idromele, e c'è anche un'erba.»

«Un'erba?»

«Fra i bianchi fiocchi essa cresce a gran tocchi. La neve si scioglie nei pigri, tiepidi e lunghi giorni d'estate, e lascia tre piante.»

«Cosa rimane quando la neve è sciolta?»

«Lobetti di licheni leccano lievi i lussureggianti lati delle pietre. Muschio madido, fili di fata, verde come gli smeraldi degli artisti, ah, laggiù, li hai visti? E quello puntuto, quello ricciuto che fronzuto cresce coi suoi petali violetto nel sole dell'Estate di Avalloc. Pizzicato ti ha sul mento! Tante spine, più di cento!»

«Licheni, muschio e fior di cardo» tradusse Arran. «Che devo fare con queste erbe, Rognvald?»

Alle parole "fior di cardo" Asrăthiel ebbe un improvviso sussulto. Quelle parole le riportavano alla mente ricordi strazianti. La sua reazione passò inosservata, dal momento che tutta l'attenzione era concentrata su suo padre. Quel piccolo wight criptico aveva parlato di alcune rare varietà di piante che crescevano lì attorno. Questi ingredienti, presi in determinate quantità e trattati in modi specifici, potevano essere usati per produrre una pozione risanante chiamata *trebladen*. «Forse non cureranno ogni malanno, l'erbe che nelle brughiere stanno», disse il tömte, «ma i succhiasangue ne vengon scacciati, come strappa-piume, sanguisughe e vermi sdentati, se poi mordono son spacciati, vermi schifosi e rospi bulbosi, parassiti, profittatori, perditempo ed avvocati ed altri disgraziati.»

«Il vischio è un parassita. Ti prego, dammi un po' di questa cura.»

«Non posso proprio, non ne ho da dare, nemmeno un tocco da buttare. Se il rimedio vuoi avere allora avrai da cucinare; cogli e poi trita, fai bollir e vai a infornare, poi a manate la puoi decorare.»

Il wight scrollò le orecchie e fece come per allontanarsi, ma Arran balzò in piedi esclamando: «Aspetta! Ti prego, aiutami a prepararlo!»

«Dovrei aiutarti ancora? Me ne torno invece alla mia dimora, i miei ossequi alla signora io vi lascio.»

«Posso pagare. Non ho con me oro né cibo, ma posso comandare i venti. Posso chiamare o scacciare la neve.» Disperato com'era, Arran stava nuovamente ignorando le regole che proibivano ai signori del clima di manipolare con leggerezza il clima. «Vorresti vedere la neve sparire, Rognvald, visto che il gelo ha fatto scappare le tue famiglie di contadini? Posso far sciogliere la neve per un certo tempo, qui nel luogo in cui dimori, così che i primi fiori di primavera sbocceranno solo per te.»

«Che m'importa di veder la neve sciolta in breve, spazzata al soffio lieve della brezza, via insieme alle fate nei recessi del giardino?» Il tömte saltellò un poco più in là.

«Posso intrattenerti» gridò Arran, folle di disperazione, dando voce alle prime parole che gli vennero in mente. «Posso raccontarti storie. Posso danzare, e cantare.»

«Cantare?» disse il tömte drizzando le orecchie. «Questo sì, mi può interessare.»

Avvenne così che Arran Maelstronnar cantò per il tömte delle colline, mentre il wight sedeva ai suoi piedi come ipnotizzato, stringendo le braccia attorno alle ginocchia nodose. Il mago cantò una ballata d'amore, che narrava di separazioni e malinconia, che egli stesso aveva composto nei lunghi anni dei suoi viaggi. Il canto parve essere apprezzato dal tömte, poiché quando Arran ebbe concluso l'ultimo verso esso rimase a ponderare in silenzio per alcuni momenti, prima di balzare in piedi con decisione ed esclamare: «Vieni con me a prender le tre erbe selvatiche. Il *trebladen* mesceremo, prima che il giorno precipiti nel buio.»

Si allontanarono insieme, uomo e wight. Rognvald gli mostrò dove trovare gli ingredienti – compresi alcuni precoci bocciuoli di una smunta varietà di fior di cardo – come soppesarli accuratamente, come pestarli fino a farne poltiglia in un mortaio ricavato da una pietra concava con un pestello di granito, ed infine gli insegnò come bollirli usando un piccolo apparato da distillazione che il tömte recuperò da un buco nel terreno, solitamente usato per ricavare da radici selvatiche e tuberi un tipo particolare di acquavite. Il succo viola dei petali di fior di cardo colorava la mistura, ed Arran, chiedendosi se il *trebladen* potesse essere velenoso, se ne lasciò cadere una goccia sulla lingua. Era amaro, ma non ebbe effetti indesiderati ed anzi, lo fece sentire rinvigorito. «Nessuna tossina travia il *trebladen*», gli assicurò il tömte, «ma amaro è l'aroma del cardo colorato, questo fiore ferale ha il sapore selvaggio di questo mese.»

Quando ebbe terminato tutti i procedimenti, Arran riempì una delle sue fiale con la mistura ottenuta, e manifestò la propria gratitudine allo wight senza ringraziarlo, prima di andarsene. Proprio mentre stava allontanandosi, il tömte lo fermò: «Li hai trovati? Evitati? Li hai forse contrariati, i bellissimi, gli aggraziati, autoritari assassini goblin delle Terre dei Ghiacci?»

"No," rispose Arran, "non ho visto i Goblin dei Ghiacci." Più avanti, però, ci rifletté e disse fra sé e sé: «Eppur forse li ho incontrati?» E fu sollevato di non averli davvero incrociati, poiché senza dubbio erano pericolosi. Si trovò comunque a ripensare ai volti meravigliosi che aveva visto per pochi istanti riflessi nei cristalli, e gli sovvenne che poteva trattarsi di frammenti di ricordi.

Era già tardi quando, una sera, egli stava inerpicandosi su per un'altura sotto un cielo plumbeo. Sopra di lui roteavano masse di nuvole scure ed il vento giungeva soffiando in forti raffiche, piegando e spazzando i carici, i pallidi cespi d'erica e i ciuffetti di cardi che crescevano qua e là. Mentre camminava, Arran si sentì stringere il cuore dal terrore, e si accorse con immensa sorpresa che un'alta figura di forma umanoide gli stava camminando accanto. Sembrava essere un uomo anziano avvolto in vesti blu con in pugno un lungo bastone di legno, che usava per aiutarsi a camminare. La sua lunga barba e i capelli scarmigliati, del colore della pioggia gelata, venivano agitati dal vento, e le sue vesti sbattevano come ampie ali. Sotto al suo ampio cappello egli indossava una benda, portata sopra un occhio, e, forse il dettaglio più bizzarro fra tutti, un grosso corvo nero stringeva le zampe artigliate sulla sua spalla.

Non mostrare la tua paura, si ripeté Arran, senza però riuscire a trattenersi dal gettare involontariamente un rapido sguardo alle spalle. A malapena distinguibili sullo sfondo del terreno brullo, due creature asciutte e slanciate avanzavano di soppiatto: lupi. Così era davvero questo il vegliardo di cui aveva parlato il gignate del gelo. Arran percepì un grande potere venire da quell'individuo e rimase perciò in silenzio, sopraffatto dalla meraviglia e dal timore.

L'uomo gli si rivolse, con voce profonda e roboante, per domandargli che cosa avesse con sé, ed Arran gli rispose secondo verità, giacché era riluttante a mentire a questa creatura formidabile, per quanto avesse paura che egli decidesse di sottrargliele e tenerle per sé.

«Mostrami queste medicine di cui parli» disse il vecchio, ed Arran lo accontentò, così che lo sconosciuto gettò la testa indietro e ne rise, ma senza traccia di divertimento nella sua voce. Non disse più nulla, ma si limitò a scuotere la testa, come a dire, *La madre degli sciocchi è sempre incinta.* Senza smettere di ridacchiare egli si allontanò, con i suoi due lupi al seguito, lasciando Arran scioccato e irritato, quasi in procinto di seguirlo e chiedergli cosa volesse dire con quella risata; Fridayweed lo fermò, tuttavia, squittendo dalla tasca: «Andiamocene! In fretta! Andiamocene di qui prima che la nostra fortuna cambi e lui decida di voltarsi e tornare qui. Se dovessimo essere ancora qui, credo che ci sarà qualcosa più che un breve alterco!»

Turbato dal tono insistente del piccolo wight, Arran ascoltò il suo consiglio e si affrettò a spostarsi, ma al contempo sentì il cuore farglisi pesante come un fossile incastonato nel petto.

Arran proseguì fino ad essere sufficientemente lontano dallo sconosciuto. Ora che il pericolo era passato ed egli aveva con sé i tre rimedi, iniziò a sentire l'impazienza crescere dentro di sé. Non vedeva l'ora di rivedere la sua famiglia e usare le cure che aveva raccolto. Tanto impellente era quel desiderio che non appena ebbe oltrepassato la Catena settentrionale, egli prese a correre, senza mai smettere, fermandosi il minimo indispensabile per riposare e senza concedersi nemmeno un istante per tagliarsi la barba che andava crescendo. Corse attraverso Narngalis, oltrepassò Mulino Carta e le Brughiere Tempestose, attraversò Winterbourne e percorse la Via delle Montagne fino alla Porta Orientale dell'Anello di Montagne.

«E così sono giunto qui» disse Arran, terminando il suo racconto.

«Avevi parlato di una quarta cura, figliolo» gli ricordò Avalloc.

«Ah, è vero. Nell'attraversare la mia terra natìa, guardandomi attorno vedevo ovunque i segni della guerra. Lì appresi di Uabhar e delle sue macchinazioni, dell'uccisione dei miei fratelli, l'invasione di Narngalis, la venuta dei goblin, la creazione delle Guardie Cobolde e tutti i fatti tragici che sono accaduti durante la mia assenza. Ovunque la gente raccoglieva i cocci delle proprie vite e li rimetteva stoicamente insieme, con una resistenza che mi lasciò senza parole. Non importava quanto avessero sofferto, né quanto avessero perso, essi perseveravano. Amavano la vita, le risa e si amavano gli uni con gli altri con troppa intensità per arrendersi. È stato così che, senza l'aiuto di alcun eldritch wight, sono giunto alla conclusione che l'amore e le risa possono, da sole, aiutare lo spirito a guarire. È questo il quarto rimedio.» Chinatosi sulla moglie, mormorò nuovamente: Jewel, saprò risvegliarti?»

Giunse allora il grido angosciato di Asrăthiel: «Certo che si sveglierà!» ma nel vedere le espressioni incerte sui volti di quanti erano attorno a lei e nell'immaginare la risata sguaiata del vecchio wight senza un occhio col suo bastone, la giovane arrivò ad un passo dalla disperazione più assoluta.

Da una tasca nella sua tunica suo padre prese una fiala a collo largo contenente una densa pasta verde. Appoggiata la fiala sul tavolinetto lì a fianco, procedette quindi ad allentare con delicatezza il laccio che chiudeva il corpetto di Jewel e ne separò i lembi, rivelando la ferita lasciata dal dardo di vischio lanciato da Fionnuala Aonarán, che l'aveva colpita appena sotto lo sterno. Quella ferita non si era mai del tutto rimarginata. Arran sollevò e stappò la fiala, poi disse: «Ecco, questo è cneadhìoc, un impiastro fatto per estrarre ogni frammento e scheggia di vischio.» Spalmò con assoluta delicatezza l'olio sulla ferita, mentre la folla radunatasi attorno a loro – che ora comprendeva tutti gli abitanti della casa – osservava in silenzio.

«Svegliati» disse Arran. «Jewel, svegliati, ama, ridi, vivi.»

le palpebre di Jewel ebbero un fremito, come le ali di una delicata farfalla blu. Poi più nulla. Quello fu l'unico segno, eppure si trattava comunque di un segno quando non ve n'erano mai stati.

Gli astanti trattennero il respiro, ma prima che chiunque potesse fare un commento, Arran li invitò a tacere. Con voce nervosa e tono secco, disse: «Fridayweed, porgimi la fiala con il ghiaccio» ed un piccolo viso da folletto fece capolino da un'altra tasca della tunica, seguito da una zampa magra ed avvizzita che porse ad Arran una seconda fiaschetta. Questa era colma di una sostanza incolore attraversata da venature bianche.

«Ecco, questo è l'antico ghiaccio, *skjultånd*», disse Arran, «preso dal cuore della Terra di Semprinverno, e in esso sono intrappolate bolle dell'aria che è stata bruciata dalle stelle cadenti, mantenuto congelato dall'uso del brí. Mai come ora sono stato grato di avere i miei poteri di signore del clima." Mentre parlava, il ghiaccio nella fiala si andava sciogliendo, riscaldato dalle sue mani. Tolto il tappo egli avvicinò la fiala a Jewel. «Ecco, respira il primo respiro del mondo» sussurrò. «Svegliati, Jewel! Ama, ridi, vivi!» disse, tenendo la fiala sotto le narici di Jewel finché anche l'acqua non fu evaporata.

Il respiro della donna si fece più rapido, e le guance si tinsero del colore dell'alba, ma ella non si svegliò.

Nessuno si mosse.

Cosa poteva significare? Stava davvero tornando in vita o forse quei bizzarri preparati galenici avevano spostato l'ago della bilancia in direzione opposta, dal sonno alla morte, e quelli a cui stavano assistendo erano in realtà gli ultimi respiri di Jewel?

Con voce rotta dall'emozione, Arran si rivolse agli astanti: «Non esultate. Vi avviso, non è ancora salva. Non è ancora tornata con noi, per quanto sembra che gli ingranaggi del suo corpo stiano tornando a funzionare. Questo è il momento più pericoloso, vi prego, non distraetemi ora. Il potere della benedizione del suo antenato è grande quanto quello della sua maledizione. Jaravhor di Strang non completò mai l'incantesimo di invulnerabilità che lanciò sui suoi discendenti. Per pigrizia, incompetenza, disattenzione o arroganza egli dimenticò l'incantesimo che li avrebbe protetti dal vischio. Qui con me ho ciò che serve per completare quell'incantesimo. Se questo non dovesse riportarla in vita, allora avrò fallito.»

Fra le dita stringeva una fiala viola.

«Che cosa potrebbe dare protezione dal vischio?» continuò. «Come ho scoperto, si tratta di qualcosa di insignificante, qualcosa di incredibilmente comune. Il *trebladen* è l'essenza del fior di cardo mischiata con altri ingredienti, il tutto poi distillato alla stessa maniera dell'essenza di rosa.»

Arran tolse il sigillo alla fiala e socchiuse le labbra di Jewel con un dito, facendole cadere sulla lingua alcune gocce di liquido viola.

«È amaro, lo so», mormorò, «mi dispiace. Svegliati, amore mio. Ama, ridi, vivi!»

Le palpebre di Jewel si spalancarono come ali di farfalla.

Il blu dei suoi occhi ricordava la luce della luna che colpisca uno zaffiro, e nel volgerli verso suo marito sul volto della donna si dipinse un sorriso. Era finalmente sveglia.

Sopraffatto dall'emozione, Arran sollevò la moglie, abbracciandola e affondando il viso fra i suoi bellissimi capelli, cullandola come un bambino. Quelli di Asrăthiel erano gli unici occhi asciutti in tutta la casa.

«Fate suonare le campane!» gridò Avalloc Maelstronnar. «Spargete la voce! Che ci siano feste e canti e danze in ogni via!»

L'esultanza corale dell'intera casa arrivò come un'esplosione. Albiona, i bambini e tutti i servitori corsero fuori, spargendo a destra e a manca la notizia, che fece ben presto il giro prima di Piana dei Frassini, poi dell'altopiano sottostante, per poi dilagare in tutto il regno, trasportata dalle torri segnaletiche.

Nella Casa dei Maelstronnar, la guaritrice Lidoine si precipitò su Jewel, e a nulla valse il suo protestare di non aver bisogno di attenzioni mediche e di essere in perfetta salute. Folle di persone si presentarono a Casa Maelstronnar, portando mazzi di fiori di ogni tipo, ed ognuna di esse venne garbatamente respinta da Albiona con poche parole: «Siete troppo gentili, ma Jewel non è ancora guarita del tutto, e dobbiamo lasciare anche ad Arran tempo di rimettersi. È meglio se per ora non facciate loro visita.»

Nonostante quelle parole, tuttavia, i festeggiamenti non si placarono. La famiglia reale inviò i propri rispetti e ricchi doni, e in ogni città e villaggio di Narngalis si parlava del miracolo dei Maelstronnar.

Dopo così tanti anni, la madre di Asrăthiel era stata risvegliata dal suo sonno catatonico. Sarebbe occorso del tempo prima che ella ritornasse in piena salute, ma il tempo, ora, era qualcosa che la famiglia Maelstronnar aveva in abbondanza. Tempo per godersi la loro riunione tanto a lungo attesa, tempo per dare libero sfogo ad una gioia che mai s'era vista ad Alta Darioneth.

13
RITORNO

Quante ore buie son passate dall'ultimo sguardo che ho posato
Sul viso tuo così dolce, e tanto più bello del cielo stellato?
Nessun balsamo lenirà il mio dolore, e invero nessuna cura
Potrà sanare la mia mente straziata. Di te il pensiero mi cattura.
Ecco, sento ora un sospiro rieccheggiare dai giorni passati,
Lassù in quel vuoto di oscurità e soffitti arcuati;
Le voci del passato lamentano ciò che andò perduto;
Quel tuo cuore spietato, riscattato con sì grave tributo.

Perciò mi aggiro per questo luogo tetro e abbandonato,
maledetto dal desiderio, finchè sul tuo viso lo sguardo avrò posato.
Son stata io la tua rovina, ed ora tu salpi verso le oscure sponde,
E con te scompare la mia passione, il mio cuore, e tutto ciò ch'esso
    nasconde.

CANZONE DELL'ABBANDONO

ACCADDE così che mentre il sole redivivo tornava a scaldare i Quattro Regni di Tir, e la Primavera stendeva sulle campagne una spuma di boccioli luccicanti di rugiada, il Casato Stormbringer stesse assaporando un periodo di gioia senza pari.

Avalloc era fuori di sé dalla felicità, ora che il suo erede era tornato e che sua figlia era stata resuscitata. Chiese immediatamente l'elezione di un nuovo Signore delle Tempeste e si preparò ad abbandonare la carica. «Ho guidato il Concilio di Ellenhall troppo a lungo» disse. «Dai giorni del tradimento e dello sterminio dei nostri amati compagni il mio cuore non ha più la forza di reggere questo peso. È tempo che si faccia avanti una nuova guida.»

Albiona e Dristan non avrebbero potuto essere più felici del ritorno di Arran e della guarigione di Jewel, così come i loro figli Cavalon e Corisande, e perfino il loro brownie domestico era parso di buon umore, nelle rare occasioni in cui era stato visto, forse per via della piacevole compagnia del piccolo wight di Arran, Fridayweed.

Asrăthiel, dal canto suo, era immensamente felice, nonostante un grande peso gravasse sul suo cuore. Si trovava ad esistere, in qualche modo, fra due poli opposti di emozioni. Finché era fra le braccia della sua famiglia si sentiva quasi in pace, ma quando soffiava il vento del nord diventava triste ed irrequieta, com'era stata un tempo. Ancora più doloroso era dover sopportare i ricordi che la tormentavano. Il suo cuore ancora si struggeva per il suo amante goblin. La vita di tutti i giorni la proteggeva dal dolore straziante che provava nell'averlo perso come strati di seta e bambagia attutiscono il suono di una pietra. Il pugnale che le trapassava il cuore poteva essere ignorato per un certo tempo, ma non la abbandonava mai, rimanendo conficcato al centro del suo essere, gelido ed implacabile. Non poteva dimenticare, inoltre, che se al sorgere della prima luna di Averil non avesse ricevuto alcun segno da Zwist, avrebbe significato che Zaravaz era stato consumato dagli effetti delle fiamme arcane. Avrebbe significato che non l'avrebbe mai più rivisto.

Dopo il lungo sonno che l'aveva colpita, la salute di Jewel si era fatta delicata. Lei stessa era piuttosto debole e si stancava molto facilmente, oltre a mancare di appetito e vigore. Una volta che fu passato del tempo e Jewel ebbe recuperato le forze – un processo molto più rapido di quanto la guaritrice avesse previsto – la famiglia ricostruita si riunì una sera nella sala dei banchetti per una cena di festeggiamento.

Alte giare erano appoggiate alle pareti rivestite di pannelli di noce, tutte ricolme dei deliziosi frutti di una tarda primavera. Una fiamma scoppiettante e luminosa ardeva nel focolare in un turbine di fuoco simile ad un vortice di foglie autunnali di zucchero filato. La luce del caminetto si rifrangeva su finestre dai vetri come diamanti, candelieri di bronzo, posate d'argento e lunghe panche di legno di quercia lucidato. Sopra il caminetto era appesa Lamafulva, infilata nel suo fodero decorativo come una normalissima spada, senza rivelare alcunché sulla sua storia unica e sulle sue straordinarie particolarità. Avalloc sedeva a capotavola, osservando con soddisfazione i volti che vedeva attorno a sé; i suoi figli con le rispettive mogli, i suoi tre nipoti e i suoi venerabili ospiti Clementer ed Agnellus. I commensali ridevano e conversavano, strepitando gioiosamente ogni volta che un nuovo piatto veniva portato in tavola, bevendo in abbondanza dei migliori vini delle cantine di Avalloc e facendo risuonare l'intera sala con la propria chiassosa felicità – tutti quanti ad eccezione forse di Asrăthiel, la quale, come aveva notato il Signore delle Tempeste, appariva più incupita di quanto non fosse stata in passato, come se una vaga ombra l'avesse perseguitata sin dal periodo di prigionia passato nelle viscere della Montagna d'Argento.

La famiglia di Jewel ebbe cura di non disturbarla con le proprie domande, durante la sua convalescenza, preferendo rimpinzarla di dolci e piatti deliziosi o accompagnarla in tranquille camminate nel giardino, chiacchierando del più e del meno e cercando di proteggerla dal trauma che le avrebbero causato gli eventi sconvolgenti verificatisi durante il suo sonno. I pazienti affaticati da pene e sofferenze impiegavano più tempo a guarire, era risaputo. Per quanto la famiglia non potesse né intendesse nascondere il massacro dei signori del clima o l'imperversare della guerra nei Quattro Regni, si erano premurati di darle un'immagine quantomeno accettabile della situazione attuale, e i loro sforzi dettero i risultati sperati. Jewel era tornata ad essere il ritratto del vigore, tanto che nessuno più si faceva problemi a farle domande su ciò che ricordava del suo periodo di coma. Ricordava poco, in ogni caso – nulla più che qualche sogno indistinto, per quanto non sgradevole.

Venne a quel punto il turno di Jewel di fare domande. Più tardi quella notte, quando il banchetto era ormai concluso e dal retrocucina provenivano i suoni di stoviglie sbatacchiate che segnalavano che l'indefesso brownie di casa stava già lavorando, il resto degli abitanti umani si preparavano ad andare a dormire. Jewel entrò nella camera di Asrăthiel con una lampada accesa in mano, che appoggiò poi sul mobile della specchiera. Asrăthiel era seduta di fronte allo specchio ed osservava la propria immagine riflessa, persa nei suoi pensieri. Stava togliendosi i fermacapelli ingioiellati prima di essere colta da quella fantasticheria, e i suoi capelli erano ancora per metà acconciati. Jewel iniziò a districare le ultime ciocche e liberare dagli ultimi fermagli quella nuvola temporalesca di capelli, che lasciò cadere lungo la schiena della figlia. Asrăthiel sorrise al riflesso di sua madre, ricordando le innumerevoli volte che Jewel aveva compiuto quello stesso gesto per lei durante la sua infanzia.

«Cosa ti affligge, *a mhuirnín*?» chiese Jewel, mentre le sue dita scivolavano fra le soffici matasse di capelli. «Sembri persa fra sogni ad occhi aperti, in questi giorni. Forse il Vento del Nord, da cui prendi il nome, ha rubato la pace al tuo cuore?» Le parole della madre avevano colpito più nel segno di quanto Asrăthiel non fosse disposta ad ammettere. «Tuo padre ed io siamo preoccupati», continuò Jewel, «perché non sembri felice com'eri un tempo. Dietro alla tua pacata contentezza c'è una terribile malinconia, un sentimento che è evidente che ti stai sforzando di nascondere. Forse è la sofferenza che hai visto intorno a te durante la guerra. Forse non riesci a lasciarti alle spalle i ricordi dell'ordalia a cui sei stata soggetta nelle viscere della montagna? O forse entrambe le cose?»

Asrăthiel non tentò neppure di mentire, Jewel la conosceva come solo un genitore può conoscere un figlio. «Hai ragione», disse la giovane con riluttanza, Jc'è un'ombra che mi insegue – pena, desiderio, rimpianto, puoi darle il nome che preferisci, poiché nemmeno io ho un nome per questo male. Ma Madre, io vi prego, come pregherò mio padre, di non chiedermi la causa di questo malessere, in quanto troverei inappropriato parlarne, ed in ogni caso sono convinta che il passare del tempo guarirà questa ferita e che presto tornerò a ridere e gioire.»

Jewel non continuò con le sue domande, dimostrandosi tacitamente comprensiva, ma Asrăthiel capì subito che la madre sospettava che stesse soffrendo a causa di un tragico amore che si era concluso spezzandole il cuore. Forse i suoi genitori avevano supposto che si fosse innamorata di un qualche nobile di Winterbourne o di un capitano dell'esercito di Grïmnørsland, e che un litigio avesse spezzato quell'unione.

Se avessero saputo qual'era davvero il motivo della sua pena, pensò Asrăthiel, ne sarebbero stati prima sconvolti, poi increduli ed infine oltraggiati. Si era data il nome "Vento del Nord" in ricordo di una persona amata che aveva perduto, non poteva certo dire ai suoi genitori che ora portava quell'appellativo in nome di un altro?

Non riusciva a smettere di pensare a Zaravaz, e ogniqualvolta si ritrovava da sola con sé stessa era solo a lui che pensava. Avrebbe vissuto o sarebbe stato consumato? Se si fosse consumato, avrebbe lei avuto la forza di sopportare il trauma? L'avrebbe avuta se egli fosse sopravvissuto? Forse il fuoco avrebbe epurato il suo animo da ogni emozione intensa, com'era accaduto a William? O forse l'avrebbe trasformato in un muto sognatore come Aonarán? Forse il fuoco l'avrebbe lasciato senza mente, un guscio vuoto dotato di respiro e movimento, ma privato di ogni scintilla di carattere.

V'erano troppe domande a cui non poteva avere risposta, e tutte insieme la stavano facendo impazzire. Si chiese se gli Argenkindë avessero già abbandonato Sølvetårn, portando con sé il loro re, o se ancora vegliassero in quella sala, attendendo l'esito della sua muta battaglia con l'eternità.

Giunse la prima luna di Averil, ma nessun segno la accompagnò.

Volendo accertarsi che non ci fosse stata alcuna incomprensione, com'era accaduto l'ultima volta che i goblin avevano associato un loro proposito con le mutevoli peregrinazioni della luna nel cielo, Asrăthiel rimase notte dopo notte ad aspettare il brownie domestico in cucina; non appena quella schiva creatura faceva la sua comparsa, la giovane gli rivolgeva un pacato saluto e gli domandava se avesse ricevuto da altri eldritch wight alcuna notizia riguardo ai Goblin d'Argento. Immancabilmente il brownie rispondeva di no. Ogni notte per settimane aspettò nell'oscurità per interrogare il wight. Una notte, infine, il brownie le disse di aver parlato con alcuni trow di passaggio, i quali gli avevano a loro volta riferito senza giri di parole che gli Argenkindë avevano abbandonato la loro fortezza per inoltrarsi nelle desolate lande a nord. Non c'era alcun errore, i goblin erano partiti.

Era tutto finito.

Quella notte non ci fu alcun riposo per la giovane. Quando infine giunse l'alba, essa arrivò accompagnata dal suono di strani uccelli che, dall'altopiano, gridavano tutta la loro terribile disperazione, come a voler lamentare gli orrori indicibili a cui l'uomo sottopone le altre creature viventi con stridii angosciati, carichi di disperazione e di un dolore tanto agghiacciante da lacerare il cuore come un artiglio crudele.

Ora che ogni speranza era svanita, agli occhi di Asrăthiel parve che la luce del sole stesso fosse impallidita, non più gialla come l'oro ma pallida come sciacquatura di piatti, e alle sue orecchie il canto degli uccelli non era che una flebile eco distorta di quelle che una volta erano deliziose melodie. Ogni giorno le sembrava grigio ed interminabile; così intollerabilmente vuoto da rendere un'impresa perfino alzarsi dal letto al mattino. Il mondo aveva perso i suoi colori: dove l'Estate aveva donato alle foglie un verde intenso, lei non vedeva che il pallido colore delle ceramiche celadon, il bianco abbacinante delle nevi eterne sulla cima delle montagne più alte aveva perso il suo candore; perfino le pervinche blu che crescevano nelle fessure delle rocce vicino ai ruscelli non le sembravano che grumi di inchiostro ossidato. Ogni cosa le appariva come velata da una sorta di miasma repellente. *Non posso, non devo soccombere a questa folle disperazione!* Si ripeteva costantemente, avvolta dalla tristezza. *Ho tutto ciò che ho sempre desiderato, ora che i miei genitori sono di nuovo con me. Non posso lasciarmi abbattere così, farei un torto alla mia famiglia!*

Tentò così di trovare pace nella bellezza della sua casa fra le montagne e nei bei ricordi d'infanzia che le venivano nel volgere lo sguardo su un albero, uno specchio d'acqua, una casa solitaria o un volto familiare. A volte, al volgere di una giornata passata in allegra compagnia con la sua famiglia, si incamminava verso un punto abbastanza alto, da cui potesse osservare il sole calare dietro le montagne ad occidente inondando campi e frutteti con la sua calda luce color pesca. Sotto di sé riusciva a vedere l'immensa distesa boscosa dell'altopiano stendersi per chilometri e chilometri, circondata da un anello di montagne come una fila di denti ciclopici. In quei momenti la luce morente incendiava di riflessi la superficie di un lago o un sottile filo di fumo che saliva placido dal camino di un casolare lontano.

In altre occasioni si incamminava giù per i ripidi sentieri che scendevano da Piana dei Frassini, percorrendo le mulattiere, attraversando boschetti di rigogliosi alberi di noce e castagno, spostandosi per viali alberati e stradine che superavano ruscelli tumultuosi.

La sua dimora fra le montagne era meravigliosa, non c'erano dubbi a riguardo, ma nonostante tutta la bellezza che la circondava essa non poteva più darle felicità. Il suo spirito la attirava oltre le montagne, al di là dei tetti innevati delle grandi sale di Sølvetårn e nell'infinito, un sentimento che non faceva che acuirsi nei giorni in cui il vento del nord giungeva a mugghiare le note della sua canzone di ghiaccio.

La fantastica notizia del risveglio di Jewel si diffuse per tutti i Quattro Regno, fino a raggiungere le orecchie di alcuni uomini sotto il comando del Duca di Bucks Horn Oak: Tsafrir, Yaadosh, Michaiah e Nasim, che ora avevano passato i sessanta inverni. Sotto il comando del loro signore essi avevano aiutato a difendere Narngalis, ed ora, con la sua benedizione, si erano recati ad Alta Darioneth a porgere i loro ossequi alla nuora del Signore delle Tempeste, la figlia del loro vecchio amico Jarred. La casa dei Maelstronnar accolse calorosamente quei leali veterani. In loro compagnia, ascoltandoli raccontare di suo padre, Jewel si ritrovò a pensare alla sua vecchia casa nel Grande Acquitrino di Slievmordhu. Lei ed Arran decisero così di rivisitare i luoghi di Tir che ritornavano nei loro ricordi e riavvicinarsi con coloro che erano stati per loro cari, molti anni addietro.

Da Winterbourne era giunto un messaggio che invitava i signori del clima ad una festa che sarebbe durata per ben tre giorni, un'occasione per celebrare un evento epocale: la promessa di matrimonio fra il Principe William e Lady Meliora Morley, la primogenita di Lord Carisbrooke. Jewel e Arran si organizzarono per poter visitare l'Acquitrino prima di avviarsi verso la città reale.

Non appena gli uomini di Bucks Horn Oak furono partiti da Piana dei Frassini, Asrǎthiel e i suoi genitori decollarono con uno degli aerostati e si misero in viaggio, seguendo la Strada delle Montagne, passando sopra il fiume Canterbury e le Colline Confinanti, oltrepassando Cathair Rua e dirigendosi più ad ovest, verso il luogo in cui era nata Jewel. Durante il viaggio Jewel, accesa d'entusiasmo, raccontava al marito e alla figlia le storie dell'Acquitrino, storie che avevano già sentito in precedenza ma di cui non si stancavano mai. Li affascinavano in particolare le storie delle sfuggenti creature eldritch che abitavano l'Acquitrino; i pericolosi cavalli d'acqua che abitavano le profondità delle acque, le minuscole giovani donne chiamate *asrai*, vestite solo dei propri verdi capelli fluenti, i *gruagach* che dimoravano sulle isolette, i fuochi fatui che nella notte volteggiavano sulla palude.

Il Grande Acquitrino di Slievmordhu era leggermente cambiato dai giorni dell'infanzia di Jewel. La sua vasta e complessa rete di paludi, fiumi, boschetti contorti e lagune contornate da giunchi di palude restavano indisturbati in quella bassa e rigogliosa regione, alimentata da rivi di acqua purissima proveniente dalle montagne circostanti. Le acque dell'Acquitrino mantenevano la loro famosa dolcezza grazie alle correnti costanti che smuovevano le acqua quasi senza disturbare le superfici degli stagni a specchio, dei laghetti dalle acque scure e delle rive tranquille delle oltre trecento isolette lì presenti.

Anche Borgo Acquitrino aveva per la maggior parte lo stesso aspetto di sempre, con le sue palafitte dai tetti di giunco imperticate su lunghi pali conficcati in profondità nel fango, alcune costruite sopra piccoli isolotti, altre sospese sopra le proprie immagini riflesse sull'acqua o sorrette da grandi zattere galleggianti. Ponti di legno, passerelle e camminamenti rialzati, passatoie di pietre e ponti di corda attraversavano l'intero sistema di Acquitrini come una gigantesca rag- natela erano tenuti in condizioni perfette dagli abitanti della Palude, che si trovarono a guardare i visitatori con evidente meraviglia, finché alcuni di loro non riconobbero Jewel e presero a sbracciarsi e lanciare grida di benvenuto verso i tre appena giunti e ancora cinti delle loro lunghe vesti grigioblù.

Nell'attraversare le acque sulle barche delle sentinelle della palude, Jewel intravide tre bambini che giocavano ad attraversare un piccolo stagno camminando sui dischi galleggianti delle ninfee giganti. «Pro- prio come facevo io!» esclamò. La barchetta scivolò sotto i rami spor- genti di ontani e salici, tra le cui fronde faceva capolino il disco luc- cicante del sole. La figlia della palude si guardava attorno sorridendo, ammirando la familiare profusione di giunchi di palude e canne di fiume che spuntavano dalle rive di muschio sfagno e carice. Gli spin- arelli guizzavano fra le erbe acquatiche, grossi rospi gracidavano note come rintocchi di campane o colpi di grancasse, mentre l'aria era pi- ena delle luci iridescenti delle ali di libellula. Svariati uccelli svolazza- vano e si tuffavano in ogni dove: martin pescatori dalle piume lucide, aironi grigi che si aggiravano per la palude con le loro lunghe zampe sottili, anatre che nuotavano a pelo d'acqua e si immergevano fra le masse di giunchi.

Intrattenuti da storie e affascinati dalla vita di quel mondo fatto d'acqua, i viaggiatori giunsero infine all'abitazione della Guaritrice Bianca, Cuiva, e di suo marito Odhrán. Earnán "Martin Pescatore" Mosswell aveva ormai ottant'anni d'età, era piegato dal peso degli anni e piagato da numerosi acciacchi, e viveva insieme a Cuiva ed Odhrán, che lo amavano come fosse sangue del loro sangue. Il vecchio pesca- tore d'anguille pianse lacrime di gioia al rivedere Jewel, la sua nipote acquisita. Quella riunione fu per tutti una vera gioia, e i signori del clima ebbero cura di portare numerosi doni alla gente dell'Acquitrino. Jewel passò lunghe ore a ricordare il passato insieme ad Earnán, sedu- ta di fronte all'abitazione, sulla banchina illuminata dal sole, mentre sotto le tavole di legno l'acqua della palude mormorava placida e tutto intorno volavano meravigliose libellule con le loro armature di bronzo ed oro, sospinte da battiti d'ali che apparivano come poco più che uno scintillio indistinto nell'aria. Insieme i due ricordarono con piacere i genitori di Jewel e l'amatissima madre di Earnán, Eolacha, che a suo tempo era stata la Guaritrice dell'Acquitrino.

«C'è chi direbbe», mormorò il vecchio, «che la vita sia stata crudele con me. Dopotutto ho perso due mogli e due figli. Eppure, inspiegabilmente, non mi sento amareggiato, ma anzi sereno, ora che so che i dolori peggiori sono alle mie spalle. Vedere te e i tuoi cari illesi e felici mi riempie di una gioia indicibile. La famiglia di Cuiva è diventata anche la mia, e in questi ultimi anni sono stato benedetto da una pace assoluta. È vero, la vita è stata crudele con me, ma in molte cose è stata anche generosa.»

«Lascia che ti dica un'altra cosa, *a mhuirnín*» aggiunse l'uomo. «Molto tempo fa uno straniero venne nell'Acquitrino, e nonostante sembrasse avere la mia stessa età egli aveva molti tratti in comune con tuo padre, la somiglianza era sbalorditiva. Disse di chiamarsi Jovan e di essere il figlio di uno stregone, per quanto non sembrasse particolarmente fiero del sangue che scorreva nelle sue vene. Arrivò chiedendo di Jarred, che sosteneva essere suo figlio. Egli aveva viaggiato molto e visto cose incredibili, e mi rivelò molti preziosi segreti, che io più avanti tramandai al venerabile Clementer. Questo Jovan aveva un solo rimpianto, di non aver mai visitato sua moglie e il figlio da quando li aveva abbandonati, molti anni prima.»

«Così Cuiva ed io gli raccontammo che Jarred aveva vuto un figlio ed un nipote, e gli indicammo dove avrebbe potuto trovare la tomba di Jarred. Quando gli raccontammo ciò egli scoppiò in lacrime e disse che v'era stata un'occasione in cui avrebbe potuto incontrare Jarred, o almeno così credeva, sotto una veranda diroccata a Cathair Rua. Lì egli l'aveva visto e gli aveva parlato, ma non aveva avuto il coraggio di rivelargli la propria identità, convinto che il figlio l'avrebbe detestato per il suo essere per così dire "scappato" dalla propria casa e dalla propria famiglia. Quell'uomo, quello straniero, era immensamente fiero di Jarred, e avrebbe voluto avergli parlato allora, quando ancora non era troppo tardi.»

«Schiacciato dal rimorso e dal dolore, Jovan si diresse da solo alla tomba di Jarred, e quando fece ritorno egli sorrideva e apariva sereno e tranquillo. Da questo io e Cuiva intuimmo che egli aveva visto ciò che in pochi riescono ad intravedere, in quel cimitero, ed era finalmente riuscito a dare pace al suo animo. A noi Jovan chiese, se mai avessimo reincontrato figli o nipoti di Jarred, di riferire loro il suo messaggio d'amore e di chiedere in suo nome il loro perdono. Egli partì così e non lo vedemmo mai più, ma tempo dopo ci giunsero delle voci secondo le quali egli si era rifugiato in un villaggio nel deserto di Ashqalêth, dove penso vivrà il resto dei suoi anni e morirà di vecchiaia, come lo stregone suo padre.»

Jewel pianse nell'ascoltare quella storia, ma ciò nonostante le fu di conforto sapere che suo padre e suo nonno si fossero ritrovati, sebbene solo per un brevissimo istante.

Muireadach, fratello di Cuiva, e Keelin, sua sorella, fecero visita per rendere omaggio a Jewel e alla sua famiglia. I fili di Cuiva, Oisín e Ochlán, e sua figlia Ciara passarono a salutare la maga, come anche fecero Suibhe Tolpuddle, sua sorella Doireann, svariati membri della famiglia Alderfen e molti altri che avevano, in gioventù, conosciuto Jewel.

Il momento più toccante – e l'ultimo prima di partire sulla via del ritorno verso Alta Darioneth – fu quando Jewel, Arran ed Asrăthiel andarono di persona a visitare le tombe di Lilith e Jarred, sepolti su un'isola solitaria in un laghetto ingombro di ninfee.

Con l'avvicinarsi della sera, dalla superficie dell'acqua iniziava ad alzarsi una nebbia sottile. Il cielo andava scurendosi e gli aironi lanciavano richiami l'uno all'altro mentre si alzavano in volo, diretti ai loro nidi. I tre visitatori scesero dalla loro barca, poggiando i piedi nell'acqua agitata da placide onde mentre dai muschi lì attorno si alzavano le note gracidanti di svariati rospi.

«Guarda», disse Jewel a mezza voce, indicando due alberi in fiore che crescevano sopra due cumuli di terra allungati e coronati da pietre tombali incise, «è esattamente come Adiuvo Clementer ha scritto nel suo libro "L'Albero di Ferro", la storia delle vite dei miei genitori.»

«Come ha descritto questo luogo?» chiese Asrăthiel, osservando gli alberi piena di meraviglia.

«Amo così tanto quel passaggio», disse Jewel con l'emozione che le faceva tremare la voce, «che l'ho voluto imparare a memoria. Così scrisse Clementer:»

"Questa è la storia di Lilith e Jarred, che ebbero la ventura di conoscersi e assieme lottarono contro terribili avversità. Alla fine oltrepassarono la soglia eterna, ma non prima di aver donato la vita a un'altra creatura, per laquale sacrificarono se stessi. Le loro vite non furono offerte invano... la causa per cui combatterono non fu persa, e in questo sta la loro vittoria. Sono scomparsi, ora, Lilith e Jarred. Dormono nella terra fianco a fianco e sopra le loro tombe sono cresciuti due alberi rari, di un aspetto che mai si era visto nei Quattro Regni di Tir. I loro tronchi snelli si sono piegati, accostandosi fino a intrecciare i rami, e in primavera i boccioli dell'uno splendono come zaffiri azzurri, il colore della serenità, mentre quelli dell'altro sono rossi come la passione. Quando d'inverno la tramontana spazza le loro nude fronde, ne trae melodiose note di flauti e campanelle; e in autunno i rami si appesantiscono di dolci frutti, che si dice diano a chi li mangia gioia ed eterna felicità."

Madre, padre e figlia rimasero ad osservare gli alberi fantastici per un lunghissimo istante, mentre le fronde si scuotevano e si scrollavano, sospinte da una lievissima brezza.

«E dice indubbiamente il vero!» soggiunse Arran. «Mai prima d'ora ho visto fiori come questi.»

Una raffica di vento scosse gli alberi, causando una delicata pioggia di petali rossi e blu, che scesero a terra ad unirsi al morbido tappeto floreale che copriva le due tombe.

«Chi c'è laggiù?» esclamò Asrăthiel. Entrambi i suoi genitori voltarono le teste nella direzione indicata dalla sua mano.

La luce incerta del tramonto forse aveva giocato uno scherzo agli occhi di Asrăthiel, ma le era sembrato per un istante che una coppia di persone stesse camminando, mano nella mano, fra i salici sulla riva opposta del laghetto coperto di ninfee.

Le loro figure rilucevano attraverso la nebbia, e sembravano essere una coppia di innamorati che stessero passeggiando lungo la riva del lago, poiché nessuno dei due alzava mai gli occhi dall'altro. Una delle figure pareva quella d una donna, i cui occhi erano illuminati dal tramonto ed apparivano blu, come le delicate ali di una farfalla; l'altra figura era chiaramente maschile, un individuo alto e snello, dai capelli color cardamomo. Mentre Asrăthiel li osservava trattenendo il respiro, cercando perfino di non battere le palpebre per paura di veder scomparire quella visione, le sembrò che i due innamorati si fermassero. Subito dopo credette di vederli voltarsi verso di lei e verso sua madre.

Fu a quel punto che una scintilla di comprensione si accese nei loro occhi, ed essi sorrisero con gioia e tenerezza, come se dopo un tempo lunghissimo avessero finalmente trovato ciò che avevano sempre sognato.

La nebbia che aleggiava sul lago salì ad offuscare la visione, e quando infine si diradò non v'era più alcuna traccia delle due apparizioni.

Jewel rideva e singhiozzava allo stesso tempo, mentre Arran la consolava abbracciandola e domandandole: «Cos'è successo? Che cos'hai visto?»

«Non ne sono certa», disse Jewel, asciugandosi gli occhi, «ma mi ha riempito di felicità.»

«Anch'io li ho visti!» esclamò Asrăthiel.

«Li hai visti, *a mhuirnín*? Allora dev'essere vero» continuò Jewel. «Dev'essere vero, i nostri cari non ci lasciano mai.»

«Certo che è vero» disse Arran con voce gentile, mettendo un braccio attorno alle spalle della moglie e l'altro attorno a quelle della figlia, per poi accompagnarle via.

Dopo essersi dovuti congedare, a malincuore, dai loro amici, Asrăthiel e i suoi genitori abbandonarono l'Acquitrino e si diressero verso Winterbourne, per partecipare alla festa di fidanzamento di William. Il Principe Ereditario aveva scelto moglie, e il popolo gioiva per questo. Da Southborough a Northgate, dai grandi edifici municipali dei distretti occidentali a Forte Wyverstone e alle torri fortificate ad est, fino al Porto di Winterbourne e lungo tutto Ponte Winterbourne, ogni strada della capitale di Narngalis era addobbata con bandiere e festoni in onore della coppia festeggiata. Il basalto grigio della città era uno sfondo perfetto per i festoni colorati, e dopo tutti i lutti e gli stenti patiti durante la guerra la popolazione era più che contenta di avere una ragione per festeggiare, così che ogni notte le taverne, le sale comuni e le locande erano animate da musica e danze.

A Forte Wyverstone la famiglia reale, i cortigiani e gli invitati da altri regni condividevano l'entusiasmo del popolo, per quanto in modi meno chiassosi. Ogni sera al castello si tenevano sontuosi banchetti, mentre le giornate erano teatro di giochi e divertimenti di ogni tipo, per il piacere e lo svago degli ospiti. Nonostante i goblin avessero proibito l'uso di prodotti di derivazione animale, in ogni regno i tessitori e i sarti più ingegnosi erano costantemente impegnati ad inventare nuove stoffe ricavate da materiale vegetale. I meravigliosi saloni della residenza reale erano animati dalla presenza di folle festanti agghindate in splendide vesti di ogni colore: tinte scure e neri lucidi facevano da sfondo allo sfavillare dei gioielli, ai broccati e ai raffinati ricami, o a colori ricchi e corposi attraversati dalle raffinate nervature dei ricami a filo nero. Le nobildonne più anziane indossavano veli di pizzo tenuti fermi da squisite ghirlande di filo d'argento, mentre le più giovani portavano sul capo dei cappucci ingioiellati che lasciavano cadere dietro la schiena i loro lunghi capelli. Gli uomini, amanti delle tradizioni, portavano capelli lunghi coperti da classici cappelli a punta di vari stili.

I cavalieri d'elite di Re Warwick, i membri della Compagnia della Coppa, presenziarono a tutte le fetività con indosso i loro tabarri di velluto e broccato, lino su lino, decorati con i propri simboli araldici. Durante quel periodo di pace, i cavalieri ritennero doveroso mettere da parte l'arte della guerra e rivolgere la loro attenzione ad altre attività egualmente onorevoli, quali la poesia, la musica, la retorica e lo studio della storia.

Durante il banchetto tenutosi il terzo ed ultimo giorno, Asrăthiel, cui era stato dato un posto alla lunga tavolata a cui erano seduti anche suo nonno e i suoi genitori, zii e cugini, si trovò ad osservare la folla riunita nella Sala Grande di Forte Wyverstone. Fra gli ospiti v'erano Shahzadeh di Ashqalêth e il suo consorte, la Regina Saibh con il suo compagno Fedlamid, Re Thorgild Torkilsalven e la Regina Halfrida. Tutto intorno a sé Asrăthiel vedeva gioia e volti felici.

Il Principe William, vestito di una camicia di batista ed un farsetto trapuntato, con un cappuccio di velluto a lasciar intravedere i suoi capelli color dell'oro brunito, guardava con serena felicità il volto delizioso della sua futura moglie. Lady Meliora, nel suo vestito di finta seta e taffetà, ricambiava il suo sguardo con un sorriso irresistibile. Nel vedere William così inequivocabilmente felice, Asrăthiel sentì un moto di sincera gioia per lui. Fu a quel punto che volse dentro di sé l'occhio dei suoi pensieri e si immaginò all'interno del suo aerostato, *Lunagelida*, sospesa in alto, sopra i parapetti e le torri del castello. Da lassù si guardò intorno, e vide un regno che andava gradualmente riprendendosi dalla devastazione della guerra, abitato da una popolazione i cui lutti il tempo stava lentamente sanando. Ad occidente, all'interno dell'Anello di Montagne, una nuova generazione di apprendisti, desiderosa di imparare, stava venendo cresciuta ed istruita nel controllo del brí. Ovunque prevalevano la gioia e la volontà di riprendersi. Solo nel suo animo una ferita ancora sanguinava, senza dar segno di voler guarire.

Mai le creature immortali, da sole, potranno trovare la felicità in un mondo di mortali, pensava, tranne forse i miei genitori, poiché ognuno di loro ha l'altro con sé. Eppure nemmeno per loro la via dell'immortalità sarebbe stata semplice da percorrere.

Jewel ed Arran trovavano gioia, sollievo e comprensione l'una nell'altro, ma Asrăthiel, immortale nata umana, non aveva alcuna anima gemella, né alcuna speranza di trovarne una in futuro, dal momento che i pozzi della vita eterna erano ormai asciutti. In ogni caso non aveva desiderio di trovare alcun compagno eccetto uno, colui che si era consumato, riducendosi in cenere o polvere, alla prima luna di Averil. Colui che ora ancora viveva, in un certo senso, ma privo di ogni potere o sentimento.

Corisande, la cugina più piccola di Asrăthiel, interruppe le sue malinconiche riflessioni tirandola per la manica. La piccola stava ridacchiando, e la guardava con occhi scintillanti di gioia. Albiona, che teneva la figlia per la mano, le spiegò il motivo. «Uno dei servitori ci ha raccontato che un vecchio mendicante vive in un angolo delle cucine del castello» spiegò. «Proprio lui rese un grande servizio a

Narngalis, cosa che gli è valsa una certa reputazione e la gratitudine di
Re Warwick, che gli ha assicurato cibo e un luogo in cui riposare per
il resto dei suoi giorni. I servitori dicono che dorme costantemente,
giorno e notte, e che si sveglia solo per mangiare o raccontare qualche
storia improbabile. Una volta si chiamava Zuppa di Gatto, ma con
l'avvento delle feroci guardie cobolde ha deciso di cambiare nome in
Insalata di Frutta.»

Asrăthiel si costrinse a unirsi alla risata di Albiona e Corisande.

«Ho sentito di re che il suo vero nome sia Kevin» mormorò Sr
Torold Tetbury.

I convitati non mancavano di nulla, e i festeggiamenti proseguirono per tutta la notte. Com'era usanza, fra una portata e l'altra i
presenti venivano intrattenuti da artisti di ogni tipo, e il banchetto fu
seguito da un ballo nel salone principale. Re Warwick presiedeva ai
festeggiamenti, osservando le danze dall'alto, su di un comodo seggio,
vestito del suo pesante collare dorato e della lunga veste di damasco
trapuntato in cotone, tinta di un viola scuro e bordata con della finta
pelliccia d'ermellino. Ai suoi fianchi sedevano Avalloc Maelstronnar e
il padre della futura sposa, Lord Carisbrooke.

Verso mezzanotte venne servita la cena nel Salotto Cremisi e il Salotto Blu, ma Asrăthiel, che sentiva il cuore inspiegabilmente pesante,
non aveva alcun interesse per il cibo. Un sentimento che apparentemente anche le sorelle di William condividevano, dal momento che
erano tutte radunate attorno alla giovane maga, frementi d'eccitazione
nei loro abiti ricamati di pizzo, mussolina e tessuto a filo d'argento; la
modesta Lecelina, la maggiore, Winona, sempre un po' autoritaria, e
Saranna, la più piccola, con la sua solita aria di impalpabile serenità.

«Ci sono falò in tutta la città» esordì Saranna, mettendo entrambe
le braccia attorno ad un braccio di Asrăthiel con aria complice.

«Il più grande è a Coppenhall Square» disse Lecelina.

«Vieni con noi», la invitò Winona, «ti faremo da guide, ti por-
teremo al punto migliore da cui goderti lo spettacolo!» E detto ciò
condussero l'amica, insieme a Corisande e Cavalon, su per una ripida
scalinata a chiocciola, fino a giungere in cima ad un'alta torre. Da quel
punto in cima al castello si aveva effettivamente una vista splendida

sui festeggiamenti in città. Una grande finestra ad arco senza vetro si apriva sul fianco della torre. Il davanzale era assai basso, appena mezzo metro dal pavimento, ed era spesso quanto le mura della torre stessa, poco più di mezzo metro. La calce che teneva insieme le pietre attorno alla finestra era ricoperta da una filigrana di piante rampicanti, che si stendevano a fare da cornice al cielo stellato sotto cui si stendeva la città.

«Non avvicinatevi troppo alla finestra!» Giunse l'ammonimento di Lecelina ai due bambini, che già avevano iniziato ad esplorare la stanza. «Rischiate di cadere di sotto!»

Senza fiato dopo la lunga salita, Asrǎthiel e le principesse si sedettero su sgabelli a tre gambe. Da lì spinsero lo sguardo verso l'esterno, oltre i molti tetti e parapetti del castello, ammirando la metropoli che là in basso si diramava in tutte le direzioni, accesa da lanterne, processioni di torce ardenti, falò festivi e fuochi d'artificio. La notte era immobile e il fiume riluceva di sporadici riflessi luminosi.

L'attenzione di Winona si spostò presto su altro. «Questa è una stanza ben strana» commentò, guardandosi attorno. «Molto tempo fa era frequentata da una vecchia guaritrice, Lenore Frithelstock. Vedete, c'è un'altra porta, poco più in alto dall'altra parte del muro. Porta ad un piccolo giardino sul tetto, molto isolato – la protezione delle mura ne fa un luogo sempre assolato e protetto dal vento, il luogo perfetto dove delle erbacce possano attecchire, ma insieme ai cardi selvatici crescono anche fiori ed erbe fragranti.»

«C'è chi dice che questa stanza sia infestata dagli spettri», disse Saranna, «ma sono convinta che se qualcosa davvero infesta questo luogo non può che essere la *Cailleach Bheur*.»

«Perché si dice sia infestata?» domandò curioso il piccolo Cavalon.

«C'è un che di strano in questo luogo» rispose Saranna. «Anche nel cuore dell'inverno, quando buona parte della vegetazione cade addormentata, le piante rampicanti all'interno del giardino sul tetto continuano a crescere, stendendo i loro tentacoli verdi ad abbarbicarsi alle mura. In un modo o nell'altro riescono sempre ad insinuarsi attraverso questa finestra, e una volta dentro gli steli sbocciano. Gelsomino, clematide, convolvolo e ogni genere di piante striscianti e rampicanti prosperano e fioriscono, qui dentro. Questa stanza è come un parco in miniatura, poiché sempre abbonda di foglie e boccioli, indipendentemente dalla stagione. Nostro padre aveva fatto mettere un paio di imposte sulla finestra, ma non si riuscivano mai a chiudere del tutto, nemmeno quando le facevamo barricare con assi e chiodi, così alla fine le fece togliere.»

«Sembra sempre più caldo, qui dentro» aggiunse Lecelina.

«E piacevole» continuò Corisande.

«Perché non la usate come salottino, o come serra?» domandò Cavalon.

«È troppo piccola e scomoda da raggiungere. Le scale, come avete visto, sono sdrucciolevoli e molto alte.»

Smisero così di parlare e tornarono a osservare i falò e le feste in città, oltre le pietre e le merlature del castello. Vaghi suoni di canzoni ed urla gioviali venivano dal basso, accompagnati da squilli di trombe, rintocchi di campane e il crepitio intermittente dei fuochi d'artificio. Dalle stanze del castello sottostanti giungevano echi di musica, frammisti al mormorio di innumerevoli conversazioni. Su tutti loro calò una sensazione di placida e riflessiva felicità.

«Non è meraviglioso», disse malinconica Asrăthiel, «vivere in una terra di pace e prosperità?»

«Assolutamente» concordarono i suoi amici.

«Niente più guerre» cinguettò felice Cavalon.

«Asrăthiel», disse Corisande all'improvviso, «quando sarò più grande mi insegnerai a combattere con Lamafulva?»

«Oh, andiamo!» commentò Lecelina. «Per quale motivo dovresti voler impugnare un'arma così grossa, pesante e pericolosa?»

«In caso i goblin dovessero tornare», rispose Corisande con entusiasmo, «quei cattivi, cattivissimi goblin! Li punirò per la loro cattiveria!»

Seduta sul suo sgabello, la maga rivolse lo sguardo sulla cuginetta, che le era a fianco. I loro volti erano quasi allo stesso livello. Asrăthiel sorrise con le labbra, ma i suoi occhi rimasero seri. «Se lo vorrai ti insegnerò», disse con affetto.

«Anch'io voglio imparare» disse Cavalon, sporgendosi in avanti.

«Molto bene allora», rispose Asrăthiel, «insegnerò ad entrambi, iniziando con – oh.»

Si alzò in piedi, e tutti i presenti si voltarono a vedere perché.

«Oh, non dovete preoccuparvi» disse Zaravaz dall'uscio.

14
QUANDO SOFFIA
IL VENTO DEL NORD

Oh, lascia ora che io parta, solitario e vagabondo,
A cercar fortuna e gloria, percorrendo questo mondo.
Questo mondo di venti ed alture, oltre il roboar del mare,
All'orizzonte e poi oltre, la mia vita sia un eterno viaggiare.

Fa ch'io incappi nell'avventura, in qualche esotica terra lontana,
Un incontro, un evento fortuito, o finanche una missione assai strana.
Dammi tesori ed arcane meraviglie, da ritrovare su rive remote,
Ed isole mai viste, con cui riempire quelle mappe ancor vuote.

Giace un mondo, oltre questi confini, ed in esso da vedere v'è tanto.
Che la mia vita non si strozzi fra mura, ecco questo io chiedo soltanto.
Poiché molte son le meraviglie che i miei occhi vorrebbero ammirare,
Da pulcino che finora sono stato, ecco guardate, sto imparando a volare!

CANZONE DI UN MENESTRELLO ERRANTE.

L A VOCE proveniva dall'arcata che portava al giardino sul tetto. Egli si trovava lì, in piedi con la schiena appoggiata all'architrave e le braccia incrociate sul petto; un bellissimo cavaliere dagli occhi viola come il cuore di una tempesta circondati da nere ciglia.

Intenso era il nero dei suoi capelli, eppure al contempo era percorso da luccichii liquidi, come se su di essi fosse stesa una patina di fuoco blu. Correnti di vento ultraterreno accarezzavano e sollevavano le lunghe ciocche setose. Sui suoi vestiti color carbone bruciavano fiamme d'argento, e la sua cappa lo avvolgeva come un manto occultante. Guardarlo faceva bruciare il cuore in petto.

Dalla notte all'esterno comparvero improvvisamente tre gufi imperiali, che volarono ad appoggiarsi sul davanzale della finestra. Nel cielo le stelle sembravano farsi più grandi e più luminose, come se anch'esse fossero in qualche modo attratte dal re dei goblin. Era seducente, e beffardo nel sorriso, quell'essere eldritch, e teneva fisso su Asrăthiel un curioso sguardo di intensa passione che trapassava la sua stessa essenza, giungendo come un dardo fino al cuore.

La giovane sentì il proprio animo tornare a gioire e il cuore torcersi nel petto.

«Non dovete preoccuparvi» ripeté, balzando giù e entrando a grandi passi nella stanza. «Se la vostra gente imparerà a vivere la propria vita in maniera virtuosa, vi assicuro che nemmeno il ricordo dei goblin verrà a dar luce ai vostri giorni bui.»

«Ah», disse Corisande con voce elettrizzata e impertinente, la prima fra tutti a ritrovare la parolama voi siete un goblin, signore.»

Lecelina ebbe un sussulto strozzato d'orrore e prese in braccio la bambina, chiudendola in un abbraccio protettivo da cui lei, tuttavia, si liberò rapidamente.

Zaravaz dette una leggera pacca sulla testa alla bambina, come uno zio con la propria nipote, mentre le passava accanto. «Siete proprio un'adorabile monella, cara la mia signorina» disse con tono indulgente, mentre Corisande alzava su di lui uno sguardo adorante.

«E così», disse Asrăthiel, il cuore che batteva talmente rapido da essere quasi un ronzio, «sei qui.»

«Come puoi vedere» disse Zaravaz, fermandosi di fronte a lei. Le tre sorelle, che fino a quel momento erano rimaste pietrificate dallo stupore, presero in braccio i bambini e fecero per scappare, ma Zaravaz, senza nemmeno voltarsi, le fermò: «La porta è serrata, così come il portoncino secondario. Ma vi prego, non angustiatevi, non intendo

farvi alcun male.» Fece un gesto con un dito verso i gufi, i quali spiega-
rono le ali e si allontanarono librandosi in silenzio nell'aria. «E vengo
da solo» aggiunse il goblin.

La maga non riusciva a distogliere lo sguardo da lui. Quasi non
riusciva a credere che fosse davvero lì con lei, e con tutto il suo essere
desiderava che fosse reale, che non fosse un sogno, un'illusione o un
inganno. Era proprio lui, il suo amante eldritch, e se il fuoco arcano
aveva toccato i suoi lineamenti l'unica conseguenza era stata l'averlo
reso – se possibile – più bello che mai. Si chiese però che cos'altro il
Morso della Fiamma avesse cambiato in lui il. Aveva purificato il suo
animo unseelie, ma in che modo aveva influenzato il suo carattere?
Era evidente che non l'aveva reso un vegetale inanimato, né tantomeno egli si era fatto silenzioso come Aonarán o distante come William,
ma le differenze potevano essere anche molto sottili. Sarebbe stato
ancora come Asráthiel lo ricordava?

La giovane era in piedi con le spalle alla finestra, e Zaravaz le si avvicinò, appoggiandosi con una mano alle pietre dell'arcata e mettendo
così il braccio a formare una barriera fra lei e il resto della stanza.

«Le mie forze», le disse a mezza voce, «sono ritornate. Completamente.»

Il modo con cui si guardarono rivelò immediatamente a tutti i
presenti che genere di rapporto c'era fra i due, e tutti ne furono similmente scioccati.

Rivoltosi agli altri presenti, Zaravaz disse: «Non farò alcun male a
nessuna creatura mortale questa notte. Andate, ora, la porta è aperta.
Desidero parlare con Lady Asráthiel in privato.»

Asráthiel si rese conto in quel momento che non gli aveva mai sentito pronunciare il suo nome, e quel suono la faceva sentire come se
le ossa le fossero diventate d'acqua, così che dovette immediatamente
sedersi sul davanzale della finestra, fra i petali di gelsomino. Alle sue
spalle il cielo faceva da sfondo come un arazzo stellato appeso al muro.

«Andate» disse ai suoi compagni preoccupati. «Non mi accadrà
nulla, ne sono certa.»

A bassa voce, così che solo lei potesse sentirlo, Zaravaz sussurrò:

«Ne sei davvero così certa?» Ad alta voce, invece, disse: «Attendeteci nella sala che chiamate "il Salotto Blu".»

A quel punto le principesse uscirono, pur con una certa riluttanza, poiché erano affascinate dalla bellezza del re dei goblin come falene attirate da una fiamma, e avrebbero desiderato poter rimanere in sua compagnia. Quando furono uscite Zaravaz prese Asrăthiel fra le braccia e la baciò. Non seppe dire quanto a lungo durò quel bacio, e nemmeno le importava saperlo, sebbene foss'anche durato fino alla fine dei tempi non sarebbe comunque stato abbastanza.

Quando si separarono per un istante lei fece per parlare, ma lui le mise un dito sulle labbra, chiudendole e mormorando: «Io fui Fior di Cardo, il tuo amico e confidente. Conosco il tuo cuore, e i suoi segreti più nascosti. Se è il mio amore che vuoi, il mio amore io ti darò.»

Quello era lo Zaravaz che ricordava. Poteva essere diventato seelie, ma poco importava, poiché in ogni altra cosa egli era rimasto lo stesso.

«Non c'è altro che io desideri» disse, ancora faticando a comprendere l'enormità del suo ritorno.

Mentre la giovane cercava di calmarsi e ricomporsi, lui le si sedette di fianco sul davanzale e le raccontò la storia della sua guarigione, come il Luogotenente Zwist l'aveva raccontata a lui.

Poco dopo che Zauberin e i suoi compari ebbero cacciato la maga dalla sala gotica di Sølvetårn dove Zaravaz giaceva incosciente, il re aprì gli occhi per la prima volta da quando era stato estratto dal fuoco arcano. Il suo respiro si era fatto più lento e i suoi occhi rimanevano socchiusi. A volte le palpebre erano scosse da un fremito o rimanevano chiuse per qualche momento, ma mai egli disse una parola o si mosse in alcun modo.

Lì giacque, in quello stato di semi-incoscienza, per lunghe notti e interminabili giorni, che divennero settimane e poi mesi. In quel tempo egli stava guarendo, tanto nel corpo quanto nella mente e nello spirito. Erano state le lacrime immortali di Asrăthiel a riportarlo indietro dall'orlo dell'abisso e risanarlo, tre gocce tanto rare da essere le uniche mai comparse nell'intera storia del mondo.

Quando Zaravaz si svegliò del tutto fu immediatamente chiaro che ogni traccia di malvagità era stata epurata dal suo animo nell'Aingealfyre, bruciata e dissolta. Le fiamme di gramarye l'avevano purificato della sua essenza unseelie, come la fornace tempra l'acciaio di una lama. L'effetto dell'Aingealfyre si era esteso anche all'indietro nel tempo, estraendo dal passato istante di angoscia e sofferenza che Zaravaz avesse mai causato e rivolgendolo contro di lui, così che nei momenti passati a contorcersi fra le fiamme egli provò su di sé fino all'ultima goccia di dolore che egli aveva inflitto e sentì nel suo cuore tutti gli echi della sofferenza che per mano sua aveva visitato le sue vittime. Egli provò su di se esattamente ciò che essi avevano sofferto, e così fu come se essi non avessero mai sofferto quelle pene.

L'effetto dell'Aingealfyre era, pareva, retroattivo, in grado di cambiare la storia.

La conseguenza di ciò era che sebbene Zaravaz avesse abbattuto migliaia di persone, a nessuna di esse aveva mai inflitto dolori o sofferenze. Per suggellare la sua trasformazione, le fiamme purificatrici l'avevano reso incapace di usare violenza o crudeltà.

Era stato reso seelie.

I suoi poteri non erano stati in alcun modo intaccati, ma ora egli era obbligato ad usarli solo in nome di giustizia, generosità, libertà ed ogni altro genere di buona causa.

«Se prima ero terribile», disse ad Asrăthiel, in tono fra il serio e il faceto, «ora lo sono infinitamente di più.»

Lei alzò il viso e lo guardò, immaginando che le stelle stesse, innamorate della sua bellezza, si fossero unite in una ragnatela scintillante per potersi fondere ai suoi capelli

«E i tuoi simili, invece?» gli domandò. «Come hanno reagito quando, al tuo risveglio, ti hanno scoperto creatura seelie?»

«La lealtà dei miei cavalieri non ha vacillato di fronte a questa catastrofe, ed essi si sono prefissi di cercare in ogni angolo del mondo una possibile cura, esattamente come fece tuo padre per tenere fede al giuramento di salvare sua moglie – un'impresa in cui ho sentito egli ha avuto successo. I miei graihyn hanno lasciato un gruppo di feroci fuathan ed altri temibili wight a guardia dell'Aingealfyre, intorno cui hanno intessuto potenti trame di gramarye, così che nessun essere umano possa più avvicinarsi alle fiamme per forgiare lame d'oro incantato, né ci sia più il rischio che qualcuno finisca per caderci dentro e debba essere salvato. Ora tutto il popolo degli Argenkindë canta le tue lodi, Maga delle Tempeste, e se tu lo volessi ti accoglierebbe come una di loro, poiché le tue lacrime miracolose mi hanno salvato. Zauberin è il primo e il più appassionato nei suoi elogi, e senza sosta si maledice per averti scacciata da Sølvetårn.»

Asräthiel sorrise, appoggiando il corpo contro quello dell'amante, incurante del salto pauroso che si apriva alle loro spalle. «Zwist aveva promesso che mi avrebbe dato un segno, se fossi sopravvissuto . . .»

«Ed è giunto. Sono io quel segno.»

Lei rise, a quella risposta, rendendosi conto che effettivamente Zwist non aveva mai specificato quando avrebbe mandato il segno promesso. «Mio padre è ritornato, mia madre si è risvegliata», mormorò, «ed ora tutti miei sogni si sono realizzati.»

«Lo so, ma sei davvero felice, qui?» chiese lui.

«Non senza di te.»

Stringendo la sua mano fra le proprie, Zaravaz la sollevò e ne baciò le dita. «Qui io te lo giuro, nulla mi è mai stato tanto difficile come doverti lasciare. Vieni via con me» mormorò poi, chinando il capo tanto vicino che il suo dolce respiro le accarezzava la guancia, delicato sulla pelle come una piuma impalpabile. «Vieni con me, oltre questi confini e verso le terre e i mari al di là di essi. Vedrai meraviglie e proverai emozioni tali che ti posso assicurare, mai ti stancherai della tua vita immortale.»

«Su questo non ho dubbi» rispose lei.

«Certo ben saprai», continuò Zaravaz, «che i Glashtinsluight posseggono qualità che li sottraggono alle pastoie della gravità.»

Sollevando la testa, Asräthiel lo osservò perplessa. «Sì, significa che siete in grado di muovervi più rapidamente nel flusso del tempo. Ho anche notato che tendete a ridere più spesso degli esseri umani.»

«E possiamo volare» aggiunse lui.

Detto ciò egli aprì le sue ali.

Quattro ali di energia scura proruppero dalle sue spalle; raggi umbrei come punte di lancia, ciascuno divergente dagli altri, tutti insieme disposti a formare una X appuntita, il cui fulcro era centrato fra le scapole del goblin. La punta di ciascuna ala sfumava in un tremolio come d'aria calda.

Presa la giovane fra le braccia, il re dei goblin planò giù dalla finestra della torre.

Nel Salotto Blu di Forte Wyverstone, dove i signori del clima e la famiglia reale erano riuniti insieme ai più importanti cavalieri di Narngalis e ad altri nobili di spicco, era stata preparata una cena a buffet. Ovunque vi erano luccichii d'argento; incrostava le pareti della sala e le pesanti cornici che le adornavano, le sedie ricamate, il soffitto riccamente ornato e il parafuoco dinanzi il camino. Dal soffitto pendevano lampadari a strati, sospesi su lunghe catene d'ottone, luccicanti come galassie spiraliformi in miniatura. Il pavimento era coperto da spessi tappeti pregiati color crema, mentre addossati alle pareti si trovavano armadietti incastonati di pietre semipreziose, dentro cui facevano bella mostra di sé squisite opere d'arte di vario tipo. Dalla parte opposta della sala una coppia di alti portoni dava su un balcone rischiarato dalla luce di alcune torce, sotto di cui si poteva ammirare il giardino. A ciascun portale erano accostate delicate statue di marmo e vasi allungati di lapislazzuli, ricolmi di felci e speronelle.

L'architettura e il mobilio contribuivano a mantenere nella stanza la consueta aria serena, nonostante tutto attorno la folla di nobili che lì era radunata fosse ormai ad un parossismo di meraviglia, terrore, stupore ed attesa. Le principesse, rosse per l'emozione, erano giunte poco prima a portare la notizia: il re dei goblin era fra di loro, e stava per fare il suo ingresso in quella stessa stanza.

La notizia fece comprensibilmente sensazione. In tutta la sala i battiti accelerarono, i nervi scattarono e le lingue si mossero, mentre i presenti iniziavano a guardarsi sospettosamente alle spalle. Egli si trovava proprio lì – ripetevano – all'interno del castello stesso; Zaravaz, la cui reputazione di spietato conquistatore di terre e cuori, alimentata dal chiacchiericcio e dall'immaginazione, aveva raggiunto proporzioni leggendarie. In molti erano increduli di fronte alla prospettiva di trovarsi ad occupare la stessa stanza di quella creatura malvagia di cui tanto avevano sentito parlare. Le principesse giuravano che egli avesse promesso di non non fare del male a nessuno – e su questo potevano fare affidamento – ma gli uomini nella sala, pur non essendo in tenuta da battaglia, si trovarono a cercare con le mani le else dei loro pugnali decorativi e spade da parata. Per la stessa ragione gettavano occhiate furtive ai candelieri, cercando tracce di intarsi d'oro, alcuni di loro commentando: «Peccato che quel selvaggio non abbia preferito il Salotto Cremisi, quella stanza è zeppa d'oro fino al soffitto.» Altri mormoravano fra di loro: «Se un membro dell'orda è riuscito ad intrufolarsi qui con tanta facilità senza farsi scoprire dalle sentinelle, quanti altri potrebbero star aspettando il momento giusto per assaltare i nostri cancelli?» Molte donne, di contro, guardavano con occhio critico non alle armi ma agli specchi della sala, sistemandosi riccioli ribelli, rassettando i vestiti e provando furtivamente le loro pose più avvenenti.

Arran, Jewel ed Avalloc, particolarmente in allarme, si precipitarono dalle principesse per interrogarle. «Che ne è di Asrăthiel? Non era forse insieme a voi? Non l'avrete lasciata da sola con lui, spero!»

«Ah!" Sussultò Winona, improvvisamente a disagio, "Ma è questo che lei ha chiesto – ecco, come dire. . .»

Lecelina interruppe bruscamente il balbettio della sorella: «È rimasta lassù con lui di sua volontà» Aggiunse poi, a voce più bassa: «Mi è venuto da pensare che ci fosse una certa. . . intesa, fra di loro.»

«Intesa!» sbraitò Avalloc incredulo, incurante delle espressioni scioccate delle persone intorno a sé. «Com'è possibile una cosa simile?»

Jewel si sedete improvvisamente, sventolandosi il viso con un tovagliolo ricamato.

«Un incantesimo di qualche tipo, poco ma sicuro!» Ringhiò Arran, il viso rosso d'ira. «Non se la caverà, stavolta!»

Re Warwick dette ordine di sigillare il Salotto Blu, perlustrare i dintorni in cerca di intrusi e raddoppiare le guardie di stanza alle mura del castello. Alle sentinelle di guardia alle porte del Salotto furono date istruzioni perché permettessero solo a Lady Asrăthiel e al suo accompagnatore di passare. Per evitare il panico e la calca furiosa che ad esso sarebbe seguita, la notizia del misterioso nuovo arrivato non venne fatta trapelare fra le masse di persone in festa che occupavano i piani inferiori del castello. I loro festeggiamenti spensierati sarebbero continuati indisturbati.

«Non è necessario prendere tutte queste precauzioni» insistette Lecelina. «Il Signore Unseelie ha giurato di non voler fare del male a nessuno.»

«E la sua lingua non può pronunciare menzogne» aggiunse Winona.

Saranna mise una mano a coppa vicino all'orecchio della sorella. «Ma sono certa che ci sono tante altre cose che sarei felice di vedergli fare, con quella lingua» sussurrò con un sorriso tanto sfacciato che Winona non poté trattenere un risolino.

«Quegli occhi» sussurrò lei di rimando. «Così insoliti. Hanno il colore dei re, il colore del buon vino.»

«E la sua figura», continuò Saranna con voce sommessa, «con quel portamento così nobile!»

«Oh, dove si troverà Asrăthiel? Che le sarà capitato?» si domandava Jewel con ansia.

«Deve trattarsi senz'altro di un qualche trucco, un subdolo trabocchetto,» commentò Sir Huelin Lathallan, sistemandosi il fodero alla cintura che portava sotto il tabarro.

Le tre principesse gli assicurarono il contrario. "Non è venuto qui per nuocerci," dissero, senza riuscire a pronunciare il nome di Zaravaz, timorose dell'importanza che esso aveva. «Né è giunto per muoverci guerra.»

«E perché è venuto qui , allora?»

Su questo, però, le figlie di Warwick non offrirono congetture.

La Compagnia della Coppa si divise in due file, ciascuna da un lato delle porte chiuse, come una guardia d'onore che serviva a mostrare la stima del casato verso il visitatore tanto atteso, rimanendo al contempo pronta a porsi a difesa dei presenti, dovesse questi cercare di attaccarli. La folla rimase ad attendere in uno stato di quieta apprensione, e l'attenzione di tutti era rivolta alla porta. Erano tanto assorti che a malapena si accorsero dell'istante in cui le torce che rischiaravano l'ampio camino alle loro spalle sfarfallarono, come colpite da un'improvvisa raffica di vento, ma nel momento in cui percepirono un'ombra oscurare le stelle, tutti insieme si volsero a guardare.

Due figure atterrarono dolcemente sulla balaustra di pietra, scendendone con un balzo che non produsse alcun suono, l'uomo con un braccio attorno alla vita dell'altra. Insieme, la nipote del Signore delle Tempeste e il re dei goblin attraversarono i portali ed entrarono nella stanza.

I membri di quella moltitudine in attesa avevano immaginato che avrebbero incontrato il Signore del Peccato, avendo già ricevuto notizie che lo lasciavano presagire, ma trovarono che la sua presenza, l'averlo così vicino, un'esperienza insieme terrificante ed esaltante. Metà della folla non riusciva ad arrivare abbastanza vicino, l'altra non si sentiva mai abbastanza lontana. Tutti gli occhi erano puntati su di lui. Alcuni gettavano sguardi in tralice, osservandolo con la coda dell'occhio e fingendo indifferenza, cercando di non lasciar trasparire quanto ne fossero affascinati. Altri non l'avevano mai nemmeno intravisto, prima, ma avevano sentito le leggende che su di lui si narravano. Molti l'avevano visto solo sul campo di battaglia, un nemico implacabile che turbinava in una danza di morte, massacrando schiere di uomini con risata gagliarda. Ora egli era lì, fra quelle stesse mura, un cavaliere sovrannaturale i cui capelli, come fili strappati alle tenebre, incorniciavano un viso tanto bello da costringere quanti lo guardavano a socchiudere gli occhi, come abbagliati da una luce intensa. Nessuno di loro, tuttavia, riusciva a distogliere lo sguardo.

Il fatto, poi, che il loro nemico atavico fosse ora fianco a fianco con la nipote del Signore delle Tempeste, e che era evidente come essi fossero legati da un rapporto profondo – quello era davvero troppo da concepire. Un mormorio irato percorse la sala, punteggiato qua e là da esclamazioni di orrore e sorpresa. Alcuni erano convinti che Asräthiel dovesse essere stata vittima di un qualche ammaliamento, mentre altri erano furibondi al pensiero che potesse averli così traditi, alleandosi con il loro nemico. La maggior parte di loro, tuttavia, non sapeva affatto cosa pensare o come sentirsi.

I cavalieri della Compagnia della Coppa fecero immediatamente un passo avanti, estraendo di un paio di pollici le spade dai foderi, ma Re Warwick li fermò con un gesto, apostrofandoli così: «Il codice dell'ospitalità rimane valido, anche ora. Non toccatelo.» Al suo gesto i cavalieri si fermarono, rinfoderando le spade con un certo impeto.

Per quanto egli fosse tutto fuorché normale, il Re degli Argenkindë si comportò come un normale invitato, e si inchinò. «Io sono Zaravaz» disse, come presentazione.

«E hai lanciato un maleficio su mia figlia, vedo» proruppe Arran, in tono ostile. «Asräthiel, vieni via. Lidoine saprà come spezzare questo incantesimo.»

Avalloc osservava la scena, furibondo, e Jewel impallidì.

«Padre», rispose la giovane, «voi mi sottovalutate. Non sono una sciocca, e non sono stata ingannata. Prima che voi tutti mi giudichiate per il mio sentimento, vi prego, ascoltate ciò che ho da dire.»

Fu così che Asräthiel, con il cuore in gola, elencò i nomi dei presenti nella stanza così da presentarli a Zaravaz, che pure sembrava conoscerli già tutti, tentando allo stesso tempo di calmare le paure dei suoi familiari. Spiegò loro come Zaravaz fosse rimasto bruciato dalle fiamme dell'Aingealfyre per salvare la vita del Principe William, come egli avesse, in quel fuoco, pagato lo scotto di tutte le azioni malvagie commesse e di come ne fosse emerso purificato di ogni traccia di malvagità. In ultimo, disse loro che egli era colui che aveva scelto come compagno.

«Il tuo compagno?» ripeté Arran scioccato, scuotendo la testa. «Le mie orecchie mi giocano brutti scherzi.»

Jewel, che pareva più comprensiva del marito, guardò con meraviglia Zaravaz e mormorò: «E così questo è un goblin. Dovremo aggiornare i vecchi racconti, a quanto pare!»

Avalloc si limitò a guardare Asräthiel, che dovette distogliere lo sguardo, incapace di sopportare la sua espressione angosciata e sconvolta.

Quando Asräthiel ebbe terminato le sue spiegazioni, Re Warwick fece alcuni passi in avanti, accompagnati dal frusciare delle sue pesanti vesti.

«Avete salvato mio figlio», disse, rivolgendosi a Zaravaz con una certa rigidezza, non trovando alcun titolo, onorifico o meno, con cui rivolgersi a colui che aveva sempre considerato un nemico. «e per questo io vi faccio i miei ringraziamenti, a meno che nella consuetudine delle creature eldritch i ringraziamenti diretti non siano un'offesa. Se davvero, come Lady Asrăthiel ha detto, avete espiato i vostri crimini e siete ora libero da ogni traccia di malvagità, non posso esimermi dal ricevervi sotto il mio tetto.» La severa espressione dipinta sul volto del re lasciava trasparire un seguito implicito: *sebbene, considerati i nostri trascorsi, non sia per me facile accettare creature come voi sotto il mio tetto.*

«Non abuserò a lungo della vostra ospitalità, Warwick Wyverstone», disse Zaravaz, «poiché sfortunatamente le scelte decorative della vostra abitazione cozzano con la mia disposizione d'animo.» Disse ciò lanciando un'occhiata sospettosa alla decorazione in foglia d'oro su di un piatto da frutta che adornava il tavolo principale. Il re annuì laconicamente in risposta.

William rivolse al signore eldritch un profondo inchino. «Vi sono grato», disse il principe, «di aver rischiato la vostra vita per me.» Nel vederli così l'uno di fronte all'altro, mortale ed immortale, alcuni dei presenti si convinsero che fra di essi esistesse una sorta di ineffabile fratellanza, opinione che William avrebbe probabilmente condiviso, a giudicare dalle parole che aggiunse, con espressione solenne. «Siamo diventati, pare, Fratelli della Fiamma.»

A quell'affermazione Zaravaz fece una smorfia, che si affrettò a trasformare in un sorriso stentato. Non rispose a William, ed Asrăthiel capì come egli non fosse certo di essere in grado di parlare con la cortesia dovuta in quella situazione. Era evidente lo sforzo che stava facendo per controllarsi, circondato com'era da coloro che fino a così poco tempo prima erano stati suoi nemici. Ricordava un animale selvaggio messo alla catena.

Uno per uno, tanto i membri del casato reale quanto i signori del clima si presentarono formalmente a quell'ospite inatteso, senza tuttavia spingersi a dargli il benvenuto. Re Warwick rispettò la tradizione e si comportò in modo impeccabile, facendo la parte del buon padrone di casa e soffocando i suoi sentimenti di oltraggio e disapprovazione. Avalloc, dal canto suo, non andò oltre un breve e secco cenno del capo, ed anche in quel gesto il suo volto rimase offuscato da un'espressione di freddo biasimo. Nessuno, ora, si spingeva più a manifestare apertamente dissenso o sdegno, ma nonostante ciò l'aria nel salone rimaneva carica di tensione.

L'unica figura reale che si mostrò apertamente felice di accogliere Zaravaz fu la Regina Saibh. «Buon signore», disse timidamente, Jritengo di esservi debitrice. Grazie al vostro intervento il Druido Primoris ha annullato la maledizione lanciata sul Casato Ó Maoldúin, e il mondo è un posto migliore, ora, per i miei figli.»

«Non mi siete in alcun modo debitrice, dolce Regina», rispose Zaravaz, regalandole uno sguardo intenso e magnetico che strappò un fermento d'invidia ad alcune delle dame che stavano osservando la scena. «È sufficiente che quell'empia superstizione abbia avuto fine.»

«Se questo è il caso, neppure io debbo considerarmi in debito con voi, signore», intervenne il consorte di Saibh, Fedlamid macDall, «sebbene siate stato voi a liberarmi dalla servitù che mi legava ai Vicini Grigi. Non ho parole per esprimere la gratitudine che provo nei vostri confronti, poiché senza il vostro intervento la mia schiavitù sarebbe durata fino alla fine dei miei giorni.»

«Se Lady Asrăthiel non avesse perorato la vostra causa, Fedlamid», disse Zaravaz con garbo, «il vostro destino sarebbe indubbiamente rimasto quello.»

A quella spiegazione, MacDall ripeté il suo inchino, stavolta verso Asrăthiel.

«E ditemi, davvero la maledizione del Sanctorum è stata completamente cancellata?» chiese Saibh. «Spesso Ronin si interroga a riguardo.»

«Regina Saibh, non è mai esistita alcuna maledizione», disse Zaravaz, «ma se questa è la vostra preoccupazione, fate mandare un messaggero al Dubh Linn, il Lago Nero nella brughiera di Slievmordhu. Dite al vostro emissario di riferire ai fuathan che infestano quelle acque che è Zaravaz a mandarvi. Comandate loro, in nome mio, di gettare fuori dall'acqua le quattro figurine di legno che quel druido imbelle vi gettò, poiché Virosus, quel mentecatto, stabilì nel suo rituale che il fato del casato Ó Maoldúin avrebbe seguito quello di quei gingilli, marcendo e corrompendosi nel tempo. Tenete quei quattro oggetti al sicuro in un forziere, se ciò può dare sollievo al vostro animo. Tutto questo io vi rivelo, Saibh, perché ricordo come, quando eravate bambina, non abbiate mai mancato di difendere i nidi degli uccelli di bosco dalle incursioni dei vostri cugini.»

In parte per la sorpresa, data da tutto ciò che il goblin sembrava sapere sul suo conto, ed in parte per il moto di esultanza che la colse al pensiero che tutte le preoccupazioni di suo figlio potessero essere state finalmente risolte una volta per tutte, Saibh riuscì a malapena a balbettare una risposta adeguata, prima di ritirarsi insieme al suo consorte, lontano dalla presenza del famoso e famigerato visitatore.

Fu con grande apprensione che Asrăthiel presentò ufficialmente Zaravaz ai suoi genitori. Suo padre, che non aveva combattuto nelle recenti guerre né mai prima d'allora aveva incontrato i Glashtinsluight – a parte durante la visione di quella schiera di Goblin dei Ghiacci intravista nella terra di Semprinverno – guardava Zaravaz con evidente sospetto velato di una patina di cortesia. Squadrò attentamente Zaravaz e, di fronte agli occhi della figlia e con sua enorme sorpresa, parve farsi immediatamente meno rigido nel suo atteggiamento. Con sua grande sorpresa, Arran esordì commentando: «Ho l'impressione, sapete, di aver già visto il vostro volto, riflesso in un cristallo di ghiaccio, se i miei occhi non mi hanno ingannato.»

«Ad Ellan Istillkutl, Maestro del Clima, il confine che separa l'illusione dalla realtà è spesso poco più di una linea indistinta» rispose Zaravaz, dando prova di essere a conoscenza dei viaggi di Arran, sebbene Asrăthiel fosse certa di non avergliene mai parlato.

Zaravaz si chinò a baciare la mano di Jewel con tutta la grazia del più raffinato dei gentiluomini, e la donna ne fu sinceramente colpita e affascinata, sebbene inizialmente avesse esitato, limitandosi a osservarlo con occhi indagatori, come studiandolo. «Mi ha lasciata basita», disse con franchezza e più di nua punta di amarezza, «vedere che mia figlia ha trovato un compagno nel signore di una razza unseelie. Sapendo ciò che so riguardo ai goblin, non posso che essere preoccupata per la sua incolumità.»

La folla nella sala fu attraversata da un fremito, all'udire Jewel dar voce a quella velata critica, e tutti ben sapevano, dagli scambi avvenuti sul campo di battaglia, che i Glashtinsluight mal sopportavano commenti di quel tipo. In molti trattennero il respiro, pietrificati dal terrore in attesa della risposta di Zaravaz, già pronti a darsi alla fuga.

«Mia signora», rispose il re dei goblin, ricambiando lo sguardo di Jewel con un'espressione di gentile rispetto che in molti stentavano a credere possibile, «non c'è ragione di temermi. La mia natura non è più unseelie, e pure in quel caso, vostra figlia mi ha conquistato senza scampo. Mi ha vinto, ragion per cui è per la mia incolumità che dovreste preoccuparvi, dal momento che ella ha il potere di schiacciarmi con una sola parola o anche con un semplice gesto del mignolo.»

Ridendo, Jewel rispose: «Proprio come è giusto che sia. Ma anch'io devo ammettere, sì, di avevi già visto!» esclamò all'improvviso, schietta come sempre. «In sogno e nei riflessi nell'acqua. Eravate voi!»

Zaravaz si profuse in un elegante inchino, riconoscendo la verità di quelle parole.

Animata dalla curiosità che la contraddistingueva, Jewel volle sapere come fosse stato possibile per lei ricevere una sorta di precognizione riguardo l'aspetto del re dei goblin; fu a quel punto che Asrăthiel raccontò la storia dell'urisk Fior di Cardo, con l'intera sala come pubblico. Per tutta la narrazione non smisero mai di osservare Zaravaz con un misto di concentrazione e reverenza; ogni sorriso veniva notato, ogni movimento del capo, ogni fremito di sopracciglia, e in molti avrebbero desiderato poter scambiare alcune parole con lui, così da poter poi dire *"io ho parlato col re dei goblin"*.

«E così voi eravate quel piccolo urisk!» esclamò Jewel alla fine del racconto. «Sono felice di incontrarvi, infine, poiché sebbene quando si trattava di badare ai lavori domestici foste un gran pelandrone, il vostro aiuto nell'Acquitrino ci fu indispensabile.»

Alcuni cortigiani quasi svennero dal terrore davanti a quello sfoggio di impudenza, convinti che il re dei goblin avrebbe abbattuto il castello insieme ai suoi abitanti come punizione, ed invece Zaravaz rise. Un riso tanto squillante e musicale che uno dei cortigiani svenne comunque e si dovettero usare i sali per rianimarlo.

«Non solo nell'Acquitrino, madre», intervenne Asrăthiel, «poiché quando fosti colpita dal dardo di vischio fu l'urisk ad accorgersi che eri invece ancora viva, e fu sempre lui a farti dissotterrare.»

«In questo caso avete la mia piena gratitudine» esclamò Arran, il volto illuminato dallo stupore.

Albiona, tuttavia, era più che sconvolta. «L'urisk!» esclamò. «Quello stesso urisk che infestava la nostra casa?»

«Precisamente, mia signora» rispose Zaravaz con flemma, voltandosi verso la moglie di Dristan. «Ho effettivamente approfittato spesso della vostra ospitalità. Devo senz'altro porgere i miei complimenti alla vostra cuoca, tanto abile nello sfornare deliziose torte di semi e conserve di frutta. Quando si tratta di scegliere i vostri servitori, vi devo riconoscere un gusto impeccabile.»

Albiona arrossì, colta di sorpresa e immediatamente rabbonita da quelle parole.

«Vi prego di porgere i miei saluti al vostro stimatissimo brownie» aggiunse Zaravaz.

Mormorando alcune frasi di circostanza, Albiona lasciò perdere la discussione, troppo scossa per continuare.

«La vostra famiglia ha l'abitudine di offrirmi spesso doni» continuò il goblin, rivolto verso Jewel. «Un gesto senz'altro generoso, ma allo stesso tempo io ho l'abitudine di restituire gli oggetti perduti ai legittimi proprietari. A questo proposito, a chi appartiene questa?» Tese la mano, rivelando nel palmo aperto lo scintillante monile argenteo proveniente dall'Albero di Ferro.

Senza indugio, Asrăthiel rispose: «Appartiene a mia madre.»

Raggiante di felicità, Jewel accettò il prezioso. «Il ciondolo di mio padre!» esclamò, accarezzandolo e rimirandolo. «Un tempo ricordo che lo detestavo, per via di ciò che rappresentava, ma ora mi sembra che il suo significato sia cambiato col tempo. Questo monile è diventato un simbolo di speranza e gioia, e sono molto felice di averlo ritrovato.» Dietro sua richiesta, suo marito le chiuse la catenella attorno al collo.

Mentre Jewel continuava a fare domande riguardo la vita dell'urisk nel Grande Acquitrino di Slievmordhu e a riflettere sulle brevi coversazioni avute, Arran chiese ad Asrăthiel di seguirlo per un momento, poiché desiderava parlarle in privato. La giovane accettò, non senza però lanciare uno sguardo preoccupato verso Zaravaz, da solo fra i suoi nemici, con la guardia reale e i Cavalieri della Coppa che lo guardavano torvi da tutti i lati, e lei come sua unica alleata.

Il suo amante sorrise, quasi le avesse letto nel pensiero, e le disse a mezza voce: «Non darti pensiero per me, mia cara.» Poi, a voce più alta, così da punzecchiare debitamente i guerrieri attorno a sé, aggiunse: «Potrei affrontare tutto questo manipolo di giocatori di volano senza nemmeno impolverarmi i vestiti.» Aggiunse infine in tono cortese, come a voler rigirare il coltello nella piaga: «Per quanto devo ammettere siano addobbati assai riccamente, e le loro mamme li abbiano armati dell'argenteria più bella.»

«Sei ancora impervio al morso di acciaio e ferro?» gli domandò Asrăthiel.

Con una certa riluttanza egli assentì con un laconico: «Sì, lo sono» e la giovane dovette accontentarsi di questo.

Quando furono giunti dal lato opposto della stanza, lontano dalla portata degli ascoltatori, Arran si avvicinò alla figlia e le domandò, in un sussurro: «Sei felice?» per poi farsi un poco più sereno alla sua risposta affermativa, pur conservando un certo sospetto.

«Non posso che presumere che questo rapporto così straordinario sia iniziato durante il periodo di prigionia a Minnith Ariannath.»

«Supponi bene, sì.»

«E mai ce lo hai detto.»

«Come avrei potuto?»

«Fridayweed?» disse Arran, e il piccolo wight, che fino a quel momento era rimasto accoccolato all'interno del suo colletto, mise il lungo naso fuori dal sipario di capelli.

«Embé?» disse.

«Puoi dirmi se mia figlia è vittima di qualche incantesimo?»

«Non se facendolo c'è il rischio di offendere quello là» rispose il wight, guardando pietrificato dall'altra parte della stanza, verso Zaravaz. «Quel bel boggle tutto sciccoso sarebbe capace di aprirmi a fettine e usare le mie rotule come cucchiaini da té.»

«Non ne avrebbe a male» lo rassicurò Asrăthiel. «In ogni caso non c'è alcun incantesimo su di me.»

«Capito, capito, allora lo faccio,» disse il wight, iniziando poi a recitare una breve filastrocca in rima in una lingua sconosciuta tanto ad Asrǎthiel quanto a suo padre. «Forza, amico», disse Fridayweed ad Arran, «dalle un'occhiata attraverso l'anello che faccio col gomito e vedi se il colore dei suoi occhi cambia.»

Arran sollevò così la minuscola creatura sul palmo della mano, ed essa si appoggiò una zampa all'anca, piegando il gomito verso l'esterno a formare un angolo con il corpo, attraverso cui Arran guardò, stringendo gli occhi come se stesse spiando attraverso il buco di una serratura. Il mago fece un sospiro. «Sempre lo stesso» disse abbassando la mano.

«Dai, mettimi sul tavolo» disse la creaturina. Non appena Arran ebbe appoggiato la mano sulla tovaglia candida, Fridayweed zampettò giù per il suo braccio, andando a nascondersi dietro un vassoio di dolciumi, lasciandosi cadere lì a gambe incrociate ed iniziando ad abbuffarsi con gusto di quelle leccornie.

«Non andate a dirgli che sto qui, d'accordo?» disse fra un boccone e l'altro.

«E perché?»

«Perché il Re della Montagna mi fa una paura dannata. Penso che mi berrò un boccale alla sua salute a distanza di sicurezza.»

«Non mi sembravi spaventato dal troll delle nevi» gli fece notare Arran.

«Amico, c'è una gran bella differenza con questo qui.»

Asrǎthiel ritornò così dall'altro lato della stanza insieme a suo padre, il quale, avendo scoccato verso sua figlia più di un'occhiata protettiva, si rivolse al loro straordinario ospite: «Con quali intenzioni siete venuto qui, stasera?»

«Gli Argenkindë hanno abbandonato i vostri regni molte settimane fa, ma io sono ritornato, da solo, perché qui avevo lasciato qualcosa che desideravo portare con me» rispose Zaravaz.

Jewel, Arran ed Avalloc si voltarono verso Asrǎthiel, che rispose ai loro sguardi con un sorriso radioso. La gioia che le traspariva dal volto era palese a tutti.

«E avete trovato ciò che cercavate?» giunse la voce asciutta di Avalloc, Signore delle Tempeste.

«Sì, l'ho certamente trovata, nobile Avalloc» replicò Zaravaz. «Sta però a lei decidere se seguirmi o meno.»

«Ah, certo», sbottò Sir Huellin Lathallan, incapace di contenere la sua ira, «così vorreste privarci del fiore delle nostre terre, dopo aver già preso le vite dei più valorosi uomini di Narngalis! Non siete che un volgare guerrafondaio! Non sapete il dolore che mi causa starmene qui immobile, sentirvi raccogliere ringraziamenti e riverenze sotto la protezione del codice di ospitalità, quando meritereste solo di venir impiccato, sventrato e squartato.»

«Frenate la lingua, voi!» latrò Re Warwick.

Gli astanti, esterrefatti, scantonarono indietro da Zaravaz, molti di loro, temendo per le proprie vite, scapparono frettolosamente dalla stanza alla massima velocità consentita dall'etichetta. Coloro che non fuggirono rivolsero all'unisono gli sguardi verso il re dei goblin, affidando in cuor loro le proprie vite all'abbraccio della Provvidenza.

Ed egli sorrise.

V'era qualcosa, in quel sorriso, che non fece altro che alimentare il senso generale di apprensione.

«Sir Huelin», gli rispose Zaravaz in tono amabile, «il mestiere di un soldato è uccidere o essere ucciso. Per amore di Asrăthiel e della sua onorevole famiglia non mi metterò ora a discutere con voi. Né tantomeno offenderò questo luogo con uno scambio di colpi, poiché io mantengo sempre la parola data.»

«Non osereste mai combattere da uomo a uomo», ribatté Lathallan, «senza tutti i vostri trucchetti, le vostre magie e i vostri vantaggi sleali.»

Arrotolatosi le maniche sopra il gomito, Zaravaz distolse lo sguardo con un'espressione di tedio indicibile. «Se doveste sfidarmi sarà mio privilegio affrontarvi ad armi pari, in un luogo e in un giorno di vostra scelta.» Detto ciò si lisciò i capelli all'indietro, come un lottatore in procinto di gettarsi nella mischia, e scoccò al cavaliere un'occhiata curiosa, come a voler sollecitare una risposta.

«Non verrà mossa alcuna sfida, Sir Huelin» intervenne Re Warwick. «Non sotto il mio tetto.»

Al cavaliere non rimase altra scelta che obbedire, e così fece, per rispetto all'onore del suo re. Tutti i presenti si rilassarono immediatamente, ma Lathallan rimase cupo in volto, come se un duello fosse ciò che più desiderava al mondo. «Se ci fossimo incontrati altrove», disse a Zaravaz, «le cose sarebbero andate diversamente.»

Zaravaz ignorò l'uomo e si rivolse ad Asrăthiel, dicendo: «È giunta per me l'ora di andare.»

«Andrai con lui, *a mhuirnín?*» domandò Jewel con voce nervosa.

"No. Non ora." La giovane rivolse ai suoi genitori uno sguardo carico di significato. Arran e Jewel lessero chiaramente il messaggio fra le righe. *Ne parleremo più tardi, in privato.*

Corisande tirò il mantello di Zaravaz. «Stai andando via?» chiese, alzando lo sguardo verso di lui. «Io però voglio sapere perché i tuoi occhi sono viola.»

Albiona fece per afferrare la mano della bambina, con l'intenzione di spronarla a venire via, ma Zaravaz fu più rapido e si abbassò sui calcagni, portando il suo viso allo steso livello di quello di Corisande. La bambina non si spaventò ed anzi, guardò il re dei goblin con occhi scintillanti di curiosità.

«Dimmi, lo sai che il viola è l'ultimo colore dello spettro visibile?» disse. «Il mistero del colore viola sta nel fatto che la sua posizione è sul confine fra ciò che è conosciuto e ciò che è sconosciuto.»

La bambina parve soddisfatta da quella risposta, ma Albiona avvicinò le labbra all'orecchio di suo marito, sussurrando: «Non le ha comunque spiegato perché i suoi occhi hanno quel colore.»

«Un maestro di retorica» riconobbe Dristan.

«Faresti una cosa per me?» chiese Zaravaz alla bambina, che in risposta annuì timidamente. «Potresti dire a quel fifone di Fridayweed, quello nascosto là su quel tavolo, che mangiare troppi dolcetti gli farà venire mal di stomaco?» Corisande annuì di nuovo e ridacchiò, al che Zaravaz si rimise in piedi con un singolo movimento fluido, e nessuno all'infuori di Asrăthiel notò il suo impercettibile sussulto.

Con un certo imbarazzo, sebbene senza mai contravvenire alle regole della buona educazione, parenti ed amici di Asrăthiel si avvicinarono per fare i propri saluti al re dei goblin, mentre questi si apprestava ad andarsene. L'atmosfera nel Salotto Blu era ancora densa di tensione ed incredulità. Buona parte dei presenti provava in egual misura sollievo e delusione per la brevità della sua visita.

Una volta salutati i presenti, Zaravaz uscì sul balcone, accompagnato da Asrăthiel. I nobili nella sala si fecero da parte, lasciando loro un corridoio fra la folla, e nessuno li seguì, poiché era evidente per tutti che desideravano essere lasciati da soli; ciò non impedì loro, comunque, di seguirli con lo sguardo mentre uscivano dalle porte aperte e rimanevano a conversare per qualche attimo.

«È stato un bene che Lathallan non mi abbia sfidato», disse il re dei goblin, «né alla lotta né ad un duello all'ultimo sangue. Da quando la Fiamma mi ha reso seelie non sono più in grado di uccidere, e mi riesce assai difficile anche infliggere dolore.»

«Non è cambiato altro, in te?»

Nei suoi occhi vide che non era così, e intuì che l'agonia provata durante quel rogo l'avrebbe accompagnato per sempre, anche se egli non l'avrebbe mai ammesso.

«Nulla di importante», rispose lui, «sebbene ciò non alleggerisca affatto la costernazione di Zauberin e di altri che, insieme a lui, sono in cerca di una cura.»

Asrăthiel sorrise.

«Ho intenzione di riunirmi ai miei cavalieri nel remoto nord, oltre le catene settentrionali» continuò Zaravaz, afferrando le mani di Asrăthiel fra le sue e stringendola a sé. "Sono convinto che per ora si possano lasciare questi regni nelle mani delle guardie cobolde. Forse un giorno le tue genti impareranno a condannare l'eterno ritornello degli intolleranti: da uomini a donne, da pelli chiare a scure e viceversa, da umani a non umani, *"Non sono come noi, perciò sono inferiori e abbiamo il diritto di trattarli come vogliamo"*.»

«Forse. Spero che impareranno, un giorno.»

«Se desideri venire con me, occupati delle questioni che ancora hai in sospeso e raggiungimi a Sølvetårn. Io ti attenderò lì.»

«Io voglio seguirti», rispose lei, «ma non posso farlo sapendo che la mia partenza lascerà dolore nel cuore dei miei familiari. Senza contare che non so nemmeno quanto tempo ci vorrà per fare tutti i dovuti preparativi. Quanto a lungo aspetterai?»

«Ho tutto il tempo del mondo avanti a me», rispose lui, guardandola con occhi che parevano pozze di tempeste turbinanti, «e altrettanto ne hai tu. Aspetterò finché non verrai da me.»

Suggellò quelle parole con un bacio d'addio che la lasciò ammutolita, poi balzò sul parapetto del balcone, spiegò le sue ali diafane di energia nera e volò via.

Aveva appena lasciato il balcone che una selva di urla rauche e stridenti si alzò dall'interno del Salotto Blu. Asrăthiel tornò dentro di corsa, e si trovò di fronte ad una scena di moderata anarchia. Pugnali ornamentali, coltelli e spade da parata erano sparpagliate sul pavimento, e i loro proprietari osservavano le rispettive armi con sospetto, mentre alcuni erano intenti a sollevarle da terra ed esaminarle con molta cautela.

Albiona era in piedi con le mani sui fianchi ad osservare la scena. «Non è riuscito a trattenersi» borbottò con aria severa. «Non è riuscito a fare a meno di lasciare un regalo d'addio, quel mascalzone di un urisk!» Rideva, nonostante il tono seccato delle sue parole.

«Cos'è accaduto?» chiese Asrăthiel a sua zia.

«Oh, non appena è scomparso tutte le armi nella stanza si sono trasformate in serpenti» rispose lei. «Avresti dovuto vedere le facce che hanno fatto gli uomini! E il modo in cui sono tutti balzati in aria, scagliando via i serpenti e strillando come se fossero stati morsi! Con così tanti oggetti che volavano da una parte all'altra è stato un miracolo che nessuno si sia fatto male.»

«Un'illusione, niente più che un'illusione»ripeté la giovane, sforzandosi di reprimere un sorriso. «Ovviamente i serpenti non potevano essere veri. Zaravaz non rischierebbe mai di mettere in pericolo quelle povere creature.»

Le tre principesse iniziarono immediatamente a tempestarla di domande, desiderose di sapere fino all'ultima parola che lei e Zaravaz si erano scambiati, ma Asrăthiel si rifiutò di rispondere.

Più tardi quella stessa notte, quando tutti già dormivano, Asrăthiel, i suoi genitori ed Aalloc si riunirono per parlare. Fu una discussione intensa e sincera, i fatti erano sotto gli occhi di tutti ed ognuno aveva chiaramente espresso i propri sentimenti.

«Hai trovato la felicità, *a mhuirnín*» disse Jewel, la voce densa di gioia ed amarezza in egual misura. «Ti vogliamo troppo bene per privartene.»

Con una certa esitazione, Asrăthiel esordì: «Zaravaz non potrebbe mai vivere insieme a noi.»

«No, questo è certo» convenne Jewel. «Non possiamo nemmeno importi di rimanere con noi, per quanto mi causi una pena enorme anche solo il pensiero di vederti partire.»

«Madre!» la giovane strinse Jewel in un tenero abbraccio.

«Per quanto amaramente io soffra nell'ammetterlo», intervenne Arran, «non si può ignorare il rapporto che vedo esserci fra te e costui, Asrăthiel. Tutti i pulcini prima o poi devono volare fuori dal nido.»

«No!» esclamò Avalloc, furibondo. «Non se devono volare incontro alla freccia di un cacciatore! Mia amatissima nipote, io non posso appoggiare il tuo partire con questo – questo *wight*. Tanto per cominciare fra di voi c'è una differenza d'età abissale, dell'ordine di millenni!»

«Parli di Zaravaz come se fosse umano», rispose lei, «ma con le creature eldritch anche periodi di tempo così immensi sono insignificanti. Tieni presente, ad esempio, che sono sempre nel pieno delle loro—»

Avalloc, tuttavia, la interruppe bruscamente. «Nulla di ciò che tu possa dire mi farà cambiare idea, Asrăthiel. Zaravaz è una creatura unseelie. Quale che sia il fuoco che ha morso le sue carni, egli rimane il Re dei Goblin d'Argento, che ci hanno inflitto sofferenze immani. Fra tutti i possibili pretendenti, umani o immortali, che calcano le terre di Tir, egli è quello che ritengo meno degno di te.»

Un moto di dolore represso ed altre emozioni ancora minacciò di sopraffare la giovane, che però chinò il capo, per rispetto verso il Signore delle tempeste e verso l'affetto che provava per lui. «Se questa è la tua opinione, nonno, non mi opporrò. Non seguirò Zaravaz.» Ma in cuor suo aggiunse, *rimarrò qui finché vivrai, ma dopo mi considererò libera.*

«E fai bene!» Esclamò lapidario Avalloc, ignorando l'espressione di biasimo sul volto di Asrăthiel e quella perplessa sul viso di Arran.

Non appena quell'incontro si fu concluso, Asrăthiel si incamminò nella notte. Percorse la strada che scendeva da Piana dei Frassini fino all'altopiano, lontano da ogni abitazione umana, e lì andò a vagare, da sola, per svariate ore. Camminò fra frutteti bagnati dalla luce delle stelle e luoghi selvaggi, accompagnata solo dai pensieri che le turbinavano nella mente e rimescolavano l'animo.

Nella sua mente vedeva Zaravaz e le migliaia di Goblin d'Argento cavalcare insieme per le desolate distese gelide di Semprinverno, e gli zoccoli dei trollhästen sollevare nuvole scintillanti di cristalli di neve. Immaginò di veder cavalcare loro incontro i Goblin dei Ghiacci, cavalieri e dame, *graihyn* e *liannyn*. Vide i due gruppi congiungersi, per poi cambiare repentinamente direzione e, fra grandi esultanze, scomparire all'orizzonte, verso luoghi sconosciuti, mentre la neve farinosa scivolava a riempire le loro tracce, e nulla rimase a testimoniare il loro passaggio.

Quando Asrăthiel fece ritorno a casa, ben dopo il tramonto, trovò suo nonno ad accoglierla, con una lanterna in mano e gli occhi di giada pallida traboccanti lacrime.

«Perdonami» le disse. «Chi, su questo mondo, ha il diritto di negarti la felicità che tanto desideri?»

«Che cosa vuoi dire?» La giovane si sentì stringere il cuore al vederlo tanto sofferente.

«Sto dicendo, figlia mia, che ho pensato a ciò che ti ho detto, e ora riesco a vedere che razza di vecchio bacucco egoista sono stato. Va', insegui i tuoi sogni. Se ciò che desideri è andare alla ventura nel mondo sconosciuto insieme a colui che ha conquistato il tuo cuore, ebbene va', non esitare.»

Asrăthiel, tuttavia, ribatté: «Come potrei non esitare, nonno? I miei genitori vivranno ancora a lungo, ma se dovessi andarmene ora potrei non rivederti mai più.»

«Se pure così fosse non puoi lasciarti incatenare qui da questi pensieri» le disse Avalloc.

«Ma non posso fare altrimenti» insistette lei, stringendo l'anziano mago a sé come se fosse tornata bambina, e lui forte e vigoroso come un tempo. «Io ho davanti a me tutto il tempo del mondo. Il mio destino mi aspetta oltre le montagne, verso il nord, ma non lascerò Alta Darioneth prima di te.»

«I miei occhi non hanno visto che settantadue inverni» le spiegò il Signore delle Tempeste. «Devi sapere, figlia mia, che tempo fa mi fu rivelata l'esatta lunghezza della mia vita. Davanti a me ci sono ancora quaranta anni. Va' pure, e ritorna a visitarci ogni tanto. Io sarò sempre qui.»

Quando udì quelle parole, Asrăthiel sentì il cuore esploderle di gioia.

Al termine dei festeggiamenti per il fidanzamento di William, Asrăthiel ritornò all'Anello di Montagne insieme alla sua famiglia, e si prese una settimana per organizzarsi prima della partenza. Quando giunse il momento di preparare i bagagli, la giovane scelse di portare con sé solo il dono di Zaravaz, la spada d'iridio Rehollys. Una volta detto addio a tutti gli abitanti di casa Maelstronnar, fece un ultimo giro dell'edificio. Guardò a lungo i ritratti degli amati signori del clima che avevano perso la vita su quella collina coperta di felci, visitò i luoghi in cui giocava da bambina e la biblioteca dove era solita discorrere con Fior di Cardo, corse ai piani superiori fino alla cupola di vetro, ora deserta, dove sua madre aveva tanto a lungo dormito, ammirò la veste di scaglie di pesce che faceva bella mostra di sé appesa al muro, il monile di Strang conservato nel portagioie di sua madre, ed infine Fridayweed, che giaceva addormentato in una nicchia scaldata dal sole, la coda sfrangiata che si torceva a scatti, scossa dai suoi sogni misteriosi.

Ogni oggetto familiare che vedeva e toccava le conficcava nell'anima una spina di tristezza, ed il pensiero di lasciarsi alle spalle tutto ciò che aveva di caro e familiare le suscitava un brivido di paura. Allo stesso tempo, tuttavia, guardava al futuro con trepidazione, e se a tratti la nostalgia le faceva pensare che non sarebbe mai riuscita a partire davvero, pensava al suo amante che la attendeva sugli alti picchi del nord ed immaginava le terre che la aspettavano, sconfinate ed inesplorate, sussurrando a sé stessa, *È ora di mettere da parte la vecchia vita. Non dimenticherò il mio passato, ma ora devo lasciarmelo alle spalle. C'è una nuova vita che attende.*

Fu nella sala dei banchetti, l'ampia stanza dal basso soffitto e dalle pareti coperte di pannelli di noce davanti a cui erano disposti divani e mobili di pregiata fattura, che gli occhi di Asråthiel furono attirati dalla massiccia spada che riposava sopra il camino, infilata nel suo fodero. Era lì davanti a lei: Lamafulva, la spada dorata, la mietitrice di goblin, l'eredità del Casato Stormbriger. Fuori dalle finestre si udiva il cinguettio di alcuni pettirossi e i gridolini ovattati di bambini che giocavano sulla collina erbosa. Il vento di montagna sospirava e mormorava, inquieto come sempre, mentre spazzava le gronde e sollevava le foglie di frassino fra le sue gelide dita. Per un lungo istante Asråthiel restò immobile a guardare quell'arma temibile, poi, per l'ultima volta, salì in piedi per afferrarla con entrambe le mani, la staccò dal muro ed estrasse la lama dal fodero.

Lamafulva ricordava una lingua di fiamma dorata. Afferrata saldamente l'elsa, Asråthiel la sollevò davanti a sé, tenendo la lama verticale come aveva già fatto prima di allora. L'intera lunghezza dell'arma enne percorsa da scintille di un bianco dorato, e l'atmosfera tutto intorno sembrava vibrare di un coro di voci arcane, nei punti in cui il filo di Lamafulva fendeva l'aria, particella per particella. Con delicatezza, Asråthiel soppesò la spada fra le mani, spostandola impercettibilmente da un lato all'altro, lo sguardo sempre fisso sul ricco lucore dorato che circondava quello strumento scintillante, tanto splendido quanto letale.

«Grazie per tutto ciò che hai fatto» disse.

Dopodiché rimise la spada nel fodero e la ripose al suo posto sopra il caminetto.

Le cime delle montagne che svettavano a formare l'anello che circondava Alta Darioneth erano state inghiottite da uno strato di vapore. Enormi banchi di nuvole si spostavano, ribollendo ed innalzandosi qua e là nel cielo, facendo ondeggiare le proprie frange di nebbia tinte di splendore argenteo dalla luce del sole all'alba. Alle spalle dei tetti delle case di Piana dei Frassini si poteva intravedere la cupola candida del pallone aerostatico di *Lunagelida* salire tremando e stagliandosi contro l'oscurità come il fantasma di una seconda luna.

Una grande folla si era riunita sul piazzale d'atterraggio, intorno al cesto di vimini sospeso sotto il pallone, a pochi centimetri dalle pietre coperte di menta rampicante. Erano riuniti lì per salutare Asrăthiel, che in quel momento stava baciando ed abbracciando i suoi genitori, combattuta fra tristezza e trepidazione, ma sempre consapevole che la strada che aveva imboccato era quella a cui era sempre stata destinata.

L'aerostato, quasi pronto per alzarsi in volo, era ancorato a terra da quattro spesse corde. Il pallone satinato fremeva e ondeggiava, sollevato da terra, ciascuno degli spicchi che lo componevano egualmente agitato dall'alzarsi della temperatura interna. Le sfaccettature triangolari del cristallo solare collocato dentro l'apertura del pallone luccicavano e brillavano come riflessi di luna sull'acqua, ma nel suo nucleo ardevano raggi bianchi ed incandescenti, come stelle in miniatura o chiodi arroventati conficcati dentro piccoli puntaspilli, così che nessuno poteva volgere lo sguardo su quelle profondità di fuoco senza rimanere accecato dal sole che in esse era intrappolato.

L'aiuto-pilota di Asrăthiel fece sì che il cristallo rilasciasse lentamente dalla propria punta parte del calore che conteneva. In quello stesso momento gli altri attendenti si stavano occupando di tenere aperto la fascia di metallo che normalmente, tenuto chiuso da una serie di molle, sigillava il bordo inferiore del parafiamma ignifugo, in modo da convogliare tutta l'aria calda all'interno dell'involucro di seta.

Con il riscaldarsi dell'aria, *Lunagelida* cominciò a gonfiarsi, crescendo sempre più in dimensioni, come un bocciolo in procinto di sbocciare, arrivando finalmente a sollevarsi da terra, tendendo le corde di ancoraggio. Il cesto venne quindi rigirato in posizione corretta, permettendo all'aiuto-pilota di posizionarvisi all'interno. Il cristallo sprigionò nuovamente energia, facendo dilatare l'involucro come una bolla, facendo scricchiolare gli ancoraggi che assicuravano il cesto a terra. Nell'osservare quella scena, a Jewel tornò in mente il suo primo viaggio in pallone, molti anni prima, con un giovane Arran Maelstronnar come comandante. Sorrise, nel ripensare a quei fatti e si strinse a suo marito, che le stava a fianco, sebbene in cuor suo fosse profondamente angosciata dalla prospettiva di aver ritrovato sua figlia solo per perderla una seconda volta.

Il cielo luccicava come un oceano acceso di riflessi di fiamme, attraversato da masse di nuvole che scivolavano alle spalle di Wychwood Storth. Mentre Asrăthiel si apprestava a salire sull'aerostato, Corisande la chiamò, gridando: «E che ne sarà di Lamafulva? Chi mi insegnerà ad impugnarla?»

Asrăthiel baciò sulla fronte la cugina e le rispose: «Lasciala dov'è. Che possa riposare nel suo fodero per mille anni, e mille dopo di essi.» Detto ciò saltò nel cesto e fece segno di mollare le cime di ancoraggio. Il pallone si spostò lateralmente di un metro circa, insieme al cesto, prima che *Lunagelida* iniziasse la sua ascesa.

La giovane, che vestiva la tunica dei signori del clima, si ergeva nella gondola dell'aerostato, i piedi ben piantati e i capelli neri che le scivolavano lungo la schiena, concentrata sulle parole che stava sussurrando, ed ogni sillaba scandita riecheggiava di potere. Le sue mani si muovevano rapide, seguendo uno schema complesso che accompagnò l'invocazione di un vento che la sospingesse in direzione est-nord-est. Mentre osservava la terra allontanarsi, il suo intero corpo si tese, la schiena rigida come una sbarra d'acciaio, così da poter cogliere ogni minimo cambiamento nell'atmosfera; il mutare delle masse d'aria, le particelle elettrificate, le fluttuazioni di temperatura ed umidità e infinite variabili di inimmaginabile finezza. La folla acclamante sotto di lei si sfocò progressivamente, fino a diventare poco più di una manciata di volti sparpagliati, rivolti verso l'alto come margherite che guardino il sole dal loro campo verdeggiante. Una volta assicuratasi di avere la direzione dei venti sotto controllo, Asrăthiel li salutò di rimando familiari e amici, agitando le braccia finché non li vide restringersi a minuscoli puntini colorati e scomparire alla vista.

Volarono insieme fino alla Catena Settentrionale, la maga del clima e il suo aiuto-pilota, giungendo a Sølvetårn, in alto, fra i fastìgi di Storth Cynros. Era sera quando arrivarono in vista della cittadella dei

Goblin d'Argento, con le sue spire e i riflessi di stelle, le alte guglie e gli ampi saloni, adornata dalle gemme estratte dalle viscere della roccia sotto quelle montagne ammantate di nebbia, fra splendide pareti scavate nel lucido basalto. Le torri erano avvolte da cappe di nebbia, ed i tetti erano costellati di neve. Le leggende raccontavano che il suo nome era Minith Ariannath, la Montagna d'Argento. Un tempo le sue sale erano state abitate da migliaia di creature immortali, mentre ora erano vuote, riempite solo dagli echi del gocciolare dell'acqua e del suono del ghiaccio spezzato.

Zaravaz la attendeva lì, impaziente, con il vento che gli agitava i capelli, e ad accompagnarlo v'erano due cavalli demoniaci dalle criniere e code accese di vapori di smeraldo. Che cosa si dissero con lo sguardo i due amanti in quel momento, è cosa che solo a loro è dato sapere, e non una parola in merito verrà qui iscritta. Seduta in groppa a Tangwystil, Asrăthiel osservò il suo pallone aerostatico sollevarsi in volo e cominciare il viaggio di ritorno verso sud, seguendolo con lo sguardo finché non scomparve fra le nuvole. A quel punto cavalcò via, inoltrandosi nel labirinto delle montagne insieme al re dei goblin, con la luna piena che sorgeva alle loro spalle in tutto il suo luminoso splendore, bagnando il paesaggio d'argento liquido. Occupava, nella sua immensità, oltre metà del cielo, come un mondo fiabesco ed alieno sospeso nello spazio e nel tempo.

EPILOGO

Un anno più tardi, Ronin di Slievmordhu sposò Solveig di Grïmnørsland. Ella divenne sua regina e sua salvatrice, l'unica persona che fu in grado, col tempo, di convincerlo che la morte di suo padre non era colpa sua, che nessuna maledizione gravava sul casato Ó Maoldúin, e che nella vita di tutti i giorni vi fosse felicità a sufficienza per lenire quegli antichi dolori.

In tre erano entrati nell'Aingealfyre, e tre ne erano emersi. Uno di essi era mortale, un altro immortale, ed il terzo era diverso da entrambi. Che ne fu di quell'uomo nato mortale e divenuto immortale, Fionnbar Aonarán – colui che poteva essere definito il terzo Fratello della Fiamma?

"*Per il tuo popolo la vita è il più prezioso fra tutti i doni*", aveva affermato Zaravaz in un'occasione, parlando di questa sventurata creatura, "*e per questo andrebbe goduto fino in fondo. Una volta ricevuta la vita, il dono più grande che si possa avere è la promessa della morte che arriverà a concluderla.*"

Avendo bevuto l'acqua dell'immortalità dal Pozzo della Pioggia, Fionnbar era giunto a comprendere che l'immortalità da sola non gli avrebbe dato la felicità. Incapace di trovarla da solo, egli tentò innumerevoli volte di togliersi la vita, e ogni tentativo lo lasciava vivo nel corpo, ma sempre più tormentato nella mente. La sua vita era divenuta una costante ricerca della morte – una punizione carica di ironia, e probabilmente commisurata agli atti che aveva commesso nella sua follia.

Il codardo Fionnbar aveva scatenato grandi sventure sui Quattro Regni di Tir, specialmente alla famiglia di Jewel Heronswood Maelstronnar – eppure all'origine delle sue malefatte vi erano codardia, desiderio d'immortalità, falsità e un bruciante desiderio di libertà dalla propria prigionia.

Il fuoco arcano ebbe l'effetto di consumare queste sue bramosie, divorando buona parte delle sue pulsioni e dei suoi bisogni, compreso quello di dormire, e lasciandolo in uno stato di stolida tranquillità nel quale egli era capace di rimanere per ore, seduto in contemplazione in completa solitudine, senza mai nemmeno spostarsi.

Per molti lunghi anni rimase nel Sanatorio dei Folli di Winterbourne, ed ogni anno egli aspettava pazientemente il giorno della Vigilia delle Lanterne per chiedere di essere liberato ed essere destinato ad un qualsiasi impiego costruttivo. Quando, infine, Warwick di Narngalis fu giunto alla fine dei suoi giorni, l'anziano monarca decise di concedergli ciò che desiderava.

Dopo la partenza degli Argenkindë, infatti, Warwick aveva fatto erigere una serie di torri di guardia e falò di segnalazione lungo le montagne della Catena Settentrionale, il cui scopo era fare da postazioni d'osservazione da cui delle sentinelle avrebbero costantemente scrutato i territori a nord, in caso l'orda goblin avesse mai fatto ritorno.

Essere assegnati di stanza su quelle torri non era affatto un incarico facile; solo i coraggiosi si offrivano volontari, e solo i forti sopravvivevano. Creature unseelie come gwillion e fuathan infestavano le montagne, perennemente in cerca di esseri umani da trucidare. Venti impetuosi spazzavano le torri a velocità folli, il freddo affondava i denti nella carne dei mortali, fino all'osso, e uno schiacciante senso di solitudine pesava sulle cime e sui crepacci come una cappa soffocante.

I cavalieri della Compagnia della Coppa si accollavano, a turno, il compito di montare la guardia, ma perfino loro, l'elite dei cavalieri mortali, erano in grado di sopportare la solitudine e il gelo per non più di tre mesi per volta.

La più remota ed isolata di tutte le torri spuntava come uno sperone acuminato fra le vette vertiginose di Storth Cynros. Re Warwick decretò che Fionnbar Aonarán fosse inviato lì, da solo, dove nessun uomo mortale avrebbe potuto sopravvivere. Insignì Aonarán del titolo di "Sentinella delle Catene Settentrionali" e gli affidò il compito di tenere una veglia costante, scrutando l'orizzonte in cerca di qualunque segno di pericolo. Se avesse avvistato un qualsiasi pericolo in arrivo, egli avrebbe dovuto accendere il Fuoco d'Allarme. Aonarán, grato al re per quella concessione, giurò fedeltà ed obbedienza, un giuramento della cui sincerità, dopo la sua immersione nel fuoco arcano, nessuno ebbe alcun motivo di dubitare. Egli non temeva né i gwillion né i fuathan, e nemmeno lo spaventava l'eterno gelo delle montagne, ed obbediente egli si stabilì nella torre più remota dell'intera catena. Lassù egli restò, mentre col passare degli anni le intemperie erodevano le montagne ed il mondo invecchiava attorno a lui. Per sempre egli rimase al suo posto, lo sguardo rivolto a nord verso quelle terre desolate e sconosciute.

LINGUAGGIO GOBLIN

L A LINGUA mannese (o manx) è quella che ritengo perfetta per rappresentare il linguaggio goblin, sebbene debba ammettere, con grande rammarico, di non averla mai sentita parlare di persona. L'uso che io faccio della lingua mannese non è grammaticalmente corretto, e qui di seguito potete trovare un breve glossario dell'uso che ho fatto di questa lingua:

"*Glashtinsluight ny beealeraght lesh sheelnaue.*": una traduzione approssimativa potrebbe essere, "I goblin non amano discorrere con gli esseri umani."

Aachionard: luogotenente
Ard-veoir armyn: Re d'Armi
Armyn: armi
Bannaght lhiat: addio, a presto
Bee dty host, jouylleen!: Taci, miserabile/mentecatto!
Beishtyn: parassiti, creature infime
Ben drultagh: incantatrice
Boanlagh ny theayee: feccia del mondo
Boanlagh: spazzatura, sozzume
Boddagh: borioso spaccone
Brouteraght: fango, spazzatura
Chiarn: signore

Cloie yn ommidan: sciocco, idiota
Cooilleeneyder: vendicatore
Crooagen: pidocchi, zecche
Crout ghraney: trucchetti insignificanti, mezzucci
Donnanyn mooar: supremi miserabili
Drammane: un particolare tipo di finissima nebbia
Feiosagh: debole, patetico
Flaieen: coboldi
Graihyn: goblin maschi
Liannyn: goblin femmine
Meeylen: insetti
Ny hashoonyn mooarey: gli alti poteri
Ooyl villish: dolce a base di mela
Peearen ayns lavender: pere con/alla lavanda
Rag-rannee: buono a nulla
Red ommidjagh: campione di stupidità
Sallagh: sozzo, sporco
Slane vie: molto bene/così sia
Sneeuane ushtey: ragni d'acqua
T'eh lhien!: Approvo!
Y Hiarn: mio signore

La canzone dei coboldi:
"*T' fuill-yiarg er yiarn, t' glassoil er copuir, t' gormaghey er kobolt, t' geayney er nickyl.*"
"Rosso sangue è il ferro, verdino il rame, blu è il cobalto, verde il nichel."

FONTI ED ISPIRAZIONI

Re Uabhar osserva lo schieramento del suo esercito:
Questo paragrafo è un adattamento di "La Compagnia Bianca", di Sir Arthut Conan Doyle, pubblicato sul Cornhill Magazine nel 1891.

"Subito dietro ai cavalli venivano due file d'arcieri, barbuti e nerboruti, ciascuno con una targa rotonda portata sulla schiena ed un arco giallo, l'arma più letale mai prodotta dall'ingegno umano, che spuntava da dietro le loro spalle. Ognuno d'essi portava alla cinta una spada o un'ascia, secondo quale fosse la sua disposizione, mentre l'anca destra era occupata da una faretra di cuoio, irta di mazzi di frecce con le loro piume d'anatra, pavone o piccione. Dietro gli arcieri venivano i suonatori di tamburi coi loro nakir e due trombettieri dalle uniformi multicolori. Dopo di questi venivano ventisette cavalli da soma carichi di aste per le tende, stoffe, armi di riserva, speroni, cunei, pentolacce, ferri di cavallo, sacchi di chiodi ed una miriade d'altre cose che l'esperienza insegnava essere indispensabili in terra straniera ed ostile.

Diritti degli animali:
"Chi è animato dalla compassione ha il dovere di opporsi alla crudeltà, e a volte deve correre il rischio di vedersi affibbiare titoli poco lusinghieri, poiché vi sono cose per cui non ci può essere alcuna tolleranza." Di questa citazione, che non è mia originale, non sono stata purtroppo in grado di scoprire l'origine.

Il pixie di Sillerway Bridge:

Questo passaggio, che si trova nel libro "La Maga delle Tempeste", è ispirato alla storia "Il Pixie di Ockerry", riportata nel libro di William Crossing "Tales of the Dartmoor Pixies: Glimpses of Elfin Haunts and Antics" [I Racconti dei Pixie di Dartmoor: Apparizioni ed Abitudini delle Presenze Elfiche], W. H. Hood, Londra, 1890.

Alle Porte di Rocca Pietracciaio:

La vicenda di Halvdan, Kieran e Conall Gearnach è ispirata ad una parte dell'antica leggenda Celtica di "Deirdre". Questo racconto, conosciuto anche come "L'Esilio dei Figli di Uisnach", è spesso considerato il prologo della più antica epica in prosa della letteratura occidentale: "La Razzia di vacche di Cooley" (Tain Bo Cuailgne). Esistita sotto forma di tradizione orale sin dal I° secolo DC, questa storia è stata trascritta da letterati irlandesi durante il 7° secolo DC ed è stata, da allora, adattata innumerevoli volte in libri ed opere teatrali, rimanendo popolare fino ai giorni nostri.

I nomi delle armi di Uabhar:

Le armi di Re Uabhar prendono i loro nomi dalle armi di Re Conchobar, un personaggio della leggenda Celtica "Deirdre". "Il mio scudo, Oceano; il mio pugnale, Trionfante; la mia lancia, Massacro, e la mia spada Gorm Glas, che significa verdeblù."

"Quante ore buie. . ." - Canzone dell'abbandono:

Ho scritto questa poesia subito dopo aver ascoltato la canzone "Unforgiven", dei Metallica, con i suoi ritmi e la sua tormentosa melodia gotica ancora freschi nelle orecchie. Il testo è in parte ispirato ad un verso di "Orra: Una Tragedia" di Joanna Baillie, ed è inoltre stato influenzato da un capitolo di "Ivanhoe", di Sir Walter Scott.

"Là vedo, contro le stelle, una stagliarsi una fortezza. . ." - Canzone della Montagna d'Argento:

Su questa poesia hanno avuto una grande influenza i versi dal 593 al 602 del libro II di "Endymion", di Keats, da cui essa prende in prestito qualche frase qua e là.

Il verso "Se deve venir a piovere":
Preso dal testo di una canzone di Courtney Egan, nell'originale:
"If it's going to rain it'll rain,
And if it's going to shine, it's going to shine,
And if you're going insane, you'll go insane.
Now you've lost your mind."

Ispirazioni dai Classici:
"L'orda si raggruppò [...] e si ritrassero dalla loro prima linea."
"Abbiate pietà di me, fiero cavaliere [...] Un'onta ancora peggiore per tutti coloro che ti hanno permesso di vivere tanto a lungo."
Ispirati a passaggi nell'Ivanhoe di Sir Walter Scott.

Il Re dei Goblin:
Il personaggio del re dei goblin è stato molto probabilmente ispirato da Labyrinth, il meraviglioso film di Jim Henson, che non smetterà mai di essere uno dei miei preferiti in assoluto.
La serie "Flat Earth" di Tanith Lee ha similmente influenzato la creazione della figura di Zaravaz.

Nomi dei Piatti Goblin:
"Quasi ad Accogliermi Festosa Trovai una Montagna Tempestata di Fiori Rossi" prende il nome da un'opera scolpita da Anish Kapoor nel 1981, *"As if to Celebrate I Discovered a Mountain Blooming with Red Flowers."*
"Ecco una Situazione Irresistibile" è ispirato al titolo di un dipinto di Richard Hamilton del 1958, *"Hers is a Lush Situation."* (La sua è una situazione irresistibile.)
"Peperoncini che Bruciano come le Fiamme dell'Amore" è un adattamento di un commento di Joseph Conrad, *"The Passion for Pepper Burns Like a Flame of Love".*

Filosofia Goblin:

a) Alcune parti delle dichiarazioni di Zaravaz sono ispirate ad un articolo di Ingrid E. Newkirk, fondatrice di PETA. "Animal Times", Estate 29003, Pagina 2.

b) "Ancora più agghiacciante è l'idea implicita che il rispetto da noi dovuto alle altre specie debba essere misurato sulla base di quanto straordinariamente umane siano le loro capacità." Quest'affermazione, fatta da Drew Rendall e John Vokey della University of Lethbridge, Alberta, Canada, è alla base di alcune parti della filosofia goblin. *New Scientist* n°2457, 24 Luglio 2004, Pagine 28-29.

La lettera di Avalloc ad Asrăthiel nel Capitolo 7:

Questa lettera è almeno parzialmente ispirata all'euforia generale con cui i giornalisti presenti riferiscono venne accolta la notizia che due minatori intrappolati da un crollo all'interno di una miniera d'oro fossero ancora vivi. Il fatto risale al 2006 ed è avvenuto in Tasmania.

Le Miniere:

Alcune delle gilde dei battitori prendono il nome da gilde di minatori d'argento di Cesky Krumlow.

Versi:

"...*Le mani alzai, ma non fu colpa mia.*
Poiché il mio cuore batteva affamato
ed ogni mio senso gemeva insaziato.
Soffrir di piacere mi pareva follia,
eppure ancor calcherei del dolore la via."

Questo stralcio di poesia viene da "The Merry Little Maid and Wicked Little Monk" (La cara, piccola dama e il piccolo monaco malvagio.), una vecchissima "poesia anonima".

I consigli di Ronin:

"Sapere ciò che è giusto fare e non farlo è un segno di un animo debole."Confucio, 551 AC – 497 AC

"È un buon sovrano chi ispira i suoi sottoposti ad avere fiducia in lui, ma è un grande sovrano chi colui che ispira ai suoi sottoposti fiducia in sé stessi." - Autore sconosciuto.

Esperimenti sugli Animali:

Molti scienziati ora riconoscono che la sperimentazione animale è un esercizio futile, dal momento che la loro fisiologia differisce radicalmente dalla nostra. Non solo, ma è anche una cosa incredibilmente crudele e disumana. Per maggiori informazioni potete cercare su internet "the Humane Society" o "MAWA Trust – Medical Advances Without Animals".

Quest'ultima è un'organizzazione senza scopo di lucro composta da un gruppo di scienziati impegnati a cercare una soluzione per eliminare queste pratiche disumane da ogni laboratorio. Con il vostro supporto possono fare questo e molto più.

The MAWA Trust www.mawa-trust.org.au/	The Humane Society www.hsi.org.au/
People for the Ethical Treatment of Animals www.peta.org/	Animals Australia www.animalsaustralia.org/

Cecilia Dart-Thornton

ALTRI LIBRI NELLA SERIE
"LE CRONACHE DI FIOR DI CARDO"

Cecilia Dart-Thornton
L'Albero di Ferro

LIBRO 1 DELLA SERIE "LE CRO-
NACHE DI FIOR DI CARDO"

Jarred, da poco passato alla maggiore
età, lascia il villaggio bruciato dal sole
che ha sempre considerato la sua casa
per cercare fortuna e trovare suo padre,
scomparso quando egli aveva dieci anni
e mai più tornato.

Dopo alcune disavventure,
Jarred e i suoi compagni cercano ri-
paro nel Grande Acquitrino, un luogo
d'incredibile bellezza e fresche acque verdi. Qui Jarred incontra Lilith, ed in un solo istante entrambi si rendono conto che le loro vite
non saranno mai più le stesse. Ciò che nessuno dei due può sapere
è quanto profondamente siano uniti i loro destini – e i loro passati.
Durante una visita a Cathair Rua, la Città Rossa, Jarred incappa nel
segreto dell'Albero di Ferro, e con esso scoprirà la tremenda verità
su chi fosse davvero suo padre. . .

'Appello forte per i lettori che amano la lingua e lo apprezzano fittamente applicata, e che si dilettano nel dettaglio di un mondo fantastico.'
COURIER MAIL

'Identità nascosta, amore condannato e kismet ... Dart-Thornton
evoca il suo mondo di Tir in maniera ancora duro taglio luminoso di Jack
Vance e Mary Gentle.'
WASHINGTON POST

Cecilia Dart-Thornton
Il Pozzo delle Lacrime

LIBRO 2 DELLA SERIE "LE CRO-NACHE DI FIOR DI CARDO"

Jewel ed Eoin sono fuggiti dalla loro patria, Slievmordhu, per raggiungere il regno di Narngalis, ma il percorso su cui si sono incamminati è irto d'insidie, la più grade delle quali sono gli wight unseelie, e sarà proprio per mano di essi che Eoin incontrerà il suo destino. Non avendo nessun altro posto in cui andare, Jewel si rifugia fra gli abitanti dell'altopiano di Alta Darioneth. Questa terra, abitata da numerosi siofra, trow e svariati altri eldritch wight, è governata dal Signore delle Tempeste Avalloc e dai suoi Signori del Clima, dotati dl potere di domare e invocare la furia dei venti. . .

Una volta scoperto che la leggendaria Cupola di Strang è priva di protezioni, Jewel decide di proseguire il suo viaggio fino ad Orielthir, in modo da poter svelare i misteri di quella roccaforte nascosta al mondo, e con essi scoprire la verità riguardo all'eredità lasciatale da suo padre. Le scoperte di Jewel la spingono ad intraprendere un viaggio straordinario, accompagnata da un giovane signore del clima, segretamente innamorato di lei. Insieme essi affronteranno avversità e scopriranno meraviglie, fino ad arrivare alla soluzione dei loro quesiti, che scopriranno essere legata al leggendario Pozzo delle Lacrime.

Cecilia Dart-Thornton
La Maga delle Tempeste

LIBRO 3 DELLA SERIE "LE CRONACHE DI FIOR DI CARDO"

Asrăthiel, nipote del Signore delle Tempeste di Ellenhall, ha raggiunto la maggiore età e con essa ha ricevuto il titolo ufficiale di maga del clima. La sua felicità in questo momento è turbata solo dalla sua incapacità di risvegliare sua madre dal sonno stregato in cui è precipitata e dalle bizzarre visite di una inquietante ma affascinante creatura fatata.

In quello stesso momento, tuttavia, mormorii di scontento attraversano i Quattro Regni di Tir: i banditi conosciuti come Predatori hanno preso ad attaccare con frequenza sempre maggiore, e per far fronte a questo pericolo le tasse stanno venendo alzate, per finanziare gli sforzi difensivi. Come se ciò non bastasse, la popolazione inizia a rivoltarsi, apparentemente senza motivo, contro i signori del clima che fino a poco prima consideravano degni di grandissima stima . . .

'I [Crowthistle Chronicles] ha attraversato tre generazioni di una famiglia il cui destino è avvolto in incantesimi e maledizioni ... Dart-Thornton scrive romanzi riccamente descrittivo è possibile immergersi in ... '
THE AGE

LA RAGAZZA DELLA TORRE

CECILIA DART-THORNTON

NORD

ALTRI LIBRI DI
CECILIA DART-THORNTON

Cecilia Dart-Thornton
La Ragazza della Torre

LIBRO II DELLA TRILOGIA DI BITTERBYNDE

I Cavalieri della Tempesta atterrano con i loro splendidi stalloni alati sui bastioni ariosi della Torre di Isse. Molto più in basso, i superstiziosi servi che dimorano nelle viscere della fortezza raccontano orribili storie di creature malvagie che abitano il mondo esterno, un mondo che loro hanno visto solo di sfuggita. E tuttavia è l'ultimo degli umili, un trovatello muto, sfregiato e assolutamente disprezzato, a tentare di scalare la Torre, a nascondersi a bordo di una Nave del Vento e infine a tuffarsi dal cielo.

Il fuggitivo viene salvato da un avventuriero di buon cuore, che gli dà un nome, il dono della parola tramite il linguaggio dei segni e una sorprendente verità che non aveva mai indovinato prima. Ora Imrhien inizia un viaggio verso la lontana Caermelor, alla ricerca di una saggia donna le cui abilità potrebbero cambiare la vita del trovatello.

Lungo la strada, Imrhien deve sopravvivere in una giungla di interminabili pericoli. E man mano che gli ostacoli diventano sempre più letali, Imrhien scopre una cosa ancora più terrificante di tutti i diabolici eldritch wights messi insieme: l'emarginato con l'anima di un angelo e il volto di un gargoyle si sta innamorando…

In un emozionante debutto che mescola la maestria nella narrazione con la riscoperta del folklore, Cecilia Dart-Thornton crea un'avventura epica eccezionale.

"È da La Compagnia dell'Anello di Tolkien che non sono più stata colpita in questo modo da un fantasy così ben congegnato."

ANDRE NORTON, GRAN MAESTRA DELLA FANTASCIENZA

Dall'autrice della
Ragazza della Torre

LA DAMA DELLE ISOLE

CECILIA DART-THORNTON

NORD

Cecilia Dart-Thornton
La Dama delle Isole

LIBRO II DELLA TRILOGIA DI BITTERBYNDE

Anche se la memoria di Imrhien è offuscata da un incantesimo, ella deve portare notizie di vitale importanza al Re-Imperatore di Caermelor, dove spera anche di ritrovare Thorn, l'avventuriero senza paura che ha conquistato il suo cuore. Poiché nessun popolano può raggiungere la corte reale, Imrhien assume la nuova identità di Rohain, una nobile in visita dalle distanti Isole Sorrows.

Ben presto viene a sapere che il Re e la sua guardia sono altrove per combattere i wights unseelie che hanno improvvisamente dichiarato guerra ai mortali. Gli attacchi degli orribili mostri della Caccia Selvaggia, guidati dal malvagio Lord Huon, diventano sempre più frequenti e brutali. E quando le forze del male assediano il santuario reale su una mistica isola nascosta, Rohain si trova di fronte a una spaventosa scoperta.

Per proteggere coloro che ama, la Dama delle Isole deve avventurarsi in un viaggio disperato per scoprire chi è davvero e perché un malvagio non umano sta perpetrando una tale distruzione. Ma la verità sul passato di Rohain si rivelerà ancora più incredibile - e ben più tragica - di quello che potesse immaginare.

"Un arazzo narrativo riccamente immaginato e brulicante di creature incantate; *Goblin Market* incontra *Il Signore degli Anelli*."

SUNDAY AGE

Dall'autrice di
La ragazza della Torre
e *La Dama delle Isole*

LA SIGNORA
DI ERITH

CECILIA
DART-THORNTON

NORD

Cecilia Dart-Thornton
La Signora di Erith

LIBRO III DELLA TRILOGIA DI BITTERBYNDE

Insieme a importanti frammenti della sua memoria, Tahquil-Ashalind riacquista anche il Langothe, una tremenda nostalgia per il mondo del Faêrie, per la quale non esiste una cura, se non quella di farvi ritorno. Ella intraprende un viaggio alla ricerca della Porta del Bacio dell'Oblio, l'unica via rimasta per raggiungere quel mondo. Ma quando i compagni di Tahquil vengono rapiti senza pietà, la ragazza abbandona il suo scopo nonostante il suo angosciante desiderio, e si ripropone di cercare di salvarli, avventurandosi nelle terre di Darke e nell'oscurità di Evernight...

"La Trilogia di Bitterbynde della Dart-Thornton – ogni volume, e tutti e tre insieme – merita di vincere ogni premio fantasy esistente."
TANITH LEE

"La ragazza della torre, La dama delle isole e La signora di Erith sono meraviglie di prosa descrittiva... un diamante che risplende in mezzo alle miniere di carbone della narrativa con descrizioni deboli e impoverite."
THE COURIER MAIL

www.ingramcontent.com/pod-product-compliance
Lightning Source LLC
Chambersburg PA
CBHW030642120726
47905CB00001B/21